문학교육의 현상과 인식

문학교육의 현상과 인식

문학교육의 현상과 인식

The Phenomenon and Cognition of Literary Education

정 재 찬

도서출판 역락

The Phenomenon and Cognition of Literary Education

책 머리에

　최종 단계에서 책의 제목을 정할 때까지 현상, 인식, 실천, 이 세 단어를 갖고 씨름했다. 국어교육 현상에 관한 충실한 기술과 진단이 이루어지지 않은 상태에서 이론이란 이름으로 규범적 처방전을 발행하는 풍토가 늘 마뜩찮았기 때문이다. 모든 실천은 현상에 대한 올바른 인식에서 출발해야 한다는 것이 상식이다. 하지만 막상 벌여놓고 보니, 현상을 바로 붙잡는 것부터가 쉽지 않았다. 나아가 문학교육의 현상을 어떻게 인식해야 하며, 그 개선을 위해서는 어떻게 실천해야 할지 고민하다 보면, 실천은 다시 현상이 되고 이 순환 고리는 끝이 없는 듯했다.

　그래서 다시 돌아보았다. 실천을 염두에 두지 않고 쓴 글이 없지만, 대부분의 글이 학문적 담론의 압박에서 벗어나지 못하고 있음을 발견하게 되었다. 결국 가장 소중한 말머리였던 실천이란 단어를 제목에서 지워버렸다. 한계를 깨닫는 일은 슬프지만 성숙의 결과일 수도 있다며 속을 다스렸다.

　하지만 주변을 돌아봐도 이론과 실천을 동시에 만족시키는 글쓰기 방법론은 별로 보이지 않는 것 같다. 그만큼 이 학문의 길은 어렵고 아직은 어리다고도 볼 수 있다. 새로운 학문적 글쓰기는 기존의 학문적 글쓰기에 대한 입문(orientation)에서 벗어나 재정향(reorientation)의 길을 찾을 때 만날 수 있을 것이다.

　다만 현 단계에서 이론과 실천의 행복한 만남이 불가능하다면, 그렇다고 해서 그 둘을 분리할 수 없다는 것이 우리의 바람이라면, 그 둘 사이에 무게중심이 이동하는 글쓰기 방식도 있을 것이라는 데 생각이 미쳤다. 아마도 내가 지향하는 실천적 글은 이론화의 욕망을 유지한 채 내포 독자의 설정과 그에 따른 문체 선택까지 완전히 새롭게 탈바꿈을 해야 태어날 수 있을 성싶다. 책을 펴내며 다음 책에 관한 구상을 얻은 것도 소득이라면 소득이다.

　이번 책에서는 문학교육의 현상을 크게 네 가지 범주로 나누어 생각해 보았다. 문학교육의 콘텍스트, 문학교육과정과 문학교수학습, 문학교육의 내용

과 도구로서의 지식과 상상력, 문학교육 대상으로서의 문학 텍스트 등이 그
것이다.

이에 따라 제1부는 문학교육이 어떤 맥락에 위치하고 어떻게 대응해야 할
지에 대해 주로 사회 문화적 측면에서 접근한 글들로 구성하였다. 먼저 문학
교육이 국어교육의 틀 내에서 존재한다는 인식으로부터 언어문화 교육으로
서의 국어교육과 문학교육의 관계에 대해 살펴보고, 이어서 교육의 사회성
에 주목하여 문학교육의 제도적 측면과 사회문화적 맥락에 관해 메타적 관
점에서 논해 보았다.

제2부는 문학교육의 내적 논리 측면에서 문학교육과정과 교수학습의 설
계에 관련된 논의들로 이루어져 있다. 7차 문학교육과정을 비판적으로 검토
하는 동시에 그 대안을 모색하고 문학교수학습의 지표와 그에 기초한 교수
학습 방법론을 다루었다. 여기에서 제시된 이론과 모델들은 나름대로 실천
지향을 강하게 내포한 것들이다.

제3부에서는 문학교육의 핵심어라 할 수 있는 지식과 상상력의 문제를 점
검해 보았다. 문학교육 현장에서 여전히 현실적 위세를 누리고 있는 신비평
에 대해 비판적으로 재조명하는 한편, 그 가운데 중요한 개념인 비유를 예로
들어 문학교육에서 지식의 문제를 어떻게 다루어야 할지에 관해 쉽게 풀어
보았다. 아울러 상상력의 문제를 주로 문학교육과 도덕적 상상력의 관계에
서 다룸으로써 문학교육의 지평을 문학을 통한 교육이라는 차원으로 확장하
고자 하였다.

제4부는 구체적인 문학 텍스트를 중심으로 한 문학교육 연구에 해당한다.
고전문학 텍스트와 현대문학 텍스트를 각각 두 편씩 다룬 것은 문학교육 연
구가 시대별 갈래별 전공으로 분화되는 것에 대한 경계의 의미를 나름대로
담아 본 실천의 소산이기도 하지만, 전문성의 벽을 넘기가 쉽지는 않았다.
그러나 현대시를 공부한 자로서 김수영의 시편을 새롭게 해석한 즐거움 외
에도 방외인의 자유로움이 준 소득도 적지는 않았으니 청산별곡에 관한 연
구는 지금까지도 내가 가장 아끼는 논문 중의 하나로 남아 있음을 밝혀 두
어야 하겠다.

이렇듯 네 가지 갈래로 구분하였으므로 독자는 관심이 가는 데부터 이 책
을 읽어도 무방하겠지만, 통독을 하고 나면 전체를 관통해 특정한 관심사가

지속적으로 반복되고 있음을 쉽게 발견할 수 있을 것이다. 그 중의 하나는 다원주의에 입각한 문학적 사고력의 신장에 관한 것이다. 대화주의와 갈등 교육을 강조하거나 난선적 체계화보다 복선적인 모순의 변증법을 추구하거나 하는 것은 모두 그 점을 겨냥한 것이다. 또한 문학의 탈신비화를 전제로, 문학에 좀더 쉽고 친근하게 다가가도록 하는 시도와 문학의 풍부성과 복잡성을 탐구하는 재미를 맛보도록 하는 시도들은, 비록 길은 달라도, 양자 모두 즐거운 문학교실을 지향하는 노력의 일환이었다. 의도대로 되었는지는 물론 독자들이 평가해 줄 몫이다.

그 동안 국어교육과 문학교육, 문학과 문학교육을 오가며 참 많은 것을 배웠다. 하지만 늘 불만이다. 부족한 것이 너무 많고 부끄럽다. 적어도 학문은 나를 겸손하게 만든다. 그래도 희망은 늘 벅찰 정도다. 학문은 개인의 고독을 먹고 살지만 교육은 집단적 사업이라 확신하기 때문이다. 다행히도 내 주위는 합심하여 선을 이루려는 이들로 가득하다. 이 책에 담긴 많은 글들도 같이 공부하고 검토해 준 스승과 선후배 동료가 없었더라면 세상에 나올 수가 없었을 것이다. 나는 그것을 단지 한자리에 모았을 뿐이다.

그런가 하면 매일 숨쉴 틈 없이 바쁘게 사는 듯한데 정작 쌓이는 것은 없는 것 같아 우울할 때도 있었다. 금년에는 유독 일이 많았다. 이제 일년 만에 이렇듯 새로 책을 펴내게 되면서 새로운 의욕을 불러일으켜 본다. 사실 나는 우울해서는 안 될 사람이다. 밖에서만 바쁘고 집에서는 게으른 나를 언제나 용서해 주는 고마운 아내가 있고, 매일 매일을 같이 해 주지 못해도 착실하고 똑똑하게 잘 자라주는 아들이 있기 때문이다. 그뿐이랴. 올해는 부모님도 교회에 나가시게 되었으니 오직 감격스러울 따름이다. 이런 나날을 주신 주님께 감사드린다.

끝으로, 이번에도 같은 곳에서 책을 펴내게 됨은 오로지 인연을 소중히 여기며 최선을 다해 주신 도서출판 역락의 이대현 사장님 덕택임을 밝힌다. 빠듯한 일정에도 꼼꼼하고 예쁘게 책을 만들어 주신 편집부 이태곤 팀장님과 권분옥님께도 고마운 마음을 전한다.

2004년 9월
정 재 찬

차 례

제1부 문학교육의 맥락

제1장 국어교육의 문화적 이해

1. 언어와 문화

(1) 언어와 문화의 관계

1) 언어의 사회성에 대한 이해

언어에 대해 잘 알고, 언어를 잘 사용할 줄 안다는 것은 무엇일까? 어휘력이 풍부하고 문법을 잘 구사할 줄만 알면 언어를 잘 사용하는 것이라 과연 말할 수 있을까?

어휘를 예로 들어 보자. 단어를 안다는 것은 어떤 것인가? 한국인이라면, 가령 '남자'란 단어의 뜻이 무엇인지 알기 위해 굳이 사전을 찾아보아야 할 필요는 없을 것이다. 스피드 퀴즈 게임에서 '남자'란 단어가 나오면 어떻게 설명하겠는가? "'여자' 말고! '여자'의 반대말!"이라고 함이 가장 빠른 길일 것이다. '남자'의 사전적 의미가 정확히 무엇이냐고 물으면 딱히 답하기가 힘들겠지만, 적어도 우리는 그것이 '여자'의 상대어라는 것만 알면 족한 법이다. '여자'란 어휘 역시 '남자'라는 상대어를 통해 그 의미를 갖게 됨은 물론이다.

하지만 남자의 의미를 여자의 상대어, 곧 대등적인 관계에서 의미만 대립하는 것으로 이해하는 것은 생물학적으로 옳을지는 몰라도 우리의 언어 현실로 볼 때는 반드시 그렇지만은 않다. 우리의 언어 현실로 보면, "남자니까 네가 참아라.”라고 하는 말과 “여자니까 네가 참아라.”라고 하는 말은 그 내포가 현저히 다르다. 전자가 “남자는 우월한 존재이니 그만한 일은 참아야 한다.”라는 의미, 곧 참으면 더 좋다는 의미를 함축하고 있다면, 후자는 “여자는 열등한 존재이니 무조건 참아야 한다.”라는 의미, 곧 참지 않으면 안 된다는 의무의 의미를 깔고 있기 때문이다.

이러한 현실이 과연 옳으냐 그르냐 하는 것은 여기서 다룰 문제가 아니다. 하지만 이러한 의미를 모르고 언어를 사용하면, 한국어를 잘 아는 것이라 할 수 없다는 점만은 확실하다. 이는 마치 만원 버스에서 사람들 틈을 비집고 나오면서 누군가가 “내립시다.”라고 말할 때, 그 청유형에 이끌려 따라 내리는 자에게 한국어를 안다고 할 수 없음과 마찬가지이다. 나아가 한국에서 “여자는 남편을 잘 모셔야 한다.”라고 했을 때, 우리가 언어에 따라 생각할 수밖에 없다는 전제에서 본다면, 말만 그렇게 하고 생각은 그렇게 하지 않는 경우 역시 매우 엄밀하게 말해 한국어를 제대로 배우지 못한 것이 된다. 한국어를 배우고 한국어를 안다는 것은 적어도 이러한 언어 현실과 문화에 익숙해지고 그에 걸맞게 사고하는 것을 의미하기 때문이다.

그렇다면 언어는 사회를 반영하기만 할 뿐인가? 언어는 사회의 약속이므로 사회가 변하기 전까지는 언어의 변화를 기대할 수 없는가? 언어를 배운다는 것은 기존의 체계에 순응하여 들어가는 것 이외에 다른 것은 없는가?

아직까지도 ‘여교수’라는 말은 있어도 ‘남교수’란 말은 없다. ‘여류 작가’는 있어도 ‘남류 작가’는 없다. 남성 우위의 시대에서 교수나 작가는 대부분이 남자들이었기 때문이다. 언어학에서는 이런 것을 유표화(有標化)라고 부른다. 친족 호칭도 그렇다. 모계의 친족 명에는 모두 ‘외’라는 표지가 따로 붙는다. 어머니의 어머니는 외할머니라 불러야 하지만, 아버지의 어머니, 곧 친할머니는 그냥 할머니라고 부르는 것이 옳다. 할머니를 유표화하여 친할머니라고 한다는 것은 부계 중심 사회에 대한 중대한 도전이 되기 때문이다. 마찬가지 이유에서 시아버지에게 아버님이 아니라 시아버님이라 부르는 것도 우리 어법에는 그릇된 것이 된다.

그러나 요즘은 '여류 작가'란 말이, 의식 있는 사람들 사이에서는 사라지는 추세이다. 그런데 이것이 여류 작가가 양적으로 늘어난 데 따른 결과만은 아니란 점을 고려해 볼 때, 이러한 사례는 언어란 단순히 사회를 반영하는 것일 뿐만 아니라 의식적이고 의도적인 노력의 결과로 언어와 그에 따른 인식도 변화시킬 수 있음을 증명하는 것이라 할 수 있다. '간호원'이나 '운전수'란 명칭이 그들의 의식적 노력의 결과로 '간호사', '운전기사'로 바뀌게 된 사실도 같은 예에 속한다. 만일 이 같은 작위적이고 의식적이며 의도적인 노력 일체를 불가능하고 무의미한 것으로 돌린다면, 국어 순화 운동 역시 설자리를 잃을 것이다. 언어의 사회성이 반드시 언어의 불가역성(不可易性)만을 의미하는 것은 아니다.

이러한 의미에서, 우리가 언어를 가르치고 배운다는 것은 그 언어에 담긴, 그리고 그 언어를 둘러싸고 있는 사회와 문화까지 이해하고 비판하며 창조할 수 있는 사고와 능력을 기르는 것이어야 한다. 그 동안 우리 국어교육은 언어와 언어문화의 이해와 전수에만 주된 관심을 가져왔다. 물론 그 목적도 충분히 잘 달성된 것 같지는 않다. 하지만 그보다 더욱 중요한 것은 우리의 언어와 언어문화에 대한 이해와 전수를 넘어서서 그것을 비판하고 새로운 언어문화를 창조할 수 있는 사고력을 함양하고 이를 통해 창조적인 언어문화 생활을 영위하게 하는 데에 있다.

2) 언어, 문화, 언어문화

언어가 사회적 약속이라는 것은 누구나 다 아는 사실이다. 그러니 사회에 따라 언어가 다르고, 그 언어에 그 사회의 문화가 들어있으리라는 것쯤도 쉽게 짐작할 수 있다. 그런데 지금 우리의 주제는 언어와 사고의 관계에 있으니, 그렇다면 과연 사회에 따라 사고도 달라지는 것일까?

20세기 초에 접어들면서 사회적 기호적 규약으로서의 언어의 구조적 특성에 주목한 소쉬르가 구조주의 언어학을 전개한 이래, 미국에서는 사피어(Sapir)가 언어현상을 모국어 사용자의 심리적 실재와 연관시켜 생각하기 시작했다.[1] 한편 공동체의 언어 습관이 특정한 해석을 선택하도록 하기 때문에 인간은 일반적으로 그가 행한 대로 보고 듣고 경험한다고 한 사피어의 관점에 영향을 받아 워프(Whorf)는 언어가 경험을 조직한다고 주장했다.

이른바 사피어-워프(Sapir-Whorf) 가설은 모국어의 사용 습관에 따라 사고의 틀이 정해진다는 이론이다. 가령, 에스키모어에는 눈에 관한 낱말이 많다. 에스키모어는 영어로는 한 단어인 '눈(snow)'을 네 가지 다른 단어, 즉 땅 위의 눈(aput), 내리는 눈(quana), 바람에 날리는 눈(piqsirpoq), 바람에 날려 쌓이는 눈(quiumqsuq)으로 표현한다는 것이다.[2] 이러한 예는 우리 자신에게서도 발견할 수 있다. 예를 들어, 영어의 'rice'에 해당하는 개념에 대해 우리말은 '벼', '쌀', '밥' 등이 있다.

그렇다면 언어와 사고, 언어와 문화의 관계는 어떠한가? 상식적으로 답한다면, 우선 우리는 언어와 정신 활동이 상호의존성을 갖는다고 말할 수 있을 것이다. 하지만 그들 간의 관계가 어느 것이 어느 것을 지배하고 있는지를 잘 식별할 수 없는 정도의 것으로 인식이 되고 나면, 그 사람의 생각은 언어 우위 쪽으로 기울게 마련이다. 왜냐하면 정신은 물과 같은 것이고 언어는 그릇과 같은 것이어서 물그릇에 따라 물의 모양이 달라지듯이 언어의 형태에 따라 정신의 모양이 달라지는 것이라고 생각하는 쪽이 그 반대로 생각하는 것보다 훨씬 더 쉽기 때문이다.[3] 그런 점에서 사피어-워프는 언어 우위론적 입장이라 할 수 있다.

그러나 사피어-워프 가설이 언어 우위론의 근거로만 되는 것은 아니다. 앞서 든 에스키모어의 예 자체만으로는 에스키모 사람들의 눈을 인지하는 방법이 먼저 달라져서 그 결과 그들의 언어도 그것에 걸맞게 달라지게 되었는지 아니면 그것과 정반대로 그들의 언어 체계가 먼저 달라진 나머지

---

1) 이정민, 「언어의 본질과 제 과학」, 이정민·이병근·이명현 편, 『언어과학이란 무엇인가』, 문학과지성사, 1990, p. 6.

2) 북아프리카 사막의 유목민들은 낙타에 관해 10개 이상의 단어를 가지고 있고, 페루의 인디언들은 감자에 대해 50개 이상의 단어를 가지고 있다고 한다. Robert J. Sternberg, Edward E. Smith, 이영애 역, 『인간 사고의 심리학』, 교문사, 1996을 볼 것.

3) 이하 Sapir와 Whorf에 관해서는 주로 김진우, 『언어와 문화』, 중앙대출판부, 1996을 참고함.

궁극적으로 그들의 눈을 인지하는 방법도 똑같이 달라지게 되었는지를 가려서 말할 방법이 없기 때문이다.

사실상 사피어-워프 가설에는 많은 반증이 제기되어 왔다. 우선 동언어이문화(同言語異文化) 현상을 들 수 있다. 즉 그 가설이 옳다면 동일한 언어를 사용하는 사람들은 동일한 문화와 세계관을 가지고 있어야 하는데 사실은 그렇지 않다는 것이다. 동일한 언어가 서로 다른 국가나 사회에서 쓰이고 있는 경우, 가령 영국, 미국, 호주를 생각해 보면 된다. 물론 서로 다른 점보다는 같은 점이 많다고 주장할 수도 있겠으나, 문화란 그보다 훨씬 더 심층적이고 종합적이어서, 그래서 결국 영국 문화, 미국 문화란 말이 따로 존재하는 것이다. 특히 미국은 동일한 언어를 쓰면서도 그 안에 인종, 종교, 문화적 전통 등에 따라 서로 다른 문화가 혼재한다. 그런가 하면 이언어동문화(異言語同文化) 현상도 발견되며, 언어는 거의 고정되어 있는데도 문화만은 크게 달라지는 경우도 발생한다. 또한 만일 그 가설이 옳다면 다언어(多言語) 사용자는 정신분열증을 앓아야 하는데 그렇지가 않은 것이다.

그래서 사피어-워프에 대한 여기서의 관심은 언어와 사고의 관계 쪽보다는 언어와 문화의 관계 쪽으로 이동해 들어간다. 어느 것이 우위에 서는가의 문제보다는, 그 어느 쪽이든 언어가 문화와 동떨어져서 이해될 수는 없다는 교훈에 중점을 두고자 하기 때문이다. 사실 언어교육에서 언어사회학이나 언어인류학과 같은 연구들은 언어심리학만큼이나 매우 중요한 의미를 갖는다. 이런 연구를 통해 언어 학습자는 문화적 맥락을 학습해야 할 뿐만 아니라 언어와 문화 간의 상호 작용에 대해서도 알아야 한다는 확신이 널리 퍼지게 되었던 것이다.

언어의 습득 과정은 사회화·문화화 과정 그 자체라 해도 별 무리가 없어 보인다. 아이가 최초로 습득하는 단어 중 절반 이상이 명사(名詞)라는 사실은 주목할 필요가 있다. 문화적인 의미나 개념을 가장 직접적으로 나타내고 있는 것이 명사이기 때문이다. 때로는 그 자체가 문화 항목의 이름인 경우도 있다. 예를 들어 미국 어린이들은 네 살 때쯤이면 '핼러윈(Halloween)' 같은 단어를 알겠지만 우리 어린이들은 '추석' 같은 단어를 알게 될 것이다. 이처럼 의식주나 친족 관계, 민속과 문화와 관련된 어휘는 물론, 속담 같은 관용적인 표현에서 보이는 비유와 묘사 등등에 이르게 되면, 한국어를 배우는 과정은 곧 진정한 한국 사람이 되는 과정과 일치한다고 할 수 있다.

언어는 결국 문화의 일부이다. 언어 안에는 그 언어를 사용하는 이들의 문화가 반영되어 있으며, 바로 이런 이유로 말미암아 언어가 수행하는 기능 가운데는 그 사회의 문화를 보존하고 전수하는 기능도 들어가 있게 되는 것이며, 국가가 국어교육을 강조하고 국어교육에서는 또한 문화의 전수와 창조를 강조하게 되는 사연 역시 이러한 사정에서 연유한다. 이처럼 문화의 전수와 창조는 언어에 의해, 그리고 교육에 의해 이루어진다. 언어와 교육의 친화 관계가 여기서도 발견되는 것이다.

한편 언어와 문화의 관계를 좀더 직접적으로 표현해 주는 것으로 언어문화란 용어가 있다. 언어문화라 하면 시나 소설 같은 문학 작품을 먼저 연상하기 쉽지만, 문화가 예술의 동의어라기보다는 사회와 동의어에 가깝듯, 언어문화 역시 언어예술보다는 훨씬 광범위한 것이다. 실은 우리의 국어 생활 전체가 언어문화라 해도 무방하다. 신문이나 방송, 통신을 비롯한 문화적 매체 언어는 물론, 높임법이 발달한 것을 우리 언어문화의 특징이라 하고, 토론 문화가 부재한다 하여 우리 언어문화의 맹점을 지적하듯이, 언어문화는 일상의 언어 전체에 걸쳐 존재하는 것이다.

따라서 우리는 언어문화의 정수(精髓)로 문학 언어를 강조하는 한편, 일상의 다양한 언어문화에 유념하지 않으면 안 된다. 최근 문학교육에서도 문학 언어를 일상의 언어와 관련을 맺고자 하는 노력이 설득력 있게 전개되고 있다. 그런데 일상의 언어문화에는 속어, 비어, 은어, 방언, 유행어, 유머 등도 포함되고, 광고나 통신 등의 언어도 포함되며, 정치인, 의사, 변호사, 종교인 등 직업과 종교에 따른 특수 언어도 포함된다. 그렇다면 이처럼 시장(市場)의 언어에서 예술의 언어에 이르기까지 다양하고 다채로운 언어문화 모두를 국어교육의 대상 언어로 삼아야 할 것인가?

그 어느 언어도 국어교육의 대상이 될 수 없는 것은 없다. 그리고 국어교육에서 다루는 언어생활이 지금보다는 더 폭넓어져야 한다는 데에도 전혀 이견이 없다. 매체 언어라든가 사이버 세계에서의 언어 등은 특히 그러하다. 하지만 그렇다고 해서 모든 언어가 직접적인 교육의 대상이 되어야 한다는 것은 아니다. 자연의 모든 현상을 자연 과목이 가르치지 않음과 같은 이치에서 그렇다. 고기를 직접 잡아 주는 것이 아니라 고기 잡는 방법을 가르쳐 주는 것에 교육의 본질을 비유하듯이, 그 모든 언어 낱낱을 교육이 직접적으로 다루어야 하는 것은 아니기 때문이다. 잘못된 실용주의, 기능주의에 빠지지 않기 위해서는 그 다양한 언어문화의 구체상보다는 그러한 구체를 만들어 내는 원동력으로서의 힘, 곧 사고력의 함양 그 자체, 아울러 그 사고력에 의한 표현과 이해의 능력을 길러 주는 데에 국어교육은 목표를 두어야 한다.

국어교육이 추상적인 언어를 대상으로 한다는 것은 결코 아니다. 개성에서 보편으로, 보편에서 개성으로 이어지는 변증법이 필요하다. 집단적 사고로부터 우리 문화의 보편성을 공부하는 한편, 바로 거기에서 개인의 개성적인 사고를 발전시키는 데 국어교육은 기여해야만 하는 것이다.

(2) 언어와 집단적 사고

1) 언어와 민족 문화

언어가 문화와 긴밀한 함수관계에 있다면, 그리고 문화는 집단의 사고가 이루어낸 결정체라면, 언어는 집단적 사고를 반영하고, 아울러 집단적 사고에 영향을 미치게 될 것임이 자명하다.

앞서 우리는 '남자'라는 보통명사 하나에도 문화적 함축이 들어 있다 하였는데, 지명(地名)과 같은 경우에는 아마도 사정이 더 증폭될 것이다. 예컨대 '압구정동'은 단순한 동네 이름이 아니라 부(富)와 소비문화의 상징으로 우리에게 작동된다. 인명(人名)도 마찬가지이다. 우리에게 '돌쇠'는 마당쇠가 아니면 '의리의 사나이'다.4)

---

4) 기성세대들은 과거 TV에서 유행했던 이 말을 이해할 수 있다. 하지만 지금 자라나는 세대들은 '의리의 사나이 돌쇠'란 말을 전혀 이해할 수 없다. 짐작하기는 해도 기성세대들의 그것과는 차이가 날 것이다. 본격적으로 다루지는 못했으되, 이처럼

이처럼 언어의 함축이라든가 언어 미학은 물론, 우리의 문화와 관습, 그리고 그에 따른 사상과 감정을 다른 집단에 고스란히 전한다는 것은 매우 힘든 일이다. 우리 민족과 다른 민족이 자연 환경에 따른 우리의 독특한 정서와 생활 풍습을, 정치·경제·역사·사회·문화적 특수성을, 그것도 머리만이 아니라 온몸으로 공감하고 감동하기란 실로 불가능에 가깝기 때문이다.

그러나 우리의 언어문화라 하여 자동적으로 누구나 이해하고 공감할 수 있는 것은 아니다. 모어 화자임에도 모어에 대해 배워야 하는 당위가 성립되듯, 언어문화에 대해서도 역시 상당한 소양과 사고력이 필요하고 의식적인 노력을 기울여야 할 태도가 요구되는 것이다. 한국인이라 하여, 한민족이라 하여 우리 언어문화의 당당한 일원으로 자동 가입되는 것은 아니기 때문이다.

특히, 우리가 우리 자신의 타자(他者)로 될 때가 있다. 공간적 타자만이 아니라 시간적인 타자도 있는 것, 다시 말해 외국 문화만이 타자가 아니라 우리의 과거 문화도 현재 우리에겐 타자가 될 수 있는 것이다. 민족 문화란 이름은 우리 문화 내의 다양성 가운데 차이성보다는 동질성을 강조하는 측면을 강하게 안고 있지만, 현실이 그렇지만은 않기 때문이다. 어쩌면 오늘날의 학생들은 동시대의 외국 문화에 대해서는 물론, 시간적으로도 공간적으로 먼 외국의 고전들에 대해 우리의 고전보다 더 친숙하게 여길지도 모른다. 그리고 이러한 사태는 결코 학생들의 탓만은 아니다.

현재 우리 국어교육에서 고전(古典)은 어디까지나 옛것[古]이라는 의미에서만 고전일 뿐, 전범(典範)으로서의 의미는 별반 얻지 못하는 것이 우리의 현실이다. 문학교육 가운데서도 특히 고전교육은 학생들의 감상이나 비평적 태도를 아예 요구하지도 기대하지도 않는다. 고전문학의 역사성이 학생들의 문학적 이해와 감상, 나아가 문화적 성장에 의미 있는 요소로서 체험되기는커녕, 오로지 메마른 고증학과 지식주의만이 교실을 압도적으로 지배할 뿐이다. 고전이 정전의 의미를 획득하지 못하고 있는 사태, 고

세대간 언어문화의 차이도 언어문화를 교육하는 입장에서 매우 주목해야 할 사항이다.

전이 현재와의 대화를 이루지 못하고 있는 사태, 이 속에는 소위 전통단절론이 한몫을 하고 있는 것이긴 하지만, 실은 교육 자체가 분비하고 있는 문제 또한 커다란 책임을 지고 있는 것이라 하겠다.

고전이 선언적으로는 늘 중요한 의의를 부여받고 있으면서 실질상으로는 중심부에서 배제되거나 소외되고 있는 이 상태는 고전을 진정한 '역사적 원근법'5)으로 다루지 못하는 데 기인한다. 물론 고전을 그 당대의 문화적 코드 속에서 이해하도록 가르치면서 동시에 현재의 관점에서 수용하길 요구하는 것이 쉬운 일은 아니다. 그러나 이로 인해 현재적 관점과 당대적 관점 간에 존재 가능하고 실로 존재하고 있는 질문들은 사라진 채, 오로지 과거의 박물학적 유산으로만 전수되고 수용되는 경향이 지배적이다. 결과적으로 고전과 현대는 단절되며, 전통의 계승은 선언과 당위, 그리고 강제의 형태로만 남게 되기 마련인 것이다. 더욱이 문학에 대한 이론이 현대 문학 이론, 특히 서구의 이론에 기초함으로써, 그 이론적 관점과 가치 평가축이 우리의 고전에도 은연중에 적용됨으로 인해, 마치 우리 고전의 문학적 가치가 폄하되는 듯한 감마저 갖게 된다.

과거 당대의 문화적 코드를 강조한다는 것은 매우 중요한 일이다. 그 경우 우리는 우리 시대의 개념적 틀에 의해 그 동안 상대적으로 배제되고 소외되었던 문학들에 대한 새로운 배려를 시도해야 한다. 또한 충의가나 교훈가 같은 목적 문학에 대해 폄하만 할 것이 아니라 그 당대의 코드 속으로 학생들을 이끌어 들여야 하며, '풍월(風月)'의 낱말 뜻을 그저 '자연'이라 풀이하는 데 그칠 것이 아니라 '청풍명월(淸風明月)'이라는 말 그대로, 왜 우리의 선조들은 풍류를 맑은 바람과 밝은 달에 비기어 표현하고 이해했는지, 그 정서와 상상력에 동화해 보도록 해야 할 것이다. 그것은 공감적 이해의 확대에 기여하는 교육이 될 것이다. 우리가 살지 못한 삶, 우리와 같고 또 다른 삶, 우리가 생각해 보지 못한 영역과 차원에 대한 사유, 그 발상과 표현의 기호론적 의미에 대해 심사숙고하는 교육이 되어야 한다는 것이다. 사물을 바라보는 우리 선조들의 독특한 관점과 글

---

5) 김흥규, 「고전문학교육과 역사적 이해의 원근법」, 『현대비평과 이론』 3호, 1992.

쓰기 방식, 발상과 표현의 관습과 개성, 언어와 문자 문화의 중요성에 대한 각별한 인식, 효용성과 미학을 동시에 중시하는 태도 등에 주목하게 된다면, 고전교육만이 아니라 우리의 국어교육 자체가 새로운 지평을 열 수 있을 것이다.

그와 동시에 현재적 관점을 긴장 속에 유지시켜야 한다. 그것은 곧 비판적 인식의 심화에 기여한다. 과거의 것, 전통이라 하여 강요된 당위로서만 기능하게 됨으로써 결국엔 주체적 내면화와 거리가 먼 길을 걷게 할 것이 아니라 오늘의 문화가 지향해야 할 바에 비추어 민족의 문화적 전통을 숙고하게 하여야 할 것이다. 비판적 사고 없이 창의적 사고는 기대하기 어렵다.

이상에서 본 바와 같이, 우리가 민족의 언어문화를 강조하는 것은, 국어교육이 민족 문화 유산의 전승과 창조에 기여함을 목적으로 삼기 때문이다. 그것은 곧 우리 문화의 정체성에 대한 자각과 연결되고, 문화적 능력의 확장을 기대하는 것이기도 하다. 그 능력에는 인지적 사고만이 아니라 정의적 사고도 포함됨이 물론이다.

2) 언어와 세계 문화

민족 간의 언어문화 차이로 인해 소통과 공감의 어려움을 겪는 것이 우리만의 일은 아니다. 1945년 7월 연합국은 일본에 무조건 항복을 요구하는 포츠담 선언을 발표했는데 일본은 이에 대해 '묵살한다.'라는 태도를 취했다. 이것은 즉시 중립국 보도망을 통해서 'ignore'라는 말로 번역되어 연합국 측에 전달되었고 연합국은 곧바로 히로시마와 나가사키에 원폭 투하를 결정하게 된다. 그런데 일본어로 '묵살(默殺)'이란 '문제시하지 않고 그저 상대방을 인정하지 않는' 정도의 소극적인 태도를 나타내는 말인데 반해, 'ignore'의 사전적 의미는 '주의를 기울이는 것을 거부한다'로 적극적 거부 행동을 의미한다는 것이다.

실제로 언어의 마찰, 곧 문화의 마찰로 인해 외교적 마찰이 일어나기도 한다. 그 대표적인 예가 외교문서에서 현안을 '고려한다(consider)'라는 말을 쓸 경우이다. 영어권 사용자들은 그것을 긍정적인 뜻으로 받아들이지만 일본인들은 그럴 생각이 없다는 거절의 표시로 쓴다. 심지어 이러한 언어문화의 차이를 외교적으로 이용하기도 하는데, 일본이 우리에게 과거사(過去史)를 사과하는 의미로 사용한 '통석(痛惜)의 염(念)'이 바로 그 같은 경우이다. 우리에게 그 한자어는 뼈저린 반성을 의미하지만 일본인에게는 그저 애석하다는 정도를 의미하는바, 이는 적어도 일본의 입장에서는 대내외적 요구 사이의 딜레마를 해결하는 묘책이 되었을 것이다.

그러나 민족 간의 언어문화의 차이가 크다 해도, 특별한 경우를 제외하고는 소통이 불가능할 정도라 할 수는 없다. 문화에는 보편성이라는 인자가 들어 있기 때문이다. 특히 세계화의 시대가 도래하면서 문화가 점점 더 보편성을 지향하리라는 진단이 일반적이다.

물론 그 보편성 가운데 제국주의적 속성도 들어 있음에 우리는 유념해야 한다. 하지만 그와 동시에 타 문화와 소통이 될 수 없는 우리만의 사고가 진짜 우리의 사고라고 이해하는 것 또한 위험한 생각이다.

민족주의라는 과제와 세계화 문제 역시 이와 같은 맥락에서 진지한 숙고를 요하는 대목이다. 현 단계로서 우리는 민족주의가 갖는 교육적 의의를 부인하기가 어렵다. 세계 시장의 형성이라는 자본의 논리가 꾸준히 관철되고 있는 세계사의 흐름에서 민족주의란 하나의 생존 논리란 측면에서 우리가 지녀야 할 가치이자 덕목이 되고 있기 때문이다. 하지만 이같이 역사적이고 상황적인 산물이 일단 교육 내용으로 들어오면, 그것은 불가피하게 존중해야 하지 않으면 안 될 가치로서보다는 절대시되거나 신성시되며 시대초월적인 가치 체계로 곧잘 변질되고 만다. 민족주의 자체가 진정한 대안이 되리라고는 믿기 어렵다. 민족간의 경쟁은 개인간의 경쟁에 못지 않게 애초부터 자본주의 발전 동력의 일부였던 만큼, 단순히 자기 나라 자기 민족의 국제적 위상을 높여보자는 식의 민족주의가 세계시장에 대한 대안이기는커녕 바로 그 구성요인의 하나임은 더 말할 나위 없다. 그러므로 민족주의는 세계시장의 보편주의 이데올로기에 대한 진정한 대안이라기보다 그 보완으로 그치기 쉽다고 보아야 할 것이다.[6]

---

6) 백낙청, 「세계시장의 논리와 인문교육의 이념」, 소광희 외, 『현대의 학문 체계』, 민음사, 1994, p. 302.

그러므로 언어문화를 가르치는 입장에서 우리는 민족 문화의 정체성 확보를 위해 노력하는 한편으로, 세계 문화 시민으로서 성숙할 수 있는 능력을 길러 주는 데 노력하지 않으면 안 된다. 그런 의미에서 국어과 교육 내의 문학 과목을 통해 최근 들어 외국 문학 작품을 적극적으로 수용하려 하고, 나아가 탈서구 모델을 지향하려는 작금의 노력은 매우 값진 것이라 할 수 있다.[7]

한편, 주지하다시피, 이 같은 세계화 현상을 가속화시키는 데에는 인터넷을 비롯한 정보화의 물결이 가장 중요한 동인으로 작용하고 있다. 실제로 7차 교육 과정은 '21세기 세계화·정보화 시대를 주도할 자율적이고 창의적인 한국인 육성'이라는 이념 아래, '세계화·정보화에 적응할 수 있는 자기 주도적 능력의 신장' 및 '정보화 사회에 대비한 창의성, 정보 능력 배양' 등을 주요 내용 항목으로 삼고 있다. 정보화 시대에 대비하는 교육이라 하면 컴퓨터를 비롯한 정보 기기와 기술을 교실에 도입해 그것을 가르치는 것을 연상하지만, 중요한 것은 그것을 바탕으로 자기 주도적 능력을 신장시키는 것, 창의성과 정보 능력을 배양하는 데에 있는 것이다. 자칫 그에 대한 시각이 결여되었을 경우, 본말이 전도되고 형식적 기술적

---

7) 세계문학이 반영된 것은 환영할 바이지만, 그것이 국어과 속에 들어오는 근거에 대해서는 문제 제기가 있을 수 있다. 그것은 국어과의 교과 내적 논리라기보다는 현실적 필요성에 따른 것으로 보이기 때문이다. 즉 세계문학의 도입이 현실적으로는 필요한데 이를 독립적인 교과로 반영할 수는 없고 따라서 현행 교과 가운데 가장 유사한 성격의 것이 국어과로 판단된 결과라 볼 수 있다는 것이다. 물론 세계문학에 대한 이해는 그 자체로 하나의 독립적 지위를 갖기보다 한국문학을 이해하기 위한 또 다른 방편으로서의 지위를 갖는 것으로 해석하면 된다. 하지만 그것은 어딘지 옹색하게 들린다. 그렇다고 해서 문학이 국어과로부터 독립하는 것도 바람직하지는 않다. 이에 그와 같은 현실적 변인들이 교과의 순수성을 훼손한다고 이해하는 인식상의 편협성부터 극복해야 할 필요가 있다. 역사적으로 보아 개별 교과의 성립은 그 자체의 논리보다 현실적 필요성에 의해 먼저 이루어진 것이며 현재의 교과 구분 자체도 항구적이거나 필연적인 것은 아니다. 따라서 국어과의 성격을 제한적인 의미에서의 국적성과 언어의 공고한 결합으로만 이해하기보다는, 다시 말해 한국어로 이루어지는 일상 언어 소통으로만 이해해 많은 것을 배제하기보다는, 번역된 언어도 결국은 우리말이라는 시각, 그리고 문학을 포함한 언어문화를 적극적으로 감싸 안는 태도를 지향함으로써 보다 폭넓고 탄력성 있게 규정하는 것이 요구된다 하겠다.

장치의 변화가 곧 교육적 변화인 것으로 오해하는 경우가 발생한다. 그 경우는 마치 교과서를 컴퓨터가 대신하는 것에 지나지 않는다. 우리가 이제껏 교과서 중심주의를 비판해 온 것은 교과서'로' 가르쳐야 할 것을 이제껏 교과서'를' 가르쳐 왔기 때문이었음을 상기할 필요가 있다.

극단적으로 말해 교실에 컴퓨터 한 대 없이도 학생들의 자기 주도적 능력을 키워 내는 것이, 한 사람에게 한 대씩 컴퓨터가 주어지고도 이전의 교육 내용과 다를 바 없는 교육이 전개되는 모습보다 정보화 시대의 요구에 부합하는 교육 과정의 이상에 훨씬 더 가깝다. 물론 컴퓨터를 통한 학습의 속성이 자기 주도적 능력을 기르는 데 매우 유익할 것으로 보이는 것은 사실이다. 인터넷을 이용하는 것과 자기 주도적 능력의 상관도는 매우 높거니와, 컴퓨터 게임조차도 요즘은 창의성 없이는 갖고 놀 수 없는 세상에 우리는 살고 있는 것이다.

그런데 정보화 사회 문제와 관련해 볼 때, 국민 공통 기본 교육 과정으로서 국어과가 어떠한 질적·양적 확보를 해 두고 있는가 하는 측면을 살펴보아야 한다. 컴퓨터로 글쓰기가 교육과정에 들어 왔다 해서 대단한 변화가 있는 것은 아니다. 컴퓨터 글쓰기가 고작해야 글쓰기 도구의 변화 수준이라면 그것은 고작해야 타자기의 도입과 다를 바가 없기 때문이다. 컴퓨터가 등장하기 전까지 시청각 장치를 이용한 교수 기술은 교사들의 할 일만 증가시켰을 뿐, 학생들을 소극적으로 만들었던 것으로 평가된다. 그런데 미래학자들은 컴퓨터가 이러한 상황을 근본적으로 변화시킬 수 있다고 본다. 평가 기준을 스스로 발견하고 개발하며 탐구하는 데 학습의 요체가 있다면, 컴퓨터는 분명히 학생들을 수업 사태의 적극적 주체로 이끌 수 있기 때문이다. 미래학자인 네그로폰테의 유명한 말이 바로 "개구리를 해부하지 마라. 한 마리 만들어 보라."[8]라는 것이다. 컴퓨터로 시뮬레이션 하는 것이 가능하기 때문에 이제는 개구리를 알기 위해 개구리를 해부할 필요 없다는 것이다. 오히려 어린이들은 개구리를 디자인하고, 개구리 같은 행태를 가진 동물을 만들고, 개구리의 형태를 변형하고, 근육을

---

8) Negroponte, 백욱인 역, 『디지털이다』, 커뮤니케이션북스, 1995, p. 190.

시뮬레이트 하면서 개구리와 함께 논다.

개구리가 이러하다면, 글쓰기가 어려울 리 없다. 정보를 갖고 놀이를 함으로써, 특히 추상적 주제에 관한 정보를 갖고 놀게 되면, 물질은 더 많은 의미를 지니게 된다. 교육에서 구성주의적 접근법이 환영받게 되는 것도 이와 무관하지 않다. 따라서 컴퓨터로 글쓰기가 타자기로 글쓰기처럼 이해되어서는 곤란하다. 컴퓨터로 글쓰기가 교육에 도입되려면 무엇보다도 먼저, 컴퓨터 글쓰기에 관한 제반 문제, 즉 컴퓨터의 편집 기능이 갖는 글쓰기의 특성, 퇴고가 용이한 컴퓨터 기능으로 인한 글쓰기 과정의 변화, 컴퓨터 글쓰기의 문체상 특징, 정보의 저장과 처리가 용이함으로 인한 컴퓨터 글쓰기의 장점을 적극화하는 문제 등등이 연구되고 그것이 교육적 국면에 활용되는 방법이 연구되지 않으면 안 된다.

정보 사회와 교육의 문제를 이처럼 오로지 기술과 기기의 측면에서만 접근하는 것은 대단히 위험하다. 오히려 우리는 국어과의 거의 모든 영역과 내용이 정보 사회와 유관하다는 적극적 시각을 갖는 것이 필요하다. 인터넷 시대에 제 아무리 영어가 위세를 떨쳐도, 그러니 영어를 우리의 공용어로 삼자는 주장을 펼치기에 앞서, 결국에 그 모든 정보가 우리의 언어로 변환되어야 한다는 점에 주목한다면 세계화 정보화 시대에서 국어 능력의 필요성은 오히려 더욱 증대되어야 한다고 봄이 마땅할 것이다. 표현과 이해 능력은 정보 사회에서 가장 긴절히 요구되는 능력이다. 정보의 노예가 되지 않고, 정보 제국주의에 지배당하지 않기 위해서는, 정보가 넘치는 사회에서 정확하게 정보를 이해하고 그 가치를 판단하여 선별하는 고등 사고 능력, 그리고 그것을 요약하고 새로운 정보를 표현해 내는 능력이 긴절히 요구된다 하겠다.

3) 언어와 이데올로기

우리를 둘러싼 집단이 민족과 세계로만 구분될 수 있는 것은 아니다. 또한 민족과 세계 사이의 차이보다 한 민족 내의 서로 다른 집단의 차이가 더 클 수도 있다. 우리가 한국어라는 단일어를 사용한다 하여 우리 각자가 모두 동일한 언어를 사용한다고 볼 수는 없기 때문이다.

페쇠(Michel Pêcheux)에 따르면 언어 체계가 동일하다 하여 모든 사람들이 그것을 동일한 방식으로 사용하는 것은 아니며 각기 다른 종류의 담론을 가질 수 있다고 한다.9) 그러니까 여기서 말하는 담론이란 동일한 언어 체계를 서로 다르게 사용하는 방식을 일컫는다. 예컨대 '자유'라는 단어를 놓고 보면 이 단어는 부르주아나 프롤레타리아에게나 동일한 언어 기호로서 주어지지만 그것을 사용하는 입장에 따라 전자에게는 '착취의 자유'를, 후자에게는 '노조 결성의 자유'를 의미할 수 있다는 것이다.10) 이 말은 곧 언어는 원래 의미를 갖고 있지 않으며 담론이 의미를 생산한다는 말이 되기도 한다. 언어 기호가 그것을 사용하는 사람의 입장에 따라 의미가 결정된다면 언어 기호에는 원래 고정된 의미라는 것이 없다는 말이 되기 때문이다.11)

같은 단어가 다른 함축을 낳는 것과 마찬가지로, 동일한 사안에 대해 단어를 달리 하는 경우도 있다. '동학 혁명'을 '동학란'이라 불렀던 시절도 있었고, '광주 민주화 운동'의 초기 명명이 '광주 사태'이었음을 생각해 보면 된다. '유신(維新)'이 결코 '새로운' 시대가 아니었고, '정의 사회'

---

9) 페쇠에 관한 소개로는 다이안 맥도넬, 임상훈 역, 『담론이란 무엇인가』, 한울, 1992 및 로잘린드 코워드 · 존 엘리스, 이만우 역, 『언어와 유물론』, 백의, 1994를 참고할 것.

10) 강내희, 「언어와 변혁」, 『문화과학』 2집, 1992, p. 33.

11) 이러한 예는 무수히 들 수 있다. '자유'의 예를 들었지만, 그것이 비단 부르주아와 프롤레타리아 집단 사이에서만 차이가 발생하는 것이 아니다. 사전적 정의에 따르면 자유주의자란 "민주적 개혁과 특권 폐지에 찬성하는 사람"이다. 그러나 지난날 남아프리카에서 자유주의란 필시 정치 선동가라는 함축을 갖는 것이었다. 이에 반해 영국에서 정치적 성분이 급진적 좌파에 속하는 사람은 이를 무력한 온건파라고 제쳐버릴 것이다. '민주적(Democratic)'과 같은 단어도 마찬가지이다. 대립적인 두 정치 체제에서는 서로들 자기네 체제가 민주적이고 상대편 체제가 비민주적이라고 주장할 것이다. 비교적 객관적인 의미를 품고 있을 듯한 단어도 이러하므로, '미국인' 같은 단어가 집단의 문화에 따라 다르게 비치리라는 것은 전혀 이상할 리 없다. 즉 '미국인'이라 하면 미국에서 태어났거나 자라났고 미국 국적을 가진 사람임에 분명하지만 그 감정적인 내포 의미는 각자의 경험에 따라 다른 연상을 낳는다. 아마도 한 편의 연상은 "미국인들은 뻔뻔스럽고 거만하고 물질주의적"이라 하고 다른 한 편의 연상은 "미국인들은 마음이 트이고 너그럽고 공평하며 사무적"이라고 할 것이다. 제프리 리이취, 이정민 역, 「언어 의미의 기능과 사회」, 이정민 외 편, 『언어과학이란 무엇인가』, 문학과지성사, 1990, p. 18.

가 전혀 정의롭지 않았으며, '보통 사람'이 전혀 보통 사람이 아니었음 또한 이제는 안다. 그러나 그러한 이름들이 가졌던 힘과 권력은 만만치가 않았다. 그래도 이 정도는 약간의 사회의식과 역사의식만 있으면 간파할 수 있다. 그래서 '노동자의 날'보다는 여전히 '근로자의 날'로 불리는 이유를 아는 데 그리 많은 노력이 요구되지는 않는다.

문제는 단지 이와 같은 단어의 의미 차이에 그치지 않는다. 예를 들어 한 '자유주의' 국가의 정치 지도자가 우리에게 "자유세계를 수호하기 위해서는 가공할 핵무기의 위력이 필요하다고 생각하지 않으십니까?"라는 질문을 제기했다고 가정해 보자. 이 말에는 은밀한 전제가 깔려 있는데, 그것은 곧 자유롭지 않은 세계로부터 위협을 받는 '자유세계'라는 것이 존재한다는 것, 그리고 그들의 세계가 유일한 '자유세계'라는 것이다.12) 그런데 일반적으로 우리는 이러한 숨어 있는 전제에 민감하지 못하다. 집단적 사고를 문제 삼는 한, 언어교육에서 이데올로기의 문제를 지나칠 수 없는 까닭이 여기에 있다.

예컨대 다음과 같은 문장을 생각해 보라. "나폴레옹은 오른쪽 진에 위험이 있음을 알아차리고 자신의 부대를 적진을 향해 이끌었다." 이 문장에는 두 가지의 사유가 들어 있다. 하나는 나폴레옹이 오른쪽 진에 위험이 있음을 알아차렸다는 것이고 다른 하나는 나폴레옹이 자신의 부대를 이끌고 적진을 향했다는 것이다. 그런데 이 두 사유만으로는 이 문장은 제대로 이해되지 않는다. 나폴레옹이 위험을 알아차린 것과 그가 군대를 진격시킨 것 사이의 관계를 만들어 주는 그 무엇이 개입해야 이해가 가능하기 때문이다. 이 지점에서 이데올로기가 작동한다. 이 문장에는 다른 사람이 아닌 나폴레옹이 주어로 나온다. 이는 곧 이 문장의 의미 구성에서 보통 군인이 아닌 영웅 나폴레옹에 대한 선입견이 작용하고 있음을 의미한다. 그래서 이 문장은 나폴레옹 정도 되는 영웅은 자기 군대에 위험이 닥치는 것을 보면 그것에 대처해서 당연히 군대를 진격시킬 것이라는 관념이 작용하고 있는 것이다. 이런 것은 문장 외부의 판단이 문장에 들어

---

12) 올리비에 르불, 홍재성·권오룡 역, 『언어와 이데올로기』, 역사비평사, 1994, p. 33-34.

와서 의미를 규정하고 있다는 것을 보여주는 예이다.13)

　문장 형식이 이데올로기를 함축할 때도 있다. 우리는 흔히 영어에서 수동문을 능동문으로 바꾸는 일이 의미는 동일하고 형태만 바꾸는 수준의 기계적인 활동으로 배우곤 했지만 실제는 그렇지 않은 경우가 허다하다. 가령 미국의 신문에서 기사의 표제를 "소요 흑인들 경찰에 의해 사살"이라고 뽑았다 가정해 보자. 일단 단어의 차원에서 볼 때, '소요'라는 단어의 선택은 결국 경찰의 개입을 정당화하는 서술에 기여하게 된다. 소요란 일종의 치안 교란 행위이고 이에 대해서는 경찰의 행동이 당위적으로 요청되기 때문이다. 그러나 핵심적 기제는 단어보다 문장 형식의 선택에 있다. 수동태를 씀으로써 살해 행위의 의미론적 주체인 경찰은 초점에서 멀어지고 소요 사태만이 부각되기 때문이다. 즉 경찰이 사살했다는 사태보다 소요 사태의 심각성이 더 부각되는 것이고, 소요인 이상 경찰의 개입은 정당화되는 것이다.14)

　또한 우리의 경우, 심지어는 조사(助詞) 하나의 차이가 엄청난 차이를 불러올 때가 있다. 공무원의 봉급 체계를 다루는 기사에서 고위직과 하위직의 급여 차이를 놓고 당시 신문 기사의 표제는 "3배밖에 차이 안 나"로 뽑혀 있었다. 보는 이의 관점과 이해관계에 따라 그것은 "3배나 차이 나"로 진술될 수도 있는 것이었다. 소위 위정자들이 즐겨 사용하는 끝자리 정책이나 광고문의 경우는 그렇다 하더라도, 이는 신문 기사조차도 사실의 문제가 아니라 해석의 문제임을 보여주는 예라 하겠다.15)

　유념할 것은 이데올로기란 '공산주의'와 같은 거대한 담론에만 해당하는 것이 아니라는 점이다. 정치적, 계급적, 성적, 인종적 이데올로기가 있는가 하면, 종교적, 교육적, 지역적 이데올로기 같은 것도 있다. 이데올로기는 우리의 사고 전반에 스며들어 있는 것이다.

---

13) 강내희, 앞의 글, p. 39.

14) 토니 트리우, 「대중정보의 왜곡과 이데올로기」, 이병혁 편, 『언어사회학 서설』, 까치, 1993, pp. 239-240.

15) 이러한 예는 개인의 사고 측면에서도 쉽게 발견된다. 언어가 스키마로 작동해 사고가 영향 받는 경우를 생각해 보면 된다. Robert J. Sternberg, Edward E. Smith, 앞의 책 참고할 것.

결국 이데올로기는 권력의 문제이다. 이데올로기는 말에 대하여 의미는 말할 것도 없고 힘까지도 부여한다. 그 힘이란 곧 정당화의 힘과 축출 또는 배제의 힘을 말하는 것이다. 이때 권력이란 것 역시 정치권력과 같은 것만을 말하는 것이 아니다. 대화 상대자 중에도 대화의 주도권을 쥐는 자가 담론의 권력을 행사한다. 교사와 학생, 의사와 환자, 변호사와 의뢰인의 관계에서는 늘 전항에 속하는 자들이 권력을 행사하게 마련이다. 권력은 숨어 있는 경우도 많다. 대중매체의 담론은 그 대표적인 예가 된다.

이렇게 본다면 이데올로기와 권력의 말소는 가능하지 않음을 알 수 있다. 더욱 중요한 사실은 이데올로기와 권력 자체는 결코 부정적인 존재가 아니라는 사실이다. 그것은 불가피할 뿐만 아니라 생산적이기도 한 것이다. 문제는 그것과 자신의 삶을 어떻게 연관짓느냐 하는 것이고, 교육이 거기에 어떻게 이바지하느냐 하는 데 있는 것이다.

그런데 어느 사회든지 지식과 신념, 사회적 관계, 그리고 사회적 정체성이란 관점에서 실천의 일치성과 공통성을 획득하는 메커니즘이 존재하기 마련이다. 첫째, 다른 대안을 생각할 수 없는 것처럼 보이기 때문에 보편적으로 따르고 필연적으로 받아들여지는, 그래서 일치된 지식과 신념, 사회적 관계, 사회적 정체성을 그 속에 확립하는 실천과 담론 유형이 있을 수 있다. 둘째, 일치성은 권력의 작용 속에, 대부분 숨겨진 양식으로 부과될 수 있다. 이러한 두 가지 경우의 메커니즘을 주입(inculcation)이라 부를 수 있을 것이다. 셋째, 일치성은 합리적 의사소통과 논쟁의 과정을 통하여 도달될 수 있다. 이러한 메커니즘을 의사소통(communication)이라 부를 수 있을 것이다.16) 국어교육에서 말하는 의사소통이 단순한 기능 이상이어야 함은 이런 뜻에서이다. 이로써 국어교육에서 의사소통이란 것이 갖는 궁극적 의미가 다소 명확해졌다고 본다.

하지만 또 한 가지 중요한 사실은 우리가 교육을 통해 단지 비판적인 지성만을 일깨우고자 함은 아니라는 점이다. 이데올로기를 비판하는 것은 중요하지만 그것은 자칫 우리를 일련의 비관론에 빠지게 만들 우려가 있

---

16) Norman Fairclough, *Language and Power*, Longman, 1989, p. 75.

다. 즉 지배 이데올로기와 권력만이 부각되면 그에 대해 아무리 비판을 해도 그 비판의 힘은 오히려 기존 체제의 위력을 인정하는 데 기여하게 되기가 쉽다. 그렇게 되면 교육이 기존 체제에 저항하고 새로운 세계를 창조할 주체를 형성하길 기대하기가 어려워진다. 이데올로기의 생산적 측면에 주목해야 하는 이유가 여기에 있다.

특히 대중문화라는 숨겨진 권력의 힘이 나날이 늘어가는 오늘날, 진정한 의사소통의 성취와 문화의 발전을 위해서라면 국어교육이 단순한 의사소통 기능이 아니라 비판적이고 창의적인 사고력의 발달에 기여해야 함은 제법 자명해진다. 후술하겠지만 대중문화는 거부할 수 없는 현실이며, 나아가 부정적인 것만은 아니라는 인식, 또한 문화의 소비자로서 학생들이 대중문화의 순진한 희생양만은 아니라는 사실에 우리는 유념해야 한다. 국어교육의 책무와 희망은 여기에도 있다.

2. 국어교육에 관한 문화적 이해

(1) 사회 구성주의적 접근

1) 사회 구성주의에 대한 이해

지난날 우리 교육은 행동주의의 일방적인 지배를 받아 왔다고 해도 지나치지 않다. 실험실의 쥐로부터 도출된 모형에 따라 인간에 대한 교육이론이 만들어졌다는 점을 들어 비난하는 것은 지나친 일일지 모른다. 하지만 이로부터 수행을 위한 훈련(training)과 이해를 초래하는 교수(teaching)와의 구별이 없어졌다는 지적은 사실로 들린다. "사람을 포함하여 모든 동물은 경험을 통하여 만족스런 결과를 초래하는 행동을 반복하는 경향이 있다."라는 손다이크(Thorndike)의 공식은 특별히 신기한 원리라고도 할 수 없는 주장이었다. 하지만 행동주의자들은 이를 "강화되는 반응은 무엇이든지 반복된다."라고 체계화하였고, 이어 강화를 바탕으로 한 '학습이론'

을 구축하였던바, 불행히도 이 이론이 교육에 막강한 영향력을 행사해 왔
던 것이다.17)

그러나 오늘날 우리가 문제 삼는 교육이란 이전에 경험하지 않은 문제
해결에 더 초점을 두고 있다. 이제 중요한 것은 기본 개념들뿐만 아니라
이들 사이에 상정되는 관련성에 대한 개념적 이해이다. 그러한 개념적 이
해를 가진 학생만이 새로운 문제에 봉착했을 때 문제 해결에 성공할 수
있는 것이다.

물론 암기나 암기 학습이 전혀 소용없다는 것을 의미하지는 않는다. 그
러나 지식이 어떤 독립적 세계를 나타낸다는 개념은 점점 포기되고 있다.
진리란 주체로부터 독립된 외부세계의 상태나 사상을 그대로 반영하는 것
으로 간주하던 기존의 관념으로부터 하나의 인식론적 전환이 일어나기 시
작한 것이다. 아울러 "세계를 설명하는 진리는 단 하나이다."라는 사고도
배척된다. 어떠한 설명도 관찰자의 경험으로부터 도출되기 때문에 문제를
해결하거나 목적을 달성하는 방법은 항상 다양하기 마련이다.

가령, 하늘의 별자리를 생각해 보자. 기원전부터 카시오페이아자리는
W자형으로 간주되어 왔다. 그러나 이 다섯 개 별 가운데 알파는 45광년,
베타는 150광년, 감마는 96광년, 델타는 43광년, 입실론은 520광년씩 지
구로부터 떨어져 있다. 그러고 보면 카시오페이아자리라는 이미지는 오로
지 우리 마음속에 존재하는 것이다. 이것이 경험 세계에 대한 주관적 구
성이라고 하는 것의 일부이다.18) 그런데 여기서 주목해야 할 사실은 카시
오페이아자리를 그같이 인식하는 것이 단지 개인의 주관적 구성에 의한
것이라는 사실만이 아니라 그 같은 인식이 한 집단의 신화적 사고와 맞물
려 그 사회에 전승되어 왔다는 사실이다. 다른 사회에서 그와 다른 모양
으로 인식하는 것은 오히려 자연스러운 일이다.

이처럼 사회적 구성주의(constructionism)는 전통적 인식론과는 물론 급진
적 구성주의(constructivism)와도 구별된다.19) 우선 사회적 구성주의와 급진

---

17) 조연주 외, 『구성주의와 교육』, 학지사, 1997, p. 16.
18) 위의 책, p. 20.
19) 이하 사회적 구성주의와 급진적 구성주의에 관해서는 위의 책, pp. 32-39 참조.

적 구성주의는 모두 개별 정신이 하나의 독립된 세계를 반영하는 도구로 보는 전통적 입장에 대립한다. 전통적 인식론은 외인적(exogenic) 관점, 곧 정신이 자연의 거울이라고 보는 관점과 내인적(endogenic) 관점, 곧 인간 고유의 이성 등에 우선적 강조를 두는 관점으로 대별될 수 있는데, 전자는 학생을 백지상태(tabula rasa)로 보기 때문에 내적 표상을 형성하기 위해 필요한 환경적 투입에 초점을 두는 반면, 후자는 정보량보다 정보에 관해 사고하는 방식을 강조한다. 하지만 외인적 입장에서처럼 만일 학생이 백지상태라면 외부세계가 정신의 백지상태를 어떻게 채울 수 있는지 설명하질 못한다. 사람이 정신적으로 백지상태라면 전혀 구별을 할 수 없고 경험은 혼란 상태가 되어 사고를 진행해 갈 아무런 수단도 없는 셈이 되기 때문이다. 반면에 내인적 입장은 결국 앎의 범주가 선험적이라는 별로 반갑지 않은 결론에 도달하게 된다.

사회적 구성주의와 급진적 구성주의는 모두 지식 창출에 있어 이와 같은 패러다임을 비판한다. 두 가지 설명 모두 인식론적으로 미해결의 문제를 안고 있다. 뿐만 아니라 문제는 이원론적 가정 자체에도 존재한다. 더욱이 지식과 의미의 기원에 관한 논쟁은 오늘날 별 의미가 없어 보인다. 오늘날에는 개념적 객관성을 언급하기보다 가치와 문화를 표현하는 목소리들이 높이 대두되고 있다. 즉 전통적인 지식관은 개인주의적 인간관과 일치하는바, 이런 전통에서 사람들은 바로 자신이 삶의 주체이자 중심이라는 생각을 하게 되고, 결국 개인주의 이데올로기는 인류의 복지에 반하는 중요한 위협으로 등장하게 되었던 것이다. 이제 지구촌 시대에서 우리는 가치와 문화를 문제 삼지 않을 수 없게 된 것이다.

하지만 급진적 구성주의는 현대적인 의미에서의 내인적 이론에 해당한다. 그들에 따르면 지식은 감각이나 의사소통에 의해 수동적으로 획득되는 것이 아니라 인지 주체에 의해 적극적으로 형성되는 것이다. 즉 이 입장의 초점은 개인들의 정신 과정과 그들이 정신 속에서 세계의 지식을 구성하는 방식에 있다. 그런데 이렇게 되면 결국 '세계'라든가 '타자'라고 믿는 모든 것은 바로 우리 자신이 설계한 것의 부산물이 될 따름이다. 이런 문제들은 급진적 구성주의자가 의사소통을 설명할 때 더 심각해진다.

이들에 따르면 신호와 기호, 상징, 언어는 단지 주관적인 것에 불과해지기 때문이다.

사회적 구성주의는 외인적인 입장처럼 외부 세계를 근본적인 관심사로 시작하지도 않고, 내인적인 입장처럼 개인의 정신을 관심사로 시작하지도 않는다. 그들은 언어를 관심의 초점으로 삼는다. 우리가 지식이라고 간주하는 문화를 분석해 보면 언어적인 것들이 검출되기 때문이다. 문화는 텍스트의 더미로 볼 수 있다. 또한 교실 내에서의 지식의 전수라는 것도 분석해 보면 강의와 토론, 텍스트와 같은 언어로 이루어져 있음을 알게 된다. 언어가 주관적이라면 의사소통의 가능성도 없고 문화의 가능성은 사라진다. 언어는 사회와의 상호 작용 과정에 의해 의미를 갖게 되는 것이다.

2) 사회 구성주의의 언어관

지식에 관한 정초주의(foundationalism)를 비판한다는 점에서 구성주의는 이른바 포스트모더니즘이나 해체주의와 상통한다. 현대의 철학은 지식과 이데올로기, 객관성과 비객관성의 구분 자체에 의문을 제기한다. 특히 포스트모던 철학은 지식이나 인간의식에 있어서 궁극적이고 절대적인 기초가 존재한다는 근대 철학의 기본 가정과 신념들을 정초주의라는 이름으로 비판, 배격하고 반정초주의(anti-foundationalism)를 자신들의 기본 입장으로 표방하고 있다. 사실과 가치를 엄격히 분리하는 전통적인 이분법적 사고 역시 가치 또는 이론부하설(theory-ladenness)에 의해 부정된다. 우리의 인식과 지식이 가변적인 개념적 틀(conceptual scheme)[20]에 의존하는 만큼, 그것은 어디까지나 상대적이며 우연적인 것일 따름이기 때문이다. 따라서 이와 같이 각기 다른 개념적 틀에 의해 다르게 파악된 세계와 사물에 대한 인식은 어느 것이 더 옳은 것인가를 비교 평가할 수가 없게 된다. 왜냐하면 각기 다른 인식이 바탕하고 있는 개념적 틀을 어느 것이 더 옳은 것인지 평가해 줄 수 있는 제3의 중립적인 틀이란 주어져 있지 않기 때문이

---

20) 우리가 '스키마'라고 불러온 것만이 아니라, 토마스 쿤의 '패러다임'이나 미셸 푸코의 '에피스테메' 등과 상통하는 개념을 가리킨다.

다.21)

해체주의 역시 마찬가지이다. 해체주의와 구성주의는 그 명칭으로만 보면 일견 대립되는 입장처럼 오해되기 쉽지만 지식의 절대성을 해체하고자 하는 것이나 지식이 구성된다고 주장하는 것이나 그 입장은 서로 유사한 것이다.

이에 먼저 해체주의의 언어관부터 살펴보자.

앞에서 우리는 '남자'라는 단어를 이해함에 있어 '여자'와의 대립, 또는 변별적 자질에 의해 그 의미를 알 수 있다는 예를 든 바 있다. 이처럼 의미가 어떠한 실정적(positive)인 것에 의해서가 아니라 단지 부정적(negative)인 관계들에 의해 규정된다고 보는 것이 바로 소쉬르 언어학의 입장이다. 소쉬르 이전에는, 의미는 사물에서 오고 그 사물은 낱말에 재현(representation)된다고 보거나, 의미는 보편적 관념에서 나오며 그 관념은 낱말에 의해 표현(expression)된다고 보는 것이 일반적이었다. 그런데 소쉬르 언어학은 의미가 언어에 앞서 존재하지 않고, 언어에서 비롯된다고 주장하면서 그 이전의 의미 이론들과 결별했다. 즉 기호는 다른 기호와의 상호 관계를 통해서만 정의될 수 있을 따름이며, 따라서 소리나 의미는 체계에 앞서 존재하는 것이 아니라 체계에 의해 만들어지는 것이다. 언어는 차이로 이루어진 체계인 것이다.

그런데, 만일 그러하다면, 의미는 결코 고정되지 않는다. '노랑'이라는 기호는 실정적인 정의를 통해서가 아니라, '빨강'이 아니고 '파랑'이 아니고 '검정'이 아니라는 식의 부정적 관계들에 의해서 그 의미의 가능성만 드러낼 뿐이다. 사실은 '흑'조차 '백'과의 대립을 통해서만 정의되지는 않는다. '흑'은 '백'이 아닐 뿐만 아니라 '핑크'도 아닌 것이다.

실제로 어떤 단어의 의미를 알려고 한다면, 사전에서 그것을 찾아볼 수 있겠지만, 그러나 그 과정에서 우리는 우리가 조사해서 찾은 기의보다 훨씬 더 많은 기표가 있다는 것을 알게 될 따름이다. 기표를 찾는 과정은 무한할 뿐만 아니라 다소 순환적이다. 기표는 기의로 치환될 수 있을 뿐만

---

21) 지식의 상대성과 교육의 문제에 관해서는 조화태, 「포스트모던 철학과 교육의 새로운 비전」, 강영혜 외, 『현대사회와 교육의 이해』, 교육과학사, 1994를 참고할 것.

아니라 기의 역시 기표로 치환될 수 있기 때문이다. 본질상 기표가 아닌 종국적인 기의에는 결코 도달할 수가 없다. 어린아이의 끝없는 물음에 대한 대답에서처럼, 혹은 사전상의 정의에서처럼 하나의 기호는 무한히 다른 기호로 우리를 인도한다.[22]

이를 두고 해체주의의 문을 연 데리다는 차연(差延, differánce)이라고 불렀다. 의미는 공시적인 차이(差異)에 의해 존재 가능함과 동시에 시간적인 차이에 의해 끊임없이 지연(遲延)되는 것이다. 내가 어떤 문장을 읽었을 때 그것의 의미는 항상 어느 정도 '연기'·'지연'된 어떤 것이다. 하나의 기표는 '나'를 다른 기표와 관계하도록 만든다. 각각의 기호에는 기호가 되기 위해 그 기호가 배척했던 다른 낱말, 곧 '타자'의 '흔적'이 깃들어 있으며, 이 연쇄는 끊이지 않는다. 달리 말하면, 모든 것은 나머지 모든 것들의 흔적을 담지하고 있고, 그로 인해 언어의 어떤 기본 단위도 절대적으로 정의될 수 없다.

소쉬르 이래 구조주의 언어학은, 한 언어 안에서는 모든 사람이 같은 언어를 말하며 말하고 쓰는 모든 발화의 밑바닥에는 소리와 의미의 공통된 약호나 일반체계가 깔려 있다고 믿었다. 그러나 체계라는 관념을 모두 부정할 수는 없으나, 모든 담론 뒤에 단일하고 일반적인 체계가 놓여 있다는 신념은 의심스러워졌다. 그 신념이란 곧 모든 사회적인 것은 동질적이며, 모든 사람들에게 공유된다고 생각하는 것에 다르지 않다. 사회의 모든 갈등을 무시하고 심지어는 담론 간의 차이와 갈등을 무시하게 되는 것이다

그러나 데리다에 따르면 언어는 고정된 실체가 아니다. 언어는 나로부터 독립되어 자율적으로 존재하는 실체가 아니다. 언어는 내가 '사용'하는 도끼나 망치 같은 임의적인 어떤 도구라기보다는 내가 '구성'하는 어떤 것이다. 다른 담론은 다른 체계를 형성한다. 의미의 가능성은 실증적 조건의 구조를 통해서보다는 담론이 만들어지는 사회적 제도적 위치에 의해 명확한 의미가 되는 것이다.

---

22) 마단 사럽, 임헌규 편역, 『데리다와 푸코, 그리고 포스트모더니즘』, 인간사랑, 1991, p. 20.

구성주의적 관점 역시 언어의 의미란 둘 이상의 사람들의 협력에 의해 이루어지는 것으로 본다. '내'가 여기서 말하는 바는 상대방이 그 의미에 동의하지 않는 한 별 의미가 없다는 것이다. 앞서 든 '자유'와 같은 예를 생각해 보라. 심지어 저명한 시인의 작품도 단지 사회적 공인을 받은 허튼 소리에 지나지 않는 것으로 볼 수도 있다. 따라서 사회적 구성주의는 전통적인 지식 개념의 개인주의적 이데올로기를 공동체의 관심으로 대치하고자 한다.[23]

또한 언어의 의미는 상황 구속적이다. 언어란 독백을 포함하여 나와 타자 사이의 대화이다. 대화야말로 담론의 기본조건이 되는 것이다. 그런데 담론들은 그것이 형성되는 제도와 사회적 실천의 종류에 의해, 그리고 말하는 사람들과 그들이 말하는 상대의 지위(position)에 따라 그 모습을 달리한다. 다양한 종류의 사회 계층은 같은 단어들을 다른 의미로 사용하며 사건과 상황을 해석하는 데에서도 제각기 다르다.

아울러 구성주의자들은 언어는 세계를 이해하는 수단이거나 자기표현의 수단이라기보다 일종의 게임이라고 이해한다. 그러기 때문에 같은 진술이라도 지식으로 받아들여지는 것이 있고 그렇지 않은 것이 있다. 학자들의 대화를 학자 아닌 사람들이 들으면 현학적인 어사로 들릴 테지만 학자들이 전문용어를 구사하는 것은 의사소통을 하는 데 합리적일 뿐만 아니라 편하기 때문이다. 그런 말들은 특정 공동체 안에서만 특별한 가치를 지닌다. 구성주의자들에게 중요한 것은 언어 사용의 실제적인 조건이자 제한 사항이다. 게임을 벗어나는 그럴 듯한 말이란 없기 때문에 순수한 언어란 존재하지 않는다. 모든 언어는 어떤 공동체 내에서 필요한 기능을 수행한다는 점에서 일종의 응용인 셈이다.

3) 사회 구성주의의 국어교육적 함의

그렇다면 이 같은 구성주의적 언어관이 국어교육에 의미하는 바는 무엇일까?

---

23) 조연주 외, 앞의 책, pp. 35-37.

국어교육과의 관련을 말하기에 앞서 교육 일반의 사태에서 일어날 변화를 말하는 것이 순서에 맞겠다. 구성주의적 입장에서 보면 학습은 단순한 자극 - 반응 현상 이상의 것이다. 즉 학습을 위해서는 자기 조정과 성찰적 사고가 그리고 추상화를 통한 개념적 구조의 수립이 필요하다. 문제 해결은 기계적으로 학습한 정답의 재생에 의해 수행되지 않는다. 문제를 해결하기 위해서는 먼저 그것을 나 자신의 문제로 간주해야 한다. 즉, 문제는 목표를 향한 나의 진로에 있어 하나의 장애로 보아야 하는 것이다. 그러므로 동기유발 활동은 매우 중요한 의미를 갖게 된다. 물론 문제 해결 과정에서 학생들마다의 상이한 해결이 똑같이 바람직한 것으로 간주되어야 한다는 것을 의미하지는 않는다. 그러나 바람직한 목적을 달성하려면 방법 그 자체의 정당성에 의해서가 아니라 속도, 경제성, 관습, 공동체적 가치 등의 어떤 다른 가치 척도에 비추어 정당화될 수 있을 것이다.

이로부터 우리는 구성주의적 교육관에 따라 학생들이 지식의 소극적 소비자가 아니라 적극적 구성자로 위치될 것을 예견할 수 있다. 동시에 우리는 그들의 활동이 추상적인 지식의 형태가 아니라 구체적이고 상황 맥락적인 형태로 이루어지리라 기대할 수 있다. 나아가 개인주의적 입장에서가 아니라 공동체 문화의 관점에서 교육 활동이 전개되리라 기대할 수도 있을 것이다.

문제는 다시 국어교육으로 돌아올 때 일어난다. 지식과 언어에 대한 사회적 구성주의의 관점이 교육에 투영된다는 것은 어떤 의미를 지닐까. 담론에 대한 구성주의 이론은 우선 의미와 의미 형성의 역동적인 특성을 강조한다. 독해 연구에 대한 구성주의적 전통의 초기 연구자들은 어떻게 사람들이 그들 나름대로의 지식, 그리고 주어진 과제와 상황에 대한 그들 나름대로의 해석에 일치하도록 텍스트의 의미를 구축하고 적용하는지에 대해 주된 관심을 두었다. 또한 구성주의적 연구는 다른 문화적 경험을 쌓아온 독자들 사이에, 또는 독자들이 서로 다른 시각과 목적을 가지고 텍스트를 읽을 때 텍스트에 대한 의미 해석이 그들 간에 얼마나 다르게 될 수 있는지를 분석해 왔다. 아울러 독자가 이해한 의미가 훗날 그 텍스트를 회상하는 상황에 따라, 또는 독자 자신의 지식이나 정신 상태의 변화에 따라 시간적으로 어떻게 변화하는지도 검토하였다. 그 같은 연구의 결과, 오늘날 독해가 구성적 활동이라 부르는 것은 하나의 상식처럼 되었다.

구성(construction)이란 독해의 과정을 설명하기 위한 비유의 일종이었다. 그런데 이 비유는 작문에도 잠재력을 갖고 있다. 이것은 단지 "작문은 그전에 존재하지 않았던 텍스트가 존재하도록 하기 위해 구축하는 과정이며 그 텍스트를 작성하기 위해 작가는 그에 대한 의미를 만들어야 한다."라는 것 이상을 의미한다. 즉 구성적 활동의 사회적 의미를 좀더 넓게 이해해야 할 필요가 있다 하겠다.[24]

가령 작가와 독자의 관계부터 다시 이해해 보자. 전문작가든 일반인 또는 학생이든, 글을 쓰는 이들은 누구나 자신을 위해서보다는 독자들을 위해서 텍스트를 작성한다. 그 독자층은 기지 혹은 미지의 대상일 수도 있으며, 인접해 있거나 멀리 떨어져 있을 수도 있고, 한 명일 수도 있고 수천 명일 수도 있으며, 그 주제에 대해 잘 알 수도 있고 전혀 모를 수도 있으며, 그에 대해 공감하거나 반대하는 경우도 있을 것이다. 그래서 작가와 독자 간의 관계는 때때로 일종의 권력 획득을 위한 갈등 관계로 인식되어 왔다. 텍스트 작성을 레토릭(rhetoric), 곧 설득의 과정으로 이해하는 데에는 나름대로 진실이 있다. 그러나 또 다른 이해 방법은 작가와 독자가 그들의 생각을 채우려고 노력하는 협동적 작업으로 그 관계를 이해하는 방식이다.

작가는 단지 단서를 제공할 뿐이고, 그 단서를 사용하는 것은 독자다. 지나치게 분명한 텍스트는 특정 독자들에게는 매우 지루할 수도 있다. 그와 같은 글은 독자들이 추론하는 즐거움 또는 도전 의욕을 박탈할 수 있고 독자들로 하여금 모욕적이거나 곤혹스러움을 느끼게 할 수도 있다. 가령 특정 독자의 입장에서 지나치게 뻔한 내용을 설명하고 있거나 그와 반대로 이해하기 어려운 것을 상식인 양 설명하지 않는 사태를 생각해 보자. 그렇기 때문에 연구 논문에서 일반론을 늘어놓는 것은 부적절한 일이다. 이런 측면에서 볼 때 명확성은 글의 주요 덕성이 아니다. 무엇이 필요한

---

24) 구성주의와 독해 및 작문의 관계는 조연주 외, 앞의 책 제16장을 참고함.

지는 작가가 무엇을 말하고 싶어 하는지에만 달려 있는 것이 아니라 독자가 무엇을 알고 있는지에도 달려 있다. 명확성은 상대적인 것이다. 그러므로 작가가 분명히 밝힌 것과 독자가 추론하도록 밝히지 않은 것 사이에는 흥미로운 긴장 상태가 있다. 독해 과정은 이러한 협동적 작업에 의해 이루어진다.

한편 작가는 독자다. 작가가 자신의 텍스트의 독자라는 분명한 사실에 대해서는 더 말할 필요가 없다. 하지만 더 중요한 것은 어떻게 읽고 쓰는 단일한 활동에서 한 사람이 작가(텍스트를 위해 의미를 구성하는 자)인 동시에 독자(텍스트로부터 의미를 구성하는 자)가 될 수 있는가 하는 점이다.

대학교에서의 글쓰기를 생각해 보자. 다른 사람들의 텍스트에 기초한 작문은 매우 일반적인 활동에 속한다. 작문 활동의 상당 부분은 다른 텍스트를 읽고 작문하는 과제인 것이다. 이와 같은 활동에서 작가는 그 자신의 의미를 구성할 때 다른 작가가 쓴 텍스트를 참고하고 직접 활용한다. 여기서 독해와 작문 과정은 혼합된다. 물론 행동만을 본다면 독해와 작문은 뚜렷이 구별되는 듯하다. 이는 마치 처음에는 독해 단계가 있고 그 다음에 작문 단계가 있는 듯이 보이게 한다. 그러나 행동보다 구성 과정을 생각한다면 우리는 독해—텍스트로부터 의미를 형성하는—로부터 구성이 어디에서 끝나며 작문—텍스트를 위해 의미를 형성하는—을 위한 구성이 어디에서 시작하는지를 말할 수 없는 것이다.

그런데 전통적으로 우리 초·중등학교에서 독해에 대한 교육은 다른 텍스트를 쓰기 위한 텍스트의 활용이나 텍스트들 사이에 연관을 짓도록 하는 것이 아니라 일반적으로 하나의 텍스트에 대한 분석과 이해, 감상과 비평을 강조한다. 반면에 대부분의 작문 교육은 독창적인 텍스트를 쓰는 데 초점을 두며 이는 다른 텍스트에 기초한 작문이 아니라 개인적인 수필이나 논설과 같은 형태로 이루어진다. 대학의 리포트처럼 텍스트 참조를 통한 텍스트 구성을 생명으로 삼는 작문은 부과되지 않는 것이다.

이것은 보수적 독해관이자 작문관이라 할 수 있다. 이렇게 되면 독해나 작문 과정에서 구성적 주체로서의 힘은 발휘되지 않는다. 거의 대부분의 경우 자기만의 독해는 오독으로 처리되며 그것은 결국 시험을 통해서 '처벌'될 가능성이 크기 때문이다.

하지만 우리가 구성주의나 해체주의의 언어관을 따른다면 독해는 곧 오독이라 할 수 있다. 단일한 해석이 우리 바깥으로부터 객관적으로 존재하는 것이 아니라 단지 여러 오독들이 있을 뿐이기 때문이다. '통제된' 혹은 '정확한' 해석을 성취하려 하는 어떠한 비평이나 교육, 또는 책읽기 이론은 정작 독해가 갖는 의미 창출적 행위를 심각하게 훼손하는 것이 되고 만다. 오독의 잘못은 언어에 있는 것이지 독자에게 있는 것이 아니다. 텍스트는 스스로를 해체한다. 의미는 확정되지 않는다. 거칠게 말해, 텍스트는 스스로를 오독하는 것이다.[25]

따라서 무엇보다도 읽기의 개방이 전제되지 않으면 안 된다. 유일한 독법은 없다. 그럼에도 이제껏 교육은 텍스트가 아무리 복잡하고 다층적인 의미를 지니고 있다 할지언정 한 텍스트의 해석은 모든 독자에게 동일한 것이라고 가정하곤 하였다. 하나의 독자로서 어떤 작품에 대해 타인이 갖고 있지 않은 사적인 연상을 할 수는 있지만, 그에 반해 그 작품의 공적인 의미에 대한 자신의 인식은 자신의 삶과 연결된 특이한 모든 연관들을 제거함으로써 얻어지게 된다는 것이다. 우리는 저마다 그 텍스트의 '이상적 독자'로서의 보편적 인간에 스스로를 동화시키고자 하였다. 그러나 그 보편적 인간의 성(性)은, 인종은, 그리고 연령, 국적, 종교는 과연 무엇인가. 어느 여성이 여성차별주의자의 시를 읽을 때, 그녀는 그것을 하나의 이상적 독자 가운데 한 사람으로서, 결국 한 남자로서 읽는 것인가? 『허클베리 핀』을 읽는 흑인들은 마크 트웨인이 기대한 백인 독자의 자리로 들어가야만 하는 것인가? 독자 구성원에게 텍스트를 읽을 때 자신의 관습적 정체성을 제쳐 두도록 어떻게 요구할 수 있을 것인가? 또한 다른 시대의 작가들이 우리 시대의 가치를 정확히 모사하기를 기대한다는 것은 비현실적이며 시대착오적일 것이다.[26]

---

25) 이에 관해서는 폴 드 만, 장경렬 역, 「문헌학으로의 복귀」, 『현대비평과 이론』 6호, 한신문화사, 1993을 참고할 것.

26) David H. Richter, *Falling into Theory : Conflicting Views on Reading Literature*, St. Martin's Press, 1994, p. 6.

왜 이 작품이 다른 작품보다 좋은가. 거기에는 '나'의 이해관계가 작동한다. 이해관계란 지식을 구성하는 적극적 요소이지 지식을 위태롭게 하는 한갓 편견에 그치는 것이 아니다. 이해관계의 다름은 필연적으로 갈등을 낳는다. 그러나 갈등 또한 타기해야 할 그 무엇이 아니다. 위장된 화해를 강요하는 것이 교육적이라고 말할 수는 없다.

그래서 갈등의 교육적 가치를 극대화하고자 하는 갈등 학습(conflictual learning)27)은 비평 범주, 이론적 이슈, 설명 방식, 독법들 사이에 개입하는 이해관계의 갈등을 학생들에게 드러내고 보여주는 것을 목적으로 한다. 갈등 교육의 미덕은 일차적으로 학생들로 하여금 읽기가 순진무구한 행위가 아니라는 점, 즉 읽기의 이해관계를 보여준다는 점에서 발휘된다. 이 갈등은 한편에서는 전통적 읽기의 방법들에 대한 거부와 도전이라는 측면을, 다른 한편에서는 현대적 독법들 사이의 경쟁이라는 양상을 띠고 있다.

협동 학습(collaborative learning)도 마찬가지이다. 지식을 사람의 정신 안에 내재해 있는 것으로 보는 전통적 입장에서 교사와 학생은 뚜렷이 구별되었다. 그 교실에서 지식을 아는 자는 오로지 교사이며 학생들은 오로지 그 지식의 내용이 채워져야 하는 대상이 되는 것이다. 반면에 구성주의 관점에서 모든 개인은 지식이나 이성의 소유자가 아니라 지식이 만들어지는 과정의 참여자이다. 합리적이고 지식적인 진술이란 인간 내면의 외적 표현이 아니라 지속적인 공동체적 교류의 산물이다. 구성주의적 입장을 취하는 교사에게 어려운 일은 학생들로 하여금 일련의 대화에 참여하게 하는 것이다. 이 경우 학생은 어떤 대상이 아니라 관계 속에서 기능하는 주체이다. 교육은 주로 이 대화에 참여하는 사람들의 행위를 조정함으로써 즉 상호교류에 의해 일어난다. 따라서 구성주의의 시각에서는 협동 학습의 활성화가 강조된다.28) 여기서 협동 학습이란 학생들 간의 지속적인

---

27) 갈등 교육에 관해서는 Gerald Graff, "The Future of Theory in the Teaching of Literature", in Ralph Cohen ed., *The Future of Literary Theory*, Routledge, 1989 및 도정일, 「고슴도치와 여우, 그리고 두더지」, 『현대비평과 이론』 6호, 한신문화사, 1993을 참고할 것.

28) K. A. Bruffe, *Collaborative learning*, Baltimore : Johns Hopkins Univ. Press, 1993.

교류가 교육의 첫 번째 기능이 되는 과정을 일컫는다. 학생들은 타인의 관점을 알아보고 비판적으로 탐구하면서 배우고, 더 나아가 새로운 해석의 가능성이 교류를 통해 이루어진다.

이 같은 읽기의 개방은 우선은 학생들의 흥미와 동기 부여에 연관되지만 궁극적으로는 다문화주의에 이어지는 것이다. 자기화란 것이 자신이 지닌 이해관계에 따라 자의적으로 모든 것을 해나가도 좋다는 것을 의미하지는 않는다. 그것은 세계에 대한 수동적인 존재가 아니라 능동적이며 주체적인 존재로 되어야 함을 강조하기 위함일 뿐, 실천적 국면에서 세계에 대한 이해는 인간의 욕구나 동기, 신념과 목적 등에 의해 일방적으로 결정되는 것이 아니라 세계와의 변증법적인 관계 속에서 이루어지는 것이기 때문이다. 진리나 합리성의 기준은 다양한 욕구와 이해, 관심과 신념을 지닌 개인들 간의 논의와 비판적 검토를 통하여 형성되는, 인간의 주체적이자 협동적 노력의 산물인 것이다. 따라서 갈등 학습은 서로 다른 기준과 견해에서 빚어지는 대립을 해소하고 공통적인 세계 인식 위에서 삶의 평화와 조화를 추구하는 관용(tolérance)의 정신과 상통한다.

(2) 문화론적 접근

1) 문화론에 대한 이해

문화론이라는 이름 아래 묶일 수 있는 문화에 관한 사유는 대단히 다양하고 복잡하다. 여기서는 단지 교육과 관련되는 의미에서 문화의 범주를 나누어 보고자 한다.

첫째는 흔히 문화적 유산이라 불리는 것으로서, 그 실체는 주로 이른바 고급 문화적 전통에 해당하는 것이다. 이는 소위 문화인의 교양이나 지식 또는 예술 개념과 깊은 연관을 갖는바, 전통적 교육과정에서는 바로 그러한 전통을 내면화하는 것이 문화적 능력이요 덕목이라 강조되어 왔다.

둘째는 문화인류학자들이 주로 관심을 갖는 '생활양식'으로서의 문화 개념이다. 모든 사회는 저마다 독특하게 유형화된 관습적 행위 양식이 있게 마련이다. 그런데 이러한 양식을 지속시키는 힘이 어디에서 오는가, 혹은 어떻게 유지되는가 하는 것은 설명하기 쉽지 않은 문제다. 그것은 마치 우리가 끼고 있는 안경의 렌즈가 우리 눈에는 보이지 않는 것과 마찬가지이다.

셋째는 문화 연구(Cultural Studies)적 시각을 들 수 있다. 문화 연구는 고급문화보다는 대중문화에 대해 더 관심을 가지며, 그것을 기술하는 것보다는 실천을 지향한다는 점에서 다분히 정치적이다.

국어교육은 이 가운데 그 어느 것도 소홀히 다룰 수가 없다. 민족의 문화유산을 전수하는 데 꾸준히 노력해 왔음에도 실제적으로 그 과업이 만족할 만한 수준으로 성취되었다고 보기는 힘들다. 그 이유는 아마도 학습의 자발성과 주체적 사고가 결여된 상태에서 오로지 당위나 강요의 형태로만 과업이 부과된 데 있을 것이다. 둘째 사항 역시 마찬가지이다. 국어교육은 살아 있는 언어생활을 대상으로 살아 있는 언어교육을 하기 위해 상당 기간 동안 노력해 왔다. 하지만 그 노력이 일상의 의사소통 기능 신장에만 머묾으로써 언어적 사고의 신장에까지 기여하지는 못한 것으로 보인다. 의사소통 기능 신장은 국어교육의 기본이지 궁극적인 목표라 말하긴 힘들다. 기본조차 제대로 교육하지 못한 것은 맹성(猛省)을 해야 할 일이지만, 우리의 목표는 그 같은 기본을 갖춘 상태에서 보다 차원 높은 곳으로 학생들을 인도하는 데 있을 것이기 때문이다. 동시에 일상으로의 확대가 단순히 소재적 확장의 의미에 머물어서는 안 된다. 우리는 학생들이 단순히 일상에 적응하는 수준이 아니라 일상의 뒤에 숨어 있는 의미를 파악하고, 일상의 변혁을 꿈꿀 수 있는 수준에 도달하기를 기대한다.

위의 세 가지 문화관 가운데, 대중문화를 본격적인 연구 대상으로 삼는 문화 연구적 시각을 각별히 강조하고자 함은 바로 이러한 까닭에서이다. 첫째, 당대의 문화적 능력에서부터 전통과의 대화가 시작될 수 있을 것이라는 기대다. 특히 당대의 대중문화는 학생들이 스스로 기꺼이 즐기고 있는 것임에 주목해야 한다. 거기에는 여하한 종류이든 간에 일종의 주체적 사고와 관심이 개재되어 있기 때문이다. 둘째, 언어생활에 직결될 뿐만 아니라 매우 커다란 비중을 차지하고 있는 대중문화를 도입함으로써 국어교육에 있어 일상성의 확보는 물론, 문화 연구의 시각을 통해 비판적이고 창의적인 사고 교육의 길을 모색할 수 있으리라는 점이다.

이러한 점에서 우리는 문화 연구적 시각을 기초로 앞서의 두 가지 문화론적 과제가 해결 가능해지리라 기대해 볼 수 있을 것이다. 현재의 언어생활 양식에 대해 올바르게 인식한다는 것은 곧 우리가 쓴 안경의 렌즈를 정당하게 인식하고 그 근원의 힘을 발견하는 것이 된다. 아울러 현 당대의 문화 가운데 압도적 위력을 발휘하고 있는 대중문화에 대해 막연히 혐오를 표하고 그것을 금기의 대상으로 규제하기보다, 이미 학생들의 삶의 맥락 속에 자리하고 있는 그것을 현실로 인정하여 교육의 장으로 끌어들이고자 하는 것은 미래 사회의 주역이 될 학생들의 문화적 정체성을 확립하고 문화적 능력을 신장시키고자 하는 것이 된다. 이 같은 인식의 힘과 문화적 정체성 및 문화적 능력이 확보될 때, 우리의 문화유산은 당위나 강요에 의해 그리하여 결과적으로는 소극적으로 계승되는 현재의 상태와 결별하게 될 것이기 때문이다.

이에 여기서는 문화연구적 시각에 대해 좀더 알아보기로 하겠다.

먼저 우리가 인정해야 할 사실은, 일반적으로 대중문화에 대해서는 부정적인 시각이 더 많다는 점이다. 교육계에서는 그 같은 시각이 더 증폭되는 것 같이 여겨지기도 한다. 하지만 대중문화에 대한 비판적 입장은 전통적 가치를 옹호하는 보수주의자들에게서만 발견될 수 있는 것은 아니다. 소위 진보적인 입장에 있는 사람들 가운데도 대중문화의 상업성과 이데올로기성을 들어 대중문화에 대해 비판적 입장을 취하는 사람이 많다. 두 가지 입장 모두 경청할 값어치는 충분하다. 그러나 이 경우 대중문화는 교육의 장으로 들어올 수 있는 입장권을 아예 얻지 못하거나, 입장권을 얻더라도 오직 비판당하기 위해서 들어오게 되는 셈이다. 이들의 공통된 우려는 대중문화가 생산자와 소비자 가운데 오로지 전자의 힘에 의해서만 지배되며 후자는 그에 철저히 영향을 받아, 단지 속거나 희생당한다는 인식에 기반하고 있다.

이러한 우려가 그릇된 것만은 아니다. 신문이 지배 체제의 공고화에 기여한다거나 텔레비전이 시청자로 하여금 지배 이데올로기를 자연스레 수용하게끔 만든다는 연구들이 바로 구조주의 혹은 기호학적 전통에 의해 산출되었다. 사실 이 같은 비판은 이데올로기의 중요성이 사라지지 않는 한 계속 주요한 의의를 갖게 될 것이다. 그러기에 영화나 텔레비전 드라마의 장르, 내용, 주제, 서술 방식을 기호학적으로 분석하는 작업은 여전히 계속되고 있는 것이다.

그러나 최근 들어 가장 많은 주목을 받는 분야는 문화주의적 접근이다. 유럽에서도 마찬가지이지만, 80년대 초반 영국 학자인 스튜어트 홀이 약호화-해독(encoding-decoding)의 문제를 제기한 이래 미국 커뮤니케이션 연구자들의 초점은 매체의 내용으로부터 수용자로 옮아갔는데, 이들의 전제는 연구자의 텍스트 분석 결과와는 무관하게 개별적 수용자는 자기가 속한 문화적 환경에 따라 메시지를 달리 해석한다는 것이다. 그에 따르면 입력한 약호와 해독한 약호가 불일치하는 현상은 첫째, 텍스트의 다의성(polysemy of texts) 때문이고, 둘째, 수용자의 해독 과정이 그의 이념적 윤리적 관점, 태도, 기호, 당시의 상황 등에 의해 극히 가변적이라는 점에 기인한다. 물론 사회 계층과 해석적 위치가 일정한 상관관계를 가지리라는 홀의 주장은 사실과 다름이 판명되었지만, 홀의 이 같은 문제 제기로 인해 연구의 초점이 텍스트로부터 수용자로 옮겨졌다는 점만은 분명한 사실이다.

수용자의 능동성이 지나치게 강조되어 대중문화의 지배 이데올로기의 힘이 무시되어서도 곤란한 일이지만, 그로 인해 체제 변화의 불가능성을 불가피한 것으로 받아들이게 되는 것은 역사적으로나 인식론적으로나 옳지 않다. 그것은 개인적 주체를 수동적으로, 힘의 관계를 고정적으로, 사회 분석을 몰역사적으로 간주하는 한계를 갖는다. 그런데 알튀세나 그람시 또는 푸코 등에 의해 이데올로기는 지배 이데올로기만 있는 것이 아니라 저항 이데올로기도 있다는 것, 그것들은 일상의 곳곳에 깔려 있으며 바로 그곳에서 권력의 헤게모니 쟁투가 벌어지고 있다는 것이 밝혀졌던 것이다.

한편 어떤 텔레비전 드라마가 저질이라고 주장하는 비평가들도 있고 그 드라마의 내용이 결국엔 지배구조를 재생산하는 역할을 하게 된다는 분석도 있겠으되, 하지만 그러한 논의는 그럼에도 불구하고 왜 많은 사람들이 그 드라마를 보는지에 대해서는 설명해 주지 못한다. 사실 사람들은 대중문화를 수용함에 있어 이데올로기로부터 완벽하게 분리된 채 오로지 즐겁기 때문에 그것을 받아들이기도 한다. 물론 그 즐거움이란 것 역시 지배층의 헤게모니를 유지하는 방식과 관련된 것일 수 있겠으나, 사람들이 대중문화를 즐김으로써 행복을 추구한다는 사실은 인정되어야 할 필요가 있다. 다시 말해 사람들은 대중문화 텍스트의 지배 이데올로기적 의미를 받아들이거나 그에 저항하기에 앞서 '웃음' 같은 신체적 즐거움에 더 관심을 갖는다는 것이다.

이러한 인식을 바탕으로 국어교육은 재구조화되어야 할 필요가 있다. 무색무취한 방식으로 우리의 언어생활을 다룰 것이 아니라, 현실과 분리된 고급문화의 전통 속에 머물 것이 아니라, 당대의 문화를 교육의 장 안에 끌어들이고, 그 각각의 문화 속에 함축되어 있는 이데올로기를 비판적으로 인식함과 아울러 각각의 문화 속에서 느끼는 즐거움을 적극적으로 인정함으로써, 궁극적으로 학생들에게 문화적 능력을 길러 주기 위한 적극적 체제를 마련해야 한다는 것이다. 그것은 곧 과거와 현재, 현재와 미래 사이의 대화를 의미하는 것이며, 학생들을 단순한 수용자가 아니라 지식의 생산자로 정위하는 의의를 지니는 것이다.

2) 문화론적 언어관

문화론의 외연과 내포는 너무 다양하므로 그 언어관도 일의적으로 소개하기 힘들다. 앞서 해체주의의 언어관은 문화론에서도 매우 중요한 의미를 지닌다. 여기서는 오늘날 많은 문화 연구자들의 기초가 되고 있는 바흐친의 언어관을 위주로 정리해 보도록 하겠다. 이를 통해 우리의 언어생활 양식에 또 다른 면을 발견할 수 있을 것이다.[29]

바흐친의 관심은 개인주의와 거리가 멀다. 물론 언어학이 사회 내의 기호를 연구하는 것이어야 한다는 소쉬르의 생각에는 동의한다. 그러나 기호의 속성이나 사회 내의 역할에 관한 논의에서는 상당 부분 그와 의견을

---

29) 바흐친의 언어관에 대해서는 여홍상 편, 『바흐친과 문화 이론』, 문학과지성사, 1995 및 이득재, 「바흐친의 유물론적 언어이론」, 『문화과학』 2호, 문화과학사, 1992를 참고함.

달리한다. 언어와 이데올로기를 개인의 의식에 자리매김하는 소쉬르의 개인주의적 접근에 반대하면서 바흐친은 어떠한 언어 행위도 전체 사회 내의 물질적 기반으로부터 유래하는 것으로 파악되어야 한다는 언어관을 편다. 인간 개인의 의식은 지극히 사회적인 것이며 언어 행위를 통한 기호의 생성도 결국 개인과 다른 사회 구성원들 간의 교호 작용을 통한 결과로 보기 때문이다. 그래서 랑그와 파롤의 이분법적 구분조차 사회와 개인의 구분을 재생산하는 것에 지나지 않는 것으로 그는 이해된다.

사실 우리가 자아를 구축하는 것은 남의 이야기를 듣고 배우는 과정이라고 해도 별로 지나치지 않다. 우리 삶의 과정은 대화의 과정이다. 학교에서의 배움도 대화이며, 소설을 읽거나 텔레비전을 보는 것도 다 대화에 해당한다. 대화는 언어를 주고받는 행위이다. 그런데 언어가 곧 사고라면 대화는 사고를 나누는 행위이다. 그렇다면 우리의 성장은 결국 남의 이야기와 자신의 이야기가 서로 섞이는 상호 교차적인 대화의 과정인 셈이라 할 수 있다. 우리 자신 내부에서의 이데올로기적 발달이라 함은 이러한 다양한 제도에서 흘러나오는 여러 가지 가치나 관점 등이 우리 내부에서 패권을 확보하기 위해서 끊임없이 싸우는 과정의 결과라 볼 수 있는 것이다. 따라서 바흐친에 따르면 언어에 관한 연구는 궁극적으로 이데올로기에 관한 연구가 되며 역으로 이데올로기에 관한 연구의 영역은 결국 기호의 영역과 겹친다.

의미란 언어적인 형식에서 생성되는 것이 아니라 의사소통 행위, 곧 담론적 실천을 통해 발견되는 것이다. 담론들은 상호 경쟁한다. 바흐친이 말하는 다중언어성이란 특정 상황 하에서 다양한 담론들이 자신의 목소리를 얻기 위해 노력하는 담론적 실천을 의미한다. 언어가 점차 분화되어 전문 용어가 생기고 관료적인 뜻 모를 말들이 나타나는가 하면, 민중의 은어 등이 등장하여 서로 우위를 차지하려 경쟁하는 모습도 이에 해당한다. 이렇듯 다중언어란 다양한 여러 세계관, 이데올로기적 신념 체계, 사회적 경험을 규정짓는 양식 등이 존재함을 보여 주는 것이다. 바꾸어 말하면 하나의 언어 공동체는 하나의 언어를 공유하기는 하지만 다양한 사회분파들이 그 공동 언어를 다양하게 해석하고 이용하는 것이다.

나아가 언어를 통하지 않은 정치적 투쟁은 없다. 우리처럼 단일어가 통용되는 사회에서도 그러한 다중언어적인 현상이 발생한다. 방언과 같은 언어적 차이는 말하는 사람의 사회 내의 위치를 상징하기도 하고 때로는 그러한 위치를 만들어 주기도 한다. 또 페미니즘적 관점에서 보면 가부장적인 억압과 그에 대한 저항도 역시 언어를 통해 이루어진다. 억압은 일상의 대화에서, 환자를 대하는 의사의 거만한 말투에서, 생활 보호 대상자에 대한 공무원의 관료적인 어투에서, 공식적인 장소에서만 행해지는 직장 상사의 느닷없는 경어투에서 이루어지며, 그에 대한 저항도 거기에서 이루어진다.

이러한 관점에서는 표준어가 갖는 의미도 다르게 해석될 수 있다.[30] 표준화 과정 자체는 다양한 기능을 수행한다. 그것은 다른 공동체들로부터 구성된 공동체를 분리시키는 동시에 더 큰 공동체 안에 개인과 집단을 통합시킨다. 그러므로 그것은 어떤 유형의 동일성 즉 지역적 사회적 종족적 종교적 동일성을 반영하고 상징화하는 데 이용될 수 있다.

하지만 표준화란 어떤 기준에 의해 하나의 지방어를 선택하는 것을 뜻하는바, 그 기준 여하에 따라 다른 변이형, 다른 기준, 그리고 이러한 변이형을 사용하는 사람들을 약화시키게 된다. 그런데 선택된 기준은 결국 권력(power)의 소유(所有) 및 권력의 부족(不足)과 관계가 있게 마련이다. 지배 세력과 관계 있는 변이형이 선택되는 것은 어쩌면 자연스런 일이다. 표준화된 변이형들은 화자들에게 권위를 주도록 사용될 수 있으며, 그것을 사용하는 사람과 그렇지 않은 사람을 구별해 준다. 그러므로 표준화된

---

30) 외국의 연구 사례에 따르면, 영국의 경우, 표준화란 자본주의 사회의 출현과 결부된 경제적 정치적 및 문화적 통일이라는 훨씬 더 폭넓은 과정 가운데 하나로 보아야 한다. 표준화는 의사소통을 개선하는 직접적인 경제적 중요성을 갖고 있다. 그것은 또한 민족의식의 확립이란 측면에서 거대한 정치적 문화적 중요성을 갖는다. 민족 국가는 자본주의에 호의적인 체제이다. 실제로 표준영어로 발전하게 된 사회적 방언은 중세 말기 런던의 상인 계급과 연관된 동중부 방언이었던 것이다. 이렇듯 표준화는 봉건주의로부터 자본주의로의 전환기에 있어서의 근대화, 혹은 중산 계급의 성장한 권력과 분리하여 생각할 수 없다. 표준 영어의 발전은 라틴어와 불어만이 아니라 '비표준적'인 사회적 방언들을 희생한 대가로 이루어졌다는 사실에 주목해야 하는 것이다. Norman Fairclough, 앞의 책, pp. 56-57.

변이형은 그렇지 않은 사람들에게 언어 행위에 대한 일종의 목표로 사용될 수 있다.

문제는 태도이다. 강렬한 연대의식을 느끼는 집단은 기준을 설정하는 데 있어 커다란 언어학적 차이점을 기꺼이 극복하려고 하는 반면에, 이런 감정을 갖고 있지 않은 집단은 상대적으로 사소한 차이점을 극복할 수 없고 유일하게 선택된 그 변이형과 기준에도 동의할 수 없을 것이다.

한편 바흐친은 형식주의자들과는 달리 문학과 문학외적인 담론의 총체를 구분하는 것에 반대하였다. 문학어와 일상어 사이에 분명한 경계는 없다. 그것들은 기호라는 점에서 모두 동일하다. 문학어 역시 개인적인 언어가 아니다.

은유를 예로 들어 보자. 과거에 은유는 종종 언어의 표현적 기능이라는 측면에서만 연구되었다. 그러나 이제 그것은 말의 본질적인 조건 중의 하나로 이해되고 있다. 앞서 데리다의 차연의 예에서 보듯, 모든 언어는 어떤 종류의 실재에서 다른 종류의 것으로 옮겨감으로써 작용한다. 따라서 언어는 본질적으로 은유인 것이다.

흔히들 과학 언어는 은유적이지 않다고 하지만, 은유적 표현은 언어 자체에 뿌리내리고 있다. 예를 들어 우리는 습관적으로 위아래라는 용어를 사용하여 친족 간이나 조직 사회에서 그 구성원의 관계를 표현하지만 이것은 바로 인간관계를 공간에 비유한 것이다. 은유는 이처럼 우리의 말에 너무 밀접하게 잠재되어 있기 때문에 우리는 그것이 은유인지조차도 망각해 버리기 쉽다. 은유는 속담이나 격언에서도 자주 발견된다. 예컨대 "시간은 돈이다."와 같은 말을 생각해 보자. 이것이 인간이 시간을 개념 지을 수 있는 유일한 방법인 것만은 아니다. 이런 것들은 단지 우리 문화의 산물일 뿐이다. 시간이 이러한 것들로 비유되지 않았던 문화도 있었다.[31] 하지만 이러한 사실을 알아차리기란 쉽지 않은 법이다.

이처럼 은유는 가장 시적이며 그래서 가장 위험한 것이 된다.[32] 은유는 아무런 역할을 하지 않는 단순한 미사여구가 아니다. 언어의 수사학적 내

---

31) 마단 사럽, 앞의 책, p. 41.
32) 올리비에 르불, 앞의 책, p. 154.

지 자의식적 사용은 현실로부터 분리되어 있는 것이 아니라 현실을 구성하는 것이며, 문체 또한 현실의 장식적 표면을 창조하는 것이 아니라 현실의 주요한 구성 요인인 것이다. 은유의 힘은 오히려 직설법 이상의 힘을 갖는다. 짐짓 아무렇지도 않게 은유를 담화에 이끌어 들이면서 사실은 아무런 증명이나 설명도 필요로 하지 않는 힘을 갖게 되는 것이다. 은유는 상당한 정도까지 우리가 상상할 수 있는 범위를 규정해 주고, 사물을 어떻게 상상하는가에 영향을 미치며, 세계관을 형성 유지하게 해 준다.

그러나 이러한 은유의 힘은 저항의 힘이 될 수도 있음에 아울러 유념해야 한다. 은유는 새로운 시야를 열어줄 뿐만 아니라 지성을 계발시킬 수도 있다. 은유는 이전에 깨닫거나 예견치 못했던 미묘한 유추를 가져다 줄 수 있으며 사물을 다르게 보는 방식을 가져다 줄 수 있다.

이른바 완곡어법에 대해서도 이와 유사한 설명이 가능하다. 이는 동일한 지시물에 대한 의미 연상을 변화시키고자 하는 방법 가운데 하나이다. 시니피에는 동일함에도 이 완곡어법에 의해 대치된 시니피앙은 언어적 금기에 해당하는 것들이다. 성·신체·생리 현상·죽음·질병·범죄와 같은 화제를 다룰 때에도 불유쾌한 연상들이 피할 수 없이 따른다.

그러나 완곡어법은 그러한 영역에서만 쓰이는 것이 아니다. 사회적이고 정치적인 주제에서도 즐겨 사용되는 것이다. 전쟁에서의 패퇴를 '작전상 후퇴'라 일컫는 것도 완곡어법이며, '감옥'에서 '형무소'를 거쳐 '교도소'에 이른 과정에도 완곡어법이 작용하고 있다. 집단수용소(concentration camp)도 원래는 완곡어법이었으며, 후진국(backward), 미개국(undeveloped)이니 하던 말이 개발도상국(developing countries), 저개발국(less developed countries)이라고 하게 된 과정에도 마찬가지로 완곡어법이 작용하고 있다. 실제로 알제리 전쟁 기간 동안 프랑스의 공식 담화는 전쟁이라는 단어를 사용하기 꺼렸다. 전쟁이라는 단어는 알제리가 하나의 국가라는 것을 의미하는 것이었고, 이렇게 되면 프랑스가 싸워 지키고자 하는 원칙 자체를 저버리게 되는 것이기 때문이었다.33) 우리가 6·25를 우리 스스로 한국 '전쟁'

---

33) 위의 책, p. 79.

이라 표현하길 꺼리게 됨도 같은 사연이라 할 수 있다.

완곡어법은 사물의 성질상 완화제이지 치료제는 아니다. 단어의 불쾌한 함축은 결국 단어 자체가 아니라 그 단어가 가리키는 대상의 탓이다. 그러므로 본래의 말을 바꿔치는 완곡 표현은 어차피 똑같이 지저분해지고 그래서 대체된 시니피앙은 자주 다른 시니피앙으로 바뀌게 된다. 그렇기 때문에 변소를 가리키는 완곡어법이 그렇게도 많은 것이다. 이처럼 완곡어법은 일종의 주술적 방법이라 할 수 있다. 즉 그것은 사람들 사이에 친교적 기능을 발휘하는 한편으로 무언가를 언어의 힘에 의해 왜곡시키고 은폐시키고자 하는 기능을 행하고 있는 것이다.

이상의 예들은 우리 일상 언어 주변에서 얼마든지 발견할 수 있는 것들이다. 언어를 둘러싼 이 다양한 역동성이 교육에 도입되고 반영될 때, 국어교육의 깊이는 더욱 심화될 수 있으리라 기대된다.

3) 문화론의 국어교육적 함의

이러한 관점에 선다면 국어교육의 영역은 더 확장되어야 할 필요를 느끼게 된다. 앞서 세계문학을 언급하면서 국어교육의 개념 규정이 지금보다 더 탄력성을 지녀야 한다는 점을 지적한 바 있는데, 대중문화를 논하면서 대중매체(mass media)를 배제할 수는 없듯, 미디어 교육을 감당해야 할 교과 역시 국어과를 제외하고는 발견하기 힘들다.

대중 전달 혹은 대량 전달, 곧 매스컴(mass communication)도 마찬가지다. 커뮤니케이션을 '의사 또는 의미의 전달'이라는 측면에서만 이해하는 것은 잘못이다. 그 경우 교육은 기능주의적 전통에 따라 레토릭 교육의 범주를 벗어나기 힘들다. 하지만 커뮤니케이션에 관한 정의는 'com'의 어원에서 알 수 있듯 '의미의 공유'로 내리는 것이 더 지지를 얻고 있다. 확실히 오늘날 매스컴은 누군가가 대중에게 무언가를 전달하는 도구라기보다는 우리 공동체가 어떤 의미를 공유하는 수단으로 존재하고 있다.

그런데 의미의 공유에는 경험 세계의 인식이 전제되어 있으며, 이를 이해하기 위해서는 인간 삶의 방식, 즉 문화에 대한 이해가 필요하다. 따라서 커뮤니케이션 연구는 곧 문화 연구와 동일시될 수 있다. 여기서 국어과가 커뮤니케이션, 곧 의사소통을 문제 삼는 교과임에 새삼 주목할 필요가 있다. 바로 그 상식으로부터 우리는 왜 국어교육이 문화 교육을 담당해야 하는지, 왜 매스 미디어와 매스컴을 비롯한 대중문화 교육에 중요한 기여를 해야 하는지에 대해 보다 분명한 대답을 들을 수 있을 것이다.

그렇다면 구체적으로는 어떠한 관계가 있을까? 신문이나 잡지의 예는 이미 국어교과만이 아니라 타 교과에서도 상당한 구체적 관련을 맺고 있다. 텔레비전 토크쇼를 예로 들어보자. 이 장르는 말하는 사람들 간의 관계, 대화의 구체적인 상황, 사회적 관계의 집합, 이데올로기적 지평 등으로 구성되어 있다. 토크쇼의 가장 중심에는 화자들 간의 대화적인 상호작용이 있으며 주변에는 그 대화에 참여하는 들리지 않는 많은 참여자가 있으며 또한 상업적인 내용으로만 말하는 방송 담당자와 광고주가 있다. 그리고 대담 프로에는 스튜디오 내의 방청객들, 사회자가 주 대상으로 말하는 내포적 청자들, 그리고 실세계에서 계급별, 성별, 인종별 모순으로 인해 가려져 있는 수용자들이 그 프로그램에 참여하고 있다.[34] 이 모든 것을 읽어내는 것, 그리고 거기에 바탕해 참여하는 데에는 상당한 언어적 사고력이 요구된다. 이것이 문자 텍스트로 국어를 공부하는 것보다 훨씬 풍부한 내용을 갖는다.

오늘날 우리 주변에서는 '영화 읽기', 'TV 읽기', '그림 읽기' 등과 같은 표현이 많이 등장하고 있다. 영화나 드라마나 그것들은 모두 기호학적 대상이 되기 때문이다. 문화를 기호학적으로 독해할 수 있는 능력은, 그런 점에서 오늘을 살아가는 문화 능력이라 할 수 있다. 인용으로는 상당히 긴 편이고 시사성도 다소 떨어지는 것이지만 아래에 그 같은 능력의 한 가지 예를 들어 보기로 한다.

> 요즘 방송하는 <명사가요열창>(문화방송)과 <토요대행진>(한국방송
> 공사)의 <떴다 이홍렬> 코너는 그 흥미로운 예이다. 명사와 서민들을 출
> 연 대상으로 하는 두 프로그램은 텔레비전이 각기 다른 사회적 계층을 어
> 떻게 다르게 의미화하며 어떻게 권력의 체계를 구조화하는지를 보여주는

---

34) 여홍상 편, 앞의 책, p. 320.

전형적인 예이다.

<명사가요열창>은 이른바 '명사'들이 참여하는 노래 부르기 대회이다. (…) 각 분야의 명사들이 출연해 노래경연도 하고 토크가 덧붙여지는 구성이다. 점잖은 이미지의 이계진과 미스코리아 출신 성현아가 사회를 본다. 일단 이 프로그램에 출연하는 사람들은 명사라는 위치를 부여받고 명사로 대접을 받는다. 출연자는 정치인, 기업체 사장, 고위 간부, 의사, 변호사, 박사 등이다. 꽃으로 장식된 탁자 주변에 죽 둘러앉은 그들은 줄곧 점잖은 말들을 주고받고 진행자도 "○○○님 근황은 어떠십니까?"라고 묻는다. 카메라도 경망스럽게 움직이는 대신 천천히, 때로는 촌스러운 느낌이 들 정도로 정통의 접근을 구사한다. 카메라가 출연자에 바짝 다가가거나 그들의 얼굴을 찌그러뜨리는 일은 없다(많은 오락프로그램들이 출연자─대부분 연예인인─의 얼굴을 찌그러뜨리거나 심지어 컴퓨터 합성까지 하는 것과 비교하면 대단한 차이이다).

출연자들은 애창곡을 부르는데 악단과 스태프들은 그들에게 노래 부르는 최상의 여건을 만들어주기 위해 애를 쓴다. 거리에 카메라 하나를 달랑 세워놓고 "지나가는 시민 여러분, 마음껏 재주를 부려보세요."라는 식의 무례함은 있을 수 없다. 노래를 잘 부르지 못하는 출연자가 나오면 악단이나 사회자, 그리고 스태프들은 안쓰러운 표정으로 그들의 노래를 인도한다. 구제불능인 출연자가 나오면 합창단이 뒤에 서서 노래를 받쳐준다. 그들이 노래를 못 부르고 실수를 한다고 해서 웃음을 터뜨리거나 그것을 면박 주며 즐기는 일은 금지되어 있다. (…)

<떴다 이홍렬> 코너는 이와는 정반대이다. 시장 등 서민들이 모여 있는 곳으로 찾아가 현장퀴즈를 내는데 서울의 용산, 마포, 남영동 등 중하류층이 모여 사는 곳이 채택된다. 코미디언 이홍렬이 진행을 맡고 그의 신체적 대비를 극대화해 우스꽝스러움을 주는 늘씬한 팔등신 미인이 그의 파트너로 나온다. 정식으로 출연 섭외를 하고 충분한 준비가 된 출연자를 카메라 앞으로 모시는 것이 아니라 아무 예고 없이 그들의 생활공간 속으로 불쑥 들어간다. 퀴즈는 '텔레비전을 가까이 보면 눈이 나빠지는가?', '비행기는 후진할 수 있는가?' 등 좀처럼 맞추기 어려운 것들이다. 시민들은 그런 난해하고 황당한 질문에 쩔쩔맨다. 들이대는 카메라를 피하기도 하고 이홍렬로부터 급습을 당해 당황스러운 표정을 짓고 엉뚱한 대답을 하는 것이 이 프로그램의 요체이다.

물론 이 두 프로그램을 통해서 전혀 다른 것을 읽어낼 수도 있다. 경직되어 있고 엄숙한 명사(상류층)와 생생하고 살아있는 서민들(하류층)이 그

것이다.

　그러나 그보다 더 중요한 것은 다음과 같은 상황은 상상조차 힘들며 그것이 텔레비전의 기능과 관련해 많은 것을 시사한다는 점이다. 카메라가 아무런 예고 없이 점잖은 변호사의 집무실로 찾아가 황당한 문제를 내고 못 맞히면 "그것도 몰라요."라고 면박을 주고, 맞추면 유치원 아이에게 하듯 "잘했어요."라며 선물로 우산을 안겨주는 상황. 시장 아줌마들을 방송사로 모셔서 뻔한 레퍼토리에 잘 부르지도 못하는 애창곡을 부르게 하고 점잖고 심각한 표정으로 근황을 묻는 상황.

— 양성희(1995), '선택적 바보만들기', 씨네21 11호

　이것은 기호학적·구조적 분석의 예가 된다. 이 글의 필자는 보이는 것의 뒤에 깔려 있는 보이지 않는 것을 발견하고 그 기호의 사회적 의미를 적출해 내고 있다. 그리고 그것을 꽤 재치 있는 방식으로 표현해 내고 있다. 국어교육을 통해 학생들에게 우리가 기대하는 능력이 국어적 사고 능력이라면, 그리고 그것에 기초해 이해력과 표현력이 증대되길 기대하는 것이라면, 나아가 그것이 국어에만 국한되는 것이 아니라 언어문화적 능력으로 발전되길 기대하는 것이라면, 우리는 이러한 예문의 생산자를 이상적 학습자상의 하나로 간주해도 좋을 것이다. 만일 우리가 정말로 사고력과 읽기와 쓰기 능력을 길러 주었다면, 그 대상이 문자 텍스트냐 다른 매체냐, 언어냐 기호냐 하는 것은 전혀 문제될 것이 없다.

　물론 위의 예문도 지배 구조의 재생산 측면만 바라봄으로써 이데올로기의 비판에만 머물지 않았는가 하는 데서 한계를 지적할 수 있을 것이다. 비록 그가 "물론 이 두 프로그램을 통해서 전혀 다른 것을 읽어낼 수도 있다. 경직되어 있고 엄숙한 명사(상류층)와 생생하고 살아있는 서민들(하류층)이 그것이다."라고 지적하고 있지만, 그러한 사태는 매우 예외적인 상황으로 간주하고 있기 때문이다. 그것은 아마도 사실일 것이다. 거기서 저항의 계기를 읽어내는 것이 오히려 현실의 왜곡일 수도 있을 것이다. 하지만 이 같은 지적은 현재의 시청자를 전제로 했을 때만이 성립한다. 그런 점을 읽어낼 수 있도록 후속 세대를 교육한다면, 사태는 달라질 수도 있을 것이다.

그러나 우리가 그보다 먼저 해야 할 일은 그럼에도 불구하고 왜 <떴다 이홍렬>이 즐거움의 대상이 되는지, 그 원천에 대해서 설명하는 일이다. 학생들 스스로 그 원천을 해명해 보는 활동이 선행되어야 한다는 것이다. 아울러 왜 <명사가요열창>보다 그것이 더 선호도가 높은지에 대해서도 사고할 수 있고 표현할 수 있어야 한다.

교사가 설명해 주는 것으로만은 전혀 충분치 못하다. 그것은 문화적 능력의 고양보다는 또 하나의 억압이 되기 쉽고, 발견적이라기보다는 교훈적이 되기 십상이기 때문이다. 대중문화 텍스트의 해독을 교사가 학생들에게 깨우쳐 주어야 한다고 생각하는 것은 여전히 학생들을 계몽의 대상으로만 한정한다는 이유에서만이 아니라, 대중문화를 교육에 도입하고자 한 근본 의의와 모순된다는 점에서 거부되어야 한다.

요체는 즐거움이다. 롤랑 바르트는 우리가 흔히 말하는 즐거움을 다시 '즐거움(plaisir)'와 '쾌락(jouissance)'으로 구분한 바 있다. 전자는 사회적으로 상호 주관적 객관성을 확보한, 곧 보편타당한 문화적 규범을 통해 텍스트의 '의미'를 확인했을 때 느낄 수 있는 즐거움, 발견과 확인의 즐거움을 뜻한다. 이것은 이른바 '읽을 수 있는 텍스트'[35]를 읽을 때 불러일으켜진다. 그러므로 이는 안락한 독서를 통해 얻어지는 즐거움, 텍스트의 일관된 의미를 발견함으로써 인지적이며 정서적인 불균형을 극복한 뒤에 찾아오는 즐거움이다. 이에 반하여 후자는 충격·교란을 통해 얻어지는 즐거움이다. 이것은 규범을 벗어남으로써 혹은 규범과의 불일치 때문에 텍스트의 의미를 하나로 단정 짓지 못하는 데에서 오는 즐거움이자 괴로움이다. 그러나 이 불편함은 정서적인 의미에서 불쾌감과 연관되지 않는다. 오히려 그것은 일종의 즐거움이다. 불편한 것은, 통상적인 의미화의 범주에서

---

35) 각 텍스트는 무한히 많은 '이미 씌어진' 것들에 대해 각기 다른 방식으로 언급하게 된다. 어떤 글쓰기는 특정의 의미와 지시대상을 주장함으로써 독자가 '씌어진 것'과 텍스트를 자유스럽게 재연결시키는 것을 저지하고 있다. 또 다른 부류의 텍스트들은 독자로 하여금 의미를 산출하도록 격려한다. 전자의 부류는 독자로 하여금 다만 고정된 의미의 소비자가 되도록 하는 반면, 후자는 생산자로 만든다. 이때 전자를 '읽을 수 있는 텍스트', 후자를 '쓸 수 있는 텍스트'라고 부른다. 레이먼 셀던, 현대문학이론연구회 역, 『현대문학이론』, 문학과지성사, 1987, p. 118.

벗어난, 따라서 이제까지의 규범으로는 포착해 낼 수 없었던 은밀하고 모호한 경험이기 때문이다. 그래서 그런 쾌락은 '쓸 수 있는 텍스트'와 연관된다 .

　물론 바르트는 이 가운데 '쾌락', 곧 '쓸 수 있는 텍스트'를 선호하였지만 우리에게는 이 둘 모두가 다 소중하다. 이는 마치 규범과 위반 또는 일탈의 관계와 유사하지만, 이를 또 달리 표현하면 전통과 창조의 관계이기도 하기 때문이다. 즉 궁극적인 관점에서는 창조와 연관되는 '쾌락'의 즐거움을 지향해야 하겠으되, '즐거움'의 즐거움, 곧 규범이 주는 안락함도 허여해 주지 못한 우리 교육의 현주소에서는 사정이 그리 단순하지만은 않은 것이다. 하지만 과연 어떻게 해야 순응과 저항, 전통과 창조 사이의 변증법을 이룩할 수 있을지 하는 문제는 그보다 더욱 단순하지 않다는 점을 인정해야만 할 것이다. 여기에 우리 국어교육의 커다란 과제가 놓여 있다.

제2장   문학교육의 제도적 이해

1. 문학교육제도에 관한 질문방식

교육 제도란 낯선 말이 아니며, 문학교육 또한 제도 교육의 일환으로 엄연히 행해지고 있으므로, 문학교육을 제도와 연관지어 설명하고자 하는 데에 별 어려움은 없을 것처럼 여겨질지도 모른다. 마치 교육 제도라는 말을 할 때, 누구나 먼저 학교라는 조직체부터 떠올리듯, 문학교육에 관한 제도적 접근이라 할 때에도, 그것은 학교 교육이라는 제도 속에서의 문학교육이 차지하는 위상이라든가 기능 등을 따지는 일 따위를 쉽게 연상시키게 될 것이기 때문이다. 제도를 뜻하는 영어의 institution이라는 말이 본디 기관을 뜻하는 단어이기도 하다는 점에서 그 같은 연상이 무리는 아니다.

하지만 입학 시험 제도도 교육 제도의 일부이고, 초·중·고로 구분하는 학제도 제도이며, 물리적이거나 가시적이지 않은 수많은 규범과 절차들도 모두 제도에 해당한다. 사회학자들에 의하면, 사회 제도란 기관, 조직, 집단 같은 외형적인 것, 또한 절차, 활동, 규범, 가치관, 그리고 지위, 구실, 관계 같은 무형의 요소들도 포함하는 셈이 되며, 그로 인해 제도란 개념은 결국 사회의 모든 것들과 중첩하는 수준의 것으로 되고 만다고 본다.[1] 그렇다면, 문학교육의 제도적 접근 역시 가시적 형태의 제도들만 다루어서는 안 될 일이다.[2] 그리고 이는 실로 방대한 영역에 걸치는 작업을 요구하게 될 것이 물론이다. 설령 문학교육과 관련한 외형적인 제도, 가령 교육과정을 다루는 데에만 한정한다 하더라도, 교육과정의 설계에서 운용에 이르기까지의 전 과정에 대한 제도론적 접근이 필요할 것이며, 특히 그 과정에서 국어과 교육과정, 또 그 속에서의 문학교육과정이 차지하는 위상과 기능 등에 대해 논의해야만 할 것이다.[3] 그리고 이를 위해서는 아마도 교과서 제도, 교사 양성 제도 등등, 문학교육과 관련한 모든 제도들을 목록화하여 그 각각의 행태들을 기술하는 일부터 선행되어야 할 것이다.[4] 집단적 작업을 거쳐 일종의 백서(白書) 형태로 우리 문학교육의 제도

---

1) 김경동, 『현대의 사회학』, 박영사, 1997, p. 195.
2) 문학교육의 제도적 측면과 관련하여 참고가 될 만한 연구로는 다음을 들 수 있다. 박인기, 「문학교육과정의 구조에 관한 연구」, 서울대 박사학위논문, 1994. 김상욱, 「소설담론의 이데올로기 분석 방법 연구」, 서울대 박사학위논문, 1995. 정재찬, 「현대시 교육의 지배적 담론에 관한 연구」, 서울대 박사학위논문, 1996. 우한용, 「문학교육의 제도화와 탈제도화」, 『문학교육과 문학론』, 서울대출판부, 1997. 특히 최근에 이루어진 우한용 교수의 연구는 방대한 영역을 포괄하고 있다는 점에서 문학교육제도에 관한 연구의 본론격에 해당하는 것으로 평가될 수 있는데, 단, 이 논문에서 김상욱 교수와 필자의 연구를 제도외적 차원의 논의라 규정한 데 대하여, 비록 관념의 편의상 제도 내적·외적 구분이 있을 수 있다 하더라도, 적어도 필자로서는 동의하기 힘들다. 필자가 주목했던 것은 제도의 중층결정성에 있었기 때문이다.
3) 문학교육제도와 관련한 문제들 가운데서도 완급을 다툰다면 아마도 첫손가락에 꼽힐 사항이 국어과 교육과정 내의 문학교육의 위상과 관련된 문제일 것이다. 그러나 문학교육제도를 사회 제도 차원에서 접근함을 근본 취지로 삼고 있는 이 글에서는 이 점을 다룰 수가 없었다. 이 문제에 관해서는 김대행, 『국어교과학의 지평』(서울대출판부, 1995)과 「영국의 문학교육」(『국어교육연구』 제4집, 서울대국어교육연구소, 1997) 등을 참고할 것.
4) 오늘날 흔히 비판되고 있는 것은 이른바 규범적 기능주의일 뿐이다. 마르크스주의 이론에서도 기능주의적 해석을 찾기란 어렵지 않다. 이 두 가지는 구분되어야 한다. 안소니 기든스(윤병철·박병래 옮김), 『사회 이론의 주요 쟁점』, 문예출판사, 1996, p. 156. 그런 점에서 기능주의를 대표하는 말리노프스키가 제도적 분석의 요소로 제시한 다음의 항목들도 문학교육제도를 분석하는 데에 긴요하게 적용될 수 있으리라는 점에서 주목할 만하다. 이 요소들은 비판적 또는 갈등론적 접근을 시도하고자 할 때에도 참고될 수 있을 것이기 때문이다. "① 인원 : 누가 그리고 얼마나 많은 사람들이 그 제도에 참여하는가. ② 헌장 : 무엇이 그 제도의 목적인가, 즉 무엇이 그것의 승인된 목표들인가. ③ 규범 : 무엇이 행동을 규제하고 조직화하는 핵심적 규범들인가. ④ 물적 기구 : 목표를 추구하는 행동을 조직화하고 규제하는 데 사용되는 도구와 시설들의 본질은 무엇인가. ⑤ 활동 : 업무와 활동은 어떻게 나뉘는가. 누가 무엇을 하는가. ⑥ 기능 : 제도적 활동의 유형은 어떤 욕구를 충족시키

들에 대한 점검을 한다고 해도 여전히 해명이 안 될 문제가 남아있기 때문이다.

실은 문학교육의 대상이 되는 문학부터가 하나의 제도이다. 그런데 이 제도는 제도화를 꾸준히 거부하는 성질의 것이란 점에서 대단히 비정형적인 제도라 할 수 있다. 문학이 그 내재적 자질로 인하여 다른 문화적 담론과 본래적으로 구분되는 담론이라는 개념은 모든 현상을 초시간적으로 또 본래적으로 의미 있는 것으로서 제시하고자 하는 중심화 이데올로기의 일부일 따름이다. 이는 오늘날 적어도 이론상으로는 비트겐슈타인의 가족유사성 개념과 데리다의 해체주의에 의해 그 자리를 잃게 되었다고 평가된다.

현대 이론은 문학성이란 역사상 특정한 시기의 의미화 작용 체계의 효과일 뿐이라고 주장한다. 그런 의미에서 토니 베네트는 "글로 표현된 텍스트는 스스로를 문학적으로 혹은 비문학적으로 조직하지 않는다. 그들은 자신들에 가해진 비평의 작용에 의해서만 그렇게 조직될 뿐"5)이라고 하였던 것이고, 부르디외는 문학현상을 일종의 의식(儀式的) 행위의 제도화 과정이라고 보면서 문학에 관한 규정들 또한 실제로는 사회적 마술 행위의 제도화라는 특성을 지닌다고 하였던 것이다.6)

그런데 바로 그 같은 비평의 작용, 또는 사회적 마술 행위 가운데 가장 유력하게 작동하고 있는 것이 곧 교육이다. 즉, 문학교육은 확고한 단일체로서의 문학이라는 제도를 교육의 장에 옮겨놓는 것이 아니라, 어느 면에서는 오히려 문학교육이라는 제도가 부동(浮動)하는 문학제도를 확고하게 규정하고 있는 것이다. 그런 점에서 롤랑 바르트가 "스스로 문학이라고 가르치는 것이 문학일 따름"7)이라고 못 박았을 때, 일반적으로 문학 체험

는가." J .H. 터너(김진균 외 옮김), 『사회학 이론의 구조(개정판)』, 한길사, 1997, p. 51.

5) 토니 베네트(임철규 옮김), 『형식주위와 마르크스주의』, 현상과 인식, 1983, p. 15.

6) 우한용, 앞의 책, p. 300.

7) Roland Barhtes, "Réflexions sur un manuel", in S. Doubrovsky & T. Todorov eds., *L'Enseignment de la Littérature*, Paris, 1971. p. 170. 여기서는 윤희원 옮김, 『문학의 교육』, 하우, 1996, p. 74에서 재인용함. 참고로 Lionel Gossman은 롤랑 바르트의 이 말을 "Literature is what gets taught. Period."로 영역하고 있음. Lionel Gossman, "Literature and Education", *Between History and Literature*, Harvard Univ. Press, 1990,

의 폭이 협애하기만 한 우리 학생들의 현실을 감안한다면, 이 말의 뜻을 곧 "문학이란 우리가 문학이라고 배운 것일 따름"이라고 풀이해도 크게 틀리지 않을 것이다.

이에 문학교육이 하나의 제도이고, 집단적 사업이라는 점부터 다시금 부각되어야 할 필요가 있다. 문학을 가르치는 것이 하나의 집단적 사업이라는 점은 너무도 명백해서 진술할 필요가 없는 것처럼 보이기도 하겠지만, 그러나 그것은 그만큼 쉽게 지나쳐버린다. 실제로 문학을 가르치는 것은 거의 목가적일 정도의 개인주의적 행동으로 항상 간주되어 왔다. 대학의 국문과를 소개하는 카탈로그에서 곧잘 발견되는 것처럼, 문학수업의 전형은 이공계 실험실의 긴장된 모습과는 대조적으로, 캠퍼스 잔디 위에서 혹은 세미나실이나 교수 연구실에서 교수와 학생들이 편안하게 마주하고 있는 장면으로 그려지게 마련이다. 모든 목가적 각색이 그러하듯, 문학의 목가적 이미지는 뭔가 모호한, 그래서 뭔가 심오한 무엇이 들어 있는 듯한 생각을 불러일으키면서 실제상으로는 언제나 집단적 정체성에 대한 위기에 빠져 왔던 문학, 문학연구, 문학교육이라는 제도에 기묘한 정체성을 부여해 준다. 그럼에도 불구하고 다른 학과나 과목과는 달리 문학과 관련해서는 그 집단적 사업의 정체성에 대해, 목가적 이미지를 제외하고는 도대체 왜 문외한의 세계에서도 적확하게 이해할 수 있는 이미지를 만들 수 없는지 그 이유를 밝혀 주는 그 무엇도 우리는 가져 본 적이 없다.8)

어떤 의미에서는 이 같은 이미지야말로 사회 내에 정위된 그 제도의 본질을 말해 주는 것이라고 할 수 있다. 카스토리아디스에 따르면,9) 제도는 사회적으로 인가된 상징적인 관계망으로 그 안에서 기능적인 구성요소들과 상상적인 구성요소가 가변적인 비율과 관계로 결합되어 있는 것이다. 말하자면, 상상적인 것이 궁극적인 요소는 아니지만 제도의 상상적인 것

---

p. 31.

8) 제럴드 그라프, "The Future of Theory in the Teaching of Literature", in Ralph Cohen, ed., *The Future of Literary Theory*, Routledge, 1989. 정재찬 옮김, 「문학교육 이론의 미래」, 『문학과 교육』 4호, (주)교육미디어, 1998 여름.

9) C. 카스토리아디스(양운덕 옮김), 『사회의 상상적 제도①』, 문예출판사, 1994, p. 236.

의 기능이 존재하며, 상상적인 것이 없이는 상징적인 것과 기능적인 것에 관한 결정, 상징적인 것의 특수성과 통일, 기능적인 것의 지향과 목적성은 불완전하고 결국에는 이해할 수 없는 것으로 남게 된다는 것이다. 마르크스가 "델포이 신전의 아폴론이 그리스인들의 생활에서 다른 어떤 것보다 현실적인 힘"이 되고 있었다 하였을 때, 그리고 그가 자본주의 경제의 실제 기능에 대한 물신성의 중요성을 보여주었을 때, 그는 분명히 단순한 경제적인 관점을 넘어섰고 상상적인 것의 역할을 인정했던 것이다.

따라서 문학교육제도에 관한 우리의 질문 방식은, 문학(교육)제도는 사회의 어떠한 기능적 필요성에 의해 만들어졌기에, 우리는, 그리고 사회는 문학을 둘러싼 제도에 대해서 왜 그 같은 이미지를 부여하며 왜 그렇게 받아들이고 있는지, 문학(교육)제도 또한 사람들이 모여 구성된 하나의 법인체적 제도(institution as a corporate body)라 할진대 그 법인체적 가시도(visibility)가 이토록 낮은 이유는 어디에 있으며 그것이 갖는 의미와 결과는 어떠한 것인지 등등에 관한 것으로 이동해 가야 한다. 불투명한 것을 교육하게끔 사회가 어떻게 제도적으로 허용했으며, 불투명한 것을 투명하게 교육하도록 하는 동인은 무엇이며, 그 기제는 어떠한 것인지 따져 보아야 하는 것이다.

여기서 만일 감추어진 질서가 있다고 가정한다면 이는 결국 사회학적으로 주목할 현상이 된다. 본래, 사회학이 학문으로 성립할 수 있는 근거가 바로 질서의 가정에 있다. 사회질서란 인간집합체 성원들의 행동이 유형지워진 습관적인 모습을 일컫는다. 그러나 이 사회질서가 과연 어디서 오는 것인가 하는 것이야말로 핵심적인 관심사에 해당하는 것이다. 달리 말해서 사회학이란 우리가 일상적으로 으레 당연시해 버리는 사회 생활의 구석구석에 숨은 참뜻이 무엇인지를 착실히 그리고 과감하게 파헤치는 일을 할 수 있어야 하는 것이며, 이는 곧 거짓된 삶이 우리에게 주는 비극을 주저 없이 들여다 볼 줄 아는 자아성찰적인 과제를 뜻하는 것이라 할 수 있다.[10] 그러므로 문학교육의 제도에 대한 관심은, 그것이 단지 문학교육

---

10) 김경동, 앞의 책, p. 8.

제도의 목록을 열거하고 기술하는 데 그치지 않는 한, 우리 사회의 질서를 해명하는 일련의 사회학적 관심이 되어야 하며, 그러기에 이는 필연적으로 인간적이고 윤리적인 주제에 맞닿는 것이 되지 않으면 안 되는 것이다.

이러한 관심은 결국 담론 분석을 중요한 방법론으로 채택하게 이끈다. 기든스는 제도 분석의 기초로 의미화, 지배, 정당화의 관점을 도입한다.[11] 의미화는 행위자들에 의해 해석적 도식 형태로 도출되고 재생산된 사회 체계의 구조적 특성을 가리킨다. 지배는 권위화와 분배의 관점으로 다시 이분되는데, 전자는 사람들에게 명령을 발할 수 있는 능력을 가리키고, 후자는 대상 또는 다른 물질적 현상에 명령을 발하는 능력을 가리킨다. 정당화는 권리와 의무로서 실현된 가치 기준에 대한 특정한 정도의 합의를 의미하지 않는다는 것과 그것이 사회 내에서의 가치 기준과 분파적 이해 사이의 상호작용에 대한 명백한 이해를 가져다주지 않는다는 이유에서 규범적 합의를 선호한다.

더욱 중요한 것은 이들의 상호관련성이다. 의미화가 근본적으로 언어 가운데서 언어를 통해 구조화된다면, 언어는 동시에 지배적 측면을 나타내 준다. 그리고 의미화에 관련된 부호들은 규범적 힘을 지닌다. 권위화와 분배는 의미 요소들 및 규범적 요소들과 관련되는 가운데서만 동원되고 결국 정당화는 지배의 조정된 형태 가운데서 중요한 부분으로 활약할 뿐만 아니라 의미화와도 반드시 관련된다. 바로 이러한 관련성들이 의미화-지배-정당화 도식을 사회적 총체 내에서 그 상호관련성을 강조하는 제도의 분류를 위한 유용한 토대를 만들어 주는데 이를 도식화해 보이면 다음과 같다.

S-D-L	상징적 질서 / 담론양식
D(권위화)-S-L	정치제도
D(분배)-S-L	경제제도
L-D-S	법 / 제재 양식

S=의미화 / D=지배 / L=정당화

---

11) 이하 논의는 안소니 기든스, 앞의 책, pp. 140-152 참조.

문학교육제도에 관한 우리의 관심은 물론 첫 번째 분류에 그 맥이 닿는다. 여기서 S-D-L 등으로 이어지는 연결선은 물론 인과적 연결이 아니고 다만 상호의존성을 가리킬 뿐이다. 각 연결선의 첫 글자는 분석적 초점의 방향을 가리킬 따름인 것이다. 그래서 의미화가 조직되는 그러한 제도적 형태들에 초점을 맞출 때, 우리는 상징적 질서와 담론 양식이 지배와 정당화의 형태와 상호관련되는 방식을 도외시하지 않아야 함이 물론이다. 다시 말해 문학교육제도에 관한 분석은 현재의 문학교육제도가 유지됨에 있어 어떤 의미화 기제가 작동하고 있는가 하는 것에서 출발하되, 그 상징체계와 담론 양식들은 어떻게 이 제도를 지배하고 또 정당화 내지 합법화하고 있는지의 문제들과 상호관련하여 접근해 들어가야 하는 것이다.

요컨대 문학교육 '제도'에 관한 우리의 관심은 문학교육의 '제도화'에 대한 관심으로 전이되는 셈이다. 제도화는 사회적 통제의 기제다. 그 전수의 기제는 제도화된 세계의 합리화 과정과 그에 따른 내면화 과정에 내재해 있다. 여기서 제도가 내적인 논리 없이 경험적으로 응결된다는 사실은 각 개별 성원이 집단 성원의 지식을 내면화하여 제도의 통합에 스스로 참여하고 있다는 것을 뜻하기 때문에, 이러한 지식의 분석은 제도적 질서를 분석하는 데에 전제 조건이 된다. 그런데 이러한 구조적 설명방식은 곧 역사적 설명으로 된다. 왜냐하면 구조의 패러다임적 전개가 바로 역사적 과정이기 때문이다. 일찍이 레이먼드 윌리엄즈는 "유용한 문화사회학은 반드시 역사적 사회학이어야 한다."[12]라고 하였거니와, 현존하는 제도를 이해하기 위해서는 반드시 그 의미화 작용 과정, 상징 체계와 담론 양식이 지배와 정당화의 형태와 상호관련되는 방식과 양상, 곧 제도화의 과정을 살펴보아야만 하는 것이다.

---

12) 레이먼드 윌리엄즈(설준규 · 송승철 옮김), 『문화사회학』, 까치, 1984, p. 33.

2. 문학교육의 제도화 과정

(1) 사회 제도로서의 문학교육제도

주지하다시피, 사회의 여러 제도들은 그 자체가 각각 하나의 사회적 부분체계(societal subsystem)이어서, 이들은 상호연결되어 있고 상호의존한다. 한 영역의 제도(정치)가 다른 제도(교육)에 직접적인 영향을 미칠 수도 있고, 또는 한 제도(정치)가 다른 제도(경제)에 작용함으로써 간접적으로 다른 제도(교육)에 그 효과를 나타낼 수도 있다. 뿐만 아니라 어떤 사회에서는 한 가지 제도(중세의 종교 제도)가 전 사회의 다른 영역에 거의 완전한 영향력을 행사할 수 있는가 하면, 다른 종류의 사회(공산국가)에서는 같은 제도(종교)가 다른 어떤 제도에 대하여 영향을 거의 미치지 못하는 수도 있는 것이다.[13] 이와 같이 모든 제도는 나름대로의 상대적 자율성을 갖긴 하되, 각 사회제도끼리 상호 교섭하는 가운데 그 기능을 발휘하고 있는 것이다.

문학교육의 제도 역시 이 같은 시각에서 이해되어야 한다. 현상적으로 볼 때 적어도 문학교육의 제도는 학문계의 담론과 긴밀한 연관을 가지며, 교육계와 학문계는 다시 사회적·정치적 제연관 속에서 존재한다. 따라서 문학교육이 오늘날과 같이 제도화된 역사의 전 과정을 역사사회학적으로 추적하기란 실로 용이한 일이 아니다. 우리로서는 현재의 문학교육제도 속에 관통하고 있는, 그래서 그 제도를 지배하고 합법화하는 몇 가지 대표적인 담론 양식들을 정당하게 상정하여 기술한 다음, 그 의미화 작용 과정을 가능한 수준에서 재구성해 볼 수 있을 따름이다.

이른바 근대화의 노력 이후, 이 사회의 전반에 유포되어 있는 담론 가운데 하나는 도구적 이성(道具的 理性)의 담론이라 할 수 있다. 그것은 곧 목적보다는 수단이나 방법 또는 능률성과 관계를 두는 것을 가리킨다. 도구적 이성은 사실과 가치를 분리하고, 그렇게 분리된 상태에서 사실을 선

---

13) 김경동, 앞의 책, p. 201.

호한다.

우리에게 문제가 되는 것은, 바로 그 도구적 이성이 감정의 탈가치화(脫價値化)와 최소화(最小化)를 의미하기 때문에, 소위 정서적인 것보다 지적인 것을 선호하게 된다는 점이다. 현행 교육과정상 인지적·지적 영역에 비해 정서적·표현적 영역이 낮게 책정되고 있다는 점은 이 사회에서 바라볼 때 전혀 어색하거나 이상한 일이 아니다. 문학, 음악, 미술, 연극 또는 체육이 교육적으로 가치 있다고 인정받으려면, 그러한 교육들은 '학문적 포복'이라는 잠행적 과정, 즉 그 교과들을 그보다 더 위세가 당당한 다른 교과들과 똑같이 지적으로 가치가 있는 것으로 만들려는 시도를 통해서만이 가능할 따름인 것이다.[14]

그러나 한편으로 우리 교육 현실의 개선을 논하는 자리에서 문학 같은 정서적 가치들이 교육에서 강조되어야 한다는 주장들을 쉽게 접하게 된다. 적어도 교육과정도 문서상으로는 항상 정서적 가치를 적극적으로 옹호한다. 물론 이는 마땅한 일이다. 하지만 그것은 언제나 구호에만 그칠 뿐, 정서란 항상 애매모호한 것으로 취급되어서, 객관성을 강조하는 교육의 장에서는 여전히 낮은 위치가 부여된다.

어쩌면 이 사회는 도구적 이성과 같은 사회의 지배적 담론을 이데올로기적 국가 기구로서의 학교교육을 통해 실제적으로, 그리고 전반적으로 관철시키고 있으면서도, 한편으로는 문학 과목과 같은 일부 교과를 통해 인문적 가치의 회복을 강조함으로써 효과적으로 유지되고 있는지도 모른다. 도구적 교육과 인문주의적 교육, 이 둘은 전혀 모순되지 않는 것처럼 흔히 전인교육(全人敎育)이라는 이름으로 포장되어 있다. 문학교육은 사회의 지배적 담론에 순응하고 있는 제도 교육에 일종의 명분을 제공해 주는 기능을 담당하고 있다고 보는 것이 현실적으로는 타당한 편이다. 이것은 하나의 아이러니이다. 이를 통해 학교는 상대적 자율성이라는 이름 아래 자신이 실질적으로 수행하는 사회적 기능을 은폐하고 그렇게 함으로써 그 사회적 기능을 보다 효율적으로 수행할 수 있게 되는 것이다.[15]

---

14) 렉스 깁슨(이지헌 옮김), 『비판이론과 교육』, 성원사, 1989, p. 24
15) Henty A. Giroux(최명선 옮김), 『교육이론과 저항』, 성원사, 1990, p. 112.

문학교육은 오늘날 확실히 변질되어 있다. 도구적 이성에 해당하는 과목에 지쳐 있는 학생들은 일반적으로 문학에 대해 호감을 표시하는 한편, 정작 문학 단원을 공부하고 나면 문학 과목에 대한 혐오감을 나타내기 일쑤이다. 문학 과목조차 정서를 강조하거나 즐거움을 허락하는 방향으로 진행되지 않을 바에야, 문학의 모호함은 차라리 수학의 명쾌함에 비해 학생의 입장에서는 악덕에 해당하기 때문이다.

실제로 학생들은 문학 과목 또한 도구적 이성을 갖고 대하는 경향이 강하다. 학교에서는 감춰진 심층의 의미를 갖고 있으리라 기대되는 비유, 은유, 상징을 찾아 씨름해야 하는 것이라고 여길 때, 학생들에게 그것은 기억되어야 할 것이지 향유되어야 할 것으로 간주되지는 않는다. 그 내용 시험에서 소비될 것이다.[16] 대부분의 학생들은 오로지 소비자로서 그 단어의 문학적이고 수사적인 의미라고 알려진 내용을 받아들이는 데 거의 모든 수업 시간을 보낸다.

학생들 대부분은 미학적 이유로 학교를 다니지는 않는다. 그들은 저마다 사회 진출과 관련된 목표를 가지고 있으며 학교 교육에 투여된 자신들의 노동과 재화와 시간이 그 목표에 유용하게 되길 기대한다. 말하자면 문학 교실을 둘러싼 세상 또한 도구적 이성에 지배되어 있는 것이다. 즉, 문학 공부를 통해 도구적 이성에 맞서는 체험을 얻게 되길 문학교육제도는 기대하고 있는 듯하지만, 비록 그 체험 가치의 전적인 부정 내지 무효화를 의미하지는 않는다 하더라도, 학생들은 끝내 도구적 이성으로 문학 체험을 대신하고 마는 것이다. 그것이 오늘날의 현실임을 이제는 인정해야 할 때이다.

---

16) 파울로 프레이리는 이를 두고 은행 체제(Banking-system)에 비유를 하였다 .그에 의하면 교사의 의도가 아무리 진보적이라 하더라도 교사의 권위에 의존하는 교수 방식이 유지되는 한 변혁은 기대할 수 없다고 진단하였다. 학생들은 예금계좌(depository)에, 교사들은 예금주(depositor)에 비유되는 교육의 은행 체제(banking system)란, 교사가 지식을 맡기면 학생들은 무조건 받아들이고 암기해야 하는 사태, 즉 학생들의 일방적이고 수동적인 지위를 지적하고자 하는 의도를 갖는 것이다. 이 비유 속에서, 가령 그 지식의 재생을 요구하는 시험과 같은 제도는 곧 예금 인출에 비유될 수 있을 것이다. Paulo Freire, *Pedagogy of the Oppressed*, New York : Continuum, 1989, p. 58.

(2) 자율성 담론의 지배·정당화 과정

우리 사회를 지배하는 도구적 이성에 저항하는 힘을 길러주는 가장 강력한 도구 가운데 하나가 되어야 할 문학교육이 현실상 그렇게 작동하지 못하고 있는 이유를 오로지 현실의 위력 탓으로만 돌리는 것은 온당치 못하다. 과연 문학교육이 예술적·정서적 가치를 옹호하기만 하면 그 기능이 제대로 돌아간다고 할 수 있을까. 현실은 도구적이고 추악한 반면, 문학은 목가적이고 숭고한 것이므로 현실을 외면하고 눈감아버리게 하면 현실의 감염력으로부터 학생들이 벗어날 수 있는 것일까. 문학교육이 하나의 제도로서 사회에서 승인되어 온 과정에 주목해 본다면, 문제가 그리 단순치 않음을 알 수가 있다.

17·8세기 영문학의 경우, 문학은 현재처럼 과학과 대립되는 것으로서가 아니라, 전통적으로 내려온 구비문화와 지방적인 문화에 대립되는 것으로서 규정되고 있었다. 문학의 세계에 들어간다는 것은 지방적인 것에서 벗어나 보편적이고 고전적인 관점을 획득하는 것을 의미하는 것이었다.17) 하지만 19세기 초 서구의 산업 자본주의는 낭만주의를 발생시키게 된다. 문학은 더 이상 도시와 농촌, 통치자와 피통치자를 구별시켜 주는 것으로 남지 않게 되었던 것이다. 그것은 오히려 그러한 것들을 결합해야만 하는 것으로 되었다. 문학교육은 따라서 분리나 차별의 도구가 아니라 상실한 총체성을 회복하는 수단으로 간주되었던 것이다.

하지만 이렇게 예술이 개인적인 수준으로, 즉 경제적 해방보다는 오히려 정신적 위안을 주는 수준으로 후퇴한 것은 그 자체의 희생을 치르는 것이었다. 예술이 개인적인 수준으로 후퇴함에 따라 예술가는 정치적·경제적 삶에서 주변부로 밀려나게 되고, 정열적인 헌신은 과거에 대한 동경, 위안, 단순한 이상주의로 바뀌게 되었다. 이러한 정적주의(quietism)는 사회적·경제적 부정의에 직면했을 때 무력했다.18) 아울러 이러한 발전들의 결과로 문학과 미학이 사회적 국면에서 제거되었다. 문학은 그 사회적 맥

---

17) Lionel Gossman, 앞의 책, pp. 32-35.
18) 렉스 깁슨, 앞의 책, p. 140.

락 위에, 밖에, 그리고 그 맥락을 초월하여 존재했던 것이다.

　여기에서 문학의 역할은 종교의 역할 바로 그것이었다. 문학은 사회를 결속시키는 이데올로기를 제공해 주는 것이고, 너무나 뚜렷한 계급으로 분할된 사회에 회에 조화와 통일을 회복시키는 것이었다. 문학교육에 대한 열망은 따라서 공동체를 증진하는 수단, 즉 종교적 의장으로 나타나게 되었다. 낭만주의 작가들은 문학에 종교와 같이 신비스럽고 분석할 수 없는 특질이 있다고 보았다. 문학에 관한 담론은 종교에 관한 담론으로부터 그 뒤를 이어받을 준비가 되어 있었고, 그러한 일은 급속히 이루어졌다.

　한편 뷔르거에 의하면 문학 역시 제도예술 내지는 제도문화라는 개념으로 설명될 수 있다.[19] 물론 제도예술을 통해 설정된 '예술 대 사회'라는 이분법은 결코 본래적(original)인 것이 아니다. 그것은 낭만주의의 발흥에 대한 앞서의 진술에서 보듯, 다만 근대 시민사회의 성립과 더불어 존재하게 된 역사적인 산물이었을 따름이다. 시민사회에서는 제도예술은 실제적 생활과 대립되는 것으로서만 규정될 수 있다. 그리고 시민사회에서 차지하는 예술의 그 같은 특수한 위치는 자율성의 개념을 가지고 표현하는 것이 가장 적절할 것이다. 이때, 자율성이란 제반 사회적 이용에의 요구들에 맞서는 예술의 상대적인 독립성을 가리키는 것이다.

　여기서의 주된 관심은 예술의 현실로부터의 독립성, 즉 자율성이 제도화되어 있다는 것과 그와 동시에 예술이 이번에는 교육의 도구로 사용되는, 즉 사회적으로 이용되는 경향 간에 존재하는 명백한 모순을 밝히고자 하는 것이다.

　뷔르거의 분석에 의하면 이러한 예술의 교육적 도구화는 예술의 자율성 개념에 있어 필수불가결한 조건임이 곧 드러난다. 예술의 자율성과 그 교육적 활용은 동전의 앞뒤와 같이 표현될 수 있다는 것이다. 실제 생활 과정에서 인간성이 실현되지 않는 사회에 있어 예술이 인간성을 옹호하는 것으로 기능하기 위해서는 자율적인 것으로 개념화되고 제도화되어야 할 필요가 존재하는 것이다. 왜냐하면 예술이 실제 세계에 대한 하나의 선택

---

19) 이하 뷔르거의 견해는 다음을 참조할 것. 페터 뷔르거(최성만 옮김), 『전위 예술의 새로운 이해』, 심설당, 1986.

적 대안이어야 한다는 요구가 부과된다면, 그것은 실제 세계와 전적으로 다른 어떤 것으로 대립되는 조건에서만 그럴 수 있기 때문이다. 즉, 예술의 자율성 개념이 교육 프로그램에 필수불가결한 것으로 간주되도록 하는 것은 바로 사회와의 대적적인 관계 때문인 것이다.[20]

그러나 자율적인 모든 것이 저항적인 것은 아니다. 특히 예술 혹은 문학이란 무엇인가 하는 것을 규정하거나 가르치고자 할 때에, 자율성이라는 카테고리가 갖는 사회적 피제약성을 밝혀주지 않는 한에 있어서는, 그 자율성은 스스로 이데올로기적 왜곡의 흔적을 필연적으로 지니게 된다. 왜냐하면 근대시민사회에 있어서의 이 같은 예술의 성격이 사회로부터의 예술의 완전한 독립성이라는 그릇된 관념으로 변형되어 버리기 때문이다. 그러므로 이 자율성이라는 이데올로기적 카테고리는 실제 생활로부터의 예술적 독립이라는 진리의 요인과 역사적으로 등장한 일정한 상태를 예술의 본질인 것 마냥 실체화하는 허위의 요인을 결합하고 있는 것이다.

마찬가지로 우리 문학교육의 지배적 담론으로서 순수문학론 또는 낭만주의 문학론 역시 항상 문학을 종교와 같은 지위에 설정하고 계급 따위를 초월한 통일적 인간상을 열망하여 왔다. 우리는 문학교육 또한 현실 세계에 맞서는 의미에서 예술의 자율성을 표나게 강조한다. 물론 그것은 한편으로는 도구적 이성에 맞서는 인문주의의 위상과 연관되는 것이지만, 그

---

20) 하지만 뷔르거의 분석은 시작해야 할 바로 그 지점에서 멈추고 있다고 토니 베네트는 비판한다. 즉, 이러한 예술 관념이 교육적 실천과 제도 속에 침투에서 구체적으로 영향을 끼치게 되는, 바로 그 연관의 특정한 메커니즘에 대한 고려가 이루어지지 않았다는 것이다. 반면에 공교육이 한편으로는 학생들로 하여금 자아 표현 기술을 배우도록 고무하면서, 다른 한편으로는 도덕적 제어와 정상화를 위한 통치 기구로 기능하는 그 모순을 해결하고자 한 이안 헌터는 '감독 당한 자유'와 '자아 표현을 통한 교정'이라는 메커니즘의 연관을 주장하면서, 예술과 문학이 교육적으로 전개되고 있는 상황에 미학이 구체적으로 영향을 끼쳐온 것은 관념의 형태로서가 아니라 통치 기술과 연관된 일련의 자아 형성 실천임을 입증하였다. 푸코식 계보학을 적용한 헌터의 결론은 결국 대중 교육의 윤리적 형태는 그것이 전달하는 관념의 기능이 아니라 그것이 조직되는 규율 기수의 기능이라는 것이다. Ian Hunter, *Culture and Government : The Emergence of Modern Literary Education*, Macmillan, 1988. 여기서는 Tony Benett, *Outside Literature*, Routledge, 1990, pp. 167-181에서 재인용함.

러나 다른 한편으로 그것은 이른바 현실 정치 체제의 안정과 관계되는 것이었다.

알다시피, 오늘날 우리 문학교육의 정전 구성은 순수문학과 민족문학 중심으로 이루어져 있다. 이 경우, 엄밀히 말해 민족문학은 순수한 문학이라 할 수 없다. 그러나 이 둘이 서로 대립되지는 아니한다. 오히려 이들은 이질적이면서도 서로를 결합한다. 순수와 민족은 상호 대립하는 원칙이 아니라 다양성을 포괄하는 원칙으로 볼 수가 있는 것이다. 그러나 그 실제적인 기능성은 다양한 작품의 포괄 원칙으로 작동하기보다는 특정한 작품들을 배제하는 원칙으로 더 잘 발현된다고 봄이 옳다.

순수와 민족의 실상은 진정한 타자 관계가 아니다. 그 둘이 공통적으로 대항하는 타자가 상정될 때, 그들은 그것을 배제하기 위해 효과적으로 결합하는 동일자가 되기 때문이다. 가령 카프문학과 같은 '민족문학'은 '순수'하지 않다는 이유로 정전에서 배제된다. 비록 마르크스주의 문학 스스로 반낭만주의를 표방했다 할지언정, 마르크스주의 문화이론 역시 그 보편주의적 열망이라는 점에서 낭만주의적 미학의 속박 상태에 가장 깊게 놓여 있는 것일진대, 동일한 미학적 기저에서 나온 작품을 차별하는 것은 결국 우리의 문학교육이 '제도'로서의 자율성 측면을 '개별 작품' 수준에까지 적용하고 있다는 비판으로부터 벗어나기가 어렵게 되는 것이다. 즉, 순수와 민족이라는 이질적 담론의 결합을 통해 우리의 정전 체제는 미학과 정치가 서로의 취약점을 보완해 주게 되는 효과를 획득하게 되는 것이다. 다만, 어떠한 민족문학이 순수하지 못하다는 이유에서 배제되긴 해도, 어떤 순수문학이 민족문학이 아니라는 이유에서 배제되는 일은 없다는 점에서, 이 이질적 담론의 결합 과정에 핵심을 차지하는 논리는 순수문학임이 드러난다.

순수와 민족이라는 이질적 담론의 이 같은 결합은 특히 해방공간에 이르러 사회의 지배적 담론과 연결되면서 이루어진 것이었다. 시문학파, 문장파, 문협정통파로 이어지는 이 계보가 헤게모니를 장악하게 되면서, 순수/비순수, 민족/반민족 간의 이항대립적 구도가 설정되고, 중심부와 주변부가 분리되며, 이로부터 타자의 배제를 통한 정전의 형성이 이루어짐으로써 우리 문학교육을 지배하게 된 것이다.

이는 곧 정전의 형성에 있어 우리 문학교육이 미학적인 심급만이 아니라 정치적인 심급이 작동하는 중층적인 결정 심급을 내포하고 있음을 의미한다. 그렇다면 정전이란 우리 사회의 지배적 담론이 자신에게 유의미한 선택과 배제의 과정을 통해 구성한 '문화적 자의물'에 지나지 않게 된다. 그러나 이것은 이데올로기적 근거를 은폐하는 중립성의 이름으로 위장되고, '상징적 폭력'을 행사하게 되며, 그들 통해 문화의 재생산이 이루어지게 된다.

이른바 정전의 설정은 국민 혹은 국가의 이념형과 분리될 수 없다. 아울러 그 이념은 이데올로기 국가기구로서의 학교라는 제도, 학과, 교육과정, 실라버스, 그리고 그에 대한 교육과 연구 활동이라는 물질적 차원을 통해 실현된다. 그러나 정작 정전의 설정과 그 교육에 대해서는 항상 미학적 이유만이 강조되고 정치적 이유는 은폐되는 것이다.

한편 순수문학이 곧 고급문학을 의미하는 현 상황에서라면, 고급문학과 대중문학의 이항대립 문제도 교육적으로 재고해야 할 사항이다. 흥미로운 점은 오늘날의 문학 정전이 반드시 고급문학 전통의 소산만으로 구성되어 있지는 않다는 점이다. 하지만 교육 제도를 통해 이 같은 문화를 소유한다는 것은 하나의 특권처럼 정당화되기 때문에 문화 그 자체의 정당성 여부는 의문에 붙여지지 않게 된다. 문학적으로 정전에 해당하는 작품들은 단지 보편적이고 항구적으로 판단될 뿐만 아니라 오로지 사회적 지위 획득이라는 견지에서도 반드시 따라야 할 전범으로 여겨졌을 법하다.[21] 그

---

21) Lionel Gossman, 앞의 책, p. 29. 한편 부르디외는 이를 문화 자본의 개념으로 설명하고 있다. 이 개념은 학생의 환경을 동질적인 것으로 가정하는 모든 논의들의 기만적 성격을 비판하려는 것으로서, 그에 따르면, 예컨대 지배 사회에 의해 고도로 그 가치가 인정된 문화 자본 형태에 익숙하지 못한 가정의 학생들은 결정적인 불이익에 처하게 된다고 한다. 즉, 그는 학교를 지식과 가치를 포함한 문화자본의 생산, 분배, 교환, 소비가 이루어지는 일조의 문하 시장으로 파악하였으며, 학교교육이 문화자본의 일상적 운동과정을 정당화함으로써 자본주의 사회의 계급적 지배구조와 사회적 불평등을 재생산하는 기능을 하고 있다고 주장하였던 것이다. P. Bourdieu & J.C. Passeron, *Reproduction in Education, Society and Culture*, London : Sage, 1977. 이와 연관하여 정전의 문제를 깊이 있게 검토한 예로는 John Guillory,

러므로 독자의 과제는 정전으로 불리는 그 텍스트의 보편타당성을 발견하
는 것, 즉 그러한 텍스트만으로 이루어지는 제도에 적용하는 것이 되고
만다.

(3) 섭렵과 주해의 기제

문학교육이 실천되는 문학교실에서 문학은 어떠한 기제에 의해 학생들
에게 전수되고 있을까. 수차례의 교육 과정 개정에도 불구하고 근본적으
로 변하지 않는 문학교육의 기제가 있다면 그것은 곧 작품들을 두루 섭렵
하는 한편, 그 각각을 꼼꼼히 읽음으로써 학생들의 문학적 체험과 문화적
능력이 고양되기를 기대하는 것이라 볼 수 있다.

먼저 섭렵이라는 기제는 그 자체로만 볼 때는 다원주의적 발상에서 비
롯되는 것으로 볼 수 있다. 문학의 세계는 실로 다양하니 그것을 두루 읽
는 것이야말로 문학의 세계를 풍부히 이해하고 감상의 폭을 넓히는 데 가
장 정당하게 기여하는 방식일 것이다. 하지만 학교 제도는 제한된 교육과
정과 실라버스에 의해 움직이므로 교육 대상으로서의 작품을 부득불 선별
할 수밖에 없다. 그것은 곧 작품의 제한을 의미하게 된다.

한편 주해라는 기제는 교사에 의해 주도되는 수업 형태에서 가장 효율
성이 높은 기제로 평가될 수 있다. 작품의 해독 능력이 떨어지는 학생들
에게 그 작품을 분석적으로 제시해 주는 것은 감상에 도달하기 위한 기초
로서의 이해를 충실히 도와 줄 수 있기 때문이다. 하지만 작품의 의미는
아무리 많은 주해를 가한다 해도 결코 완전하게 해명될 수가 없다. 더구
나 의미는 발견되는 것이 아니라 구성되는 것이라는 현대 이론의 견지에
서 본다면, 주해는 오히려 주체적 감상을 억압하는 결과를 빚게 될 가능
성이 크다.

이 같은 의미에서 로버트 스콜즈는 섭렵(coverage)과 주해(exegesis)라는 두

Cultural Capital : The Problem of Literary Canon Formation, The Univ. of Chicago
Press, 1993.

가지 교육과정상 원칙에 대해 비판을 제기한 바 있다.[22] 섭렵과 주해를
통해 다양하고 상충된 견해들이 갈등과 통합의 과정을 거치고 그로 인해
전망의 확대가 이루어지기보다는, 제한된 특정한 견해들이 그 과정을 통
해 재생산될 뿐만 아니라 오히려 상승작용하고 강화되기에 이르고 마는
경우가 많은 것이다. 이는 섭렵의 원칙이 텍스트 능력의 신장을 목적으로
삼는 하나의 수단으로 작용되기보다는 확정된 정전의 섭렵 그 자체를 목
적으로 하는 경향이 농후하기 때문이며, 아울러 주해는 적극적이고 비판
적인 읽기 방식이라기보다는 학생들로 하여금 수동적이고 수용적인 주체
위치에 이르도록 하는 방식으로 되어 버리기 때문이다.[23]

특히 우리의 문학교실은 그 정전의 목록마저 충분한 다양성을 확보하
고 있지 못하며, 수업의 전 과정이 곧 교사의 주해 제공 과정이라 해도 지
나치지 않을 정도이어서 주해는 작품 감상의 기초로 기능하는 것이 아니
라 오히려 감상을 억압하는 데 기여하고 마는 것이다. 문학 교과서만 새
까만 주석으로 가득해지고 문학교실의 즐거움은 사라진다. 요컨대 시대
별·장르별로 나열된 정전들을 섭렵하고 그 각각을 주해하는 과정을 통
해 이루어지는 문학교실에서, 작품과 작품, 작품과 학생 사이의 다양한 갈
등과 그로 인한 역동성, 그리고 즐거움은 찾아보기가 어렵게 되는 것이다.

그로 인해 교육과정과 교과서가 시대별·장르별로 구성되어 있어도, 시
대와 장르가 무엇을 의미하는지, 시대와 장르가 어떻게 연관되고 대립하
는지, 혹은 문학을 역사적이거나 발생론적인 방식으로 접근하는 것이 어

---

22) Robert Scholes, "Toward a Curriculum in Textual Studies", in Bruce Henricksen &
　　Thaïs E. Morgan, eds., *Reorientations : Critical Theory & Pedagogies*, Univ. of Illinois
　　Press, 1990, p. 95.

23) 현대시를 예로 들 경우, 일반적으로 우리 문학교육은 한 수업시수당 한 편의 작품
　　을 다룬다. 그 한 시간은 오로지 그 한편의 주해 작업으로 바쳐지는 것이다. 그런
　　데 정작 시험은 여러 작품들을 하나의 지문에 모아놓고 출제되는 것이 또 일반적
　　이다. 다른 모든 사정을 제하고서라도, 이 점만으로도 한 편의 시를 공부하는 것
　　이 텍스트 능력을 신장시켜 주는 데 기여한다면 심지어 배우지 않은 시에 대해서
　　도 그 능력이 발현되어야 할 터인데 현실은 그렇지 못한 것이다. 이는 부분의 합
　　이 전체가 아니라는 진리의 좋은 예가 된다. 이런 점에서 보더라도, 문학교육의
　　기제는 학생들의 텍스트 능력, 나아가 상호텍스트 능력을 진작시키는 방향으로 개
　　선되어야만 한다.

떤 함의를 지니는지에 관해서는 교사도 학생도 질문하지 않게 된다. 물론 분업은 필요한 일이다. 문제를 낳는 것은 그 부문별 구획화가 아니라 관계와 대조점들을 은폐시킨 그 부문간의 비연관성에 있는 것이다. 뿐만 아니라, 신비평, 역사주의, 수용미학, 소통이론에 이르기까지 다양한 이론들이 교육과정 변천과정에서 등장을 해왔어도, 기존의 이론에 새로운 이론이 단지 부가되어 왔을 뿐, 기존의 방식과 새로운 방식 사이에 존재하는 갈등은 전경화된 적이 없다.

그리하여 문학 작품의 해석과 존재론을 둘러싸고 벌어지는 제 관점과 이론 사이의 갈등과 논쟁은 학생들에게는 은폐된다. 이는 학생들에게는 논쟁의 결과만 알려져야지 논쟁 그 자체가 알려져서는 안 된다는, 그것은 아마도 학생들을 혼란케 하고 타락시키게 되리라는 암묵적인 가정에 따른 것이다. 즉, 전통적 교육과정을 지배해 온 자유주의적 패러다임은 개량적 진보와 기회의 평준화를 강조하면서 '취사선택의 전통'을 고수하여 왔거니와, 이 패러다임의 근본 가정은 갈등이란 용인될 수 있는 경계 내에서 해결되어야 하며 제도적으로 설정된 규칙이나 틀의 변화는 바람직하지 않다는 것으로서, 이로 인해 변화나 갈등은 체계적으로 무시되고, 따라서 학생들에게는 기존 사회질서의 정당성을 고양시키는 관점만이 주입되게 마련인 것이다.24)

이에 본질주의의 자명성을 해체함으로써 얻게 된 다양성과 그 같은 다양성 속에 존재하는 갈등과 모순들을 교육의 장(場)에서 반드시 합의적 해결로 이끌 것이 아니라, 하나의 조직 구성의 원칙으로, 갈등 그 자체, 갈등의 잠재적 교육 가치를 개발하는 것이 유력한 대안의 하나로 제기된다.

갈등은 피할 수도 없고 은폐될 수도 없다. 갈등이 피할 수 없는 것이라면 그것은 오히려 폭로되어야 하는 것이다. 이론상으로는 그러한 갈등 모델은 민주적 다원주의가 애초부터 수립하기를 요구한 것이지만, 실제상 그러한 모델은 결코 그 제도적 표현을 발견할 수 없었다. 보다 기능적인 다원주의라면, 다를 수 있음에 단지 동의하는 것을 의미하는 것이 아니라,

---

24) 마단 사럽(한준상 옮김), 『신교육사회학론』, 문음사, 1992, p. 16.

공개적으로 그 갈등과 모순들을 무대에 올려놓고서 당대 이론들이 경쟁적 강조가 이루어짐으로써 각각의 한계를 조명할 수 있어야 할 것이다.[25]

3. 문학교육제도와 주체의 관계

이제까지 거칠게나마 우리는 문학교육제도가 사회적 제도와의 연관 속에서 특정의 담론을 지배·제도화하는 과정과 기제를 비판적으로 살펴보았다. 하지만 제도화 자체가 곧바로 문학교육을 오도하는 것은 아니다. 다만 제도화가 경직되는 것을 스스로 방어할 수 있는 기제를 문학교육 안에 마련하지 않고, 문화적 실천으로서 비평 의식을 발동하지 않는다면, 문학교육이 양식화의 길로 치달아간다는 점[26]만은 유념해 둘 필요가 있다. 물론 사회 체제를 유지한다는 측면에서만 사회화라는 개념을 이해하는 한, 앞에서 우리가 비판한 문제점들도 사회화의 기능을 담당하는, 다시 말해 사회의 지배적 가치를 전수하는 교육으로선 피할 수 없는 숙명 같은 것으로 이해될지도 모른다. 하지만 그와 동시에 사회는 미래의 주체들을 육성하는 기능을 교육 제도에 부여하고 있다는 점 또한 잊어서는 안 된다.

사회 체계들의 체계적 상호연결성을 반영하는 개념 도식을 발전시키고자 했던 파슨스는 사회 체계의 개념화에 결정적인 것이 제도화의 개념이라고 보았다. 이 제도화는 다양한 지위를 차지하고 있는 행위자들 사이의 상대적으로 안정적인 상호작용 유형을 말한다. 그러한 상호작용 유형은 규범적으로 규제되고 또 그 속에는 문화 유형들이 주입되어 있다. 이러한 가치 주입은 다음 두 가지 방법으로 가능하다. 첫째, 역할 행동을 규제하고 있는 규범은 문화의 일반적인 가치와 신념을 반영할 수 있다. 둘째, 사회적 가치와 여타의 문화 유형은 개인의 인격(personality) 체계에 내면화될 수 있으며 그리하여 인격 체계의 욕구 구조에 영향을 줄 수 있고 다시 이

---

25) Graff의 견해가 이어 해당한다. Gerald Graff(정재찬 옮김), 앞의 글.
26) 우한용, 앞의 책, p. 304.

것은 사회 체계 내에서 역할을 수행하고자 하는 행위자의 의향을 결정한
다.27)

여기에서 주목해야 할 것은 제도가 개인의 내면에 끼치는 영향력이다.
지금까지의 비판이 궁극적으로 노리고 있는 것은 바로 이 대목이다. 제7
차 교육과정이 인성과 창의성 계발을 목표로 삼고 있는 한, 우리는 이 대
목에서 과연 문학교육이 비판적이고 창의적인 주체를 형성하기 위해 어떠
한 제도적 표현을 모색해야 할지 정당하게 질문해 보아야 한다. 이제 우
리 문학교육도 집단 중심적이고 공급자 중심적인 경향에서 한 발짝 벗어
나 생산적 소비자(prosumer)로서의 학습자 개인의 이해 관계를 고려하고 그
결과가 다시 사회의 차원에 송환될 수 있는 구조와 체계를 모색해야 하는
것이다.

사회학의 교환 이론에 따르면, 제도는 일차적인 욕구들을 충족시키기
위해 출현한 것이다. 따라서 그 제도적인 장치와 규범과 공식적 규칙들이
아무리 복잡하게 되고 정교화된다 할지라도, 그 모든 것들이 궁극적으로
자신의 존재이유가 되었던 그 일차적인 욕구 등을 충족시키기를 그칠 때,
그래서 만일 이차적 보상을 제공할 수 있는 다른 행위들이 스스로를 하나
의 가능성으로 제시하게 된다면, 그 제도는 취약해지고 붕괴되기 쉽다고
한다. 제도는 어느 기간 동안은 계속 동조를 얻어낼 수 있지만 그것이 일
차적 보상들을 제공하는 능력을 잃을 때 더 이상 동조를 얻어 낼 수 없는
것이다. 요컨대 제도는 궁극적으로 개인들에게 무엇인가 주기 때문에 유
지될 따름이다.28) 그렇다면 우리의 문학교육제도는 학생 개인들에게 과연
무엇을 주고 있는지 새삼 묻지 않을 수가 없게 된다.

무릇 제도란 체계이면서 과정으로 규정된다. 그것은 제도가 그냥 정태
적인 조직체의 모습을 띠기만 하는 것이 아니라 항상 무엇인가를 이룩해
가는 사회적 활동의 과정이라는 역동성을 지니고 있다는 뜻이다. 또한 우
리를 구속하지만 하는 듯이 보이는 구조와 제도들은 인간적 행위 수행의
산물이면서 또 그 수행을 가능하게 해 주는 조건이기도 하다는 사실에도

---

27) J. H. 터너(김진균 외 옮김), 앞의 책, p. 65.
28) 이상의 교환이론에 관해서는 앞의 책, pp. 243-274 참조할 것.

유념해 둘 필요가 있다.29) 여기에 우리의 희망이 놓인다. 그러나 제도는 구체적인 집단이나 조직체의 자기성찰과 변혁 의지가 없다면 이러한 희망은 언제나 희망으로만 그칠 가능성도 있다. 사회는 자신의 연료를 스스로 공급하는 영구운동기관이 아니다.

---

29) 초기 기든스의 견해가 이와 같다. 그 이후 곧 기든스는 이러한 견해가 사실 기술로서는 합당한 개념이지만 혁신적 행위를 가능케 하는 조건이 존립할 여지가 없다는 점에서 중요한 결함을 지닌다고 지적한 바 있다. 안소니 기든스, 앞의 책, pp. 37-39.

제3장 문학교육의 사회적 이해

1. 전환기의 문학교육

　　학교가 문화적 유산을 보존하기 위해 사회적 집단에 의해 설립되었다는 사실을 감안해 본다면, 사회와 그 사회의 문화가 교육과정에 커다란 영향을 미친다고 하는 사실은 그리 놀라운 일이 아니다. 사회의 전통적인 가정, 가치, 신념들은 언제나 교육과정으로 변환된다.

　　그러나 교육과정 목표 및 내용은 진리가 실제의 세계에 존재하는지 또는 주관적 개인의 정신 속에 내면적으로 존재하는지의 대립적인 입장의 선택에 따라 상당히 달라지게 된다. 전자의 경우, 교육과정은 객관적이고 과학적인 탐구와 그러한 탐구를 통한 고정된 사상 및 개념 학습 활동에 중점을 둘 것이다. 반면에 후자의 경우, 교육과정은 문학과 예술과 같은 보다 상징적이고 비유적인 탐구와 학습에 강조를 둘 것이다.[1]

　　그런데 우리의 전통적인 교육과정은 전자의 모델에 가까웠던 것으로 보인다. 주지하는 바대로, 근대화의 길을 걷게 된 이후, 우리 사회의 지배적 담론 가운데 하나는 이른바 도구적 합리성의 담론이라 할 수 있다. 그것은 곧 목적보다는 수단이나 방법 또는 능률성에 중점을 부여하고, 사실과 가치를 분리하며, 그렇게 분리된 상태에서 사실을 선호한다. 그것은 또한 계

---

1) 앙리 지루(한준상 외 공역), 『교육과정논쟁』, 집문당, 1988, p. 45.

량과 측정에 사로잡혀 있다. 즉 도구적 합리성은 인간에게 흔히 있는 모든 것을 분류하고 명칭을 붙이고 평가하고자 하는 욕구에 사로잡혀 있는 것이다.[2] 그런 의미에서라면 문학교육이 상대적으로 낮은 위상을 차지해 온 것 또한 사회 문화적 맥락의 정확한 반영이라 할 수도 있을 것이다.[3]

문학교육 내부 또한 사정은 마찬가지이다. 일반적으로 교육과정의 원천(source)으로서 고려될 수 있는 것으로서는, ① 학습자의 요구 및 흥미 ② 사회의 가치 및 문제 ③ 학문 및 조직화된 교과 등을 들 수 있겠거니와,[4] 우리의 경우, 이 중에서 주로 ③항만을 교육과정의 근거로서 고려하는 경향이 전통적으로 강하게 존재해 왔던 것으로 판단된다.[5] 이렇듯 비조적적

---

2) Horkheimer, *Critique of Instrumental Reason*, Seabury Press, 1974.
3) 교육과정의 구성을 외견상으로 본다면 전통적으로 국어교과의 비중이 크게 설정되어 왔고, 그 가운데서 문학이 차지하는 비중 또한 적지만은 않았으며, 때로는 국어 Ⅱ 과목으로서 문학이 설정되었다는 점 등등을 고려할 때 문학의 위상이 낮게 책정되지 않았던 것처럼 보일 수도 있을 것이다. 그러나 문학이 독립교과로서의 지위나 그에 상응하는 비중을 인정받았던 적은 없다. 국어Ⅱ의 경우도 문과만의 선택과목이었으며 6차 교육과정 역시 선택과목이란 점에선 마찬가지이다. 더욱 중요한 것은 진정한 문학적 정서나 체험을 일컫는 '문학' 그 자체로 문학교과의 의의가 인정되지는 않는 것이 우리의 현실이라는 점이다. 오늘날 문학수업은 입시라는 과제에 도구적으로 유용한 사항을 전수하는 것을 합리적인 것으로 여기는 것이 현실이다.
4) 아울러 이러한 세 가지 근거는 교육과정 항목의 선정을 위한 준거(criteria)로서 제시될 수도 있을 것이다. 앙리 지루, 앞의 책, p. 93.
5) 문학교육의 경우에도, 흔히 "문학 작품의 선정은 문학사의 평가를 받을 것들로 한다."는 진술에서처럼, 학문계의 객관적 검증과 공인성을 강조한다. 그러나 이러한 객관성은 사실 합의의 수준으로 대치된다고 말해야 옳을 것이며, 특히 이로 인해 현 당대의 문학이 교육 현장에서 배제되는 등 일종의 문화지체 현상이 교육에서 벌어지게 된다는 점은 재고를 요한다. 가령 한국문학 연구 성과에 관한 방대한 실증적 연구라 할 만한 이선영(『한국문학의 사회학』, 태학사, 1993)에 의하면, 김소월의 경우 1940년대부터 시인론의 주요 대상이 되다가 50년대에 이르면 이광수를 제치고 1위에 오르게 되며, 생명파와 청록파에 대한 작가론은 50년대 이후 60년대에 걸쳐 꾸준히 증가됨을 보이고, 특히 50년대에는 이상, 윤동주, 한용운에 대한 연구가 본격화되는데, 김소월과 생명파, 청록파 등은 매우 이른 시기부터 교과서에 반영되었고, 한용운(1차교육과정기), 윤동주(2차교육과정기), 이상(4차교육과정기 국어Ⅱ) 등은 학문계의 성과와 어느 정도의 시차를 보이며 교과서를 통해 반영되었던 바, 이 역시 흥미로운 과제라 할 수 있다. 특히 80년대 초반 김수영론이 괄목한 증가를 보였고 5차교육과정 고등학교 국어교과서에 드디어 김수영의 시가 수록되었다는 사실은 학문계와 교육계의 담론 추이 및 그 적용의 시차를 반영하고 있다는 점에서 주목되는 것이라 하겠다.

인 지식과 공인된 학문 안에 포함되지 않는 관련 기술 및 태도를 교육과정의 근거로서 인정하지 않는다는 점에서, 전통적인 문학교육과정의 경우 또한 앞서 기술한 내용 가운데 주로 전자의 입장, 즉 객관적 진리의 현전을 인정하고 그것을 전수하는 것이 교육과정의 내용이 되어야 한다는 입장을 대표하는 것이라 하겠다.

그러나 오늘날은 점차 인간 이성의 순수성과 소여성 대신에 역사성과 사회성을, 진리의 절대성과 보편성 대신에 다원성과 국지성을, 또한 합리성의 필연성과 확실성 대신에 우연성과 역사성을 강조하는 추세가 늘어만 가고 있다. 어쩌면 문학교육의 입장에서 우리 사회와 문화의 이러한 변화는 한편으로는 반가운 일이라 할 만하다. 교육과정이 사회적 맥락을 반영한다면 객관적 진리를 강조하던 전통 교육과정은 이제 변화를 맞이해야 할 것이고 그렇게 된다면 문학과 같은 정서적 영역은 상대적으로 그 입지가 늘어날 것이기 때문이다. 하지만 사태가 그리 단순하지만은 않다. 앞서 밝힌 대로라면, 문학교육의 내부 자체도 변화를 요구받기 때문이다.

이와 같이 이른바 포스트 모던 시대에 처해 문학교육은 한편으론 그 입지가 강화될 수 있는 근거가 마련되는 반면, 다른 한편으론 자기 반성을 통해 스스로를 해체해야 할 위기에 직면하고 있다. 이 가운데 어느 쪽에 무게 중심을 두느냐에 따라 문학교육과정은 사뭇 다른 두 가지 모습을 보일 수가 있다.

그러나 이러한 대립을 두고 보수적 교육관 대 진보적 교육관이라는 대결 구도로만 이해하는 것은 사태를 지나치게 단순화하는 것이 되며, 그 경우 종종 해결책은 어느 일방의 선택으로 이루어지거나 혹은 무원칙한 타협으로 끝나게 마련이다. 과연 그들 사이에 변증법은 기대될 수 없는가. 그에 대한 답변은 실천에 달려 있을 것이다. 다만 그에 앞서, 그보다도 중요한 선결과제는 과연 어떠한 방향성을 설정하고서 그러한 변증법적 운동을 기대할 것인가 하는 문제이다. 그 이후에야 우리는 체계화와 방법론의 구체화를 마련할 수가 있을 것이기 때문이다.

그 방향성은 결국 교육에 대한 현 사회의 요구 수준에서 가름할 수밖에 없다. 아울러 그 요구 수준을 점검해 가는 과정 속에서 우리는 실천 가능한 요목들을 고려해야 한다. 교육과정의 원천으로 간주될 수 있는 것은 '유용 가능한 전체 문화(total available culture)'라 할 수 있다. 모든 문화적 내용이 교육과정으로 유입될 수 있는 성질의 것은 아니다. 문화적 내용 중에서 '가르칠 수 있고(teachable)' 동시에 '유용가능한(available)' 내용만이 교육과정에 포함될 수 있는 것이다.6)

하지만 중요한 것은 이 과정에서 선후 관계가 뒤바뀌어서는 안 된다는 것이다. 무엇보다도 우리에게 필요한 것은 현 사회 문화 전반의 요구 수준을 성실하게 기술하는 일이다. 즉 실천 가능성 여부가 먼저 고려되어서는 안 된다는 것이다. 그것은 곧잘 낡은 교육의 합리화를 가져오는 불공정한 게임의 법칙으로 작용하기가 십상이기 때문이다.

이에 본론에서는 먼저 현 사회 문화적 맥락에서 요구되는 요목들을 국가적 차원, 사회적 차원, 그리고 교육 현실적 차원의 세 가지로 범박하게 구분하여 기술한 이후, 그것이 문학교육의 내용 체계 속에 포함될 때 고려되어야 할 사항들에 관해 검토해 보기로 하겠다.

2. 문학교육의 사회 문화적 맥락에 관한 검토

(1) 국가적 차원의 요구 수준

먼저 국가적 차원의 경우, 보통교육이 대중적으로 정착되고 공교육제도가 고도로 발달된 상태에서 여전히 중앙집권적인 교육구조를 유지하고 있다는 점부터 지적되어야 할 것이다. 일반적으로 교육과정이란 국가 수준에서 문서화하여 법적 구속력을 갖는, 제정 공포된 교육 내용이며, 각급 학교 단위에서 계획적으로 조직 편성되어 있는 의도된 교육 내용이라 규정할 수 있다.7) 특히 국어 과목의 경우, 국정교과서 정책을 고수하고 있

---

6) 앙리 지루, 앞의 책, p. 94.
7) 물론 이같이 시간적 공간적 구속력을 가지는 당국의 시행지침 문서를 문학교육과

다는 점은 주목을 요한다. 이는 문학교육이 국가 통제로부터 그다지 자유
로운 형편이 아님을 반영한다.[8]

그러나 통제의 주체가 누구냐 하는 것은 오히려 문제의 본질을 흐리게
하는 셈이 된다. 왜냐하면 중요한 것은 통제된다는 사실 자체에 있기 때
문이다. 다시 말해 통제의 주체가 바뀐다 하더라도 그 주체가 여전히 기
존의 헤게모니 구도 하에 놓여 있다면, 설령 그 스스로 주체적인 판단과
선택에 입각한 행위라 여길지언정, 그로부터 일어나는 변화란 부분적인
데 그칠 뿐, 궁극적으로는 전과 다름없이 국가 이데올로기에 봉사하는 결
과를 낳기가 십상인 것이다.

주지하다시피 헤게모니 개념은 그것이 강제가 아닌 동의를 통해 구현
된다는 사실에 요체가 있다. 또한 새로운 헤게모니를 추구하는 주체를 상
정한다 하더라도, 내용은 달라질지언정, 통제의 형식 자체는 변하는 바가
없다. 교육 내용을 계획적이고 의도적으로 조직한다는 것이 곧 통제를 의
미하는 것은 아니다. 통제는 불가피하게 배제의 의미를 내포한다.

그렇다면 문학교육과정을 통해 반영해야 할 것은 국가적 심급의 이데
올로기적 통제가 아니라 국가적 심급의 요구 수준 가운데 문학의 정신과
맞물릴 수 있는 부분이라야 할 것이다. 가령 현재의 사회 문화적 맥락에
서 문학교육과정을 통해 반영할 수 있는 국가 심급의 요구 수준을 기술해
본다면, 대략 ① 민족 문화 전수로서의 문학교육 ② 통일 지향의 문학교
육 ③ 국제화 시대의 문학교육 등의 문제로 요약될 수 있을 것인바, 나아
가 이 가운데 1항은 어떻게 해야 국가주의나 국수주의와 연관될 위험에서

정의 전체로 파악하려는 태도는 인식의 편협성을 조장하는 것이다. 즉 이는 문학교
육과정을 문학 수업 운영의 상위적 계획으로 보는 미시적이고 처방적인 개념인 것
이다. 그러나 여기에는 '문학수업운영'이라는 구체적 국면이 전제되어 있음에 유의
하여야 한다. 또한 더욱 유념해야 할 것은 문학교육 실천에 관여하는 상당수의 교
사들이 이와 같은 문학교육과정 개념을 의식적이든 무의식적이든 받아들이고 있다
는 점이다. 교사들은 이와 같은 개념형의 적용을 비판은 하면서도 일종의 편의적
관점에서, 아울러 관습적으로 수용하는 양상도 보여 주고 있다. 박인기, 「문학교육
과정의 구조에 관한 연구」, 서울대 박사학위논문, 1994, pp. 5-36.

8) 이에 관해서는 김창원, 「문학교육과 국가통제」, 민족문학교육회 편, 『문학교육의
  방법』, 한길사, 1991을 참고할 것.

벗어날 것이고, 2항은 어떻게 해야 반공 이데올로기로의 전락을 피할 것이며, 3항은 어떻게 해야 학생들로 하여금 소위 국가 경쟁력 이데올로기 차원을 넘어서 세계시민으로서의 교양을 갖추게 하는 데 기여할 수 있을 것인가 하는 문제가 진지하게 고려되어야 할 것이다. 즉 이 같은 사항들이 어떻게 더 이상 통제이길 멈추고 해방에 기여할 수 있느냐 하는 것이 관건으로 된다.

통제가 아닌, 계획적이고 의도적으로 교육 내용을 열어 두는 방식도 어딘가에는 있을 것이다. 통제가 아닌 해방, 그것은 곧 구속이 아닌 자유와, 단의성이 아닌 다의성, 획일주의가 아닌 다원주의와 연관이 깊을 것임에 틀림없다. 그것은 곧 문학의 정신과 상통한다. 그리고 국가적 차원의 요구 수준이 이와 배반하는 관계는 정녕 아닐 것이다. 민주 시민의 양성과 같은 항목이 바로 그러하다. 따라서 그것을 가능케 하는 길을 찾는 것이야말로 문학교육에 종사하는 자들의 진정한 몫이라 할 것이다.

(2) 사회적 차원의 요구 수준

사회적 차원에서는 현 사회의 발전 단계를 어떻게 규정하느냐 하는 것이 주요 문제로 부상한다. 현재 우리 사회가 이른바 후기 산업 사회에 해당하는지는 논란의 여지가 있다. 하지만 오늘날 변화의 속도는 더 이상 교육이 지난날의 보수적 속성에 안주하도록 허용해 주질 않는다. 바로 이 점이 포스트 모던 시대에 문학교육이 스스로를 반성해야 할 대목과 긴밀한 연관을 갖는다.

현대사회에서는 문화 자체가 이미 교양 및 인간 형성의 기능을 상실한 지 오래다. 그보다는 이제 시장 및 가치 증식의 법칙만 따르는 자본주의 산업화의 결과, 문화 부문은 물론, 인간의 내면까지 상품화되는 지경에 처해지고 있다. 심지어 교육 또한 이 사회의 생산력 고양에만 봉사하고 있는 것이 아닌가 하는 비판의 대상이 된 지 오래다. 문화 산업의 한 부분이 되어 버린 교육은 전통적인 계몽주의 교육이념의 이상인 "인간의 현존재를 자연 상태로 보존하면서 동시에 인격을 형성하는 교육"의 "순응과 저항"이라는 변증법적 긴장을 잃은 채 스스로 물상화되어 일방적인 순응의 기제인 반쪽 교육으로 전락해 버렸던 것이다.[9]

더욱이 료타르에 의하면 사회가 이른바 포스트모던 시대에 들어감에 따라 지식의 지위도 변하여 지식의 구성체 내에서 정보량으로 번역될 수 없는 것은 어떠한 것도 버려질 것이며, 새로운 탐구 방법 역시 컴퓨터 언어로의 번역 가능성에 의해서 규정될 것이라고 예상한다.[10] 그의 예상을 그대로 믿어야 할 필요는 물론 없을 것이다. 하지만 지식이 이미 그 자체만으로 목적이 되지 못하고 있는 것만큼은 사실로 들린다. 과학의 목표는 더 이상 진리가 아니라 수행성(performativity), 즉 가장 이상적인 투입/산출 관계를 가져오는 것이다.

이렇듯 목적에서 수단으로, 즉 진리에서 수행성으로의 관심의 이동은 오늘날의 교육 정책에 그대로 반영되고 있다. 교육 기관은 점점 더 기능적으로 되어 가고 있음이 분명하다. 교육은 이제 그 자체로의 쓰임새보다는 교환가치로 평가되는 환원주의의 학문 및 지식체계의 담지자요 전달 수단으로 전락하였다. 결국 현대교육은 현대문명의 파괴력을 낳은 과학의 독점적인 지배 이데올로기에 스스로를 희생당하고도 그 이데올로기에 정당성을 부여하는 노릇을 떠맡게 된 것이다. 뿐만 아니라 이렇게 되니 지식 전달 말고도 교육이 본디 맡아내야 할 사명인 시대적 요청에 따른 인간의 개인적이고 집단적인 정체의식의 배양이나 주관성의 확립은 바랄 수도 없는 형편에 교육은 처해 있는 것이다.[11]

이것이 곧 인문학의 위기론이 일어난 주된 배경 가운데 하나다. 그러나 이러한 이유가 문학을 포함한 인문교육의 강화라는 주장으로 곧장 이어지는 것은 아니다. 거기에는 인문학 내부의 반성이 수반되어야만 한다. 말하자면 전통적 인문교육이 표방해 온 것 속에는 보편적인 인간다움의 추구

---

9) Th. W. Adorno, *Erziehung zur Mündigkeit*, Frankfrut am Main(Ffm.) : Suhrkamp, 1970, p. 68. 정유성, 「인간다운 생존을 위한 교육」(강영혜 외, 『현대사회와 교육의 이해』, 교육과학사, 1994), p. 61에서 재인용.

10) Jean-François Lyotard, *The Postmodern Condition* : A Report on Knowledge, Univ. of Minnesota Press, 1984, pp. 42-48.

11) 정유성, 앞의 글, p. 73.

라는 명분 아래 지배층의 교양 이념이 강제되기도 하였다는 사실, 즉 인간에 대한 인간의 지배와 착취를 합리화해 온 이데올로기로 작용하기도 하였다는 또 다른 일면을 놓쳐서는 안 되는 것이다. 그런 점에서 백낙청 교수는 인문교육의 위기라는 것이 이에 대한 도전을 내포하는 한, 우리는 그것을 도리어 환영해야 옳다고 지적한 바 있다.[12)]

다만 인문교육 이념이 지닌 이러한 두 면을 현실적으로 뚜렷이 가르는 일은 불가능하다는 점이 문제를 복잡하게 만든다. 당시에 억압적인 역할을 했더라도 오늘날에는 그 해방적 가능성이 두드러지는 요소들이 있는가 하면, 정반대로 당시에는 진정한 덕목이었지만, 지금 상황에서는 이데올로기적 기능이 주가 될 수밖에 없는 예도 있을 것이기 때문이다.

한편 사회의 변화를 고려할 때, 현대의 교육은 이와는 다른 각도에서 또 한 번 위기를 맞고 있다.[13)] 그것은 곧 지식의 상대성 문제와 연관되어 있다. 현대의 철학은 지식과 이데올로기, 객관성과 비객관성의 구분 자체에 의문을 제기한다.

그렇다면 상대주의적 사고로 인하여 사회의 지적 도덕적 공동 기반이 붕괴되고 있는 마당에 그러한 공동 기반을 형성하고 구축한다는 사회적 사명을 지닌 교육이 그 역할을 어떻게 담당해 나갈 수 있을 것인가. 진리성의 기준이 불변의 확고한 것이 아닐진대 그러한 개념들을 바탕으로 학교 지식의 정당성이나 교육의 정당성을 평가하는 것 자체가 옳을 수 있을 것인가.

이렇듯 상대주의적 사고로 인한 문제들은 결국 교육의 위기로 이어지게 된다. 즉 한편으로는, 절대적인 기초가 없다는 것은 곧 혼란과 무의미를 의미하며 그것은 결국 주관주의와 비이성주의, 그리고 허무주의에 이르게 될 것이요, 상대주의와 허무주의가 최후의 해답이라면 결국 진리와 합리성의 문제는 합리적인 대화에 의해서가 아니라 힘과 권력, 그리고 투

---

12) 백낙청, 「세계시장의 논리와 인문교육의 이념」(소광희 외, 『현대의 학문 체계』, 민음사, 1994), p. 291.
13) 이하 논의는 조화태, 「포스트모던 철학과 교육의 새로운 비전」(강영혜 외, 『현대 사회와 교육의 이해』, 교육과학사, 1994), pp. 5-10 참조.

쟁에 의해서 결정되는 것이 아니겠느냐는 우려와 함께, 다른 한편으로는, 진리와 지식 그리고 합리성의 역사성과 상대성에 대한 인식이 과연 피할 수 없을 뿐만 아니라 논박될 수 없는 합리적 대안이라면, 따라서 학교 지식 자체가 보편적인 진리가 아니라 임의적인 것에 불과하다면, 그러한 문화적 임의물(cultural arbitrariness)[14]을 보편타당한 것인 양 가르치는 것이야말로 일종의 상징적 폭력[15]에 해당하며 비윤리적인 행위에 다름 아니겠느냐는 반성이 일어나게 되는 것이다.

그러나 전자의 경우처럼, 진리나 합리성의 절대적 기준을 부정하고 상대성을 받아들이게 되면 결국 비이성주의와 허무주의 속에 빠지게 될 것이라는 생각 자체가 사실은 절대주의적 사고를 반영하는 것이다. 그것은 절대적 기준의 결여는 곧 혼돈과 무질서를 의미한다는 이분법적 사고의 결과로서, 이러한 이분법적 사고는 어떤 타당한 인식론적 근거에 입각한다기보다는 데카르트적 불안이라 불리는 일종의 심리적 초조감에 기인한 상태일 따름이다. 아울러 후자의 발상법 속에는 교사에 의한 일방적 지식 전수를 교육 그 자체와 동일시하는 관습이 숨어 있으며, 진리와 합리성의 역사성과 상대성을 인정하면서 그와 동시에 진리와 합리성을 구축해 나가는, 인간이 지닌 주체적인 힘이 무시되고 있다 할 것이다.

이상에서 기술한 사회적 변화와 연관하여 볼 때 오늘날 문학교육은 매우 독특한 위상을 차지하게 될 것으로 보인다. 본디 문학은 시장 경제 논리와 연관된 도구적 합리성과도 거리가 멀었고, 본래부터가 그 속에 상대

---

14) 부르디외의 용어로서, 지배계급이 자신들에게 의미있는 것으로 간주되는 것을 규범화함으로써 자신들의 힘을 행사하는 방식을 가리킨다. P. Bourdieu, "Cultural Reproduction and Social Reproduction", in J. Karabel & A. H. Halsey, eds., *Power and Ideology in Education*, Oxford Univ. Press, 1977.

15) 이는 그람시의 헤게모니 개념에 가까운 것으로, 종속 계급들이 사실상 그들 자신의 이익에 반대되는 관념과 실제를 '자연스러운 것' 또는 '상식적인 것'으로 취급하게 되는 교묘한 과정을 뜻한다. 이는 불평등이란 오히려 필연적이고 불가피한 것으로 간주되도록 하기 위해서 학교가 어떻게 상징적 권력을 행사하는가를 나타내 준다. 그러나 학교가 자율적인 것으로 간주되기 때문에 학교의 실질적인 비중립성이 효과적으로, 그리고 합법적으로 은폐되기에 이른다고 부르디외는 주장한다.

성을 다분히 함유하는 존재였기 때문이다. 따라서 문학교육과정에는 문학의 이 같은 장처(長處)를 적극적으로 반영하는 가운데, 다른 일면으로는 이제껏 그 같은 점이 적극적으로 발휘되지 못했던 데 대한 철저한 자기 반성을 포함해야만 할 것이다.

또한 문학교육과정은 ① 문학(인문학)교육의 위기와 연관된 이 같은 거시적 변화뿐만 아니라, 그와 맞물려 일어나는 구체적인 사회적 맥락들, 가령 ② 대중문화와 문학교육의 문제 및 ③ 환경·여성·계층 문제와 문학교육의 관계 등에 대한 고려를 반영해야만 한다. 2항의 경우에는 고급문화와 대중문화라는 구분 자체가 일종의 절대주의적 사고의 산물이라는 점에서 새로운 접근이 요구되며 나아가 컴퓨터 통신 문화라든가, 영상매체의 변용 내지 활용 문제라든가 하는 현실의 구체적이고 직접적인 변화에 대한 교육적 고려가 요청된다 할 것이고, 3항의 경우에는 중심부와 주변부로 구분되는 이항 대립의 역사적 산물로서의 여성 문제와 계층 문제에 대한 본격적인 고려와 함께 전지구적인 문제로 떠오르는 생태계와 환경의 문제를 문학 고유의 정신 속에서 다룰 수 있는 가능성에 대해 진지한 탐색이 이루어져야 할 것이다.

(3) 교육 현실 차원의 요구 수준

끝으로 교육 현실 차원에서의 요구 수준을 검토할 차례다. 이 부분은 앞서의 당위적 진술보다는 상대적으로 현실 실천적 수준에 대한 고려와 연관되어 있다. 가장 대표적인 것으로 꼽을 수 있는 것은 역시 입시 현실과 문학교육의 관계라 할 것이다. 대학 수학 능력 시험과 논술 시험이 교육계, 특히 문학교육계에 끼친 영향은 문학 작품을 비롯한 독서에 대한 관심과 실천을 증대시켰다는 점에서 일단 긍정적인 것으로 평가된다. 하지만 과연 수능 시험의 그 평가 방식이 문학이라는 주제에 걸맞은 것이었는지, 또한 실제 수업 현장에서 문학을 가르치는 양상이 학생들로 하여금 문학에 대한 주체적이고 다양한 이해와 감상에 이르도록 하는 모습을 보이고 있는지는 매우 의심스럽다.

이제껏 앞서의 진술이 주로 제재 선정과 같은 면에서 내용과 연관되고 지금 이 부분에서는 마치 교육의 방법을 논하고 있는 것처럼 비쳐질지는 모르겠으나, 교육의 내용과 방법이 그다지 확연히 분리 구분되는 것이 아니다. 가령 우리는 어떤 작품(내용)'을' 또 어떤 비평(방법)'으로' 가르친다고 흔히 진술하지만, 그것은 동시에 어떤 작품'으로' 또 어떤 비평적 개념이나 가치 또는 지식'을' 가르치는 셈이기도 한 것이다.

따라서 문학교육과정에 있어 현 사회적 맥락에서의 입시 현실을 고려한다는 것은 현실적 수준으로의 후퇴를 의미하는 것이 아니라 현실의 계도를 가능케 하는 교육 내용의 개발과 깊게 연관되는 작업인 것이다. 이는 달리 말해, 이상에서 진술된 사회 문화적 맥락이 아무리 성실하게 문학교육과정을 통해 반영된다 하더라도 그것을 그 존재 의의에 일치하게끔 가르칠 수 있는 지도(地圖)가 마련되어 있지 못하다면, 우리가 도달할 곳은 목적지와 영 다를 수도 있음을 의미한다.

여기에는 우리의 문학교육 현장이 여전히 작품 내재적인 분석주의적 관점에 현저히 기울고 있다는 판단이 깔려 있는 것이기도 하다. 6차 교육과정에 이르러 독자의 수용을 강조하고, 특정한 작품에 따라서는 역사주의적 접근이 행해진다 하더라도, 입시와 연관되는 한에서는 여전히 분석주의적 주해 방식이 중심을 이루고 있는 것이다. 즉 전체에 관철되고 있는 것이 분석주의라면 역사주의는 실제상 그 일부의 경우에 진리치를 내포하는 주변부적 담론이라 할 것이며, 이는 달리 말해 분석주의 수용 이후의 교육과정 개정이 분석주의의 중심부성에 대한 도전이라기보다는 그 중심부성을 그대로 유지한 채 여타의 관점, 즉 새로운 이론들을 부가하는 데 그치고 말았음을 의미하는 것이다.[16] 더욱이 수용자 중심의 교수 방식

---

[16] 일반적으로 교사 집단은 교수 내용이나 교수 방식에 있어 전폭적인 변화보다는 점진적이고 부가적인 방식의 변화를 선호하는 경향을 보인다. 이 같은 점진적 책략(gradualist strategy)은 교육과정의 공원 벤치식 접근(park-bench approach)과 유사한 성격을 갖는다. 게리 월러의 이 비유는 "힘센 신참자가 나타나면 벤치에 앉아 있던 모든 이들이 그를 위해 공간을 만들어 주고자 자리를 좁히는 것. 그리고 가끔, 좀더 혼잡하게 될 경우에는, 끝자리에 앉은 이—아마도 문헌학—가 떨어져 나가는 것"을 가리키는 것으로, 학과와 교육 과정에 이론이 부가되는 현행의 방식

은 아직 그 실현을 보지 못하고 있는 형국이다.

이렇듯 기존의 방식과 새로운 방식 사이에 존재하는 갈등은 전경화(前景化)되지 않는다. 오히려 시인에 관한 지식이든, 문학사적 지식이든, 비평 용어에 관한 지식이든 간에, 지식이라는 형태적 유사성만이 빛을 발한다. 교사의 편에서 지식 곧 교수 내용의 양적 증대와 확보는 교사의 권위를 유지하고 강화하는 데 결정적이기 때문이다. 그런 점에서 주해 방식의 유용성은 우리의 경우 교육의 공급자 논리 측에서 더욱 뚜렷하게 발견된다 해도 과언은 아닐 것이다.

입시와의 연관을 고려해 볼 때, 주어진 정답 이외의 것을 바라거나 탐구하는 행위 등은 전혀 생산적이지도 실용적이지도 못한 것일 따름이다. 꼼꼼히 읽기란 것 역시 그렇다. 분석주의의 도입이란 것이 꼼꼼히 읽기 그 자체를 제쳐놓고, 꼼꼼히 읽는 기술에 관한 지식만을 정보의 차원에서 강조하게 되어 오히려 텍스트의 꼼꼼히 읽기를 역행하는 결과를 낳게 된 것이다. 말하자면 분석주의 비평적 실천에서 애용되는 몇 가지 도구, 텐션이라든지, 메타포라든지 하는 것을 기술 정보의 차원에서 강조하는 것은 1차적 텍스트에 묻혀 있다고 생각되는 삶의 가치를 도외시하고, 텍스트의 읽기를 흔히 일컫는 심볼 사냥, 메타포 사냥으로 바꿔 놓고, 따라서 텍스트의 진정한 의미를 외면하는 '표피적' 수용에 이르고 말았던 것이다.[17] 이렇게 되면 결국 '달'은 사라지고 '손가락'만 남는 꼴이 되고 만다.[18]

더욱이 이 같은 주해 방식으로 학생들에게 전수되는 문학교육의 내용은 입시와 관련해서는 전이력을 인정받을지 몰라도 현실적 문학 체험으로 연장되지는 못한다고 보아야 할 것이다. 요컨대 학교에서의 문학 체험과 실생활의 그것이 분리되는 측면이 노정되는 것이다. 수업 시간에 학생들

상 다성성(polylogue)이 전혀 발현될 수 없음을 비판하는 뜻이다. Gary Waller, "Polylogue", in Diane F. Sadoff & William E. Cain, ed., *Teaching Contemporary Theory to Undergraduates*, MLA, 1994, p. 93.

17) 석경징, 「문학 비평, 이론과 교육」, 『현대비평과 이론』 6호, 한신문화사, 1993 가을·겨울, p. 43.

18) 김대행, 「손가락과 달 ; 時調 形式을 통해서 본 文學敎育의 指標論」, 『선청어문』 23집, 서울대학교 사범대학 국어교육과, 1995.

은 의무적으로 꼼꼼히 읽기에 열중하겠지만, 소위 훌륭한 학생의 경우조차도 학교에서 벗어나기만 하면 책을 읽을 때 다른 기술을 사용하는 것이 보통이다. 전문적으로 문학에 연관된 사람들은 '진정한 독서'와 '단지 흥미로 하는 독서' 사이의 구분을 하는 경향이 있는 반면, 일반인이라면 그 같은 구분을 '진정한 독서'와 '단지 수업을 위해 하는 독서' 사이의 구분으로 응당 바꿔 말할 것이다.

학교에서는 감춰진 심층의 의미를 갖고 있으리라 기대되는 비유, 은유, 상징을 찾아 씨름해야 하는 것이라고 여길 때, 학생들에게 그것은 기억되어야 할 것이지 해석되어야 할 것으로 간주되지는 않는다. 그 내용은 시험에서 소비될 것이다. 대부분의 학생들은 오로지 소비자로서 그 단어의 문학적이고 수사적인 의미라고 알려진 내용을 받아들이는 데 거의 모든 수업 시간을 보낸다. 하지만 학생들 대부분은 저마다 사회 진출과 관련된 목표를 가지고 있으며 학교 교육에 투여된 자신들의 노동과 재화와 시간이 그 목표에 유용하게 되길 기대한다.[19] 말하자면 교실과 강의실을 둘러싼 세상은 도구적 합리성에 지배되어 있는 것이다.

따라서 도구적으로 합리적인 경우는 하나의 문학 텍스트를 두 번 읽지는 않는 것과 같은 일이다. 그 징표는 흔히 시험을 앞두고 "어제는 김소월을 했어"라고 하는 데에서처럼, '읽다'라는 말을 대신해 '하다'라는 동사가 쓰이는 것으로부터 알 수 있다. 이것은 단지 대용동사의 표현이라고만은 볼 수 없다. 거기에는 의무에 대한 수행성의 의미가 강하게 내재되어 있으며, 결국 이때 '했다'는 말의 뜻은 시험을 위해 암기해야만 했다는 것을 의미한다. 즉 문학 공부를 통해 도구적 합리성에 맞서는 체험을 얻게 되길 우리는 기대하지만, 비록 그 체험 가치의 전적인 부정 내지 무효화를 의미하지는 않는다 하더라도, 끝내는 도구적 합리성으로 문학 체험을 대하게 되고 마는 것이다.

---

19) Nancy R. Comley, "A Release from Weak Specification : Liberating the Student Reader", in G. Douglas Atkins & Michael L. Johnson, ed., *Writing and Reading Differently : Deconstruction and the Teaching of Composition and Literature*, UP of Kansas, 1985, pp. 129-130.

　　이러한 현실을 문학교육은 어떻게 극복할 수 있을 것인가. 현재의 우리 교육은 학문에서 진행되는 것과 실제 삶 속에서 진행되는 것 사이에 인위적인 분리를 조장하고 있는 셈이라 할 수 있다. 그것은 마치 대부분의 독자들이 대부분의 시간을 소비하는 독서의 종류, 가령 대중문학에 대해 학문계와 교육계는 무시하거나 평가절하하려는 경향과 일치한다. 그러나 비록 일상적 독서가 평가절하(評價切下)될 수는 없다 하더라도, 그렇다고 해서 과대평가(過大評價)할 성질의 것 역시 아니다. 즉 전통적인 문학교육과정에서 벌어진 꼼꼼히 읽기에 대한 거부가 또 다시 우리 교육이 독서백편의자현(讀書百遍義自見)이라는 세계로 돌아가야 함을 의미하지는 않는 것이다. 또한 꼼꼼히 읽기의 과정이 문학을 반드시 보수적으로 보이게 하는 것은 아니다. 어떠한 보수적인 작품도 충분히 꼼꼼하게 읽으면 저항적일 수 있는 것이다. 요컨대 앞서 진술한 사회 문화적 요구가 문학교육을 통해 충실히 성취될 수 있기 위해서는 읽기의 방법론에 대한 천착 또한 문학교육의 중요 내용으로 다루어져야만 할 것이다.

3. 문학교육에 대한 사회 문화론적 접근

(1) 무엇을 읽을 것인가

　　전절을 통해 얻을 수 있었던 공통적 화제는 곧 다원화와 자기화의 문제로 요약될 수 있을 것이다. 그런데 이 문제는 이른바 정전(正典) 설정의 문제와 불가피한 연관을 서로 맺고 있다.[20]

　　정전(canon)이란 말은 측정의 도구로서 사용된 '갈대'나 '장대'를 의미하는 고대 희랍어 kanon에서 유래한 것으로서 그 후 '규칙' 혹은 '법'이라는 의미를 갖게 된 말이다. 그리고 서기 4세기경 이 말은 텍스트나 작가의

---

20) 문학교육에서 정전의 문제에 관해서는 졸고, 「현대시 교육의 지배적 담론에 관한 연구」, 서울대 박사학위논문, 1996을 참고 바람.

목록, 특히 성서와 초기 기독교 신학자들의 책을 뜻하는 말로 사용되기에 이르렀다. 이러한 맥락에서 정전은 그 사용자들에게 어떤 작가나 텍스트가 다른 어떤 것들보다 더 보존할 가치가 있다고 생각할 수 있는 선택의 원칙을 암시해 주게 되었다.[21] 이와 같이 정전이란 가장 넓은 의미에서는 한 문화권 내에서 상대적으로 높은 가치를 부여받고 보존되는 텍스트들을 총칭한다.

그러나 다른 한 편으로 정전이라는 단어는 '고전(古典, classics)'이라는 명백히 존경의 뜻을 담고 있는 용어를 대체하는 것이기도 하다. 실질적으로 정전의 개념은 전통적인 교육과정의 문학 텍스트들을 이르는 데 쓰인다.

물론 실라버스와 정전은 구분될 필요가 있다.[22] 실라버스는 특정한 제도적 맥락에서 학습용 텍스트들을 선별한 것을 말하고 정전이란 위대하다고 간주되는 작품들의 총합을 의미한다. 그러나 정전의 완전한 목록이란 없다. 정전은 현실로 존재하는 목록을 구현함으로써가 아니라 개별 텍스트들로 하나의 전통을 소급 구성함으로써 가상의 총체성을 이룩하는 것, 즉 그것은 상상적 목록으로만 존재할 뿐인바, 그런 의미에서 정전은 작품들의 상상적 총체(이미지적 총체, imaginary totality)라 함이 옳을 것이다.

모든 정전이 선집에 다 실릴 수는 없는 일이다. 실라버스는 시간과 공간에 제한을 받는 텍스트들의 목록이기 때문이다. 그러므로 선집이나 실라버스에 실리지 않았다고 해서 모두가 비정전적인 것으로 보아서는 안 된다. 비정전의 범주를, 실라버스에 나타나지 않는 작품들의 지위를 기술하는 것으로 이해하는 것은 전혀 적합하지 않다. 실라버스에 포함되지 않은 정전적 텍스트들도 얼마든지 있을 수 있다. 전통적 교육과정의 경우, 만일 실라버스의 변화가 있다면 그것은 일련의 정전적 텍스트들에서 다른 정전적 텍스트들로의 변화를 나타낼 뿐, 그 목록이 구현하는 총체성, 곧 문화적 동질성의 인상은 바뀌지 않는다.

---

21) 존 길로리(박찬부 역), 「정전」(프랭크 렌트리키아 · 토마스 맥로린 공편, 정정호 외 공역, 『문학연구를 위한 비평 용어』, 한신문화사, 1994), p. 303.

22) John Guillory, *Cultural Capital : The Problem of Literary Canon Formation*, Chicago : The Univ. of Chicago Press, 1993. pp. 29-30.

이 같은 맥락에서 정전적인 것과 비정전적인 것 사이의 구분은 개별 작품들에 대해 실제로 판단이 행해지는 형식으로 볼 것이 아니라 제도적 장치로서의 실라버스가 발휘하는 효과로 이해할 수 있을 것이다. 다시 말해 실라버스란 항상 정전적 작품들로부터 선별되어 이루어지게 마련이라는 단순한 사실에 근거하여 정전이 실라버스를 결정짓는다고 하는 진술보다는, 오히려 실라버스가 정전의 존재를 상상적 총체물로 설정해 준다고 말하는 것이 역사적으로 볼 때 훨씬 더 정확하다.[23]

알티어리에 의하면 정전의 기능은 일반적으로 관리적 기능과 규범적 기능으로 정리될 수 있는데,[24] 정전의 이러한 성격은 곧 정전 설정의 기준을 암시해 주는 셈이 된다. 즉 정전은 강력한 자기-포섭(self-subsumption)을 지녀야 한다거나, 일반적 본성을 재현하는 것(representation of general nature)이어야 한다는 것, 혹은 기술상의 혁신적 가치라든가 혹은 작품 전체의 내용이 지혜와 윤리적 의의(the value of technical innovation or the wisdom and ethical significance of a work's overall content)를 가지고 있어야 한다는 것 등이 그것이다. 나아가 알티어리는 이와 같은 정전들의 관리적 규범적 기능이 갖는 문화적 결과는 "이상화를 제도화하는 역할(the role of institutionalizing idealization)"을 한다고 주장한다. 결국 그는 독서를 함에 있어 우리가 우리 자신의 개인적 관심사를 가장 잘 만족시켜 줄 수 있는 방식은, 현재의 욕망(desire)을 과거로부터 보전된 상상적 담론의 형식들에 연결지어 주는, 개인의 이해관계를 초월하는 가치의 원리에 동화됨에 의해서 얻어진다는 점을 보여 주고자 한 셈이다. 요컨대 정전이란 이상화된 태도들의 영역, 일

---

23) "정전성은 작품 자체의 속성(property)이 아니라 그 전달, 작품집에 있는 다른 작품들과의 관련, ─그 제도적 장소 즉 학교의 실라버스─의 속성이다." Ibid., p. 55.

24) Charles Altieri, "An Idea and Ideal of Literary Canon", in Robert von Hallberg, ed., *Canons*, Chicago : The Univ. of Chicago Press, 1983. 여기서는 curatorial function을 일단 관리적 기능이라 번역하였지만, curate란 말이 개신교에서는 부목사, 가톨릭에서는 사제보를 가리키며, curator는 원래 도서관이나 박물관 등의 관장을 의미한다는 점까지 고려해야 그 어감이 충분히 전달될 수 있을 것이다. 알티어리가 꾸준히 관심을 보인 정전과 윤리의 문제는 아래와 같은 책으로 묶여진 바 있다. Charles Altieri, *Canons and Consequences : Reflactions on the Ethical Force of Imaginative Ideals*, Northwestern Univ. Press, 1990.

종의 문화적 문법이라 할 영역에 사람들을 접하게 하는 하나의 제도적 수단인 것이다.

따라서 만일 공동체의 이상을 반영하는 문화 유산의 실체와 그로부터 얻어지는 문화적 문법이 존재한다면, 그러한 작품들로 이루어진 교육과정은 일관성과 효율성의 측면에서는 물론이려니와, 이념적 수준에서도 문제될 수가 없을 것이다. 이러한 주장은 우리의 전통적 교육과정이 주장해 온 탈이념적 성향, 다시 말해 정전 구성은 탈권력적인 가치의 합의에서 비롯된 것, 혹은 불가피하게 이념적임을 승인한다 하더라도, 그때의 이념은 국민적 합의에 기초한 것이라는 주장과 상통한다.

이때 등장하는 개념이 곧 국민문학의 개념이다. 즉 정전이란 국민 공동체의 이상이 제도화된 것이고 이를 학교 제도와 같이 국가가 소유하고 있는 구체적인 물질적 차원을 통해서 전수하는 것 또한 국민적 합의라는 주장이 그것이다.

그렇다면, 아마도 먼저 현재 우리 문학교육의 정전들이 과연 공동체의 이상을 제대로 반영하고 있는가 하는 것부터 문제 삼아야 할지 모른다. 그리고 이때의 전제는 공동체의 합의란 진정한 자발성에 기초해야만 한다는 명제가 될 것이다.[25]

---

25) 이 문제와 연관하여 다음과 같은 지적은 매우 시사적이다. "표결에 참여하지 않은 자는 의견을 제시할 수 없다. 그런데도 불구하고 예술품에 대한 가치평가에서 이러한 종류의 다수결의 원리에 따르는 경향은 부재자의 표결권도 인정함으로써 오류를 범하고 있다. 오늘날 문학으로 분류되고 있는 텍스트들의 가치를 평가하려고 할 때 과거로부터 지금까지 받아온 평가의 총합을 따지려는 방식이 그러한 경우이다. 이것은 원칙적으로 다수결의 방법이 아니고 오히려 권위와 현자에 의존했던 전통적 방법의 번안이라고 할 수 있다." 송무, 「영문학 교육의 정당성과 정전의 문제」, 고려대 박사학위논문, 1994, p. 264.
바로 이 같은 점에서 롤랑 바르트는 '읽을 수 있는 텍스트'보다 '쓸 수 있는 텍스트'를 선호하였거니와, 다음의 그의 글에서 그 또한 왜 '국민투표'라는 비유를 쓰고 있는지 눈여겨 볼 필요가 있겠다. "쓸 수 있는 것이 왜 가치가 있는가. 그것은 문학작품의 목표가 바로 독자로 하여금 더 이상 텍스트의 소비자로서가 아니라 생산자로 만드는 것이기 때문이다. 우리 문학은 텍스트의 생산자와 사용자, 소유자와 소비자, 작가와 독자 사이에 문학제도가 유지하고 있는 무자비한 분리로 특징지워진다. 그로 인해 이러한 독자는 일종의 게으름에 빠지고 만다.─그는 자동사적이다. 요컨대 그는 진지하다. 자신을 기능화하기보다, 의미화의 마술에 접근

그런데 국민문학은 한 민족이 생산한 모든 문학을 가리키는 것이 아니다. 그 개념은 문학사를 유기적 총체성으로 파악할 수 있을 것을 전제로 하며, 따라서 여러 문학 가운데 그 민족 문화의 고유성과 특질을 드러내는 문학들의 집성으로 이어진다. 그런 의미에서 그것은 역사가 아니라 전통이며, 사실이 아니라 일종의 가치 개입적 행위가 된다. 그 선별은 어쩔 수 없이 폐쇄적으로 이루어진다. 동시에 그 선별은 배제를 통해 이루어진다. 그러기에 파울러는 공적인 정전(official canon)을 가리켜 "적어도 일정 기간 동안 배타적인 완결성을 구가하는 작품들의 집합체"26)라 하였거니와, 이는 특정한 선호도가 교육 과정을 통해 공식화되고 있음을 뜻하는 것이다. 중요한 것은 정전의 설정은 국민 혹은 국가의 이념형과 분리될 수 없다는 사실에 있으며, 아울러 그 이념은 이데올로기 국가기구로서의 학교라는 제도, 학과, 교육과정, 실라버스, 그리고 그에 의한 교육과 연구 활동이라는 물질적 차원을 통해 실현된다는 사실에 있는 것이다.

교육의 국면에서 정전은 가르쳐져야 할 텍스트의 공식적 실체이며, 공식적 실체로서 그것은 전범적이고 규범적인 진술을 한다. 이상적이고 대표적인 질서로 존재함으로써 정전은 과거와 현재 사이의 영속적이고 통일적인 연관을 자명한 것으로 만든다. 그 체계를 의심하는 문제틀은 허용되지 않은 채, 그것은 텍스트, 문화, 문명의 초월적이고 보편적인 정체성을

하기보다, 글쓰기의 즐거움에 대해, 그는 텍스트를 받아들이거나 거부하는 자유가 거의 없는 채로 남겨진다. 읽기는 국민투표와 다를 바가 없다." Roland Barthes, *S/Z*, trans., Richard Miller, New York : Hill and Wang, 1974, p. 4.

26) 파울러는 공적 정전(official canon)과 개인적 정전(individual canon)을 구분한다. 이 양자간의 관계가 단순히 포함관계인 것은 아니다. 전자는 교육이나 예술후원기관 및 저널리즘을 통해 제도화되며, 후자는 각 개인이 가치 부여를 하는 경우에 해당한다. 한편 그는 가장 넓은 의미에서의 문학적 정전에는 구비문학과 같은 잠재적 정전(potential canon)도 포함시키는데, 그 중 많은 것들은 기록의 희귀성 등으로 인해 접근이 불가능한 경우가 많다. 이에 대해 훨씬 제한된 의미에서의 접근가능한 정전(accesible canon)이 존재한다. 아울러 그는 이 후자 가운데 보다 체계적인 선호도가 발현될 때를 가리켜 선별적 정전(selective canon)이라 부르는데 제도적 힘을 가진 이 정전이 곧 공식적 교과 과정을 구성한다. 이는 비평적 정전(critical canon)이라 불리는 비평 전문가의 권위적 해석에 민감하게 반응하는 것이다. Alastair Fowler, "Genre and the Literary Canon", *New Literary History*, Spring 1979, pp. 98-99.

확립하고 거기에 다시 가치를 부여하는 것이다. 아울러 그것은 역사 속에서 특화되어 현재에 이른 특정한 관점을 이른바 과거와 현재의 대화라는 관점에서 합법화한다.27) 그것이 곧 전통의 일관성 혹은 문화적 동질성으로서의 정전이 갖는 기능성이다.

그런데 만일 항구적 정체성이 문학에서 인정되지 않는다면, 이 부재하는 객관적 실재를 단지 공동체의 합의로 대치하는 것은 개념적 후퇴에 지나지 않는다. 그것은 불안정한 일체의 요소가 없는 폐쇄된 정적(靜的) 체계 속에서만 가능하기 때문이다.

전통적 교육과정에서 그것은 항존성이라는 이름으로 옹호된다. 전통적 교육과정은 항상 모종의 통일성과 일관성을 주체에 부여하고자 한다. 그리고 그 통일성과 일관성은 교과서나 실라버스, 독서 목록에 이미 반영되어 있다. 이때 그 텍스트들은 항상 문학성이라는 통일적 개념을 중심으로 조직되거니와,28) 이렇듯 문학이 그 내재적 자질로 인하여 다른 문화적 담론과 본래적으로 구분되는 담론이라 주장하는 것은 모든 현상을 초시간적으로 또 본래적으로 의미 있는 것으로서 제시하고자 하는 본질주의 전략에 가깝다. 따라서 본질주의에 대한 해체주의적 공격이 정전 개방 운동의 시점과 정확히 같은 시기에 일어났다는 사실,29) 즉 모든 것은 이데올로기적이고 텍스트적이며 정치적이라는 것이 새로운 정통성을 차지하게 되면서 정전 파괴 운동이 벌어지고 있다는 사실은30) 문학교육의 측면에서 매

---

27) R. Radhakrishnan, "Canonicity and Theory : Toward a Post-structural Pedagogy", in Donald Morton and Mas'ud Zavarzadeh, eds., *Theory/Pedagogy/Politics : Texts for Change*, Univ. of Illinois Press, 1991, p. 121.

28) 마셰리는 문학이란 무엇인가 하는 문제 제기 자체가 잘못된 질문이라고 주장한다. 왜냐하면 이 질문은 대답을 이미 내재시키고 있는 질문이기 때문이다. 즉 문학이란 본질 혹은 실체를 갖고 있는 영원불멸의 객체로 존재하고 있음을 전제로 삼고 있는 것이다. 그에 의하면 문학이란 미학적 범주로 이해되어야 할 것이 아니라 역사적 상황적 범주로 이해되어야 한다. 피에르 마슈레(배영달 역), 『문학생산이론을 위하여』, 백의, 1994.

29) Reed Way Dasenbrock, "What to Teach When the Canon Closes Down : Toward a New Essentialism", in Bruce Henrickson & Thaïs E. Morgan, ed., *Reorientations : Critical Theory & Pedagogies*, Univ. of Illinois Press, 1990, p. 66.

30) Babara Foley, "Subversion and Oppositionality in the Academy", in Maria-Regina

우 유의미한 일면을 내포하고 있다 하겠다.

전통적 교육과정에서 주장하는 항존성이란 엄밀히 말한다면 상대적인 안정성을 의미할 따름이라 함이 옳을 것이다. 그럼에도 불구하고 특정한 작품들을 정전으로 유지해고 고수해야 한다면 그 이유는 문화의 재생산 욕구 외에는 달리 설명하기가 어렵게 된다. 그런가 하면 전통적 교육과정 에선 또한 미학적 이유만이 항상 강조되고 정치적 이유는 은폐된다. 결국 어떤 하나의 텍스트가 정전으로 될 수 있는 것은, 그것이 종국적이고 올 바르기 때문이어서가 아니라 일단의 사람들을 '결속(binding)'시키는 것이 되기 때문인 것이다. 요컨대 정전화의 전체 핵심은 특정 텍스트의 권위를 승인하는 것이지만, 정전화의 주제는 권력인 것이다.31)

그러기에 정전이 행하는, "금지하거나 억압하는 명백한 가치평가의 주 요 효과 가운데 하나는 전시품을 선점하고, 또한 규준에서 벗어나는 가치 체계의 인정가능성을 회피하며 그럼으로써 기존의 가치평가적 권위를 기 만적으로 강화하는 것"32)이라는 비난에서 벗어나기 힘든 것이다. 정전이 란, 단지 거기에 존재하기 때문에 우리가 끊임없이 다시 올라가야만 할 지적 세계가 아니다. 텍스트 선택 자체가 이미 이론적 기획의 산물이기 때문이다. 그런 점에서 탈이념 또한 이념임은 말할 나위 없다.

설령 어느 특정한 선호도에 따른 배타성이야말로 공동체의 이상을 제 도화하는 데 따른 불가피한 선택이라고 할 수 있다 하더라도, 문제는 일 정 정도 합의의 산물이며 특정한 역사적 산물일 수밖에 없는, 상대적 안 정성으로서의 정전이 그 자체로 자명한 질서처럼 절대화되어 제공되고 그 에 따라 다른 특정의 담론들을 억압하거나 은폐하게 될 때 발생한다. 그 리고 더욱 큰 문제는 그 같은 사태의 발생 가능성을 피하기가 원천적으로 어렵다는 점에 있다. 담론 형성체가 갖는 속성과, 아울러 선별된 교육 내

Kecht, ed., *Pedagogy Is Politics : Literary Theory and Critical Teaching*, Urbana and Chicago : Univ. of Illinois Press, 1992, p. 71.

31) Gerald L. Burns, "Canons and Power", in Robert von Hallberg, ed., Op. cit., p. 67.

32) Thaïs E. Morgan, "Reorientations", in Bruce Henrickson & Thaïs E. Morgan, ed., Op. cit., p. 4.

용으로서의 지식이 갖는 위상 등을 고려할 때, 타자를 배제하거나 억압할 가능성은 그렇지 않을 가능성보다 제도적으로 내지는 구조적으로 훨씬 클 것이기 때문이다.

그렇다면 무엇을 읽을 것인가. 인문학의 중점 목적이 세계를 변화하는 것이거나, 아니면 현상태를 유지하는 것 둘 가운데 하나라면, 무엇을 읽어야 하는가 하는 문제－문학의 정전－는 결정적인 것이 된다. 과거에는 고전에 관한 한 사회적으로 통용되는 확연한 합의가 있었다. 그러나 무엇을 읽혀야 할 것인가를 둘러싸고 전통적 확신이 유보되면서, 인간이 어떤 규범 속에 어떻게 형성되어야 하는가에 대한 논의를 새로이 불러일으키게 될 때 사정은 달라지게 마련이다. 세계를 변혁하고자 하는 이들에게, 정전적 텍스트의 자질이 시간을 통해 검출됨으로써 보장된다는 생각은 매우 의심스러운 것으로 되고 만다. 시간이란, 결국, 그 자신의 힘으로는 아무 것도 가려낼 수가 없다. 가려내는 자는 바로 사람인 것이다. 정전적 작품들은 인류가 그것을 읽고 사랑하기 때문에 정전적인 것이 되지만, 우리에겐 우리가 접해 볼 수 없는 작품들을 읽고 사랑할 도리란 없는 것이다.

그 같은 점에서 일단 정전의 개방 내지 확대는 불가피한 것처럼 보인다. 이렇게 볼 때, 과거의 문학교육에서 배제되었던, '다른' 많은 민족 문학 유산들의 복권은 불가피한 사항이 된다. 무엇보다도 여기에는 현대 문학 유산 가운데 이념적인 이유로 배제되었던 작품들의 정당한 자리매김이 시급히 요구된다 할 것이다.

첫째, 항존성 내지 과거와 현재와의 대화 측면을 존중한다 할 때도 역시 이들의 존재는 중요한 의미를 갖는다. 이들이 현존하지 않는 것은 어디까지나 교실 안에서일 뿐이기 때문이다. 오늘날의 문학 현실에서 이들의 존재는 과거와의 연속성을 분명히 확보하고 있다. 교실이라는 테두리 안에서 좁은 의미의 민족 문학 유산에만 길들여지게 되고 교실 밖의 문화 현실에 대해서는 문맹으로 남겨진다면, 그러한 민족 문화 전수의 의미는 상당히 삭감될 수밖에 없을 뿐만 아니라, 민족 문화의 창달에 기여하기는 커녕 명백한 왜곡에 해당하고 말 것이다.

둘째, 이들의 존재 의의는 내용 차원의 새로움에 국한되지 않는 경우가 허다하기 때문이다. 그것은 문학, 나아가 문화의 새로운 실험 가능성에 기여할 가능성이 크다. 단편서사시나 담시와 같은 이야기시적 전통이 그 한 예가 될 수 있다.

셋째, 특히 이들의 존재는 통일 지향이라는 시대적 의의에도 값하게 된다. 과거 반공 문학 일색이었던 교육 내용에서 탈피할 때만이 통일이라는 민족적 과제에 문학교육은 부응할 수가 있을 것이다. 이것이 낡은 시대적 이념의 부활에 기여하지 않을까 하는 기우만 제거할 수 있다면 이러한 원칙에 대한 합의는 그다지 어려워 보이지 않는다. 그리고 원칙만 합의되면 작품 선정을 비롯한 실현 가능한 교육 내용의 선정 역시 힘들지는 않을 것이다.

대중문학의 문제라든가, 여성 문제 등을 문학교육과정에 반영하는 사항 역시 이와 연관이 깊다. 그들이 배제된 사연 또한 모두 이항대립적 사고의 산물인 동시에 그 중 어느 한 쪽에만 가치를 부여하여 이루어진 전통의 결과들이기 때문이다. 그 결과 가르쳐야 하고 전수되어야 하는 것은 전통적으로 또한 현존하는 사회에서 꾸준히 고급문화로 존재해 왔던 것이라고 여겨지게 되고 이 문화를 소유한다는 것은 하나의 특권처럼 정당화되기 때문에, 문화 그 자체는 의문에 붙여지지 않게 되는 것이다. 문학적으로 정전에 해당하는 작품들은 단지 보편적이고 항구적으로 판단될 뿐만 아니라 오로지 사회적 지위 획득이라는 견지에서도 반드시 따라야 할 전범으로 여겨졌을 법하다.[33] 독자의 과제는 정전으로 불리는 그 텍스트의 보편타당성을 발견하는 것, 즉 그러한 텍스트만으로 이루어지는 제도에 적응하는 것이다. 의식적으로건 무의식적으로건 그 작품들의 뿌리를 역사적 조건 속에서 폭로하려는 시도는 거의 없었다.

---

33) Lionel Gossman, "Literary Education and Democracy", *Between History and Literature*, Harvard Univ. Press, 1990, p. 29. 한편 부르디외는 이를 문화 자본의 개념으로 설명하고 있다. 이 개념은 학생의 환경을 동질적인 것으로 가정하는 모든 논의들의 기만적 성격을 비판하려는 것으로서, 그에 따르면 예컨대 지배사회에 의해 고도로 그 가치가 인정된 문화 자본 형태에 익숙하지 못한 가정의 학생들은 결정적인 불이익에 처하게 된다고 한다. P. Bourdieu & J. C. Passeron, *Reproduction in Education. Society and Culture*, London : Sage, 1977.

이제껏 학교 체제 중심의 문학교육과정은 문학 유산의 전승만을 일의적 역할로 해 왔던 것으로 보인다.[34] 이러한 교육과정 조직 또한 학교 환경에서 생성되는 문화와 경험을 학교 외의 경험에도 적용시키는 것을 목적으로 하는 것이었다. 그러나 비록 그것이 전통과 고전이 우리를 구제해 주리라는 선의에서 비롯된 것이라 하더라도, 그로 인해 교실과 현실은 분리될 수밖에 없게 된다. 고전에 대한 감식안이 당대 문화에 대한 문화적 해독 능력(cultural literacy)을 높여 주리라는 가설은 검증된 적이 없을 뿐더러, 어쩌면 그것이 하나의 문화적 편견일지도 모를 것임에도 불구하고, 확증되지 않은 당대의 문화가 교실 속으로 들어오는 것은 허용되지 않는 것이다. 거기에는 현 시대의 문화에 대한 비관주의와 유서 깊은 문학적 정적주의가 가로놓여 있다. 더욱이 이제는 이러한 기대 전반을 검토해야 할 정도로 학생들의 문학 환경은 변화되고 있고, 텍스트의 소통 공간 자체가 학교외적 공간으로 개방되고 다양해지고 있는 것이다. 그러므로 학교 내적 체제의 완결성만 고수하다 보면, 학교 내의 문화적 경험이 박제화되거나 고립되는 경우가 나타난다.

흥미로운 점은 오늘날의 문학 정전이 반드시 고급문학 전통의 소산만으로 구성되어 있지는 않다는 점이다. 과거의 대중문학이었던 작품들이 오늘날의 정전에 포함되어 있다는 사실은 고급문학의 범주가 텍스트의 내재적 성격과는 무관하게 규정될 수 있다는 것을 암시해 주고 있다. 다시 말해 고급문학의 범주는 특정한 텍스트들의 범주라기보다는 텍스트들을 평가하고 해석하는 방식에 따라 달리 설정되고 있다는 것이다. 따라서 오늘날 대중문학의 고급문학에 대한 도전은 바로 텍스트들의 평가와 해석에 있어서의 자의성에 대한 도전이기도 한 것이다. 이른바 페미니즘의 문제 또한 이와 동궤의 것이다. 이 문제는 단지 여성 작가의 작품을 몇 편 교과서에 집어넣는다 해서 해결될 문제가 아니다. 중요한 것은 구색 갖추기가

---

34) 문학교육의 내용을 문학 유산 계승의 차원에서만 유독 강조해 온 것이야말로 우리 문화 교육의 역동성을 저해하는 요인이 되고 말았다는 지적은 다음에서도 제기된 바 있다. 김창원, 「문학교육 목표의 변천 연구」, 『국어교육』 73·74집, 1991. p. 7.

아니라 전통적 평가와 해석 체계에 대한 도전의 의의를 확보해 주는 것이기 때문이다. 정전 개방 문제는 인간 사유에 관한 문제이자 윤리의 문제이다.

그러나 이 같은 정전의 개방과 확대 문제가 현대문학에만 국한되는 것은 아니다. 우선 고전 자체가 매우 미묘한 위상에 처해 있다. 앞 장에서도 살펴보았듯, 현재 우리 문학교육에서 고전(古典)은 어디까지나 옛것[古]이라는 의미에서만 고전일 뿐, 전범(典範)으로서의 의미는 별반 얻지 못하는 것이 현실이다. 그런 반면에 고전의 의의는 그것이 민족주의적 요구에서 나왔건, 시대적 요청에서 나왔건 간에 항상 강조된다. 교육과정을 개발함에 있어 종종 현대문학과 고전문학 간의 반영 비율을 두고 논란이 있지만 그 기준의 설정 자체가 이미 역사철학적 과제에 해당한다. 상대적으로 고전의 역사가 더 길었지만, 교육과정의 내용 설정이 단순히 양적 문제만은 아니요, 현대문학의 비중을 높이려는 시도 또한 현재의 문화만을 절대화하거나 아니면 최소한 중심부의 논리로 자리 잡을 우려가 없지 않은 것이다. 이처럼 고전이 현상적으로는 중요한 지위를 차지하고 있으면서 실질상으로는 중심부에서 배제되거나 소외되고 있는 이 상태는 고전을 진정한 역사적 원근법으로 다루지 못하는 데 기인하는 것이다. 물론 고전을 그 당대의 문화적 코드 속에서 이해하도록 가르치면서 동시에 현재의 관점에서 수용하길 요구하는 것이 쉬운 일은 아니다. 그러나 이로 인해 현재적 관점과 당대적 관점 간에 존재 가능하고 실로 존재하고 있는 질문들은 사라진다. 왜냐하면 작품의 배열 자체가 이미 일련의 가치 판단을 지시해 주는 담론으로 기능하기 때문이다. 교과서에 실린 전기 가사와 후기 가사의 양적 대비가 이를 잘 말해 주고 있다. 평시조와 사설시조의 경우도 사정은 마찬가지이다. 평시조가 압도적으로 다수를 차지하는 사실은 과연 무엇을 반영하는 것인가. 그 비례만큼이나 역사적으로 평시조가 더 많이 존재했던 것도 아니다. 따라서 이는 사실의 반영이 아니다. 평시조를 계승한 현대시조가 꾸준히 상당량 반영되는 것 또한 사실의 반영이 아님은 물론이다. 그것은 기호와 취미의 반영이고 그 기호와 취미는 사회 문화적 맥락에 대한 해석의 소산이다.

그것을 반대하거나 부인할 수는 없다. 철학이 분명하고 그것이 공인되고 합의될 수만 있다면 오히려 장려됨직도 하기 때문이다. 다만 여기에는 무언가 일관적이지 못한 구석이 있다. 물론 오늘날 시민이나 민중에 해당하는 과거의 역사적 주체를 양반 사대부라 본아 평시조가 선호되는 것이라면, 즉 역사적 원근법을 고전 당대의 문화적 코드를 존중하는 쪽으로 해석하여 적용한 결과라면 이해도 될 듯하다. 하지만 가치 평가의 국면으로 들어가면 문제가 달라진다.

가령 가사란 산문 정신의 발현으로서 후기가사에 이르러 그 본질을 드러내는 반면 문학성은 전기가사의 송강에게서 그 최고의 것이 성취되었다는 진술이 과연 우리가 마음놓고 가르칠 수 있는 진리치를 내포하고 있는 것일까. 본질의 성취와 문학성의 성취는 서로 배반하는 관계인가. 여기에는 다시 현대문학적 관점과 가치평가 축이 작용되고 있는 것이다.

고전문학의 경우, 과거 당대의 문화적 코드를 강조한다는 것은 매우 중요한 일이다. 그 경우 우리는 구전문학이나 한문학 등, 문자 문화가 지배하고 있는 우리 시대의 개념적 틀에 의해 그동안 상대적으로 배제되고 소외되었던 문학들에 대한 새로운 배려를 시도해야 한다. 아울러 시가의 세계와 시의 세계는 어떻게 다른지, 고전 소설에는 왜 영웅과 우연성이 존재 가능했는지, 이 같은 질문들이 교육과정 속으로 들어와야만 하는 것이다. 그것은 공감적 이해의 확대에 기여하는 교육이 될 것이다. 그와 동시에 현재적 관점을 긴장 속에 유지시켜야 한다. 그것은 곧 비판적 인식의 심화에 기여한다.

그럼에도 불구하고 교육 현장에선 고전에 관해서만큼은 비평적 태도를 아예 기대하지 않는다. 사실은 고전문학 학문계 자체가 여전히 실증 위주이어서 학생들로 하여금 현재적 관심 속에서 고전 작품을 대하게 할 만한 자료와 근거가 부족한 형편이다. 그러나 그 불만 역시 학문계의 성과를 단순 소비하는 상태에 머물렀던 문학교육계 자체에 제기되어야 할 것이다. 결과적으로 고전과 현대는 단절된다. 전통의 계승은 선언과 당위, 그리고 강제의 형태로만 남아 있다. 가끔 김소월이나 김유정, 혹은 채만식을 들어 보기도 하지만, 그것은 오히려 그같이 일부 특수한 존재에서만 전통이 계승되었을 뿐, 대부분은 역시 단절되었구나 하는, 바람직하지 못한 기대를 충족시키는 것으로 변질되고 만다.

이상의 논의에서 우리는 다음의 두 가지 논리가 상호 충돌할 가능성에 놓여 있음을 발견할 수가 있다. 즉 민족 문학 혹은 국민 문학으로서 요구되는 폐쇄적 논리와 문학교육의 다원주의 지향 논리가 갈등 관계에 놓일 수가 있게 되는 것이다. 아울러 민족문화 유산의 전수와 당대 문화에 대한 문화적 능력 교양이라는 목표 또한 마찬가지의 관계라 할 수 있다.

그러나 원론대로 말하자면 이 두 가지 상호 지향점이 반드시 모순관계인 것은 아니었다. 전통적 교육과정 또한 그 같은 결과를 기대하지는 않았다. 문제는 전이력과 확장력의 조정에 문제가 있거나, 아니면 교육의 통제성과 문학의 다양성 내지는 교육과정의 일관성과 다양성 사이에 존재가능한 길항성에 있을 것이다.

그러므로 정전의 확대나 개방이 능사인 것은 아닐 것이다. 데리다의 해체주의가 주는 교훈 또한 이항대립의 전격적인 타도도, 그에 대한 굴복도 아니다. 그것은 이항대립 내부로부터 이항대립을 끊임없이 대치하고 전복하는 것이다. 따라서 정전적인 이항대립을 혁파한다 해서 그 같은 교육이 이항대립의 논리로부터 벗어나리라는 견해는 지나치게 단순하다. 기껏해야 그것은 이항대립을 뒤집어놓고 서로의 위치를 대체하는, 즉 중핵으로서의 정전을 단지 기존의 것과 대립하는 다른 어떤 것으로 대체하는 데 지나지 않을 가능성도 크다.[35] 이 경우 정전의 대체란 정전 형성의 기반이 되는 동기에는 조금의 변화도 없는 채로 권력/지식의 위계질서를 재연하는 것에 지나지 않는다.

문제는 정전의 유동성, 문학적 취미의 역사적 변천, 위계 질서 속에 놓여 있는 텍스트들의 상대적 위치에 있는 것이 아니라 정전성(canonicity) 그 자체에 있는 것이다.[36] 또한 현실적으로는 정전의 개방이 필연적으로 그

---

35) Reed Way Dasenbrock, Op. cit., pp. 65-68. 본질주의의 입장을 고수하는 데이젠브락은 결국 탈중심화가 아니라 재중심화를 주장한다.

36) Barbara C. Ewell, "Empowering Otherness : Feminist Criticism and the Ac ademy", in Maria-Regina Kecht, ed., Op cit., p. 47.

리고 시급히 요구되지만, 이론적으로는 정전의 개방이란 그 자체가 불가
능한 것으로 보인다는 점에 문제의 심각성이 놓여 있다.

기존의 정전을 말소한다든가 새로운 정전을 부가하는 것은 차라리 손
쉬운 일일 지도 모른다. 하지만 가장 단순한 차원에서 볼 때 정전에 새로
운 것을 추가하는 것은 단지 양의 증대를 의미할 뿐, 그만큼 다른 어떤 것
은 읽지 못하게 되는 결과를 낳을 수도 있다.[37] 그러므로 정전의 개방이
정전의 목록을 늘리기만 하는 데 기여해서는 안 된다. 교과 과정은 항상
시간적으로 공간적으로 제한되어 있기 때문에 여전히 중심부를 차지하는
것은 기존의 정전이 될 가능성이 크기 때문이다. 예컨대 이른바 문협정통
파로 대표되는 작품 계열들이 정전의 지위를 굳건히 차지하고 그를 통해
문화적 동질성이 확보된 상태에서, 모더니즘 시나 리얼리즘 시 등을 일부
추가한다 해서, 이를 두고 정전의 개방이라 부를 수는 없으며, 정전의 개
방을 통한 성과 또한 기대할 수는 없다는 것이다. 그것은 더 이상 윤리적
으로도 옳지 않다.

교육과정의 분열, 비일관성에 대한 불평은 너무도 흔한 것으로 되어 왔
다. 분열과 비일관성을 개탄하기란 쉬운 일이지만, 문제는, 권력에 의해
강요되지 않는 한, 모순되는 주제, 방법, 이해(利害), 이데올로기, 그리고
가치의 다양성을 어떤 종류의 일관성이 하나의 제도 속에서 민주적으로
품어주기를 현실적으로 기대할 수 있겠는가 하는 것이다. 오늘날 가치의
일관성을 유지하기란 몹시 난감한 일에 속한다. 따라서 이 경우 다원론만
큼 매력적인 것은 없는 것처럼 보인다. 그러나 그것이 공허한 다원론적
배열에 그칠 것인지 아니면 자기 이해를 둘러싼 선택적 배열로 제시되고
실제로 그러한 전취가 가능할 것인지는 심각한 문제로 제기된다.

전통적 문학교육과정은 일부 제한된 의미의 민족문학 유산으로서 정전

---

37) Perloff는 다음과 같이 지적한다. "주어진 실라버스나 앤솔로지에 X가 추가될 때
마다 결국 어느 Y는 포기되어야만 한다. 나는 이것이 반드시 나쁘다고 말하는 것
은 아니지만, 우리는 '폐쇄'되고 폭 좁은 정전을 '개방'되고 유연한 정전으로 대체
하였다는 환상 하에 놓여서는 안 된다." Reed Way Dasenbrock, Op cit. p. 64에서
재인용.

의 목록을 배열해 놓고 학생들로 하여금 그 정전의 자기화를 이루도록 기대하고 있는 셈이다. 그러나 중요한 것은 정전의 자기화만이 아니라 자기의 정전화, 즉 자기의 정전 목록을 학생 스스로 간취하는 일이라 할 것이다. 현재로선 그 어느 쪽도 실패하고 있음에 틀림없다. 그것이 어떻게 가능할 것인가. 그래서 문제는 다시 '어떻게 읽느냐'하는 문제로 넘어가게 된다.

(2) 어떻게 읽을 것인가

포기해야 할 것은 '이론'이 아니라 '이론의 부재' 혹은 '이론에의 저항'[38]이다. 이론이란 무엇인가. 예전엔 당연하게 여겼던 원칙과 개념들이 논쟁거리가 되었을 때 필연적으로 일어나는 질문들의 이름이 곧 이론이며[39], 자의식적이고 반성적인 해석적 방법론적 수사적 실천을 향하는 경향이 바로 이론이다.[40] 즉 이론이란 단어를 이와 같이 우리들의 실천에 기저하여 있는 전제와 원칙에 대한 담론을 지칭하는 것으로 사용한다면, 주체의 자유라는 환상은 어느 정도 조작의 산물이다. 이론을 초월해 전일적 자유를 누릴 수 있는 주체란 존재하지 않기 때문이다.

그럼에도 불구하고 '순응과 저항'의 변증법을 상실한 전통적 교육과정에서는 이러한 비판적 의미의 이론을 거부하는 경향이 있다. 그러나 이러한 이론에의 저항 자체가 하나의 이론이다. 문화적 동질성을 특정한 '문학성'의 견지에서 일관되게 확보하려는 경향 그 자체가 이미 이론인 것이다. 만일 그렇다면, 문학교육에서 문제가 되는 것은 어떤 문학 작품 또는

---

38) 이에 대한 소개의 글로는 장경렬, 「미국 비평의 현주소 : 이론에의 관심과 저항, 또는 반이론의 논리」(『현대시사상』, 고려원, 1995 봄)를 참고할 것.

39) Gerald Graff & Reginald Gibbons, ed., *Criticism in the University*, Northwestern UP, 1985, p. 9.

40) Cary Nelson, "Against English : Theory and the Limits of the Discipline", ADE Bulletin 85, 1986, pp. 1-6. Kathleen McCormick, "Always already Theorists : Literary Theory and Theorizing in the Undergraduate Curriculum", in Maria-Regina Kecht, ed., Op cit. p. 115에서 재인용.

어떤 문학 이론이어서가 아니라, 어떠한 이론적 질문도 던지지 않은 채 학생들이 주요 텍스트들과 주요 이론에 노출되기만 한다면 제 일을 제가 알아서 하리라 가정하는 일종의 관습적 태도일 것이다. 거기에는 문학교육에 대한 목가적 각색이 들어 있다. 그 자체가 하나의 이론임에도 불구하고, 문학교육을 이론화하려는 시도로 하여금 어딘가 신성모독적인 것처럼, 즉 유기적인 과정을 기계적인 추상과 제도적인 용어로 차갑게 환원시키는 것처럼 보이게 만드는 것은, 바로 이런 이미지인 것이다. 그러나 모든 목가적 각색이 그러하듯, 이러한 문학 수업의 이미지는 언제나 정체성 위기에 걸리기 쉬운 경향이 있어 왔던 문학이라는 이 제도[41]에 어떤 명백한 정체성을 부여한다. 과연 그 허구적 정체성을, 그래도 일관성과 총체성이라는 명분으로 계속 학생들에게 부여해야 하는지는 매우 의심스럽다.

폴 드 만은 다음과 같이 말하고 있다.

> 오늘날의 교육 현장뿐만 아니라 문학 및 어학 교육의 복잡하고 오랜 역사를 살펴보면, 다양한 정황을 통해 우리는 이와 같은 어려움이 문학에 대한 논의 과정에서라면 피할 수 없는 논쟁의 초점을 이루어 왔다는 사실을 암시하는 징표들을 확인할 수 있다. 윤리적, 미학적 가치에 그들 자신이 순응하고 있다는 점을 재확인하려는 이론가들의 손실 만회를 위한 시도에서뿐만 아니라, 이때의 가치들을 수호한다는 미명하에 사람들이 보이는 적개심은 이런 불확실성들을 명백하게 드러낸다. 이러한 공격들 가운데 가장 효과적인 것은 이론이란 학문에 대한 방해물이고 따라서 교육에 대한 방해물이라는 투의 비판이다. 정말 그러한가. 그리고 왜 그러한가는 검토할 만한 가치가 있는 것인데, 그 이유는 다음과 같다. 만일 진실로 그러하다면, 진리가 아닌 것을 교육하는 데 성공하기보다는 교육하지 말아야 할 것을 교육하는 데 실패하는 것이 더 나을 것이기 때문이다.[42]

---

41) 일반적으로 문학 또한 제도의 일종으로 간주하지만, 문학의 복잡 다양성은 문학이라는 제도의 정체성을 명확히 표현하지 못하게 한다. 즉 문학의 제도적 가시도는 매우 낮다. 그리고 이로 인해 학생들은 그 제도의 의식(儀式)을 내면화하지 못하고 혹은 자신들의 기호(嗜好) 속에서 왜 그렇게 하는 것이 당연한지 이해하지 못하게 된다. 우리가 가르치는 텍스트의 가독성(可讀性)은 우리가 그들을 가르치는 그 제도들의 가독성에 기인하는 것일 따름이다. Gerald Graff, "The Future of Theory in the Teaching of Literature", in Ralph Cohen, ed., *The Future of Literary Theory*, Routledge, 1989.

　그러므로 이론에의 저항은 예전에 문학적 지적 문화가 호소하였던 합의가 회복불가능하리만치 상실되어 온 것을 인정하길 거부하는 태도이다. 문학을 읽고 감상하는 일이 여전히 주된 문학 활동이어야 한다고 주장하는 사람들과, 문학이라는 범주 그 자체가 이미 정치적인 것이고 문학과 이데올로기의 구분 자체가 특정 사회적 그룹의 이해에 기능하는 이데올로기적인 것이라고 주장하는 사람들 사이에는 갈등이 없을 수가 없는 것이다. 우리 문학교육이 체험과 위대한 정신, 자율적 존재로서의 문학의 고고성에 뿌리 깊은 인식을 두고 있는 한, 자명성의 해체를 주장하는 이론의 출현은 여전히 거부되어야만 할 것이다. 그러나 만약 문학적인 것이란 관습적으로 받아들여진 것 이외의 그 어느 것도 아니라면 어떻게 될 것인가, 또 해석의 방법론이 개진해 주는 문학작품에 대한 새로운 앎과 전통적으로 문학적이라고 치부되어 왔던 것 사이에 긴장이 형성될 때는 어떻게 해야 할 것인가.

　문학연구가 그 고유의 영역을 정립시켜 온 과정, 곧 전문화의 과정이 전통적 인문학의 쇠퇴와 병행해 왔다는 역설적 결과를 오늘날 목도하게 되는 것도 사실이지만, 그렇다고 해서 목가적으로 각색하기만 하면 문학을 포함한 인문학이 부활하게 되리란 기대는 타당치 않다. 비판이 없으면 진정한 자기화는 불가능하다. 그리고 그 비판의 준거가 곧 이론이다. 왜 이 작품이 다른 작품보다 좋은가. 거기에는 ‘나’의 이해관계가 작동한다.

　중요한 것은 학생들로 하여금 이론화(theorizing)에 도달할 수 있도록 해 주는 것이다. 이론을 해석의 규칙이나 규정으로 가르칠 수는 없다. 이론이 가르쳐지면, 그것은 마치 이론이 아니라 진리처럼 가르쳐지게 되기 때문이다. 이론은 가능성의 공간으로 이해되고 그 같은 공간이 구축되는 일련의 방식으로 가르쳐져야 하는 것이다. 그 같은 교육적 실천이 요구하는 바는 헤게모니의 부정에 있는 것이 아니라 그에 대한 심문을 할 수 있도록 하는 것을 의미한다. 그것은 곧 단의적(單意的) 의미와 지시물의 제한성에 대한 심문, 즉 신화를 합리화하는 것이 아니라, 사회 생활과 담론이 통

---

42) 폴 드 만(장경렬 역), 「이론에의 저항」, 『현대비평과 이론』 6호, 한신문화사, 1993 가을·겨울, p. 178.

합과 합의에 의해서라기보다는 차이와 이질성에 의해 구성된다는 점을 드러내 보임으로써, 이 같은 비판적 과정을 통해 탈신비화에 이르도록 하는 것이다.

그 같은 탈신비화는 곧 권위에의 저항을 의미한다. 하지만 교수 내용의 탈신비화 작업 자체가 곧 권위에의 저항을 실천적으로 가능케 하리라 기대될 수는 없다. 부르디외는 교육적 권위와 국가의 권위가 상호 의존적임을 보여주었다. 그는 권력 밖에는 아무 것도 있을 수 없으며 '교육적 권위' 없이 실현되는 '교육적 행위'란 "논리적 모순이자 사회학적 불가능성"임을 상기시키고 있다.43)

그렇다면 교육은 정보(지식)의 전수 문제가 정녕코 아니며 교사의 권위는 정보의 질이나 진리 가치에서 나오는 것이 아니다. 오히려 내용의 과잉이 벌어지고 있는 것이다. 즉 교사의 교육 내용은 이미 학생들에 의해 수용될 수 있는 것들인 바, 그것은 "교육적 의사소통의 관계에서 그가 차지하는 전통적으로 제도적으로 보장된 지위에 의해 이미 부여된"44) 합법성이기 때문이다. 이는 어떤 개인적인 의미에서의 지식 전달자의 기술적 혹은 카리스마적 권위의 정도와는 무관한 것이다.

그것이 피할 길 없는 것이라면, 이 같은 부르디외의 견해는 교육의 개혁 가능성에 대해 대단히 비관적인 것으로 들린다. 즉 제도적으로 부여된 교사의 권위에 대해서도 탈신비화 작업이 동시에 진행되지 않는 한, 탈신비화된·교수 내용은 곧잘 학생들로서는 또 다시 수동적으로 받아들여야만 할 전범으로 바뀌고 말진댄, 탈권위적 교육 행위가 사회학적 불능에 해당된다면 비관주의에서 벗어나기란 어려울 수밖에 없을 것이기 때문이다.

더욱이 지식이 변한다고 해서 견해나 태도 또한 그만큼 쉽사리 변하는 것은 아니다. 가령 전위적인 계열의 작품들을 가르침으로써 문학적 현실에 대한 학생들의 지식을 넓힐 수는 있지만 그로부터 곧장 그동안 지녀왔던 문학에 대한 태도나 견해를 수정하는 사태를 기대하기는 어렵다. 학생

---

43) P. Bourdieu, *Reproduction in Education, Society and Culture*, trans. Richard Nice, London : Sage, 1977, p. 12.
44) Ibid, p. 21.

들로서는 단지 지식의 형태로 그러한 문학도 '하나의 문학 경향'임을 받아들이는 수준에서 멈추기가 쉽다. 교사의 권위가 변하지 않는 한, 학생들은 또 다시 정답은 교사에게 있고 그것에 수동적으로 반응하는 태도를 보이게 될 것이기 때문이다. 교사가 권위 상실에 대한 두려움을 극복하더라도, 학생들의 능동적 참여를 조장하는 문제에는 교사의 숙련성이 매우 중요한 관건을 쥐고 있다. 나아가 여기에는 입시 제도와 같은 제도적 층위뿐만 아니라, 참여 문화와 토론 문화의 성숙과 같은 사회의 전반적인 문화적 층위도 관련되어 있다 할 것이다.

그러나 이것이 곧 사회의 변화가 전제되어야 교육이 변화될 수 있다는 것을 의미하지는 않는다. 오히려 교육이 사회의 변화를 가져오리라는 것이야말로 교육에 대한 오래된 기대였으며, 교육의 가능성에 대한 신뢰와 사려 깊은 낙관주의야말로 인문학의 위기 시대에 처해 교육 관계자들이 가져야 할 자세인 것이다. 제도의 변혁이란 것 역시 언제나 그 제도에 어울리도록 사회화된 인간 스스로에 의해 이루어져 왔다는 점은 우리에게 낙관을 안겨 준다. 다만 이제는 그러한 자발성에만 의존할 때가 아닌 것이다. 교육이란 것이 항상 의도성을 내포하는 활동이라면 학생들로 하여금 현실에 대한 비판력과 창의력을 개발할 수 있도록 도와주는 능동적인 프로그램이 준비되어야만 하는 것이다.

그럼에도 불구하고 오늘날에도 여전히 우리 사회에서는 흔히 교육이라고 하면 일단의 지식 체계가 학자들에 의해서 형성된 후에 그 지식을 이차적으로 그리고 수동적으로 전수받는 과정으로 인식되고 있다. 이 때문에 이른바 배움이라는 명분으로 위에서부터 강요될 때 학생들은 그 결과적인 산물을 깊이 생각할 필요가 없이 머리 속에서 암송하는 방식으로 그 사태에 대응한다. 그래서 학생의 머리 속에는 서로 관련지을 수 없거나 모순 된, 혹은 자신의 경험상 받아들일 수 없는 여러 수준의 지식들이 무질서하게 단편적으로 누적된다. 그리고서는 대개 시험이라는 상황에서 그 지식을 재생하도록 요구받는다. 이 개념에 따르면 좋은 배움이란 제시된 지식을 그대로 접수하고 요구에 따라 그것을 원형 그대로 재생산해 내는 것이다. 이런 부류의 배움에 대한 인식은 특히 학교 교육의 전형을 이루고 있다.

전통적인 문학교육과정 모형 내에서 이론은 거의 무시되거나 현저하게 도구화되어 있다. 다시 말해 이론은 그것이 엄격하게 정형화되고 경험적으로 검증될 수 있을 때에야 중요한 의미를 갖는 것으로 여겨지는 것이다. 전통적 교육과정 모형에서 지식은 기본적으로 객관적 사실의 영역으로써 다루어진다. 즉 개인의 외부세계에 존재하여 개인에게 부과되는 것이기 때문에 객관적이라는 것이다. 일단 앎의 주관적 측면이 상실되고 나면 지식의 목적은 축적과 범주화가 된다.

왜 이것을 알아야 하는가와 같은 질문은 이러한 지식체계를 습득하는 가장 좋은 방법은 무엇인가와 같은 기술적 공학적 질문으로 대치된다. 이러한 지식관은 보통 상호 의사소통이 아닌 일방적 통고에 기여하는 수직적 교실 사회관계를 동반한다. 결국 전통적 교육과정 모형에서는 학습이 아니라, 통제가 우선순위를 갖는 것처럼 보인다. 지식이란 단순히 외부 현실에 관한 것이 아니라 비판적 이해와 해방을 지향하는 보다 중요한 자기 지식이라는 관점이 여기서는 망각되고 있는 것이다. 이와 같이 전통적 문학교육 과정은 탈역사적이고 합의 지향적이며 정치적으로 보수적인 합리성의 관점에 확고한 일체감을 보이고 있다.

이런 행동양식 내에서 학생들이 그들 스스로의 의미를 생성하고, 자신만의 고유한 체험에 따라 행위하고, 비판적 사고에 대한 깊은 관심을 개발하기란 거의 불가능한 일이다. 그러한 상황 아래 전개되는 학습은 의미를 계발하기보다 의미를 강제하는 통제형식으로 전락한다. 이는 단순히 의문시되지 않는 태도, 규범, 신념만을 전수하는 것으로 그치는 문제가 아니다. 즉 현존하는 제도적 억압의 형태에 도전하기보다 오히려 그것을 강화시키는 인지적 인성적 촉진 형태를 교사 자신도 모르는 사이에 인정하는 결과를 범할 수 있게 되는 것이다.

그러나 본래 교육의 출발은 그런 이유에서가 아니었다. 일상적인 지식과 학문적인 지식 간에는 부단한 단절이 있어 왔다. 학문과 교육의 세계는 생활세계에 직접적 토대를 둔 상식과 통속적인 지혜라는 속박에서 벗어나려는 동기에서 출범했던 것이다. 그것은 곧 지각의 습관화와 자동화에서 해방되어 우리가 안주하고 있는 일상생활의 낯익음의 껍질을 벗기고 새로운 형식성을 성취할 수 있게 하며, 따라서 이는 일상의 사고에서 당연시했던 사회적 사실을 비판적으로 검토하게 하기 위함이었던 것이다.

다시 말해 배움의 문제는 그 개별적인 배움의 주체가 그가 가진 현존의 지식 체계를 부정하고 그보다 한 단계 더 높은 지식체계를 획득하기 위해서 분투하는 과정과 관련된다. 배움은 기지(旣知)의 지적인 체계를 교란시키는 당혹스럽고 혼란스러운 상황에서 시작하여 좀더 분명하고 통합되고 해소된 상황에서 끝난다. 진정한 배움이란 학습자가 스스로 그가 가진 현존의 지식이 무지의 소용돌이를 빠져나와 새로운 유형의 지식을 창출하는 제반활동으로 보아야 하는 것이다.

물론 아직 그 새로운 체계가 없는 상황이라면, 현 체계를 무효화시키는 일은 쉬운 일이 아니다. 우리는 새로운 사실에 비추어 기존의 개념을 바꾸기보다는 그것을 우리가 가진 어떤 일반적인 구조 속으로 해석함으로써 불확실이나 혼돈의 상태로부터 해방되려고 한다. 그러나 무지의 사항을 현재의 앎으로 환원시키거나 혹은 '낯선 것'을 '친숙한 것'으로 설명해 버리는 이런 상황이야말로 해방이 아니라 구속인 것이다.

그렇다면 인문학의 위기에 처해 진정한 문학교육의 기능과 잠재력의 비전은 인문학을 주변화한 근본 동인이라 할 수 있는 사회적 현실에 정면으로 대응하고 그에 대해 비판적인 인식을 가능케 하는 데서 발견해야 하지 않을까.

우리 문학교육의 지배적 담론은 주로 현실에 대한 관심을 차단하는 쪽으로 경사해 있다. 학교에서의 문화 체험과 학교 밖에서의 그것 또한 분리된다. 이러한 현실과의 분리는 최선의 경우 낭만적인 꿈꾸기를 통해 현실의 고난으로부터 잠시 벗어나는 쾌락을 제공하고자 하지만, 그나마 그마저도 우리의 교육 현실은 허락해 주질 않는다. 문학교육 자체의 담론이 권위에의 종속을 강요하고 교육 일반의 메커니즘 또한 그와 한가지로 작동하기 때문이다. 학교에서는 학생들이 지식을 스스로 생산한다는 것은 엄두도 못 낼 일로 치부된다. 설사 가능하다고 하더라도 그 미숙성을 허용할 수가 없는 것이다. 이는 진리가 현존하고 교사는 그것을 가르쳐야 한다는 믿음에서 비롯된다. 그러나 진리가 있다는 확신과 우리가 가진 현존의 어떤 신념 체계가 그 진리를 대표하고 있다는 확신은 엄격하게 구분되어야 한다. 오히려 진리에 대한 신념은 현존의 지식에 대한 체계적인 회의에 의해서 공고화되는 것이다.[45]

진리의 현존 개념이 해체됨으로써 비로소 교사의 일방적 지식 전수가 문제시되고, 다른 한편으로 현실과 교육이 정면 대응함으로써 학생들에게 실질적인 문화적 주체로서의 능력을 부여하고자 할 때, 의사소통의 교육은 시작될 수 있다. 이를 위해서는 적어도 다음과 같은 원칙이 실현되어야 한다.

첫째, 학습 과정에서 학생 참여의 능동적인 성격이 강조되어야 한다. 이것은 학생들이 학습 과정의 형식과 본질에 의문을 제기하고 참여하며 도전할 수 있다는 의미의 교실 사회 관계를 요구하게 된다. 따라서 교실 관계는 교실의 의미를 비판할 뿐만 아니라 생성해 내기도 하는, 이 두 가지 모두에 대한 기회를 학생들에게 부여하기 위해 구성되어야만 하는 것이다. 그와 같은 조건 아래서, 앎은 기존의 지식 체계를 학습하는 문제 이상으로 파악되어야만 한다. 지식이란 가치중립적이라기보다 가치함축적인 것을 인정함으로써 지식은 문제 제기적인 것이 되어야 하며 논쟁과 의사소통을 허용하는 교실 사회 관계 속으로 포함되어야 한다는 것이다.

둘째, 학생들은 이를 위해 비판적으로 생각하도록 배워야 한다. 그들은 문자 해석이나 단편적인 추론 양식을 넘어서는 방법을 배워야만 한다. 자신들의 준거틀을 이해하도록 배워야 할 뿐만 아니라 그 준거틀이 어떻게 발달하여 왔으며 그것이 현실에 대한 어떤 이해를 제공하는지에 대해서도 배워야 한다. 이때의 비판은 역사적이고 문화적인 상황성에 대한 인식으로부터 나오게 된다. 사실 비판적 감각은 역사의식의 연장이라고 보아야 한다.

셋째, 이렇게 획득된 비판 의식은 학생들로 하여금 그들이 자신의 역사에 적용할 수 있도록, 즉 그들 자신의 생애와 의미 체계를 탐구할 수 있도

---

45) 장상호, 「학문공동체의 지적 풍토에 관한 소고」, 『사대논총』 47, 서울대학교 사범대학, 1993, pp. 32-33. 위에서 언급한 앎과 배움의 본질에 관한 부분은 장상호 교수의 소론을 따른 것임.

록 사용되어야만 한다. 전통적 교육과정은 개인으로서의 학생에 대한 배려가 인색했던 것이 사실이다. 하지만 지식의 자기화가 이루어질 때 그것은 단지 개인적 층위에서의 교육의 완성만을 의미하지 않는다. 학생들이 그들 자신의 지식과 그들 자신의 역사가 갖는 존엄성을 자각하게 되면 이로써 다원주의적 시민사회의 구성원으로서 성장하게 될 기초가 마련될 수 있는 것이다.

그러므로 우리 문학교육이 이러한 상태를 지향하고자 한다면 무엇보다도 읽기의 개방에서부터 첫 발을 내딛는 것이 필요하리라 여겨진다. 이는 일차적으로 학생들의 흥미와 동기 부여에 연관되는 것이기도 하지만, 궁극적으로는 비판적 능력과 문화적 능력을 신장케 함과 동시에 진정한 다문화주의로 이어지는 중요한 고리가 되어 줄 것이다.46)

다원주의의 미덕은 그 다양한 전체를 이루는 개별자들 사이의 갈등을 인정하는 데 있다. 따라서 중요한 것은 오히려 작품 '사이'에 있다. 현행의 문학교육과정은 제한된 의미의 정전들을 배열해 놓은 채, 그 각각에 대해 세세한 '주해(exegesis)'를 가하고, 곧장 다음 작품으로 넘어가는 '섭렵(coverage)'의 방식만을 채택하고 있다. 그러나 이러한 주해와 섭렵의 방식은 필연적으로 학생들이 대할 수 있는 작품의 수를 제한하는 것이 되며, 텍스트의 능력(textual power)보다는 개별 텍스트 자체에 관한 이해만을 도모하는 데 그치고 만다. 더욱이 순수문학 위주의 정전 구성과 분석주의 위주의 주해 방식은 서로 공통된 이해관계를 갖고 있으며, 각각이 모두 폐쇄적이고 권위주의적인 성격을 갖고 있다. 따라서 다양한 텍스트들이 상호충돌하며 일으키는 역동성은 상실된 채, 제한된 의미의 정전적 가치들만 누적적으로 상승되어 전망의 협소함을 조장하게 될 따름인 것이다.

그러므로 우리는 시대를 달리 하는 문학들, 혹은 같은 시대적 환경 속에서 다양하게 나타난 문학들을 놓고 비교적 많은 질문들을 던질 수 있어야 한다. 그리고 그 질문들이 갈등을 전경화하고 그동안 학생들이 길들여져 왔던 문학 및 세계의 자명성에 대한 심문으로 이어지게 될 때, 그리하

---

46) 도정일, 「고슴도치와 여우, 그리고 두더지 : 비평적 교육의 필요성에 대하여」, 『시인은 숲으로 가지 못 한다』, 민음사, 1994.

여 갈등 속에서 학생 자신의 이해관계에 따른 주체적인 선택 행위가 가능하게 될 때 그것은 더 이상 혼란이 아니라 대단히 교육적인 체험으로 학생들에게 남을 것이다. 그 과정에서 얻어지는 공감과 이해의 확대, 혹은 갈등과 고뇌의 체험이야말로 교육적으로, 문학적으로, 나아가 사회적으로 유의미한 것이 될 터이기 때문이다.

이러한 프로그램으로 교사가 가르치고자 하는 것은 학생들로 하여금 자신들이 일상의 사회적 삶 속에서 만나는 언어매개적 상황들을 다룰 수 있도록 해 주는 것 이외에 다른 것이 아니다. 이러한 프로그램의 목적은 우리의 지식에 작용하는 모든 이테올로기로부터 독립을 획득하는 것이 아니라 오히려 그 역(逆)이다. 즉 우리의 주체성과 그 이데올로기적 근거, 그리고 그 정합성에 대한 비판적 인식과 그를 통한 창조적 주체 형성을 지향하는 것이다. 요컨대 이러한 시도들은 학생들을 텍스트 소비자로보다는 생산자로 만들고자 하는 민주주의적 목적을 갖고 있다. 지식은 교사가 학생에게 전달하는 정보의 정태적 집합이 아니라 비판적 탐구와 상상적 창조의 끊임없는 행위인 것이다.

그러나 교육에 있어 지식 내용이 변화했다 해서 해방의 가능성이 보장되는 것은 아니다. 비판적 지식은 비판적인 주체 위치가 부여되지 않으면 선취될 수 없는 것이기 때문이다. 재삼 말하거니와, 지식은 변해도 견해는 쉽게 변하지 않는다. 지식 내용의 변화는 적어도 견해나 태도상으로는 학생들로 하여금 저항을 불러일으키게 될 것이다.

그런데 이러한 저항이야말로 내면화된 문화적 이데올로기를 폭로한다는 점에서 교육상 매우 유익하다. 이는 마치 정신병 환자가 의사의 호의를 믿으면서도 치료에 저항하는 것과 같다.47) 이 부인(否認)이라는 방어기제는 곧 무의식의 폭로를 두려워하는 데서 발현되는 것으로 알려져 있듯이, 이러한 점에서 문학교육학에 있어 정신분석적 논의의 의의가 발견되는 것이다. 이 지점에서 사회학과 심리학은 더 이상 대립하지 않는다.

정신분석의 의의는 그것이 사실에 대한 앎을 제공해 주는 데에 있는 것

---

47) Gregory L. Ulmer, "Textshop for an Experimental Humanities", in Bruce Henrickson & Thaïs E. Morgan, ed., Op cit. p. 119.

이 아니라, 분석자의 분석 행위 자체가, 그리고 정신분석이 이루어지는 상황 자체가 이미 교육적 체험이라는 데에 있다. 왜냐하면 이 상황이란 엄밀히 말해서 분석자가 환자의 문제를 파악하고 여기에 개입하여 이를 치유해 주는 것이 아니라, 환자로 하여금 이제껏 자신이 알지 못했던 자신에 관한 새로운 앎의 상태로 나아가게 해 주는, 말하자면 인식의 훈련이요, 오인(誤認)에 대한 가르침이기 때문이다. 한 주체로 하여금 자신에 대한 무지로부터 앎에로 나아가게 되는 것, 하지만 엄밀하게 말하자면 이때의 무지는 가르쳐 주면 곧 고쳐지는 상태를 말함은 아니다. 무지란 앎의 단순한 반대 상태가 아니다. 진실로 하여금 그 참모습을 드러내지 못하도록 무의식적으로 억압하는 것이 곧 무지인 것이다. 이것은 적극적 망각 행위의 동의어로 파악될 수 있다. 망각은 잊고자 하는 욕망이요, 이러한 욕망을 프로이드는 이미 정신적 경제의 개념으로 파악한 바 있다. 이 말은 곧 허위의식에 빠지는 것처럼 세상을 살기에 간편한 것은 없다는 뜻도 된다. 무지는 정보의 결여에서 비롯된 소극적 차원의 것이 아니라 부정이라는 능동적 행위이며 앎의 상태로 나아가게 하는 갖가지 정보의 거부인 것이다.48) 그러므로 우리 교육이 해야 할 일은 지식의 보충이 아니라 앎에 대한, 이론에 대한 저항과 싸우는 일이 된다. 따라서 인문교육의 주안점은 이러한 저항이, 진실의 억압이 어디에서 이루어지고 있으며, 어떤 정신적 경제가 이러한 억압을 조장하는지를, 나아가 이러한 억압이 폭로될 경우 어떤 결과가 올 것인지를 찾는 데 놓여져야 할 것이다.

이상을 전제로 우리는 다시 교수 기제의 근본적 변화를 요구하게 된다. 즉 학생들을 억압에서 해방하여 그들 자신을 지식의 생산자로 정위하는 방향성이 견지되는 교수 기제가 요구되는 것이다. 프로이트와 라깡은 치료 효과를 거둠에 있어 환자가 "사건을 말로 번역하는 것"의 중요성을 강조하였다. 말하자면 환자의 의식을 일깨우기 위해서는 무엇이 일어났어야만 했던가를 말해주는 것만으로는 결코 충분치 못하다. 환자 스스로 말로 나타내야만 한다. 문학교육은 이 두 가지 조건화, 즉 학생들에게 내면화되

---

48) 이상의 논의는 다음 논문에 의존한 것이다. 강두식・이성원 공저, 「문학연구의 새로운 방향」, 『인문과학의 새로운 방향』, 서울대출판부, 1984.

어 있는 무의식을 드러내 주고, 동시에 그것을 학생들 스스로 표현할 수 있도록 도와주는 조건화의 가시적이고 제도적인 표현을 모색해야 하는 것이다. 이 두 가지 조건화가 이루어질 때만이, 인문교육은 인문학의 위기에 처한 방책을 마련할 수 있을 것이다.

끝으로 현실적으로 제기될 수 있는 문제 하나를 검토하도록 하자. 그것은 순응과 저항, 순응과 비판이 어떻게 동시적으로 혹은 변증법적으로 전개될 수 있을까 하는 문제와 관련되어 있다. 즉 비판하거나 억압을 폭로하기 위해서는 먼저 순응하고 억압된 결과가 있어야 할 것인바, 그렇다면 최소한 초등학교나 중학교에선 이 같은 교육을 실천하기 어렵지 않겠는가 하는 반문이 그것이다. 그러니 계열성과 위계성을 고려할 때, 먼저 순응하고 나중에 비판하자는 논리도 성립할 성싶다. 그러한 주장이 현실적으로 설득력 있게 들리는 것은 사실이다.

하지만 이 문제는 마치 개인 윤리와 집단 윤리 가운데 어느 것이 먼저 내면화되도록 하여야 할까 하는 것과 흡사하다. 거기에는 단지 흑백논리의 위험만이 개재하고 있는 것이 아니다. 거기에는 비판이란 단어 자체에 대한 위구감도 섞여 있음이 물론이려니와, 하지만 그러한 것들보다 더욱 중요한 것은, 흔히 아동에게 있어 1차 언어의 획득 자체가 하나의 정신적 외상으로 표현되듯, 그리고 그 같은 초기 체험의 과도한 일반화로 인하여 읽기, 쓰기와 같은 2차 언어의 획득에서 어려움과 두려움을 겪게 되듯, 비교적 이른 시기에 무의식의 차원으로까지 각인된 억압들은 그만큼 치유되기 또한 힘들어지고 만다는 사실에 있다. 이러한 점들이 문제를 어렵게 한다. 다만 원론적 승인을 전제로 한 각론의 심화 노력 없이 현실적 어려움에 근거하여 다시 원론의 폐기로 이어지는 것은 옳지 않을 것이다. 즉 원론적으로 타당하다면 그야말로 계열성과 위계성을 고려한 모색이 이어져야 하리라는 것이다. 어린 학생들을 가르치는 데 있어서는 사회의 기본적 지식이나 신념을 객관적이고 보편타당한 것으로 가르쳐야 한다 하더라도, 이 경우에도 그것이 그냥 주어져 있고 그를 맹목적으로 수용해야 한다는 식이 아니라 사회적인 검토와 대화의 과정을 통해 보편타당한 것으로 받아들여지고 있다는 것은 배울 수 있도록 해야 한다는 것이다. 때로는 선행 학습한 텍스트를 일정 정도 성장한 단계에서 다시 송환하여 새롭게 읽는 과정도 시도해 봄직하다.

무엇보다도, 자기 이해와 연관하여 회의하고 심문하고 비판하는 것은 문학을 어렵게 만들려는 것이 아니라 오히려 즐겁게 만들고자 함이다. 목가적 각색을 해 놓아도 저 멀리에 신비화되어 자리 잡고 있어서 그에 대해 학생과 독자는 수동적이고 소비적으로만 남아 있어야 하는 그런 문학은 결코 즐거운 대상이 아니다. 그러면서도 전통적 문학교육과정은 학생들을 작은 전문가가 되도록 요구해 왔다. 이에 무엇보다도 먼저 제기되어야 할 문제는 왜 학생들에게 아마추어의 즐거움을 제공해 줄 수는 없는가 하는 점이다. 바르트는 브레히트의 태도를 텍스트의 즐거움으로 번역하면서 '아마추어의 문명'을 요구하였는데, 이는 텍스트의 생산에 있어 독자와 세계 사이의 관계를 재정립하고 독자를 글쓰기 및 텍스트 직조의 즐거움으로 인도할 필요성을 의미하는 것이다. 바르트의 아마추어화가 교육에 의미하는 바는, 우리가 학생들을 전문가로서가 아니라 아마추어—이 단어의 가장 훌륭한 의미, 곧 애호가란 의미—로 접해야 한다는 것이다.[49] 진정한 애호가는 결코 미숙련자로 남기만을 원하지 않는다. 아마추어 무선가는 더 많은 모르스 부호를 익히기 위해 애쓴다. 하지만 그 과정에서 겪어야 할 고통은 오히려 즐거운 체험으로 변하게 된다. 그 즐거움의 요체가 바로 자기화에 있음은 더 이상 말할 필요가 없겠다.

4. 다원주의 사회의 문학교육

학교를 축소된 민주주의적인 사회로 보았던 교육철학자 듀이는 "교사 측에서는 부과하며 학생 측에서는 수용하고 흡수하는 방법"을 지닌 전통주의적 교육을, 축음기 디스크에 기록을 새겨 놓는 것에 비유하곤 했다.

---

49) Gregory L. Ulmer, "Textshop for Post(e)pedagogy", in G. Douglas Atkins & Michael L. Johnson, ed., Op cit. p. 56.

그에 의하면 교육과정이란 그 성격상 학제적인 것이고 교과서와 교재는 궁극적인 지식의 근원이라기보다는 오히려 학습과정의 일환일 따름이다. 그러나 그는 지식 그 자체를 추구해 온 낡은 철학들을 비난했던 것처럼, 지식은 아무런 가치도 갖고 있지 않다고 생각했던 사람들도 동시에 비난했다. 즉 그는 "침묵을 미덕이라고 추켜세우는 것과 같은 전통적인 아이디어들"을 비난했을 뿐만 아니라 아동을 성인의 권위나 사회적 통제로부터 자유롭게 하려고 했던 사람들까지 비난했던 것이다.[50)]

이와 마찬가지로 본론에서 강조되어 온 자기화란 것 또한 자신이 지닌 이해관계에 따라 자의적으로 모든 것을 해나가도 좋다는 것을 의미하지는 않는다. 그것은 (문학)세계에 대한 수동적인 존재가 아니라 능동적이며 주체적인 존재로 되어야 함을 강조하기 위함일 뿐, 세계에 대한 이해는 인간의 욕구나 동기, 신념과 목적 등에 의해 일방적으로 결정되는 것은 아니며 세계와의 변증법적인 관계 속에서 이루어지는 것이기 때문이다. 진리나 합리성의 기준은 다양한 욕구와 이해, 관심과 신념을 지닌 개인들 간의 논의와 비판적 검토를 통하여 형성되는, 인간의 주체적이자 협동적 노력의 산물인 것이다. 또한 사회의 지식 체계가 갖는 문제점을 비판적으로 생각할 수 있도록 가르친다는 것이 사회의 모든 기존 지식 체계나 신념 체계를 부정하도록 가르친다는 것을 의미하지는 않으며 또 그렇게 할 수도 없는 일이다. 다만 교육은 전통의 일방적인 전달과 수용, 즉 순응만을 위해서가 아니라, 새로운 전통의 형성과 창조를 위해 사회적 협동 과정에 민주적이고 능동적이며 비판적이고 주체적으로 참여할 수 있는 개인을 형성하도록 해야 한다는 것이다. 따라서 상대주의와 다원론과 갈등론은 오히려 서로 다른 기준과 견해에서 빚어지는 대립을 해소하고 공통적인 세계 인식 위에서 삶의 평화와 조화를 추구하는 관용(tolérance)의 정신과 상통한다.

그런 점에서 현재의 사회 문화가 문학교육에 반드시 불리한 환경인 것만은 아니다. 상업주의의 위협이 그 어느 때보다도 가중되었던 70년대에

---

50) Allan C. Ornstein & Francis P. Hunkins(김인식 역), 『교육과정 : 원리·과제·전망』, 교육과학사, 1990, pp. 76-77.

우리 문학인들이 오히려 더욱 고양된 문학 정신과 윤리적 태도를 보여 주었던 사실은 새삼 환기할 만한 일이다. 이것이 바로 칸트의 비둘기에 대한 수수께끼이다. 즉 비둘기의 비상을 어렵게 만들 것처럼 보이는 기압이 바로 그것을 가능하게 만든다는 것이다.[51] 오늘날의 척박한 사회 문화적 환경은, 그로 인해 삶에 있어서 가치 문제가 갖는 일차성이 부각되기에 이를 경우, 교육에 있어 가치 문제에 대한 논의의 활성화와 더불어 문학교육과 같은 가치 교육의 중요성이 새롭게 강조되는 기회로 작용하게 될 것이다. 즉 오늘날 나타나고 있는 현상 가운데 하나가 가치 문제에 대한 관심의 상실과 규범적 논의의 퇴조 현상이고 또 그 중요 원인 가운데 하나가 실증주의적 사고의 영향 때문이라 할 때, 다시 말해 가치 문제는 근본적으로 주관적이고 상대적인 것이기에 그 동안 학문의 세계에서 배제되었던 것이라 할 때, 점차 확산되어 가고 있는 이성중심주의의 해체 현상은 정서와 가치를 중시하는 문학교육에 새 장을 기약해 주는 것으로 될 수도 있으리라는 것이다.

그렇게 하기 위해서는 더 이상 교육은, 특히 문학교육은 절대적 진리를 가르치거나 또는 모든 선입견으로부터 완전히 벗어난 객관적이고 이성적인 사고를 할 수 있도록 학생을 가르치는 것으로 이해되어서는 안 된다. 오히려 학생들이 학교에서 가르치는 지식과 신념 체계가 지니게 되는 사회적 산물로서의 기본 가정과 그 한계를 비판적으로 생각할 수 있으며 또한 다른 대안적 신념에 대해 개방적 태도를 가질 수 있도록 배우게 될 때, 교육이 사회의 지배적 이데올로기를 단순히 재생산한다는 부정적 비판과 그에 따른 교육적 냉소주의는 그 힘을 잃게 될 것이다.[52]

---

51) 아놀드 하우저(한석종 역), 『예술과 사회』, 홍성사, 1985, p. 43.
52) 이상의 논의는 조화태, 앞의 글을 주로 참조했음.

제2부 문학교육의 내적 논리

제1장 문학교육과정의 비판과 대안

1. 교육과정의 비판적 상세화

(1) 교육과정 상세화의 필요성

교육과정의 상세화 작업은 일차적으로는 개별 교사들의 수업에 적용될 수 있는, 보다 분명한 교육의 지침과 기준을 제공한다는 점에서 필요한 것이라 할 수 있다. 즉, 교육과정 상세화 작업은 오늘날 공교육 체제 하의 학교 교육에서 발생할 수 있는 불필요한 시행착오와 혼란을 제거하고 좀 더 체계적이고 일관성 있는 교육을 시행하기 위해 필수적으로 요청되는 과업의 하나로서 그 중요성이 인식되고 있는 것이다. 사실, 교사들로 하여금 기존의 '교과서 중심'의 교육이 아닌 '교육과정 중심'의 교육을 실시할 수 있도록 하기 위해서는 '과정 중심의 교과서' 개발과 더불어 문서상의 교육과정을 보완할 수 있는, 보다 구체적이며 명료한 교육과정 운영 지침을 개발, 제시해 줄 필요가 있다.

한편 교육과정 상세화 작업은 평가의 국면에서도 중요한 의의를 갖는다. 수많은 비판에도 불구하고 목표 중심 접근 방식이 교육과정 개발에서 여전히 선호되는 현실적인 이유는 이 모형의 가장 큰 특징이 평가 중심의 모형이라는 데 있다. 그래서 목표 중심 교육과정에서는 평가의 문제가 여타의 요소에 비하여 현격한 우위를 점하며 교육과정 상세화의 문제 자체도 평가를 위한 처방의 성격을 띠게 마련인 것이다. 이에 관한 비판은 후술토록 하겠거니와, 여하간 우리의 현실은 목표 중심 교육과정으로부터 그다지 자유롭지 못하다는 점을 인정해 둘 필요가 있겠다. 그러나 그러한 현실에 비해 현재의 교육과정에는 중간 단계의 과정에 대한 언급은 전혀 찾아보기 어렵다. 실제로 교육 평가에서는 정상적인 과정을 거치지 않고도 평가 목록에 포함되어 있는 행동 목표들을 달성하면 모두 학습의 성취로 인정하는 경우를 어렵지 않게 볼 수 있다. 그러므로 과정 중심의 교육과정을 실현 가능케 하고 그에 따라 평가의 정상적 기능화를 도모하기 위해서도 교육과정 상세화 작업은 필수적인 것이다.

더구나 최근의 교육관은 절대평가 방식을 요구하고 있다.[1] 그런데 절대평가란 "잘 규정된 교수-학습 목표 혹은 성취 기준에 근거하여 개개인의 교육 성취도에 대한 직접적인 정보를 제공하는 평가"로 규정된다. 즉, 사전에 잘 규정된 교수-학습 목표에 근거하여 그 목표를 어느 정도 달성하였느냐, 혹은 잘 정의된 성취 기준에 근거하여 어떤 수준에 도달하였느냐에 대한 구체적인 정보를 제시하는 것이 그 개념이 되며, 그러기에 일부 학자들은 절대평가를 목표지향(objective-referenced) 평가라고 하는 경우마저 있는 것이다.[2]

그렇다면 절대평가를 위해 무엇보다 선행되어야 할 것은 '잘 규정된 교수-학습 목표' 혹은 '잘 정의된 성취 기준'을 마련하는 일이어야 한다. 교

---

1) 허경철 외, 『고등학교 국어, 중학교 수학 교육과정 상세화 및 평가기준 개발 연구』, 한국교육개발원, 1995. 이에 따르면, 우리나라에서 흔히 절대평가로 번역되고 있는 준거지향 측정(criterion-referenced measurement)이라는 용어는 상대적인 기준에 근거하는 규준지향 측정(norm- referenced measurement)과 대비되는, "질에 있어서의 절대적인 기준(absolute stan- dard of quality)"에 근거하는 측정이라고 정의될 수 있다. 즉 절대평가란 교육 성취도를 평가함에 있어서 '집단 내의 상대적인 서열'을 중시하지 않고, 교수-학습 목표에 근거한 성취도의 연속선(전혀 성취 못함에서부터 완벽한 성취까지의 연속선) 위에서 학생 개개인의 절대적인 위치를 밝히려는 평가인 것이다.

2) 절대평가에 관해서는 황정규, 『학교 학습과 교육평가』, 교육과학사, 1984. 참고 바람. 절대평가와 수행평가의 관계에 대해서는 석문주 외, 『학습을 위한 수행평가』, 교육과학사, 1997 및 백순근, 「학력평가를 위한 새로운 대안—수행평가를 중심으로」, 『교육개발』 통권97호, 1995를 참고할 것.

육현장에서 절대평가 방식을 적절하게 적용하기 위해서는 사전에 잘 정의된 교수-학습 목표에 따른 성취 기준이 제시되어야 할 뿐만 아니라, 교수-학습 활동이 이루어지기 전에나 교수-학습 상황에서나 평가 수행과정에서나 평가 결과를 제시할 때에나 상관없이, 그 목표나 기준에 대한 자세한 정보가 지속적으로 제시되어야 하는 것이다. 이것이 곧 교육과정 상세화 작업과 직결됨은 더 말할 나위 없다.

(2) 교육과정 비판의 정당성

교육과정 상세화를 시도하는 본 연구는 7차 교육과정을 대상으로 하되, 고시된 내용을 있는 그대로 받아들여 상세화 하고자 하지는 않는다. 즉 교육과정 상세화의 의미를 "각론에 제시된 '교육내용'의 하위 구성요소들을 상세하게 풀어주는 것"[3]으로만 해석하지는 않겠다는 뜻이다. 일견 이는 모순 된 작업처럼 보일지도 모른다. 그러나 교육과정 평가, 즉 교육과정 자체에 대한 메타적 평가라는 개념을 빌면, 이는 달리 해석될 수 있다.

박인기는 교육과정 자체에 대한 평가 작업의 긴요성을 주장하면서, 규범적 논의를 토대로 우리가 구체적으로 가졌던 문학교육과정에 대한 평가, 즉 비평적 리뷰의 가능성에 대해 타진한 바 있다.[4] 그에 따르면, 문학교육과정 평가에 대한 연구와 메타담론이 활발해질 경우, 문학 현상 가운데 문학교육의 내용으로 선정되어야 할 것에 대한 문학교육 연구 공동체 내의 합의 기제를 마련해 낼 수 있다는 점에서 그 일차적인 의의와 효용을 구할 수 있다고 한다. 이 과정에서 설령 대립적이고 상충적인 견해가 부각된다고 해도 그것은 장기적으로는 유익한 긴장에 해당하는 것으로서, 이로부터 문학교육과정 개발에서 학문적 정합성을 높일 수 있는 풍토가

---

3) 허경철 외, 『고등학교 교과별 국가수준 평가 기준 개발 연구(Ⅰ)』, 한국교육개발원, 1992. 그간의 교육과정 상세화 작업들은 대부분 국가가 공시한 내용을 다소 친절하게 풀이해 준 수준을 벗어난 적이 없다고 보아도 과언이 아니다.
4) 박인기, 「문학교육과정의 평가」, 우한용 외, 『문학교육과정론』, 삼지원, 1997. 교육과정 평가에 관해서는 허숙, 「교육과정 탐구 관점과 교육과정 평가」, 윤팔중 외, 『교육과정 이론의 쟁점』, 교육과학사, 1987.

만들어질 수 있는 것이다.

일반적으로 교육과정의 바람직한 모습은 교육과정 관여 주체들의 다양한 요구를 조화롭게 반영하는 것임에 이견이 있을 수 없다. 그런데 교육과정이라는 개념 속에는 의도된 교육과정(공약된 목표로서의 교육과정), 전개된 교육과정(교사에 의해서 지도되는 교육과정), 실현된 교육과정(실제로 학생들에게 형성 내면화된 교육과정) 등이 모두 포함되는바, 이에 따라 교육과정 평가 또한 교육과정 계획 평가(타당성의 평가), 교육과정 전개 평가(적절성의 평가), 교육과정 성과 평가(효율성의 평가) 등의 범주로 구분이 가능할 것이다. 아울러 이 각각의 범주에 대한 평가들은 결국 교육과정 개선을 위한 의사결정으로 송환되어야 할 것이다.[5]

문제는 본 연구가 평가 대상으로 삼는 것이 '의도된 문학교육과정'일 뿐이라는 점에 있다. 하지만 교육과정이 현실적으로 전개되는 과정 중이라 하더라도, 의도된 교육과정 역시 꾸준히 검토의 대상이 되어야만 한다. 그리하여 실제로 적절성이 부족한 '전개된 문학교육과정'이 검색되었을 때는 그 원인을 '전개된 문학교육과정'에서만 찾을 것이 아니라 '의도된 문학교육과정'에서도 거슬러 찾아보아야 할 것이기 때문이다.

이러한 교육과정 평가는 결국 문서상의 계획된 교육과정에 대한 비판적 접근을 요하게 된다. '의도된 문학교육과정의 평가'는 우선 교육과정을 계획 문서로 파악한다는 전제 하에서 가능하다. 그 주된 작업은 다음과 같이 요약된다.[6]

① 명시된 문학교육 목표와 정합성을 분석적으로 조명하기
② 문학교육내용의 조직 원리에 대한 준거틀 검증하기
③ 문학교육과정에 나타난 문학교육 연구 패러다임 변화의 적합성 판별하기
④ 문학교육과정의 관여 주체의 요구 수렴 검증하기
⑤ 문학교육의 방법 및 평가의 적합성 검토하기
⑥ 문학교육과정 운영 수단 또는 운영 방책의 합리성 검토하기

---

5) 박인기, 위의 글, pp. 287-289.
6) 위의 글, p. 290.

여기서 분명히 해 두어야 할 것은 이 같은 교육과정 비판 및 평가, 혹은 재구성 작업이 결코 이념적 또는 순수 연구의 차원에서만 용허되는 것이 아니라, 현실적이고도 구체적인 필요에 의해 이미 적극적인 실천을 요구받고 있다는 점이다.

주지하는 바대로, 6차 교육과정부터 교육과정에 대한 결정권과 운영권의 일부가 시·도 교육청과 일선학교로 이양되었다.[7] 물론 자율적 결정권의 위임이 도리어 부담으로 작용하여 지역과 학교의 교육과정이 형식적으로 편성된 경우가 없지 않음은 사실이다. 그러나 교육과정의 지역화는 '운영의 지역화'만을 의미하는 것이 아니다. 적극적인 의미의 교육과정 지역화는 교육과정의 개념을 '내용의 지역화'에서 찾는 것이다. 문제는 그 허용 범위에 있다. 대체로 교육부가 고시한 교육과정의 목표, 내용, 방법, 평가 등을 지역사회의 실정, 학교의 특수성, 학생의 특성 등 자체의 특수한 실정에 적합하게 재구성 재개발한 것을 말하고 있지만, 어디까지 재량권을 행사할 수 있는지가 여전히 관건이 되고 있는 것이다.

이에 대하여 그 한 가지 해석은 국가 수준의 교육과정을 삭제, 축소, 대체, 추가하는 전반적인 재조정, 재구성까지 가능하다고 보는 것이고, 다른 하나는 국가 교육과정의 기준을 수용하는 범위 내에서 부분적인 수정, 보완 등 제한적인 조정만 허용된다고 보는 것이다. 그런데 6·7차 교육과정은 시·도 교육청이 국가 교육과정을 검토하여 자신의 실정에 맞게, 부적합한 내용은 과감히 삭제하고 좀더 적합한 내용을 독자적으로 개발 추가할 것을 권장하고 있다. 말하자면 지역과 학교는 교육과정의 개발과 운영에 있어 자율성을 가지고 적극적으로 국가 수준의 교육과정을 해석하여 독립성과 창의성을 갖춘 그들만의 교육과정을 마련할 것이 기대된다. 또한 종전에는 국가 차원의 대학입시제도가 교육과정 운영의 탄력성, 자발적 역동성을 방해하는 측면이 강했으나, 최근에는 평가에 있어서도 중앙

---

7) 6-7차 교육과정의 지역화 문제와 관련해서는 교육부, 『초등학교 교육과정 해설』, 1993 및 『초중등학교 교육과정 총론 개정안』, 1997을 참고할 것. 이에 따른 국내의 교육과정 상세화 실태 분석에 관해서는 허경철 외, 『고등학교 국어, 중학교 수학 교육과정 상세화 및 평가기준 개발 연구』, 한국교육개발원, 1995를 참고할 것.

집권화에서 지방 분권화가 권장되는 추세에 있다.

이러한 분권화의 흐름을 단순히 지방이라는 지역적 특수성으로만 이해하는 것은 바람직하지 않다. 그것은 교육과정을 운영하는 여러 실천 층위마다 표준교육과정(국가의 문서 차원의 교육과정)을 각 실천 주체의 입지에 맞게 재구성하는 교육과정이 필요하다는 뜻으로 해석되어야 하는 것이다. 즉 교육과정에 대한 비평적 리뷰를 통해 교육과정 운영 주체들에 의한 교육과정 재구성 및 상세화 작업이 이루어질 때, 교육과정의 타당성이 높아지는 것이라 할 수 있다.

이를 평가의 국면에 원용해 보자. 일반적으로 국가 수준에서 절대평가 방식이 이상적으로 이루어지고 있는 상황은 다음과 같이 상정해 볼 수 있을 것이다. 국가 수준에서 각 교수-학습 내용(목표)의 상세화가 이루어지고, 그 상세화된 내용(목표)에 따른 객관적이고 타당한 성취 기준을 설정하여 구체적인 등급화 방안을 마련한다. 즉 어떤 영역의 목표를 어느 정도 성취하면 어느 종류의 등급이 부여된다는 구체적인 등급화의 체계가 국가 수준에서 미리 구성된다. 사전에 설정된 상세화된 내용(목표)에 의거하여 교수-학습 활동이 진행되며 동시에 평가를 위한 각종 정보의 수집이 진행된다. 교수-학습 상황이 종료된 후 미리 구성된 등급화 체계에 의하여 특정 학생은 그의 교수-학습 성취도에 따라 자기에게 부여되는 특정 등급을 부여받게 된다.

그러나 이러한 이상은 어디까지나 사전에 잘 정의된 교수-학습 목표에 근거한 성취 기준이 마련되었을 때의 일이다. 만일 그에 대한 비판적 검토가 없다면, 그래서 만일 사전에 잘못 정의된 교수-학습 목표가 국가적으로 관철된다면, 국가 전체가 시행착오의 상태에 빠지고 만다. 학생이 실험의 대상이 되고 교육이 실험의 장이 될 수는 없는 법이다. 바로 그러기 때문에 평가의 중요성이 더해진다. 절대 평가의 철학 혹은 원칙 하에서 학생들의 성적 평가뿐만 아니라 학생들이 목표를 달성하지 못했을 경우, 그 원인을 진단하고 교육방법을 개선하기 위해서도 교육평가는 필요하게 되었다. 각 개인의 목표 달성에 있어서의 효율성을 높이기 위하여 개인의 목표달성도를 중시함은 물론, 교육의 전반 과정 즉 교육체제의 타당성, 교육과정의 타당성과 적합성, 의사결정의 합리성, 그리고 제반 사회제제와의 관련성에 대한 거시적 평가에도 관심을 가지게 되었던 것이다. 그것은 곧 교육과정 자체에 대한 평가 작업에 다름 아니다.

이상의 논의를 전제로 본 연구는 문서화된 7차 교육과정의 내용 항목을 상세화하는 것이 아니라 7차 교육과정의 기본 정신에 비추어 내용 항목 설정의 정합성과 타당성을 비판적으로 검토하고 재구성하며 그에 따른 교육과정 상세화 작업을 전개하기로 한다.

2. 문학교육과정에 관한 비판적 검토

먼저 교육과정 일반론과 7차 교육과정 기본 정신의 차원, 그리고 7차 교육과정 문학 영역의 특수성에 따른 차원으로 구분하여, 과연 그 내용 항목 설정의 정합성과 타당성이 어떠한 수준에 있는지 정사(精査)해 보도록 하겠다. 이를 위해, 명시된 교육 목표와의 정합성을 분석적으로 조명하면서 그 조직 원리에 대한 준거틀을 검증하되, 문학교육 연구 패러다임 변화와의 적합성을 판별하는 작업이 요구된다 하겠는바, 이를 각각 국민 공통 기본 교육과정과 관련하여서는 교육 내용 선정 및 조직상에서의 정합성과 위계화 문제, 수준별 교육과정과 관련하여서는 기본과 심화 단계 설정의 타당성 문제, 문학 영역의 특성과 관련하여서는 소통이론 패러다임 도입에 따른 교육 내용의 적합성 문제를 중심적 문제틀로 삼아 살펴보도록 하겠다.

(1) 국민 공통 기본 교육과정과 문학교육과정

교육과정 일반론의 차원과 7차 교육과정의 특수성 차원을 교직해서 생각해 보자. 먼저 교육 목표 체계화라는 일반론의 측면에서 국어 교과 교육의 목표 체계 구조화 문제를 다루되 7차 교육과정 개정의 근간이 되는 국민 공통 기본 교육과정이라는 아이디어와 맞물려서 문학교육과정의 내용 체계화 문제를 살펴보도록 하겠다.

국어 교과의 목표는 국어교육을 베풀어 학생들이 도달하기를 기대하는 궁극적인 도달점, 또는 성취 기준의 의미를 갖는다. 그 동안 국어 교과의 교육 목표는 1-4차 교육과정에서처럼 학교급별 목표, 학년별 목표를 설정 제시하기도 하였고, 6차 교육과정에서처럼 학교급별 교과 목표만을 제시하는 방식 등을 택하기도 하였다. 그러나 7차 교육과정의 경우는 초등학교 1학년부터 고등학교 1학년까지의 기간을 국민 공통 교육 기간으로 정하고 하나의 단위로 묶어 다루고 있다는 점을 고려하여 10년 동안 학습한 결과로서 학생들이 도달해야 할 최종 성취 기준을 목표로 설정하는 관점을 유지하고자 한다. 따라서 7차 교육과정에 제시한 교과 목표는 초·중·고등학생이 도달해야 할 목표의 성격을 갖는다. 다시 말하면, 학교급에 관계없이 모든 학생이 도달해야 할 목표는 동일하다는 것이다.[8]

그러나 이 이상이 실현되기 위해서는 학교급이 분리되어 있다는 현실적 문제점은 차치하고서라도, 무엇보다도 국민 공통 기본 교육 기간 동안 교육 내용의 조직에 있어서 연속성과 위계화가 보장되어야 하겠는데, 문학 영역의 경우, 학생들이 10년간 도달해야 할 최종 목적지가 어디인지, 거기에 도달하기 위해 어떤 단계를 밟아 나가야 하는지, 충분히 연구 검토된 바도 없고, 따라서 합의된 바도 없다는 실정이 문제점으로 부각된다. 사실 형식상으로 본다면 초등학교 1학년에서 고등학교 1학년까지 국민 공통 기본 교육 기간을 10단계로 설정한 것 자체는 그 동안의 교육과정에서도 역시 이 단계를 10단계로 나누고 있는 셈이므로 단계의 구분 자체가 커다란 변화라거나 새로운 변화라고 볼 수 없을지도 모른다. 하지만 10년 간 국민 공통 기본 교육 기간의 설정은 과거 교육과정에서 학교급별로 동일하거나 유사한 내용이 반복되고 중복되어 제시되던 문제를 해결한다는 점에서 그 의의 가운데 하나가 발견되는 것이라 할 수 있다. 그런데 이는 교육내용이 철저한 계열성을 담보해 냈을 때 가능한 일이다. 실제 교육과

---

8) 이에 관해서는 한국교육개발원 교육과정개정연구회, 『제7차 국어과 교육과정 개발 연구』, 한국교육개발원, 1997.

정에서는 반복과 심화의 원리가 무시될 일은 아니겠지만, 연속성과 위계성이 확보되기 위해서는 교육 내용의 정선과 내적 구조화가 마련되어야 하고, 교육 내용 선정의 준거와 기준이 명료하게 제시되어야만 하는 것이다.

아울러 학교급별만이 아니라 국어교과 내의 영역별 및 영역간에 유사 또는 중복 제시한 교육 내용을 정선하는 문제도 단순치가 않다. 중복되는 내용을 어느 영역, 어느 국면에서 어떻게 학습하도록 하는 것이 타당한가 하는 문제는 상당 기간의 실험 연구가 필요할 것이기 때문이다. 특히 소량 심화주의라는 교육과정의 의도가 다양성을 생명으로 삼는 문학 교과와 어떻게 조화를 이룰지는 정말 간단치 않은 문제라 할 수 있다.

이러한 문제점들에 대해 구체적으로 살펴보자.

첫째, 국민 공통 기본 교육과정의 개념에 따르면 무엇보다도 10년간의 계열성이 중시된다. 그래서 문학 영역의 진술도 전체적으로 보면 문학에 관해 미분화된 개념에서 분화된 개념으로 나아가고 있는 것으로 판단된다. 이 같은 위계적 전제는 충분히 인정할 수 있는 것이기는 하다. 그러나 문제는 이러한 개념의 분화 과정이 도달하는 지점이란 결국 문학에 관한 규범적 견해에 접근하는 지점이라는 데에 있다. 최종 학년 단계에 이를수록, 가령 9학년은 문학사에 관한 학습이 주된 항목으로 설정되어 있고, 10학년은 문학의 기능, 갈래별 미적 가치, 작가/작품/독자의 관계 등등 마치 문학에 관한 총괄 정리 편처럼 구성되어 있는데, 작품에 관한 이해 감상에서 문학 또는 문학사적 지식으로 나아가는 이러한 구성 방식은 지적 능력의 위계상으로는 타당할지 모른다. 그러나 9, 10학년의 주요 내용이 과연 국민 공통 기본 교육과정으로서 문학이 도달해야 할 최종 지점으로 승인하기에 적절한가 하는 점은 의문시되는 것이다.

다시 말해 문학교육의 최종 목표 지점이 분명히 설정된 가운데 위계화가 이루어져 있다기보다는 학습자의 지적 능력별 위계화가 주(主)가 되고 그에 따른 문학의 특성별 배열이 종(從)이 되는 방식으로 이루어져 있는 것이다. 그 결과, 저학년 단계에서는 다양한 문학적 수용을 강조하다가 최종 단계에 이르러서는 규범화된 문학, 폐쇄적 문학관에 도달하는 결과를 빚을 것이 우려된다.

고학년으로 갈수록 문학성, 특히 순문학성이 강화되는 방향으로 배열되는 구성방식은 재고되어야 한다. 논란의 여지는 있겠으나, 예컨대 광고 문화나 다매체 문화와의 관련상 등 문학의 문화적 확장 가능성에 대해서는 오히려 고학년에 이를수록 그에 대한 교육이 강조될 필요가 있다. 이번 교육과정이 문화에 대한 관심을 표방하고는 있지만 오히려 저학년 단계에서 많이 다루고 있는 점은 문화의 문학교육적 의미를 단지 흥미와 동기 유발의 차원에만 한정하는 인식의 한계를 드러내고 있는 것이라 하겠다.

한편 현재 교육과정상의 초등학교 6학년과 중학교 1학년에 해당하는 7차 교육과정상의 6학년과 7학년의 학년별 내용 항목 사이에는 연속성보다는 오히려 단절상이 여전히 노출되고 있다는 점도 지적해 둘 필요가 있다. 물론 6차에 비해 개선의 여지가 인정되는 측면도 있다. 가령 문학 6-(1)에서 문학의 갈래 개념을 초등학교 과정에 도입하는 한편, 6-(2) "작품에서 사건의 전개와 배경의 관계를 파악한다."라는 진술은 5-(2) "작품에서 사건의 전개과정과 인물의 관계를 이해한다."라는 내용과 연계성을 이루고 있는 측면이 그러하다.[9] 하지만 7학년 단계에 이르게 되면 그러한 연계성보다는 사회 문화적 반영론에 치중하고 만다. 만일 7학년과의 연속성을 확보하고자 한다면, 6학년 단계에서 차라리 사회 문화적 반영론을 도입하고 문학의 갈래 개념을 7학년에서 다루는 것이 더 타당할 것으로 보인다.

둘째, 이와 연관된 문제로서, 학년별 내용 구성의 위계화 문제도 만족스럽지가 못하다. 한 가지만 예를 들면 4학년의 내용 항목 설정은 지나치게 돌출적이라 할 만큼 3학년 및 5학년과의 연계가 이루어지지 않고 있다. 먼저 3학년과 4학년의 교육 내용을 일별해 비교해 보자.

---

9) 연계성을 확보한다는 점에선 타당할 수 있으나, 문학의 특성이란 점에서 본다면 이 또한 바람직한 것은 아니다. 인물과 사건과 배경은 동시에 포괄적으로 이해되어야 하기 때문이다. 학년에 따라 인물과 사건의 관계, 사건과 배경의 관계를 각각 학습하는 것보다는 한 학년에 관련 구성 요소를 총체적으로 이해하게 하는 것이 바람직할 것이다.

3-(1) 작품에는 일상의 세계와 비슷한 상상의 세계가 담겨 있음을 안다.

3-(2) 작품에서 사건이 전개되는 과정을 파악한다.

3-(3) 작품의 분위기를 살려서 낭독한다.

3-(4) 작품에 나오는 인물이 되어 본다.

3-(5) 작품을 스스로 찾아 읽는 습관을 지닌다.

4-(1) 작품의 구성 요소를 안다.

4-(2) 작품의 구성 요소를 통하여 주제를 파악한다.

4-(3) 작품의 구성 요소를 창조적으로 재구성한다.

4-(4) 작품에 나타난 인물의 삶의 모습을 이해한다.

4-(5) 작품에 나오는 인물의 사고방식을 이해한다.

4-(6) 읽은 작품에 대해 독서록을 작성하는 태도를 지닌다.

한 마디로 4학년의 교육 내용은 너무 어렵게 설정되어 있다. 가령 4-(2)는 전공 학자도 이해하기 어렵다. 구성 요소를 통해 주제를 파악하는 것이 가능한 일인가? 기본 수준 활동의 예를 따른다면, 동시에서 행과 연, 운율, 분위기를 통해 주제를 알 수 있어야 하는데, 실은 작품의 주제를 파악한다는 것만도 쉬운 일이 아니다. 물론 문학 자료의 수준에 따라 어느 정도 가능할 수는 있겠으나, 이러한 내용 설정은 학습자의 발달 단계에 비추어 과잉한 경우가 아닌가 여겨진다. "작품의 주제와 구성 요소가 어떻게 관련되는지 파악한다."라는 심화 수준 활동의 예는 문학을 전공하는 대학생에게도 버거운 항목이다. 나아가 4-(3)에 이르면 거의 교육이 불가능한 수준이다.[10] 물론 이러한 내용 목표를 4학년 수준에 적절한 학습활동으로 변환하고 재개념화하여 지도할 수는 있겠으나, 원론적으로 말하면 요소 하나가 변해도 전체가 다 변하는 법이니, 새 작품 한 편을 창작하는 일에 버금가는 일이 되기 때문이다.[11]

---

10) 이러한 예는 다른 경우에서도 상당수 발견된다. 가령 6-(6)의 경우, "작품을 다른 갈래로 표현한다"라는 내용 목표를 두고, 학생들은 "동화나 소설의 일부분을 극본으로 바꾸어(기본)" 쓰거나, "극본의 일부를 동화나 소설로 바꾸어(심화)" 써야 하는데, 문학의 장르에 관한 기본 이해만 있어도 이 같은 활동의 무리함, 혹은 문학 장르에 대한 이해의 왜곡 가능성에 대해서는 쉽게 간파할 수 있을 것이다.

11) 이와 유사한 예로는 8-(3)의 심화 수준 학습 활동을 들 수 있다. "시의 화자나 소

이에 비해 보면 5학년은 4학년보다 훨씬 쉽다. 참고로 5학년의 내용 항목을 열거해 본다.

> 5-(1) 작품은 읽는 이에 따라 수용이 다를 수 있음을 안다.
> 5-(2) 작품에서 사건의 전개과정과 인물의 관계를 이해한다.
> 5-(3) 작품에서 인상적으로 표현한 부분을 찾는다.
> 5-(4) 작품에 나오는 인물의 다양한 삶을 이해한다.
> 5-(5) 작품의 일부분을 창조적으로 바꾸어 쓴다.
> 5-(6) 작품에 대한 생각이나 느낌을 글로 표현하려는 태도를 지닌다.

이런 형국이라면 차라리 4학년과 5학년의 교육 내용을 전면적으로 서로 바꾸는 편이 더 타당하다. 다양한 이해와 감상을 먼저 행하고, 구성요소를 포함한 구조적 이해 등의 지적 내용 요소는 그 다음 단계에 배열하는 것이 현재 제시된 교육과정의 위계화 원칙에서 볼 때는 체제상 일관적일 것이기 때문이다.

이러한 예는 너무나 많다. 다만 위계화 문제는 앞으로도 자주 지적될 수밖에 없는 성격이므로 여기서는 한 가지만 더 들어보기로 한다. "여러 갈래의 글을 쓴다."라는 목표는 8학년에 들어 있다. 그래서 8학년 학생들은 시, 소설, 수필, 희곡 등 여러 갈래의 글을 써야 한다. 그런데 "작품을 다른 갈래로 표현한다."라는 목표는 6학년에 들어 있다. 그래서 6학년 학생은 무려 소설을 극화하고 극을 소설화해야 한다. 갈래별 글쓰기도 해보기 전에 말이다.

셋째, 국어과 내 타영역과의 관련성이 부족하다. 타영역과의 관련은 지금보다 훨씬 더 강화되어야 할 필요가 있다. 주로 문학 제재를 놓고 듣기/말하기/쓰기/읽기 활동을 수행하는 모델이 바람직하다고 판단되기는 하나, 그렇지 않다 하더라도 최소한 영역 간 내용 항목의 긴밀한 연계가 필요한 것이다. 소량 심화주의의 원칙에 따라 듣기/말하기/쓰기/읽기 등의 언어활동 영역끼리는, 자칫 지루한 감을 학습자에게 주게 되지는 않을까 염려될

설의 시점을 바꾸어 작품을 다시 쓰고, 어떤 점이 달라지는지 비교한다."

정도로, 횡적 연계가 기계적이라 할 만큼 철저히 이루어져 있으면서, 국어 지식 영역이나 문학 영역은 독자성에 맡겨 둔 감이 들 정도인 것이다.

물론 횡적 연계성이란 말이 반드시 동일 학년에 각 영역별로 동일한 내용을 설정하라는 것은 아니다. 횡적 연계성을 위계화의 원리와 함께 고려해야 한다는 것이다. 즉 교과 전체의 목표와 연관된 커다란 밑그림을 바탕으로 하여, 교과의 보편성과 하위 영역의 독자성을 함께 고려하면서, 각 영역의 학년별 교육 내용이 설정되어야 하는 것이다.

그런 인식이 부족한 결과, 문학 영역에서는 "소통 행위로서의 문학의 특성을 안다."라는 내용이 7학년에 설정되어 있는 반면, 읽기와 쓰기 영역에서는 무려 10학년에 "읽기/쓰기가 의사소통 행위임을 안다."라는 내용 항목이 설정되는 사태가 일어나게 된 것이다. 뒤에 가서 다시 다루게 되겠지만 문학을 소통 행위로 보도록 한다는 관점 속에는 문학을 일상 언어의 의사소통 행위처럼 여기라는, 즉 문학에 관한 탈신비화의 의도가 내재되어 있는 것이다.

그러므로 이것이 교육 내용으로 성립하기 위해서는 먼저 읽기와 쓰기의 탈신비화가 선행되어야 하는 것이다. 다시 말해 문자 언어 행위라고 해서 일상의 언어 행위와 다를 바가 없다는 인식을 통해 문자 언어 행위에 대한 고정 관념과 공포, 또는 일종의 정신적 외상으로부터 벗어난 다음 단계에 가서야, 비로소 문학도 알고 보면 읽기나 쓰기와 다를 바 없다는 교육 내용이 전개될 수 있는 것이다.

이렇듯 횡적 연계성을 상실하면 위계화의 원리도 깨지게 되고 만다. 위계화의 문제와 같이 생각해 보자면, 사실 7-(2) "문학과 일상어의 관계를 이해한다."라는 내용 목표가 7학년에서야 등장하는 것부터가 전혀 타당하지 못하다. 이러한 내용 목표는 7학년보다 훨씬 앞에서 이루어져야 옳다. 특히 비평적 반응이나 비평적 글쓰기 등을 통해 문학 영역에 수행 평가 방식을 도입하려면 언어활동 영역에서 기초적인 능력을 조기에 신장시켜 주는 것이 필수적이다. 마찬가지로, "작품은 사회적, 문화적, 역사적 상황을 바탕으로 창조한 세계임을 안다."라는 내용 항목이 문학 영역에서는 8학년에 다루어지는 데 비해, "듣기(말하기, 읽기, 쓰기)가 사회·문화적 과정임을 안다."라는 내용은 오히려 9학년에 가서 다루도록 되어 있다. 이 또한 동일학년에서 다루거나, 아니면 언어활동 영역에서 먼저 다루는 편이 타당할 것으로 보인다. 즉 각 영역마다의 상대적 자율성이 인정되어야 하는 것은 물론이되, 이같이 상호 연계성이 높은 항목끼리는 영역 간의 상호 점검에 신경을 쏟는 편이 바람직할 것이다.

(2) 수준별 교육과정과 문학교육과정

이제 수준별 교육과정과 문학 영역이 갖는 관련상에 주목하기로 한다. 이 문제는 앞서의 학년별 위계화 문제와 긴밀히 상통한다. 7차 교육과정의 가장 큰 특징으로 일컬어지는 수준별 교육과정은 필수 학습 요소를 정선하여 각각의 교육 내용에 대하여 깊이 있게 학습하도록 하는 교육 경험의 질적 변화를 강조하고 있는 것이다. 먼저 기본·심화형 수준별 교육과정과 관련하여 검토해 보아야 할 중요한 개념은 교육과정의 차별화, 수준에 따른 개별화 수업, 학습 능력에 따른 차별화된 교육과정의 편성이다. 이에 대해서는 현실적으로나 논리적으로나 이미 많은 논란과 비판이 있었거니와,[12] 그 과정에서 핵심적으로 제기된 것 가운데 하나는 곧 문학에서의 수준을 어떻게 정의내려야 할 것인가 하는 문제와 관련된 것이었다. 지식의 습득, 행동의 변화, 경험의 질적 변화 가운데 어떤 것을 교육과정의 이상적 수준이라 할 수 있을까 하는 것인데, 말 그대로 질적 변화를 강조하는 수준별 교육과정의 경우, 가령 문예적 재능이나 취미에 관한 경험의 질적 수월성을 보이는 학생이 지식의 측면에서는 심화 수준에 도달하지 못할 가능성을 상상하기란 그다지 어렵지 않아 보인다. 이것은 예외적인 현상으로 보편을 호도하려는 것이 아니라 문학 교과의 독자적 특성에서부터 교육과정 설계가 비롯하지 않았다는 점에 대한 비판에 해당한다.

---

12) 이와 관련하여서는 김대행, 「국어과 교육과정 분석과 수준별 교육과정 개발」(『교육과정연구』 14-2, 1996)을 참고할 것.

특히, 수준별 교육과정의 성패는 평가가 좌우할 수도 있다는 점에 각별한 주의를 요한다. 질적 변화를 평가할 수 있는 방식이 먼저 개발되지 않으면 안 되는 것이다. 사실상 10년간의 학년 간 위계와 기본·심화로 이루어지는 수준별 위계가 어떻게 동시에 체계화될 수 있는지는 대단히 복잡하고 정교한 교육과정 설계를 요구하는 문제라 아니할 수 없다. 더욱이 여기에 수행 평가의 도입이 불가피하다는 점까지 고려한다면, 평가의 정상화를 위해 걸어야 할 길은 지난해 보이기만 한다. 또한 국어 사용 능력, 혹은 문학 능력이란 어떤 내용을 어느 단계나 수준에서 배운다는 사실만으로 효과적으로 신장되는 것이 아니다. 이러한 특성으로 인해 7차 국어과 교육과정은 결국 내용 목표는 동일하다고 하더라도 학습 경험의 넓이와 깊이가 곧 수준의 차이이며, 동시에 그 수준의 차이는 학생들이 산출한 언어 자료나 학생들이 학습 활동에서 다루는 언어 자료의 난이도에서 차이가 있을 뿐이라 규정하게 되었다.[13] 하지만 예컨대 언어자료로서의 김소월의 시 텍스트보다 김수영의 시 텍스트가 더 난이도가 높은 수준에 위치한다는 말은 일반적으로는 옳되 원론적으로도 반드시 옳은 말은 되지 못한다.

문제는 학교 현장에서 문학 영역의 수준별 학습 활동을 어떻게 구안하고 실천하며 평가할 수 있는가 하는 것이다. 물론 수준별 학습 활동은 다양하게 구성될 수 있다. 그래서 7차 교육과정은 수준별 학습 활동을 규정적으로 진술하기보다 <수준별 학습 활동의 예>로 처리하고 있는 것처럼 보인다. 그러나 한두 가지 예만 진술해 주고서 이를 토대로 실제 수업을 구성하라는 것은 교사의 자율성을 존중한 사태라기보다는 목표 진술이나 내용 진술상의 엄격성을 확보하지 못한 데 따른 방편적 성격처럼 비쳐진다는 점도 사실로 인정되어야 할 듯하다.

실제로 교육과정에 제시된 수준별 학습 활동의 예들을 두루 검토하다 보면, 기본 수준과 심화 수준의 구분 근거가 뚜렷하지 못하거나 일관되지 못한 점을 발견하게 되며, 심지어는 기본과 심화의 구분이 서로 뒤바뀜

---

13) 한국교육개발원 교육과정개정연구위원회, 앞의 책, p. 122.

것이 아닌가 할 정도로 의심스러운 경우마저 눈에 띄곤 한다.

우선, 많은 경우에서 내용 항목의 진술과 그에 해당하는 기본 수준의 진술이 서로 재진술의 관계에 지나지 않는 것을 보게 된다. 가령 5학년에서 5-(2) "작품에서 사건의 전개 과정과 인물의 관계를 이해한다."라는 내용의 기본 수준은 "동화나 소설, 극본에서 사건의 전개 과정과 인물의 말이나 행동이 어떻게 관련되는지 말한다."로, 혹은 5-(6) "작품에 대한 생각이나 느낌을 글로 표현하려는 태도를 지닌다."는 "작품을 읽고, 줄거리와 느낀 점을 정리하여 글로 쓴다."로, 7학년에서도 7-(2) "작품이 지닌 아름다움과 가치를 파악한다."의 내용 항목에 관한 기본 수준의 예는 "작품이 지닌 아름다움과 가치를 말한다."로 되어 있는 등, 이러한 예는 아주 쉽게 찾아 볼 수가 있는 것이다. 이것은 수준별 교육과정의 기본 의도가 학생들을 최소한 기본 수준에 도달하게 하는 것이라고 해석하는 것이다. 즉 교육과정에 제시된 교육 내용은 모든 학생들이 도달해야 할 내용 목표의 성격을 갖는 것이고, 그것이 <기본>에 해당하는 것이다.14)

하지만 그럴 양이면 굳이 수준별 학습 활동의 예에 기본 수준을 진술할 필요는 없었을 것이다. 말하자면, 수준별 학습 활동의 예에 기본 수준의 예를 진술해야 하는 근본 이유는 내용 항목 진술과의 관련성보다는 사실상 심화 수준과의 대비를 위해서 존재하는 것이다. 그런데 문제는, 사정이 그러하다 보니 기본과 심화의 구분은 한 가지 기준을 중심으로 (0)과 (+)의 관계로 진술되게 마련이라는 점에 있다. 그렇다면 무엇이 (+)에 해당하는가?

많은 경우에 있어 이 문제를 해결하는 방식은 "친구와 비교한다."라는 식의 행위 내지 수행성이 첨가(+)되면 <심화>가 되고 그렇지 아니하면 <기본>으로 처리하게 되어 있다. 가령 위의 7-(2)의 경우, "말한다"가 기

---

14) 그러나 그와 반대되는 경우로 해석할 수 있는 예도 발견된다는 점에서, 이 기준 역시 일관되지는 못한 것으로 보인다. 9-(7)의 경우, 내용 목표는 "작품 세계를 창조적으로 수용하려는 태도를 지닌다."로 되어 있는데, "작품을 창조적으로 수용하는 것이 왜 중요한지 토의한다"가 심화에 해당하는 반면, "감상문을 바꾸어 읽어보고, 작품 수용이 사람에 따라 어떻게 다른지 토의한다"가 기본으로 설정되어 있는 것이다.

본이라면, "쓴다"는 심화에 해당한다. 그러나 언뜻 보면 쓰는 것이 말하는 것보다는 수준이 높아 보이고, 쓰는 것은 말하는 것보다 수행성이 더 강한 듯하나, 엄밀히 말하면 그것은 수행의 방식이 다를 뿐이지, 이를 두고 수준이 다르다고 말하는 것은 옳지 않다. 수준은 "잘/잘못 말하다" 혹은 "잘/잘못 쓰다"로 구분될 수 있을 따름이다.

그런가 하면 어느 경우에는 두 단계의 수준차가 너무 심한 경우도 있다. 위의 5-(6)의 경우 심화 수준은 "작품을 읽고, 떠오르는 생각이나 느낌을 구체적으로 표현하여 작품을 쓴다."로 되어 있는 것이다.

때로는 심화 수준의 진술이 내용 목표의 심화 정도를 벗어나거나, 혹은 모순되어 보이기까지 하는 경우도 있다. 예컨대 6-(4)의 경우 내용 목표는 "작품에 창의적으로 반응한다."이고, 이에 따른 기본 수준은 "작품에 대한 자기 나름대로의 생각이나 느낌을 말한다."인 반면, 심화 수준은 "작품에 대한 여러 사람의 생각이나 느낌을 알아보고, 이를 작품 수용에 활용한다."로 되어 있는 것이다.

심지어 도무지 그 수준 평가 기준을 납득할 수 없는 경우도 있다. 앞서도 잠깐 언급했지만, 6-(6)의 경우, "작품을 다른 갈래로 표현한다."라는 내용 목표를 두고, "동화나 소설의 일부분을 극본으로 바꾸어 쓴다."가 기본으로, "극본의 일부를 동화나 소설로 바꾸어 쓴다."가 심화로 설정되어 있는데, 소설의 극화가 극의 소설화보다 수준이 낮다는 기준은 원론상 도저히 납득하기 어렵다.

가능하지도 않고 바람직하지도 않다는 점에서 가장 적절한 예로는 10-(3)을 들 수 있다. "문학의 갈래에 따른 작품의 미적 가치를 파악한다."라는 목표부터가 그렇다. 작품의 미적 가치는 갈래에 귀속되지 않기 때문이다. 게다가 그 심화 수준의 예는 다음과 같이 진술되어 있다. "문학의 갈래에 따른 작품의 미적 가치를 정리하여 표로 나타내고, 이를 바탕으로 설명하는 글을 쓴다." 그런데 미적 가치를 표로 정리할 수 있는 방법을 필자는 알지 못하며, 안다 한들, 그 득 되는 바를 알 길이 없다.

(3) 소통이론의 수용과 문학교육과정

여기서는 7차 교육과정과 관련하여 문학 영역의 내재적 특성에 주목하기로 한다. 4차 교육과정이 신비평으로 대표되는 분석주의적 관점의 도입으로 특징지워지고, 그 이후 역사주의나 수용이론의 도입 등이 각 교육과정의 특징을 설명해 준다면, 7차 교육과정의 경우, 이에 걸맞은 것으로는 소통이론의 도입을 들 수 있을 것이다.

물론 소통이란 용어가 명시적으로 진술되어 나타난 것은 7학년뿐이다. 7-(1) "소통행위로서의 문학의 특성을 안다"는 것을 내용 목표로 하여, 기본 수준에서는 "문학이 작품을 중심으로 작가와 독자가 의미를 서로 주고받는 상호 작용임을 설명한다."로, 심화 수준에서는 "작품의 수용이 작품 세계와 독자의 삶이 만나는 과정임을 설명한다."로 진술되어 있는 것이다. 하지만 소통이론의 의미를 다소 폭넓게 받아들일 경우, 이와 연관된 진술로는 5-(1) "작품은 읽는 이에 따라 수용이 다를 수 있음을 안다.", 5-(5) "작품의 일부분을 창조적으로 바꾸어 쓴다.", 6-(4) "작품에 창의적으로 반응한다.", 8-(2) "작가가 독자의 반응을 불러일으키기 위해 사용한 언어적 표현의 특징과 효과를 파악한다.", 8-(4) "다양한 시각과 방법으로 작품을 해석하고 평가한다.", 8-(5) [심화] "작품의 사회·문화적 상황이 바뀐다면, 작가의 세계관이 어떻게 될지 토론한다.", 9-(5) [심화] "작품을 읽고, 사회·문화적 상황이 바뀐다면, 작가는 어떤 글을 쓰게 될지 토론한다.", 9-(7) "작품 세계를 창조적으로 수용하려는 태도를 지닌다.", 10-(4) "작가, 작품, 독자의 관계를 알고, 이를 작품 수용에 능동적으로 활용한다." 등등을 들 수 있는 것이다.

그러나 소통이론이 텍스트를 매개로 하여 발신자로서의 작가와 수신자로서의 독자, 그리고 이들을 둘러싼 사회적 역사적 상황 맥락을 다 포함한다 해서, 이것이 문학에 관한 여러 비평적 관점의 단순 종합을 의미하는 것은 아니다. 분석주의와 역사주의, 문학 지식과 문학사에 관한 지식을 뭉뚱그리는 것이 소통이론은 아니란 뜻이다. 즉 작가와 독자 간의 역동적 관계가 사상되고 나면, 소통이론은 아무 의미가 없는 것이다.

다시 말하거니와, 신비평적 분석주의가 문학교육에 도입된 이후, 그에 대한 반발로 역사주의적 접근 방식이 들어오고, 최근에는 수용미학적 접근 방식이 강조되다가, 이번 7차 교육과정에서는 이른바 소통이론적 접근 방식이 도입되기에 이르렀다. 이로써 신비평에 의해 배제되었던 소위 비본질적 혹은 외재적 접근 방식은 다 복권되었고, 소통이론에 이르러서는 텍스트를 둘러싼 작가와 독자의 역동적 관계가 조명을 받기에 이른 것이다.

하지만 대부분의 경우 교육과정의 개편은 이론의 대체 역사라기보다는 이론의 부가 역사라고 봄이 사정에 걸맞다고 할 수 있다. 일반적으로 교육 집단은 교수 내용이나 교수 방식에 있어 전폭적인 변화보다는 점진적이고 부가적인 방식의 변화를 선호하는 경향을 보인다. 이것은 교육적으로 의외의 결과를 낳을 수도 있는데 이론의 부가란 결국 교사의 편에서 지식 곧 교수 내용의 양적 증대와 확보라는 결과를 빚게 되고, 이에 따라 교사의 권위만 유지되고 강화됨으로써, 즉 교육의 공급자 논리 측면에서만 의의를 갖게 됨으로써, 수용미학이나 소통이론의 적극성이 발현되기는커녕 그 입론과 정반대가 되는 결과를 낳게 되는 것이다.

그런가 하면 곧잘 우리 문학 학계와 문학교육 학계에 대하여 가해지는 비판 가운데 하나가 곧, 지나간 그 제 이론들을 정작 이론답게 수용하거나 연구하지 아니한 채로 그 이론성이 왜곡되거나 소멸되는 사태에 관한 것이라 할 수 있다. 설령 이론의 대체도 바람직하지 않고, 이론간의 다성성(多聲性)을 현동화할 모델 개발도 불가능하여, 현실적으로 볼 때 부가의 원리가 불가피한 것이라 하더라도, 그 때에도 역시 여러 이론 중 중심적인 것으로 선택된 이론에 대한 중심부성은 확보된 가운데 나머지 것들이 말 그대로 중심부의 주변에 부가되어야 옳은 것이다. 따라서 소통이론에 입각한 교육과정 내용의 상세화와 체계화가 뒷받침되어야만 이번 문학 영역 교육과정의 정신이 제대로 살아난다 할 수 있을 것이다.

그럼에도 불구하고 7차 교육과정 문학 영역은 소통이론의 정신이 전체를 포괄하고 있다기보다는, 또는 소통이론을 중심으로 기존의 접근 방식의 장점들이 재구성되고 재조직되어 있다기보다는, 기존의 이론적 관점에 소통이론적 관점이 단순 부가된 형국에서 그리 멀어 보이지 않는다.

7학년을 예로 들어보자.

> 7-(1) 소통 행위로서의 문학의 특성을 안다.
> 7-(2) 문학과 일상 언어의 관계를 이해한다.
> 7-(3) 작품이 지닌 아름다움과 가치를 파악한다.
> 7-(4) 작품 속에 드러난 갈등의 해결과정과 인물의 심리 상태와의 관계
>   를 파악한다.
> 7-(5) 작품 속에 드러난 역사적 현실 상황을 이해한다.
> 7-(6) 작품에 드러난 사회작품에 대한 생각이나 느낌을 글로 표현하려는
>   태도를 지닌다.

각 학년별 내용 목표가 진술될 때 (1)에 해당하는 것들은 그 영역 내의 기본 수행 목표 구실을 하는 것이 일반적이다. 소통이론이 텍스트적 변인을 약화하는 것은 아니지만, 우리 교육과정 변천의 역사를 고려할 때, 소통이론의 도입은 상대적으로 수용자(학생)의 위상을 높이는 결과를 의도하는 것이라 할 수 있다.

그러나 "소통행위로서의 문학의 특성을 안다"로 시작하고 있으면서도, 그것이 중심이 될만한 내용들은 이하 항목에서 잘 보이지가 않는다. 소통이론과 연관하여 볼 때, 콘텍스트적 요소, 즉 (5)와 (6)에서 보듯, 역사적 현실 상황 및 사회 문화적 상황에 대한 강조가 주목되기는 한다.[15] 이는 8학년의 경우도 마찬가지이다. 실제로 지난날 문학교육이 주로 문학의 초월성을 강조하는 면으로 기울어져 왔던 것에 비해 보면 다행일지도 모른다. 작품이 놓인 시대적 코드를 모른다면 소통은 성립되지 않는다.

하지만 이것이 잘못될 경우 문학교육은 역사주의의 가장 그릇된 형태의 병폐에 빠질 가능성도 크다. 일제 강점기의 시는 모두 다 조국 광복을

---

15) 소통이론은 수용미학과 관련이 깊은 것이긴 하되, 수용미학이 개인주의 미학에 빠질 우려가 크기 때문에 이를 보완하려는 취지에서 사회학적 관점을 강하게 투사하는 입장으로 보는 것이 타당할 것이다. 이에 비해 소통이론을 도입하고자 하는 최근의 국내 연구물들은 소통이론과 수용미학을 혼동하는 경향을 보이거나, 소통이론을 지나치게 미시적으로 이해하여 도리어 텍스트 구조주의에 빠지는 경향을 보이고 있다.

노래했다는 식의 교육이 그러하다. 즉 독자의 주체성이 발현되지 못하게 되면 전망의 확대가 아니라 협소한 전망의 재생산에 빠질 우려가 발견되는 것이다. 그렇다면 또 하나의 관건은 텍스트를 둘러싼 이러한 상황 맥락의 강조와 주체적 감상의 접합 지점을 어떻게 설정할 수 있는가 하는 것이 된다.

이런 상태에서 8-(4) "다양한 시각과 방법으로 작품을 해석하고 평가한다."라는 진술은 고작해야 에이브럼즈(M.H.Abrams)의 분류와 도식을 벗어나기가 어렵다. 다시 말해 학생들로 하여금 자신의 이해관계를 투사하여 작품을 적극적으로 접하게 하는 것이 아니라, 단지 에이브럼즈 식의 분류를 정태적으로 적용하는 데 그칠 가능성이 큰 것이다. 이는 결국 적절한 텍스트, 적절한 기회에 따라, 존재론과 표현론, 효용론과 모방론을 적절히 적용하되, 정작 왜 그러한 설명이 선택되었는지에 대해서는 교사에 의해 설명되거나 학생에 의해 심문당하지 않음으로써, 끝내는 교사의 편의에만 기여하는 결과가 될 뿐이다. 특히 문학사에 관한 학습은 문학사 지식 전달의 형태로만 진술되어 있는바, 이 역시 소통 이론의 도입이 가져다 줄 막대한 이익은 사장시키고 만 셈이라 할 것이다.

3. 문학교육과정 내용 목표 구성의 대안

이제까지 7차 교육과정 문학 영역의 내용 항목들을 비판적으로 검토함에 있어, 교육과정 일반론의 차원에서 7차 교육과정의 특성으로, 그리고 다시 7차 교육과정 일반에서 문학 영역의 특성으로 그 범주를 하향화하며 논의해 보았다. 교육과정을 상세화하는 문제는 그 세 가지 범주를 아울러 고민하는 데서 출발해야 한다. 동시에, 7차 교육과정 문학 영역을 비판하면서 그로부터 새로운 모델을 재구성하고 상세화하는 작업을 하기 위해서는 비판 과정에서 문제점으로 지적된 사항들의 근본 원인을 밝히는 데에서 출발하지 않으면 안 된다. 전절의 논의를 여기에서 정리하고자 하는 것도 그 때문이다.

지금까지의 논의를 정리하면 다음과 같다.

첫째, 국민 공통 기본 교육과정과 관련하여서는 먼저 연속성과 위계성 확보가 관건이 된다. 이를 위해서는 최종 10년 단계의 목표 도달점이 명료해져야 할 필요가 있다. 그것은 문학교육의 내재적 목표관에서 마련되지 않으면 안 된다. 그러나 현 상황은 오히려 문학교육 패러다임의 일반적 요구 사항, 예컨대 소통이론의 도입 취지와 일치하지 않는 것으로 판단된다. 한편 국어 교과 내 타 영역간의 횡적 연계성도 만족스럽지 못한데, 이것은 국어 교과 내에서 해결되어야 할 문제이다.

둘째, 수준별 교육과정과 관련하여서는 많은 문제점이 제기된다. 그 핵심에 해당하는 문제는 바로 위계화의 문제인데, 이는 국민 공통 기본 교육과정의 문제점과도 맞물려 있다. 그런데 그 같은 문제점이 노정된 근본 이유는 수준별 교육과정의 정신이 문학 영역의 내적 특성과 잘 맞지 않는다는 데 있다.

셋째, 소통이론의 도입과 관련하여서는 그 이론을 도입하는 적극적 의의가 발휘되지 못할 우려가 있다는 점이 가장 큰 문제점으로 지적된다. 즉 소통이론 도입의 취지가 10년의 위계와 단계에 포괄되어 있지 못하다는 것이다. 그 결과, 이 범주에서도 역시 계열성은 확보되어 있지 못한 것으로 파악된다.

결국 이 같은 문제점은 교과 외적 문제와 교과 내적 문제로 요약될 수 있다.

여기서 교과 외적 문제라 함은 교육과정 개정 작업 때마다 제기되는 교과 교육 측의 불만과 상통한다.[16) 수준별 교육과정을 교과 내에 수용해야

---

16) "더구나 매번 그러하였지만, 언제고 교육과정의 방향은 교육학자들이 정하고 교과교육 관계자는 그것을 좇아야 하는, 그것도 국가적 명령으로 시행에 이르는 것은 과연 타당한가 하는 의문도 없지 않습니다. 교육의 지표가 선험적 혹은 계시론적으로 설정될 수 있는 것인지, 아니면 교과교육의 현실과 지향 위에서 교육 이론이 추구되어야 할 것인지 점검해 볼 필요를 느낍니다. (…) 더욱이 민망한 노릇은 교과교육 관계자들이 매번 교육학자들한테서 지난번에 한 일이 잘못되었다는 꾸중을 듣거나, 취지에 어긋나면 안 된다는 엄포를 들으면서 이 일을 시작해야 합니

하는, 외부적으로 강제된 당위의 경우가 그러하다.

반면에 교과 내적 문제라 함은, 앞의 문제에서 분비된 측면이 강한 것이긴 하지만, 여하튼 개별 교과의 내적 논리에 충실한 교육과정 개발의 책무를 다하지 못한 데 따른 교과 교육 내부의 문제 제기에 해당한다.[17] 국어과 내 영역 설정의 문제라든가, 영역간의 연계 문제는 물론, 소통이론을 도입하는 데 따른 체계적 연구를 수행하지도 못한 채, 문학 영역 교육과정에 이를 반영해야 하는 경우가 그러하다.

이러한 현실에 기반하여 현실태로서의 문학교육과정을 설계하고 상세화하기 위해서는 이른바 '반성적 절충주의'[18]가 요구된다. 그러나 현실적 제 요구들의 균형 있는 절충이라는 것이 그 제반 요구들을 단순히 기계적으로 결합하는 것을 가리키지는 않는다. 중심을 설정한 가운데 벌어지는 통합화가 필요한 것이다.

다행히도, 그 중심을 어떻게 설정할 것인가 하는 문제는 다소 분명해 보인다. 이제까지 하향식으로 검토해 온 비판 과정에서 얻어진 최대의 수확이 있다면, 그것은 곧 교육과정의 하향적 개발 방식이야말로 문학 영역 교육과정이 많은 문제점을 갖게 되는 데에 근본 원인을 제공하고 있다는 점일 것이다. 즉 총론이 개발되자마자 하향식 운영이 전개되어 각 교과에서는 총론과의 적합성을 적극적으로 모색하지도 못한 채, 다시 말해 교과 내적 요구와 자발적 개정 의지를 적극적으로 고려하거나 반영하지 못한

다. 지난번의 교육과정을 개정한 일도 이번 일과 마찬가지로 그 분들의 지침에 따라서 이루어진 일인데, 5년마다 지난번의 최선답을 강하게 부정할 수 있는 그 전진 속도에 놀라기까지 합니다." 김대행, 「21세기를 대비하는 국어과 교육의 지향과 과제」, 『제7차 국어과 교육과정 구성을 위한 세미나』, 1997에서 발췌함.

17) "오히려 저는 현존의 교육 일반 이념도 과감히 젖혀둔 채 문학 교과의 교육과정상 이념과 목표를 도출해 보는 작업이 선행되어야 한다고 생각합니다. 다만 한 교과의 교육과정상 이념과 목표는 일원적, 아니 정확히 말해서 이념-목표 진술들을 다원적으로 승인한 가운데, 그 사이에서 선택을 하든, 포괄을 하든, 갈등을 하든, 합의를 하든, 그 같은 노력이 먼저 전개되어야 한다는 것입니다. 그런 연후에, 그 결과가 과연 교육 일반 이념과 합치될 수 있는지, 합치되기 위해서는 어떻게 해야 하는지를 연구해야 합니다." 정재찬, 「문학교육과정론에 대한 좌담」, 『문학교육과정론』, 삼지원, 1997에서 발췌함.

18) 우한용 외, 앞의 책, p. 368.

채, 수동적으로 교과 교육이 끌려갈 수밖에 없었다는 점에 근본적인 문제점이 놓여 있었던 것이다. 따라서 교과 내적 요구를 중심축으로 설정한 가운데 현실의 제 요구를 절충하면서 총론과의 적합성을 지향하는 모델이 개발되어야만 하는 것이다.

그러므로 대안의 개발은 우리가 지금껏 걸어온 길의 역순으로 이루어져야 한다. 즉 교과 내적 요구에서 출발하여 총론의 요구를 수용할 수 있는 현실적 절충안이 마련되어야 하는 것이다. 그런 의미에서 우리는 현재의 문학교육 연구 패러다임이 소통 이론의 도입을 요구한다는 것을 전제로 삼아, 그로부터 수준별 교육과정의 정신과 국민 공통 기본 교육과정의 정신을 담지할 수 있는 문학 영역 내용 목표를 설정해 보고자 한다. 이는 곧 소통이론의 도입에 따른 문학교육 내용 목표를 도출해 내고, 그 내용 각각을 다시 수준별 교육과정의 정신에 걸맞게 상세화하는 작업을 요구하는 셈이 된다.

여기서 더욱 시급한 것은 소통이론의 도입에 따른 문학교육의 내용 목표를 기술하는 작업이다. 수준별 교육과정의 문제점이 많이 노출되긴 하였으나, 앞에서 본 바와 같이, 문학 영역의 학년별 교육과정을 포괄하는 기준이 되고 중심화의 논리 구실을 행해야 할 소통이론의 교육적 의미망에 대해 문학교육학계 내부에서조차 깊이 검토된 바가 없고, 따라서 그것이 먼저 연구되지 않는다면, 수준별 학습 내용을 설정하는 것 자체가 불가능해지기 때문이다.

단, 국민 공통 기본 교육과정 기간에 해당하는 10개년의 학년별 위계화 작업은 개발 과제에서 제외하기로 하였다. 그것은 본 연구가 감당하기에는 지나치게 큰 작업이고, 그래서 별도의 연구를 요하는 사항이라는 이유에서만이 아니다. 국민 공통 교육과정을 상정한 7차 교육과정에서 교과 목표는 초·중·고등학생이 도달해야 할 목표의 성격을 갖는다. 다시 말하면 학교급에 관계없이 모든 학생들이 도달해야 할 목표는 동일하다는 것이다. 따라서 본 연구에서는 소통이론을 중심으로 모든 학생들이 학습해야 할 목표들을 진술하고 이를 수준별로 상세화하는 데에 관심을 제한하기로 하였다. 이를 기초로 학년별 위계화는 학습자의 발달 단계를 고려함과 동시에 교과 내 타 영역간의 관계와 문학 영역 내의 제 요구들을 고려하고, 아울러 지역과 학교의 특성과 실정을 고려한 교육과정 주체들의 다양한 시도에 의해 마련되어야 할 것이다.

이제 소통이론에 입각하여 문학 영역 교육과정의 내용 목표들을 재구성해 보고, 이를 수준별 교육과정과 연관하여 상세화해 보면 다음과 같다. 물론 이것은 하나의 시안일 뿐이므로, 이 역시 비평적 리뷰의 대상이 됨은 말할 것도 없겠으나, 다만, 평가의 국면에서 중요한 잣대가 되어 줄 "사전에 잘 정의된 교수-학습 목표"로서 기능하게 되길 바랄 따름이다.

국어교육과정 문학 영역의 내용 목표 모델 - 소통이론을 중심으로 -

① **[총론]** 문학은 작가와 독자간에 의사를 소통하는 행위임을 안다.

   기 본 작품을 읽고, 작가가 말하고자 하는 바에 대해 생각해 본다.

   상세화 • 인간의 사상이나 감정을 표현하고 이해하는 여러 가지 수단에 대해 안다.

     • 문학은 인간의 사상이나 감정을 표현하는 공적인 언어 행위임을 안다.

     • 일상 생활에서의 언어는 화자와 청자 간에 의사를 소통하는 수단임을 안다.

     • 문학 언어 행위와 일상 언어 행위의 관계를 이해한다.

   심 화 작품을 읽고, 작가가 말하고자 하는 바에 대해 자신의 생각을 글로 표현한다.

   상세화 • 작품을 읽으면서 작품 속에 함축된 작가의 의도를 파악한다.

     • 작가의 의도가 독자에 따라 달리 해석될 수 있음을 안다.

     • 작품을 읽으면서 작가에 동의하는 부분과 동의하지 않는 부분을 구분할 수 있다.

     • 작가가 전하고자 하는 바를 정리하고 비판할 수 있다.

② **[작가의 재개념화]** 작가는 독자에게 자신의 사상과 정서를 전달하고 설득하는 자임을 안다.

기 본 작가는 작품을 통해서 자신의 생각을 전달하거나 설득하는 자임을 안다.

상세화 • 작가도 일상의 화자와 같은 역할을 함을 안다.
 • 작가는 작품을 통해 문제를 제기하는 개인임을 안다.
 • 작품 속에서 작가의 생각이 드러난 부분을 찾고 그에 대해 이야기한다.
 • 작품 속에 드러나지 않은 작가의 생각을 상상하여 이야기한다.

심 화 작가는 자신의 생각을 전달하거나 설득하기 위해 문학적 장치를 이용하는 자임을 안다.

상세화 • 실제 작가와 내포 작가를 구별할 줄 안다.
 • 실제 작가의 전기적 생애와 작품과의 관계에 대해 이야기해 본다.
 • 작가가 자신의 생각을 설득하기 위해 구사한 장치에 대해 이야기한다.
 • 여러 작품을 읽고, 각각의 작품에 담긴 작가의 개성에 대해 이야기한다.

❸ [작품의 재개념화] 작품의 의미는 다양하게 해석될 수 있음을 안다.

기 본 작품의 해석은 독자의 경험이나 상황에 따라 달라질 수 있음을 안다.

상세화 • 작품의 수용은 작가가 표현한 텍스트의 세계와 독자의 삶이 만나는 과정임을 설명한다.
 • 작품은 작가의 전유물이 아님을 안다.
 • 작품의 의미를 자신의 경험에 비추어 설명해 본다.
 • 여러 가지 상황을 설정하고 그에 따라 작품을 해석해 본다.

심 화 작품의 의미와 의의를 구분할 줄 안다.

상세화 • 작품의 의의는 작가의 의도와 반드시 일치하지는 않음을 안다.
 • 작품에 대한 감상문을 쓰고 서로 비교해 본다.
 • 작품에 대한 비평문을 읽고 자신의 생각과 비교해 본다.
 • 작품을 읽고 마음에 들지 않는 부분을 고쳐서 다시 써 본다.

❹ [독자의 재개념화] 독자는 작품의 수용자이면서 생산자임을 안다.

기 본 독자가 문학 소통 구조의 적극적인 구성원임을 안다.

상세화 • 독자도 일상의 청자와 같은 역할을 함을 안다.
 • 작가가 쓴 텍스트는 독자의 반응에 의해 서로 다른 작품으로 완

성됨을 안다.
- 널리 읽혀지는 작품을 읽고, 그것이 널리 공감되는 이유를 설명해 본다.
- 같은 작품에 대한 친구들의 감상문을 읽고, 서로 다른 면을 비교해 본다.

심 화 작품을 비판적, 창의적으로 읽고, 주체적인 감상문을 쓴다.

상세화
- 실제 독자와 내포 독자를 구별할 줄 안다.
- 작품에 대해 적극적으로 반응하고 창조적으로 수용한다.
- 일반적으로 널리 가치가 인정되는 작품 가운데 자신이 공감하는 것과 공감하지 않는 것을 구분하여 그 이유를 설명해 본다.
- 같은 작품에 대한 여러 비평문을 읽고, 독창적인 비평의 글을 쓴다.

⑤ [사회 문화적 맥락의 재개념화] 시대와 상황에 따라 작품의 의미나 가치가 변할 수 있음을 이해한다.

기 본 문학의 역사적 흐름에 대한 이해를 넓힌다.

상세화
- 한국문학의 흐름을 이해한다.
- 한국문학과 세계문학의 대표적인 작품을 찾아 읽고, 자신의 생각이나 느낌을 글로 쓴다.
- 문학사적 가치가 시대나 사회에 따라 다르게 평가된 작품을 찾아 읽고 그 이유를 말해 본다.
- 고전으로 인정받는 작품을 찾아 읽고 그 작품이 오래 사랑받아 온 이유에 대해 말해 본다.

심 화 오늘날의 문학의 흐름에 주체적으로 참여한다.

상세화
- 대중 문학에 대해 주체적으로 수용하고 평가할 수 있다.
- 과거의 문학과 현재의 문학을 비교하여 설명해 본다.
- 과거의 문학 작품을 현재의 관점에서 재평가하는 글을 쓴다.
- 현재의 문학 가운데 후대에도 문학적 가치가 인정될 만한 것을 지적해 보고 그 이유에 대해 설명해 본다.

⑥ [태도] 문학 작품을 즐겨 읽고 국어 문화 창조에 이바지하려는 태도를 지닌다.

기 본 문학 작품을 즐겨 읽고 국어 문화 현상에 관심을 갖는 태도를 지닌다.

상세화 • 문학에 흥미를 가지고 스스로 작품을 찾아 즐겨 읽는 습관을 지
  닌다.
• 작품을 읽고 그 느낌을 적극적으로 글로 표현하려는 태도를 지
  닌다.
• 가치있는 작품이나 영상 자료 등을 가려서 선택하는 태도를 지
  닌다.
• 작품의 역사적 사회적 문화적 상황에 나타난 그 시대의 가치를
  이해하려는 태도를 지닌다.
• 한국 문학의 발전에 기여하려는 태도를 지닌다.
• 자신이 좋아하는 문학 작품을 암송하거나 친구에게 권한다.

심 화 문학적 취미를 심화 확대하려는 태도를 지닌다.
상세화 • 작품 세계를 비판적 창조적으로 수용하려는 태도를 지닌다.
• 작품에 대한 다양한 견해들을 접하면서 작품의 의미를 재음미하
  는 태도를 지닌다.
• 작품의 가치에 대한 자신의 견해를 글로 표현하려는 태도를 지
  닌다.
• 여러 작품을 두루 읽고 자신만의 추천 도서 목록을 만들어 본다.
• 다양한 문화에 관한 감상을 글로 표현하는 습관을 기른다.
• 자신이 작가가 되어 작품을 써 본다.

4. 문학교육과정의 다원화

위의 목록은 소통이론의 문학교육적 의미를 총론격의 의의에 해당하는
목표로부터 작가, 작품, 독자, 사회 문화적 맥락(문학사), 그리고 학습자의
태도 층위로 구분하여 진술한 것이다.

그러나 이것은 단순한 목표 상세화가 아니라 내용으로서의 교과(지식)를
함께 고려하여 나름대로 통합을 시도한 것이란 점에 주목을 요하고자 한
다. 더 정확하게 말한다면 내용을 우선으로 하여 목표를 상정한 것이라
함이 옳을 것이다. 앞서, 이 모델이 전 학년을 포괄하는 기준이 되고 중심

화의 논리를 차지한다고 하면서 이 목표가 학교급 별에 관계없이 모든 학생들이 동일하게 도달해야 할 목표라 하였을 때, 그리하여 이에 대한 학년별 위계화 문제를 고려의 대상에서 일단 제외한다 하였을 때, 그러한 의도는 이미 어느 정도 노출된 것이기도 하다.

두루 아는 바와 같이, 타일러 이후의 교육과정 연구들은 내용으로서의 교과(지식)를 그 구성 요소들로 분석하는 연구 영역과 그러한 내용을 습득한 결과로서의 행동을 세분화하는 연구 영역으로 진행되었거니와, 그러나 실제로 강조된 것은 후자라고 봄이 일반적이다. 그리하여 목표 중심 모형의 관심은 거의 온통 행동의 분류 문제에 쏠려 있다. 분명히 이러한 접근 방식은 교육과정을 객관적인 이해와 측정이 가능하도록 체계화한다는 데 있어서는 어떠한 방식보다도 유용하나, 이는 또 다른 면에서 교육을 지나치게 결과 위주 혹은 효과 위주의 문제로 치환해 버리고 말았다는 비난을 받게 된다. 더구나 문학의 경우는 목표와 요소를 세분화하는 것 자체가 문학의 본성과는 위배되는 측면이 있어 오히려 탈목표지향의 평가가 참평가에 해당하는 것 아니냐는 견해가 제출되기도 하는 것이다.

하지만 그렇다고 해서 이것이 곧장 브루너의 일방적 승리를 의미하느냐면 그렇지는 않다. 물론 내용은 목표의 진술에 포함되는 하나의 요소가 아니라 교육의 전반적인 성격을 결정하는 데 있어 도저히 간과할 수 없는 핵심적 요건이라고 브루너가 주장할 때, 혹은 그가 제시하는 교육 내용이란 것이 발달 단계 여하를 막론하고 동일한 것이란 점에서는 앞서 제시한 모델과 일맥상통하는 것이 사실이다. 심지어 비평가의 사고방식과 앞의 모델에서 학습자에게 요구하는 방식이 유사해 보이는 것도 사실이다. 그러나 우리의 모델은 브루너가 기대한 바 지식의 최전선에서 활동하는 학자들의 학문적 사고방식과는 거리가 멀고, 따라서 핵심적 원리를 찾아가는 소크라테스의 산파술식 탐구 내지 발견학습과도 거리가 멀며, 나선형 교육과정과도 일치하지 않는다. 목표 중심 모형이 지식의 성격에 관한 환원주의적 접근 방식이라면, 브루너식의 내용 중심 모형은 전체주의적 접근, 즉 교육내용은 그 구성요소들로 환원될 수 없는, 그 자체로서 의미가 있는 온전한 지식으로 규정될 따름이다. 그래서 이는 곧잘 객관주의적 진리관에 기초한 소박한 가정이라 비판당하게 되는 것이다. 그러나 이에 비해 소통이론의 핵심은 객관주의적 진리관과 대척되는 자리에 서 있다. 뿐만 아니라, 각 교과, 특히 문학 교과에서 가르쳐야 할 핵심적인 아이디어로 학문계가 동의할 수 있는 것은 그리 많지 않을 것이다.

따라서 우리가 소통이론을 핵심적 아이디어로 삼기는 하였으되, 그 아이디어의 성격 자체가 개방성을 생명으로 삼는다는 점에서 이 모델이 브루너식의 내용 중심 상세화라 볼 수는 없게 된다. 또한 교육 내용 가운데 어떤 주제를 어느 수준에 배정할 것인가 하는 문제에 대한 관심을 배제하는 것은 결코 아니라는 점에서 목표 중심 모형과 무관한 것도 아니다.

우리에게 중요한 것은 이러한 소통 이론의 의미를 학생들로 하여금 이해하게 하는 데 그치는 것이 아니라 실천하게 하는 데에 있다. 즉 기존의 교육이 텍스트의 의미에 대한 학문계의 확정된 지식을 수용하도록 하는 데 일차적인 관심이 모아졌다면, 소통이론이 도입되는 문학교육은 그 같은 배움을 거부한다기보다는 그 같은 배움에서 다시 빠져나와 스스로 새로운 의미를 탐구하고 발견할 수 있도록 하는 능력을 제공하는 데 관심이 주어져야 하는 것이다. 즉 그것은 완성된 지식을 배열하는 것도 아니며 기지의 사실이나 원리를 찾아가는 것도 아니다.

무릇 교육에서 말하는 성장 혹은 진보는 양적인 면에서의 누적적인 변화가 아니라 질적인 면에서의 비약적 변화를 의미한다. 그렇다면 어떤 지식 내용을 논리적 단선적으로 위계화하는 형태가 되어서는 곤란하다. 그보다는 오히려 내용간에 체계적인 이질성이 명확히 드러나도록 비연속적 모순적 위계가 확립되어야 할 것이다.[19] 한 연구는 경험의 재구성 과정을 반영하는 일련의 활동으로 조직되는 교육과정을 의미한다는 점에서 이러한 유형을 '활동 중심 모형'이라 부른 바 있다.[20] 그에 따르면, 교육과정의 종적 구성원리는 각 성장 단계 사이의 체험적 단층과 상응하는 형태의 '모순의 계열화'로 나타낼 수 있다. 교육과정을 상세화함에 있어서도 매

---

19) 이러한 관점은 다음을 참고 바람. 장상호, 「교육학 탐구 영역의 재개념화」, 『교육학연구』 91-2, 서울대교육연구소, 1991.
20) 허경철 외, 앞의 책, pp. 30-40.

단계마다 다음 단계로 나아가기 위한 자기 쇄신 활동을 중점적으로 배열하는 방식을 취한다. 새삼 말할 것도 없이, 가르친다는 것은 답을 주는 것이 아니라 답에 이르는 활동을 주는 것이어야 하며, 이는 특히 자기 자신의 답을 찾아 나서야 하는 문학의 경우 대단히 강조되어야 옳다.

그것이 어떻게 가능할 것인가? 어떻게 활동 중심의 교육과정을 구성할 것이며, 소통이론과 수준별 교육과정을 만족시키면서 평가를 가능케 할 것인가? 한 가지 다행스러운 사실은 소통이론과 수행평가, 그리고 활동 과정 중심의 교육과정은 매우 친화적인 관계에 있다는 점이다. 아울러 수준별 교육과정의 의미를 문학 영역의 특성에 걸맞게 조작적으로 재정의하고 재개념화할 수 있다면, 그 길이 그리 멀어 보이지는 않는다. 다만 본고가 제시한 모델이 국민 공통 기본 교육과정 취지를 만족할 수준의 10년간 계열화와 위계화 층위까지는 다루지 못했다는 점에서 한계가 지적될 수 있을 것이다.

끝으로 한 가지 제안을 하고자 한다. 거듭 밝히거니와, 본 연구는 7차 교육과정 총론이 요구하는 수준별 교육과정 정신과 수행 평가 도입 취지를 승인함과 동시에 교과 내적 측면에서는 문학 영역이 지향하는 소통이론 도입의 정신에 입각하여 그 상세화 모델을 구안해 본 것이다. 아마도 그간의 경험칙으로 미루어 보건대, 7차 이후의 교육과정에서는 또 다른 이론과 패러다임의 도입이 요구될 것이다. 문제는 그 의견 수렴 과정에 있다. 교과 내적인 측면과 외적인 측면 모두, 그 과정에서 교과교육학계를 포함한 교육계의 의견이 정당히 수렴될 수 있는 통로를 확보해야만 할 것이다. 그러나 이와 더불어, 교과교육학계 측에서도 총론의 요구에 늘 불만의 소리만 내기보다는 온전하게 수용한 교과 내적 요구들의 구체적 표현들을 미리 갖추어 두는 것이 필요할 것이다. 즉 다양한 문학교육과정의 설계가 교과 내에서 먼저 마련되고, 그 다양한 모델들 가운데 당해 교육과정 총론의 요구에 가장 부합할 수 있는 것이 선정될 수 있어야 한다는 것이다. 본 연구는 그런 노력의 일환으로 이해되는 데에서 의의를 구하고자 한다.

제2장 문학교수학습의 원리

1. 문학교육의 패러다임

교육에서 새롭다는 것은 무엇인가? 단순한 방법이나 기교의 차원이 아니라 방향과 지표를 문제 삼는 것이라면, 새롭다는 것은 새로운 패러다임의 도입과 관련이 깊을 것이다. 주지하듯, 패러다임이란 토마스 쿤의 과학철학에서 비롯한다. 하지만 쿤은 패러다임 사이의 불연속과 단절만을 강조한다. 물론 진리는 언제나 다시 교정되지만, 교정된다고 해서 지난 패러다임의 그것이 완전히 무용하게 되는 것은 아니다. 그것은 더 큰 체계 속에 새롭게 흡수되는 것이다. 그 같은 의미에서, 비연속적 과학사 인식의 비조(鼻祖)라 불리는 바슐라르는 이러한 과정을 발전(dévelopement)이라고 부르지 않고 감싸기(envéloppement)라고 불렀던 것이다. 쿤의 이론에는 단절만 있을 뿐, 새로운 정신으로의 비약을 가능케 하는 원동력으로서의 힘이 상정되어 있지 않은 것이다.[1]

교육의 국면에서도 사정은 다르지 않다. 패러다임 사이의 불연속상과 단절상을 보지 못하거나 혹은 은폐하여 연속성을 강조하는 것, 또는 그것을 인정한다 하더라도 제반 현실적 사유를 들어 연속의 불가피함을 주장하는 것은 옳지 못하다. 그것은 항상 패러다임의 변화에 부응하기보다는

---

1) 김현, 「행복의 시학」, 곽광수·김현, 『바슐라르 연구』, 민음사, 1978, pp. 132-135.

기존 패러다임에 새로운 패러다임을 단순 부가하는 형태로 끝나기 십상이었다. 반면에 교육에 관한 다양한 패러다임들 가운데, 어느 패러다임이 바람직한가, 혹은 어느 패러다임이 시대적 정합성을 갖는가 하는 질문은 해답을 구하기가 쉽지 않다. 그렇다면 그 해답을 찾는 노력 이상으로 교육이 해야 할 일은 어느 특정한 패러다임에 적합한—그 결과 다른 패러다임에서는 교정되어야 할— 학습자를 길러내는 일이 아니라, 패러다임의 변화와 비약을 가져다주는 그 원동력으로서의 힘을 학습자가 가질 수 있게 하는 일일 것이다.

이 점은 교과의 성격 자체가 다양한 패러다임과 연관을 맺고 있는 문학교과와 같은 경우 더욱 강조되어야 할 필요가 있다. 그렇다고 해서 항존주의 교육 철학을 말하는 것은 아니다. 우리가 학생들에게 요구하고 기대하는 것은, 어느 특정한 패러다임에 적합한 학습자상이 아니라, 패러다임의 변화와 비약을 가져다주는 그 원동력으로서의 힘을 갖게 하는 것이다.

따라서 이제는 패러다임들의 모순과 갈등들을 없애는 체계화가 아니라 모순과 갈등을 역동적으로 확보하는 체계화가 요구되는 것이다. 이제는 낡아 보이기까지 하는 변증법이라는 용어를 새삼 등장시키는 이유가 여기에 있다. 그러나 바슐라르의 부정의 철학 내에서 전개되는 과학적 변증법이란, 헤겔 철학의 변증법에서처럼 두 사고가 모순을 이루어 그 전개를 하고 나서 새로운 무모순적 체계를 형성하는 정신의 완만성에 의해서가 아니라, 처음부터 갑작스러운 정신의 단절로 이루어진 사고가 그 이전의 사고를 감싸 안는 포용에 의해서 새로운 정신을 형성하는 것을 말한다. 흔히 위기나 혁명이라고 하는 것은 과거의 생각을 완전히 무효화시키지만, 새로운 정신은 과거의 것을 하나의 인식론적 방해물로 생각하면서 그것을 폭넓게 감싼다. 그것을 또 새로운 정신이 감싸게 될 것이다. 바슐라르가 계속적인 끼워 맞추기(les emboîtments succesifs)라고 부르는 것이 바로 그것이다.

과학적 변증법이란 한 사고와 그와 다른 사고와의 모순을 모순(contradictoire)으로 보지 않으며, 다만 사고가 대조(opposé)되는 것으로 본다. 예를 들어 아인슈타인의 역학은 뉴턴의 역학과 모순을 이루는 것이 아니라 다만 대조를 이룬다. 그런데 이러한 대조는 곧 하나의 사고(아인슈타인적 역학)가 그와 다른 사고(뉴턴적 역학)를 포섭함으로써 범 과학에 이르게 한다. 그러면서도 여기에 포섭된 사고는 포섭한 사고의 일부분에서만 (혹은 일부분에서는) 그 가치를 유지하게 된다.[2]

　이 같은 사고가 바로 문학교육의 패러다임 변환기에 처해 우리가 선택할 수 있는 길이라고 판단한다. 과거의 인문학적 유산과 현재의 포스트모던한 문화 사이에서, 근대적 문학교육의 기획도 미완의 상태에 머물고 있는 상황과 당대적 문화 능력의 함양이 시급하게 요구되는 상황 사이에서 우리가 선택할 수 있는 길이란, 모순과 갈등을 감싸 안는 체계화라는 것이다.

2. 풍부성과 함축성의 원리

(1) 학습자 중심의 문학교육

　실체 중심 문학관에 근거한 문학교육은 문학을 특수한 대상으로 한정하게 할 우려가 있고, 속성 중심 문학관에 근거한 문학교육은 문학의 속성을 문학에 자재하는 특징인 것으로 보게 만드는 약점이 있다. 브루너 식으로 표현한다면, 이는 모두 문학 교과(또는 문학 교과의 언어)를 가르치지 않고 문학 교과의 중간 언어(middle language)를 가르치는 셈이 된다.

　문학 교과의 언어를 가르쳐야 한다는 것은 문학을 화제(topic)로 보는 것이 아니라 하나의 사고방식(mode of thought)으로 본다. 문학이란 것은 우리가 그것에 '관하여 알아야 할(know about)' 그 무엇이 아니라, '할 줄 알아야 할(know how to)' 그 무엇이다. 문학이란 '책에서 베껴낼 수 있는 사실의 더미'가 아니라 '지식을 처치할 수 있는 장치'이다. 문학을 배우는 학생은

---

2) 김용선, 「바슐라르에 대하여」, 가스통 바슐라르(김용선 역), 『부정의 철학』, 인간사랑, 1993, p. 166.

문학의 '관찰자'가 아니라 '참여자'이어야 한다. 우리는 문학에 '관하여 가르칠(teach about literature)' 것이 아니라, '문학을 가르쳐야(teach literature)' 하며, 문학을 '하도록' 가르쳐야 한다. 만약 문학의 일반적 개념과 원리를 '중간 언어'로써 가르친다고 하면 그것은 사실상 단편적인 사실과 전혀 다름없이 '이해'되지도 않거니와 학습 사태 이외에 '적용'되기를 기대하기는 더욱 불가능할 것이다.[3]

문학교육은 문학의 중간 언어를 가르치는 것이 아니라 문학이라는 언어 활동과 일상의 언어 활동 사이의 긴밀한 주고받음에 주목하여 학습자가 주체적·능동적으로 학습하고 탐구할 수 있는 사태를 도모하는 것이어야 옳다. 이를 통해 학생들은 문학을 이해하고, 문학을 적용할 줄 아는, 곧 문학을 할 줄 알게 되는 참여자가 되는 것이다. 이는 필연적으로 활동 중심의 문학교육을 요구하게 되는 것이며, 활동 중심의 문학교육은 결국 학습자 중심의 문학교육이 될 수밖에 없는 것이다.

(2) 목표와 내용의 유연한 결합

현실적으로 볼 때, 여전히 선호되고 있는 교육과정은 목표 중심 접근 방식이다. 두루 아는 바와 같이, 타일러 이후의 교육 과정 연구들은 내용으로서의 교과(지식)를 그 구성 요소들로 분석하는 연구 영역과 그러한 내용을 습득한 결과로서의 행동을 세분화하는 연구 영역으로 진행되었거니와, 그러나 실제로 강조된 것은 후자라고 봄이 일반적이다. 그리하여 목표 중심 모형의 관심은 거의 온통 행동의 분류 문제에 쏠려 있다.

하지만 목표 중심 모형에서 말하는 '행동'은 평가될 때 나타나는 '행동'이며, 그 점에서 그것은 '행동'이라기보다는 '행동의 결과'라고 보아야 한다. 목표 모형에서는 어떤 학생이 '행동의 결과'를 보여주기만 하면 곧 그 학생은 우리가 교육에서 바라는 '행동'을 한 것이라고 가정하고 있지만

---

3) 브루너는 '물리학'을 예로 들었다. 이 부분은 이홍우의 글(『교육과정탐구』, 박영사, 1987, p. 69)에서 '물리학'을 '문학'으로 대체하여 본 것이다.

이 가정이 그릇된 것이라는 점은 경험적으로 쉽게 확인할 수 있다. 우리가 교육에서 관심을 가지는 것은 '행동', 곧 '활동'이지 행동(활동)의 결과가 아니다. 더구나 문학의 경우는 목표와 요소를 세분화하는 것 자체가 문학의 본성과는 위배되는 측면이 있어 오히려 탈목표지향의 평가가 참평가에 해당하는 것 아니냐는 견해가 제출되기도 하는 것이다.

이에 반해 내용 중심 모형은 교과 교육을 방법학 정도로만 이해하는 데 대해 효과적인 비판이 될 수 있다. 하지만, 비록 내용은 목표의 진술에 포함되는 하나의 요소에 지나지 않는 것이 아니라 교육의 전반적인 성격을 결정하는 데 있어 핵심적인 요건이라고 하더라도, 그로 인해 교과 교육의 내용을 이른바 기초 학문의 지식과 동일시하게 된다면 이 또한 바람직한 모습이라 할 수는 없을 것이다.

물론 브루너의 말처럼 문학교육의 경우에서도 일반적으로 학습자에게 요구하는 사고방식과 전문비평가의 사고방식이 유사해 보이는 것도 사실이다. 그러나 그 같은 모델을 적용 또는 잘못 적용한 우리 교육 현실 속의 학습자상은 브루너가 기대한 바처럼 지식의 최전선에서 활동하는 학자들의 학문적 사고방식과는 거리가 멀고, 따라서 핵심적 원리를 찾아가는 소크라테스의 산파술식 탐구 내지 발견학습과도 거리가 멀며, 나선형 교육과정과도 일치하지 않는다.

더욱이 오늘날 내용 중심 모형은 객관주의적 진리관에 기초한 소박한 가정이라 비판받고 있다. 내용 중심 모형은 교육에 관한 전체주의적 접근, 즉 교육내용은 그 구성 요소들로 환원될 수 없는, 그 자체로서 의미가 있는 온전한 지식으로 규정될 따름이기 때문이다.

요컨대 문학교육에 있어 분화된 기능 요소에 대한 이해의 총합이 작품에 대한 총체적 이해와 반드시 일치하지는 않는다는 점에서 문학교육에서 목표 중심 모형을 비판하고자 한다면, 그와 반대로 작품에 대한 이해가 객관적으로 존재한다는 입장 또한 문학교육의 입장에서는 받아들이기가 어려운 것이다.

따라서 목표와 내용 혹은 경험의 관계는 유연(有緣)함과 유연(柔軟)함을 동시에 만족시켜 주는 유연성(柔緣性)의 관계로 이해하는 것이 바람직하다.

목표와 내용이 상호 연관되어야 함에 대해서는 말할 필요가 없다. 그러나 목표와 내용의 관계가 경직될수록, 다시 말해 목표에 따라 일사불란하게 상세화된 내용이 전개될수록 오히려 문학 작품을 향유하는 즐거움이 사라지는 경험을 우리는 허다하게 겪어왔다. 특히 정의적 요소에 대한 교육 목표 진술이 모호하고 측정 불가능하다는 이유에서 인지적 요소가 강조되면 될수록 이러한 경향은 커져 갔으며 단위 수업 시간으로 조직되고 운영되는 체제가 강요하는 물리적 압력이 이에 가중되었던 것이다.

비유해서 말하자면, 서울에서 춘천을 자동차로 가는데 반드시 경춘국도만 타야할 필요나 당위성은 없는 편이라는 것이다. 시간과 거리의 물리적 효율성만이 관건이 아니라면, 춘천이라는 동일한 목적지에 도달하면서도 양수리의 경관을 즐길 수도 있는 것이요, 그 체험적 심리적 시간과 공간은 전혀 색다르고 풍부한 내용으로 우리를 이끌기 때문이다.

(3) 동경험 다목표와 다경험 동목표의 원칙

교육 내용으로서의 학습 경험을 선정하는 데에는 반드시 목표와 경험 간의 일대일 대응만 있을 수 있는 것은 아니다. 이른바 동경험 다목표의 원칙에 따르면, 하나의 학습 경험은 하나의 학습 목표만을 달성하는 것이 아니라 여러 가지 학습 목표를 동시에 달성할 수도 있는 것이다. 예를 들어, 농구를 학습시키면 농구에 관한 기능, 민첩한 태도, 협동심, 강인한 의지력, 신체 단련 등과 같은 여러 가지 목표를 동시에 달성할 수가 있다.

인지와 정의, 전이와 도야, 그리고 내면화를 지향하는 문학교육에서 이러한 학습 장면은 더욱 강조될 필요가 있다. 문학을 학습함으로써 문학에 관한 이해와 감상뿐만 아니라 언어 능력, 상상력 등을 키울 수 있고, 역사, 윤리, 정치 및 사회 의식, 생태계에 관한 의식 고양 등 실로 다양한 목표를 달성할 수 있는바, 실제로 상담학을 목적으로 문학 텍스트 경험을 이용해 공감적 이해를 이끌어 내고자 하는 노력까지도 행해지고 있다.[4] 그

---

4) 박성희, 『상담실 밖의 상담 이야기』, 민지사, 1999.

러므로 문학교사는 학습 경험 선정에 있어서 다양한 학습 경험 가운데 그 경험이 어떤 목적들을 달성할 수 있는지 생각해야 할 것이다.

뿐만 아니라 동목표 다경험의 원칙도 가능하다. 이것은 주로, 하나의 목표에 응할 수 있는 학습경험의 범위는 넓고 깊기 때문에 지역사회, 학교의 특성 및 학생의 필요에 따라 교사의 창의적인 선택이 가능하다는 원칙을 가리킨다. 예를 들어 비판정신을 기르기 위하여 학생들에게 제공되어야 할 경험은 허다하다. 이들 경험 중 지역사회에서 손쉽게 구할 수 있고 학생들의 필요나 흥미에 알맞은 경험을 교사가 선정하여 학생들에게 제공하면 되는 것이다. 따라서 같은 목적 달성을 위한 노력도 지역이나 학교나 학급에 따라서 얼마든지 달라질 수 있다.

문학교육의 경우, 이 같은 장면은 문학적 표현에 대한 이해를 키우기 위하여 신문이나 텔레비전, 영화나 광고 등의 체험을 제공해 주는 모습으로 이해됨 직하다. 무엇보다도 이는 수용자의 변인을 풍부히 고려하게 될 것이라는 점에서 문학교육에 효율적으로 기여할 수 있을 것이다. 또한 이른바 열린 교육이라든가 통합교과형 수업이라든가 하는 수업의 개방화 경향에도 부응할 수 있을 것이다.

동경험 다목표의 원칙이든, 동목표 다경험의 원칙이든, 중요한 것은 목표와 경험 간의 관계가 보다 역동적으로 구성되어야 한다는 사실이다. 앞에서도 언급했지만, 이러한 원칙을 반드시 개별 수업 단위 하나하나에 모두 반영할 필요는 없다. 오히려 그보다는 보다 장기적인 계획을 갖고 수업 단위들을 효과적으로 조직하는 것이 필요하다.

특히 개별 수업 단위의 국면에서는 해당 단위에서 가르쳐야 할 것이 무엇인가에 따라 수업의 전략과 모형이 다양하게 나타날 수 있어야 할 것이다. 가령 문학적 지식을 가르치는 것이 주목표가 되는 수업과 문학의 미적 향유를 가지도록 하는 것이 주목표가 되는 수업, 일상 언어나 일상 생활에서 문학적 요소를 발견하도록 하는 수업과 문학의 예술적 특성을 간취하도록 하는 수업, 그리고 문학을 통한 도덕성과 윤리성 개발을 목표로 하는 수업과 문학적 글쓰기를 목표로 하는 수업 등은 각기 그 모습이 달라야 할 것인바, 이를 위해서는 무엇보다도 '가르칠 무엇'에 대한 탐구가 선행되어야 한다. 내용이 방법을 규정하는 관계이어야 하지, 그 역은 곤란하다는 의미에서 그러하다.

(4) 함축적 풍부화의 원리

이상의 진술로부터 문학 교수-학습을 위한 첫째 원리가 도출된다. 교수-학습 활동 및 자료의 풍부성과 함축성이 그것이다. 먼저 풍부화란 문학의 형상성과 경험성에 관련되면서 사고를 세련시키는 방법과 관계되는 설계다. 문학이 구체적인 경험을 드러내는 형상이라는 특성에 주목할 때, 이 본질에 충실하면서 문학적 능력의 향상을 기하기 위해서는 그 다양성에 입각한 유연성을 겨냥해야 한다. 문학의 독서는 물론이요, 문학적인 글쓰기에 이르기까지 구체적인 사안들에 대한 즉각적인 관심을 갖는 민감성, 그리고 문제를 발견하고 질문을 던질 줄 아는 의구성을 습관화하는 것이 중요하다. 이러한 민감성과 의구성은 구체적인 형상인 문학이 지닌 다의성과 애매성에 대한 다각적인 해석과 반응, 그리고 질문을 만들어 내는 유추적 사고로 전개될 것이다.

그러나 다양성이란 이름으로 추구하는 다원주의란 정태적인 것과 거리가 멀다. 오늘날 교재나 제재가 다원론적으로 제법 다양해졌다 하더라도, 그 대부분은 학생들에게 풍부한 선택의 배열을 제시하는 것 이상의 어떤 다양성도 이용하지 못하고 있다. 보다 기능적인 다원주의라면, 그것은 다를 수 있음에 단지 동의하는 것을 의미하는 것이 아니라, 공개적으로 그 상이점을 무대에 올려놓아야 할 것이다.

그러므로 그 풍부함을 구성하는 각각은 함축적이어야 한다. 이때 함축적이라 함은 그 자체가 하나의 이론적 입지를 대표하는 것이어야 한다는 것이며, 따라서 함축적인 풍부함이란 체계의 역동성을 지향하는 개념으로 이해되어야 한다. 또한 함축성이란 용어는 교육과정의 심도, 의미의 층, 다양한 가능성 또는 해석을 말한다. 학생들과 교사들이 변용하고 변용되기 위해서, 교육과정에는 '적당한 정도'의 불확정성, 비정상, 비효율성, 혼돈, 불평형, 낭비, 가공되지 않은 날경험이 포함될 필요가 있다.

물론 '적당한 정도'가 얼마나 되어야 하는지는 사전에 계획할 수 없다. 이것은 학생, 교사, 교과서 간에 계속적으로 타협해야 할 문제이다. 그러나 교란적인 특징을 필요로 하는 교육과정에 대한 문제는 타협되지 않는다. 이러한 특징들은 삶 자체의 여러 가지 문제를 형성하며, 함축적이며, 변용적인 교육과정의 본질이다. 다른 말로 바꾸어 말하면, 교육과정에 고유한 여러 문제틀, 혼란(섭동, perturbation), 가능성은 교육과정에 풍부성 뿐만 아니라 존재 의식, 곧 현존재를 제공한다.[5]

풍부함이란 혼돈을 불러일으키는 풍부함이어야 한다. 따라서 외연적 풍부함보다는 함축적인 풍부함이 요구된다. 함축성을 보지 못하고 외연의 풍부함만을 접하게 될 때, 그 같은 풍부한 자료의 섭렵이란 곧잘 사고의 다양성과 그로 인한 역동적 사유를 이끌기보다는 아무런 이론(異論)도 없는, 그런고로 아무런 갈등도 없는 사고의 집합더미에 도달하기 때문이다.

예를 들어 수업의 주제가 문학을 통한 세계관 인식에 있다면 우리는 동일한 주제를 서로 다른 세계관에 따라 형상화하고 있는 텍스트를 의도적으로 배열하는 것에서 수업을 시작할 수가 있다. 장르나 형식에 관심이 있다면 동일하거나 유사한 주제를 서로 다른 장르, 서로 다른 형상화 방식으로 드러낸 텍스트들을 비교하게 할 수 있다. 또한 동일한 텍스트에 대한 다양한 이해와 감상이 경쟁을 벌이는 수업도 필요하다. 뿐만 아니라 이러한 과정 속에서 일상어, 광고, 만화, 영화 등도 동원될 수 있다. 즉 문학적 텍스트만이 아니라 이러한 텍스트들도 적극적으로 포함시킴으로써 일차적 텍스트의 풍부함이 마련되어야 하고, 아울러 다양한 해석과 비평 등 이차적 텍스트도 풍부히 마련된 다음, 그 풍부하고 다양한 자료들 가운데 각 수업의 주제에 적합한 함축성이 있다고 판단되는 것들을 효과적으로 배열하여야 하는 것이다.

---

5) William E. Doll, Jr(김복영 역), 『교육과정과 포스트모더니즘의 시각』, 교육과학사, 1997, p. 295. 이 책의 저자는 포스트모더니즘을 탈근대의 개념보다는 후기근대의 개념으로 사용하고 있는데, 여기서 그는 교육학의 4가지 메트릭스로 4R, 즉 Richness(함축), Recursion(회귀), Relation(관계), Rigor(엄격)을 들고 있는바, 본고의 주된 아이디어의 한 축은 이 개념에 힘입고 있다.

거듭 말해 풍부함이란 양적인 문제만은 아니다. 백 편의 시를 늘어놓아도 그것들이 모두 순수 서정시 범주에만 속하는 것이라면, 그것은 풍부성이라는 이름에 값하지 못한다. 하지만 가령 임화의 <우리 옵바와 화로>와 같은 작품은 그러한 경향과는 다른 하나의 이론을 함축하고 있는 셈이다. 그리하여 이런 작품들끼리 경쟁과 갈등을 벌일 때를 가리켜 함축적 풍부화라 일컬을 수 있을 것이다. 물론 이 작품을 단지 순수시 대 목적시, 혹은 부르주아 시 대 프롤레타리아 시의 갈등 관계로만 활용할 수 있는 것은 아니다. 목적시란 점에서는 마찬가지이지만 윤동주나 이육사 등의 민족시와는 어떻게 다른지, 또는 프롤레타리아 시란 점에서는 마찬가지이지만 이른바 뼈다귀 시와는 어떻게 다른지 등의 문제와 만나게 될 때 함축적 풍부성의 의미는 확장될 수 있다. 뿐만 아니라 별다른 비유나 이미지도 발견되지 않는 이 시를 통해 우리는 시적 감동의 원천이 과연 비유와 이미지, 그리고 상징 등에서만 발견될 수 있는지 질문할 수도 있고, 시의 형식이란 얼마나 다양할 수 있는지를 보여 줄 수도 있으며, 편지나 일기문과 비교해 볼 때 시적 고백의 의미란 어떻게 받아들여지는지에 대해서도 되새겨 보게 할 수 있다. 이러한 과정을 통해 학생들의 문학적 사고는 풍부해지고 역동적으로 되어간다.

3. 연계성과 회귀성의 원리

(1) 체계화와 탈체계화

풍부화와 함축성의 원리 역시 기본적으로는 의도되고 계획된 체계 속에서 발현되어야 함은 물론이다. 그러나 이 경우 역시 체계 자체가 또 하나의 구속이 되어서는 안 된다. 위계화와 함께 회귀화의 원리를 재개념화해야 할 필요성이 이와 연관된다. 하나하나를 단계에 따라 섭렵해 나아가는 것만으로 궁극적인 지식과 능력을 함양하리라 기대하는 것은 그 자체만으로 안전하지 못하다. 문학의 다양성은 곧잘 그러한 위계를 거부하는 속성이 있기 때문이다. 즉 학습자의 발달을 고려한 위계화가 한편으로는 하나의 구속으로 작동할 수도 있다는 것이다.

가령 김소월의 시를 먼저 공부하고, 김수영의 시를 다음에 배우는 것이 일반적 통념이고 위계상으로도 적절하다 하더라도, 이것이 곧 김소월보다는 김수영이 높은 위계에 속한다는 지식을 함축하게 되어서는 곤란하다는 말이다. 오히려 김수영을 읽고 나서 김소월을 다시 만나면 새로운 의미로 다가오는 경험을 가지게 될 수도 있기 때문이다. 회귀의 원리를 중시하는, 이른바 나선형 교육과정의 의미가 새삼 재해석되고 충실히 실천되어야 할 필요성이 여기에 있다. 때로는 비체계적 느슨함이 체계 자체에 충실한 것보다 문학교육에 더 유익할 경우도 있다.

우선, 체계화는 발견학습 또는 탐구학습의 그것처럼 일반화하고 범주화하는 상위인지적 활동을 통해서 가능할 것이다. 동화에 나오는 인물간의 공통점과 차이점을 생각해 보는 노력에서부터 시작하여 문학적 경험을 통해 얻은 것을 구조화하고 짜임새를 갖추는 정교성, 그리고 이를 개념화하고 원리를 찾아내는 노력이 필요하다.

그러나 이것은 어디까지나 문학이 탐구의 대상이 될 수 있는 어떤 객관적 원리를 지니고 있다고 가정했을 때 성립한다. 아마도 문학의 항구성을 가리키는 데 동원되는 것이 이에 속할 것이다. 하지만 문학은 그 자체가 논쟁적인 개념이다. 무엇이 좋은 문학이냐 하는 가치 판단에서만이 아니라 무엇이 문학이냐 하는 사실 명제에서부터 하나의 논쟁거리인 것이다.

그럼에도 교육집단들은 확정되지 않은 혹은 확정될 수 없는 것을 가르치는 것은 불가능하며 심지어 비윤리적이라고까지 생각한다. 여기에도 나름대로의 교육적 배려는 읽을 수 있다. 즉 문학이라는 개념이 실제로는 논쟁적인 개념이라는 것을 학생들이 발견하도록 내버려둔다면 학생들은 혼란을 느끼고 어쩌면 타락하게 될지도 모른다는 암묵적인 불안이 깔려 있는 것이다. 그 결과 학생들에게는 문학 교과가 제시하는 지식과 문화유산의 실체가 사실은 항상 논쟁의 대상이 되어 왔고 지금도 그럴 수 있다는 가능성을 노출시킨다는 것은 윤리의 위기를 가져올 것처럼 여겨지기도 한다.

그러나 확정된 지식만을 전수해야 한다는 그 같은 배려는 한편으로 지식의 생산성을 억압하는 결과가 된다. 우리가 길러 주어야 할 것은 능력이다. 실제로 문학을 대상으로 하는 학자들과 비평가들이야말로 이론(異論)의 생산에 진력하는 자들이다. 모든 학문이 그러하겠지만 문학의 경우 이 같은 사정은 문학이라는 텍스트의 성격으로 인해 증폭된다. 문학의 역사가 오독의 역사라는 것은 전혀 과장된 주장이 아니다. 그런데 앞에서 우리는 문학의 중간 언어가 아니라 문학 교과의 언어를 가르쳐야 한다고 하였거니와 우리가 실패하고 있는 것은 문학 교과의 언어, 곧 문학의 핵심적 아이디어에 관해 합의를 거두는 데 실패하였기 때문이 아니라 그보다는 오히려 합의할 수 없는 것이 문학 교과의 언어의 특성임에 합의하는 데 실패하였기 때문인 것으로 보인다.

문학 교과에 관한 통제의 척도를 얻고자 한다면 문학을 가장 잘 설명하는 방법에 관한 어떤 합의가 나타나기를 기다리기보다는 합의가 있건 없건 간에 그 문제가 공개적으로 야기될 수 있는 분야, 즉 교육이라는 주제면으로 그 문제 자체에 관한 다양한 관점들을 설정하고자 노력하는 편이 더 나으리라 여겨진다. 지금보다 더 문학을 효과적으로 가르치기 위해 우리가 새로운 정전 대 과거의 정전이라는 문제에 관해 반드시 의견의 일치를 볼 필요는 없다. 교육적·문화적으로 생산적인 것이 되기 위해서라 하여 제도적인 정체성 위기가 반드시 치유되어야 할 필요는 없는 것이다. 오히려 불일치의 드러냄이야말로 문학 교과의 언어적 특성에 충실한 교육이 될 것이기 때문이다. 따라서 이 새로운 프로그램은 문제를 감추거나 문제를 해결해 주기 위해서가 아니라 오히려 문제를 개발하는 것을 지향하고 그에 걸맞게 고안되어야 한다. 체계화와 더불어 탈체계화가 필요한 이유가 여기에 있다.

(2) 연계성과 위계화

체계화와 관련하여 중요하게 떠오르는 것이 바로 종적 연계와 관련한 의미에서의 위계성이다. 위계성이란, 학습 과제의 내용이나 행동적 특성을 세부적으로 분석했을 때, 어떤 특정 내용 요소나 행동적 특성을 학습하기 위해서는 반드시 다른 내용요소나 행동적 특성을 선행해서 학습해야 하는 것과 같은 내용 요소 간의 상호관계를 의미한다. 그래서 위계성을 내용적 체계에 따라 설명하는 사람이 있는가 하면 학습을 위해 요구되는 행동적 특성에 따라 설명하는 사람도 있다. 그 어느 면이든 위계성에 대한 고려를 통해 목표의 위계화가 마련된다.

이때 목표의 위계화란, 한 학습과제의 수업을 통해 학생이 성취해야 할 많은 구체적 수업 목표 간의 계열적 순서를 가리킨다. 여러 가지 수업 목표 중 어떤 한 목표를 성취하기 위해서는 꼭 선행해서 학습해야 할 목표가 있다면 그것은 하위적 목표가 되고 처음 목표는 상위 목표가 된다. 이러한 방식으로 수업 목표 간의 위계적 관계를 찾는 것이 바로 목표의 위계화이다. 따라서 교육과정을 구성하는 데 가장 큰 원칙 가운데 하나가 바로 이 위계화의 원리라 할 수 있다.

교재 구성도 이에 따라 행해지게 마련이다. 그런데 흔히 작품의 선정과 배열은 국가 수준의 교육과정에 따라 만들어진 교과서를 통해 일방적으로 주어지는 것처럼 받아들여지는 경향이 있다. 그러나 원칙대로 말하면 교과서도 교재 가운데 하나에 지나지 않는다. 만일 현실적 이유를 들어 교과서 위주의 수업을 할 수밖에 없다 하더라도 교사는 보조 교재를 제공해 줄 의무가 있다. 특히 상호 텍스트 능력의 중요성을 인정한다면 이 점은 더욱 강조되어야 할 필요가 있다. 물론 이에 대해서도 물리적으로 한정될 수밖에 없는 수업 시간 사정을 이유로 들어 곧잘 난색을 표하기도 한다. 그러나 수업 시간이 부족한 것은 수업 시간을 오로지 문학 작품에 대한 빽빽한 주해를 제공하는 데에 바치기 때문이다. 이러한 관습으로부터 벗어날 수만 있다면 훨씬 더 유의미한 문학 수업을 학생들에게 제공해 줄 수 있을 것이다.

이러한 임무가 교사에게 주어져야 하는 또 하나의 중요한 이유는 공교육의 원칙상 학생의 개별적 특성보다는 보편적 특성에 기초하여 교과서 내 작품의 선정과 배열이 이루어지기 때문에 지역 사회나 학교 구성원의 특성이 충실히 고려되기 힘들다는 점에 있다. 즉 교과서의 작품을 이해하고 감상하는 것이 학생들이 도달해야 할 보편적 목표라면 그 목표를 달성하기 위해 교사는 해당 학생들에게 적합한 작품을 제공해 주어야 하는 것이다.

이러한 위계화의 측면에서 교사는 교과서에 실린 작품보다 더 쉽고 친숙한 작품을 먼저 제공해 주거나, 교과서에 실린 작품보다 더 높은 위계에 해당하는 작품을 나중에 제공해 줄 수도 있고, 과제 부여를 통해 수업 이전이나 수업 이후의 학생 스스로의 활동으로 이 문제를 해결할 수도 있다. 여기서 주의해야 할 것은 문학 교재 내 작품의 위계화는 절대적 우열의 관계라기보다는 상대적인 선후 관계 개념으로 이해되어야 한다는 것이다. 문학 교재의 위계화가 곧 작품의 위계화를 말하는 것은 아니기 때문이다.

아울러 비록 목표의 위계화 문제가 주로 지적 기능 학습에 관련되는 것으로 알려져 있다 하더라도, 이때의 인지적 능력을 인지 기능의 차원 그 자체로 협애화하는 것은 바람직하지 않다. 잘 아는 바대로, 콜버그는 인지 발달적 접근을 통해 도덕성의 발달을 설명하고 있다. 피아제가 인지 발달 단계를 절대적 연령으로 구분한 데 비해 그는 절대적 연령과 무관하게 단계적 발달론을 제시하고 있거니와, 이러한 그의 견해는 문학 수업의 국면에도 원용이 가능할 것이다. 즉 그에 의하면 인간의 도덕성 발달은 '인습 이전의 수준(pre-conventional level)'과 '인습의 수준(conventional level)', 그리고 '인습 이후의 수준(post-conventional level)'으로 나누어지고 각 수준을 모두 두 개의 단계로 구분될 수 있는데, 이는 문학 작품의 주제나 교훈, 또는 도덕 및 윤리성과 관련하여 그대로 원용해 볼 수도 있고, 나아가 그 '인습'이란 말의 뜻을 '문학적 인습'으로 재개념화하여 사용해 본다면, 그것은 곧 문학적 능력의 발달 단계에 가깝게 될 수 있을 것이다. 즉 문학적 관습 이전의 수준에서 문학적 관습의 수준을 거쳐 문학적 관습 이후의 수준으로 나아가는 것이야말로 문학교육의 이상에 해당한다고 할 수 있다.

그런데 이처럼 위계화의 문제는 교육과정이나 교재 구성과 같은 거시적인 안목에서나 문제되는 것이지 개별 수업 단위와는 무관한 것처럼 여겨지곤 한다. 하지만 위에서 밝힌 위계화라는 용어의 정의대로라면, 즉 어떤 한 수업 목표를 성취하기 위해 반드시 선행 학습되어야 할 목표가 있어 그 목표 간의 위계적 관계를 찾는 것이 위계화의 원리라면, 개별 수업 단위에도 수업 과정 그 자체에 위계화의 원리가 작동되어야 한다고 봄이 옳다. 즉 한 단위의 수업에서도 교사는 수업 시간의 선조적 진행 과정에 있어 대상 작품이나 자식 및 학생의 활동을 위계화의 원리에 따라 배열하여야 하는 것이다.

이와 같은 방식으로 위계성의 문제를 인식한다면, 교사는 개별 수업 단위에서, 그리고 수업과 수업의 연계적 측면에서 이에 관한 섬세하고 다양한 고려를 하여 수업 계획을 짜야 할 것이다.6)

(3) 위계화의 방향과 원리

그 위계화의 방향으로 먼저 주제론적 위계화를 들 수가 있다. 앞에서 콜버그의 견해를 보인 바 있거니와, 수업 시간에 다루고자 하는 작품 그 자체보다 그 작품을 통한 주제적 이해와 그 내면화에 수업 목표를 둘 경우, 교사는 동일하거나 유사한 주제를 다루는 작품들을 수업 과정에 적절하게 배열할 수 있다. 특히 문학 작품은 도덕적 인습이라는 문제와 기묘한 관계를 이룬다. 즉 문학 작품은 기존의 도덕을 강화하는 데 기여하기도 하고 반발하기도 하는 것이다. 이 가운데 어느 것이 선행되어야 하는지는 수업 목표와 제재의 성격에 따라 교육적으로 판단되어야 한다.

다음으로 해석론적 위계화를 들 수 있다. 동일한 작품도 여러 가지 의미로 해석될 수 있다. 따라서 문학 작품에 대한 어느 하나의 해석만을 선정하여 가르치는 것이 아니라 다양한 편차를 보이는 여러 해석들을 그 해석의 수용도에 따라 선정 배열하는 것이 필요하다. 이때 중요한 것은 그 여러 해석들을 제공하는 교육적 배려가 오히려 학생들이 암기해야 할 지식의 증가로 작동되지 않도록 유의하는 것이다.

---

6) 이하 위계화에 관해서는 김중신, 『소설감상방법론연구』, 서울대출판부, 1995, pp. 236-257 참조.

끝으로 활동의 위계화를 들 수 있다. 즉 작품에 대한 학생들의 활동 간에 위계성을 고려하는 것이다. 일반적으로 문학 수업은 이해와 감상으로 이루어지고 그 두 활동 간의 관계도 고정된 위계적 관계로 받아들이고 있지만, 활동 중심의 측면에서 볼 때는 반드시 그렇지도 않다. 때로는 감상부터 한 후 분석적 이해로 들어갈 수도 있어야 하기 때문이다. 한편 이른바 동기 유발 단계라 해서 무조건 쉽고 친숙한 활동부터 시작하는 것도 그릇된 고정관념이다. 동기 유발 단계에서 지적 충격과 혼란과 갈등을 경험하게 하는 것도 매우 유의미하기 때문이다. 가령 문학성을 인식시키기 위해 일상 언어의 문학적 용법에서 시작하는 것만이 유일한 길은 아니다. 수업의 목표에 따라서는 문학적 언어에서 시작해 일상 언어로 확장되어 귀결되는 위계화도 얼마든지 가능한 것이다.

(4) 회귀성의 방향과 원리

위계화의 원리를 살펴보았지만, 그러나 위계화라는 것이 시간의 순차적 배열에 따라 하나의 학습 내용이 하나의 단계에 고정되어야 함을 의미하는 것은 아니다. 교육과정의 체계화를 위해서는 반복과 발전의 요소가 반드시 고려되어야 하는 것이다. 위계화만이 강조될 때, 곧잘 교육과정은 선조적(線條的)으로만 작동하기 쉽다. 이때 제기되는 것이 바로 회귀성의 문제이다.

회귀(Recursion)란 흔히 수학의 반복적 연산과 관련된다. 반복(iteration) 속에서 공식은 한 방정식의 출력이 다음 방정식을 위한 입력에 의해 계속 실행된다. 가령 $y=3x+1$에서, x가 1이면 y는 4가 되고, 이 y는 다시 다음의 x가 되며, 이 과정은 계속된다. 그러나 회귀는 단순한 반복이 아니다. 회귀에서의 반복 실행은 사고에 관한 사고를 의미하며 이것이 인간의 의식을 성장시킨다. 브루너에 따르면 수많은 교육의 과정은 사람들 자신의 지식을 반성할 수 있음으로써 아는 것과 자기 자신을 어느 정도 멀리할 수 있는 것으로 이루어져 있다.

반복은 규정된 수행을 향상하기 위해 설계되는 모더니즘적 사고방식이다. 반복의 틀은 닫혀 있다. 하지만 회귀는 무언가를 발견적으로 조직, 결합, 질문하는 수행 능력을 개발하는 데 목적이 있다. 회귀의 틀은 열려 있다. 즉 반복과 회귀의 기능적 차이는 반성(reflection)이 각각에서 작용하는 역할에 있다. 반복에서 반성은 부정적 역할을 하며 과정을 중단시킨다. 피칭머신을 이용한 야구연습처럼 반복에는 자동성이 내재하는 것이다. 반면에 회귀에서 반성은 긍정적인 역할을 한다. 이러한 회귀적 반성은 브루너만이 아니라 1차 경험을 반성하는 2차 경험의 중요성을 언급했던 듀이, 실제적 지능을 반성하는 반사적 지능을 주장한 피아제 역시 강조했던 교육의 중요한 과정이다.

회귀를 중시하고 이를 이용하는 교육과정에서는 고정된 시작 또는 끝이 없다. 각각의 끝은 새로운 시작이며 각각의 시작은 이전의 끝에서 나타나기 때문이다. 즉 교육과정의 분절과 부분과 계열을 격리된 단위로 보는 것이 아니라, 반성을 위한 하나의 기회로 간주하는 것이다.

그런 의미에서 회귀 개념을 지적인 일종의 강화 과정으로만 받아들일 필요는 없다. 그것은 기존지(旣存知)의 단순한 반복적 강화가 아니라, 재인(再認)을 위한 자리이다. 그리고 재인이란 이미 반성지(反省知)를 포함하는 개념이며, 따라서 반성을 통하여 기존지는 더욱 강화되고 확장될 수도 있으며, 수정되고 부정될 수도 있는 것이다.

무릇 교육에서 말하는 성장 혹은 진보는 양적인 면에서의 누적적인 변화가 아니라 질적인 면에서의 비약적 변화를 의미한다. 그렇다면 어떤 지식 내용을 논리적 단선적으로 위계화하는 형태가 되어서는 곤란하다. 그보다는 오히려 내용간에 체계적인 이질성이 명확히 드러나도록 비연속적 모순적 위계가 확립되어야 할 것이다. 교육과정의 종적 구성원리는 각 성장 단계 사이의 체험적 단층과 상응하는 형태의 '모순의 계열화'로 나타낼 수 있을 것이다. 이러한 입장에서는 교육과정을 상세화함에 있어서도 매 단계마다 다음 단계로 나아가기 위한 자기 쇄신 활동을 중점적으로 배열하는 방식을 취한다. 새삼 말할 것도 없이, 가르친다는 것은 답을 주는 것이 아니라 답에 이르는 활동을 주는 것이어야 하며, 이는 특히 자기 자신의 답을 찾아 나서야 하는 문학의 경우 대단히 강조되어야 옳기 때문이다.

한 마디로 우리는 위계적으로 가르치되, 선조적이길 거부해야 하는 입장에 있는 셈이다. 발전이 아니라 감싸기가 이루어지는, 단절과 비약을 용허하며 권장하되 지나간 단계를 포섭하는, 그 같은 교육과정을 요구하게 되는 것이다. 그러므로 대화는 회귀의 필수 요소라 할 수 있다. 대화에 의해 형성되는 반성이 없다면 회귀는 변용의 힘이 없는 단지 피상적인 것에 불과해지며 반성적 회귀가 아니라 단지 반복일 따름인 것이다. 따라서 이 문제는 다시 관계성의 원리를 요구하게 마련이다.

4. 창발성과 엄격성의 원리

(1) 이해의 욕망과 자유

문학 텍스트의 '해석' 문제에 대해서 생각해 보자. 오늘날 학생들은 텍스트를 앞에 두고 자신의 이해관계보다는 문학 및 문학교육제도가 요구하는 코드에 스스로를 조정하는 것이 마땅하다고 생각한다. 그러나 이해는 단순한 해독(decoding)이 아니다.

전통적 문학교육에서는 텍스트를 읽고 마치 직관에 의해 그 텍스트에 대한 공통된 해석적 담론을 생산하는 것이 가능하다고 생각해 왔다. 하지만 그 같은 능력은 초심자에게 주어지는 것이 아니라 해석적 관례들을 통달함으로써 비로소 얻어지는 것이고, 결국 이는 아마추어가 아니라 전문가의 경지에 해당하는 것이다. 전통적 문학 교실에서 실제상으로 우리는 오직 배워온 대로 읽을 따름이며, 어떤 것을 찾도록 배우게 되기 전까지 우리는 그것들을 보지 못한다. 따라서 전통적 교실에서는 작가의 권위만큼이나 교사의 권위는 존중된다. 학생들에게 있어 작품 속에 숨겨진 작가의 의도와 의미를 간파하는 것은 곧 교사가 갖고 있으리라 기대되는 정답을 예상하고 그에 반응하는 것과 마찬가지이다. 당연히 수업은 전문가로서의 교사가 그 비전(秘傳)을 밝혀주는 것 이외에 다른 도리가 없다. 이로써 학습자의 활동은 교실로부터 증발되어 사라지고 주체적인 이해 활동은 기대하기 어렵게 된다.

주체란 고정적인 실체가 아니다. 삶이란 타자와의 관계 속에서 형성된다. 달리 말하면 주체는 차연(差延)에 의해서 형성되는 것이고, 이 미끄러짐으로 인해 주체의 위치는 늘 불안정한 것일 수밖에 없는 것이다. 같은 맥락에서 저자(author)는 사라지고, 저자가 사라지면 권위(authority)도 사라지며, 작품의 통일성에 관한 가정도 무너지게 된다. 하지만 차연은, 알고 보면, 삶과 학문, 그리고 교육의 법칙과 일치한다. 진정한 배움이란 학습자가 스스로 그가 가진 현존의 지식, 곧 무지의 상태로부터 빠져나와 부단히 새로운 유형의 지식을 획득하고 창출하는 과정이자 활동이기 때문이다.

따라서 바로 이와 같은 배움의 본질을 극대화하자면 학생들의 주체적 욕망과 무관한 자리에서 바람직한 주체상을 학생들에게 강요하거나 조형하는 것이 아니라 내부의 욕망과 타자의 대화를 통해 자신의 주체상을 허물고 다시 세우고 하는 과정에 조력하고 그 능력을 키워줘야 하는 것이다.

읽기의 욕망과 읽기의 자유는 동전의 양면과 같다. 자유가 허락되지 않으면 욕망이 발동하지 않고 그 역도 참이다. 따라서 새로운 패러다임에서 교사는 학생들의 자기 이해를 억압하기보다는 오히려 적극적으로 그것을 반영하도록 독려해야 한다. 자신의 취미와 호오 판단, 그리고 심미적 가치관으로부터, 자신의 성적, 정치적, 계급적 정체성으로부터, 자기가 속한 연령, 가정, 집단, 지역 사회 등의 특수성으로부터 문학을 바라보는 행위를 적극화해야 하는 것이다.

이해 관계는 지식을 낳는 계기이며, 지식은 주어지는 것이 아니라 담론적 실천에 의해서 생산되는 것이다. 그리고 담론은 언술들의 집합으로 이루어진다. 학생들이 제출하는 이론은 언술의 상태라고 봄이 타당할 것이다. 언술은 상황 구속적일 수밖에 없다. 그런데 언술들 간의 관계 형성이 일정한 규칙성을 가지게 될 때 그 규칙성은 지식의 생성을 위한 특정한 담론적 실천을 이루게 하지만, 이와 반면, 여타 담론적 실천의 생성 가능성을 배제시키게 된다.

담론적 실천에는 선택과 배제의 논리가 적용되며, 그리고 이 논리의 틈으로 권력이 개입하게 된다. 즉 학생들의 언술 행위를 독려하는 것은 기존의 권력에 저항함과 아울러 새로운 권력을 지향할 수 있는 능력을 키워 주는 것이 된다. 그것이 패러다임의 비약을 가져오는 원동력으로서의 힘, 곧 사고력과 상상력에 관계되며, 창의적 능력으로서의 창발성과 관련된다. 설령 이론(異論) 제출의 결과가 기존의 담론에 복속하는 것으로 끝이 난다 하더라도 이것은 무저항적 순응이 갖는 소극성, 그럼으로써 힘을 갖지 못하는 동의와 달리, 적극적인 의미의 동의를 내포하게 되는 것이다. 그리고 앞으로의 성장 단계가 남아 있는 한 그의 게임은 거기서 끝나지 않는다.

(2) 표현의 욕망과 자유

작문교육은 흔히 창작교육과 구분되어 시보다는 산문을, 상상 세계보다는 실제 세계를 다루게 된다. 이와 같이 문학이 현실로부터 분리된 그 무엇이라 여기는 견해는 작문교육에서도 확인되는 바인 것이다. 하지만 수사적 글쓰기는 물론이려니와, 일반적인 작문 이론조차도 학생들에게 잘 작동하지 않는다는 사실은 교사들이라면 누구나 아는 상식이다. 따라서 문학과 작문을, 그 난이도를 이유로 분리하는 것 역시 문학의 신비화에 따른 결과일 따름이다. 문학 작품을 창작하지 못하는 것이 자신들의 기술 부족 탓이라고 많은 학생들이 믿고 있는 데에는 그럴만한 이유가 있는 셈이다.

하지만 교실에서는 글쓰기를 두려워하고 싫어하는 학생들도 컴퓨터 통신, 인터넷의 세계에서는 글쓰기의 욕망이 넘쳐나는 것을 쉽게 발견할 수 있다. 실제적으로 컴퓨터는 글쓰기의 공포로부터 사람들을 해방해 주는 데 크게 기여하고 있다. 그러나 이를 오로지 기술상의 문제로만 설명하는 것은 잘못이다. 기술도 기술이지만, 그 기술적 편의와 더불어 거기에는 쓰고자 하는 욕망과 쓸 수 있다는 자신감이 더욱 큰 비중을 차지하고 있다.

한편 문학에서 창작 교육의 필요성과 가능성을 논할 때 흔히들 미술교육과의 비교를 내세우곤 한다. 언어라는 익숙한 매체를 갖고도 창작에 공포를 느끼는 학생들이 색이라는 매체로 능히 그림 한 편을 그려내는 사태를 둘러싸고 벌이는 비교인 것이다. 물론 그것은 천부적 능력의 차이라기보다는 지속되고 반복된 훈련의 차이이긴 하지만, 문학교육계의 반성은 그 동안 지나치게 표현 교육, 특히 표현 기술 교육에만 치중해 온 데 대해 반성을 전개하고 있는 미술교육계 측과 정확히 대조를 이룬다는 점에서 유념할 필요가 있다.

하지만 우리는 미술 수업 시간에 <모나리자의 미소>를 분석하고 감상하면서 그런 그림을 그리도록 요구받아 본 적이 없다. 교탁 위에 놓인 꽃과 과일들, 학교 안팎의 풍경들을 그리도록 하였을 따름이다. 물론 표현 교육으로서의 미술 시간 역시 학생의 표현 욕망과는 별 상관없이 주로 표현 기술의 문제에 치중하긴 했지만 이 점은 매우 상징적인 의미를 갖는다. 즉 미술 시간에 학생들은 고흐나 피카소 같은 전범들을 분석하고 모방하는 것을 배우는 것이 아니라 표현 가능해 보이는 것들을 눈에 보이는 대로 그려보도록 하는 활동을 행했던 것이다. 여기서 피카소 그림보다 사과 한 개 그리는 것이 정말 더 쉬운 일이냐 하는 것은 문제되지 않는다. 중요한 것은 학생 스스로 어느 정도 가능해 보이고 그래서 어느 정도 표현 욕망이 성취 가능해 보이는 활동으로 수업이 이루어졌다는 점에 있다. 만일 미술 교육이 여기서 한 걸음 더 나아간다면, 그리하여 학생들로 하여금 표현의 욕망을 발산하도록 허여한다면, 표현이라는 말 그대로 단순 모방이 아닌 자신의 느낌을 그림으로 드러내 보이는 단계로 발전할 수 있을 것이다. 그럴 때 학생들은 표현의 자유를 획득하게 된다.

한 마디로 현재의 학생들은 문학의 이해와 표현 모두에 자신의 자유를 구가하지 못한다. 그들에겐 이해 활동과 표현 활동이 있는 것이 아니라 오로지 이해 활동과 표현 활동의 결과만 있을 따름이다. 물론 욕망의 구현을 가능케 하는 방법에 관한 교육도 대단히 중요하지만 표현 자체가 자신의 욕망과 무관한 자리에 있는 한 그것은 기술과 의장의 문제일 뿐인 것이다.

여기서도 실체 위주의 문학교육의 폐해가 발견된다. 실체 위주의 문학교육은 교탁 위의 사과처럼 우리의 일상을 대상으로 하는 것이 아니라 피카소처럼 일상인이 아닌 문학인들의 작품을 대상으로 하는 것이다. 게다가 거기에는 갖은 분석적 주해가 언제나 달라붙는다. 이와 같이 이해가 억압되면 표현이 억압되고 그 역도 참인바, 그러니 문학 교실에 활동이 있을 리 없고 욕망과 자유가 존재할 리 없다. 욕망과 자유가 없는 곳에 창발성은 존재할 수 없다.

(3) 창발성과 엄격성의 관계

창발성은 곧 자유화가 전제될 때 발휘된다. 자유가 없이는 창발성이 발휘될 수 없기 때문이다. 그러나 이것이 곧 문학 교실을 자유분방한 상대주의 또는 감상적 유아론(唯我論)에 빠지게 해서는 안 될 일이다. 측정에만 빠지는 현행 교육에 대한 대안이 반측정 또는 비측정이어서는 곤란하듯, 아울러 진정한 상대주의는 지적 혹은 정의적 무정부주의로 귀결되지 아니하듯, 자유화의 원리는 그에 모순처럼 보이는 또 하나의 원리를 통과해야 하는 것이다.

자유화의 원리와 함께 엄격성의 원리를 동시에 요구하게 됨은 이와 연관이 깊다. 문화의 전수와 창조가 실질상으로 모순되지 아니하듯 자유화와 엄격성의 관계 또한 그러하다. 이때의 엄격함이란 자유를 제한하는 것이 아니라 자유를 더욱 명확히 행사하기 위한 하나의 조건을 의미한다. 무질서함이 자유롭게 하는 것이 아니라 진리가 우리를 자유롭게 한다는 말은 이 경우 적절한 격언이 되어 준다. 그러나 이것이 보수적인 의미를 갖는 것은 아니다. 그와 반대로 보수적 진리관의 해체를 전제로 삼는 이상, 저마다의 진리에 터한 그 엄격한 자유를 진정한 자유화라 이름 할 것이기 때문이다.

창발성의 적극화로서의 자유화란 사고력의 공리적 측면에 해당한다고 할 수 있는 창의력과 밀접한 관계를 갖는 부분이다. 문학은 근본적으로 창조 행위라는 점에 비추어 보면 끝없이 만들어 내는 재미를 느끼게 해야 한다. 이를 위해서는 활동 중심의 문학관에 서는 일이 필요할 것이다. 시, 소설을 쓰는 일은 그것의 관습이 지닌 완고함과 완성도의 문제 때문에 누구나 부담스럽다. 따라서 문학을 하나의 활동으로 보는 관점 하에서 문학 장르가 아니라 말 그대로 문학적인 글을 써 보게 하는 것은 학생들에게 문학적인 능력을 발전케 하는 첩경이 될 수 있다.

이는 사고 능력의 확장에 필요한 요소를 유창성, 융통성, 독창성으로 보는 것과도 관계가 깊다. 또한 문학이 유추적 사고와 밀접한 관계를 갖는 것을 감안하여 이러한 국면을 적극적으로 활용토록 하는 것은 전형적인 틀이나 관습에 얽매이지 않으면서 개인의 세계를 개발하는 자유화에 유용할 것으로 본다.

그와 동시에 여기서 말하는 엄격성이란 근대적 엄격성과는 거리가 멀다. 오늘날 탈근대주의의 틀 속에서 엄격성이란 개념은 재정의를 요구받고 있다. 해석(interpretation)과 불확정성(indeterminacy)이 바로 그것이다. 즉 사실이 아니라 해석이며 해석은 늘 불확정적이다. 듀이가 조합, 해석, 유형 탐구에 이어 과학적 방법론의 넷째 단계로 "아이디어의 정신적 정련", "아이디어 상호간의 관계 개발", "개념을 갖고 놀기"를 제안했을 때, 이는 어느 한 아이디어의 옳고 그름을 너무 조속히 결정적으로 끝맺지 말고 모든 아이디어들을 다양하게 조합하라는 것이다. 여기서 엄격성은 의도적으로 다른 대안과 관계, 연관을 찾는 것을 의미한다.

해석을 엄격하게 다룰 때 우리는 모든 평가가 일련의 가정에 달려 있다는 점을 인식할 필요가 있다. 여러 가지 틀이 서로 다른 것처럼, 문제, 절차, 결과도 마찬가지이다. 여기서 엄격성은 우리 또는 다른 사람들이 소중히 여기는 이러한 가정들을 찾으려는 의식적인 노력뿐만 아니라 이러한 가정들 간의 대화를 의미한다. 따라서 이러한 대화는 곧 작가와 독자, 독자와 텍스트 간의 대화이며, 독자와 독자, 교사와 학습자 간의 대화이며, 개인과 공동체 간의 대화라 할 수 있다. 이 대화는 양방향적이어야 하며 각각은 제 목소리를 가지고 있고, 바로 이러한 대화 속에 확정성과 불확정성의 융합이 존재한다. 따라서 여기서 불확정성은 어디까지나 임의성이 아니라 가능한 사고의 다양한 스펙트럼을 허용한다.

그러므로 엄격성은 불확정성과 해석을 융합하는 관점에서 재정의될 수 있다. 해석의 질과 함축은 불확정성이 제시하는 다양한 대안을 우리가 얼마나 충분히 또 잘 발전시키느냐에 달려 있다. 불확정성의 복잡함과 해석의 해석학을 결합하는 엄격성에 대한 이러한 틀 속에서 문학 교수 학습의 새로운 공동체가 마련될 수 있을 것이다.

5. 주체성과 관계성의 원리

(1) 주체성과 내면화

문학 교수-학습 활동이 궁극적으로 지향하는 바는 그 수업을 거친 학생들의 내면과 행동이 의도하고 계획한 방향으로 변화하여 학습의 결과가 학생들의 실생활에 이르기까지 확산되는 데 있다. 따라서 이제까지의 체계적 및 비체계적 연관을 통해 얻어진 지식은 결국 학생들의 내면화를 지향한다.

내면화를 위한 문학 교수-학습이란 문학적 능력을 바탕으로 한 사고 활동이 생활의 태도 수준에 이르도록 교수-학습을 설계해야 한다는 뜻이다. 사고 활동 지향적인 정의적 성향을 과제 집착성, 도전성, 호기심, 독자성 등으로 보는데 이는 다른 말로 하면 읽고 쓰고 생각하는 일에 흥미를 느껴야 한다는 말이기도 하다.

그러나 이 내면화는 주체성의 확립을 전제로 하는데 주체가 차연되는 것이라면 내면화 또한 고정되는 것으로 보아서는 안 될 것이다. 다만 상대적 안정성으로서의 내면화를 의미할 따름이다. 쉽게 말해 어느 단계에서는 A라는 가치를 내면화할 수 있고, 그 상태는 어느 정도 안정된 기간 동안 지속될 수 있지만, 다음 단계에서는 변화할 수도 있다는 것이다. 중요한 것은 내면화하고자 하는 욕망과 능력만큼은 지속되어야 한다는 데 있다. 그러기 위해서는 강요된 내면화가 아니라 주체성에 입각한 내면화가 되어야 한다.

(2) 정전의 자기화와 자기의 정전화

문학교육에서 내면화를 추구한다는 것은 일단 전통적으로 승인되어 온 문학 작품의 가치에 기꺼이 동의하는 사태를 연상하게 한다. 이른바 정전의 자기화가 요구되는 것이다.

주지하듯 정전이란 가장 넓은 의미에서는 한 문화권 내에서 상대적으로 높은 가치를 부여받고 보존되는 텍스트들을 총칭하며, 실질적으로는 전통적인 교육과정의 문학 텍스트들을 일컫는다. 정전의 기능이 갖는 문화적 결과는 '이상화를 제도화하는 역할'로 표현되는데, 이때 이상화란 말이 의미하는 바는 작가의 정신적 행위 혹은 허구적 인물의 일련의 자질들로 하여금 가치로운 태도로 보이게 하여 이에 독자가 감동 받아 동화하고자 하게끔 만드는 노력을 가리킨다. 그렇다면 정전이란 이상화된 태도들의 영역, 일종의 문화적 문법이라 할 영역에 사람들을 접하게 하는 하나의 제도적 수단인 것이다.

교육의 주요한 기능 가운데 하나가 학생들의 사회화를 담당하는 데 있다면 문학교육 또한 학생들로 하여금 이 사회의 문화, 특히 문학으로 구성된 문화 사회의 전통과 제도에 당당한 일원으로 자라나도록 하는 데 기여해야 한다는 주장이 성립하게 된다. 더구나 그 사회는 문학이라는 아름다운 감동의 세계이다. 그런 사회라면 사회화는 더 이상 권력을 통한 억압만이 아닐 수 있다.

그런데 사회화를 위해서는 무엇보다도 일반화된 타자(generalized other)가 필요하다. 그것은 곧 옳고 그른 것, 좋은 것과 나쁜 것에 관한 일반적인 관념이나 의식을 계발하는 데 준거가 되는 것을 통칭하는 개념이다. 인류학자 미드(M. Mead)에 따르면, 이때 일반화된 타자란 어떤 특정한 사람의 구체적인 행위 하나하나라기보다는 자기 자신이 타인들로부터 받는 기대로써 설명된다. 즉 조직된 사회 속에서 일반적인 타인들이 자기에게 무엇을 어떻게 행위하기를 기대하는 것이라고 자신이 이해하는 것을 뜻하는 것이다.

그 같은 측면에서 정전은 가르쳐야 할 텍스트의 공식적 실체이며, 공식적 실체로서 그것은 전범적이고 규범적인 진술을 한다. 이상적이고 대표적인 질서로 존재함으로써 정전은 과거와 현재 사이의 영속적이고 통일적인 연관을 가정하고 있는 것이다. 즉 과거와 현재의 대화라는 점에서 합법화되는 이 정전 교육 체제로부터 전통의 일관성과 문화적 동질성이 확보될 수 있는 것이다. 전통적 문학교육이 문학 유산의 전승을 일의적 역할로 삼아 온 이유가 거기에 있다. 말하자면 여기에는 정전으로 표상되는, 이른바 전통과 고전이 우리를 구제해 주리라는 선의가 깔려 있는 것이다.

그러나 문제는 정전을 가르친다는 것과 정전을 자기화한다는 것이 일치하지는 않는다는 데 있다. 실제로 미국의 경우, 30대의 젊은 나이에 시카고 대학의 총장이 되었던 헛친스는 당시 미국의 진보주의 교육, 반지식중심주의에 신랄한 공격을 가하면서, 시카고 대학의 교양과목으로 고전독서 프로그램(The Great Books Program)을 창시한 바 있거니와, 그러나 이는 훗날 금욕적, 지적 귀족주의라는 비판에 직면하게 되고 말았음을 우리는 상기할 필요가 있다. 훈육 그 자체가 교육이 될 수는 없기 때문이다. 그것은 마치 입맛에 안 맞는 음식을 몸에 좋다 하여 강제로 먹이다가 소화불량을 일으키고, 그리하여 다시는 그 음식을 가까이 하지 않게 만드는 경우와 같다.

문학의 위대한 유산과 전통을 학습함으로써 그 사회에 사회화된다는 것 또한 어린 새 한 마리가 자신이 속한 조류 사회의 특정한 종(種)의 행동 양식을 따르는 각인(imprinting)과는 다른 것이다. 각인은 불가역적이며, 개별적이라기보다는 종의 특성이 학습되는 것일 따름이다. 그러나 인간의 문학이나 문화는 그런 성격의 것이 아니다. 사회화가 억압만이 아닌 해방의 요소를 간직한다는 것은 그런 뜻에서 옳다.

전통적 문학교육과정은 일부 제한된 의미의 민족 문학 유산으로서 정전의 목록을 배열해 놓고 학생들로 하여금 그 정전의 자기화를 이루도록 기대하고 있는 셈이다. 그러나 중요한 것은 정전의 자기화만이 아니라 자기의 정전화, 즉 자기의 정전 목록을 학생 스스로 간취하는 일이라 할 것이다.

정전의 자기화란 것 역시 정전에의 무비판적 동화나 순응을 의미하는 것은 아니다. 그런데 더욱 주체적인 읽기 활동은 정전 가운데서도 보다 자신에게 의미 있는 정전 목록을 만들고, 나아가서는 협소한 정전의 범위를 벗어나 새로이 자신의 정전을 발견할 수 있는 적극적인 의미 부여 활동을 가리킨다.

(3) 관계를 통한 주체 형성

풍부성 및 함축성과는 자료적으로 연관되고, 연계성 및 회귀성과는 방법론적으로 연관되며, 창발성 및 엄격성과는 본질적으로 연관되는 것이 바로 주체화 또는 내면화를 위한 관계성의 원리라 할 수 있다. 단적으로 말해 개별 텍스트들을 섭렵하면서 매번 그 전범들에 순응해 내면화를 이룩한다는 것은 다중인격자가 아닌 이상 불가능할 뿐만 아니라, 그 같은 학습자상을 바람직하게 여기지도 않기 때문이다. 무릇 정체성은 관계를 통해 얻어지는 법이다. 즉 다른 텍스트와의 상호텍스트성, 다른 주체와의 간주관적 읽기, 동일 또는 유사 텍스트에 대한 상이한 체험 등이 강조되어야 하는 것이다.

문학교육이 지향하는 자기화란 바로 그 같은 관계 속의 의사소통을 전제로 성립되는 것이어야 한다. 다만 의사소통이란 것을 대화 행위로 이해할 때, 반드시 일치를 목적으로 차이를 제거하고자 하는 행위로만 한정할 필요는 없다. 그보다는 오히려 차이에 대한 이해를 통해 관용에 이르는 것을 지향한다고 봄이 더 적절하다.

내면화란 억압이나 압제, 혹은 강요에 의해 얻어지는 산물이 아니다. 그것은 주체적 참여와 능동적 합의, 그리고 타자에 대한 이해와 관용을 전제로 성립하는 것이다. 문학의 교수-학습 원리는 그 같은 기제를 확립할 수 있는 방향으로 전개되어야 한다. 그럴 때만이 사회화와 자기화는 충돌하거나 대립되지 아니한다. 그러기 위해서는 관계성의 원리를 토대로 하는 관계적 대화가 필수불가결하게 요청된다.

(4) 관계화된 내면화

우리가 요구하는 것은 교육적 전이가 적극적으로 도모되는 사태이다. 한 작품을 통해 배운 것은 다른 작품을 이해하고 감상하는 데 전이되어야 하며, 교실에서 배운 것은 교실 밖으로 전이되어야 하는 것이다.

주지하듯이, 교육학에서 전이(transfer)란 어떤 학습의 결과가 다른 학습에 영향을 미치는 현상을 의미한다. 실제로 전이에 관한 이론들은 교육과정상 계속성(continuity)의 원칙에 의해 강조되어 왔다. 계속성이란 계열성과 함께 교육과정의 종적 조직에 관계되는 원칙으로서, 한 가지 교육 내용이 학년이 올라감에 따라 단절됨이 없이 계속적으로 취급되어야 한다는 원칙인데, 이 경우 반드시 문제가 되는 것은 바로 교육내용의 성격에 있다. 그런데 지식의 구조를 가르치는 교육과정 조직형태로서의 나선형 교육과정에 의하면 학년 수준이 높아짐에 따라 계속적으로 취급되어야 할 교육내용은 각 학문의 핵심적 아이디어가 되어야 하는 것이다. 이 경우는 그 핵심적 아이디어를 얼마나 다양하고 적절하게 구성하느냐 하는 것이 문제로 부각된다.

그러나 문학의 경우, 학문의 핵심적 아이디어로 공인될 수 있는 것이 그다지 많은 편이 아니라는 데 커다란 문제점이 발생한다. 그 결과, 비판의 대상이 된 지 오래인 신비평이 불가피하게도 여전히 문학 교실을 지배하고 있는 것이다. 문학교육 자체의 원리 수립이 시급히 요구됨은 그러한 소이에서이다.

이러한 사정은 곧 문학 수업이 학생들의 텍스트 능력과 상호 텍스트 능력을 진작시키는 방향으로 전개되어야만 함을 암시한다. 그것은 곧 상호 주관성의 세계인 동시에 대화주의가 적극적 의미를 지니는 세계이다. 물론 이때의 능력이란 지적인 것만을 가리키는 것이 아니라 정서적 능력도 포함하는 것이며, 나아가 문학의 가치를 내면화하여 문학을 즐기는 행위로 표출되는 것을 의미한다.

한편 전이란 반드시 적극적 또는 정적(正的) 전이만을 가리키는 것이 아니다. 소극적 또는 부적(否的) 전이도 포함되는 것이다. 일반적으로 부적 전이는 교육에서 부정적으로 받아들여진다. 하지만 문학의 역동적 특성은 부적 전이를 긍정적인 사태로 변환시킬 수 있다. 즉 한 텍스트에 대한 학습을 통해 얻어진 지식들이 그 다음 접하는 텍스트의 경우에 일반화되지 않을 경우, 그것은 교육상 부정적인 사태가 아니라, 오히려 유의미한 학습이 될 가능성을 문학교육은 자체 내의 속성상 지니고 있는 것이다.

물론 유의미학습이란 학습자가 새로이 배워야 할 내용들은 학습자가 이미 가지고 있는 기존의 인지구조와 관련지어질 때 새로운 의미를 부여하게 되어 학습이 유의미하게 된다는 뜻으로 상요되는 개념이다. 이는 학교 학습이 주요개념을 중심으로 구조화된 지식의 본체를 조직해 나가는 것이어야 한다는 점에서는 발견 학습을 주장한 브루너와 공통되는 것이지만, 브루너가 학생 나름대로 지식을 구조화하도록 하는 것과는 반대로, 오수벨(D. P. Ausubel)은 교사의 임무는 전달하고자 하는 새로운 지식을 이미 학생들이 알고 있는 것과 연관지어 제시함으로써 학생들이 사실과 원리들을 무선적으로 암기하게 하기보다는 더 의미 있게 받아들일 수 있게 하여야 한다고 주장하고 있는 것이다. 그래서 유의미학습은 암기식 학습보다 더 오랫동안 기억되고 다른 지식과 더 잘 통합되며, 전이 또는 적용을 위해 쉽게 활용된다. 따라서 유의미학습이 가능하도록 내용을 구조화하는 방법 모색이 절실히 요구되는 것이다.

그러나 문학의 경우, 학습자가 가지고 있는 기존의 인지구조와 '관련' 짓는다는 것이 반드시 동일한 지식간의 관련만을 의미하는 것으로 볼 필요는 없다. '관련'이란, 그것이 체계적으로 제공되기만 한다면, 기존의 세계와 대립하는 새로운 세계 사이의 관계도 내포하는 개념이기 때문이다. 문학의 경우, 그것은 다양성이라는 속성으로 인해 정당화된다. 사실상, 체계화될 수 없는 것을 체계화하는 것은 필연적으로 그 체계에 들어맞지 않는 것을 의도적으로 배제할 우려가 크다. 그러기에 문학교육의 체계는 비체계적인 연관까지 체계적으로 고려하는 배려가 선행되어야만 한다.

그런 의미에서 문학교육은 시대별 장르별로 배열된 정전들을 단지 섭렵하고 주해하는 체계를 넘어서서, 학습간의 적극적 전이와 소극적 전이를 모두, 말 그대로 적극적으로 고려하는 진정한 체계성을 수립해야 한다.

단순한 나열은 갈등과 혼란이 없는고로 성장도 없다. 교사로서는 지적, 정서적 체계를 교란시키는 혼란을 어떻게 교육적으로 그리고 의도적으로 구성하여 학습자들로 하여금 탐구와 발견의 기쁨을 가지게 할 수 있을지에 대해 전문적인 고려를 해야만 한다.

깨달음은 곧 대화의 산물이다. 주체성이나 자기화란 것이 단순히 아집으로 변질되는 사태를 막기 위해서만이 아니라 자기화의 본질 자체가 대화로부터 확립되는 성질의 것이기 때문이다. 텍스트가 텍스트와 대화하고, 작가와 독자가 대화하며, 독자와 독자가 대화하는 데에서 문학적 사고는 비롯한다. 대화를 통해 주체적이고 비판적으로 얻어진 자기화는 곧 사회의 관계 속으로 편입되는 동시에 그 관계 속에서 일련의 책임을 지는 행위로 이어지게 된다. 문학을 진정으로 내면화하는 주체는 교실 안에서만이 아니라 교실 밖으로 그 행위가 이어지고 지속되어야 하는 것이다.

제3장 문학교수학습의 실천

1. 활동 중심의 문학교육

활동 중심의 문학교육을 실천하기 위해서는 활동의 범주들을 먼저 마련해야 한다. 범주라는 말 그대로 이것은 활동의 제 양상들을 일일이 일컫는 것이 아니라 목표와 관련된 다양한 활동들의 위상과 기능을 크게 구분하는 틀을 의미한다. 실체를 대상으로 하든, 속성을 대상으로 하든, 활동의 범주 자체가 크게 달라질 필요는 없다. 오히려 해당 수업의 목표에 따라 제 활동 가운데 상대적으로 그 비중과 강도가 달라질 수는 있고, 순서가 달라질 필요는 있다.

다음에 제시하는 활동 범주들은 순차적 진행을 염두에 둔 것이긴 하나, 그저 가장 필수적인 활동으로 판단되는 것들을 범주화한 것으로 볼 수도 있다. 이 모든 활동들이 반드시 한 수업 단위 내에 전개되어야 한다는 것은 아니다. 비교적 장기간의 계획에 따라 실천되어야 하는 경우도 있을 것이다.

2. 반응 · 기술하기

(1) 인상에서 상상으로

누구든지 문학 텍스트를 접하게 되면 그에 대한 자기 나름대로의 인상을 갖게 마련이다. 인상이란 대상을 접하면서 마음에 느끼어 일어나는 정신 작용을 말하거니와, 이는 인간이 감각 기관을 통해서 외부의 사물을 인식하는, 바꿔 말해 외부의 사물이 인간의 감각을 자극함에 따라 일어나는 정신적 반응의 일종이라 할 수 있을 것이다. 그러니 그것을 일단 이미지라 불러도 좋을 것이다.

능숙한 시 독자라면 걸작 시를 읽고 난 후, 그 시의 이미지들이 그의 상상력에 나타나면서 느끼게 되는 미적 감동 속에서 어떤 놀라운 정신적 체험을 하게 되는 것을 깨달을 것이다. 그것은 자신이 새로 태어난 것 같은, 존재의 전환과도 같은 신선한 격앙감이다. 이와 같은 시적 이미지의 현상을 바슐라르는 혼의 울림(retentissement)이라고 부른다. 그리고 그것의 본질을 그것과 감각적 반향(résonance)을 대조시켜 보임으로써 추측케 한다.

> 반향은 세계 안에서의 우리 삶의 여러 상이한 측면으로 흩어지는 반면, 울림은 우리로 하여금 우리 자신의 존재의 심화에 이르게 한다. 반향 속에서 우리가 시를 듣는다면, 울림 속에서는 우리는 우리 자신의 시를 말한다. 그 때에 시는 우리 자신의 것이기 때문이다.[1]

시를 대할 때 가질 수 있는 느낌에는 이와 같이 두 차원, 즉 표면적이고 감각적인 것과 본질적이고 감동적인 것이 있다. 전자는 우리의 오관을 통해 느끼는 쾌감이고, 후자는 존재의 전환에 해당한다.

전자의 경우를 다시 설명해 보자. 물체로서의 얼음 덩어리를 상상할 때, 우리는 희고 투명하게 번쩍이는 굳은 형태를 그린다. 그 얼음은 우리가 깨지 않는 한, 그 상태 그대로 스스로를 유지하고 있을 것 같이 보인다. 이런 경우의 상상력이 형태적 상상력이고, 이것에 의해 파악되는 대상, 즉 물체가 형태적 이미지이다. 그래서 전통적 경험론에서는 표면적이기 때문에 가장 쉽사리 이해할 수 있는 이와 같은 형태적 이미지만을 상상력의 대상의 전부로 생각하여 결국 외계의 대상을 있는 그대로 기억하는 기능을 상상력이라 생각했던 것이다.

---

1) 곽광수, 『가스통 바슐라르』, 민음사, 1995, p. 34.

반면 얼음덩어리의 이미지가 우리의 상상력 속에 물질로서 나타나면 어떻게 되는가? 우리는 상상 속에서 그 얼음의 무게를 느낀다. 그 차가운 촉감으로 손바닥이 시리다. 그 옆에 피워놓은 모닥불의 열로 그것이 녹는 것도 볼 수 있다. 이와 같이 우리의 상상력은 얼음 덩어리에서 물을 보게도 하고 한 걸음 더 나아가 수증기까지 보게 한다. 이때의 상상력과 이미지가 물질적 상상력, 물질적 이미지이다.

그렇다면 어떻게 해야 형태적 상상력에서 물질적 상상력으로, 형태적 이미지에서 물질적 이미지로 나아갈 수 있을 것인가? 문학 작품을 접하자마자 물질적 상상력을 발휘하게 되기란 결코 쉬운 일이 아니다. 매우 숙련된 독자가 아니고서는 거의 불가능하다고 말해도 지나치지 않다.

일반적으로 사람들은 문학 작품만이 아니라 영화를 비롯하여 각종 예술을 접하고 나서 나름대로의 감상이 있게 마련이다. 그 감상은 가슴속에서 무정형한 채로 존재한다. 그래서 그들의 입에서 나오는 말은 매우 단순하다. "좋다", "재미있다", "가슴이 찡하다" 등등. 그 같은 반응은 형태적 이미지에 가깝다. 하지만 그것은 물질적 이미지로 나아가는 기초와 단서가 된다.

실제로 인간은 물체를 대할 때 인과성을 찾기보다는 몽상하고 상상하기 시작한다. 이른바 비과학적 사고는 불에 대해 생물학적, 우주적, 성적인 측면에까지 다양하게 설명한다. 반면에 불에 대한 합리주의는 불에 대해 모든 인류가 쉽게 가질 수 있는 그 다양한 감각적 영상들을 제거함으로써 구축된다. 객관적 사고의 형성은 원초적 심상을 제거함으로써 형성되는 것이다. 그러니 객관적 사고란 인간의 중대한 국면을 배제함으로써 성립되는 셈이라 하겠다. 다만 원초적 심상은 전혀 현실성이 배제되어 있기 때문에 정신적인 응집성이 없다는 점을 인정해야 하겠다. 원초적 이미지들은 그래서 단편적으로 분산되어 있다. 이것을 현실적이게 하고 응집시켜 하나의 역동적인 체계로 만들고자 하는 것, 이것이 바로 상상력인 것이다.

(2) 반응의 명료화와 기술화

수업의 초기 단계에서는 일단 그 같은 반응, 곧 원초적 이미지를 학생들로 하여금 충실히 기술하도록 요구하는 것이 필요하다. 머리 속에 막연하게 존재하는 이미지만으로는 불충분하다. 주관적 감상의 근거를 텍스트 속에서 혹은 자신의 경험과 이해관계에 투사하여 서술하는 일, 곧 반응의 명료화가 필요한 것이다.

물론 그 기술의 방식은 다양할 수 있다. 구술할 수도 있고, 서술할 수도 있으며, 그림 그리기 활동 등 다른 매체로의 표현도 가능하다. 그 느낌 자체를 기술할 수도 있고, 그와 유사한 경험을 기술할 수도 있다. 문제는 그 이미지를 머리 속에만 막연히 떠올리는 것이 아니라 표현하는 데에 있다. 이해와 표현은 늘 함께 가야 하는 것을 우리는 문학 수업의 원칙으로 삼는다.

이해해야 감상할 수 있고, 이해 다음에 표현이 온다는 생각에서, 처음부터 일정한 해석을 학생들에게 부여해 주는 일은, 설령 그것이 작품에 대한 오해를 피하게 해주고자 하는 교육적 선의에서 비롯된 것이라 하더라도, 부당한 일이 된다. 해석이 부여되면 감상도 거기에 따를 수밖에 없고, 이는 결국 학습자의 능력을 신장시키기보다는 오히려 일종의 억압에 기여할 가능성이 크기 때문이다.

문학 작품의 이해와 감상은 유형화되거나 정형화된 사고가 아닌 생산적인 사고를 통해 이루어져야 한다. 연구자들이나 비평가들이 설명해 놓은 사실들을 알고 그것을 바탕으로 나름대로의 감상을 하는 것이 아니라 자신이 발견한 문제를 중심으로 작품을 대하면서 결국 그 작품이 나에게 말해 주는 바, 느끼게 해 주는 바를 찾아가는 과정이어야 한다. 작품에 대해 일반적이고 보편적으로 알려져 있는 사실과 지식을 먼저 배우고 나서 작품에 임하게 될 때는 주체적인 문학적 능력이 함양되기 어려울 것이다.

이는 학생들이 그림을 배우는 과정과 유사하게 설명할 수 있다. 대부분의 경우, 오히려 그림 그리는 법을 배우고 나면 그림이 정형화된다. 독창성은 사라진다. 배움을 통해 진정한 독창성을 찾아가는 사람은 그 가운데 극히 소수로만 남게 된다. 그런 소수의 사람만이 전문가로 남고, 대부분은 소외되는 과정, 이른바 문학의 위기란 것도 알고 보면 이와 사정이 같다.

(3) 오독의 자유와 엄격성

오독을 두려워할 필요는 없다. 문학 언어의 특수성은 오히려 오독과 잘못된 해석의 가능성에 있다. 즉 텍스트가 여하한 오독을 배제하고 거부한다면, 그것은 문학적인 것이 될 수 없다는 것이다. 결과적으로, '통제된' 혹은 '정확한' 해석을 성취하려 하는 어떠한 비평이나 책읽기 이론도 심각한 망상에 사로잡힌 것이다. 문학이 비유적이기 때문에 그것에 대한 책읽기는 필연적으로 오독이 될 수밖에 없는 것, 그렇다면 잘못은 언어에 있는 것이지 독자에게 있는 것이 아니다. 문학 텍스트는 스스로를 해체한다. 그것은 비평가나 작가가 깨닫고 있든 아니든 간에 언제나 이미 해체된다. 그 누구도 비유들의 유희와 의미 대상들의 이탈에 마음대로 경계를 지을 수 없다. 텍스트는 스스로를 오독하는 것이다.

단, 오독에도 근거는 있어야 한다. 오독의 권리는 자유화의 원리에 해당하지만, 그 역시 엄격성의 원리를 통과해야 하는 것이다. 따라서 독자로서의 학습자는 자신의 읽기와 자신의 이미지, 곧 자신의 상상력에 대한 통제력을 보여야 한다. 그것은 곧 자신의 이미지의 근원을 작품 속에서 해명해야 하는 일과 일치한다. 자신의 주관적 체험과 연관된 이미지라 하더라도, 그 같은 이미지를 촉발시킨 원동력을 작품 속에서 찾아야 하는 것이다. 내용은 물론, 형식적 장치를 비롯한 작품 내의 모든 것들, 혹은 독자 자신의 체험과의 연관 등등에 학습자는 관심을 모으고, 자신의 반응 형태에 관한 자극원을 찾아가야 하는 것이다. 그것이 곧 물질적 상상력으로 나아가는 계기가 되어준다.

문학 이미지는 그것이 언어에 의한 이미지라는 한, 독자의 상상력 없이는 아무런 효과도 가지지 못한다. 울림의 견지에서 본다면, 시적 이미지 자체의 존재와 힘이란 기실 독자의 상상력의 존재와 힘임을 알 수 있다. 그러나 그렇더라도 시적 이미지가 독자의 상상력이 작용하는 기회를 이룬다는 사실, 그 존재 생성의 힘을 촉발시킨다는 사실은 여전히 부정되지 않는다. 시적 이미지가 그 자체의 존재와 힘을 가지고 있다고 우리가 인정할 수 있다면, 그것은 오직 그것이 가지는 이 환기력 때문이다. 반응의 명료화란 바로 그 같은 환기력을 가진 시적 이미지를 밝혀가는 일이라 할 것이다. 따라서 반응을 기술하는 일은 단순한 감정적 반응이 아니라 그 감정에 일차적이고 초보적으로나마 하나의 이론을 부여하는 일이 된다. 이는 곧 정서적 사고와 인지적 사고의 결합을 요구하는 일이기도 하다.

(4) 인지와 정서의 결합

흔히들 인지적 사고는 어느 정도 객관성과 공지성을 띠는 것에 비해, 정의적 사고는 개인만의 내밀함과 연관되어 있다 하여, 이 두 가지의 사고를 대립시키곤 한다. 즉 기온이 영하 10도라는 객관적 사실에 대해서도 각자가 느끼는 추위는 저마다 다르듯이, 인상은 어떤 경험에 대한 총체적인 느낌으로서 양적인 차원보다는 질적인 차원과 관련되어 있다는 것이고, 그런 의미에서 정서적 사고는 비분석적이고 정의가 불가능한 것처럼 여기게 되는 것이다.

물론 인지적 사고는 학습의 기초로서 유용하다. 사고 활동은 대상을 아는 일에서 비롯된다. 이는 블룸의 학습 위계에서 지식 및 이해와 관계된다. 글을 쓰기 위한 본질은 무엇이며, 작품이 담고 있는 내용이 무엇인지, 말하고자 하는 바가 무엇인지, 그 특징은 무엇인지 등등 작품 자체가 지닌 모든 것을 정확하게 파악하는 것이 기초가 되어야 한다는 것이다. 사실 이러한 인지적 사고 또한 형성 평가 단계에서 반드시 점검되어야 하고, 이후 수업을 진행하는 기초로 확고히 자리잡아야 한다.

하지만 정서적 사고가 그 같은 인지를 바탕으로 한다 하더라도, 인지 역시 정서에 영향 받음을 우리는 알고 있다. 작품의 주제란 것 역시 단일하게 해석되지 않음을 우리는 비평의 역사에서 배우거니와, 이는 곧 객관적 이해라는 것의 허구를 일러주는 것이기도 하다. 따라서 우리는 작품의 객관적 이해 여부를 묻기보다는 작품을 읽고 난 자신의 감상을 어떻게 작품 이해와 결부짓는가 하는 능력을 평가하는 데에 초점을 두어야 하는 것이다.

(5) 반응 글쓰기

초기의 반응은 수업이 진행되면서 학습자 자신에 의해 수정될 수도 있고 변형될 수도 있으며 점점 더 강화될 수도 있다. 수업이 진행될수록 초기의 반응이 더 명료하고 섬세하게 발전될 수도 있고, 초기의 이미지가 잘못된 근원에 기인함을 발견할 수도 있기 때문이다. 따라서 그 과정은 수행평가의 일환으로, 포트폴리오의 형식으로 누적되어 기록되고 관찰되어야 한다. 이 과정에서 교사는 학생들의 자유로운 반응을 권장하는 동시에, 그 반응이 엄격성의 원리를 통과할 수 있도록 유도해야 한다.

예를 들어 시 작품을 읽고 나서 먼저 학생들에게 반응을 기록하도록 한다. 그런 다음 그 반응에 대해 질문을 한다. 그 질문들은 반응을 명료히 하기 위한 탐사적 질문 및 반응의 오류 가능성에 대한 질문 등으로 이루어지는 것이 좋다. 그 이외의 조치 없이 자신의 반응을 반성적이고 종합적인 태도로 쓰도록 지도할 수도 있고, 다음의 절차를 거친 다음 최종적인 글쓰기를 지도할 수도 있다. 특히 문학적인 글인 만큼 인지와 정의를 아우르며, 자기 이해 관계를 투사하도록 하고, 작품과 대화해 나가는 활동이 되도록 유념해야 한다. 중요한 것은 초기의 반응을 글로 남기는 일이다.

3. 비교 · 확장하기

(1) 비교를 통한 문제 해결

대상의 정체나 특질은 다른 것과 대조 또는 비교될 때 구체화된다. 따라서 파악된 대상의 세계를 보다 체계화하고 풍요화하기 위하여 많은 것과 비교해 보는 활동은 왕성한 사고 활동을 촉발하게 된다. 이는 블룸의 학습 단계 중 지식과 이해에 관련되며 문학교육의 지표 가운데 풍부화와 체계화에 관련된다.

글을 쓰려고 하는 대상을 다른 것들과 비교하고, 읽은 작품의 모든 측면을 주제가 비슷한 여타의 작품, 같은 작자의 다른 작품, 장르나 시대가 다른 작품들과 비교하여 그 차이를 파악한다. 비교의 방법은 대상의 특질을 인식하는 문제 해결적 사고로 발전한다.

이 비교의 과정을 통하여 학습자는 한 작품의 특성, 그 상상력의 특수성을 간파할 수 있다. 이른바 물질적 상상력은 상상적 창조에 있어 그것을 이루는 하나의 상상의 기본 형태를 형성할 수 있게 된다. 하나의 문학 작품에 있어서는 그의 통일적 구성을 위한 여러 여건이 특히 그에 알맞은 상상의 기본 형태를 요구하기도 하겠지만, 물질적 상상력이 상상의 기본 형태를 결정하는 큰 힘을 가지고 있다는 것은, 한 작가의 다수의 작품을 통해 똑같은 상상의 기본 형태가 하나 혹은 몇 개의 특정의 물질을 토대로 이루어지는 사실이 있다는 것으로 명백히 알 수 있다.

(2) 경험과 사고의 확장

그런데 우리 문학 교실의 일반적 모습은 이러한 문제해결적 사고와 상상력의 발전에 초점이 모아져 있지 않다.

예를 들어 보자. 현대시 제재의 경우, 일반적으로 우리 문학교육은 한 수업시수당 한 편의 작품을 다룬다. 그 한 시간은 오로지 그 한 편의 주해 작업으로 바쳐지는 것이다. 그런데 정작 시험은 여러 작품들을 하나의 지문에 모아놓고 출제되는 것이 또 일반적이다. 다른 모든 사정을 제하고서라도, 이 점만으로도 학생들이 문학 공부를 어렵게 여기는 것은 당연하기까지 하다. 다시 말해 한 편의 시를 공부하는 것이 텍스트 능력을 신장시켜 주는 데 기여한다면 심지어 배우지 않은 시에 대해서도 그 능력이 발현되어야 할 터인데 현실은 그렇지 못한 것이다. 김소월의 <진달래 꽃>을 배움으로써 그 시를 이해하고 감상하는 능력이 길러졌다면, 그 눈과 그 열쇠로 김소월의 다른 시도 보이고 열려야 하는데 그렇지 못하고, 다른 시인의 김소월류 시풍에 적용하는 데에도 효과적으로 기능하지 못하는 경우가 왕왕 일어나는 것이다.

그로 인해 교육과정과 교과서가 시대별 장르별로 구성되어 있어도, 시대와 장르가 무엇을 의미하는지, 시대와 장르가 어떻게 연관되고 대립하는지, 혹은 문학을 역사적이거나 발생론적인 방식으로 접근하는 것이 어떤 함의를 지니는지에 관해서는 교사도 학생도 질문하지 않게 된다.

중요한 것은 이러한 비교의 과정을 통해 학습자 스스로 초기의 감상 단계를 수정하거나 확장하게 하는 데에 있다. 뿐만 아니라 텍스트 경험의 확장은 해당 텍스트에 대해서만이 아니라, 세상을 바라보는 다양한 눈을 발견하게 해 준다.

'물'과 '바다'를 노래한 시들을 생각해 보자. 주지하듯 <공무도하가>는 죽음과 이별의 원초적 심상을 촉발한다. 그런가 하면 <어부사시사>는 영원의 이미지에 맞닿아 있다. 하지만 <해(海)에게서 소년(少年)에게>가 보여주는 육당의 바다는 근대의 상징이다. 시공간의 확장이라는 근대의 특징에 육당은 바다로써 화답하고 있는 것이다. 그것은 더 이상 찬미와 경탄, 동경의 대상이 되는 자연이 아니다. 그런 점에서는 정지용이 그린 바다도 마찬가지이다. 그러나 같은 근대의 바다라 하더라도, 임화의 바다는 그와 다르며, 김기림의 바다는 그와 또 다르다. 이러한 접근들은 시적 대상 혹은 소재에 관해 새로운 발견을 도모한다.

마찬가지로, '가난'을 노래해도, <가난한 사랑 노래>처럼 분노와 절규에 가까운 목소리를 듣는가 하면, <무등에서>처럼 가난이야 한낱 남루에 지나지 않는다는 위로를 듣게 되기도 한다. 이것은 주제비평의 한 예가 된다.

비교란 '다름'을 발견하는 것만은 아니다. 패러디의 원천과 대상이 되는 작품들 사이에서 우리는 동일한 것이 어떻게 달라지는지, 다른 것이 어떻게 동일하게 다루어지는지 보게 될 것은 물론이고, 유치환의 <깃발>과 서정주의 <추천사>에서 우리는 시적 발상의 동일성을 발견하게 된다. 내용뿐만 아니라 시적 장치와 속성 간의 비교를 통해서도 학습자의 안목과 사고가 확장되는 길은 조금만 주의를 기울여도 풍부하게 열려져 있다 하겠다.

(3) 상상적 사고력

한편 대상 자체의 이해를 넘어서서 그것과 연관된 모든 것을 생각하는 힘은 사고의 풍요화와 자유화를 증진시킨다. 블룸의 학습 위계에서는 이 단계의 활동이 구상되지 않았지만, 이는 언어 또는 문학이 상상력의 산물이라는 특수성과 관련이 있다. 다른 학습 활동에서는 문학만큼의 상상이 요구된다고 하기 어렵기에 일반적이라 할 수 없다.

어떤 대상이 자신에게 환기되는 의미를 파악하기 위하여, 생각나는 모든 것을 연상해 보고, 작품이 무엇을 생각나게 하는지에 초점을 맞추어, 생각할 수 있는 모든 것을 생각한다. 언어 활동의 주체는 언제나 그 개인이므로 특히 자기 자신에게 무엇이 떠오르는지 연상함으로써 상상적 사고력이 길러진다.

연상은 어떤 사물을 보거나 듣거나 생각하거나 할 때, 그와 관련 있는 다른 사물을 머리에 떠올리는 정신 활동을 의미한다. 지금 감지되고 있는 사물로 인해 그와 관련 있는 다른 하나의 사물을 머리에 떠올리거나, 머리에 떠오른 하나의 사물로 인해 다른 하나의 사물을 상기하는 것과 같은 정신 작용이 연상인 것이다. 이때 두 사물 사이에서 필연적이거나 논리적인 인과 관계를 발견하기는 어렵다. 그것은 해당 경험자가 아닌 국외자의 입장에서 본다면 자의적인 것에 가깝다. 그래서 연상은 일견 자유롭게 보인다. 하지만 연상은 기억과 회상에 긴밀히 연계되어 있다는 점에서, 이 역시 본격적인 상상력의 단계라 할 수는 없다. 그러나 이 연상은 학습자 자신의 체험이 적극적으로 투사된다는 점에서 가치를 지닌다.

따라서 작품을 접하면서 자신의 직접적 간접적 경험을 환기하는 일이 필요하다. 그것은 작품과의 대화를 전개하는 중요한 단서이다. 이때 학습자의 경험이 직접적인 것만을 가리키는 것은 아니라는 점에 유의해야 한다. 간접적 경험 속에는 텍스트 체험도 포함되는 것이 당연한 이상, 유사한 소재나 주제를 다룬, 혹은 유사한 인물을 다룬 작품 등등을 환기하는 것은, 전술한 비교하기와 밀접한 관련을 맺게 해 준다. 그럼으로써 학습자는 자신의 특수성을 담지한 채, 보편 독자의 입장으로 확대될 수 있는 것이다.

비교·연상 등을 통한 이러한 확장 과정에서 교사는 학생이 자신의 견해를 정교하고 타당하게 기술해 가는 과정에 주목해야 한다. 정적 전이가 일어나고 있는지, 혹은 부적 전이가 발생하더라도, 그 어느 경우든 학습자 자신에게는 유의미한 학습으로 전개되고 있다면, 반응·기술하기 단계에 비추어 학습자의 자기 성장을 평가하는 데 인색할 필요가 없다. 따라서 비교·연상은 학습자에게 유의미한 혼란을 일으킬 수 있도록 전개되어야 한다.

이 모든 단계에서 교사는 적절히 안내자와 자료 제공자 및 해설자의 구실을 할 수도 있다. 얼마나 풍부하고 적절한 자료를 제시해 주느냐 하는 것이 수업 성패의 관건이 된다 해도 무방하다. 여기에는 풍부화와 함축성의 원리가 관련되며, 동시에 위계화의 원리도 관계된다. 교사는 학생들을 체계적으로 교란시키거나, 위계적인 배열을 통해 성장을 도모해야 하는 것이다. 가령 학생들이 고정관념을 발동시키는 경향이 강한 수업 국면에서는 교란적 자료를 비교 활동용으로 제시할 수 있고, 발산보다는 수렴이 필요한 국면에서는 수직적 비약보다는 완만하게 상승하는 점진적 자료를 제공하는 것이 바람직하다.

그러나 실제 비교하고 연상하고 확장하는 활동은 학습자의 활동 중심으로 진행되어야 한다. 이때 활동 중심이라 함은, 다음 단계에서도 마찬가지인데, 머릿속이나 가슴속 생각만이 아니라 그것이 언어활동의 차원에서 행해져야 함을 의미한다. 문학 수업의 과정을 읽기에서 쓰기로, 이해에서 감상으로, 수용에서 생산으로, 주관에서 객관으로의 일방적 방향으로만 이해하는 것은 바람직하지 않다. 그 같은 활동은 모든 과정에 역동적으로 발현되어야 하는 것이다.

4. 분석 · 심화하기

(1) 회귀를 통한 성찰

반응 · 기술하기에서 시작하여 비교 · 확장하기를 거친 다음, 우리는 과연 학습자가 모순과 혼란과 갈등을 통해 한 단계 성장하였는지에 관심을 모아야 한다. 아무리 많은 작품을 다양하게 섭렵하였다 하더라도, 단순한 나열과 반복에 그치는 문학 수업은 절반 이상의 실패라 해도 과언이 아니다. 그것은 엄밀한 의미에서 교육이라기보다는 훈련에 가깝기 때문이다. 우리의 관심은 문학의 지식—넓은 의미에서의 지식—을 축적해 가는 데 있는 것이 아니라, 능력을 개발하고 신장하는 데에 있다. 즉 문학이 단순한 도구적 지식으로 전락해서는 안 되므로 일종의 초인지와도 같은 문학적 자기 성찰 능력과 그에 기반한 자기 표현 능력을 기르는 것이 이 단계의 관건이 되는 것이다.

개인에 따라서는 이 과정이 나선적인 발전 과정일 수도 있고, 재인(再認)의 일종일 수도 있다. 하지만 재인 또한 단순한 반복은 아니다. 영어에서 re-cognition을 그냥 인식이라 번역하는 것도 잘못은 아니다. 인식은 재인의 과정을 통해 인식으로서 성립되기 때문이다.

회귀한다는 것은 성찰한다는 것이고, 모든 성찰은 '다시 보기'를 전제로 성립한다. 우리 문학교육은 '읽기'에만 치중해 왔지, '다시 읽기'에는 관심이 적었다. 단 한 번의 '읽기'를 통해, 권위 있는 해석이 읽기의 전범으로 확고하게 자리잡기 때문이다. 그런 상태에서 다시 읽는다는 것은 정말이지 시간과 노력의 낭비에 불과하다. 하지만 비평의 역사란 것 자체가 다시 읽기의 역사임을 안다면, 문학교육의 핵심은 오히려 '다시 읽기'에서 찾아야 한다고 해도 지나침이 없다. 문학 연구가들이 하는 일 역시 '다시 읽기'에 다름 아니다. 그들이야말로 회귀에 철저한 자들이다. 그들이 문학적 능력이 뛰어나서 다시 읽는다기보다는 다시 읽는 회귀와 성찰 덕택에 문학적 능력이 성장하게 되었다고 표현하는 것이 사태에 어울릴 것이다.

　정설만을 받아들이고 시험을 통해 이를 재생산해 내는 것, 그것이 교육, 특히 문학교육의 본모습은 아닐 것이다. 그러나 그렇다고 해서 그저 자기 자신만의 주관적 감상에 거하도록 하는 것 역시 문학교육의 갈 길은 아니다. 다시 읽어야 한다. 하지만 다시 읽으려면 배워야 한다. 그리고 또 다시, 배웠으면 다시 읽어야 한다. 문학의 역사가 곧 오독의 역사인 이상, 이 순환 과정이 반드시 오독에서 정독으로의 발전 과정과 일치한다고 말할 수는 없겠지만, 단순 순환에 불과할 뿐이라고는 더더욱 말할 수 없을 것이다. 적어도 다시 읽는 당사자에게만큼은 그 과정은 깨달음의 과정에 가깝게 여겨질 것이기 때문이다. 다시 읽는 과정에서 문학 능력은 신장될 가능성이 크다.

(2) 분석하기

　그러나 무한정 다시 읽을 수만은 없다. 이 과정은 평생 학습의 차원에서 지속되어야 하겠지만, 물리적으로 제한된 실라버스 속에서 우리는 중간 단계의 확정을 지어야만 한다. 하지만 그것은 단순히 현실적 이유 때문만은 아니다. 물론 다른 판단을 존중하고 판단을 유보하는 일이 지적으로 겸손하고 성숙한 태도라는 것에 이의가 있을 수 없다. 그것은 대단히 교육적이기까지 하다. 자신의 무지를 안다는 것, 지적 세계 앞에서 겸손해 한다는 것이야말로 학문에 임하는 가장 바람직한 모습일 것이기 때문이다. 그러나 그 전제는 어디까지나 그로 인하여 계속적으로 지적인 욕구를 발휘하게 된다는 데 있다. 평생 동안 계속 다시 읽어야 한다는 것을 전제로, 중간 단계의 산물을 제 스스로 겸손히 내밀어 보는 것이야말로 겸손에 값한다. 그래야 발전이 있다.

　이제 학습자는 초기의 반응에서부터 회귀에 이르기까지 자신의 견해를 확정지어야 한다. 그 확정에는 많은 망설임이 따를 수밖에 없다. 그는 인지와 정서 사이에서, 주관적이고 특수한 체험처럼 여겨지는 것과 객관적이고 보편적인 것처럼 여겨지는 것 사이에서, 그리고 이 작품과 저 작품, 이 해설과 저 해설 사이에서 판단을 내리기가 쉽지 않을 것이다.

하지만 그렇기 때문에 결단을 내릴 때까지의 그의 고뇌야말로 문학적 고뇌에 속하며, 그것이 곧 문학적 사유, 상상력, 사고력에 해당한다. 따라서 그에게 이러한 부담을 주고자 하는 것은, 일정한 해석을 강요하는 안녕질서의 접근법이 아니라, 학습자 스스로 그러한 체험을 하도록 하는 교육적 배려일 따름이다.

다만, 그 부담이 좁은 의미에서의 지적인 부담으로 작동되어서는 곤란하다. 지적, 정서적 체험, 곧 몸의 체험으로 발현되어야 하는 것이다. 이 회귀의 단계에서, 다시 말해 작품을 다시 읽고 성찰을 거듭한 결과, 학생들은 비로소 앞서 바슐라르가 말한 바의 울림(retentissement)에 다가서기 시작할 수 있게 된다. 이는 곧 학습 초기의 반향(résonance)에서부터 그만큼 성장해야 한다는 뜻이기도 하다. 보이지 않았던 것이 보이기 시작하고, 느끼지 못했던 것들이 느껴지기 시작하게 되는 것이다.

분석은 이 같은 회귀 단계의 앞과 뒤를 이룬다. 분석 결과로 인해 새로운 회귀가 가능하기도 하고, 회귀의 결과로부터 분석이 시작될 수도 있기 때문이다. 이 변증법적 과정에서 학습자는 초기 단계에서의 반응의 명료화보다 한 차원 높은 분석 수준을 획득할 수 있다. 감각적 반향의 원인을 찾던 것에서 이제는 울림의 원인을 찾아가야 하기 때문이다.

따라서 블룸의 학습 위계에서도 넷째 단계로서 분석을 설정하고 있는 바와 마찬가지로, 대상에 대한 분석력은 풍부화, 체계화, 내면화, 자유화 모든 지표에 해당하는 상위 수준의 활동이라 할 수 있다. 종래의 문학교육에서는 이 단계의 활동을 학생에게 실천하게 하지 않고 분석된 결과를 전달함으로써 학습의 의의를 잃게 만든 혐의가 있다.

그것이 어떻게 이루어져 있는지, 자신이 그것을 써 낼 수 있는 정도에 이를 정도로 분석한다. 인물, 플롯, 표현 등을 분석하는 힘은 그 흥미를 기반으로 분석적 사고력을 기르는 데로 나아가게 된다. 문제는 이러한 개념이나 장치, 구조 등, 속성을 학생 스스로 분석할 수 있게 하는 교육이 선행되어야 한다는 것이다. 즉, 어느 정도는 직접 교수법이 반드시 필요하다. 다만 그 교육이 '손가락'을 가리키는 것이 아니라 '달'을 가리키는 것이 되어야 할 것이다.

분석을 통해 학습자는 자신의 회귀를 재인하게 된다. 회귀의 체험과 분석의 체험이 원만하게 이어지지 않을 수도 있다. 그 간극을 메워가는 것이 중요해진다. 그것은 양자를 조정하는 가운데, 점차 시적 진실에 다가서는 것이 될 것이다. 그리고 그 결과가 만족스러울 경우, 적어도 그 성장 단계에서 주체의 텍스트 체험은 비로소 하나의 작품 체험으로 당당하게 자리잡을 수 있게 된다.

(3) 심화하기

이같이 습득되고 이해된 것은 다른 대상 또는 상황에 적용할 수 있을 때, 비로소 완전해지고 자신의 것으로서 의미를 지니게 되며 그 효용성 및 가치가 드러나게 된다. 하나를 알아 열을 통하는 차원도 바로 이 단계에 해당한다. 이는 문학교육의 지표 가운데 풍부화, 내면화로 가는 길이 되기도 한다. 그것이 곧 분석의 심화 과정이다.

우선 관찰하고 파악한 대상을 두고 이것으로 무엇을 할 수 있는가를 생각하게 한다. 작품에서 얻은 생각을 통해 무엇을 더 이해하게 되었는지, 모르고 있던 무엇을 더 파악하게 되었는지, 실제로 우리 삶에 그것이 어떻게 드러나는지를 생각한다. 이는 곧 전환적 사고의 바탕이 된다. 이런 점에서 블룸의 학습 위계에서도 적용을 강조하고 있다.

즉 회귀에서 분석으로, 분석에서 적용으로 이어지는 이 과정은 자기화의 과정에 더 큰 자유와 엄격성을 부여한다. 사고의 수렴과 발산을 거듭하면서 학습자는 자기 감상의 자유함을 느낌과 동시에 다른 한편으로는 그에 대한 책임감을 느껴가기 때문이다. 만일 적용이 잘 안 된다면, 그는 분석부터, 회귀부터, 아니 원초적 심상부터 재점검하지 않으면 안 될 것이다. 반면에, 적용 단계까지 잘 나아갈 경우, 학습자는 그 해당 텍스트만이 아니라 그 텍스트의 잠재력과 문화의 풍부함을 접할 수 있게 되며, 이는 결국 우리 삶과 문화에의 폭과 가능성을 넓혀 주게 된다. 심지어 이 단계에서는 문학 학습의 결과가 실용의 국면에도 기여하게 되며, 역으로 그러한 시각에서 문학의 힘을 재인식하게 되기도 한다.

5. 대화 · 자기화하기

(1) 대화를 통한 자기화

문학의 교수-학습은 '자신의 세계'에 기반을 두어야 한다는 점을 최종적으로 확인하는 단계이다. 대상이나 작품이 자신에게 던지는 의미를 평가하고 주체적으로 의사를 결정하는 사고 활동이다. 문학교육의 지표 모두가 이 단계를 위해서 설정되었다고 할 수 있으며, 블룸의 학습 위계 가운데 종합과 평가가 이에 관련된다.

그것을 지지하는 쪽에서, 혹은 그에 대해서 반대하는 쪽에서 근거를 대면서 생각해 본다. 근거의 종류를 다양하게 대고 구사하는 논리를 다변화함으로써 논리적 사고력을 기를 수 있다. 이때 논리적 사고력은 감상과 대치되는 의미에서가 아니라 감상에 적극성을 부여하고 감상에 적합성을 강조하는 이른바 엄격성의 견지에서 이해되어야 한다.

일단 회귀와 분석을 마친 학생들은 저마다의 견해를 확정지은 셈이라고 간주해도 좋다. 그들은 모순과 갈등 속에서 어느 하나를 선택하고 거기에 수렴해 들어간 형국이다. 그러므로 그들은 이미 다른 선택의 가능역에 대해서도 스스로가 어느 정도는 충분히 납득하고 있는 편이다. 이는 토론에 가장 적합한 형태라 할 수 있다.

그러나 이 논쟁은 상대방을 공박하는 데에만 핵심이 있는 것은 아니다. 이 논쟁은 오히려 공리성을 떠나 자기화를 지향하는 데에 미덕이 있다. 취미의 영역이라 해도 좋을 비공리적 영역에서 벌어지는 논쟁이야말로 대화와 관용의 세계를 구축하는 데 기여할 것이다. 원래 상대주의와 다원론과 갈등론은 오히려 서로 다른 기준과 견해에서 빚어지는 대립을 해소하고 공통적인 세계 인식 위에서 삶의 평화와 조화를 추구하는 관용(tolérance)의 정신과 상통하는 것이기 때문이다. 그러므로 이 단계는 자신의 견해와 취미를 타인에게 강요하는 것이 아니라, 그 과정에서 자신의 그것을 좀더 정교화, 세련화시키며, 타인과의 대화를 통해 수정 보완하는 기회를 제공해 주는 것이다. 그러나 타인에게 설득당함으로써 또 한 번의 전반적 회귀와 성찰, 그리고 재인을 다시금 거듭해야 하는 기회가 될 수도 있다.

결과를 송환하는 이 체제는 수업이 끝나도 계속된다. 그 과정에서 전 단계의 결과들은 항상 그 다음 단계에 의해 계속적으로 감싸진다. 즉 수업은 선조적이라기보다는 나선적이되, 연속적인 발전이라기보다는 단절과 비약이 있으면서 동시에 감싸기(envéloppement)가 이루어지는 형태가 되어야 하는 것이다.

그런 의미에서 이 같은 수업은 대화적이다. 작품을 매개로 작가와, 등장인물과 대화하는 것은 물론, 다른 작품과 비교하는 것 역시 작품간의 대화라 할 것이며, 최종적으로는 타인과의 대화를 거치게 되는 이 수업은 실로 수많은 타자와의 대화를 하게 되는 셈이기 때문이다. 그 대화의 궁극처가 바로 주체의 형성에 있음은 더 말할 나위가 없다.

이러한 교실은 아마도 소란스러울 것이다. 그러나 그 소란스러움은 바로 카니발의 소란함에 가깝다. 제의적인 경건함과 엄숙함이 지배했던, 그리하여 산 자보다 죽은 자가 우위를 점했던 교실, 경전을 대하듯 주석을 가하고 그 정통적 주석을 받드는 데 진력했던 교실은 사라지게 될 것이다. 사이와 차이에 주목하는 교실은 대화주의를 기반으로 하게 되거니와, 바흐친의 예에서 보듯 대화주의와 카니발리즘의 관계를 생각해 보면 이제 새로운 교실은 축제의 활기를 가져다 줄 것이다.

(2) 적극적 독자로서의 글쓰기

이 단계에서 비로소 학습자는 단순한 독자 이상의 것, 즉 생산적 독자로 성장하게 된다. 하지만, 이때의 생산적 독자라는 개념이 학자나 비평가와 같은 전문적 독자 수준을 의미하는 것은 아니다. 그보다는 오히려 주체적 독서와 분석 과정을 통해 스스로의 감상 결과에 책임을 질 수 있고 그 결과를 언어로 표현하고 생산할 수 있는, 자유와 엄격성에 충실한 독자상에 가깝다 할 것이다.

우리가 지향해야 할 학습자상은 작은 전문가가 아니라 문학을 애호하는 아마추어라 할 수 있다. 문학 애호가에게 텍스트 생산은 더 이상 고통이 아니라 즐거운 활동이 된다. 마치 바둑 아마추어들이 스스로 묘수풀이에 몰두하듯, 텍스트 생산 과정에서 겪어야 할 고통은 오히려 즐거운 체험으로 변하게 된다. 그 즐거움의 요체가 바로 자기화에 있음은 더 이상 말할 필요가 없겠다.

따라서 논란이 끝나고 나면, 학생들은 반드시 자신의 최종적 견해를 기술하는 일을 해야 한다. 그것은 포트폴리오의 마지막을 구성하게 될 것이다. 이 단계에서는 비평적 에세이 쓰기도 좋은 활동이 된다. 물론 비평적 에세이는 시작부터 지금까지 계속 되어 온 셈이라 보아도 무방하다. 다만 자기 자신만의 최종 결정판을 내놓는 것으로 이해하면 된다. 비평적 에세이란 비평이긴 하되 본격 비평은 아니라는 것, 주어로 '내'가 등장하는 사적인 글쓰기도 기꺼이 허용된다는 것, 그러나 얄팍한 주관적 감상문 따위는 아니라는 것, 즉 일정한 형식이나 틀은 필요로 하지 않는 글쓰기의 한 유형으로서 문학 작품에 대해 자신이 사고한 바를 깊이 있게 써나가는 글이다. 다만 중요한 것은 그 내용이 얼마나 자기 자신에게 진술하고 그와 동시에 타당한 설득력을 지니고 있는지의 여부이다. 여기서 교사는 학생 개개인의 포트폴리오를 수집하고 토론 과정까지 지켜 본 입장이므로 그 글의 설득력이 타인에게 기댄 것인지, 혹은 타인과의 대화에 귀 기울이지 않은 것인지를 모두 파악할 수 있다.

자기화란 것이 자신이 지닌 이해관계에 따라 자의적으로 모든 것을 해나가도 좋다는 것을 의미하지는 않는다. 제멋대로 바둑을 두는 자는 진정한 아마추어가 아니다. 그것은 세계에 대한 수동적인 존재가 아니라 능동적이며 주체적인 존재로 되어야 함을 강조하기 위함일 뿐, 실천적 국면에서 세계에 대한 이해는 세계와의 변증법적인 관계 속에서 이루어지는 것이기 때문이다. 비평적 에세이도 자유롭되 엄격성을 만족시켜야 하는 까닭 역시 이와 마찬가지이다.

(3) 능력의 전이와 인격의 도야

자기화는 필연적으로 전이와 도야에 연결된다. 한 작품을 잘 이해하는 것만으로 문학 수업이 끝나서는 안 되는 것이다. 정신의 고양은 존재의 전환을 가져 와야 하고, 존재의 전환은 이제 현실적으로 무용해 보였던 문학과 그 세계의 가치를 사랑하게 만든다. 어느 불문학자의 다음과 같은 말에 귀기울여 보자.

시적 교감이란 바로 클로델이 말의 유희로 표현해 본 '함께 태어남 co-naissance'으로서의 '앎connaissance'인 것이다. 서정주의 <사경(四更)>을 읽었을 때, 나는 그 짧은 시편을 이와 같이 '알았던' 것이다. 나는 이와 같이 그 짧은 시편과 '함께'(그래 새로이) '태어났던' 것이다.

이 고요에
묻은
나의 손때를

누군가
소리없이
씻어 헤우고

그 씻긴 자의
새로
벙그는
새벽

지샐 녘
난초 한 송이

매일매일 어쩔 수 없이 우리의 영혼에 덮이는 온갖 더러운 '때'를, 그 다음 날 어두운 밤을 헤치고 '벙그는 새벽'처럼 '헤(워)'버리고, 그 새벽의 맑은 이슬을 머금은 청초한 '난초'처럼 새로이 태어날 수 있다면, 우리는 얼마나 행복할 것인가!… 어느 다행한 순간 우리를 새로이 태어나게 하는 이 시의 힘은, 역설적이게도, '때'의 경음 ㄸ이 환기하는 그것의 두꺼움을,

‘헤우고’와 ‘벙그는’의 후음 ㅎ과 순음 ㅂ의 부드러움이 눈 녹이듯 씻어 버리는 데 있다.(중략) 이리하여 그 두꺼운 때는, ‘헤우다’라는 역동적 이미지가 환기하는 물에 씻겨 부드럽고 저항 없이 사라져 버리는 것이다. 우리는 언제나 우리 영혼의 때를 이처럼 손쉽게, 이처럼 힘 안 들이고 씻어 버릴 수 있어야 한다. 그래 그 때의 회한에서 웃으면서 벗어날 수 있어야 한다.
　　만약 이럴 수만 있다면, 어찌 바슐라르처럼 매일매일의 하루를, 시를 읽음으로써 시작하지 않겠는가?[2]

다소 긴 인용을 무릅쓴 이유는 두 가지이다.

하나는 이 글이야말로 수준 높은 비평적 에세이의 한 전범에 해당한다는 것. 그는 새로이 태어남, 곧 바슐라르의 존재의 전환을 설명하면서 이와 같은 에세이적 글쓰기로 대응하고 있다. 여기서 그는 자신의 사유를 텍스트에서 끌어내고 있다. 말하자면 분석이다. 아주 짧지만 그 안에는 주제와 형식에 대한 분석이 깔려 있는 것이다.

둘째 이유는 마지막 구절에 있다. 시를 읽고 존재의 전환, 곧 정신적 도야를 이룰 수 있다면, 어찌 매일매일 시를 읽음으로써 시작하지 않겠는가. 다시 말해 우리가 문학교육을 하는 가장 궁극적인 지표가 여기에 있지 아니한가 하는 것이다. 자기화의 최종 종착지는 결국 삶 속에서 문학과 같은 가치로운 세계를 즐겨 접하게 되는 것, 문학과 ‘함께’ ‘새로이 태어나는’ 데에 있지 아니한가.

따라서 이 단계에서 창작교육을 시도해 보는 것도 유용한 일이다. 이때 창작교육이라 함이 장르적 규약에 철저한 창작물만을 의미하는 것은 아니다. 작품으로서의 완성도도 아주 무시할 수야 없겠지만, 그보다는 자기화의 척도로서 갖는 기능이 더 소중한 것이다. 가령 대립적인 두 경향의 시를 놓고, 수업의 진행을 통해 어느 한 쪽에 기운 견해를 갖게 되었다면, 그에 걸맞은 시 한 편을 쓰게 해 본다든가, 이번엔 다른 소재나 주제 등을 놓고 만일 그 시인이었다면 어떻게 썼을까 상상하여 써 보게 한다든가,

---

2) 곽광수, 「바슐라르와 상상력의 미학」, 『가스통 바슐라르』, 민음사, 1995, pp. 136-138.

패러디를 하거나 장르를 바꿔 본다든가 하는 활동 등이 있을 수 있는 것이다.

그럼에도 여전히 그것은 학생들로 하여금 작가가 되게 하는 것 아니냐고 반문할지 모르겠다. 교육은 지식의 전달에 있지, 창조의 세계는 아니지 않느냐 하는 생각일 것이다. 지식은 합리의 세계이지, 비합리의 세계는 아니지 않느냐 하는 것 역시 마찬가지이다.

그러나 니체에 따르면 미의 세계는 아폴론적 정신세계와 디오니소스적 정신세계의 이중성을 지닌다. 그래서 니체는 소크라테스를 철저히 비난한다. 소크라테스로 말하자면, 그 역시 인간은 모든 것을 알고 있는 잠재력을 가지고 태어난다고 생각하여, 그러므로 교육이란 잠재적으로 아는 앎을 실제로 즉 지각적으로 알도록 이끌어내는 것이라 하였지만, 그러나 정작 그가 원하는 것은 객관적 지식만을 이끌어내는 것이었기 때문이다.

그런데 개인적인 지식을 추구하여 현상을 탐구하며 정신적 희열이라는 지적 보상을 받고자 하는 소크라테스의 세계와, 존재의 근원과 현실의 내재적 중심을 중요시하여 개인주의적 울타리를 무너뜨리는 환희와 신비의 세계를 동경하는 디오니소스적 세계와의 결합된 세계란 어떤 세계인가. 니체는 이러한 세계로 소크라테스-뮤지션의 세계를 든다.[3] 말하자면 우리 교육은 소크라테스의 한계에서 머물고 있었지만, 그에 대한 대안이 뮤지션인 것은 아니라는 것이다. 소크라테스-뮤지션이라는 학습자상은 이지와 도취가 함께 하는, 지식이 아니라 지혜를 추구하는 것을 가리킨다. 이 비유를 창발성과 엄격성의 관계에 적용해 보아도 좋을 것이다. 따라서 이러한 맥락에서 창작 교육은 표현 교육만이 아니라 이해를 완성해 주는 이해-표현 교육으로 받아들여져야 한다.

(4) 평가하기

이해와 표현에 대한 평가 역시 내용상 윤리적이거나 형식상 기교적인

---

3) 김용선, 『상상력을 위한 교육학』, 인간사랑, 1991, p. 131.

관점을 취해서는 안 된다. 수업을 통해 얻고, 스스로 구성한 지식들을 얼마나 자신의 것으로 소화해내고 있느냐에 초점을 두어야 한다. 정당한 송환에 따른 회귀와 성찰, 그리고 재인의 결과로 자신의 견해를 극단적으로 뒤집지 않은 이상, 이해와 감상의 국면에서는 소위 참여시를 애호한 학생이, 창작의 국면에서는 지배적 관습에 따라 소위 순수시를 내보이고 있다면, 그것은 지식이 아직도 견해로는 바뀌지 않은, 다시 말해 진정한 자기화를 이룩하지 못한 것으로 보아야 한다. 비평적 에세이나 창작 활동은 적어도 그 단계에서는 최종적인 자기 표현으로 보아야 하기 때문이다. 단, 그 수업의 목표가 작품의 완성도를 이해하고 감상하는 데에 있다면, 창작 역시 그에 따라 작품성의 견지에서 평가되어야 옳다.

그러나 무엇보다도 중요한 것은 목표 달성 수준에 대한 평가뿐만 아니라 목표에 도달하기 위한 평가이어야 한다는 것이다. 활동의 결과만을 평가한다면, 학습의 과정에서 혹은 과제를 수행하는 과정에서 학생들이 어떤 어려움을 겪는지, 학생들이 어떤 부분을 탁월하게 수행하는지를 판단하는 데 제한적일 수밖에 없다. 결과적으로 학습자가 어떤 과제를 수행했는지 못했는지에 대해서는 판단할 수 있지만, 왜 그것을 못했는지에 관해서는 판단할 수가 없게 되는 것이다.

그러므로 평가는 과정평가이어야 옳다. 이해 활동과 표현 활동의 어느 과정에서 장애를 느꼈으며, 그 장애를 어떤 과정을 통해 해결했는지, 앞으로 이해나 표현 능력을 향상시키기 위해 어떤 노력을 해야 하는지에 대한 상세하고도 구체적인 정보를 얻을 수 있기 때문이다. 반응을 기술하는 것에서부터 자기화에 이르기까지 매 단계마다 표현하기를 설정한 이유가 여기에 있다. 평가의 주체는 궁극적으로 학생 자신이어야 하는 것이다. 그런 의미에서 과정 평가의 시작과 끝은 자기 평가가 되어야 한다.

제3부 문학교육의 지식과 상상력

제1장 문학교육과 신비평

1. 살아 있는 신비평

백철(白鐵)에 의해 도입된 이래 신비평이 이 땅에서 누렸던 지위는, 정작 신비평의 본토 미국에서는 '죽은 말[馬]'로 정평이 난 지 오래임에도 불구하고, 좀체 낮아질 줄을 모르는 형편이다. 그리고 유독 그 득의의 영역을 견고하게 지키고 있는 곳이 아마도 문학교육의 자리일 것이다.

이는 문학이 단지 각 개인의 감상에 맡겨지던 교육의 무정부주의 상태를 신비평이 타개해내었고 또한 그것은 문학을 이해하는 객관적 기준이라고 여겨져 온 뿌리 깊은 인식 덕택이었을 것이다. 그러나 결론부터 말하자면, 신비평 역시 하나의 사고 유형일 뿐이었다.

그 사고 유형이 체계화를 지향하면서 새로운 관점이 획득되고 새로운 인식과 발견이 성취되며 새로운 차원의 문제의식이 개진될 수 있었음은 부인하기 어렵다. 그러나 '새로움'이란 것이 그 사고 유형의 유효성을 직접적으로 보장해 주는 것은 아니다. 체계화를 지향하는 거의 모든 사고 유형이 그러하듯, 신비평 또한 세계 인식의 매개체적 기능을 벗어나 그 자체가 하나의 실체로 화하게 되면서 실제적이라기보다는 이론적으로, 그 자체의 내부적 구조의 완결도 쪽으로 기울어 가는 경향을 보이게 되었던 바, 이는 곧 '새로움'의 고형화로 이어지는 결과에 맞닿을 수밖에 없었기 때문이다. 특히 이른바 객관주의를 지향하면서 그 당대의 '새로움'만이 객관으로 자리 잡게 되고 여타의 것들은 주관적 오류로 배제되었다는 점은 신비평의 유효성이란 것 역시 어느 특정의 이데올로기 내에서만 인정될 수 있는 성격의 것임을 보여 주는 것이라 하겠다.

문제는 당대의 유효성과 현재적 유효성 사이의 정당한 차별과 계승에 있다. 설령 현재 별 대안이 없다 하더라도 강조점은 대안의 촉구에 있는 것이지 '죽은 말[馬]' 수용의 불가피성에 있는 것은 아니다. 신비평은 왜 유용하였는가. 문학교육에 유용했다는 평가의 근거와 의미는 무엇인가. 우리가 그 유용성의 대가로 지불해야 할 것은 무엇인가. 이런 문제들은 신비평 자체로 되돌아가지 않고서는 올바른 해답을 얻기가 어렵다.

사실 우리 주변에는 신비평의 영향이 매우 강력한 형태로 남아 있으면서도 그 영향만큼이나 정작 신비평에 가장 충실한 적용의 실례가 무엇인지조차 선뜻 지적하기가 난감할 정도의 신비평에 대한 무지가 아울러 존재함을 인정해야만 하겠다. 신비평에 대한 비판이 또 하나의 무지 내지는 편견으로 돌려진다면 그 때 논의는 무화되고 만다. 비판은 새로운 패러다임의 의식적 준비에서 비롯되는 것이 아니라 기존의 패러다임 자체가 분비한 문제점에서 출발될 뿐이다. 그 결과 새로운 패러다임이 만들어질지, 즉 변화일지 변혁일지는 거칠게 말해 현실의 성장 여부에 달려 있을 것이다.

2. 신비평 이론의 실상

(1) 유기체론과 객관주의

두루 아는 바와 같이 에이브럼즈에 의하면 형식적 관점이란 존재론 (objective theory)에 해당된다.[1] 존재론이란 예술작품을 어떤 외부적 사항과도 독립시켜 오직 작품 자체로 해명하려는 이론이다. 따라서 작품을 내적

---

1) M. H. Abrams, *The Mirror and the Lamp*, Oxford Univ. Press, 1971, pp. 26-29 참조

으로 연관된 부분들의 구조 혹은 하나의 자기 충족적 실체로 인식하며 그 구조를 분석한다. 또한 작품을 그 고유한 존재 양식에 내재하는 기준들에 의해서만 평가한다. 사실 이러한 관점의 역사도 꽤나 길다고 할 수도 있다. 아리스토텔레스의 이론은 모방적 관점, 또는 효용론적 관점에 서는 것이지만 비극을 독립시켜 논의할 때는 형식적 관점에 가까운 것이었으며 거기에서 강조된 통일성의 세계는 코울리지에 이르러 유기적 형식론으로 귀결되어 갔던 것이다.2) 그러나 그 유기체론이 시의 형식론으로서의 이론적 체계를 갖추게 된 것은 미국의 신비평가들에 의해서였다. 다만 유기적 형식이라는 말 대신 구조라는 말이 보다 더 자리를 차지하게 되었을 뿐이다.

웰렉과 워렌에 의하면 구조는 비심미적 질료들이 심미적 효과를 성취하는 것이다.3) 한편 랜섬은 조직(texture)과 구조(structure)를 분별한다.4) 조직은 비상관적인 세부들, 시의 구체적이면서 국부적인 생명 같은 것으로 세계의 질적인 풍요라면, 구조는 시가 반드시 현실과 맺게 되는 필수불가결한 논리적 진술을 의미한다. 테이트는 내포와 외연을 교묘하게 결합하여 나타나는 개념으로서의 긴장(tension)이라는 용어를 사용하는데 이때 내포란 랜섬의 조직과 유사한 의미로 이해된다.

이러한 이원론을 단호하게 거부하고 어떤 비평가보다 분명하게 시에 대한 유기적 관점을 강조한 이가 바로 브룩스다.5) 그는 『잘 빚은 항아리 : 시의 구조에 관한 연구』에서 시란 존 던(John Donne)의 시에 나오는 잘 빚어 만든 항아리, 또는 키이츠의 시에 나오는 희랍의 자기(瓷器) ― 이

---

2) 후에 상술하겠지만 리차즈의 아이러니는 코울리지로 대표되는 낭만주의의 유기체론에서 나온 상상력과 같은 구조를 지니고 있으나 궁극적으로 신비평가들의 아이러니는 낭만적 감정에 비판적이라는 점에 유의해야 한다.

3) R. Wellek & A. Warren, *Theory of Literature*, Penguin Books, 1966, pp. 139-157. 웰렉은 내용(content)과 형식(form)의 전통적 이분법을 지양하고 재료(materials)와 구조(structure)의 개념을 도입하였다.

4) 위의 책 참조. Ransom에 의하면 구조는 해설 가능한 논리적 요소, 조직은 비논리적 요소이다. 훌륭한 시는 조직을 포함한 구조다. 따라서 시의 언어는 구조에 해당하는 의미와 조직에 해당하는 음성의 세계가 상호 충돌하는 아이러니의 언어다.

5) C. Brooks(이상섭 역), 『잘 빚은 항아리』, 종로서적, 1984.

희랍 자기를 키이츠는 "너, 말없는 형상이여, 영원처럼 우리를 애태워서 사고를 버리게 하는구나."(Thou, silent form, dost tease us out of thought / As doth eternity)라고 묘사했다―에 비유될 수 있다고 하였다. 이 말 없는 형상은 무엇을 의미하는가.

　신비평의 원조 엘리어트가 『황무지』를 출판한 '기적의 해'인 1922년에, 논리 실증주의를 주창함으로써 신비평과는 대적적인 위치에 서게 되는 비엔나 써클의 원조 비트겐슈타인은 『논리철학수고』를 출판하였다. 여기서 그는 "말할 수 없는 것에 대해서는 입을 다물어야 한다."라고 했다. 그러나 이 말할 수 없는 것을 '보여 줄' 수는 있다. 즉 브룩스에 의하면 시는 추상적인 명제로서는 말할 수 없기 때문에 '말이 없지만(silent)', 그러나 '형상(form)'을 통해서 '보여 줄' 수는 있다는 것이다. 따라서 시는 말로 할 수 없는 모호한 충동, 감정이라고도 사상이라고도 말할 수 없는 '배아(胚芽)'가 성장하여 핀 꽃의 형상인 셈이다. 여기서 사람의 손으로 빚어 만든 인공물로서의 자기나 항아리를 '배아'의 비유가 시사하는 것처럼 하나의 꽃과 같은 유기체로 보고 있는 점은 주목을 요한다. 이것은 유기체를 하나의 인공물인 기계로 본 갈릴레오의 기계적 인과론의 패러다임을 뒤집어 놓은 목적론적 유기체론으로서의 입지를 보여주는 것이다. 이 점에 관해서는 후술토록 하겠거니와 일단은 브룩스의 견해를 좀더 좇아 가 보는 것이 좋겠다.

　앞서의 '말 없는 형상'으로서의 유기체인 '자기'는 우리에게서 '사고를 버리게' 한다고 했다. 즉 일상 언어와 사고의 세계로는 표현할 수 없기에 형상은 말이 없다는 것이다. 일상 언어의 세계란 브룩스의 표현을 빌면 양자택일(either-or)의 세계이다. 동일률, 모순율, 배중률을 따르는 논리적 언어를 가지고는 이 말 없는 영원을 그려낼 수는 없을 것이다. 그렇다면 이 말 없는 영원을 말이 안 되는 말, 비논리적인 말, 양자긍정(both-and)의 언어로는 보여 줄 수 있을지 모른다. 이때 이 양자긍정의 모순이 이른바 역설(paradox)의 세계를 구성하며 이 역설의 세계가 또한 다름 아닌 유기체의 세계, 다시 말해 서로 다른, 또는 상반되는 부분들이 서로서로 끊을 수 없는 관계를 이루는 하나의 통일체의 세계가 되는 것이다.

　이러한 역설과 함께 브룩스는 시의 구조적 원리로 아이러니(irony)를 들고 있다. 부분들이 상호 관계를 맺고 있는 이 전체 구조에서 어떤 한 부분에 대해 다른 부분들은 맥락(context) 구실을 해 준다. 그 한 부분은 그 맥락이 되는 다른 부분들과 통일을 이루고 있지만 그러면서도 동시에 그 부분은 그것과 대조되는 다른 상반되는 부분들에 의해 제한받고 있다고도 할 수 있다. 그 부분의 맥락이 되는 다른 부분들은 그 부분과 대조되고 상반되고 적대적이고 비판적이라는 점에 있어서 아이러니이다. 이런 의미에서 그 부분은 그것과 유기적 관계를 이룬 맥락에 의해 '아이러니컬한 제한'을 받는다. 시 속에 있는 어떤 발언, 가령 "미는 진리요, 진리는 미"라는 말은 키이츠의 <희랍 자기부(希臘瓷器賦)>라는 시의 전 맥락에 의해 의미가 결정되며 희랍 자기의 성격에 맞고 극적으로 적합(dramatic propriety)한 극적 발언이다. 신비평을 맥락주의(contextualism)라고 부르는 이유가 바로 여기에 있다. 이러한 유기체의 복합성(complexity)은 구조상으로는 통일성으로 드러나지만 가치론적으로는 성숙성(maturity)으로 나타난다.

　이상에서 간략히 살펴 본 신비평가들의 구조에 관한 이론은 그것이 이론적 체계를 지향하는 한 나름대로의 장단점을 지닐 것임은 물론이다. 그러나 그것이 일단은 어떠한 사고에서 비롯된 체계이냐가 먼저 해명되지 않으면 안 된다. 그것은 곧 신비평가들이 이렇듯 유기체 개념에 맹목인 이유는 무엇인가를 묻는 것으로 이어지게 마련이다.

　유기체 개념의 이점은 그 개념 내에서는 통시적인 것과 공시적인 것의 영역이 하나의 살아 있는 종합을 찾아내고 있거나 혹은 아직 분리되지 않았다는 점이다. 왜냐하면 관찰자의 주의를 공시적 구조(변화하고 발전해 온, 그리고 지금은 유기체 자체의 삶 속에서 서로 동시적으로 공존하는 것으로 이해될 수 있는 기관들)로 인도하는 것은 바로 통시적인 것(유기체의 점진적 변화에 대한 관찰)이기 때문이다. 따라서 기능과 같은 개념들은 두 차원이 교차하는 바로 그 부분에서 발견될 수 있으며 그런 개념들과 더불어 역사는 그 나름의 독립적인 이해 양식임을 주장하게 된다.

　그렇지만 결국 유기체적 모델은 실체론적 사고방식에 너무 크게 의존한다. 만약 그 연구 대상들이 자율적인 실체로서 미리 주어지지 않으면

이 모델은 사회 내지 문화에 대한 여러 가지 유기체론에서처럼 방법론적인 목적을 위해서 허구적 대상을 꾸며내기 쉽다.[6]

신비평은 어떤 허구적 대상을 준비하고 있었던 것은 아닐까. 만일 그렇다면 그 허구적 대상은 과연 어떤 것이었을까. 신비평의 유기체론은 신비평가들이 문학적 지도(地圖)에 대규모의 수정 작업을 행할 수 있었던 이론적 도구이었던바, 그러나 이들은 이것이 어느 특정 이데올로기적 편견들을 기반으로 하는, 논박될 여지가 많은 단순한 하나의 전통 건설이라고는 결코 생각하지 않았다. 다시 말해 유기체론은 객관이라는 명분 하에 이루어지는 가치평가의 핵심이었던 셈이다. 아이러니컬하게도 이것은 그만큼 그것이 이데올로기적임을 보여 주는 대목이라 하겠다. 하지만 유기체론의 배경을 찾아가는 것이 단순히 이데올로기 비판에 직결시키고자 하는 의도에서 비롯되는 것은 아니다. 만일 신비평을 제대로 적용시키고자 하는 의도에서라도 이러한 작업은 필수적일 것이기 때문이다.

리비이스의 『검토(Scrutiny)』가 발흥되기 시작한 1920년대 후반과 1930년대에 케임브리지에서 영문학도가 된다는 것은 산업자본주의가 갖는 범속화하는 측면들에 대한 논쟁적인 공격에 휩쓸려 가담하게 되는 것을 의미했다. 영문학도가 되는 것이 가치 있을 뿐만 아니라 상상할 수 있는 가장 중요한 삶의 방식이라는 것—자신이 미약하나마 자기 나름대로 20세기의 사회를 17세기 영국의 '유기체적' 공동체의 방향으로 되돌리는 데 기여하고 있다는 것, 자신이 문명 자체의 가장 진보적인 첨단에서 움직이고 있다는 것—을 아는 것은 보람 있는 것이었다. 레이먼드 윌리엄스가 논급한 대로 유기체적 사회에 대한 유일하게 확실한 사실은 그것이 항상 과거의 것으로 나타난다는 것이다.[7] 유기체적 사회는 현대 산업 자본주의의 기계화된 삶을 비난하는 데 편리한 신화일 뿐이다. 이 사회적 질서에

---

6) F. Jameson(윤지관 역), 『언어의 감옥』, 까치, 1985, 서문 v 참조.
   제임슨은 이러한 실체론적 사고방식에 맞선 반작용으로 소쉬르를 이해하면서 오그덴과 리차즈를 다시 이에 대립시키고 있다.
7) R. Williams, *The Country and the City, London*, 1973, pp. 9-12. T. Eaglton(김명환 외 역), 『문학이론입문』, 창작사, 1986, p. 51에서 재인용. 신비평의 형성과 이념적 측면에 관해서는 이 글을 주로 참조하였음.

대한 정치적 대안을 내놓을 수 없었던 그들은 그 전에 낭만주의자들이 그랬듯이 그 대신에 역사적 대안을 제시했다. 물론 그들은 문자 그대로 황금시대로 돌아갈 수는 없다고 주장했는데 그들에 의하면 오직 유기체적 사회가 남아있는 것은 영어의 특정한 사용들에서였다. 그들에 따르면 상업 사회의 언어는 추상적이고 활력이 없다. 그것은 감각적 경험의 살아있는 뿌리들로부터 분리되었다. 그러나 진정한 영문학은 그 언어가 풍부하고 복합적이고 감각적이고 구체적이다. 그들에게 있어 문학은 어떤 의미로는 그 자체가 바로 유기체적 사회였다. 문학이 중요했던 이유는 문학이 바로 하나의 온전한 사회적 이데올로기와 다름없기 때문이었다. 달리 말하면 이것은 상류계급 국수주의의 일종의 소시민적 변형이었다.

한편 문화적 지도자라는 전통적 역할이 자국의 산업적 중산계급에 의해 침식되고 있었던 세인트루이스의 한 귀족 가문의 아들인 엘리어트가 1915년에 런던으로 건너왔다. 『검토』 일파처럼 산업 자본주의의 정신적 불모성에 혐오를 느낀 엘리어트는 옛 미국 남부의 삶에서 하나의 대안을 보았다. 엘리어트에 이르러 형이상학파 시인들은 갑자기 격상되었으며 밀턴과 낭만주의자들은 그동안 누려 왔던 지위를 상실하였고 프랑스의 상징주의자들을 포함한 선별된 유럽의 전통이 수입되었다. 그에 의하면 17세기의 존 던 등은 감수성의 통합 즉 사고와 느낌의 자유로운 융합을 보여주었다고 한다. 그리고 17세기의 어느 때 쯤엔가 '감수성의 분열'이 시작되었다. 사고는 더 이상 감각과 병행하지 않았고 언어는 경험으로부터 멀어졌다.

이때 엘리어트가 실제로 공격하고 있는 대상은 중산계급의 자유주의 이데올로기 전체, 즉 산업 자본주의 사회의 공식적인 지배적 이데올로기였다. 자유주의, 낭만주의, 프로테스탄티즘, 경제적 개인주의―이 모든 것들은 자신의 보잘것없는 개인적 자원 말고는 의지할 데가 없는, 유기체적 사회로부터 축출된 사람들의 비뚤어진 교리들이다. 엘리어트 자신의 해결안은 극우적 독재주의로서 사람들 모두 비인격적(impersonal) 질서를 위해 자기늘의 하찮은 '인격(개성)'과 견해를 희생해야 한다는 것이다.

문학의 영역에 있어 이 비인격적 질서는 '전통'이다. 다른 문학 전통처럼 엘리어트의 그것은 실제로 아주 선별적인 것이다. 그러나 이 자의적인 구조물은 역설적으로 다시 절대적 권위를 지닌 힘을 부여받는다. 정치적 영역에서 엘리어트의 이러한 권위옹호는 다양한 형태들을 띤다. 그는 프랑스의 파시즘과 유사한 운동인 '악시옹 프랑세즈'에 동조하여 유태인들에 대해 몇몇의 다소 부정적인 언급들을 하였다. 1920년대 중반에 기독교로 개종한 뒤 그는 소수의 '대 가문들'과 자신과 같은 신학 지성인들의 엘리트 소집단에 의해 운영되는 농촌 사회를 옹호하였다. 아마도 유기체적 시회는 비록 집단무의식 속에서만이지만 여전히 계속 살아 있는지도 모르며 정신 속에는 시가 다루고 재생시켜야 할 어떤 심층적인 상징들과 리듬들, 역사를 통해 불변하는 원형들이 있는지도 모른다. 이에 따라 엘리어트는 풍요제가 서구의 구원에 실마리를 갖고 있다는 것을 암시하는 시『황무지』를 1922년에 발표하였다. 물의를 일으킨 그의 전위적 기법들은 가장 후위적인 목적들을 위하여 사용되었던 셈이다.

산업사회에서 언어가 김빠지고 쓸모없게 되었고 시에 적합하지 못한 것이 되었다는 엘리어트의 견해는 러시아 형식주의와 유사점들이 있다.[8] 그러나 이 견해는 에즈라 파운드, 흄, 그리고 이미지즘 운동도 공유하고 있었다. 시는 낭만주의에 와서 감정의 방출과 섬세함으로 가득 찬, 맥 빠지고 여성적인 것이 되었다고 한다. 언어는 유약해졌고 그 남성다움을 잃었다. 따라서 언어는 다시 굳게 세워지고 물질적 세계와 다시 연결될 필요가 있다는 것이다. 이상적인 이미지즘의 시란 이미지들로 이루어진 간결한 3행 짜리 시가 될 것이었다. 정서란 것은 지저분하고 수상스러웠으며 '개성'과 '자아'는 한결같이 불신되었으며 비인격적인 힘에 굴복해야만 했다. 이 비평적 태도 뒤에도 역시 정치적 견해가 존재한다. 중산계급의 자유주의는 끝났으며 파운드가 파시즘에서 발견하였던 저 더욱 거칠고 남성적인 기율을 지닌 어떤 것에 의해 축출되어야 한다는 것이었다.

이상에서 살펴본 이들의 이데올로기에 대한 비판은 굳이 자세한 논의를 필요로 하지는 않을 것이다. 또한 우리 주변에 완강하게 남아 있는 유

---

8) 신비평과 러시아 형식주의는 유사성만큼이나 차이점도 크다. 이에 관해서는 프레드릭 제임슨, 앞의 책, pp. 36-38 참고 바람.

기체론에 대한 비판도 그리 어렵지만은 않다. 그것은 생물학적 유추화에 의해 오도되는 측면만 강조해도 충분하겠기 때문이다. 다시 말해 작품이란 하나의 게슈탈트(gestalt ; 독자의 창조적 지각능력에 의하여 수정될 수 있는 형식)일 수 있으나 그것이 살아있는 유기체는 아닌 것이다. 유기적 형식이라는 용어를 명료한 의미로서 파악하기 위해 흔히들 유기적(불규칙적이며 유일한) 형식에 대하여 비유기적(규칙적이며 전통적인) 형식을 대립시켜 놓게 된다. 이 대립이 단순히 해설적 차원이라면 그 해가 별로 생기지 않을 것이다. 그러나 이는 일반적으로 비유기적인(기계적이며 인공적인) 것에 비하여 유기적인(살아 있으며 자연적인) 것에 대한 가치 판단상의 선호를 포함하고 있으며 그 중심부에는 유기적 형식은 의미로부터 성장되어서 그 의미를 구체화시키는 반면 비유기적 형식은 이미 존재하는 의미를 구속한다는 가정이 놓여 있다.9)

그렇다면 중요한 것은 신비평가에 의해 사용되는 유기적 형식이란 것이 갖는 제한적인 성격이다. 모든 작품이 다 유기적 형식을 갖는 것이 아니라 그들이 선호한 구체적 작품들이 유기적 형식을 갖고 있는 것이다. 그러한 '선별의 의도'가 적어도 우리에겐 알게 모르게 작품의 객관적 원리로 어느새 자리 잡게 되어 있음에 우리는 유의해야 한다.

신비평을 수용한다는 것은 그 사고 유형, 그 관점의 수용을 의미한다. 우리가 신비평을 '제대로' 수용한다면 우리의 문학적 지도도 달라져야 하는 것이다. 우리가 신비평의 유기체론을 받아들이고 그리고 우리가 학생들에게 그 관점에서 좋은 시를 가르치고 싶은 선의가 있다면 아마도 먼저 해야 할 일은 우리 시에서의 존 던을 찾는 일일 것이다. 그 결과로 우리가 지불해야 될 것은 무엇일까.

물론 이런 반론도 가능할 것이다. 가령 신비평의 유기체론은 그것이 갖는 이데올로기적 성격과 무관하게 시를 객관적으로 바라볼 수 있는 관점으로 승인될 수는 없는가, 혹은 유기체론이 산업 자본주의에 대한 미학적 저항으로 이해될 때 이러한 보수주의는 시 교육에 있어서 유의미한 성격

---

9) 김윤식,『문학비평용어사전』, 일지사, 1976, pp. 216-217.

을 지니는 것이 아닌가 하는 질문이 그것이다. 그러나 이에 대한 대답 역시 비관적일 수밖에 없다.

모든 시가 다 예술 작품인 이상 꼭 신비평의 관점을 받아들이지 않더라도 유기적 형식으로 이해될 수 있다는 견해는 그 자체가 모순이다. 그럴 경우 유기체론은 분석적 준거의 의의를 상실하게 되기 때문이다. 두 번째 경우, 교육과 문학에 대한 관점의 차이는 차치하고라도 현재 우리 사회의 발전 단계에 대한 숙고가 앞서야 할 것이다. 신비평의 당대적 의의를 아무리 인정한다 하더라도 후기 산업 사회에 처한 문학의 대응방식이 그렇게 단순하지만은 않을 것이다. 1920년대의 건강성이 현재는 도리어 병을 악화시킬 수도 있기 때문이다. 산업사회의 병폐를 치유하는 데에 있어 저 17세기 형이상학파의 회복을 내세우는 것, 그것이 아무리 건강한 보수주의이고 또한 이 경박한 사회에 그나마 맞서는 문학의 엄숙주의라 하더라도 그것만이 유일한 객관으로 자리 잡는 것은 받아들이기 어려운 일이다. 17세기 형이상학파 시들의 고답적인 비유와 상징의 세계보다 훨씬 강력한 민중의 언어로 이 산업사회의 모순에 항거하는 고귀한 유산들이 이미 이 땅에는 존재해 있는 것이다. 아쉽게도 신비평은 그러한 유산들로부터 눈을 돌리게 해 온 데에 대해 일정한 책임을 지지 않을 수 없다.

(2) 자율성의 시론과 단절의 시학

시의 진리가 객관적인 세계를 지시하는 대응적 진리가 아니라 시적 사물의 유기적 관계에서 생기는 내적 통일의 진리라면 시는 곧 명제로 진술할 수 있는 내용의 세계로부터 독립한 자율적 세계라 할 수 있을 것이다. 주지하는 바대로 이 시의 자율성 이론은 칸트에 의해 공식화되었다. 그는 심미적 판단은 사물의 실존과는 무관한 관조라고 주장했다. 바꿔 말하면 그것은 주관적 목적도 객관적 목적도 없이 다만 '모방력들의 상호관계', 즉 '형식적 목적성'만 지니고 있으므로 '무목적적 합목적성'을 지니고 있다. 이때 미를 합목적성이라 정의한 것은 예술 작품을 목적을 지닌 유기체로 보았기 때문이며 이것이 곧 목적론적 유기체론에 해당되는 것이다.

이것은 미리 정해진 외적인 계획을 성취하기 위하여 부분들이 결합되어 생긴 기계와는 사뭇 다를 수밖에 없다. 아울러 '무목적적'이라 함은 첫째, 사물의 존재에 무관하다는 뜻에서 작품과 세계간의 단절을 의미하고 둘째, 외적인 유용성이 없다는 뜻에서 작품과 독자와의 관계 단절을 의미한다. 신비평의 자율성의 시론은 이러한 계보 상에 존재하는 것이다.

그러나 주목할 만한 사실은 이른바 '합목적성'이라는 것이 '모방력들의 상호관계'라는 점이다. 그것은 언어 매체 속에 형상화되기 이전의 시인의 독립된 창조력을 시사한다. 그러므로 그 속에 낭만주의적 관념론의 싹을 발견하기란 어렵지 않은 일이다. 일련의 사물을 발견하여 형상화되기 이전에 이미 이와는 독립된 감정이 있다는 엘리어트의 '객관적 상관물' 이론이나, 작품으로 표현되기 이전에 시인의 마음속에 이루어진 하나의 심리적 태도로서 리차즈가 들고 있는 '충동들의 조화'라는 것 역시 낭만주의적 관념론의 여파라 아니할 수 없는 것이다. 따라서 앞장에서 살펴 본 유기체론이 반드시 작품의 자율성을 직접적으로 보장해 주지는 않는 듯하다.

그럼에도 불구하고 미국 신비평에서도 문학 텍스트는 '기능주의적'인 도식이라고 부름직한 것 속에서 파악되었다. 미국의 기능주의 사회학이 각 요소가 서로서로 '순응하는' '모순 없는' 사회 모형을 발전시켰듯이, 시는 그 다양한 측면들이 균형 있게 협력하는 가운데 모든 알력, 불규칙함 그리고 모순을 해소하였다. '일관성'과 '온전성'이 그 기조였다.

시는 새로운 종교였으며 산업 자본주의의 소외로부터의 '도피' 가능한 ─그들이 펴낸 잡지의 이름이 『도피자(The Fugitive)』이었음을 상기하라─ 피난처였다. 시는 자기폐쇄적인 객체로서 그 특유의 존재가 신비하게도 고스란히 보존되어 있는 것이었다. 시는 다른 말로 풀이될 수 없고─패러프레이즈 할 수 없고─ 자신 이외의 다른 언어로 표현될 수 없는 것이었다. 그 각 부분들은 복합적인 유기적 통일성 속에서 다른 부분들과 결합되었으며 그 통일성을 깨는 것은 일종의 신성모독이었다. 이들의 시학을 '로고스(Logos)10)의 시학'이라 부르는 이유가 바로 여기에 있다. 시를 '말의 성상(聖像, verbal icon)'이라거나 패러프레이즈의 '이단(異端, heresy)'이란 용어를 사용하는 것 역시 이런 맥락에서 이해될 수 있다. 이렇듯 시의 언어를 신의 언어인 로고스로 성화시킨 이들은 보수파 기독교의 근본주의자들11)이어서 성경의 정확 무오성을 믿었기 때문에 불트만적 성경 해석이 이단으로 취급되었듯 시의 자율성을 해치는 그 어떠한 것도 허용될 수는 없었던 것이다. 다만 성경 주석가들이 성서 저자의 의도를 해명하려고 한 데 반하여 신비평가들은 작가의 의도를 배제하였다는 점, 그 점만이 다를 뿐이다.

그러나 만일 시가 또한 세계에 대한 특정한 이데올로기적 입장을 취하도록 독자를 유도하게 된다면 그 내적 일관성의 강조는 시가 현실로부터 전적으로 분리되어 그 자신의 자율적 존재 속에서만 순환하는 정도까지에만 만족할 수는 없다. 따라서 이 텍스트의 내적 통일성의 강조를 그러한 통일성을 통하여 작품이 어떤 의미에서 현실 자체에 상응한다는 주장과 결합시키는 것이 필요하였다. 바꾸어 말하면 신비평은 완벽한 형식주의에로 나아가지는 못했으며 형식주의에 일종의 경험론을 ―시라는 담론은 어떤 식으로든 그 자체 내에 현실을 포함한다는 신념을― 서투르게 섞어 넣어야만 했던 것이다.

그러므로 신비평가들이 다른 문학 장르에 비해 거의 배타적으로 시에 관심을 두고 있음은 당연한 귀결이라 할 수 있다. 엘리어트는 드라마에로 나가지만 소설에까지 이르지는 않는다. 리비스는 소설을 다루지만 '극적인 시'(dramatic poem)라는 제목 하에서 검토한다. 실상 대부분의 문학 이론들은 특정 문학 장르를 무의식적으로 전면에 내세우며 이 장르로부터 그 일반적인 의견들을 도출하게 마련이지만, 현대 문학 이론의 경우에 있어 시로의 이동은 특별한 중요성을 띤다. 왜냐하면 시는 모든 문학 장르 중에서 역사로부터 차단됨이 가장 뚜렷한 장르, '감수성'이 가장 순수하고 사회성이 가장 빈약한 형태로 활약하는 장르이기 때문이다. 소설을 빈틈없이 짜인 상징적 양면성의 구조로서 보기는 어려울 것이다. 그러나 시

---

10) Logos는 신학상 삼위일체의 제2위, 예수, 또는 하나님의 말씀을 뜻한다.
11) 일차 세계대전 이후 미국 프로테스탄트를 중심으로 창조설, 기적, 처녀잉태, 부활 등을 문자 그대로 믿고자 하는 운동.

안에서조차도 신비평가들은 다소 단순화하여 '사상'이라고 부름직한 것에 대해서는 아주 무관심하다. 엘리어트의 비평은 문학 작품들이 실제로 말하는 것에는 유별나게도 관심이 없다. 관심은 거의 전적으로 언어의 질, 감정의 유형, 이미지와 경험의 관계에 국한된다.

만일 시가 정말로 그 자체로 하나의 객체가 되려면 신비평은 그것을 독자와 작자 양측으로부터 떼어놓아야 했다. 신비평은 집필시의 작가의 의도는 비록 그것이 복원될 수 있다 하여도 그 작가의 텍스트의 해석과는 무관한 것이라고 주장하면서 위인문학론과 대담하게 결별하였다. 흄의 사상을 흡수하여 모더니즘의 시학을 확립한 엘리어트의 비개성론은 바로 작가를 배격하는 형식주의 교리의 고전적 선언이 되었다. 시인은 감정과 개성을 표현하지 않고 오히려 그로부터 도피한다.[12] 시인은 감정들과 느낌들을 결합시키는 '특별한 매개체' 또는 '변용시키는 촉매'에 불과하다.

윔저트와 비어즐리의 유명한 '의도의 오류'는 엘리어트의 반낭만주의적 비개성의 시론을 발전시킨 데 불과하다. 그들의 논지는 이렇다. 시를 평가하는 기술은 시를 창작하는 기술과는 달리, 시 자체의 공적 언어가 지닌 공적, 내재적 증거에 의존해야지 사적, 외적 증거에 의존해서는 안 된다. 시는 "탄생하면 작가로부터 분리되어 세상에 돌아다니기 때문에 그 시에 관해 의도할 힘도 통제할 힘도 없어진다. 시는 대중에게 귀속된다. 시는 언어로 형상화되어 있다."[13]

마찬가지로 특정 독자들의 정서적 반응도 시의 의미와 혼동되어서는 안 되었다. 리차즈에게 있어서 심미적 경험의 핵심은 시인의 상반되는 복합적인 충동들의 조화와 균형이었다. 작품 자체는 독자의 마음에 이 충동들의 조화라는 반응을 일으키는 자극에 불과했다. 이렇게 충동들이 균형을 이루면 우리의 관심이 한 방향으로 흐르지 않기 때문에 실제 행동에 이르지 않고 행동의 바로 전단계인 '태도'만 지니게 된다. 이런 태도에 이른 독자는 신비적 종교적 초연성과 무소득의 정신과 자유, 그리고 비개성

---

12) T. S. Eliot, "Tradition and the Individual Talent", *Selected Essays*, London, 1951, pp. 17-19.

13) W. K. Jr. Wimsatt & Beardsley, *The Verbal Icon*, Kentucky Univ. Press, 1954, p. 5.

성을 지니게 된다. 그러나 이러한 리차즈의 주장은 신비평가에 의해 '영향의 오류'로 지적받기에 이르고 만다. 랜섬은 독자의 정신에 생기는 리차즈의 이러한 균형상태를 독자로부터 작품으로 옮김으로써 독자를 배제하는 데 성공했다. 상반되고 상보적인 충동들을 배제하지 않고 포괄해야 한다고 하는 그의 '포괄시(poetry of inclusion)'론14)은 브룩스 등이 그들의 객관주의에 전용할 수 있는 이론이었다.

의도의 오류와 영향의 오류는 윔저트와 비어즐리에 의해 다음과 같이 공식화되었다. "의도의 오류란 시와 그 근원을 혼동하는 것이다.(─) 그것은 비평의 기준을 시의 심리적 원인에서 끌어내려는 시도에서 출발하여 전기와 상대주의로 끝난다. 영향의 오류란 시와 그 결과를 혼동하는 것이다.(─) 그것은 비평의 기준을 시의 심리적 영향에서 끌어내려는 시도에서 출발하여 인상주의와 상대주의로 끝난다."15)

이에 따라 시는 시인의 의도나 시로부터 도출된 독자의 주관적 감정과 상관없이 그것이 객관적으로 의미하는 것을 의미하였다. 의미(meaning)는 공적이고 객관적이며 문학 텍스트의 언어 그 자체에 새겨져 있는 것이지 오래 전에 죽은 작가가 머리 속에 가지고 있었으리라고 추정되는 충동이나 독자가 작품의 단어들에 부여하게 될 자의적이고 개인적인 의미(의의, significance)의 문제가 아니었다.16) 이 문제들에 대한 신비평가들의 태도는 시를 자기충족적인 객체로, 납골 단지나 상(像)처럼 견고하고 물질적인 것으로 전환시키려는 그들의 충동과 밀접한 관련이 있다는 것이다.

시는 시간적인 과정이라기보다 공간적인 형상이 되었다.17) 레싱에 따르면 시간과 공간은 예술을 감각적 지각의 관계성 속에서 구분할 때 두 극단의 범주를 이룬다. 그리고 예술 형식의 여러 변이와 진화는 이 양극 운동의 진동자에 의해 그 가능성이 추구될 수 있다. 결국 문학은 시간의

---

14) J. C. Ransom, *The New Criticism*, Westport, 1941. 참조.

15) 앞의 책, p. 21.

16) 허쉬는, '의미'는 하나밖에 없는 확정적인 의미이며, '의의'는 독자의 개인적 상황, 믿음, 그리고 반응 등에 따라 달라질 수 있는 것으로 각각 구분하고 있다.

17) 이하 오세영, 『문학연구방법론』, 이우출판, 1988.

지속성에 존재하는 언어기호로 이루어지고 그 대표적인 형식은 행위에 토대한 서사(narrative)인 데 비해서 회화는 공간성이 지닌 시각기호로서 이루어지고 그 대표적인 형식은 순간적 양상을 배열한 시각 형태(visual form)이다.[18] 그러나 모더니즘이 공간적 형식을 수용한다 해서 그것이 레싱 류의 단순한 시각성을 의미하지는 않는다. 그것은 언어에 내재하고 있는 시간적 원리를 부정하고 사물을 시간의 지속성에서가 아니라 한순간에 총체성을 드러내는 것으로 파악하려는 시도를 뜻하는 것이다.

시간적 계기에서 보면 한 인물이 사랑하고 스피노자를 읽고 타이프라이터를 치고 부엌에서 요리하는 일은 동시적으로 일어날 수 없으며 선후관계의 선조적 진전에 의해서만 가능하다. 그런데 만일 엘리어트의 견해처럼 여러 이질적인 체험들이 동시성 속에서 하나의 전체로 통합될 수 있다면 그것은 시간이 정지된 상태의 공간적 복합성 혹은 구조적 배열이 아닐 수 없다. 엘리어트의 신화 차용은 따라서 자연스런 일의 하나다. 왜냐하면 신화 세계에는 역사로서의 시간은 존재하지 않고 오직 영원한 원형만이 존재하기 때문이다. <황무지>에서 통사론적 연계성이 포기되고 불연속적 어군들 사이의 관계에 의존하며 단어군들의 병치 등을 통하여 시간적 관계성보다는 동시적인 것으로서의 제시가 이루어지고 있는 것 역시 단순한 기법상의 문제가 아닌 것이다. 그것은 현대시의 언어가 사물에 대해서 개념적인 것이 아니므로 따라서 그 의미의 관계성 역시 시간적 지속성으로써는 파악할 수 없는 공간적 동시성을 지님을 드러내는 것이다.

이러한 연속성의 단절은 보다 이념적인 성격을 띤다. 본래 비자연적 양식의 예술은 우주에 부조화하고 불균형한 감정의 표현이다. 아울러 이러한 일상적 지속적 시간으로부터의 탈출은 현대문명이 야기한 분열된 삶으로부터의 도피 혹은 구원이라는 이념을 반영하는 것이다. 그 결과 현실은 해체되고 인격은 사라진다. 요컨대 텍스트를 작가와 독자로부터 구원해내는 것은 그것을 모든 사회적 혹은 역사적 맥락으로부터 분리시키는 것과 병행하는 대가를 함께 치러야만 하게 되었던 것이다.[19]

---

18) William Holtz, "Spatial Form in Modern Literature", *Critical Inquiry*, vol. 4, No. 2.
19) 이에 관해서는 루카치의 모더니즘 이데올로기 비판이 시사적이다. 그에 의하면,

결국 신비평이 실지로 했던 일은 시를 주물(呪物)로 전환시키는 것이었다. 신비평가들은 가장 튼튼하고 빈틈없는 비평적 해부의 기법들을 신중하게 개발해내었다. 그들로 하여금 작품의 '객관적' 지위를 주장하도록 하였던 바로 그 충동이 또한 그들로 하여금 작품을 분석하는 엄격하게 '객관적인' 방법을 진척시키도록 하였던 것이다. 한 편의 시에 대한 전형적인 신비평적 설명은 그 다양한 '긴장들', '역설들' 그리고 '양면성'의 엄격한 연구를 제시하며 이것들이 그 견고한 구조에 의해 어떻게 용해되고 통합되는가를 보여준다. 만일 시가 그 자체로 새로운 유기체적 사회가 되고 과학, 유물론에 대항하는 해결책, 혹은 노예를 소유하는 '미적인' 남부의 몰락에 대한 궁극적인 해결책이 되려면 시는 인상주의적 비평이나 맥 빠진 주관주의에 굴복할 수가 없었다. 그 비평적 도구들은 과학이 지식을 판단하는 지배적인 기준이던 사회에서 과학 자체가 내세운 조건들 위에서 엄격한 제 과학들과 맞서기 위한 한 방법이었다. 기술주의적 사회에 대한 휴머니즘적 보완 혹은 대안으로서 시작된 신비평 운동은 그리하여 그 자신의 방법들 속에 그러한 기술주의를 재생산하게 되었던 것이다. 그리고 얼마 안 되어 신비평은 문학 비평계에서 가장 자연스러운 것처럼 보이게 되었다.

그 중 가장 광범위한 영향을 끼쳤던 것의 하나가 바로 실제비평(practical criticism)이다. 그것은 순문학적인 잡담을 일축하고 텍스트를 정당하게 해부했던 하나의 방법을 의미했다. 그러나 실제비평은 또한 그 문화적 역사적 맥락들로부터 떼어내어진 작품들에만 주의를 집중함으로써 문학의 위대성과 중심성을 판단할 수 있다고 생각하였다. 꼼꼼히 읽기(close reading)도 검토할 만한 말이다. 이 말은 실제비평처럼 세세한 분석적 해석을 의미했으며 미학주의적인 잡담에 대한 가치 있는 해독제를 제공했다. 실상 꼼꼼한 읽기를 요구하는 것은 텍스트에의 적절한 주의집중을 주장하는 것

"리얼리티의 희소화와 인격성의 해체는 그리하여 상호의존적이다. 전자가 승하면 후자도 승하다. 이 양자의 기초가 되는 것은 인과성의 일관된 관점의 부재이다. 인간이란 상관성이 없는 체험의 파편들로 위축된다."라고 한다.

G. Lukács, *Realism in Our Time*, London : Harper, 1964.

이상이다. 그것은 다른 어떤 것보다는 '페이지 위의 단어들'과 그 자체 내의 맥락들에만 주의집중하는 것을 시사하게 마련이다. 그러나 가장 단순한 전언조차 텍스트내의 맥락만으로 전달되고 이해될 수 없음은 기호학조차 들먹일 필요 없는 상식이다.

문학 작품의 '사물화(reification)', 문학 작품을 그 자체로서 온전한 대상인 것으로 다루는 이러한 태도의 교육적 의미는 무엇이겠는가. 신비평이 소외시킨 독자는 구조주의 및 탈구조주의, 이저의 현상학, 야우스의 수용미학, 그리고 노만 홀랜드의 정신분석적 비평 등에 의해서도 이미 그 복원이 이루어져 있다. 반면 뿔레의 현상학적 비평은 신비평이 배척한 작가의 의식을 부활시켰고 허쉬의 객관적 해석학도 확정된 의미를 작가의 의도에로 복귀시켰으며 주관적 해석학자인 가다머는 역사적 시간적 실존으로서의 독자의 지평에 무게를 두었다. 이렇게 보면 웰렉이 지적한 이른바 '비본질적' 요소들이 모두 복귀된 셈이다.

오늘날 문학교육에서 독자의 수용적 입장이 강조되고 있는 경향은 결코 우연의 소산이라 할 수 없다. 그것은 텍스트 자체의 이미 고정된 진리치가 교사라는 충실한 해석자를 통해 주입되는 학교 교육의 의사전달 통로에 대한 반성을 의미하는 것이며 이러한 사태의 주된 원인을 신비평이 제공했음 역시 반성을 피할 도리가 없을 것이다.

3. 신비평과 시 교육의 관련성

리차즈는 『실제비평』에서 시 해석의 실패와 혼란을 포함하여 상징의 교육적 적용을 시도하였다. 케임브리지 대학생들에게 행한 일련의 실험 과정에서 그는 매주 시인과 제목을 밝히지 않은 시편들을 학생들에게 제시하고 이 시편에 대한 그들의 의견을 기술하여 오도록 하였다. 시의 배경이나 학생들이 시를 취급할 방향에 대한 일체의 정보 없이 진행하였다는 것은 당시로서는 충격적이었다. 그의 실험은 비록 세련된 독자들이라 하더라도 그들 스스로의 방법으로 시를 읽을 때 그들이 지성적으로 읽으려 하지 않았음을 입증했다고 평가되었다. 그러나 해석이나 가치평가의 다양성뿐만 아니라 자신이 읽은 것을 일상적인 산문의 의미로 작성함에 있어서도 그들은 실패한다는 사실도 드러났다. 또한 그들은 책이나 강연에서 얻어들은 인습적 견해들을 되풀이함으로써 자신들의 해석의 어려움을 은폐하려 하였다. 그가 시 해석의 어려움으로 들고 있는 항목들을 열거하면 다음과 같다.

첫째로 시의 명백한 의미를 파악하지 못한다는 점이다. 학생들은 시의 진술적 측면이나 표현적 측면 양자에 걸친 이해에 실패하고 있다. 둘째, 시적인 언어가 환기하는 감각적인 감동을 이해하지 못한다. 연속되는 낱말들은 마음의 귀와 혀와 목구멍에 상응하는 어떤 형태를 나타낸다. 시를 읽으며 즉시 시의 이러한 형태와 움직임을 자연스레 인지하는 독자와 그렇지 않은 독자 사이의 심연이 지나치게 크다. 셋째, 이미저리 수용에 제한점이 크다. 이것은 부분적으로는 개인적인 능력의 차이에서 오며 또한 전체적으로는 우리의 정신 생활이 놀랍도록 다양함에서도 온다. 넷째로 개인적인 잔재 혹은 불규칙한 연상들, 곧 시와는 무관한 기억들의 문제가 있다. 다섯째로 시에 대한 평범한 반응들의 문제가 있다. 이는 시의 세계를 바로 행동의 세계와 동일시함으로써 시적 경험의 특수성을 받아들이지 않는 태도의 문제이다. 여섯째로 시에 대한 감상성의 문제가 있다. 독자의 정서적 태도가 어느 한쪽으로만 편향되어 있는 경우이다. 일곱째, 감상성의 반대편인 억압(inhibition) 또한 시의 해석에 장애를 일으킨다. 여덟째로 원리적 집착을 들 수 있다. 이는 시의 가치를 신념의 진위에 따라 논하려는 태도의 문제이다. 아홉째로 기교적 전제의 문제가 있다. 즉 시의 기교적인 세부에 집착하여 시를 평가한다면 시의 수단들을 목적보다 중시하는 결과를 빚는다. 끝으로 일반화된 비평적 선입견의 문제가 있다. 말하자면 의식적이든 무의식적이든 시를 이론의 산물로 보는 것이다.

리차즈는 이러한 시해석의 오류를 극복하고 시를 올바로 해석하는 방법까지 소상히 제시하고 있다. 그것은 크게는 심리학적 견해에 힘입고 있는 것이나 대체로 앞서 살펴 본 신비평적 시해석의 고전적 원리에서 별 다른 점이 없는바, 리차즈의 원리를 토대로 구체화된 접근법을 제시하고 있는 휠러의 경우를 보는 것만으로도 그 성격을 이해하는 데에는 충분할 것이다.[20] 중요한 것은 리차즈의 실험이 주는 교훈에 대한 우리의 평가일 것이다. 그중 많은 것은 현재 우리 시 교육의 문제점과 일치하며 동시에 어떤 것은 그러한 문제점이야말로 신비평이 시 교육에 적용된 결과적 산물이 아닌가 하는 감을 불러일으키기도 한다.

하지만 그보다 먼저 간취해야 할 것은 그의 실험이 사실은 매우 비정상적이라는 점이다. 시의 저자, 표제, 역사적 문맥 등은 독자의 경험을 구성하는 표준적인 인자들이기 때문이다. 그러기에 이글튼은 이 실험의 결과를 이렇게 냉소적으로 표현하였다.

> 케임브리지 대학의 비평가 리차즈(I. A. Richards)는 그의 유명한 연구서 『실제비평(Practical Criticism, 1929)』에서 제목과 작가의 이름은 알리지 않은 채 일련의 시들을 학생들에게 주고는 그것들을 평가하라고 함으로써 문학의 가치 판단 등이 실제로 얼마나 변덕스럽고 주관적일 수 있는가를 예증하려고 하였다. 그 결과로 나온 판단들은 극히 일정치 않았던 것으로 악명이 높다. 이름 있는 작가들은 그 가치가 깎였고 무명의 작가들이 찬양받기도 했다. 그러나 내 생각에는, 이 기획의 가장 흥미로운 점이며 분명히 리차즈 자신에게는 보이지 않았던 점은 바로 이 개별적인 의견의 차이의 기저에는 꼭 합치된 무의식적인 가치 평가가 자리 잡고 있었다는 사실이다. 리차즈의 학생들이 내놓은 문학 작품들에 대한 설명을 읽노라면 그들이 무의식적으로 공유하고 있는 인식과 해석이 습관들―그들이 문학이라고 생각하는 것, 그들이 한 편의 시에 적용하는 전제들, 그리고 그들이 그 시로부터 성취해내리라고 기대하는 것들―이 눈에 띄게 된다. 이들 중 어느 하나도 진정 놀랄 만한 것은 없다. 왜냐하면 이 실험에 참가한 학생들은 추측컨대 모두 젊고 백인이고 상류계급,혹은 상층 중산계급이고 사립학교에서 교육받은 1920년대의 영국인들일 터이며 그들이 한 편의 시에 어떻게 반응하는가는 순전히 '문학적'인 요인들 이외의 많은 것에 달려 있기 때문이다. 그들의 비평적 반응들은 그들이 가진 더 폭넓은 편

---

20) C. B. Wheeler, *The Design of Poetry*, NY, 1966. 여기서는 이승훈, 『시론』, 고려원, 1979. pp. 285-305 및 구인환 외, 『문학교육론』, 삼지원, 1988. pp. 244-246 참조.

견이나 믿음들과 깊게 연관되어 있다. 이것은 굳이 비난할 문제가 아니다. 그렇게 연관되지 않은 비평적 반응이란 없으며 따라서 '순수하게' 문학적인 비평적 판단이나 해석이란 것은 없다. 만일 비난받아야 할 사람이 있다면 리차즈 자신인데 그는 젊고 백인이며 상층 중산계급에 속하는 케임브리지 대학의 남자교수로서 그 자신도 대부분 공유하고 있는 이해관계의 맥락을 객관화시키지 못했으며 그리하여 지엽적이고 '주관적인' 평가의 차이가 세계를 인식하는 특수하고 사회적으로 구조화된 방식 속에서 작용한다는 사실을 충분히 인식하지 못했던 것이다.[21]

그럼에도 불구하고 이 실험의 의미는 로젠블래트로 대표되는 미국의 독자반응 교수 이론에 그 이론적 틀을 제시한 것으로 평가되고 있다.[22] 신비평이 미국 내의 강단에 잘 먹혀들어간 데는 그럴 만한 이유가 적어도 둘이 있다. 첫째로 신비평은 늘어나는 학생 수를 감당하기에 편리한 교육 방법을 제공하였다. 둘째로 시를 상충하는 태도들의 미묘한 균형으로, 대립하는 충돌들의 사심 없는 화해로 보는 신비평의 시관은 상충하는 냉전의 도그마들에 의해 방향을 상실한 회의적인 자유주의적 지식인들에게 아주 매력적인 것이 되었다. 신비평적으로 시를 읽는다는 것은 아무것에도 관여하지 않는다는 것을 의미했다. 시가 가르쳐 주는 것은 어떤 특별한 것을 침착하고 사색적으로 그리고 아주 공명정대하게 거부하는 태도인 '사심 없음'이었다. 시는 매카시즘에 반대하거나 시민의 권리를 증진시키도록 한다기보다 그러한 압력들을 단지 부분적인 것으로 그리고 당연히 그것과 짝을 이루는 대립물들에 의해 세계의 다른 어디에선가 균형을 이루고 있는 것으로 경험하게 했다. 바꾸어 말하면 시는 정치적 무기력을 빚는 비방이었으며 그리하여 현재의 정치적 상태에 복종을 하게 하는 비방이었던 것이다.

미국 내에서조차 학생들의 시에 대한 반응을 연구하는 데 있어 인지적 요인과 심리적 요인 사이, 즉 시에 대한 이해와 기호(嗜好) 간의 관련도에

---

21) T. Eagleton, 앞의 책, p. 25.

22) Alan C. Purves & Richard Beach, *Literature and the Reader*, Univ. of Illinois at Urbana-Champaign Press, 1972, pp. 2-37.

대해서는 정설이 아직 없는 형편이다. 아무래도 우리는 시를 감상하는 것 보다는 이해하는 쪽에, 그것도 자율적이고 독립적인 유기체로서의 그 구조에 대한 지식적 해명 쪽으로 경사되어 있었던 것 같다. 그럼으로써 학생들은 시를 배우면 시가 싫어진다는 말을 곧잘 하게 되었다. 이럴 바에는 시를 가르치지 않는 것이 그나마 학생들이 시를 사랑하게 하는 길이 아닐까 하는 무기력감 또한 교사들 사이에선 팽배하다. 그래도 무엇인가는 가르쳐야겠는데 하는 이것이야말로 문학교육이 현재 안고 있는 딜레마일 것이다.

이 모든 책임을 신비평의 탓으로 돌리는 것은 물론 온당치 못하다. 사실 우리의 경우 신비평을 제대로 적용해 본 일조차 없다고 여겨진다. 신비평 속에 편재하는 시학주의 즉 문학의 전체성을 강조하는 경향은 특정한 전문 술어들을 개발해내게 했거나 이미 확립된 술어들을 특정한 방식으로 이용되게 하기도 하였거니와, 가령 아이러니와 패러독스 같은 전통적인 술어들은 실상 특별히 한정된 의미로만 사용되었던 것임에도 불구하고 우리 경우에는 한갓 수사적 차원에서만 다루어져 왔던 것이다. 전통적인 술어의 사용이 신비평과 혼효되면서 정작 신비평의 허상은 점점 커져만 갔고 그만큼 그에 대한 혐의도 증대해 온 측면은 부인할 수 없을 것이다.

신비평은 앞서 밝힌 대로 그들의 이데올로기에 바탕을 둔 선별적 가치평가의 척도일 뿐이다. 그에 따라 우리 시에 대한 가치평가도 강요된 바가 적지 않다. 이른바 경향적인 시가 가르쳐지지 않음에 대해 신비평은 언제나 편한 구실, 이론적 준거틀이 되기도 하였다. 하지만 정말 신비평적이라면 교과서에서 감상적인 시, 낭만적인 시에 대해서도 엄격히 그만한 제재가 가해져야만 할 것이다.

그럼에도 불구하고 우리의 문학적 지도는 대부분은 신비평적이요 어떤 부분은 그렇지 않다. 어떨 때는 시 자체의 구성적 원리가 중요하게 다루어지고 또 어떨 때는 시인의 이력서가 강조되어 가르쳐지고 있기 때문이다. 이것은 곧 우리 시 교육에 있어 또 다른 선별의 원리가 작용하고 있음을 의미하는 것이다. 그 결과 '잘 빚어진 친일시'에 대해 우리는 적어도 두 개의 자를 준비해야만 하는 것이다. 그런 의미에서라면 신비평 자체가 갖는 책임의 요소는 훨씬 줄어드는 듯도 하다. 하지만 그것이야말로 알게 모르게 침투해 온 신비평의 보수적 이데올로기 탓이 아니겠는가. 산업 자본주의에 대한 저항이 단지 유기체의 세계를 향한 도피뿐이겠는가. 뿌리를 달리하는 서구의 잣대를 그것도 서투르게 휘두름으로써 잃어버린 우리의 자산에 대한 엄밀한 대차대조표의 작성이 필요한 시점에 우리는 서 있다. 문학사에 있어서의 이러한 교훈은 교육에도 그대로 적용된다. 교육이 문화의 단순재생산을 강요할 때 이 점은 더욱 심각해진다.

4. 신비평의 문학교육적 공과

문화적 전통에 대한 여과 없이, 선별의 원리에서 이론화가 추구된 신비평의 객관성 표방을 브룩스의 『시의 이해』의 형태로 고스란히 받아들이면서, 어느덧 시 교육은 지식교과화되어 시의 구조적 요소에 대한 지식의 습득이 그 자리를 대신하고 말았다. 그것의 유용성을 인정하는 것과 그것의 유일성을 인정하는 것은 분명 다르다. 그럼에도 불구하고 교육과정 및 입시제도와 교묘히 맞물리면서 시를 신비평적으로 이해하는 일은 그 득의의 영역을 양보해 본 일이 없다. 교실에선 감상은 증발하고 해부의 칼날만이, 그것도 무디어진 칼날만이 번뜩일 뿐이다. 하지만 분명히 인식해야 할 것은 학생들이 교실에서 배운 그 지식들이 교실 밖을 넘어서는 일이 없다는 점이다. 이것은 물론 입시제도로 대표되는 우리의 교육 현실, 또한 신비평을 그나마 시를 바라보는 도구적 의의로 극대화시키지 못한 교수 방법이 동시에 책임져야 할 부분이다.

하지만 학생들이 대학에 들어와 전혀 새로운 시, 비유도 상징도 없는데 감격을 주는 시를 마주대할 때 받는 충격은 무엇을 의미하는가. 대학생들이 중·고교 시절에 배운 시보다 대학에서 만나는 시를 더 편애하는 경향이 단지 이 땅의 왜곡된 현실 때문이라고 간단히 말할 수 있는 것일까. 이것은 단지 교재의 차원에만 국한된 문제도 아니다. 만일 대학생들의 이러한 경향을 오로지 하나의 지적 만족으로만 취급하거나 혹은 일종의 문화적 편식주의라고 우려하는 사람이 있다면, 그것이야말로 대학생들의 정서에 대한 몰이해를 나타내는 것이며 스스로의 편식성을 드러내는 것일 뿐이다. 그러한 시가 정서적인 감화력을 지닌다는 것을, 시를 오로지 신비평적인 태도로 바라보는 자에게는 이해가 될 리 없는 까닭이다. 신비평이 우리 중·고등학교 학생들에게 끼치고 있는 역기능 중의 하나는 아마도 값싼 미문취향의 양산이라 할 것이다. 그것이 우리 서점가의 현실이며 백일장을 지도해 본 교사라면 누구나 발견하는 현상이다. 따라서 이러한 현실에서 자라난 청소년들이 지적 정서적 성장을 거쳐가며 또 다른 시의 세계에 접했을 때 그들이 받는 충격 속에는 사실 그들이 배운 학창 시절의 지식에 대한 환멸과 배반감, 심지어는 분노마저 담겨 있는 것이다. 이러한 충격이 증폭되어 마치 편식주의로까지 비쳐지게 되는 것은 오히려 자연스러운 일이다.

청소년 시절의 순수함은 물론 소중한 일이다. 그리고 교육이 어느 정도 보수성을 지닐 수밖에 없음은 필연적이기까지 하다. 다만 이 점은 기꺼이 인정해야만 하겠다. 중·고등학교의 교육과정을 통해 시를 보편적으로 그리고 다양하게 이해토록 하는 데는 실패하고 있다고. 그 주된 원인의 하나가 바로 신비평의 해독이었다고. 만일 우리가 신비평 또한 하나의 사고유형일 뿐이었다는 것, 그 사고 유형이 편애하는 시를 선별코자 한 원리가 객관주의의 의장을 갖추게 되었다는 것, 그것이야말로 하나의 편식주의로 작용할 소지를 다분히 지니게 되었다는 것, 아울러 이 모든 것이 그들의 보수적 이데올로기와 결코 무관할 수 없다는 것, 그리고 그것이 지난 시대 이 땅의 제반 현실적 조건과 잘 맞아 떨어졌다는 것을 사실로 받아들인다면 말이다.

시를 이해함에 있어 은유를 가르치는 것은 대단히 중요하다. 거듭 말하거니와 신비평의 시 교육적 의의는 쉽사리 부인될 수가 없다. 하지만 시를 배운다는 것은 무엇인가. 그것은 시를 통한 인간과 세계에 대한 이해에서 벗어나지 않을 것이다. 그것은 결코 비본질적이지도 않고 외재적이지도 않다. 더욱이 우리 시의 전통에서 시와 시인이 분리되어 이해되는 것은 그다지 자연스런 사태도 아니다. 그럼에도 불구하고 신비평의 모든 것을 용도 폐기할 수는 없다. '꼼꼼히 읽기'가 그 대표적인 예라 할 수 있다. 해체주의조차 역설적으로 '꼼꼼히 읽기'의 미덕을 증명해 주지 않는가. 그런 의미에서 새로운 패러다임에서의 대안을 제시할 수 있을 때까지 신비평의 기능과 역기능은 여전히 지양(止揚)이란 말 그대로의 대상으로 남아 있을 것이다.

제2장 문학교육과 문학 지식

1. 손가락과 달

문학교육이 지식 교육, 좀더 정확히 말해 지식 위주의 교육으로 경사한데 대해 일찍이 '손가락'만 가르치고 '달'은 정작 가르치지 못했다는 비판이 회자된 바 있습니다. '손가락'과 '달'의 비유는 고려 보조국사(普照國師) 지눌(知訥)의 비명(碑銘) 가운데 나오는 말, 곧 "손가락으로 달을 가리킴이여, 달은 손가락에 있지 않도다. 말로써 법을 설함이여, 법은 말에 있지 않도다.[指以標月兮月不在指言以說法兮法不在言]"란 말에서 비롯된 것이지요.

아닌 게 아니라, 직유니, 은유니, 상징이니, 운율이니 하는 것을 죽은 지식의 형태로 가르치고 그것을 사냥하듯이 이 작품 속에서 찾도록 하는 것은 훈련에 가깝지 교육이라 부르기는 어려울 것이고, 그럴 경우는 정말이지 '손가락' 같은 지식만 남고, 정작 시의 진실, 곧 '달' 혹은 '법(法)'은 교실에서 증발하기 십상일 것입니다.

이러한 지적은 정말 옳은 말입니다. 그러나 한 편으로 우리는 '손가락' 그 자체에는 죄가 없지 않느냐고 반문해 보기도 해야 할 성싶습니다. 물론 '달'아닌 엉뚱한 방향을 가리키며 짐짓 '달'을 가리킨다고 우기는 그릇된 '손가락'이라면, 과감히 없애버리면 그만일 것입니다. 하지만 명백히 '달'을 가리킴에도 불구하고 '달'은 쳐다보지 않고 '손가락'만 쳐다보고 있다면, 그러면서도 바로 저 '손가락' 때문에 '달'을 보지 못했노라고 항변한다면, 오히려 억울한 자는 바로 ‘손가락’이 되지 않겠습니까? ‘손가락’마저 없었더라면 ‘달’을 볼 생각을 과연 누가 할 수 있었겠냐 말입니다. 다시 말해 우리가 검토해야 할 일은 어떻게 해야 ‘손가락’으로부터 ‘달’에 이르도록 해야 하느냐 하는 일이지, ‘손가락’ 그 자체가 쓸모없다거나 ‘손가락’에 원죄를 묻는다거나 하는 일은 아닐 것입니다.

또 하나의 문제가 그래도 남습니다. 과연 ‘달’이 있기는 있는 건가, 아니 그보다도 모두가 공통적으로 도달해야 할 근본적인 그 무엇이 과연 존재하느냐 하는 것, 그것이 무엇이냐 하는 것입니다. 흔히들 말할 때 지구에만 달이 있는 것이 아니라 토성에도 달이 있다고 하듯, 우리가 ‘달’이라고 하는 것은 분명 어느 공통된 성격을 지닌 존재, 곧 행성의 주위를 공전하는 위성을 의미하기 때문입니다. 그렇다면 ‘달’은 말 그대로 ‘달’이라는 실체이자 ‘달’이 갖는 일정한 속성이 되기도 합니다. 나아가 수용미학과 해체주의 등이 근본주의를 공격하게 되면서 이제 ‘달’은 해체되거나 복수(複數)로 존재해야 할 성싶게 되었습니다.

그런 의미에서 우리는 현실인 ‘달’만이 아니라 열려진 가능성으로서의 ‘달들’을 상정해야 할 것입니다. 이 경우에도 역시 ‘손가락’은 유효합니다만, ‘손가락’이 인식의 도구적 방편으로만 존재하지는 않는다는 점에 주의를 해야 할 것입니다. 왜냐하면 불가피하게 어느 특정한 ‘손가락’은 어느 특정한 ‘달’하나를 가리킬 수밖에 없게 마련이고, 그렇게 될 경우 ‘손가락’은 도구가 아니라 아예 인식 그 자체를 규정하는 것으로 작용할 소지도 높기 때문입니다.

자, 이제 ‘손가락’과 ‘달’이라는 화두(話頭)를 재해석해 보는 의미에서 문학교육에 있어 지식의 문제에 대해 논해 볼까 합니다. 여기서 말하는 지식에는 신비평적 용어가 주로 등장하는 시의 구조와 형식에 관한 사항들은 물론이려니와, 시인의 생애사라든가 작품의 시대적 배경에 관한 지식 등등 무수한 사항들이 포함될 것입니다. 그러나 이 자리에서 그것들은 모두 다루어야 할 필요는 없을 줄로 압니다. 그 가운데 어느 하나라도 ‘손가락’과 ‘달’에 관한 화두를 궁구하는 데 도움이 된다면 그 하나를 붙잡는 것만으로 충분할 것이기 때문입니다. 마침 바로 그 ‘손가락과 달’이라는 말 자체가 우리 현실 사태에 대한 하나의 비유임에 주목해 봅니다. 확실히 이런 비유는 우리의 어렴풋한 인식을 분명하게 해준다는 데에 미덕이 있습니다. 그래서 앞으로의 글은 비유에 관한 지식을 중심으로 시 교육이 나아가야 할 방향에 대해 이야기해 볼까 합니다.

2. 지식은 왜 가르치는가?

지식 교육이 실패하는 이유는 종종 그 지식이 왜 필요한지, 그 이유나 가치나 의의에 대해 학생들로 하여금 생각해 보지도 못하게 하는 데 있습니다. 학생들은 궁금해합니다. 학교에서 배우는 것이 시험에 대비하는 것 이외에 무슨 소용이 있는지. 어쩌면 학생들은 이제 궁금해하지 않을 것도 같습니다. 궁금해 해 보았자 자신들만 답답할 뿐이니까요.

물론, 마치 수학에서 배운 미분 적분을 평생 언제 한 번 써먹기나 하겠느냐는 질문에 대해서처럼, 우리가 가르치고 있는 것들의 가치를 모두 실용적인 이유로 설명해 주는 일은 바람직하지 않다고 저는 믿습니다. 그리고 지식의 가치를 일일이 말로 알려 주어야 할 필요도 없다고 생각합니다. 하지만 그렇기 때문에 그들의 의문에 성실히 답하지 않은 채 그저 나중에 저절로 알게 될 거라고 하거나, 지식은 그 자체로 무조건 정당하다고 하거나, 실용에 관한 의문 자체를 불경스러운 것으로 처리하거나 하는 것 역시 교육적인 처사로 보이지는 않습니다. 협의의 실용성을 넘어서서 지식의 가치와 지적 탐구의 즐거움을 보여주고 몸소 체험하게 하는 일, 교실의 지식과 현실의 일상이 서로를 억압하지 않으며 긴장 관계를 유지하는 일은 매우 필요한 일입니다.

그럼 시작해 봅시다. 우리는 시를 가르치면서 왜 비유를 가르치는 걸까요? "비유를 알아야 시를 알기 때문이다."그것도 맞는 말입니다. 비유에 관한 지식은 시를 이해하는 핵심적인 지식 가운데 하나임이 분명합니다. 많은 시들이 비유를 즐겨 쓰고 있으니까 말이죠. 하지만, 그럼 왜 시는 비유를 즐겨 쓰는지부터 이해하지 않으면 안 됩니다. 아니, 그보다도 먼저 도대체 사람들은 왜 비유를 쓰는 겁니까?

세월을 두고 '흐르는 물'이나 '화살'에 비유하는 이유는 뭡니까? 설마 시간이 남아서, 할 일이 없어서, 괜히 멋 좀 부리려고 그러는 걸까요? 생각해 봅시다. '세월'이란 관념은 추상적인 것이지요. 육체가 없는 혼이나 정신 같은 상태란 말입니다. 여기에 육체를 부여하여 실감을 주게 하는 것이 바로 비유라 할 수 있을 겁니다. 세월을 물에 비유해 놓고 보니 비로소 세월이 눈에 보일 듯, 손에 잡힐 듯 다가오기 시작한다는 뜻입니다. 어디 그 뿐입니까? 물처럼 바르게 흘러가는 속도감에 덧붙여, 붙잡을 수 없는 그 일회적 속성이 부각됨으로써 인생의 덧없음까지 드러나게 되지 않았습니까? 즉 비유는 관념의 구체화와 더불어 대상에 대한 새로운 인식을 가져다주는 그런 존재랍니다.

무슨 대단한 시어만이 비유로 성립하는 것은 아닙니다. 무슨 대단한 관념만이 비유의 대상이 되는 것도 아닙니다. 언어가 처음 만들어진 시대를 상상해 봅시다. 그 때는 언어 그 자체가 시어 같지 않았을까요? 무슨 느낌이 확실히 있긴 있는데 언어가 없어 표현 못하고 답답해하던 시절, 그 때 언어는 곧 그 느낌을 구체화해주는 존재이자, 그 존재로 인해 자신의 느낌과 사상이 무엇인지 알게 해 주는 것이었기 때문이죠.

좀더 쉽게 말해 볼까요? '배고프다'는 말을 처음 쓰게 되었을 때, 원시인들은 자신들의 복부가 허전한 상태를 표현할 줄 알게 되었고, 그 다음부터는 그 말만 들어도 곧장 배고픈 사태가 연상되었을 테니, 그보다 상징적인, 시적인 사태가 어디 있겠습니까? '내 누님같이 생긴 꽃'보다도 훨씬 더 충격적이고 감동적인 시였던 셈이죠. 하지만 자꾸 그 말을 쓰다보니 어느덧 익숙해져서 언제부턴가는 그 실감이 사라지게 되고 그 결과 '배고프다'란 말은 한갓 일상어로 추락하게 되곤 말았던 모양입니다.

그런데 그 원시인들 가운데 원 '시인' 곧 한 시인이 있었습니다. 그는 자신의 배고픈 상태가 그냥 "배고프다."라는 말로는 도저히 표현될 수 없는 상태란 것을 느꼈습니다. 그래서 어느 날 그는 이렇게 말했습니다. "뱃가죽이 등에 달라붙은 것 같아."라고. 다른 원시인들은 경악했습니다. 바로 자신이 느꼈던 그 기분을 이처럼 적확히 말해 주는 이를 본 적이 없기 때문입니다. 아니, 그들은 그 말로 인해 새로운 감각을 획득한 셈이라 해도 과언이 아닙니다. 마치 우리가 연애편지를 쓰면서 "사랑해."라는 말로는 도저히 자신의 감정이 표현될 수 없다 여겨 가슴 답답해 할 때, 사랑을 노래한 시를 읽고 비로소 그에 합당한 표현을 얻어내고, 또 자신의 감정을 섬세한 결을 발견해내는 일과 다를 바가 없는 것입니다.

이렇듯 우리가 감정과 사상의 섬세한 결에 주목하게 될 때, '배고프다', '사랑하다' 같은 일상 언어는 뭉툭하기 그지없습니다. 그것처럼 부정확한 표현도 없습니다. 그런 면에서 비유는 정확한 일상 언어를 괜히 애매하고 어렵게 만드는 것이 아니라 오히려 일상 언어보다 훨씬 정확히 감정과 사상의 결을 표현해 주고, 나아가 새로운 감정과 사상의 결을 인식하게 해 주는 도구라 하겠습니다. 이 정도면, 비유가 시간이 남아서 하는 일은 아니라는 것, 그 의미와 교육적 의의가 자명해진 편 아닐까요?

이제 지금까지의 이야기를 좀 정리해 볼까요? 인간은 비유라는 매개를 통해서 현실을 파악하기도 하고 스스로를 규정하기도 하며 세계를 이해하기도 합니다. 무릇 인간이 역사는 자연 환경과의 상호작용을 통한 변화의 과정이라고 할 수 있습니다. 특히 언어를 매개로 한 환경과의 부단한 교류는 세계에 대한 인식과 체험의 폭을 확대하여 사물에 대한 이해의 정도를 신장시키고 확대시켰던 것이죠. 우리가 세계를 객체로 대하는 것처럼 보이지만, 그러나 우리가 세계를 객체로 느끼는 순간, 역설적이게도 이미 그것은 더 이상 객체로 존재하지 않습니다. 우리는 무의식적으로 우리를 둘러싼 세계에 끊임없이 의미를 부여하면서 세계를 새롭게 인식하고자 하기 때문이죠.

그런데 그 새로움에 대한 욕망이 비유를 낳습니다. 사물에 대한 이해는 미지의 것(A)의 기지의 것(B)으로 설명하는 언어 구조를 통해 얻어진다고 할 것입니다. 우리가 알지 못하는 A를 우리가 아는 B와 같다고 함으로써 이해의 기반을 마련하게 되는 거죠. 그리고 우리는 비교의 대상을 늘려감으로써 사물에 대한 기존의 인식을 강화하고 혹은 쇄신하게 됩니다. 의식적이건 무의식적이건 인간은 거의 생래적으로 경험을 반복하고 이를 언어로 표현함으로써 세계에 대한 자기 이해의 폭을 증진시켜야만 하는 것이죠. 이처럼 비교를 통한 이해, 그리고 이것의 언어화가 바로 비유인 것입니다. 따라서 "A가 B와 같다."라는 기본 형식에서 A에 대한 이해를 확대하기 위해서는 B의 내용이 새롭고 독창적이어야 합니다. 그것이 새롭지 못하거나 혹은 기존의 것을 그대로 차용할 때, 사물에 대한 인식의 확장은 고사하고 새로운 경험에 결코 도달하지 못하기 때문입니다.

요컨대 비유 교육은 결국 표현과 체험, 표현과 발상, 표현과 인식의 문제로 압축되는 셈입니다. 그것을 두고 표현과 이해라 이름 한다면, 결과적으로 국어교육의 핵심 영역으로 들어서는 셈이 되기도 하구요. 특히, 단순한 표현 기교를 의미하는 것이 아니라 표현과 인식이 문제된다면 사고 교육으로서 국어교육이 어찌 비유를 지나칠 수 있겠습니까? 또한, 앞서 말씀드렸듯, 비유는 가장 정확한 언어이자 가장 다의적인 언어입니다. 이는 모순되는 듯이 들릴지 모르겠으나, 사실 이보다 풍부한 언어활동이 또 어디에 있겠습니까? 나아가 수많은 종교 문헌들이 비유를 즐겨 사용하는 데까지 눈을 돌리면 국어교육이 더 이상 기능 교육에 머무를 수 없다는 결론, 국어교육의 가치가 단순한 언어 기능 교육의 몫을 뛰어넘는다는 결론에 도달하게 될 것입니다.

그럼 이제 남은 것은 왜 굳이 시 교육에서 비유를 문제 삼는가 하는 것이 되는데, 그것은 이미 답이 나온 셈이지요. 시의 비밀을 논하기에 앞서 일상 언어로부터 비유의 의미를 재구하고 주목하며 시어와 일상 언어의 관계를 통해 학습자의 동기와 흥미를 유발하는 일, 무엇보다도 시가 신비한 능력의 소유자만의 세계가 아님을 깨닫게 하는 것은 대단히 중요한 일입니다만, 앞에서 본 대로, 일상 언어에서의 비유들은 고도의 유추 능력을 요구하지 않는다는 것, 이러한 표현들은 이미 관습화되어 우리의 상상력을 자극하지 않는다는 것, 오히려 표현의 상투화로 인해서 새롭고 참신한 체험을 저해할 수도 잇다는 사실을 염두에 둔다면, 비유의 핵심을 이해하게 하는 데에는 역시 시가 최고이기 때문이죠.

시인은 상투화나 관습화를 막기 위해서 기지(旣知)의 것과 미지(未知)의 것을 고도의 유추 작용을 통해 결합함으로써 개성적이고 창조적인 체험을 가능케 해주고 언어에 실감을 부여하는 이가 아니겠습니까? 그것이 시의 비밀이자 비유가 제값을 톡톡히 하는 영역이 아니겠느냐 말입니다. 뿐만 아니라 시 수업에서는 학생들이 언어 자체에 주목을 하게 될 터이니 시 교육은 언어에 대한 가치 교육까지 담당할 수 있게 될 것입니다. 그래서 우리는 시를 가르치고, 시를 통해 비유를 가르치는 것 아니겠습니까?

3. 지식은 어떻게 가르쳐야 하는가?

비유를 설명하는 데 가장 흔히 원용되는 시 한 편을 예로 들어봅니다.

> 내 마음은 호수(湖水)요
> 그대 노 저어 오오
> 나는 그대의 흰 그림자 안고,
> 옥(玉)같이 그대의 뱃전에 부서지리라.
>
> — 김동명, <내 마음은> 1연

앞에서 저는 사고 교육으로서의 국어교육을 강조하는 한편, 비유는 상상력의 산물이라 설명한 바 있습니다. 그런데 사고력이란 어떤 능력입니까? 그것은 너무도 복합적인 개념이어서 말하기가 여간 어려운 것이 아닙니다. 다만 사고력을 지력과 혼동하거나 동일시하는 사례가 많은 것 같은데 결코 그렇지 않다는 점만은 확실히 말할 수 있습니다. 잠정적으로 저는 사고력을 지력과 상상력의 복합체라 전제하고 말해 보겠습니다.

만일 지력만이 발달하고 상상력 개진이 원활하기 않는 자가 있어 그에게 이 시를 들려준다면 어떤 일이 벌어질까요? 그는 이 시의 첫 줄부터 당황하기 시작할 것입니다. 모든 은유가 그러하듯 "내 마음은 호수요"라는 진술 역시 상상력의 산물이기 때문입니다. 어쩌면 그는 이렇게 답할지도 모릅니다. "선생님! 내 마음은 심리적인 실체를 가리키고, 호수는 물, 곧 H_2O로 이루어진 물리적 실체인데 어떻게 이것이 동일물일 수 있겠습니까? 고로, 이 시는 잘못된 진술입니다."라고 말입니다. 물론입니다. 이 시는 잘못된 진술입니다. 그래서 이런 것을 두고 의사진술(擬似陳述)이라 부른 거겠죠. 진술인 것 같지만 진술이 아닌 진술, 혹은 진술이 아닌 것 같지만 진술인 진술이니까 말이죠. 여하튼 저는 그런 학생을 지력이 뛰어난 학생이라 부를지언정 사고력이 뛰어난 학생이라 부를 용의는 전혀 없습니다. 그에겐 상상력이 결여되어 있으니까요.

그렇다면 또 상상력이란 무엇일까요? 그것도 여간 어려운 문제가 아닙니다. 하지만 이렇게 생각해 봅시다. 흔히들 발명가들더러 상상력이 뛰어나다고 하는데 과연 구들은 어떻게 발명을 하는지 그 과정을 알면 좀 해결이 되지 않을까요? 발명가 역시 상상력에만 의존해서 문제를 해결할 리는 없습니다. 그들도 아마 처음에는 지력을 동원해서 문제를 해결하고자 할 것입니다. 그러나 거기에는 늘 한계가 있는 모양입니다.

최초로 자동판매기를 발명한 사람들 예로 들어보겠습니다. 자판기 기술의 핵심 가운데 하나는 동전을 넣으면 상품이 꼭 하나씩 나오게 하는 것입니다. 안 나와도 안 되고 둘 이상이 쏟아져 나와도 안 될 테니까 말이죠. 커피 자판기 같으면 컵이 한 개씩 떨어져야 하는데, 그런데 이게 생각처럼 쉽지가 않았던 모양입니다. 아마도 처음에는 $V = \frac{1}{2}gt^2$ 같은 공식을 적용해 보지 않았을까요? 온갖 지력을 다 동원해 보았겠죠. 그런데 매번 실패로 끝났답니다. 그런데 어느 날 갑자기 어릴 적 생각이 나더래요. 어려서 마차를 몰았던 기억이 났는데 마차를 끌던 말이 용변을 보던 장면……. 아, 그 순간 그 발명가는 무릎을 쳤답니다. 그래, 그 말이 항상 한 덩이씩 누었었지 하고 말입니다. 그래서 자판기 속 물건 나오는 곳의 모양을 항문의 괄약근 모양을 본 따서 만들었다나요! 믿거나 말거나지만, 자, 중요한 사실은 이겁니다. 자판기와 괄약근, 이 사이에 무슨 연관이 있습니까? "자판기는 괄약근이다."라는 진술은 진술입니까, 아닙니까? 그 발명품은 지력의 소산입니까, 상상력의 소산입니까?

이렇듯 상상력이란 무관해 보이는 사물들 간에 유사성을 발견하는 능력과 관련이 깊습니다. 그렇다면 "내 마음은 호수요"도 이와 조금도 다를 바가 없다는 사실을 이제 아시겠습니까?

이제 그 과정을 그림으로 나타내면 다음과 같습니다.

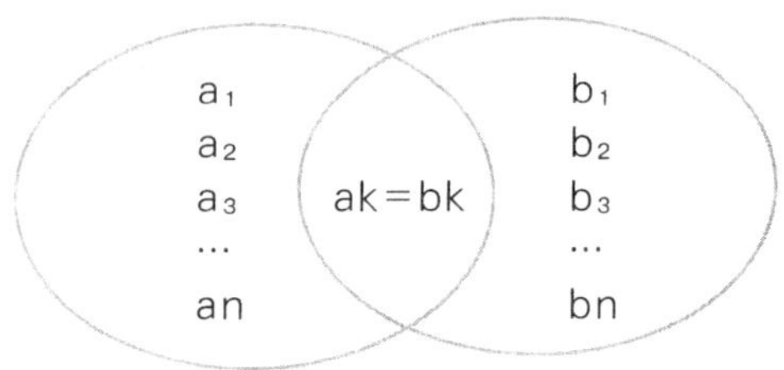

A 집합을 이른바 원관념인 '내 마음', B 집합을 보조관념인 '호수'라 생각해 봅시다. 그리고 A 집합 안의 'a_1 a_2 a_3 …an'에는 '내 마음'이라 할 때 떠오르는 속성들을, B집합 안의 'b_1 b_2 b_3 …bn'에는 '호수'가 갖는 속성들을 집어 넣어봅시다. 그러면 A와 B의 교집합 부분에 뭔가 들어갈 만한 것이 떠오르지 않습니까? 즉 ak=bk라 할 때 바로 그 k에 해당하는 그 무엇이 있다면, 그 때 비로소 비유가 성립하는 것이겠죠.

물론 그 k값은 사람마다 다를 수도 있습니다. 고요함이나 잔잔함일 수도 있고, 물기어림이나 출렁거림일 수도 있죠. 심지어는 자신의 독특한 호수 체험이 연상되면서 실연(失戀)이나 죽음이 그 자리를 차지할 수도 있습니다. 비록 시 전체의 맥락이 결정할 것이라 하더라도, 그 맥락 또한 사람마다 다르게 받아들일 수 있기 때문에 엄밀하게 말해 어느 하나만 옳다고 말할 수는 없을 것입니다. 그러나 그러한 다의성이 시를 감상하는 데 방해가 되는 것은 결코 아닙니다. 오히려 그런 다의성이 있기에 비유의 아름다움도 존재하는 것이니까 말이죠.

설령 고요함과 잔잔함이 가장 정답에 가깝다 하더라도 저는 이 비유의 보조관념이 '호수'라고 가르치는 데에는 동의하지만 원관념이 '고요함과 잔잔함'이라 가르치는 데에는 동의하기 힘듭니다. 원관념은 말로 표현할 수 없는 것입니다. 원관념이 말로 정리될 수 있다면 그냥 내 마음이 고요하고 잔잔하다 하면 될 것이지 뭐하려고 시를 쓰고 비유를 쓴단 말입니까? 동어반복 같지만 원관념은 단순한 말로는 표현할 길이 없어 보조관념을 통해 표현하고자 하는 내 마음, 고요하기도 하고 잔잔하기도 하고 기타 등등, 내 마음의 복잡다단하고 섬세한 결 그 자체라고밖에 설명할 길이 없습니다. 우리가 원관념을 풀어서 설명하는 것은 편의적 이유에서만 허용될 뿐이지요. 그러니 앞으로 우리가 원관념이 무엇이라고 설명할 때는 그 앞에 '소위' 라는 말이 생략된 것으로 이해하도록 합시다.

자, "내 마음은 호수요."를 이해하고 감상했다면, 이젠 B에 다른 단어를 각자 집어넣어 보는 활동을 해 보는 것이 어떨까요? '촛불'도 좋고, '구름'도 좋고, 까짓것 '핸드폰'도 좋습니다. '내 마음'과 유사성이 있으리라 여겨지는 사물들을 상상력을 동원해 써 봅시다. 그리고 그 이유를 서로 발표해 봅시다. 어떤 것은 되고 어떤 것은 안 되는지, 왜 어떤 것은 그럴 듯하고 어떤 것은 그렇지 않은지에 대해서도 토론해 봅시다.

아마도 토론의 결과는 대충 이렇게 나타날 듯합니다. 원관념과 보조관념의 사이가 너무 가까우면 뻔해서 신선미가 없고, 너무 멀면 당사자만 그 뜻을 알 뿐 쉽사리 수용하기가 어렵다고 말이지요. 그렇다면 비유가 성립하기 위해서는 가까이 하기엔 너무 멀고, 멀리 하기엔 너무 가까운 정도가 적당할까요?

전문적으로 말해, 새로운 의미 체계를 형성하기 위해서 은유는 유사성에 기초한 동일성의 원리를 기본으로 하면서도 때로는 비동일성의 원리가 적용되어 긴장과 대립을 동반하게 된다고 할 수 있습니다. 무슨 소리냐고요? 앞서 우리는 두 개의 무관한 사물 사이에 유사성을 발견하는 일이 비유적 발상의 핵심이라고 한 바 있습니다. 그런데 여기서서 굳이 유사성을 동일성이라 이름 하지 않은 이유가 어디에 있겠습니까? 유사성은 단순한 동일성이 아니라 차이를 동반하는 것이기 때문입니다. 우리가 쌍둥이를 보고 꽤 닮았다고 느낄 수 있는 것도 실은 무의식적으로 '닮음'에 앞서 '차이'를 전제하고 있기 때문이라 해도 과언은 아닐 것입니다. 이처럼 은유는 유사성과 차이성을 통해 조화와 갈등의 미학을 창출하는 것입니다.

차이를 강조하는 비유도 있을 수 있느냐고요? 물론 있습니다. 다만 그 경우는 유사성에 따른 비유보다 새롭고 신선한 이미지를 창조하고자 할 때가 많습니다. 아울러 이때는 원관념과 보조관념 사이의 결합이 폭력적으로 이루어지므로 팽팽한 긴장 관계가 조성되기도 합니다. 하지만 그런 만큼 비유로서 실패할 위험도 크다고 볼 수 있지요. 다음의 예를 함께 보실까요?

> 사랑하는 나의 하나님, 당신은
> 늙은 비애(悲哀)다.
> 푸줏간에 걸린 커다란 살점이다.
> 시인(詩人) 릴케가 만난
> 슬라브 여자(女子)의 마음 속에 갈앉은
> 놋쇠 항아리다.
> 손바닥에 못을 박아 죽일 수도 없고 죽지도 않는
> 사랑하는 나의 하나님, 당신은 또
> 대낮에도 옷을 벗는 어리디 어린
> 순결(純潔)이다.
> 삼월(三月)에
> 젊은 느릅나무 잎새에서 이는
> 연두빛 바람이다.

─ 김춘수, <나의 하나님> 전문

　이 시에서 소위 원관념은 '하나님'이며, 이를 구체화하는 보조관념은 일차적으로 '늙은 비애 / 푸줏간에 걸린 살점 / 놋쇠 항아리' 같은 것들입니다. 상식적으로 보아 이들 원관념과 보조관념 사이에는 유사성이 발견되긴커녕 오히려 대립적으로까지 보이는 비동일성에 의해 결합되어 있습니다. 이것은 분명 우리의 상식을 충격합니다. 사람들에 따라서는 불경스럽게까지 여겨질 법합니다. 이것은 정녕 생경하고 낯선 비유의 세계이니까요. 그런데 8행을 보십시오. '또'라는 한마디가 던져진 이후, 이제 '하나님'은 다시 '어리디 어린 순결'과 '연두빛 바람'에 연결됩니다. 이로써 우리는 다시 혼돈에 빠집니다. 이번엔 '또'를 경계로 앞뒤에 자리한 보조관념끼리도 유사성을 드러내 보이지 않기 때문입니다. 이러한 사정들로 인해 이 시는 확실히 남다른 충격적 효과를 갖게 되고 우리를 작품 자체에 집중하도록 이끕니다. 그렇다면 과연 이러한 이질성의 결합을 통해 시인이 노리는 것은 무엇일까요?

　다시 한 번 '또'라는 말에 주목해 봅시다. 그럼 이런 뜻이 되겠네요. '하나님'은 '늙은 비애/ 푸줏간에 걸린 살점 / 놋쇠 항아리'요, '또', '어리디 어린 순결 / 연두빛 바람'이라고. 다시 말해 '하나님'은 하잘 것 없는 존재인 동시에 소중한 존재라는 역설이 성립하는 것 아니겠습니까? 즉 '나의 하나님'은 가장 세속적인 동시에 순수하며, 비애인 동시에 희망이며, 죽음인 동시에 부활이요, 순간적인 동시에 영원한 존재일 수 있는, 우리를 둘러싼 다양한 삶의 조건과 모두 연계되는 그 모든 것이 됩니다. 또는 그만큼 '나의 하나님'은 인간의 관점으로 규정할 수 없는 무한자요, 친근한 동시에 초월적 존재인 구원자가 되는 것이겠지요.

한편 이러한 해석과는 다른 각도에서 외견상 비동일성으로 나타나는 것들 사이에 숨겨진 질서를, 숨겨진 유사성을 찾아 나서는 것도 가능합니다. '하나님'이 '늙은 비애'와 결합할 때, 우리는 늙은 아비의 설움, 곧 늙은이의 오래된 지혜와 경륜이 단지 오래된 것이라는 이유로 버림받는 비애를 감지할 법하고, 그것이 다시 '살점'으로 비유될 때는, 비록 하찮아 보이지만 실상 우리의 일용할 양식이 되는 살코기처럼 인간을 위해 당신을 희생한 제의적 속성을 유추할 수도 있으며, '항아리'에 비유될 때는 비록 값은 나가지 않지만 릴케의 시적 체험을 가슴 깊이 간직한 마음의 항아리처럼 비록 속세의 잡사에는 쓰일 수 없지만 영원한 진리와 말씀을 담은 보물단지를 떠올려 봄 직합니다. 이렇게 보면 이것이야말로 최상의 순수인 '순결'이며, 젊고 푸른 나무 잎새에 이는 희망의 '바람'이 되지 않겠습니까?

이러한 해석들은 모두 비유를 '앎'으로써 자기 나름대로 작품의 의미가 '보이기' 때문에 가능한 것들입니다. 하지만 여기서 어느 쪽으로 해석하는 것이 옳은지는 그다지 중요하지 않아 보입니다. 사람들을 작품 자체에 몰두하게 만들고, 그 결과로 다양한 해석이 나오도록 하는 것이야말로 이 시의 비유가 의도하는 바인지도 모릅니다. 이것이 비유의 힘입니다. 사람들로 하여금 언어 자체에 주목하게 하고 상상력을 동원하도록 자극하여 시적 대상에 대한 새로운 인식과 통찰을 촉구하는 것 말입니다. 바로 이 점이 비유 교육의 핵심이 되어야 할 줄로 압니다.

4. 지식 교육은 무엇을 지향하는가?

앞서 인용했던 <내 마음은>의 비유적인 상상력을 되새겨 봅시다. 우리 문화권 내에서 대부분의 사람들은 이 시의 비유에 이의를 달지 아니할 겁니다. 호수는 우리나라 사람들에겐 평화롭고 고요하며 안온한 느낌을 불러일으키는 존재이며, 그러기에 이 시는 많은 이들에 의해 낭만적인 연가(戀歌)로 사랑을 받아 왔던 터입니다. 하지만 만일 이 시를 그대로 직역해 미국의 오대호 근처에서 사는 사람들에게 들려주면 어떤 반응들이 나올까요? 그 크기가 한반도의 몇 배에 달하며, 그로 인해 조수(潮水)가 일고, 일기(日氣)의 변화가 일어나는 그 광대한 호수에 자신을 비겨 표현하였은즉, 이것은 호연지기(浩然之氣)를 노래한 시가 되지나 않을까요? 혹은 그 넓고 거친 호수에 연인더러 조각배 타고 노를 저어오라 하고서는, 그러면 흰 그림자를 안고 그 거센 호수의 물결이 뱃전에 부서지리라 하였은즉, 이것은 죽음 또는 정사(情死)를 노래한 시이거나, 혹은 위협과 저주에 가까운 시가 되지는 않을까요?

이 같은 상상은 물론 지나친 것일지 모릅니다. 시의 맥락과 정황을 참조한다면, 이 시를 이해 못할 문화권이 그리 많지는 않을 것이기 때문입니다. 하지만 분명한 것은 개인의 개성적인 상상력에서 출발한 언어가 보편성을 획득하게 되는 과정에서 문화의 힘이 함께 작동한다는 사실입니다. 달리 말하면 시인의 개성이 보편성을 관통할 때 그것은 이미 보편성에 기초한 개성이었기 때문에 가능하다는 논리로도 설명될 수 있을 것입니다. '내 마음'을 '호수'에 비긴 것은 시인의 개성과 상상력 덕택이지만 그것을 용인케 해 주는 힘은 바로 우리 문화의 보편성에 있다는 뜻이지요. 그러니까 우리는 한 편의 시를 가르치면서 시 자체는 물론, 상상력을 가르치는 것이어야 하고, 동시에 문화를 가르치는 것이 되어야 한다는 것입니다.

따라서 우리 문학 교실은 개성에서 보편으로, 보편에서 개성으로 이어지는 변증법을 필요로 합니다. 집단적 사고로부터 우리 문화의 보편성을 공부하는 한편, 바로 거기에서 개인의 개성적인 사고를 발전시키는 데 국어교육은 기여해야만 하는 것입니다. 국어교육과 문학교육의 접점, 혹은 국어교육으로서의 문학교육이 갖는 의의와 가능성이 바로 여기에 있습니다. 문화적 능력(cultural literacy)을 중시해야 하는 국어교육의 입장에서라면 개성적 언어와 언어의 보편성을 동시에 감싸 안을 수 있는 문학을 그 중핵으로 삼지 않을 수 없다는 말이지요.

비유에 관한 우리의 논의는 상상력의 문제를 거쳐 이제 문화의 문제로 나아가기에 이르렀습니다. 이 점은 김대행 교수가 '손가락과 달'의 결론 부분에서 문화의 문제를 제기한 것과 무관하지 않습니다.

앞서 우리는 모든 비유가 다 공감을 획득할 수는 없다 하였는데, 반면에 김춘수 같은 시인의 경우는 섣불리 용인되지 않는 비유를 통해 새로운 성과를 획득하였다고도 했습니다. 모든 상상력이 다 용인되지는 않습니다. 상상력은 문화의 맥락에 지배를 받습니다. 그렇다고 상상력을 억제해서도 안 됩니다. 상상력이란 말의 글자 그대로 상상의 힘을 통해 우리가 진정으로 기대하는 바는 새로운 문화 능력의 개척에 있기 때문입니다. 그러니 어떻게 수용하고 동시에 어떻게 넘어서느냐 하는 문제야말로 우리의 최대 고민이 되리라 저는 생각합니다. 지난 시대의 상상력을 배움으로써 우리 시대, 나아가 우리 미래의 문화적 상상력을 키워가는 경지, 타인의 상상력을 따라가다 자신의 세계를 발견하고 창조하는 경지, 그 경지에 이르기까지 한 걸음을 더 나아가야 하겠는데, 그 길이 어떤 것인지는 자리를 바꾸어 새로이 논해야 할 것 같습니다.

5. 지식에 대한 사랑

잘은 모르지만 불가(佛家)에서는 네 가지의 전수법이 있다고 합니다. 첫째, 입으로 말하고 입으로 배우는 구전구수(口傳口受), 예를 들어 노래를 배울 때 먼저 부르면 따라 부르는 것이 있고, 둘째, 구전심수(口傳心受)라 하여 스승이 입으로 전한 것을 마음으로 받아들여 이해하는 것이 있고, 셋째, 신전신수(身傳身受)처럼 스승이 몸으로 먼저 행해 보이면 그것을 몸으로 행함으로써 배우는 것이 있고, 마지막으로 심전심수(心傳心受), 곧 마음으로써 마음을 전한다는 이심전심(以心傳心)의 경지가 있다고 합니다. 이 가운데 우리 시 교육에 시사를 주지 않는 것이 없겠지만, 아무래도 넷째만큼은 불가능해 보입니다.

그 대표적인 예가 바로 영산회상의 염화시중(拈華示衆)입니다. 영축산에서 석가모니가 법을 설하는데 그때 대법천왕이 환희해서 석가에서 꽃비를 내리며 꽃을 공양하였더니 석가가 금색 파려화라는 꽃 한 송이를 들고 대중 앞에 들어 보였는데 아무도 그 뜻을 모르고 어리둥절하던 중, 오직 저 끄트머리 자리에 남루한 옷차림을 하고 앉아 있던 나이 많은 가섭 존자만이 그 뜻을 알고 빙긋이 웃었더라, 그러니까 석가모니가 "내 이 정법안장, 나의 깨달음, 이 법, 이 모두를 가섭에게 전하노라."라고 한 데서 전해진 이야기 아닙니까. 그러니 '꽃'이 비난받아야 할 이유가 없습니다. 그 '꽃'이 없었다면 가섭인들 깨달음을 얻었겠습니까. 도저히 말로는 설명할 수 없는 경지, 그래서 수만 마디 말을 대신한 것이 '꽃'이었던 것 아니겠습니까. 그러나 '꽃'은 우리가 말하는 식의 지식이 아닙니다. 문자로 전할 수 없는 것, 지식으로 전할 수 없는 것을 전하기 위해 동원된 것일 따름입니다. 지식은 인식의 억압을 가져와 오히려 깨우침에 방해가 되기도 하기 때문이지요.

다행히도 우리가 가르치는 시가 그 같은 비전(秘傳)은 아닌 듯합니다. 하지만 학생들에게는 비전 이상으로 여겨질 수도 있습니다. 우리로서 친절한 설명이 그들에게는 그 '꽃'처럼 여겨질 수도 있습니다. 앞서의 비유로 돌아가자면, '손가락'에 전혀 문제가 없더라도 '손가락' 그 자체가 인식의 도구가 되어주지 못하면, '손가락'이 도리어 '달'로 되는 형국도 벌어질 수 있다는 것입니다. 그러나 문제는 결코 쉽고 어렵고의 문제만은 아닙니다. 쉬워도 '달'에 관심이 없으면 여전히 '손가락'만 보고 말 수 있을 것이기 때문입니다.

유홍준 교수의 『나의 문화 유산 답사기』 덕택에 널리 알려진 말이 바로 그 책의 서문에 있는, "인간은 아는 만큼 느낄 뿐이며, 느낀 만큼 보인다."
라는 말입니다. 그 자신에 따르면 이 말은 원래 조선 정조 시대 유한준이
라는 문인이 석농 김광국의 수장품에 부친 글, 곧 "사랑하면 알게 되고,
알면 보이나니 그 때에 보이는 것은 전과 같지 않으리라."를 변형한 것이
라 합니다.

그런데 그 변형 과정에서 매우 중요한 한 구절이 생략되었음에 우리는
주목해야 합니다. 그것은 곧 '사랑하면'이라는 전제입니다. 사랑하지 않을
때 그 대상에 대한 지식은 무가치하기만 합니다. 다만 사랑해야 아느냐,
알아야 사랑하느냐의 문제는 마치 믿음이 먼저냐, 앎이 먼저냐는 오래된
문제를 연상케 하거니와, 이 두 가지가 함께 해야만 한다는 점만큼은 이
의가 없을 것입니다. 앎과 삶, 앎과 사랑은 결국 하나의 문제에서 비롯되
었기 때문입니다. 추상적으로 들리지도 모르지만, 시 교육에서 이 점은 가
장 중요한 문제임에 틀림없습니다. '손가락'도 '달'도, 염화미소의 경지도
궁극적으로는 이 점과 연관되어 있습니다.

여하튼 아는 만큼 보인다는 말처럼 지식 교육에서 매력적인 언사도 드
뭅니다. 헌데 오래 전부터 이미 "아는 것이 힘이다."라는 말이 상식과 진
리로 유포된 마당에 유홍준 교수의 이 말이 새삼 매력 있게 들렸던 이유
가 어디에 있을까요? 아마도 그것은 곧 앎이 느낌과 정서에도 강한 영향
을 끼친다는 것, 문화와 예술에도 앎이 절실히 요구된다는, 그 역시 오래
된 진실의 확인에 있지 않겠습니까? 둘 다 지식의 효용성을 말하고 있지
만, 아는 것이 중요하다는 말이 사회적 출세와 같은 실용적 삶에 지식이
기여한다는 식의 논법으로 작동되어 온 반면, 아는 만큼 보인다는 말은
문화생활과 같은 삶의 풍부성에 지식이 이바지한다는 의미로 다가왔던 것
아닙니까?

한 때 우리 교육에서는 괜히 지식이 욕먹었던 적이 있습니다. 그러나
지식에는 죄가 없습니다. 잘못은 우리를 위해야 할 지식이 거꾸로 주인
노릇을 하게 했던 데에 있습니다. 그렇다면 지금 요구되고 있는 것은 어
떻게 하면 아는 것이 힘이 되는가, 어떻게 하면 머리 속의 지식을 눈으로
전이시키는가, 어떻게 하면 아는 만큼 보이게 하는가, 어떻게 하면 지식이

문학을 이해하고 감상하는 데 지도가 되고 열쇠가 되게 할 수 있는가 하는 문제일 것입니다.

언뜻 생각하면 이 문제는 의외로 간단합니다. 실은, 비유니 상징이니 운율이니 하는 모든 문학 지식들이 바로 그러한 의도에서 비롯된 지식들이기 때문입니다. 신비평가들의 초기 의도가 어떻게 하면 문학을 가르칠 수 있을까 하는 데 있었다는 점만 상기해도 아마 충분할 것입니다. 말하자면 애당초 교육의 언어였던 것들이 학문의 언어로 자리 잡게 되면서 두 언어 사이에 심각한 괴리가 벌어지게 되었던 거죠. 그러니 우리는 원점으로 되돌아가기만 하면 됩니다.

그런데 여기에도 함정은 있습니다. 아는 만큼 보인다는 말은 결국 말 그래도 배운 만큼만 보게 된다는 뜻이 되기도 합니다. 그럼 도대체 인류 지식의 성장은 어떻게 해명할 수 있습니까? 예컨대 문학 연구가나 비평가들은 어떤 일을 하는 자들입니까? 배운 대로만 보지 않으려고 애쓰는 자들이 아닐까요? 그래야 자기의 담론이 만들어질 수 있으니까요. 그리고 그 중에 어떤 담론들은 다시 새로운 지식의 자리를 차지하게 되곤 하구요.

제가 말씀드리고 싶은 것은 결코 지식의 무용론이 아닙니다. 저 역시 지식을 강조합니다. 하지만 어떤 고정된 문학 지식을 잘 가르쳐서 그 지식으로 열리는 문학의 어떤 비밀을 보이게 하는 것, 그것조차도 힘든 것이 우리 문학교육의 현실이긴 하지만, 그것이 우리가 궁극적으로 가야 할 길은 아니라는 겁니다. 앎을 통해 앎을 넘어서는 것, 그래서 보이지 않던 것에서 새로운 것을 보게 만드는 능력, 지식을 자기 것으로 만들고 자기 것을 새로운 지식으로 만드는 능력, 그리하여 어느 시점에선 보이는 것만큼 아는 단계에 이르도록 하는 것, 그것이 문학 지식 교육의 핵심이요, 이상이라는 말씀입니다.

따라서 아는 것이 힘이라는 말이 곧 아는 것이 권력이라는 말로 번역되는 데에—권력의 생산성에 주목한다면— 굳이 반대할 이유는 없습니다. 그러나 그 이전에 우선, "아는 것이 능력"이라는 말로 번역되어야 할 필요는 있습니다. 지식 교육은 능력을 신장하게 하는 가장 유력한 길 가운데 하나로 이해되어야 하기 때문입니다. 그래서 "아는 것이 힘이다."라는 말이 모든 형태의 지식 교육을 정당화하는 데 쓰이기보다는 "아는 것이 힘이 되도록 해야 한다."라는 당위의 명제로 작용해야 할 줄 압니다. 그럴 경우만이 지식은 억압이 아니라 해방의 도구가 되기 때문입니다.

이제 비유가 무엇인지 아셨습니까? 혹시 제 설명도 억압이 된 것은 아닌지요? 제 설명으로부터도 해방되시길, 그래서 새로운 설명으로 저 또한 해방시켜 주시길 감히 바랍니다.

제3장 문학교육과 도덕적 상상력

1. 문학, 도덕, 교육, 그리고 상상력

교육은 한 개인이 세계를 해석하고 세계와 교통할 수 있는 방법을 알려
준다. 그런데 인간은 아득한 과거나 미래에 대해서도 이야기할 수 있고,
수억 광년이 떨어진 우주에 대해서도 말할 수 있으며, 무릉도원이나 유토
피아처럼 존재하지 않는 세계도 만들어 낼 수 있다. 그런 인간이 만들어
낸 무한한 세계를 교육이 무슨 수로 다 직접 다루겠는가? 단지 그것의 요
약집, 혹은 상징물들만을 다룰 수 있을 뿐이다. 이때 필요한 것이 상상력
이다. 세계 자체가 아닌, 상징체계로서의 교육 내용은 상상력을 바탕으로
해서만 다룰 수 있다. 말하자면 상상력은 교육을 가능하게 하는 조건인
것이다(김창원 · 정재찬 · 최지현, 1999 : 1).

그러나 교육과 상상력의 관계가 그렇게 간단하지만은 않다. 칸트는 상
상력을 도식(schema)의 산출자라 하였다.[1] 그리고 교육은 본질적으로 문화

---

[1] 칸트에 따르면 상상력은 유사성에 기반 하여 사물을 인지하는 마음의 틀로서 도식
을 만들어 내고, 이 도식은 세계에 대한 우리의 무질서한 인상들을 정리하여 구체
적인 형상으로 체험할 수 있게 한다. 말하자면 도식이 대상을 어떤 대상을 수용하
는 상상적 체험을 가능하게 한다고 할 때, 이러한 도식을 산출하고 관장하는 것이
상상력인 셈이다. 상상의 과정이 은유 도식(metaphorical schema)과 긴밀히 관련되
어 있다는 생각은 마크 존슨도 개진한 바 있다. 원래 도식이란 신체적인 경험이 끊
임없이 세계와 작용하며 형성된 매우 단순한 인지 구조로서 일반적으로 대상의 범
주를 명료화, 간명화 하여 현상에 적용되는 심상을 산출해 내는 형식을 뜻한다. 그

도식에 의존한다. 하지만 학교 교육에서 다루는 문화 도식이란 개인의 창발적 사고보다는 관습화, 정형화된 사고를 유도하며, 그로 인해 '잘 교육된' 사고는 대체로 '잘 다듬어진' 사고와 동의어로 쓰이는 경향이 있다. 이런 점에서 상상력은 교육을, 교육은 상상력 자체를 위해서는 위험한 활동처럼 여겨지기도 한다.

문학교육을 논하기에 앞서, 본고의 주제로 다루게 될 도덕교육 역시 이러한 사정은 별반 다를 바가 없다. 서구의 도덕 철학과 그에 기반한 도덕교육의 전통은 이성중심주의의 견지에서 정서와 더불어 상상력을 원시적이고 모호하며 때로는 위험한 존재로 간주해 왔기 때문이다.[2] 따라서 도덕적 상상력이라는 개념을 모순어법으로 간주하는 경향이 있다는 지적은 결코 과장이 아니다(윤건영, 2000 : 76).

거칠게 보아 도덕교육의 전개 과정은 공동체 사회의 전통적인 가치를 덕목 교육의 형태로 전수하고자 하는 사회화 접근 방식과, 이를 비판하며 등장한 자유주의 혹은 개인주의적 접근 방식, 즉 개인의 자율적 판단과 선택 능력 배양을 중시하는 합리적 방식의 두 가지로 대별해 볼 수가 있다. 그런데 이러한 합리주의적 도덕교육은 도덕감(moral sense, 도덕적 정서)을 도덕교육의 영역 밖으로 몰아내어, 결국에는 '도덕적(moral)'이라는 말을 '합리적(rational)'이라는 말과 거의 동의어처럼 사용하기에 이르게 된다. 하지만 도덕성은 항상 합리성 이상을 의미한다. 거기에는 정서의 문제가 함께 자리한다. 옳고 그름의 문제를 알지 못하거나 판단하지 못하여 옳게 행위 하지 못하는 경우란 사실상 드물다. 사실, 도덕의 문제는 알면서 앎과 다르게 행위 하는, 곧 아크라시아(akrasia)의 문제인 경우가 더 많다. 대부분 그것은, 알지만 그렇게 행위 하겠다는 강한 소망(의지)이 없기 때문에, 혹은 앎과 느낌이 습관이나 성향으로 자리 잡지 못하기 때문에 발생

런데 대상의 범주가 명료해지고 간명해지기 위해서는 불가불 사물들 간에, 그리고 사물들에 대한 우리의 인상들 간에 유사성의 관계가 만들어져야 한다. 예컨대 상하(上下)의 방향 도식이 지위의 높고 낮음을 은유하는 것으로 구체화되는 과정을 생각해 볼 수 있다.

2) 상상력에 대한 이 같은 관점은 도덕교육만이 아닌 교육 전반에 해당한다. Egan (1988) 참조할 것.

하거니와, 여기서 말하는 강한 소망이나 성향으로서의 느낌이 도덕적 정
서와 관련됨은 말할 나위가 없다(박재주, 2003 : 91-92).

이에 대한 반성으로부터, 즉 도덕적 위기 현상들이 이성적 판단 능력만
으로는 도저히 해결을 구하기 어렵다는 반성으로부터, 오늘날 도덕과교육
내부에서는 덕목교육이 인격교육이라는 새로운 통합적 접근으로 재등장
하는가 하면, 7차 교육과정의 도입과 함께 창의적 사고와 구성주의적 사
고의 필요성을 강조하기도 한다. 하지만 그 결과가 만족스러워 보이지는
않는 듯하다. 박진환(2001)은 7차 도덕·윤리교육과 교육과정이 여전히 도
덕 사회화에 초점을 두면서 종래의 피아제나 콜버그의 발달이론을 그대로
따르는 가운데 구성주의적 도덕관보다는 20개 덕목으로 요약되는 객관주
의적 도덕관을 전제로 하고 있다고 비판한다.

물론 필자는 도덕·윤리과 교육에 대해 비판할 위치에 있지도 않고, 그
럴 능력도 없다. 하지만 윤리교육에 대해서는 말할 수 있고 말해야만 한
다고 생각한다. 모든 교육이 도덕교육이 되어야 하며, 따로 도덕교과교육
이 필요하지 않다는 듀이의 관점은 대단히 중요하다(박재주, 2003 : 290). 더
구나, 인류의 오랜 세월 동안 문학은 윤리와 근친 관계와 긴장 관계를 지
속해 왔다. 문학과 윤리는 결코 낯선 관계가 아니다. 다만 문학이 자율성
을 추구하고 문학 연구와 이론이 전문성을 강화해 오면서3) 언제부턴가
도덕 또는 윤리비평을 문학에 관한 담론에서 제거하거나 회피하기 시작했
고, 그래서 오늘날 도덕이나 종교라는 주제로 문학에 대해 언급하기 위해
서는 어딘가 껄끄럽고 불편한 듯한 부담감을 느끼고 심지어 적잖은 용기
마저 필요하게 되었을 따름인 것이다(Guroian, 1998 : 9).

---

3) 플라톤에서 데리다에 이르기까지 철학의 편에서 문학을 불모화시켜 온 이론의 제
　도화 현상에 대하여 마크 에드먼드슨(2000)은 강력하게 비판하고 있다. 한편
　Nussbaum(1995)에 따르면, 존 듀이의 시대만 해도 문학과 예술에 관한 철학적 논
　의를 포함하여 대학의 철학은 공적 담론의 일부라는 사실이 당연시되던 시대였다.
　하지만 20세기 대부분 미국의 강단 철학은 실천적 선택과 공공의 삶에 대해 상대
　적으로 거의 연관을 맺어오지 않았다. 그러나 최근 철학자들은 또다시 윤리적 정치
　적 이론의 기본 화제에 대해서만이 아니라, 의학, 경영학, 법학과 같은 보다 구체적
　인 논제에 대한 공적 논쟁에 가담하기 시작했다.

<도덕성과 문학에 관한 심포지엄>을 개최하면서 Becker(1988 : 223)는 기획의 변을 이렇게 밝힌 바 있다.

> 대부분의 경우, 윤리학자는 소설가, 시인, 문학비평가와 관계없이 독립적으로 일을 하며, 그들 또한 그러긴 마찬가지다. 더욱이, 그 같은 상호독립성이 궁극적으로 적절하다는 확신을 떨쳐버리기도 어렵다. (…) 물론 잘 숙고해 보면 도덕성과 문학 사이에는 깊은 연관이 있을 것이고 따로 떨어짐으로써 서로 손실을 입고 있다고 생각할 수도 있다. 그러나 그 깊은 관계, 혹은 그 손실이 어떤 것일지에 대해서는 일반적으로 동의된 바가 없다. (…) 이번 심포지엄은 도덕·지식과 상상력의 본질에 관한 발전된 논의들을 개진함으로써 문학과 도덕성의 상호독립성에 대한 전통적 견해를 점검하고, 그 둘 사이의 밀접한 연관에 대해 공감하고 있는 최근의 작업[4]을 펼쳐 보이자는 취지에서 기획되었다.

바로 지금 우리가 그와 유사한 처지에 놓여있다. 하지만 문학과 도덕을 논하는 것보다는 상대적으로 생산적일 가능성이 크다고 생각한다. 왜냐하면 우리는 문학교육과 도덕교육, 즉 교육이라는 매개항을 놓고 논의를 전개할 것이기 때문이다. 교육은 공공성(publicity)의 영역을 대표한다.

> 문학적 상상력은, 전부는 아닐지라도, 공공의 합리성(public rationality)의 일부임에 틀림없다. 나는 감정이입적 상상력으로 규칙 중심의 도덕적 추론을 대체하고자 제안하는 것은 극히 위험한 일이라고 믿는다. 내가 문학적 상상력을 옹호하는 것은 엄밀히 말해 그것이 윤리적 태도에 필수 불가결한 요소라고 여겨지기 때문이다. 그것은 우리와 거리가 먼 삶을 살아가

---

4) 여기서 말하는 '최근의 작업'을 대표한 이는 철학과 문학의 경계선을 가로지르는 기획을 제안한 너스바움(1988)이었다. 이 기획은 희랍의 비극 시인과 플라톤 간의 논쟁만큼이나 오래된 것으로서 "인간은 어떻게 사는가?"라는 질문을 추구함에 있어 문학과 철학 사이의 대화 프로젝트에 해당하는 것이었다. 이를 위해 그녀는 독서와 독서에 대한 인간의 성찰적 사유에 내재해 있는 활동의 외연 그 자체를 기술할 것을 요구하였다. 이는 마치 모어 화자로부터 언어를 기술하는 문법과도 같다. 즉 인간이란 존재는 책, 가령 서사적 허구물을 읽어 왔는데 그것이 인간 삶에서 지녀왔던 기능을 충실히 기술하자는 것이다. 이러한 관점에서 그녀는 문학 형식이 그 외에는 달리 환기될 수 없는 특정한 종류의 독자의 실천적 활동을 불러일으키는 것임을 논증하고자 하였다.

는 다른 사람들의 선한 점에 우리로 하여금 관심을 갖도록 요구한다. (…)
인간의 존엄성에 대한 불편부당한 관점의 윤리학이라 하더라도 그것이
만일 멀리 떨어진 타자의 삶 속으로 상상적으로 들어설 수 없거나 그 같
은 동참과 관련된 정서를 소유할 수 없다면 진정한 인간 존재를 보증하는
데 실패할 것이다(Nussbaum, 1995 : xvi).

공적인 관심이라는 전제에서 이제 필자는 문학교육과 도덕교육의 대화
를 시도하고자 한다. 보다 구체적으로는 교육을 중심으로 한 문학적 상상
력과 도덕적 상상력 사이의 대화가 되길 원한다. 다행히도, 최근에는 도덕
교육 내에서도 도덕적 상상력에 주목하는 연구물들이 나오기 시작하고 있
다. 도덕적 상상력을 정보화 시대 윤리교육의 목표로 제안하거나(윤건영,
2000), 도덕적 상상력 신장을 위한 서사교육 방안을 제시하는 경우(김형철
외, 2001)가 그러한 예이다.

2. 문학교육과 도덕교육의 대화를 위하여

(1) 도덕적 상상력과 도덕교육

상상력에 관한 철학적·심리학적·문학적 문헌은 그래도 많은 편이다.
그것은 흄, 칸트, 후기 칸트 독일학파와 낭만주의 철학의 중심 주제이며,
코울리지, 프로이트, 융, 사르트르, 바슐라르 등으로 이어진다(장경렬 외,
1997). 하지만 도덕적 상상력에 대해서는 그렇게 말할 수 없다. 도덕적 상
상력에 대해 철학자들이 글을 쓰기 시작한 것은 극히 최근의 일이다. 과
거의 철학자들은 일반적이고 추상적이며 이론적인 용어로 도덕 문제에 접
근해 온 반면, 도덕적 상상력은 구체적이고 개별적이기 때문이다. 20세기
후반에서야 철학자들은 개별적인 행위 주체들이 개별적인 도덕적 상황에
처했을 때 그들이 구체적으로 체험하는 것에 대해 도덕 이론의 여지를 마
련해 두어야 할 필요를 느끼기 시작했다.[5]

먼저, 마크 존슨은 인간은 근본적으로 상상력을 지닌 도덕적 동물(imagi-native moral animal)이라고 주장하면서[6] 도덕성은 이성에 의해 통제되는 보편적 법칙들 중의 한 체계라는 견해에 반대하였다. 그가 말하는 도덕적 상상력[7]이란 자신이 취할 수 있는 여러 행위의 결과가 윤리적인지 비윤리적인지 여부를 상상을 통해 식별해 내는 능력을 뜻한다는 점에서 비판적 성찰과도 상통하지만, 그가 감정이입적 상상력을 강조하고 있다는 점에 주목할 필요가 있다. 한편 콜즈(1997)는 이른바 도덕 지능(MQ)의 문제를 개념적으로 명료화하여 제시하기보다는 일상적인 사례들을 통해서 제시하면서 도덕적 상상력이 아동의 도덕성 발달에서 중요한 요소임을 제시하기도 하였다.[8]

---

5) 물론 20세기 초반의 교육학자 Steiner에서도 도덕적 상상력의 중요성에 관한 언급을 찾아 볼 수 있다. 그에 따르면, 첫째, 인간에게는 도덕적 직관의 능력이 존재한다. 그것은 인간의 순수한 관념 세계로부터 무엇인가를 실현하려는 의지의 동기를 끌어내는 능력이며 동시에 앞으로의 행위의 모범을 구성하는 능력이 된다. 둘째, 도덕적 상상력은 어떤 일정한 상황에서 내면화하게 된 도덕적 직관을 통해 구체적인 실천 방법을 구상하고 그 방법을 실천하였을 때 나타나는 결과에 예측까지도 할 수 있는 능력이 된다. 말하자면 도덕적 상상력은 어떤 도덕적 사태에 직면하게 되었을 때 인간이 선택하여야 할 규범적 행위가 무엇인가를 판단하게 하는 도덕적 직관 능력을 형성하게 한다. 셋째, 도덕적 기술은 어떤 사태에 직면하였을 때 도덕적 직관을 자극하고 도덕적 상상력을 통해 상황에 적합한 규범적 행위를 선택하여 이를 실천할 수 있는 능력이다(로이 윌킨스, 1997). 하지만 그의 이러한 언급은 영성교육의 일환으로서 그가 창안한 일종의 동작예술, 곧 '오이리트미(Eurythmie)'라는 방법에 가려 교육학계나 도덕 철학계에서 뚜렷한 주목을 받지 못한 것으로 보인다.

6) 마크 존슨(1992 : 5)은 "상상력이 없으면 세상에서 아무 것도 의미를 지닐 수 없을 것이다. 상상력이 없으면, 우리는 자신들의 경험의 의미를 이룩할 수는 결코 없을 것이다. 상상력이 없으면, 현실의 지식에 대해서 근거를 부여할 수 없을 것이다."라고 하였다.

7) 도덕적 상상력은 사회의 윤리적 문제가 이에 영향을 미치는 사회적 경제적 조직적 개인적 요소 등 여러 가지 환경 요인으로 말미암아 일어나고 있음을 인식하는 상상력 재생산 단계, 기존의 관점과는 다른 여러 관점을 가지고 윤리적 문제를 재구성하여 각각 다른 해법의 잠재적 영향에 대해 이해하는 상상력 생산 단계, 그리고 이해관계자들 모두에게 도덕적 정당화가 가능한 윤리적 대안을 찾는 상상력 창조 단계 등으로 구성된다(Johnson, 1993. 윤건영, 2000 : 76에서 인용).

8) "다시 말하지만, 이 책은 여러분의 도덕적 상상력을 촉진하고 자극하기 위해 만들어졌다. 두뇌의 한 자리를 차지하는 도덕적 상상력에는 사고와 환상이 있고 삶의

하지만 도덕적 상상력에 대해 본격적으로 연구한 이로는 Kekes(1995, 2001)를 들어야 할 것이다. 그는 먼저 도덕적 지혜(moral wisdom)를 성찰의 미덕으로 간주하면서 도덕적 지혜를 통해 선한 삶에 이를 것을 목표로 제시하고 있다. 단순히 말해 도덕적 지혜란 복잡한 도덕적 상황을 단순한 것으로 바꿀 수 있게 하는 성격적 특성으로 이해될 수 있다. 하지만 그 같은 변형은 그 상황을 둘러싼 수많은 역경들로 인해 우리의 도덕적 제어력이 약화됨으로써 어려운 일이 되어버린다. 이때 성찰이 필요하다. 성찰의 목표는 자신이 긍정적으로 평가한 욕망을 만족시킴에 있어 합리적인 판단에 도달하는 길을 막아서고 있는 장애물과 맞서는 것이다.

그는 그러한 성찰의 첫 번째 양식으로 도덕적 상상력을 들고 있다.9) 그에 따르면 인간 행위에서 상상력은 다방면에 걸쳐 있다. 곁에 없는 친구의 얼굴을 떠올리는 식의 이미지 구성으로서의 상상력, 비선조적 사고처럼 문제 해결을 하는 데 있어서의 풍부한 책략으로서의 상상력, 판타지처럼 현실의 양상을 변조하는 것으로서의 상상력, 다른 사람의 입장, 가령 부자가 되어보는 것처럼 특정한 가능성을 실현하게 된다면 어떻게 될 지에 관한 정신적 탐구로서의 상상력 등이 그것이다. 도덕적 상상력은 이러한 상상적 활동 가운데 마지막 경우에 해당한다. 그것은 도덕적이다. 왜냐하면 그 주된 관심이 훌륭한 삶이라는 개념의 관점에서 가능성들을 평가하는 것과 관련되어 있기 때문이다.

도덕적 상상력은 탐구적(exploratory)인 양상과 교정적(corrective)인 양상을 갖는다. 우리는 종교적, 윤리적, 교육적, 문화적, 심미적, 정치적 및 기타의 전통 속에서 태어나고 양육된다. 자신들의 삶을 좀더 좋게 만들기 위해 노력하면서 우리는 우리 자신의 열망과 기회가 전통적 가능성들에 의해 규정되어 있음을 발견하게 된다. 그래서 우리는 가치 있는 존재가 되

세계의 도덕적 의미를 깊이 사고하며 방황하고 걱정하는 자취가 있다. 우리는 도덕적 상상력에 따라서 무엇을 해야 하고 무엇을 하지 말아야 하는지 또는 어떤 도덕적 종교적 정신적 실제적 이유로 그렇게 해야 하는지를 결정한다."(콜즈, 1997 : 19)

9) Kekes는 두 번째 성찰 양식으로 자기지(自己知, self-knowledge)를, 세 번째로는 도덕적 깊이(moral depth)를 들고 있다.

기 위해 취해야 할 것과 우리 자신이 갖고 있다고 생각하는 가능성 사이에서 혼란을 겪는다. 도덕적 상상력의 탐구적 양상은 이러한 가능성과 친숙하게 하는 것이다. 하지만 가능성의 탐구는 행위주체의 전통에만 한정되지는 않는다. 도덕적 상상력의 범위는 역사적 관점, 타문화에 대한 이해, 문학에의 몰입, 특히 소설, 희곡, 전기에의 몰입을 통해 확대될 수 있다. 결과적으로 우리의 폭(breadth)이 넓어지게 된다. 이러한 폭은 우리 자신을 전통 밖으로 나갈 수 있게 해 주고 외부에서부터 전통을 바라보게 해 줌으로써 비교와 대조의 기반을 획득하게 해 준다. 즉 단순히 가능성의 수만 늘리는 것이 아니라 우리 자신의 가능성을 좀더 잘 성찰할 수 있는 관점을 갖게 해 주는 것이다. 따라서 도덕적 상상력의 탐구적 양상은 전향적 조망(forward looking)이다. 그것은 미래에 실현되어야 할 것을 결정하기 위한 가능성을 탐구하는 것이다.

이와 대조적으로 도덕적 상상력의 교정적 양상은 뒤(backward)를 향해, 즉 과거 쪽으로 주의를 돌리는 것이다. 인습화된 과거의 전통이 아니라 사람들의 삶을 풍성하게 하는 방식으로서의 전통의 지평과 만날 때 전통은 실제적으로 혹은 상상적으로 창조된 사람들이 살았던 좋은 삶의 패턴을 보여줌으로써 도덕적 상상력의 발달에 기여하게 된다. 이는 행위자로서 우리들이 우리 자신에게 열린 가능성을 평가하는 데 있어 얼마나 합리적이었는지를 이해하는 데 관심을 둔다. 그에 답하기 위해서는 과거를 바라볼 필요가 있다. 왜냐하면 현재 우리들이 갖고 있는 가능성이 어떠한 것인지에 대한 관점이 형성된 것은 과거의 일이기 때문이다. 가능성을 탐구하는 데 바람직한 성격적 특성이 폭이라면, 사람들이 자신의 가능성을 평가하는 데 저지르기 쉬운 실수를 교정하는 데 필요한 것은 깊이(depth)이다.

이처럼 도덕적 상상력은 공감과 성찰의 기제가 된다. 그런데 Palmer (1992 : 205)의 분석은 여기서 좀더 나아간다. 일단 그는 지식을 직접지(直接知, knowledge by acquaintance)와 기술지(記述知 혹은 間接知, knowledge by description)로 나누는 러셀의 구분을 따른다. 이에 따르면, 가령, 우울증이 무엇인지 안다는 것(know what depression is)과 우울증이 어떤 것인지 안다는 것

(know what it is like)은 같은 것이 아니다. 우울증에 대한 지식은 '그것을 안다(knowing that)'라는 형태를 취할 수 있다. 우울증에 대한 다양한 기술을 제공할 수 있다거나, 그 증세에 대해 정확한 진술을 할 수 있다거나, 우울증과 슬픔을 구분해서 알려 줄 수 있다거나 하는 경우가 그러하다. .하지만 우울증이 어떠한지에 대해 안다는 것은 그것을 경험한 사태를 포함한다. 후자의 의미에서 지식은 반드시 명제적일 필요는 없다. 그것은 기술이 아니라 체험을 회상하는 능력을 포함한다.

브루너(1986) 또한 '명제적 사고(propositional thinking)'와 '서사적 사고(narrative thinking)'를 구분한 바 있거니와, 전자가 논리-과학적 인식 양식으로서 추상적이고 탈맥락적이라면, 후자는 구체적이고 맥락의존적이다. 따라서 서사적으로 생각한다는 것은 하나의 이야기 형식 속에서 생각한다는 것으로서, 그 경우 행동과 관념들은 개별 인간의 의도, 결정, 그리고 경험들 속에 살아 있는 것이다.

체험을 상상적으로 동일시하는 것을 지식이라 부를 수 있다면, 'A가 어떤 것인지 직접 아는 것(knowing what A is like)'과 단순히 'A가 어떤 것인지 안다'는 것 사이에는 좀더 심화된 구별이 필요할지도 모른다. 그럼에도 불구하고 후자는 여전히, 비록 그 체험이 상상에 의한 것이라 하더라도, 일련의 직접지 형태에 의존하고 있는 것으로 보인다. 만일 우울증에 걸린 사람의 마음속으로 들어가 그의 눈을 통해 바라본 세계를 볼 수 없다면, 셰익스피어는 <햄릿>을 쓸 수 없었고 우리도 이해할 수 없었을 것이다. 하지만 원칙적으로 말해 체험하지 않았기 때문에 전혀 말할 수 없다는 것을 의미하지는 않는다. 즉 도덕적 상상력은 우리에게 직접지와 같은 인식 또는 지식을 부여해 주는 것이다. 이것이 상상력이 도덕성에 중요한 이유 가운데 하나다. 도덕적 이해의 성장은 우리로 하여금 아직 만나지 못한 상황을 이해하도록 해주며, 그리하여 어떤 상황이 일어나지 않길 원하도록 해 주어야만 하는 것이다. 그런데 문학이 기술(description)로는 알 수 없는 것들에 대해 우리를 친숙하게(acquaintance) 해 줌으로써 바로 그 도덕적 이해에 기여하는 것이다(Palmer, 1992 : 206).

사실, 도덕적 상상력을 체계적으로 배양하고 실천하고 획득하는 것은 인문학의 오래된 전통적 과업 가운데 하나이다. 도덕적 상상력이 목표로 삼는 것은 일반화된 법칙을 만드는 데 있는 것이 아니라, 특정 개인과 그 문화적 맥락 사이에 주고받는 상호 작용에 집중하는 데 있다. 그로부터 우리는 특정한 맥락에서 어떤 사람이 어떻게 행위 했는가가 아니라 그 맥락에서 왜 그렇게 행위 했는가에 관한 설명을 얻게 된다. 하지만 행위자의 행위가 갖는 의의를 이해한다는 것은 단순한 인지적 차원의 것이 아니다. 정서적인 요소를 포함하여야만 하는 것이다. 그런 점에서 도덕적 상상력을 고양하고자 하는 도덕교육의 최적의 길 가운데 하나는 바로 문학, 특히 서사물을 통하는 교육인 것이다.

(2) 서사를 통한 도덕교육

1) 덕목교육으로서의 서사교육

도덕교육의 전통적인 한 가지 방법은 문학을 포함한 이야기(narrative)를 이용하는 것이었다. 즉 교과서에서 다루어야 할 덕목의 학습에 도움을 줌과 동시에 학생들에게 도덕적 감동과 감화를 줄 수 있는 적절한 교훈적 이야기를 역사적 사건이나 주변의 생활 공간, 특히 문학 작품에서 찾아 교사가 읽거나 들려주는 것이 그것이다. 이는 동서양이 다를 바가 없다. 그 교육과정은 대략 다음과 같이 정리될 수 있다. 첫째, 도덕적으로 가치로운 덕목을 선정하고, 이 덕목이 가장 잘 드러나고 있는 이야깃거리를 읽거나 들려준다. 둘째, 이야기 중의 착한 주인공을 본받아야 할 필요를 강조하고, 본받겠다는 결의를 다지게 한다. 셋째, 이와 같이 훌륭한 표본과 모범적 인간에 대해서 반복적으로 읽게 하고, 듣게 하고, 따라 행동하게 한다(박병기·추병완, 1996 : 168).

이러한 덕목 교육에 대해서는 이미 덕목 선정 과정에서의 문제점과 덕목을 가르치는 데 있어서 주입의 위험성 등을 들어 비판이 가해진 지 오래다. 확실히 이 방법은 오용된 것이다. 단지 도덕교육의 측면에서만 그러한 것이 아니라 문학교육 쪽에서도 비판받지 않으면 안 된다. 이러한 덕목교육은 마치 이솝우화와 같은 문학을 오로지 일련의 도덕적 이야기인 것처럼, 또는 수많은 전래 동화를 도덕적 문제의 예시를 제공하는 것으로 다루려는 시도를 한 셈이다. 물론 이것은 문학을 전혀 문학으로서 다루고 있는 것이 아니다. 도덕교육을 위한 문학의 주된 가치는 상상력을 통해 자신과 타인에 대한 인식과 공감, 이해와 정서를 계발하는 데 있는 것이다(Wilson, 2002 : 189-190).

하지만 여전히 도덕적 이야기의 중요성을 간과해서는 안 된다. 여기에는 몇 가지 장점이 있다. 첫째, 문학 작품이나 문화 속에 담겨 있는 이야기들은 도덕적 딜레마, 윤리적 문제들, 경쟁적인 선과 악 사이의 긴장들, 나아가 올바른 것을 행하기 위해 애쓰는 사람들에 대한 생생한 묘사들로 가득 차 있다. 둘째, 이러한 교육 과정은 현재의 교육과정 속에 이미 존재하고 있으며, 아주 쉽게 다시 부활될 수 있다. 셋째, 대부분의 교사들은 도덕적 이야기들과 역사적 사건들로 이루어진 문화적 보고(寶庫)에 전혀 낯설지 않은 상태에 있다. 넷째, 서사적 사고는 학생들의 정신을 윤리적 문제에 집중케 할 수 있는 가장 효과적인 방식이 될 수 있다. 도덕적 상상력을 불러일으키는 이야기들은 다른 접근들에 비하여 학생들에게 더욱 강하고 장기적인 영향력을 행사할 수 있다(추병완, 1999 : 605).

그럼에도 불구하고 이야기를 통한 지난날의 덕목 교육에 대한 비판이 지나친 탓인지, 이야기의 도덕교육적 의의에 대한 주목은 사라지고, 한동안은 덕목들 사이에 갈등을 일으키는 도덕적 갈등 사태를 제시하여 도덕적 논의를 이끌어 내는 것만이 참된 방법이라는 견해가 도덕교육을 지배하기도 하였다. 그 가장 대표적인 예가 바로 콜버그의 도덕적 딜레마라고 할 수 있다.

하지만 콜버그가 제시한 도덕적 딜레마의 예를 보면, 그것은 인간의 실제적인 경험에 비추어 볼 때 지나치게 추상적이고 단순화된 것이어서 현실 세계와의 유기적 관련성이 대단히 취약하다. 하인즈 딜레마[10]의 경우, 약을 훔쳐야 하는가, 또는 그의 아내가 죽어 가는 것을 그냥 지켜보아야만 하는가의 오직 두 가지 선택에만 근거하여 결정이 이루어져야 한다.

---

10) 이에 대해서는 남궁달화(1996)을 참고할 것.

그러나 실생활에서는 여러 가지 대안들이 가능할 수도 있다. 남에게 돈을 빌릴 수도 있고 다른 사람에게 도움을 요청할 수도 있다. 또한 하인즈 딜레마는 도덕적 원리들 사이의 갈등에만 초점을 두고자 하나, 그러한 상황이 단순히 도덕적 원리들만 포함하고 있는 것은 아니다. 거기에는 사회 보장 제도나 서민을 위한 은행의 특별 대출 정책, 약사의 사회적 책임, 약품의 가격이나 보급에 대한 정부의 규제, 암 연구에 대한 정부의 책임 등 많은 관련 사실들이 포함되어 있다. 그리고 이러한 사실들은 그 밑바탕에 상당한 도덕적인 의미들을 지니고 있다. 인간의 도덕적인 문제 사태들은 단순히 도덕적 원리들이나 규범들만의 갈등으로 빚어지는 것은 아닌 것이다. 따라서 과연 학생들이 이렇게 인위적이고 의도적으로 제시된 가상적 경험을 통해서 얼마만큼의 도덕적 추론 기능을 함양할 수 있을 지에 대해 의문을 제기하지 않을 수 없다. 그것은 오히려 학생들의 도덕적 사고와 상상력, 그리고 도덕적 창의력을 제한하고 있는 것이다(박병기·추병완, 1996 : 160-161).

그러므로 문학을 통한 인격 발달이라는 유서 깊은 접근에 대한 관심이 제고되어야 한다. 이야기가 지니고 있는 가장 큰 장점은 갈등 사태에서는 찾아 볼 수 없는 도덕적 용기의 모델, 덕의 모델들을 학생이 쉽게 식별할 수 있다는 데 있다. 이야기가 지니고 있는 도덕적 힘은 바로 구체적이며 모범적인 사례들의 힘(the force of example)이라고 할 수 있다(박병기·추병완, 1996 : 177).

그래서 덕목교육과는 거리가 멀지만 "인간은 본질적으로 이야기를 하는 동물"이라고 보는 맥킨타이어는 자아를 이야기 양식으로 사유하자고 제안한다. 이야기가 시작과 중반과 종말로 이어지는 하나의 통일성을 가지듯이, 인간의 삶 역시 탄생과 삶과 죽음으로 이어지는 하나의 통일성을 가진다는 것이다. 그런데 자아를 이야기 양식으로 사유하는 것은 두 가지 사항을 요청하게 된다. 첫째, '나'는 한 역사의 주체인바, 이때 주체라는 말은 이야기될 수 있는 삶을 구성하는 행위들과 경험들에 책임을 진다는 의미와 통한다. 둘째, 반면에 '나'는 책임을 지는 사람일뿐만 아니라 다른 사람들에게 책임을 묻고 또 그들에게 질문을 제기하는 사람이라는 점과 관련된다. 그들이 '나'의 이야기의 한 부분인 것처럼, '나'는 그들 이야기의 한 부분인 것이다. 이처럼 자아에 관한 서사적 관점에서는, '나'의 삶의 역사는 공동체의 역사 속에 편입되어 있다. '나'는 전통의 담지자들 중 한 사람인 것이다. 그런데 전통은 늘 새로운 전통들과 대화하고 논쟁하고 자신을 해체시키고 재구성할 수 있다. 그것은 전통 스스로가 지니고 있는 합리성 때문에 가능하다. 전통의 합리성은 스스로를 비판하고 극복할 수 있게 해 준다.[11]

한편 인간의 삶이 서사적 특성과 같다는 것은 인간의 행위는 의도적으로 이루어지는 것이기 때문에 이해 가능성의 자원을 가진다는 점과 연관된다. 인간의 행위가 이해 가능한 것이 되기 위해서는 두 가지 종류의 맥락들을 통해 행위자의 의도를 규명해야 한다. 즉 행위자의 의도를 그 행위자의 역사 속에서 차지하는 그것들의 역할 관계 하에서 인과적으로 시간적으로 정리한다. 그리고 그 의도들이 속해 있는 무대장치(setting) 또는 무대 장치의 역사 속에서 그것들이 담당하는 역할과의 관계에서 행위자의 의도들을 정리한다(MacIntyre, 1997. 박재주, 2003).

덕목 교육에서 맥킨타이어에 이르기까지 이상의 논의 속에서, 아마도 문학교육 전공자라면 자아와 세계 사이에서 벌어지는 욕망과 갈등, 그리고 소설의 다성성과 소설의 형식이 갖는 의의를 쉽게 떠올렸을 것이다. 그 구체적 실례를 보이기에 앞서, 덕목교육으로서의 서사 교육과는 지향이 다른 서사윤리학의 최근 흐름에 대해 알아보기로 하겠다.

2) 서사윤리학의 등장과 전개

서사윤리학(narrative ethics)란 용어는 서사나 이야기가 윤리적 담론에서 차지하는 여러 기능과 관련된 실로 다양한 주장들을 포함한다. Nussbaum은 대표적인 문학 텍스트를 꼼꼼히 읽으면 도덕 이론의 일반적 통로로는 이를 수 없는 특수한 도덕적 지식을 제공받을 수 있다고 주장했다. 또 다

---

11) 앞서 소개한 Kekes가 도덕적 상상력의 탐구적 양상과 교정적 양상을 전통과 관련하여 설명하고 있는 것은 맥킨타이어의 이 같은 논의와 무관하지 않은 것으로 보인다.

른 이들은 전통적 윤리 이론가들이 특정한 도덕적 상황을 결이 곱게 만드는 데 무심했기 때문에 그 상황에서 그들의 윤리적 원리를 잘 혹은 현명하게 사용할 수 없게 했다고 주장한다. 서사주의자 의 세 번째 진영은 모든 도덕적 지식은 그가 속한 사회의 이야기에 기반하며 따라서 도덕 원리들을 보편적으로 결합해 정교화 하고자 하는 소위 "계몽의 기획"은 반드시 실패할 수밖에 없으리라고 주장한다. 마지막으로 서사윤리학의 이른바 포스트모더니스트라 불리는 이들은 도덕 원리나 이론에 대한 전통주의적인 강조는 이야기 화자의 '증언(testimony)'에 관한 진정성을 위하는 견지에서 철회되어야 한다고 주장한다. 그래서 윤리학에서 서사를 옹호하는 측의 몇몇 사람들은 상황 맥락에 대한 인식을 고양하게 되면 예전보다 윤리학을 하는 데 도움이 더 될 것이라 주장하는 반면, 좀더 급진적인 이들은 서사야말로 윤리학을 하는 새로운 길의 열쇠라고 주장한다.12)

① 왜 지금 서사인가?

여러 가지 차이점에도 불구하고 이들 서사윤리학자들은 몇 안 되는 도덕 원리들을 분리시켜 체계적인 합리적 순서에 따라 그 원리와 그 계열에 속하는 것들을 나열하고 그런 다음 특정 경우에 그것들을 적용하는 식의, 도덕성에 대한 표준화된 철학적 접근에 대해 불만을 공유하고 있다. 이러한 전환은 20세기 말 사회의 거대한 지적 조류, 즉 '이론'과 '거대 서사'를 거부하며 도덕적 개별주의(moral particularism)를 지지하는, 혹은 스토리텔링이나 자서전, 일화 등과 같은 진솔한 시도를 옹호하는 인문학의 조류를 반영하는 것이다. 따라서 이러한 서사적 전환(narrative turn)은 페미니즘, 네오 프래그마티즘과 같은 도덕 사상 운동과 맥을 같이하는 것이라 할 수 있다.

도덕 원리와 개별 도덕 상황 간의 갭을 연결하는 데 있어 서사의 유용성을 강조하는 것과는 별도로, 이들은 도덕적 설득을 행함에 있어 서사가 특수한 역할을 수행할 수 있으리라고 주장한다. 원리에 대한 호소가 도덕

---

12) 이하의 논의는 Arras(2001)을 정리한 것임.

적 행위 주체(moral agent)의 행동에 실제로 아무런 영향을 끼치지 않는 지적 동의만 강요하는 데 반해, 이야기는 논증이 실패한 곳에서도 우리를 감동시킬 수 있기 때문이라는 것이다. 게다가 윤리학에 대한 서사적 접근을 옹호하는 이들은 이야기가 사회 정의를 위한 투쟁에서도 중요한 정치적 역할을 수행할 수 있다고 주장한다. '비판적 법학', '비판적 인종 이론' 등에 종사하는 학자들은 탈인격적인 원리에 입각한 전통적 '근대 담론(modernist discourse)'은 사회의 부당한 권력 관계를 가리고 재강화 하는 데 기여했다고 비판한다. 그래서 서사윤리학자들은 억압받는 소외 계층 사람들의 독특한 이야기에 많은 관심을 기울인다.

원리 중심 윤리학의 보완으로서의 서사

어떤 까다로운 도덕적 상황을 충분히 이해하기 위해서는 먼저 다양한 도덕 주체가 포함된 이야기를 이해해야 한다. "그들은 누구인가? 어떻게 서로 연관되어 있는가? 그들의 역사는? 그들은 왜 현재의 도덕적 딜레마로 이끈 경로의 배를 타게 되었는가?" 등등, 서사윤리학의 설명에 따르면 이러한 질문 중 어느 것도 스토리가 없으면 적절히 답할 수가 없다. 원리에서 도출된 접근 방식은 진짜 문제가 무엇이며 어떻게 해야 되는지에 대한 분석을 할 수 없다는 것이다. 따라서 서사윤리학은 기존의 원리 중심 윤리학을 보완하는 관계에 서게 된다.

또한 서사에 기반한 윤리학은 유관한 도덕 원리들을 연결하는 데도 중요한 역할을 할 수 있다. 다양한 윤리적 원리들의 기존 위계를 따르려는 윤리 체계와 대조적으로, 서사적 접근은 원리들의 상대적 비중이 그 사례의 사실들에 결정적으로 의존하리라 주장한다.

윤리적 설명의 문학적 특성에 주목하게 되면, 서사적 관심이 원리 중심의 윤리학을 보완할 수 있는 제3의 길이 열린다. 한 개인이 자신이 처한 도덕적 문제에 대한 설명을 시도하게 될 때면 그들 자신의 윤리적 범행(commitment) 사실은 이야기를 하는 중에 감춰지게 마련이다. 하지만 문학비평가로서 발터 벤야민은 "이야기 화자의 흔적은 마치 도공의 지문이 진흙 그릇에 들러붙어 있는 것과 같은 방식으로 자신의 이야기에 달라붙어 있다."라고 말한 바 있다. 즉 문학의 '서사적 거리' 이론에 주목하게 되면 윤리적 서사의 이면도 읽을 수가 있게 될 것이다.

❸ 원리의 근거로서의 서사윤리학

이와 전혀 다른, 그러면서도 더 전복적인 서사윤리학은 앞서의 맥킨타이어를 비롯하여, 이성 혹은 인간의 본성에 근거한 중립적이고 보편적인 도덕 원리라는, 소위 계몽의 이념에 대한 비판론자들에 의해 발생했다. 이들은 추상적 이론을 거부하고 사회의 규범, 전통, 역할 등을 강조한다. 이에 대해서는 앞의 설명으로 대신하겠거니와, 여기서는 그 문제점을 지적하고자 한다.

우리의 원리들이 민족이나 국가의 구성 요소인, 보다 넓은 의미에서의 일련의 역사적 서사에 의해 발생하고 가공되고 상대적 의의를 부여받으며 무게를 얻게 된다는 명백한 개념상 이점이 있음에도 불구하고, 이러한 개념의 서사윤리학은 심각한 문제에 직면하게 된다. 무엇보다도 우선, 상호 충돌하고 갈등하는 이야기가 존재한다는 사실에서 문제가 발생한다. 부모의 무릎 위에서 옳든 그르든 매우 도덕적인 이야기를 들으며 우리 삶이 시작된다는 사실에는 이론이 있을 수 없지만, 그 이후 인생살이에서 우리가 접한 서사들은 대개 보다 넓은 세계의 이야기 너머로 우리를 이끌게 마련이다. 결국 우리는 도덕적 삶을 담은 서사들 가운데 둘 이상의 근본적으로 경쟁적인 서사, 즉 각각의 도덕적 원리와 그것을 사용하는 교훈이 서로 갈등을 제공하는 서사들을 접하게 된다. 문제는 그처럼 경쟁적인 서사물 가운데 무엇을 어떻게 선택하느냐 하는 것이다. 다시 말해 그에 관한 기준이 이러한 설명에는 결여되어 있는 것이다.

또 다른 문제는 페미니스트 비평가에 의해 조명된 바 있다. 사회의 역사를 통해 주변화되어 온 여성 및 소수 그룹들의 정체성과 가치가 그 사회의 기본적인 이야기들에는 제대로 반영되어 있지 않기 때문이다. 사회의 지배적 이야기에 담긴 윤리학에 기초하게 되면, 행위 지침으로서 충분히 구체적인 윤리학을 만들 수 있는 장점이 있지만, 그 같은 '지방적인 윤리적 지식'은 억압될 수밖에 없다는 것이다.

❹ 윤리적 원리의 대체로서의 서사윤리학

진리, 가치, 원리의 유용성 등에 대한 회의주의로부터 새로운 서사윤리학이 발생하고 있다. 이는 명백히 포스트모더니즘과 연관을 맺고 있다. 그들에 따르면 보편성은 위기에 처했을 뿐만 아니라 심지어 위험하기도 하다.

그리하여 억압받고 주변화된 사람들이 자신의 고유한 이야기를 말하도록 허용되어야만 한다는 '목소리의 윤리학(ethic of voice)'이 대두되고 있다. 말하기(telling)의 윤리학과 듣기(listening)의 윤리학, 즉 이야기의 나눔과 공유를 강조하는 이러한 관점은 원리 중심 윤리학과 도덕적 정당화의 시녀로서만이 아니라 오히려 그것을 대체하려는 경향을 강하게 드러낸다. 이러한 범주의 윤리학적 입장을 표현해주는 규범은 바로 "모든 이로 하여금 그 자신의 이야기를 하게 하라."는 것이다.

물론 이러한 접근은 상호 이해와 인격적 자기 발견이라는 장점이 있음에도 불구하고, 많은 의문의 여지를 남긴다. 대표적인 예를 들자면, 개인적인 이야기나 '증언'을 액면 그대로 받아들일 준비가 되어 있지 않다면, 어떤 이야기가 칭찬 혹은 비난의 가치가 있는지 답하기 곤란하다는 점이다. 더구나 단지 자기 발견에 그치는 것이 아니라 게이나 레즈비언의 문제처럼 특정한 행위나 사회 정책을 제안하고자 할 때는 어려움이 발생한다는 것도 문제점으로 지적할 수 있다.

이상에서 살펴본 것처럼 현대의 윤리학은 문학과 인문학, 그리고 사회 실천적 성격을 두루 포괄하고 있다. 그런데 알고 보면 이는 문학과 문학 이론의 흐름과도 일치한다. 문학, 특히 서사는 그 텍스트 속에 현실을 지배하는 법칙과 갈등하는 인물의 구체적 사례를 담으며, 인물과 서술자의 목소리가 교차하는가 하면, 개별 텍스트들은 특히 억압받는 이들의 목소리를 대변하면서 서로 경쟁한다.[13] 고로, 이제는 문학 쪽에서 윤리학 쪽으로 문학적 상상력이 어떻게 도덕적 상상력을 관통하는지 보일 차례이다.

---

13) 이러한 병렬적 대비 수준을 넘어서 임경순(2003a)은 소설 담론의 윤리성 자체를 해명하려는 의욕적인 시도를 보이고 있다.

(3) 문학적 상상력과 도덕적 상상력

이 방면에 선구적 업적을 남기고 있는 미국의 철학자 Nussbaum(1988)은 이렇게 말한 바 있다.

> 실제 상황에 대한 정확한 인지를 위해서는 지적인 활동만큼이나 정서적 활동이 필요하다. 정서는 윤리적 삶 속에서 인식의 형태로서 매우 중요한 정보적 역할을 수행한다. 이러한 실천적 개념이 가장 적합하게 표현된 것은 복합적인 서사 구조물이다. 그런 서사물은 또한 독자의 도덕적 활동을 환기시키는 데 가장 적절하다. 만일 도덕 철학자들이 인간 삶의 이러한 개념에 충실하고 정당하게 접근하려면 그에 적절한 형식을 갖춘 텍스트를 연구물에 포함시킬 필요가 있을 것이다. 만일 철학이란 것이 우리 자신에 대한 지혜를 탐색하는 것이라면, 철학은 문학으로 전환할 필요가 있다.
>
> 서사가 인간의 삶과 욕망의 형식을 구현한다고 주장함으로써, 그리고 특정한 형태의 인간 이해는 부득불 서사의 형식을 취한다고 함으로써 그것은 서사 형식과 삶의 형식 사이의 연관에 대해 연구하는 문학적 담론을 요청하게 된다. 이는 문학 형식의 미묘함을 무시하면서 실제적으로 유용한 내용만 뽑아내는 단순 심리의 도덕적 문학 비평으로 회귀함을 의미하지는 않는다.

여기서 특히 주목해야 할 것은 마지막 부분의 언급이다. 문학 작품의 내용에 관한 도덕적 접근을 넘어서 그녀는 문학의 형식과 삶의 형식 사이의 연관을 해명하고자 하는 것이다. 비록 시론적 성격이긴 하였지만, 우한용(1997)도 문학의 형상성과 윤리의 상관성에 주목할 것을 제안한 바 있다. 이것은 대단히 야심차고 동시에 벅찬 기획임에 틀림없어 보인다.[14]

---

14) 이 대목에서 처음에 필자는 <헨젤과 그레텔>에 관한 브루노 베텔하임(1998)의 해석과 이링 페처(1995)의 해석 사이에 나타날 수 있는 갈등 교육적 양상을 기술해 볼까, 혹은 <피노키오>의 표층 양상의 경쾌함과 심층 주제의 심각성 — 기독교적 성장 동화 — 을 대비해 보일까 생각하기도 했었다. 그러던 중, 필자가 도무지 구할 수 없었던 Nussbaum의 유명한 저서 Love's Knowledge : Essays on Philosophy and Literature(New York, Oxford : Oxford University Press, 1992)가 소개된 웹문서 (http : //www.literarystudy.net/nussbaum.htm)를 발견하게 되었다. 그것은 그 책에

Nussbaum(1992)이 분석 대상으로 삼고 있는 James의 소설 "황금잔"은 Adam Verver와 그의 딸인 Maggie Verver의 복잡한 윤리적 관계를 다루는 이야기이다. 여기서 다루어지는 이 두 사람의 관계는 아버지와 딸이라는 제도적 관계를 넘어서는 실존적 인간 관계를 의미한다. 처음에 이들은 한번도 서로(의 관계)에 대해 의심해보지 않았다. 아버지에 대한 딸의 지극한 효성과 딸에 대한 아버지의 사랑. 이들은 충만한 부녀관계 속에서 언제나 함께였으며, 한번도 자신들의 제도적 관계를 의심해보지 않는다. 그러나 Maggie가 남편인 Amerigo에 대한 강렬한 사랑과 아버지에 대한 사랑(효성)이 공존할 수 없음을 깨닫게 된 후, 그녀는 아버지와의 제도적이고 상상적인 관계 자체를 회의한다. 이제 두 사람은 부녀관계를 넘어서서 실존적 관계를 고민한다. 그녀에게 Adam의 존재는 무엇인가? 아버지와 딸로서가 아닌 동등한 인간적 관계에서 이 두 사람은 어떻게 정의할 수 있는가? 남편에 대한 관능적인 사랑과 아버지에 대한 연민은 어떻게 다르며, 또 무엇을 선택해야 하는가? 이러한 고민들 속에서 Maggie는 아버지에게 자신의 남편에 대한 사랑을 고백하게 된다.

다음은 이 작품에 대한 Nussbaum의 분석을 요약한 것이다.

Maggie와 Adam의 번민은 승인된 도덕 안에서 선택을 해야 하는 상황에 놓여있다. 제도 속에서의 아버지의 위엄을 보존하는 문제와, 자율적 존재로서 딸의 (아버지로부터의) 분리의 문제. 이것이 이 소설에서 전형적인 도덕적 딜레마이다. 따라서 여기에는 희생이 따른다. 아버지는 Charlotte와 미국으로 가야만 하며, 더 이상 딸을 자신의 낙원에서 보호할 수가 없다. 그러나 이것이 궁극적인 해결책은 아니다. 왜냐하면 이것은 한쪽의 희

실린 한 편의 논문 "Finely aware and Richly responsible : The literature and the moral imagination"을 재구성한 것이었는데, 여기서 그녀는 Henry James의 The Golden Bowl이라는 작품을 다루면서 앞에서 밝힌 그녀의 기획을 모범적으로 구현하고 있었다. 원래의 구상대로라면, 필자는 그 글로부터 얻은 통찰력을 바탕으로 우리 한국 문학 작품을 대상으로 분석한 사례를 보일 수 있었을 것이다. 잘 되었다면 아마도 그것은 이야기와 도덕적 상상의 관계를 밝히고 콜버그의 도덕적 딜레마 이상의 수준을 보이면서 서사윤리의 양상을 특히 형상성과 관련하여 분석하는 글이 되었을 것이다. 하지만 현재로서 이 작업은 후고를 기약할 수밖에 없다.

생을 강요하게 되는 것이지, 양쪽이 모두 원해서 되는 것은 아니기 때문이다. 그러나 남편과 아버지 중 하나만을 선택(혹은 포기)해야 한다는 Maggie의 딜레마가 해소되는 과정은, 바로 이 양립 불가능한 두 선택의 사안이 양립 가능한 것으로 치환되는 과정이라고 말할 수 있다. 그녀는 단일한 관점을 파괴하면서 시작한다. 남편 Amerigo에 대한 사랑을 고백하는 장면에서, Maggie는 사랑의 양태를 복수화 함으로써, 남편과 아버지가 서로 비교될 수 없음을 말한다.

사랑에 대한 그녀의 이러한 이해는, 아버지와의 관계를 새로운 관점에서 바라보려는 시도 속에서 나타난다. 제도로부터 보호되어 한번도 의심해 보지 않았던 두 사람의 관계는, 부지불식간에 밀려오는 Maggie의 감성적 직관에 의해 점검되기에 이른 것이다. 사랑에 관한 Maggie의 고백은 (아버지와 딸의) 관습적으로 추상화된 논의가 아니라 질투나 성욕까지도 포함하는 매우 현실적인 논의이다. 이제 그녀의 사유 안에서 아버지라는 제도적 존재는 (딸로서 자기 자신을 포함하여) 사라져 버리고, 욕망을 가진 살아 있는 실존으로 이해되고 있다. 아버지는 이제 살아있는 실존으로서 한 남자가 되었다.

이와 마찬가지로 아버지 역시 새로운 인지방식을 취하게 되는데, 이로써 자신이 이미 경험했었던 (그러나 어느 누구에게도 자신의 경험을 설득시키지 못했던) 것을 딸이 겪고 있음을 그녀의 대사들과 그녀의 이미지들 속에서 포착하게 된다. 그녀의 경험이 자신의 그것과 다르지 않음을 파악하게 됨으로써, 그의 사유에서 제도적으로 부여된 기능화된 존재로서 딸은 사라져버린다. 무의식적으로 느끼고 있었지만 애써 의식의 표면으로 떠올려 이해하고자 노력하지 않았던, 부녀 관계에 대한 새로운 통찰을 보여주는 그녀의 대사에서, 그는 그녀의 관능성과 자유로움 그리고 성숙한 이미지들을 보게 되는 것이다. Maggie는 이제 아버지의 보호를 받으며 한없는 안락 속에서 미몽의 상태에 빠진 아이가 아니다. 오히려 두 부녀의 관계의 본질을 언급함으로써, 아버지로 하여금 살아있는 존재를 발견하게 해 주는 여인이 되었다.

이 같은 태도의 변화는 그녀에 대한 긍정적 이해로 나아가게 되는 동기가 되는데, 그것은 아버지가 딸의 통찰력을 수긍하고 이해하고 공감함으로써 그녀를 자신과 동등한 실존적 존재로 여기게 되었다는 점이다. 딸은 더 이상 수동적인 존재가 아니며, 능동적이고 자율적인 개체임을 이해하는 과정은, 존재의 소유가 어떻게 존재의 긍정으로 전환되는가를 보여주고 있다. 따라서 지금까지 기능화된 존재로서 소유대상(혹은 보호대상)은 포기되어야 한다.

이로써 희생의 의미는 새로운 관점에서 이해될 수 있다. 왜냐하면 그것은 강요된 희생이기보다는 발견을 통한 소유의 (자발적인) 포기를 뜻하기 때문이다. 이것은 한편으로는 Maggie의 존재뿐 아니라 Adam 자신의 발견이며, 다른 한편으로는 소유대상의 상실뿐 아니라 소유하려는 자아의 파괴를 의미한다. 견고하게 구성되어 굳어버린 자아를 파괴하지 않고는 새로운 존재가 될 수 없으며, 심지어는 그것을 발견할 수도 없을 것이다.

James가 보기에 도덕적 지식이란 단순히 명제들을 개념적으로 포착하는 것이 아니며, 심지어는 특수한 사실들을 지적으로 소유하는 것이 아니다. 그것은 감지(perception)하는 것이며, 전체의 복합성을 보는 것이며, 명료함 속에서 구체적 현실을 느끼는 것이며, 풍부하게 반응하는 것이다. 예술언어는 철학언어보다 더 가깝다. Maggie를 '아는' 것은 그녀의 분리된 존재, 그녀의 적실성(felicity)을 보고 '느끼는' 것이다.

윤리적 책임은 개인의 욕망을 억압하는 방식이어서는 곤란하다. 억압은 윤리적 사유의 결과가 아니라, 오히려 그것의 외면적인 원인이며 동기이기 때문이다. 윤리는 개인의 욕망을 억압하는 기제가 아니라, 억압으로부터 욕망을 끌어내는 방식, 즉 내적인 강렬함을 발생하는 방식으로 구성되어야 한다. 그랬을 때 비로소 이 강렬함과 진지함을 잃지 않기 위해, 조심스럽고 섬세한 배려들이 가능해진다.

섬세한 지각이 없는 단순한 의무는 맹목적이며 따라서 그것은 아무런 힘이 없다. 무엇을 선택하고 무엇을 해야 하는가의 문제는 구체적 상황, 즉 우리가 지금 어디에서 어떤 모습을 하고 있는가를 발견하지 않고는 불가능하다. 감성적 직관은 언제나 사유와 이성에 앞선다. 우리 자신을 보편성 속에 안주하도록 하는 것은 게으름을 감추려는 노력이다. 둔감함(obtuseness)은 한마디로 윤리적 실패이다.

이 작품은 반복해서 개별적인 것을 잘 조율해서 지각하는 문제와 규칙이 지배하는 일반적 의무간의 대조적 관계에 대한 고찰을 하고 있다. 나아가 이 두 세계가 각각 독립적으로는 왜 도덕적으로 충분하지 못한가 하는 문제를 다루고 있기도 하다. 다시 말해 감성적 지각 그 자체는 실천적 추론에 있어 자기 충족적인 형식이 아니라는 것이며, 도덕적 가치는 내용과 분리될 수 없다는 것이다. 감성적 지각은 존재의 능동성을 발견하지만 매우 우연적이며, 따라서 그것은 수동성을 내포하고 있기 때문이다. 여기서 요구되는 것이 바로 이론적 사유이다. 이론적 양식(common-sense)은 우리가 어디서부터 지각이 시작되어야 하는지, 또한 기쁜 경험들을 어떻게 반복할 수 있는지를 가르쳐 주는 지표로 작용한다.

결국 James는 지각과 규칙의 대화를 통해 어떻게 윤리적 토대, 책임 있는 비전이 구성되는지를 말하고 있다. 그렇다면 철학 텍스트는 왜 중요한가? 문학 텍스트 자체는 다른 도덕적 관심의 개념들과 자신을 분리시켜 구별짓거나 특화하지는 못한다. 이성, 사유, 철학 텍스트는 다른 개념들과의 관계를 조망하도록 하는 역할을 갖는다. 비판하고 분류하는 작용이 철학 텍스트의 실질적 역할인 것이다. 만일 그것이 방자하지 않고 겸손하다면 말이다. 결국 문학은 삶의 내용을, 그리고 철학은 그것의 형식을 이루고 있는 셈이다.

소설은 바로 그것이 우리의 직접적인 삶이 아니라는 이유 때문에, 우리 스스로를 삶으로부터 거리 두게 만들며, 이를 지각할 수 있는 윤리적 입장, 곧 심미적 자율성을 갖도록 한다. 여기서 우리는 소유하지 않는 사랑을 발견하며, 선입견 없는 배려와 분별 있는 관계들을 맺는다. 윤리적 판단의 문제는 대상을 그리고 우리 자신을 어떻게 파악하고 이해하는가에 달려있다. 감성적 직관은 가장 대상에 근접하게 하는 수단이다. 대상에 얼마나 가까운가에 따라 판단에서 발생하는 기쁨은 커질 것이다. 대상을 제대로 구체적으로 보지 않고 판단이 가능할까? 이런 이유에서 예술적 감성과 상상력은 이미 윤리의 테마이다.

3. 문학교육의 폭과 깊이

(1) 문학교육의 확장

상상력 교육에서 문학은 매우 중요한 위치를 차지한다. 그 이유는 첫째, 상상적 본질의 측면에서 문학이 상상력의 구조를 매우 다양하게 보여주기 때문이고, 둘째, 상상력 교육의 효율성 측면에서 문학이라는 흥미 있는 매체를 통해 학습자가 쉽게 상상력에 접근할 수 있기 때문이다. 문학은 상상력 교육을 위한 주요 통로가 된다.

하지만 상상력이 문학만의 몫이 아니듯, 상상력 교육이 문학교육만의 몫이 아님은 분명하다. 그러나 이는 문학적 상상력의 자장(磁場)을 축소하기보다 오히려 확대하는 쪽으로 이해될 수 있다. 문학은 상상력을 통해 인간을 넓고 깊게 이해할 수 있도록 인간이 고안해 낸 산물이기 때문이다.

따라서 여기에는 통합교과적 이해가 요구된다. 본고의 대상이 되는 윤리교육과의 통합성을 생각해 보자. 앞서 말한 대로 모든 교육이 도덕교육이 되어야 한다는 듀이의 관점에서 보면 도덕교과교육은 지금보다 훨씬 더 탄력적이어야 할 필요가 있다. 도덕교육은 학생들의 도덕적 성장에 관심을 갖고 그들의 성장을 돕는 것이어야 한다는 것, 그래서 그것은 생활로서 계획되고 교육되고 생활과 함께 개선되고 재구성되어야 한다는 것이 듀이가 주장하는 바의 요체라 할 수 있다. 그것은 곧 생활교육으로서의 도덕교과교육을 암시하며, 생활교육으로서의 도덕교육은 곧 지능과 품성의 통합으로서의 지성을 개발하는 교육을 의미한다(박재주, 2003 : 290-291). 이는 통합적 도덕교육을 요구하게 되거니와, 그에 가장 적절하고 가장 풍부한 자원을 제공해 줄 수 있는 것이 바로 문학교육인 것이다.

그런 의미에서 문학은 가치 있는 교육을 위해 적극적으로 활용되어야 한다. 문학을 가르치고 배우는 일은 동서를 막론하고 정신 도야의 과정으로 중시되어 왔다. 동양의 경우, 문학을 재도지기(載道之器)로 여겨왔으며, 서양의 경우 르네상스 이후 지속되어 온 계몽의 전통 속에서 문학을 지적 도야의 강력한 수단으로 인정해 왔던 것이다. 한 마디로, 도야주의는 풍부한 지적 단련이 사람됨을 보증한다는 것으로, 지적 경험 그 자체를 가치 있는 것으로 생각하고, 바로 그런 입장에서 문학을 배우고 가르치는 것을 중시하는 것이며, 이들 도야는 어떤 도덕성의 경지를 은연중에 추구하는 것이기도 하다.

그러나 교육사조상 도야주의는 교조적 단련과 주입적 방식에 의한 교수-학습 토대가 강하다는 점에서 현대적으로 재개념화 되어야 한다. 즉 강요와 훈련에 의한 정신적 도야는, 그것 또한 교육적 선의에서 비롯된 것이라 하더라도, 현실적 적합성을 상실한지 오래일 뿐이다. 그러므로 상상력의 중요성은 역설적으로 더해진다. 자신의 경험적 자아를 벗어날 수 있는 능력으로서의 상상력은 우리가 도야해야 할 정신적 가치에 적극적 동의(同意)의 의의를 부여해 준다. 뿐만 아니라, 전통적 도야주의가 가져올 수 있는 폐해, 곧 기존의 가치 체계가 갖는 억압적 요소 또한 상상력에 의해 불식될 수 있다. 상상력이란 이의(異意)를 제기할 수 있는 능력이기 때문이다.15) 상상력은 열린 정신으로서 타자에 동의하고 이론을 제기한다. 그리고 그 힘으로 인해 주체가 정립되고 확장되어 나간다.

역사를 돌이켜본다면, 문학은 사회적 기대와 오랜 연관을 맺어왔음을 알 수 있다. 문학의 힘을 활성화한다는 것이 문학의 본질을 왜곡하는 것은 아니며, 문학을 활용한다는 것이 문학의 자율성을 침해한다는 것도 아니다. 문학이 도덕의 시녀일 수는 없다. 문학은 욕망을 대변하기도 하고 윤리를 대변하기도 해왔다. 문학은 욕망을 대변하면서 새로운 윤리를 몽상해 왔다고도 할 수 있으며, 윤리의 비윤리적 측면, 즉 욕망의 억압을 둘러싸고 윤리적인 동시에 비윤리적인 윤리를 고발하고 비판하기도 했다. 그것은 문학의 상대적 자율성과도 연관된다.

---

15) 료타르(1984 : xxiv)는 이렇게 말한다. "창조는 언제나 이의(dissension)에서 일어난다. 포스트모던적 지식은 권위의 도구가 아니다. 그것은 차이에 대한 우리의 느낌을 긍정적인 것으로 만들고, 공약 불가능한(incommensurable) 것에 대한 우리의 포용력을 넓힌다. 그것은 전문가들의 일치가 아니라 창안가들의 이론(異論, paralogy)에 근거를 두고 있다."

그럼에도 불구하고, 분명하게 말해, '문학'은 도덕교육의 도구일 수 있고, 또 그렇게 되어야 한다고 생각한다. 실제로 외국의 법학, 의학, 경영학 대학 및 전문 대학원에서는 윤리교육을 대단히 강화하면서 문학과 영화를 활용하여 토의하고 토론하는 프로그램을 적극적으로 실천하고 있다(Williams, 1997).[16] 그러나 그것이 곧 '문학교육'이 도덕교육의 수단이나 도구가 된다는 것을 의미하지는 않는다. 다만, 도덕성의 함양이 문학교육의 중요 목표 가운데 하나가 될 것임은 그만큼 또 분명한 사실이다.[17]

비유해서 말하자면 이렇다. 홍차를 마시는 경우를 생각해 보자. 우리는 홍차 팩을 물에 우려내어 그 물을 마신다. 엄밀히 말해 우리는 홍차를 마시는 것이 아니라 홍차 우려낸 물로서의 홍차를 마시는 것이다. 말하자면 문학을 가르치는 과정에서 우려나는 향기라든가, 덕성이라든가 하는 것을 우리는 배제할 필요도, 그럴 수도 없는 것이다. 행여 문학교육의 순결성을 지킨다는 각오에서 홍차 팩을 빨아먹는 우를 범해서는 안 된다.

마찬가지로 문학적 상상력은 환경 교육에도 활용될 수 있다. 환경 교육은 인류로 하여금 생물적·지리적·사회적·경제적 및 문화적 제 요소들 간의 복잡한 상호관련성을 이해하게 하고, 그와 동시에 환경 문제를 발견하고 해결하며 환경의 질을 관리할 수 있는 지식·가치관·태도 및 기능을 습득하게 하는 것을 목적으로 하고 있다. 이러한 목적에 맞추어 각급 학교에서 환경 교육이 추진되고 있으나 그 효과는 별로 뚜렷하지 못하다. 도덕교육의 예와 마찬가지로, 종래의 가치중립적인 과학적 해결 방법, 즉 인과적 탐구에 의한 지식-실천적 교육은 비록 환경오염의 원인과 결과, 행동 방법 등에 관하여 지적 이해와 행동 경험은 갖게 하는 데 기여하였지만, 환경 문제에 대한 일상생활에서의 반응이 지적 체계를 따르지는 못하다는 데 문제점을 안고 있는 것이다. 이에 필요한 것이 바로 생태학적 상상력이다. 생태학적 상상력이란 자연과 인간 그리고 문화가 어우러져

---

16) 한편 Chicago대학을 필두로, 학부 교양 교육에서 어떻게 도덕 교육을 강화할 것인가에 대해서도 심각한 논의를 전개하고 있다. Mitias(1992)를 참조할 것.
17) 임경순(2003b)는 서사교육의 내용 범주로 서사적 상상력을 들면서 서사교육의 기능 가운데 하나로 윤리적 주체 형성을 들고 있다.

자연 속의 인간다운 문화적 삶의 결을 누릴 수 있는 녹색 유토피아를 그리는 사고 활동이라고 할 수 있다. 그 같은 사고 활동이 적극화될 수 있는 계기를 우리는 또한 문학적 상상력 활동에 찾을 수 있다. 공장에서 내뿜는 프레온 가스가 오존층을 파괴시켜 지구 저편의 이름 모를 사람에게 피부암을 일으킬지도 모르는 사태와, 내가 쓴 세제가 강물을 오염시킴으로써 30년 뒤에 태어날 아기가 마실 물이 없어 고통받는 상황을 그려볼 수 있는 상상력이 생태학적 상상력이라고 할 수 있거니와, 이러한 상상의 구체적 형상화 활동, 곧 문학적 상상력 활동을 통해 환경 교육의 목적이 달성될 가능성이 높은 것이다. 그러기에 많은 문학 이론가들은 문학이 생태 위기의 극복에 중요한 역할을 할 수 있다고 말한다. 인간은 모두 지금 여기의 문제에서 출발하여 시간과 공간을 초월하여 마음껏 꿈꾸는 능력을 가지고 있다는 것, 동시에 인간은 이 지구상에서 유일하게 문학을 가진 피조물이라는 사실에 그들은 주목한다.

요컨대 문학적 상상력을 통하여 우리는 도덕적 상상력(moral imagination)과 도덕적 독해력(moral literacy)을 높일 수 있다. 문학의 왜곡 없이 문학교육의 폭은 그렇게 확대될 수 있는 것이다.

(2) 문학교육의 심화

문학교육과 상상력 교육의 관계성은 문학 텍스트와 문학 행위의 차원에서 살펴보아야 한다. 곧 문학 텍스트는 상상적 텍스트라는 점과, 문학 행위는 상상적 행위라는 점을 동시에 고려해야 하는 것이다. 그런데 전자는 쉽게 승인하면서, 정작 교육의 국면에서 후자는 잘 이루어지지 않는 경향이 있다.

우리의 문학 교실 현장을 생각해 보자. 이곳에서는 개념적이고 추상적인 형태로 진술되는 사후적 설명이 상상적 체험을 대신하는 일이 다반사로 일어난다. 예컨대, 이광수의 <무정>에서 이형식을 비롯한 주인공들이 민중들을 돕고 계몽하겠다고 다짐하는 마지막 장면이라든지, 김승옥의 <무진기행>의 무진에 들어서는 첫 장면이나 그곳을 떠나는 마지막 장면에서, 학습자들은 '계몽주의'니 '입몽(入夢)'·'각몽(覺夢)' 같은 개념들을 동원하여 작중 상황을 '이해'한다. 그러나 그러한 상황이 체험된다거나 하는 일은 대개 일어나지 않는다.

　여기에는 적어도 두 가지 이유를 들 수 있을 것이다. 첫째, 학습자들은, 심지어는 교사들까지도, 작품에 대해 작가나 독자의 위치를 가지려 하지 않는 경향이 있다. 그들은 작품을 해석하고 평가하려 하는 것만큼이나 공감하거나 투사하려 하지는 않는다. 둘째, 학습자들은 작중 상황 속에 자신을 옮겨 놓고 상상적 체험을 할 수 있을 만큼 작품에 대해 인지적 정서적 공유를 하지 못하는 것 같다. 먼저 작품에 다가갈 수 있는 문화적 연계가 부족하다. 예시된 작품은 1910년대와 1960년대의 문화적 환경을 배경으로 하고 있고, 학습자들은 한두 세대 이후의 문화적 삶을 살고 있다. 그만큼의 거리를 배경 지식에서나 문학 수업의 교수-학습 내용에서 충분히 좁혀주지 못하고 있다는 뜻이다. 다음으로 작품이 제시하는 주제 의식이 학습자 자신의 의식적 지향과는 이질적이다. 일상에서 서로 생각이 다른 사람들간에 공감적 이해의 조건이 형성되지 않듯이, 작품과 독자간의 관계 또한 그러한 것이다. 사정이 이렇게 되면, 문학과 같은 서사물을 통해 도덕적 상상력의 확대를 가져오리라는 우리의 기대는 그 힘을 잃고 만다.

　차라리 그런 점에서 본다면 영화나 만화, 대중 가요 등, 다양한 매체적 상상력과 문학적 상상력을 결부해 보는 노력도 교육의 의미에 값하리라는 것쯤은 이제 어렵지 않게 짐작할 수 있다. 실제로 최근에는 영화적 상상력이니, 만화적 상상력이니 하는 말이 실감을 얻고 있으며, 영화 '읽기' 등의 담론에서 보듯, 기호론적 문화학의 시각이 설득력을 얻어가고 있는 것이다. 다만, 그 같은 각 영역마다 독자적 상상력의 세계가 있음을 의심할 바는 아니지만, 그 모든 영역의 원천으로서의 보편적 능력 또한 의심하기는 힘들다. 문제는 그 능력을 어디에 기초해 끌어내는 것이 교육적으로 타당한가 하는 것이 될 터인데, 여기서도 의견은 갈라질 수 있다. 예컨대, 영화나 만화와 비교해 보자면, 아마도 전통적 도야주의를 취하는 입장에서는 문학을 통로로 상상력을 교육하는 것이 교육의 본질에 가깝다 할 것이고, 반면에 교육의 대중성과 효율성을 존중하는 입장이라면 영화나 만화 그 자체를 대상으로 하거나, 혹은 그것을 통로로 하여 문학에 접근하는 방향을 취하게 될 것이다.

이러한 시각은 모두 동일한 인식에 기초하고 있다. 즉 문학은 더 이상 즐거운 대상이 아니라는 인식이 그것이다. 다만 한 쪽은, 즐겁진 않되 가치로운 것으로, 다른 한 쪽은 가치롭되 즐겁진 않은 것으로 보는 차이가 있을 따름이다. 그렇다면, 과연 문학 당의설(文學糖衣說)은 오늘날 시대착오적인 것인가.

즐겁지 않은 것을 즐겁다고 인식케 하는 것도 허위의식이지만, 즐거울 수 있는 것을 즐겁지 않은 것으로 인식하는 것 역시 허위의식이다. 흥미로운 사실은 전자의 허위의식에서 후자가 비롯되었다는 점이다. 지난날의 교육에서 문학은 분명코 즐겁지 않았다. 그러면서도 즐거움이 강요되었다. 문학의 고통스러움은 문학 자체의 성격에 의해서만이 아니라 문학교육의 고통을 통해 배가되었던 것이다. 이로 인해 문학은 본질적으로 즐거울 수 없는 것처럼 오늘날의 학생들은 받아들이고 있다. 교과로서의 문학은 하나의 과업, 그것도 풀기 힘든 고통의 과제로 학생들에게 각인되어 있는 것이다.

우리는 먼저 즐거움에 대한 재개념화를 시도해야 한다.[18] 즉각적이고 표피적인 재미만을 즐거움으로 받아들이는 한, 통속 대중 문학이 아닌 한, 문학이 즐겁기는 힘들다. 동시에 교육에 대한 재개념화를 시도해야 한다. 객관적인 이론적 체계의 전수로만 교육을 이해하는 한, 문학교육이 즐거울 수는 없는 일이다.

문학교육이 먼저 변해야 한다. 즐거움의 강요가 아니라, 즐거움을 스스로 맛보도록 도와주어, 차원 높은 즐거움의 세계로 인도해야 한다. 물질과

---

18) 아리스토텔레스의 윤리학에 따르면 즐기면서 한다고 해서 모든 행위가 덕 있는 행위일 수 없듯이 즐긴다는 것(쾌락을 느낀다는 것)이 모두 가치 있는 것은 아니다. 쾌락에도 차이가 있다. 간단히 말해, 좋은 행위에 고유한 쾌락은 좋고, 좋지 못한 행위에 고유한 쾌락은 나쁘다. 올바르게 즐거워하고 올바르게 괴로워하도록 교육하는 것은 습관을 통해서 이루어져야 한다. 반복적인 습관을 통해 올바른 정서 구조를 형성하는 것이 성품으로서의 덕을 형성하는 것이다(박재주, 2003 : 101-102). 그러나 그것은 어렵다.

정신의 이분법이 아니라 물질에서 정신으로 비약하는 즐거움, 곧 형태적 상상력에서 물질적 상상력으로, 존재의 비약과 전환을 맛보는 즐거움으로 학생들을 이끌어야 하는 것이다. 그 체험과 그 능력이 다양한 문화적 사회적 상상력으로 전이되고 확대되는 체험을 문학교육은 지향해야 하는 것이다. 그렇게만 되면 사회와 시대의 변화는 두려운 것이 아니라 오히려 삶을 풍부하게 하는 계기들로 이해될 수 있다. 그것이 문학교육이 심화해 나아가야 할 방향이다.

4. 시적 정의와 사회적 정의

"덕은 가르칠 수 없다."는 소크라테스의 결론은 오늘날 우리의 도덕교육이 어떠한 모습이어야 하는가를 잘 보여준다. 그것은 도덕교육이 앎의 문제, 즉 보편적인 도덕적 지식을 획득하는 교육이어서는 안 된다는 점을 강하게 시사한다.

아리스토텔레스에게 있어 성격의 탁월성, 즉 도덕적 선은 선한 행위를 선택하는 성향이다. 도덕적으로 탁월한 사람은 단순하게 선한 행위를 하는 사람이라기보다는 그러한 행위를 쉽게 선택하여 행위하는 고정적인 성향을 가진, 그런 사람이다. 이성의 명령에 따라 욕정을 물리치고 도덕적 행위를 하였더라도, 그것은 기껏해야 자제력 있는 행위에 불과하다. 성격의 탁월성, 즉 덕이란 습관을 통해 자연적인 상태에 도달하는 것이요, 덕 있는 행위를 하는 것 자체가 즐거움이 되어야 하는 것이다.

그런 점에서 덕교육은 예술교육과 흡사하다는 지적은 경청할 가치가 있다(박재주, 2003 : 121). 아름다운 음악을 듣고 쾌락을 느낄 수 없는 사람이 아름다움에 관한 완전한 지식을 가질 수 없는 것처럼, 올바른 행위에서 쾌락을 느끼지 못하고 올바르지 못한 행위에서 괴로움과 수치심을 느끼지 못하는 사람이 도덕에 관한 완전한 지식을 가진다는 것은 불가능하다. 마찬가지로 도덕적 지식이 부족하더라도 뛰어난 도덕적 감수성을 가진 사람이 오히려 그 반대의 사람보다 훨씬 더 뛰어난 도덕적 판단 능력을 가진 것으로 보아야 할 것이다. 결국 아리스토텔레스의 덕윤리적 도덕교육론의 입장에서는 도덕교과를 이론교과가 아닌 실기교과로 다루어야 한다는 것, 마치 음악과 미술을 실기하듯이 도덕적 행위나 도덕적 감정도 반복적으로 실기되어야 한다는 것, 요컨대 도덕적 감수성을 교육하는 도덕교육이어야 한다는 것이다.

도덕교육에 관한 한, 바로 이 지점에 문학에 대한 낙관과 비관이 함께 놓인다. 문학을 통해 도덕적 감수성과 도덕적 상상력을 신장할 수 있으리라는 것이 우리의 기대이다. 하지만 도덕성은 옳다는 느낌과 옳다는 인식, 그리고 옳게 행위 함으로써 이루어지는 것이다. 이 모든 것이 문학교육이라는 통로를 통해 얻어지리라는 것은 지나치게 순진하다.

수용(acceptance)과 동의(agreement)는 구별해야 할 필요가 있다. 수용은 믿음과는 그다지 탄탄하게 연결된 것이 아니다. 부모나 교사의 편에서, 잘못을 저지른 아이가 하는 이야기가 사실이라고 믿지 않고서도 그 아이의 이야기를 수용할 수는 있다. 하지만 네가 한 말에 동의한다는 것은 너의 말이 옳다는 것을 믿어야만 한다(Palmer, 1992 : 158). 그런데 문학은 주로 수용의 세계에 가깝다. 더구나 수용한다고 해서 태도가 쉽게 변하는 것도 아니다.

지금까지 우리의 가설은 도덕적 상상력을 훈련하는 것은 그것이 사람들의 가능성을 확대시키기 때문에 좋다는 것이었다. 하지만 실제로 사람들이 어떻게 행동하는지 관찰해 보면 우리의 낙관에 대한 근거는 찾아보기 힘들다. 다양한 가능성에 주의를 기울이며 사는 것은 귀찮은 일이다. 인생은 영구적인 혁명일 수가 없다. 정신적 모험은 멋지고 좋은 일이지만 우리네 삶은 대부분 일상과 비모험적인 과업으로 이루어져 있다. 청소년기의 저항기를 거치고 나면 사람들은 자신의 삶을 지속하려 하고 자신의 전통에 놓인 가능성을 따라 살아가지 않을 수가 없다. 대다수의 경우 이는 전통적 가능성의 협소한 그물망에 따라 삶을 영위함을 의미한다. 그들은 그 속에서 문제를 해결하려 한다. 다른 사람이 상상적으로 즐길 수도 있는 가능성을 향해 태도를 형성하라는 것은 짜증나는 일이 아닐 수 없다.

점점 자극이 없는 단계로 접어 들어갈수록 그들은 협애한 마음의 소유자가 된다. 그들은 자신들이 해결해 온 삶의 방식에 대해 불만을 억누르고 그 억압을 성숙함의 징표라 부른다. 이러한 방식으로 그들은 삶의 개선 가능성을 박탈한다(Kekes, 2001). 친숙한 것에 머무르고자 하는 이러한 경향은 실로 이해할 만하다. 그런 점에서 본다면, 학교교육으로서의 도덕과 교육이나 문학교육에만 착목하기보다는, 평생교육이나 독서교육의 차원에서 이 문제에 접근할 필요가 있다.

문제는 개인적 차원에 국한되지 않는다. 편견과 증오로 가득 찬 정치적 사회적 환경 속에서라면 문학적 상상력을 최대한 선용할 것을 호소한다 해서 도대체 무슨 소용이 있겠는가? 많은 사람들의 일상이 다양한 형태의 배제와 억압에 의해 지배당하고 있는 세계에서 자기 목소리의 이야기를 한다는 것이 무슨 소용이 있겠는가? 문학의 역할에 대한 낙관적 견해는 금물이다. 문학적 상상력은 수많은 인간 존재와 제도의 뿌리 깊은 편견에 맞서 싸워야만 한다. 우리는 개인의 상상에만 의존할 필요도, 의존해서도 안 된다. 제도 그 자체 또한 상상의 통찰력으로 충만해져야만 하는 것이다(Nussbaum, 1995).

니버(1992)는 이렇게 말한다. "개인 양심의 가장 높은 도덕적 통찰과 성취는 사회생활에 적합하기도 하고 필요하기도 하다. 또 개인의 도덕적 상상력이 그 동포의 필요와 이익을 이해하려 하지 않고서는 최고의 완전한 정의도 수립될 수 없다." 우리가 이러한 방식으로 상상력을 고양하지 않으면 사회적 정의와의 필수적 연계도 상실하고 만다.

'사회적 정의(social justice)'가 '시적인 정의(poetic justice)'로 되길 우리는 원한다. 사회적 정의도 상상과 공감과 정서가 넘쳐나길 우리는 꿈꾼다. 그것이 우리 문학교육의 최종 종착지이다.

제 4 부 문학교육과 텍스트

제1장 '청산별곡'에 관한 문학교육적 독해

1. 교실 속의 〈청산별곡〉

고전문학 교육을 메마른 고증학과 지식주의의 압도로부터 벗어나게 하는 것, 그러면서도 고전문학의 역사성이 학습자의 문학 이해와 성장에 의미 있는 요소로서 체험되도록 하는 것, 이 두 가지 요구 사이에 고전문학 교육의 핵심적 과제가 있다는 김흥규 교수의 지적에 동의할 때,[1] <청산별곡(靑山別曲)>만큼 교육 현장에서 반갑고 또한 난감한 제재도 드물 것이다. 현대문학적 기준 자체가 고전문학을 평가하는 데 과연 마땅하냐는 지적을 별도로 할 수 있다면,[2] 무엇보다도 <청산별곡>은 그 음악성이나 정서의 처리방식이 이른바 신비평적 관점으로부터도 능히 버티어낼 만한 작품성을 인정받고 있다는 점에서 전통문학의 우수성을 강조해야 하는 입장의 교사로서는 여간 반갑지가 않은 것이다. 하지만 정작 <청산별곡>을

---

1) 김흥규, 「고전문학 교육과 역사적 이해의 원근법」, 『현대비평과 이론』 3호, 1992.
2) 가령, 우리의 전통 서정문학 가운데 고려가요가 미적으로 가장 우수하다는 진술 속에는, 문학성에 관한 우리 시대의 인식틀이 알게 모르게 반영되어 있는 것이라 할 수 있다. 전통을 현재화의 관점에서 바라보아야 한다는 입장을 취한다면, 이러한 진술의 타당도는 높아지는 반면, 그 결과 여타의 전통 장르는 문학성이 떨어진다는 진술을 낳게 된다. 이는 문학성을 우리 시대의 인식틀로 이해하고 나서 그것을 초역사적이며 객관적인 것으로 실체화하는 데 따른 결과라 할 수 있다. 하지만 그 역(逆)의 선택 또한 정당한 대안이 될 수는 없다. 문학성의 문제는 문학교육적으로 반드시 재검토되어야 할 사항이다.

가르치는 데에는 그 서지적 이해 및 텍스트 언어의 해독에서부터 작품과 관련한 사회적 문화적 요인에 이르기까지 훈고학 내지는 고증주의로부터 벗어나기가 좀체 용이치 않다는 점, 게다가 그에 관한 학설들조차 너무도 다양하고 때로는 상호충돌하기까지 한다는 점 등을 고려할 때, 이를 교사가 조리 있게 감당해내기란 매우 난감한 형편인 것이다.

그러니 텍스트의 전언적(傳言的) 의미조차 분분한 가운데 그에 기초한 대략의 의미로 문학성을 감상하고, 나아가 '고려가요의 백미(白眉)'라 가르쳐야 하는 대목에 이르게 되면 교사들은 실로 수월하지 않은 길을 걸어야만 하는 법이다. 그러므로 <청산별곡>을 가르치는 교사로서 이 같은 난관을 가장 무난하게 처리하는 길은 아마도 주요한 제 학설을 제시해 줌으로써 다양성과 공평성의 이름으로 마음의 위안을 삼거나, 혹은 이른바 통설(通說)이라는 낡은 견해에 안주하는 일종의 책임 회피의 길일 수밖에 없을는지도 모른다.

전문가로서의 교사의 지위를 상실하게 만드는 이 형국이 공인된 지식의 부재 탓이라고 한다면, 그렇다면 소위 정설(定說)의 부재는 교육을 항상 불가능하게 만드는가. 나아가 교육은 반드시 정설만을 대상으로 하여야 하는가.

오늘날 우리 사회에서는 흔히 교육이라고 하면 일단의 지식체계가 학자들에 의해서 형성된 후에 그 지식을 이차적으로 그리고 수동적으로 전수받는 과정으로 인식되고 있다. 이 때문에 배움이라는 명분으로 그 같은 지식이 위에서부터 강요될 때, 학생들은 그 결과적 산물에 대해 깊이 생각할 필요가 없이 머리 속에서 암송하는 방식으로 그 사태에 대응하게 마련인 것이다. 그래서 학생의 머리 속에는 서로 관련지을 수 없거나 모순된, 혹은 자신의 경험상 받아들일 수 없는 여러 수준의 지식들이 무질서하게 단편적으로 누적되며, 그리고서는 대개 시험이라는 상황에서 그 지식을 재생하도록 요구받는 것이다. 이 개념에 따르면 좋은 배움이란 제시된 지식을 그대로 접수하고 요구에 따라 그것을 원형 그대로 재생산해 내는 것이다.

그러나 본래 교육의 출발은 그런 이유에서가 아니었다. 배움의 문제는 그 개별적인 배움의 주체가 그가 가진 현존의 지식체계를 부정하고 그보다 한 단계 더 높은 지식체계를 획득하기 위해서 분투하는 과정과 관련된다. 배움은 기지(旣知)의 지적인 체계를 교란시키는 당혹스럽고 혼란스러운 상황에서 시작하여 좀더 분명하고 통합되고 해소된 상황에서 끝난다. 진정한 배움이란 학습자가 스스로 그가 가진 현존의 지식이 무지의 소용돌이를 빠져나와 새로운 유형의 지식을 창출하는 제반활동으로 보아야 하는 것이다.

그런 의미에서라면, <청산별곡>에 뚜렷한 정설이 마련되어 있지 못하다는 사태는 오히려 교육적으로 다행한 일이 될 수도 있다. 이 경우, 교사로서는 지적인 체계를 교란시키는 혼란을 어떻게 교육적으로, 그리고 의도적으로 구성하여, 학습자들로 하여금 탐구와 발견의 기쁨을 가지게 할 수 있을지에 대해 전문적인 고려를 해야만 한다.

교사는 어떤 의미에서건, 하나의 이론가다.[3] 그의 이론적 선택은 일종의 실천적 행위가 된다. 따라서 만일 어느 한 가지의 학설을 선택하고자 한다면, 교사는 그 선택이 실상은 그 학설의 ‘노선’까지 포함하는 행위임에 명심해야 한다. 그리고 만일 여러 가지의 학설을 다양하게 제공하고자 한다면, 이번엔 그 다양성이 단순한 ‘복수주의(pluralism)’에 그치지 않도록 유의해야 할 것이다. 특히 그것이 창의적 사고를 형성하는 방향으로 기여하지 못할 경우, 곧잘 단순 암기 사항의 증대라는 문제로 직결된다는 점에 대해서도 유념해야 할 것이다. 그러나 무엇보다도 심각한 것은 그 같

---

3) “교사가 어떤 문학 작품에 대해 무엇을 말하든지, 혹은 무엇을 말하지 않고 넘어가든지 간에, 그는 이론, 즉 문학이란 무엇인지 또는 무엇이 문학일 수 있는지에 관한 이론, 혹은 어떤 문학 작품이 가르칠 만한 가치가 있으며 그 이유는 무엇인지에 관한 이론, 그리고 이런 작품들이 어떻게 읽혀져야 하는지 아울러 그 작품들의 어떤 국면이 가장 주목되고 가장 지적될 가치가 있는지에 관한 이론을 미리 전제해 두고 있는 것이다. 심지어 겉으로 보기에는 직관적으로 문학 텍스트(또는 다른 종류의 텍스트)와 마주하는 것처럼 보이는 경우에도, 우리가 배운 대로 말하자면, 거기에는 이미 이론이 실려 있는 셈이다. 텍스트를 투명하게, 즉 맥락이 없는 진공 상태에서 ‘단지 읽기’만 하는 그런 것은 절대 있을 수 없다.” Gerald Graff, *“The Future of Theory in the Teaching of Literature”*, in Ralph Cohen ed., The Future of Literary Theory, Routledge, 1989.

은 지식-이해의 문제가 어떤 방식으로 해결되든 간에, 그 해결이 작품의 감상과 향유에까지 이르지 못한다면, 그 또한 결코 해결이란 이름에 값하지 못한다는 것이다.

본고는 <청산별곡>을 한 편의 완결된 서정시로 전제한 가운데 시 교육적 관점에서의 비평 작업을 시도해 보고자 한다. 그 이유는 고전 비평 자체의 교육적 의의에 관계된다. 교육 현장에서는 비평이란 것을 학생들이 감당하기 어려운 성격의 것으로 이해하고 있으며, 특히 고전문학에서는 거의 요구하지 않는 것이 일반적이다. 그것은 고전문학 교육이 이해 차원에만도 벅차, 감상과 비평으로 넘어갈 여유가 없기 때문이라 볼 수 있다. 하지만 이해가 곧 지식의 문제에만 한정되는 것도 아니며, 나아가 진정한 이해야말로 감상과 비평을 통해 완성된다고 할 때, 이 모두를 아우를 수 있는 교수 전략의 개발은 매우 긴요한 일이라 아니할 수 없다. 더구나 <청산별곡>에 관한 연구사 가운데는 비평적 접근의 수확이 상당한 양을 차지하고 있다.

본고가 의미하는 비평이란 이해라든가 지식이라든가 하는 개념의 배제를 의미하지 않는다. 지식 교육이 잘못된 것이 아니라 지식 위주의, 지식을 위한 지식 교육이 잘못된 것일 뿐, 본고는 어석(語釋)의 문제를 포함하여 오히려 그런 고증적 요소들이 비판적 사고와 평가에 어떻게 작용할 수 있는지를 보이고자 하는 것이다. 그럼으로써 학습자들은 현대시와 마찬가지로 <청산별곡>의 작품성을 주체적으로 전유할 수 있으리라는 것이 본고의 전제가 된다. 가령, 만일 어석 문제에서부터 혼란을 경험하게 된다면, 그 혼란은 결코 비교육적인 것이 아니라 오히려 비판적 사유 훈련에 이바지하도록 방향 지워질 수 있을 것이며, 또한 혼란 가운데 비판적으로 행해지는 탐구 과정은 각각의 선택 노선에 따라 작품의 이해와 감상이 얼마나 다양한 스펙트럼을 형성하게 되는지 발견하게 해 줄 것이다. 이러한 다양성 가운데의 선택은 단순한 복수주의도 아니며, 작품의 의의를 그저 수용자의 자의성에 내맡기는 무정부주의도 아니다. 학습자는 학습의 전개 과정에 따라 부단히 자신의 선택을 수정해 가야 하며, 그를 통해 학습한 일련의 엄밀성은 자신의 선택을 설득력 있게 제시할 수 있는 비평 능력의 신장과 이어질 수 있을 것이다. 이 경우 교사는 교실 내에서 유일한 비평가로서가 아니라, 유능한 비평가로서의 위상을 차지하게 될 것이다.

앞으로 본고는 비평가 교사의 입장에서 취할 수 있는 하나의 비평적 모델을 제안하고자 한다. 하지만 본고의 의의는 본고가 제기하는 비평적 해석의 유일성이라든가 수월성을 주장하는 데 있는 것이 아니라, 그 해석 모델로부터 얻을 수 있는 교육적 의미망에 놓여 있기를 기대한다.

2. 〈청산별곡〉에 관한 비평적 재해석

(1) 1연 : 시적 시간과 공간의 문제

학교 현장에서 <청산별곡> 제1연의 교육은 다른 연에 비해 대체로 무난한 편이라 할 수 있다. 곧잘 '살어리랏다'를 미래 원망의 의미로 읽어야 하는가, 과거 가정의 의미로 읽어야 하는가에 대해 시비가 있긴 하지만, 전체 대의를 파악하는 데에는 그 어느 쪽이건 별 무리가 없기 때문이다.

여기서 한 가지 짚고 넘어가야 할 사항은, 이제껏 교과서에 <청산별곡>이 실릴 경우, 그 전편(全篇)이 소개되지 않고 이 1연을 포함한 일부만 발췌되는 경향이 없지 않았다는 점에 대한 것이다. 그 같은 사정이 이 작품의 분량 때문만은 결코 아니었을 터, 아마도 난해구를 둘러싼 논쟁을 제외하고 싶은, 그럼으로써 학교 현장의 혼란을 방지하고자 하는 교육적 배려에서 비롯된 것이라고 본다면, 작품의 첫째 연, 그것도 '청산'이란 핵심어가 들어 있는 이 1연에 난해구가 없다는 사실은 꽤나 다행한 일이었을 것이다.

하지만 그 같은 교육적 배려 역시, 실상은 앞에서 언급했듯이, 학교 교육이란 언제나 확정되고 공인된 지식만을 전수해야 한다고 여기는 일련의 강박관념에서 비롯된 것으로서, <청산별곡> 전체를 하나의 서정시 작품으로 이해하고 감상시키고자 하는 입장에서 바라본다면, 그 같은 교육적 배려를 통해 얻게 되는 이득이란 또 다른 의미에서의 상당한 교육적 대가를 지불하고서야 얻게 되는 셈이라 할 것이다.

한편, 비교적 무난함으로 인해 오히려 교육적으로 유의미한 일면이 주목받지 못하는 경향도 제법 강하다. 단순하게 말해, 1연에서 후렴구에 대해 설명해야 하는 사정을 별도로 친다면,[4) 1연을 가르치는 데 소요되는 시간은 3연이나 7연의 경우보다 상대적으로 덜 걸리는 것이 우리 교육 현장의 보편적인 현실이다. 먼저 '살어리 살어리랏다'의 형태소를 분석하고, '살어리'에서 보듯 어미 '-랏다'가 운율적 이유에서 생략되었음을 강조하기도 하며, 내용 분석으로 넘어가서는 '청산'이 이상향 내지 현실도피처를 의미한다는 것 정도면 대략 1연의 지도가 끝나가게 마련이다. 무난하기 때문이다.

하지만, 그래서 교사로서는 오히려 일종의 아쉬움 같은 것을 느끼게도 되며, 그 결과 무난한 것조차 어렵게 만드는 유혹에 곧잘 빠지기도 한다. 경험상 교사는 난이도를 높게 출제한 문제가 도리어 정답률이 높은 경우에 대해 잘 알고 있다. 어렵고, 그래서 강조하다 보면, 자연히 주목도가 높아지는 소이에서이다. '멀위'에서의 'ㄱ'탈락 현상마저 1연의 교육 내용으로 포함시키는 사정이 바로 그러하다. 결과적으로 학생들은 '청산'을 배

---

4) 일반적으로 <청산별곡>의 후렴에 대한 설명은 음악성을 강조하는 데 바쳐지는 것으로 끝난다. 하지만 'ㄹ,ㅇ'음의 사용으로 음악성을 설명한다는 것은 대단히 빈약한 수준의 논의이며, 항용 음악성을 기계적인 것으로 이해하게 만드는 결과를 빚기도 한다. 우리는 여증동 교수가 <청산별곡> 후렴의 유포니와 대립해 <쌍화점>의 후렴에서 음탕성을 추론했듯이(여증동, 「<쌍화점> 노래 연구」, 『고려시대의 가요문학』, 새문사, 1982), 여음(餘音)의 상징성을 생각하게 해 볼 수도 있을 것이다. 그렇게 된다면 이 유포니와 <청산별곡>의 내용이 걸맞지 않는다는 것에 주목하게 될 것이다. '얄리얄리'는 경쾌하고 밝게 들리는데 시의 내용은 그렇지 않기 때문이다. 연회 자리에 쓰인 <청산별곡>의 연행성을 고려해 보거나, 후술하겠지만 김완진 교수의 주장대로 기녀의 노래로 보면 술자리 노래로서 그 같은 경쾌함이 그럴 듯하기도 하지만 말이다. 하지만 어쩌면 '얄리얄리'가 즐겁게 들린다는 것 또한 착각일지 모른다. 고려가요에서 흔히 악기 소리를 여음구로 쓴 것에 착목한다면, '얄리얄리'는 피리의 구음으로 추정해 볼 수 있고, 그럴 경우, 이 여음구도 얼마든지 구슬프게 들릴 수 있다. 하지만 피리의 구음이라 하더라도 그것만으로는 음성 상징이나 음향 심리의 측면을 설명할 수는 없다. 정병욱, 「악기의 구음으로 본 별곡의 여음구」, 『高麗時代의 가요문학』, 새문사, 1982. 참조.

우고서도, 정작 푸른색의 이미지조차 떠올려 보지 못하게 되는 것이다. 이 같은 형편에서는 감상의 단초조차 잡기가 어려워질 따름이다.

따라서 교육과 관련해 볼 때 기존의 <청산별곡> 연구 가운데, 1연에서 시적 화자가 위치하고 있는 공간이 그 표면적 진술에서 드러나고 있는 청산이 오히려 아니라는 지적은 유의미하다.[5] 시적 화자가 위치하고 있는 공간은, 미래에 살고자 하는 청산이나 바다라는 자연공간에 대립된다는 것, 즉 시적 화자가 청산에 살고 싶어한다는 것은 현재 삶의 공간을 벗어나 떠나고자 하며 현재 삶을 버리고자 함을 내포하는 것이다. 이때 청산에서의 삶을 보면 그 역으로 현실의 고난은 무엇인가 하는 문제가 해명될 수 있다. 그러나 그로 인해 1연을, 굶주린 현실보다는 '멀위'나 '다래'라도 먹을 수 있는 청산이 낫다는 뜻으로 해석하든, '멀위'나 '다래' 따위를 먹을지언정 이 타락한 현실에서는 못살겠다는 뜻으로 해석하든, 그리고 거기에 무신란,[6] 혹은 산성(山城)과 해도(海島)로의 이주[7] 등 역사적 배경을 첨가하든 말든, 그 옳고 그름의 여부가 절대적인 것은 아니다. 해석의 가능역은 열어놓는 것이 좋다.

하지만 그 어느 경우이든, 이 1연에서 설정된 '청산'이라는 것이 무릉도원처럼 완전한 이상향은 아니라는 것, 청산의 조건 자체가 이상향이 되기에는 미달하며, 다만 대타적(對他的)이고 상대적인 의미에서의 지향 공간임에 주목할 필요가 있다. 다시 말해 사람과 더불어 현재 위치하고 있는 현실 사회 공간 이쪽 안에서 저쪽 바깥의 청산을 지향하는 1연은 현재 이쪽 삶에 대한 부정적 인식과 정서를 전제로 하는 것이기에 적극적 이상향으로서의 한계가 이미 예견된다는 점, 혹은 전연을 다 읽은 연후에 왜 시적 화자가 청산에서도 떠나야만 했는지, 그 필연성을 이해할 수 있는 흔

---

5) 김복희, 「청산별곡의 신화적 의미」, 『고려시가의 정서』, 개문사, 1986. 한편 김대행 교수의 『문학이란 무엇인가』(문학사상사, 1992, p. 53)는 이를 문학의 상대성 원리라 이름 하여 학습자의 체험과 연관시킬 수 있는 통로를 제기했다는 점에서 교육적 의의가 발견된다 하겠다. 이러한 문제 제기는 이미 『시가 시학 연구』(이화여대출판부, 1991, pp. 80-83)에서 발견된다.
6) 김학성, 『韓國古典詩歌의 硏究』, 원광대출판국, 1980.
7) 박노준, 「<靑山別曲>의 再照明」, 『高麗時代의 가요문학』, 새문사, 1982.

적이 된다는 점에서 더욱 중요한 것이다.

그렇게 본다면 이번엔 시적 화자가 위치한 공간이 청산이냐 현실이냐 하는 것조차 그다지 문제가 되지 않을 수도 있다. 시적 화자가 이제 막 청산에 도착한 시점에서 앞으로의 희망을 노래하는 것으로 1연의 광경을 떠올리는 것도 매우 자연스러운 일이기 때문이다. 그러므로 중요한 것은 오히려 시간이다. 시적 화자가 청산에 있든 현실에 있든, 1연은 아직 청산에서의 삶을 살아 보지 못한 시간대에서 불려진 노래라는 점만큼은 분명한 것이다. <청산별곡>을 흔히 연속된 시간의 흐름으로 파악하고자 한 많은 연구들은 바로 이 지점에 터해 있다. 시간의 흐름에 따라 청산은 그 불완전한 이상향으로서의 모습을 시적 화자에게 드러낸다. 결국 청산의 푸름 또한 희망의 색에서 설움의 색으로 변해가는 것이다. 푸름이 갖는 양면적 환기력은 이상화의 <빼앗긴 들에도 봄은 오는가>의 한 구절 '푸른 웃음 푸른 설움'에서 새삼 확인되는 바이기도 하다.

(2) 2연 : 금지 명령으로의 재해석

2연 또한 무난하긴 마찬가지다. 심지어 2연은 학계에서조차도 별 이견이 제출된 적이 없다. 하지만 1연에서의 청산의 이미지와 그 시간성에 꾸준히 주의를 기울인다면, 분외의 성과마저 얻을 수 있는 부분이 바로 이 2연이다.

필자의 문제의식은 일찍이 이어령 교수에 의해 제기되고 정병헌 교수가 발전시킨 논의에 기초한다.8) 그들의 논의는 어법상의 문제의식에서 출발한 것이었다. 즉 "울어라, 너보다 시름이 많은 나도 운다."라는 말은 성립하지 않는다는 것, 그것은 마치 "너보다 공부 잘하는 나도 대학에 합격했다."라든가, "그것을 사라. 너보다 돈이 많은 나도 그것을 샀다."라는 식의 비문(非文)에 해당한다는 것, 따라서 "너보다 근심이 많은 나도 자고 일어나서는 노래 부르고 있다. 하물며 근심 없는 새들이야 즐겁게 노래 부

---

8) 정병욱 · 이어령, 『고전의 바다』, 현암사, 1977, p. 86.
　정병헌, 「청산별곡의 이미지 연구 서설」, 『국어교육』 49 · 50호, 1984, pp. 98-99.

를 수밖에"(李)로 해석하거나, "너보다 시름이 많은 나이지만 이렇게 웃지 않는가."(鄭)로 해석해야 한다는 것이 그들의 주장이다.

이들의 문제 제기는 극히 타당하다.9) 그러나 그러한 문제 제기의 정당성에도 불구하고, 그 해석의 결론들은 둘다 받아들이기 어렵다. 이어령 교수의 해석처럼 '울다'를 '노래하다(謠)'로 보는 것은, <청산별곡>의 매연을 연관성 내지는 관계적 맥락에서 파악하고자 하는 전제에서라면, 5연의 '울다'와 일관성을 갖지 못한다는 점에서 어색하며, 비록 그 나름의 일관된 독법과 논리의 소산이긴 하나, 일반적인 견해를 따를 때 2연을 긍정적 감정의 표현이라 보기가 어렵다는 점이다. 특히 논리상에서도 커다란 문제가 있다. 이어령 교수가 '울다'를 '노래하다'로 본 전제는 새가 우는 것을 흔히 노래한다고 하는 관습 어법이다. 거기까지는 옳다. 하지만 자신의 논리대로라면 그것은 어디까지나 새에게만 해당하지 사람에게 해당되어서는 안 된다. 따라서 '내'가 우는 것을 노래하다로 풀 수는 없기 때문에, "노래해라 새여. 너보다 근심이 많은 나도 자고 일어나 운다."라고 해야 전제에 일관된 해석이 되고, 그 경우 이 문장은 난센스로 떨어지고 마는 것이다.

이에 반해 정병헌 교수의 해석은 2연의 시적 정조에 대한 일반적인 견해와 일치하지만, 그같이 풀이할 아무런 어학적 근거가 마련되어 있지 못하다는 점, 즉 '우어라'라면 '웃어라'로 봄이 마땅하겠지만, 결코 '우러라'를 '웃어라'로 볼 수는 없다는 점에서 타당성을 상실하게 된다. 그래서인지 2연의 '우니로라'와 5연의 '우니노라'의 차이를 들어 이것이 단순한 표기혼란이 아니라 의미의 변별을 가져오는 차이로 볼 수 있다고 주장하지만, "나는 술 醉ᄒᆞ야 뼛는 말와믈 조차 ᄃᆞ니로라(두시언해 8권 13)"에서 보듯 '-노라'와 '-로라'의 혼란은 쉽게 발견되는 터이며, 특히 형식형태소인 어미의 차이가 의미의 차이를 나타내리라고 볼 수는 없는 노릇이다. 더욱

---

9) 물론 '우러라'를 감탄형으로 보더라도 이 문제 제기는 여전히 타당하다. 더욱이 그 문제 제기의 정당성을 이해함에 있어 학생들로서도 중세국어에 대한 전문적인 지식을 요구하지 않기에 매우 교육적인 효과가 크다. 아마도 이러한 연구에 주목하지 않은 기존의 해석에 익숙하면 익숙할수록 학생들은 충격과 발견의 기쁨을 누리게 될 것이다.

이 새가 웃는다는 것도 그다지 자연스러워 보이지는 않는다.

그렇다면 어법상의 문제제기를 인정하는 가운데, 부정적인 정조의 표현으로 2연의 의미를 파악하면서, 동시에 '우러라'의 형태소를 존중하여 '울다'의 뜻으로 해석할 방법은 없는 것일까. 이어령 교수와 정병헌 교수가 문제를 제기하기 이전의 독법은 물론이려니와, 정당하게 문제를 제기한 그들 역시 정당한 해석에 도달하지 못하고 만 이유는 어디에 있는 것일까.

그 이유는 의외로 단순하다. 이제까지의 연구사가 공통적으로 안고 있는 오역의 원인은 바로 '자고니러'의 의미를 간과했다는 점, 그리고 이 2연의 시간대를 '아침'으로 쉽게 간주하고 만 데에 존재하는 것이다.

물론 '우러라'는 '울어라'는 명령일 따름이다. 하지만 시적 화자는 '자고니러'라는 단서를 붙이고 있다. 즉 "울되, 자고 일어나서 울어라"는 명령, 그러니 이 말은 곧 "자고 일어나서 (아침에나) 울 것이지 지금은 (이 밤에는) 울지 말라"는 부정의 명령으로 되는 것이다. 다시 말해 이 명령문의 심층적 의미는 새가 지금 울지 않고 그래서 '울어라'라는 긍정명령이 아니라, 새가 지금 울고 있고 그래서 울지 말라는 부정 혹은 금지명령에 해당하는 것이다.

이렇듯 '자고니러'는 한갓된 췌사가 아니다. 그것은 결코 '늘' 혹은 '자나 깨나'의 뜻이 아니었던 것, 말 그대로 '자고 일어나서'라는 시간적 경과를 지칭하는 말이었던 것이다.

그렇다면 시적 정황은 이렇다. 시적 화자는 청산의 한밤중에 위치해 있고 이 밤에 새가 울어댄다. 그 새의 울음소리는 기껏 현실을 떠나 청산에서 밤을 맞이하는 화자의 수심을 돋우며, 결국 그는 이 밤도 잠 못 들고 마는 것이다. 밤이란 의식의 잠듦이어야 한다. 의식이 깨어 있을 때 갖는 온갖 괴로움으로부터 벗어날 수 있는 시간이 밤인 것이다. 깨어나면 너무도 많은 시름에 겨운 나이기에 이 밤에 잠을 청하는데 나보다도 시름이 적은 새가 이 밤을 울어대고 있다. 그러기에 그는 새를 원망스러워 했을 지도 모른다. 어쩌면 오히려 그가 새를 달래려 했는지도 모른다. 또는 저 새가 내 맘을 알아 울어주지만 도리어 그러지 말기를 바라는 하소연인지도 모른다. 그 어느 쪽이든, 새는 그저 지저귈 뿐인 것을, 상심한 화자의 감정이 이입된 소산임은 다를 리 없다.

이러한 해석은 이 시의 정조에 대한 기존의 해석에 손상을 가하지 않는다. 오히려 이렇듯 그 속뜻을 '울지 마라'로 풀이함으로써, 즉 시적 화자가 감정의 분출을 억제하고 유보하는, 애써 눈물을 참는 정황으로 설정하거나, 혹은 상대더러 '울지 마라 울지 마라'하면서 자신 또한 울어대는 상황을 상정함으로써, 더욱 극적이고 커다란 정서의 울림을 경험하게 되는 것이다. 더구나 밤에 새가 우는 정황이야말로 李兆年의 <梨花에 月白하고>에서 보듯 우리 시가의 정서 처리 방식으로는 매우 익숙한 것이라 하겠다. 특히 이 해석은 어법상으로나 형태소 해석상에 아무런 문제가 없는 것으로 보인다. 이에 2연의 해석을 정리하면 다음과 같다.

> 울어라 울어라 새여
> 자고 일어나서 (밤이 지나간 뒤에) 울어라 새여
> 너보다 시름이 많은 나도
> 자고 일어나서 (밤이 지나간 뒤에) 운단다.

이를 의미를 바꾸지 않고 다시 옮겨 보면 다음과 같이 된다.

> 울지 마라 울지 마라 새여
> 이 밤에는 울지 마라 새여
> 너보다 시름이 많은 나도
> 이 밤에는 울지 않는단다.

(3) 3연 : 새의 정체

그렇다면 3연은 어떻게 해석해야 하겠는가. 여기에는 많은 어석의 문제가 뒤따른다. 하지만 가장 큰 쟁점은 역시 '가던'이 '날아가던[行]'의 뜻이냐 '갈던[耕]'의 뜻이냐, '새'가 '새[鳥]'를 가리키느냐 '사래'를 가리키느냐에 대한 것이라 할 수 있다. 이 두 주장의 나름대로의 합리성을 가르치는 것은 전혀 불필요한 일이 아니다.[10] 지식을 위한 지식으로서가 아니라 감상을 위한 전제로서의 해석을 꾸준히 염두에 두고 가르칠 경우, 이 대목에서 비로소 학생들은 기초어석의 중요한 의미를 깨닫게 되며, 학문의 엄밀성마저 경험할 수 있게 되기 때문이다.

하지만 여기서 우리는 다시 연과 연의 인접성에 주목하고 상식적인 접근을 할 필요가 있다. 상식적으로 볼 때 이미 바로 그 앞 연에서 '새[鳥]'가 노래되었건만, 동일한 형태소를 가지고 다른 의미를 부여하는 것이 자연스러운 일은 아닐 것이다. 혹여 '가던 새'가 3연의 후반부에 나오고 그 전반부에 '이끼 묻은 쟁기'가 나오면 모를까, 자연스러운 독법이라면, 일반적인 스키마상 2연에 이어 으레 '날아가던 새'로 3연의 전반부를 읽다가 뒤에 가서 '이끼 묻은 쟁기'가 나오니까 전반부의 독법을 수정하여 '갈던 사래'로 읽게 된다는 것은 무리한 발상에 지나지 않는다. 그것은 언어유희(pun), 즉 '새'라는 동음이의어로 벌어지는 유희를 의식적으로 사용하고자 할 때나 있을 수 있는 일로서, 이 경우에는 그다지 해당될 법하지가 않은 것이다. 말하자면 '갈던 사래'로의 해석은 '잉무든 장글란'과의 후행 연접성(連接性)에만 주목을 했지, 선행하는 '새' 이미지와의 연관성을 고려에 두지 않음으로써 지나치게 비약해 나간 것으로 보인다. 더구나 그 해석자의 말대로, '사래'가 '새'로 쓰인 용례는 발견되지 않는 형편이다.[11]

이 3연의 '새'는 정확히 2연의 연장이다. 3연의 배경이 아침일지 낮일지는 확실하지 않고 또 알 수도 없겠지만 밤이 아닌 것만은 틀림없어 보인다. 그렇다면 우리는 여기서, 밤새 나를 잠 못 들게 하고 울어대던 그 새가, 혹은 나를 위해 울어주던 그 새가, 즉 정도의 차이는 있을지언정, 자신과 같은 병을 앓으리라 여겼던 그 새가, 정작 '자고 니러' 나서는 울기는커녕, 저 '믈 아래'로 날아간다는 사실, 그 사실 앞에서 망연자실해 있는 시적 화자의 모습을 어렵잖게 떠올릴 수 있다. '믈 아래'가 평원을

---

10) '사래'설은 서재극(「麗謠註釋의 問題點 分析」, 『語文學』 19집, 1968) 이래 신동욱(「<청산별곡>과 평민적 삶의식」, 『高麗時代의 가요문학』, 새문사, 1986) 등에 의해 지지되고 있는데, 이 해석은 문맥해석에 있어 시간의 문제를 제기했다는 점에서 의의를 인정받을 수 있다.

11) 서재극, 앞의 글, p. 8.

뜻하는지, '새'가 비치는 수면을 뜻하는지, 그리고 '잉무든 장글란 가지고'
의 주체가 '새'인지 시적 화자인지는 논란의 여지가 있겠으나, 바로 지난
밤 울어대던 그 새가 날아가 버리고 만 사실만은 분명한 것이다. 지난 밤
시적 화자가 새를 원망하였든 달래었든 간에, '자고 니러' 울기를 바랐던
유일한 동료인 그 새가 날아가 버릴 때 그가 느꼈을 허탈감이란 짐작하고
도 남음이 있다.12) 사실상 정서란 다소 복합적인 것이어서, 종종 주장되
어 오듯 이 화자의 정서 속에는 새에 대한 부러움이 담겨 있는지도 모른
다. 하지만 부러움은 여기서 본질적인 것으로 판단되지는 않는다. 결정적
인 것은 허탈감이다. 그리고 바로 그 허탈감의 표상이 '이끼 묻은 쟁기'라
는 객관적 상관물이다.

(4) 4연 : 상황의 반복과 고조

3연을 이렇게 해석할 때, 우리는 4연에서 왜 시적 화자가 '이링공 뎌링
공' 낮을 보내야만 했는지 이해할 수 있다. 아마도 헛된 쟁기질을 하였거
나, 새를 부러워하면서 속세를 그리워했거나, 혹은 가끔씩 허탈한 웃음을
지었는지도 모른다. 그것은 다 본질적으로는 시름에 겨운 행동들이다. 만
일 찾아주는 사람이나 있었더라면 그 시름은 많이 덜어질 것을, '오리도
가리도 업슨' 밤이야 어찌 보내겠는가.

하지만 우리는 여기서 '쏘 엇디호리라'의 '쏘'를 간과해선 안 된다. 매
연을 연관적으로 파악하는 입장을 고수하자면, 이 대목에서 우리는 2연의
상황이 반복될 것임을 예견할 수 있다. 즉 이 밤 그는 '또' 잠 못 들 것이
다. '또' 울거나 울음을 참거나 해야 할 것이다. 왜냐하면 '새'가 다시 돌

---

12) 朴魯埻 교수의 다음과 같은 해설은 흥미롭다. "자신의 처지와 새의 처지를 같은
것으로 인식한 것은 화자의 착각에 지나지 않는다. (…) 세계(새)와 자아와의 엄청
난 괴리, 불일치만이 노정됨에 따라 이 둘째 연에서의 작중 화자의 고립은 더욱
두드러지게 되었고 절망의 늪, 고독의 심연은 빠른 속도로 그에게 접근하게 되었
다." 하지만 그 역시 2연을 "새가 자신처럼 울지 않으니까, 울어서 자신과 함께
시름을 나누지 않으니까 안타까와서 부르짖은 외침"이라 해석하고 3연은 오히려
'사래'설로 파악하고 있다. 朴魯埻, 앞의 글, p. 214.

아와 '또' 이 밤을 울어낼 것이기 때문이다.

(5) 5연 : 기대의 좌절감

이러한 생활의 반복은 신세타령과 이어진다. 결국 그는 울고야 맘을 5연에 이르러 고백하게 된다. 5연이 투석전(投石戰)이나 척석희(擲石戲)를 상황 배경으로 하는 것인지 아닌지는 이번에도 역시 소관사항이 아니다. 투석전이나 척석희 역시 한창 재미를 끝내고 보면 감정의 소비상태일 따름이다. 요컨대 이제껏 지속되어 온 허탈감과 세상사의 부질없음이 5연의 참주제라 할 것이다. 알고 보면 '새'도 '사람'도 미워하거나 사랑할 것이 없다는 것, 사람을 미워해 청산에 왔고 그래서 새를 사랑해 봤건만, 새도 마찬가지였고, 그래서 새를 미워해 봤건만 그 역시 부질없는 일이라는 것, 오로지 자신의 신세 탓일 뿐, 그저 설움에 겨워 우는 행위를 지속하는 것 외에 이 화자에게는 더 이상 남은 것이 없는 셈이다.

따라서 1연에서 5연에 이르도록 이제까지 살펴 본 '청산'에서의 삶은 눈물과 허탈의 연속이었다 할 수 있다. 하지만 그가 흘리는 눈물은 정녕 속세에 대한 그리움만은 결코 아니다. 만일 그가 속세를 그리워하여 눈물을 흘렸다면, 속세로 돌아갈 일이지 '바다'로 갈 리는 없는 일이다. 그것은 오히려 '청산'에 대한 기대마저 좌절된 데서 온 눈물이었다. '청산'조차 '시름'을 치유해 주지 못할 때, 그 사실을 깨닫는 데서 오는 절망과 허무야말로 그가 눈물을 흘려야 했던 이유였던 것이다.

하지만 사실 '청산'이 그에게 삶의 욕구를 불러일으키지 못하리라는 것은 예정된 결과이었다. 상실감을 안고 사는 주체에게 있어 환경의 변화란 언제나 부차적인 것에 지나지 않기 때문이다. 스스로 극복하여 현실을 적극적으로 전유하거나, 낭만적 몽환 혹은 허위의식 속에 빠지지 않는 한, 현실의 모순을 엿보고 나서 또한 끝내 그 상처에 눈감지 못한 상태에서 다만 상대적 지향형으로서의 '청산' 찾아가기란 항상 한계를 안게 마련이었던 것이다. 여하튼 이제 더 이상 '청산'의 푸르름은 희망의 색이 아니다.

(6) 6연 : 이상향의 허구와 허무

그러므로 6연에 이르러 그가 '청산'의 삶을 청산하고 '바다'로 향하는 것은 필연적인 수순이라 할 것이다. '바다' 역시 완전한 이상향에는 미달하는, 현실의 삶과 대비되는 의미에서의 대타적 상대적 이상향이라는 점에서는 '청산'과 정확히 일치한다. '청산'과 '바다'라는 대립적 구도의 완결미는, 이 시의 민요적 성격을 받아들인다고 해서, 이 시가 무한히 늘어날 수 있는 단순 나열의 상태만은 아니라는 것을 단적으로 드러내 준다.13) 나아가 시 전체를 통어하는 화자의 일관성까지 고려한다면, '청산'연과 '바다'연의 단순 병치로도 보기가 어렵다.14) 동일한 화자가 서로 다른 두 개의 공간에서 겪는 체험을 병치한 노래로 보기에는 많은 무리가 따른다. 이를 따르자면 최소한 5연과 6연의 교체설을 인정해야만 하기 때문이다.15) 따라서 1연에서 5연에 이르기까지를 순차적으로 이해한 우리의 가설이 타당성을 인정받을 수 있다면, 그와 같은 이유에서 6연 역시 5연까지의 흐름에서 연유된 결과로 풀이함이 옳을 것이다.

하지만, 만일 이 시의 전개 방식을 단순 나열이 아닌 발전적 전개로 이해하고자 한다면, 학교 현장에서 늘 처리되는 방식처럼 '바다'가 곧 '청

---

13) 이러한 점으로부터, 원래는 민요였던 노래들이 고려조의 궁중 음악으로 수용되면서 겪었을 개변양상이 추정되기도 한다. 김명호, 「<青山別曲>의 俗樂的 二重性」, 『한국고전시가작품론Ⅰ』, 집문당, 1992.

14) <청산별곡>이 원칙적으로 하나의 가요가 아니라 노래의 사설을 어떤 새 가락에 맞추기 위해 청산곡과 바롤노래라 이름 지을 두 노래가 합성되었으리라는 견해(김택규, 「別曲의 構造」, 『高麗時代의 言語와 文學』, 형설출판사, 1981)가 제기될 수 있었던 것도 실은 이 작품의 경우 시적 화자의 일관성이 유지되는 것으로 설명하기가 어렵다는 점에 기인한 것으로 보인다. 본고는 <청산별곡>을 하나의 완결된 서정시로 전제하는 이상, 여기서는 이 견해를 취하지 않기로 한다.

15) 교체설과 그에 대한 반론 모두 교육적으로는 매우 시사적이다. 다만, 교체설의 경우, 형식구조면에서는 학생들에게 유의미한 발문으로 작용될 수 있지만, 의미구조면에서는 세부의 대응적 측면은 설득력이 있는 반면, 거시적으로 볼 때, '청산'연이 청산에서의 삶을 주조로 삼는데 비해 '바다'연은 바다에서의 삶이 아니라는 점에서 다소 불만이라 여겨진다. 물론 그 선택은 연구자의 관점에 달려 있는 문제이다. 교체설에 입각한 설명으로는 박진태의 분석(「青山別曲과 西京別曲의 構造」, 『국어교육』 46·47호, 1983)이 돋보인다.

산'인 것은 아니다. 먼저 '바다'의 대타적 성격 속에는 현실과의 대타성은 물론이요, '청산'에서는 가져보지 못했던, 가질 수도 없었던 '청산'과의 대타성마저 내포되어 있다는 점에 유의할 필요가 있다. 즉 '바다'는 현실로부터의 지향공간만이 아니라 '청산'으로부터의 지향공간이기도 한 것이다. 그것이 이 시가 갖는 상승적 의미이다.

그러나 더욱 중요한 것은 공간의 이동 여부가 아니다. 엄밀하게 말해 수직과 수평은 기준선에 따라 다를 뿐 그 본질은 동일하다 할 수 있다. 게다가 '청산'에서 만족하지 못한 이가 '바다'에 가서 만족할 성싶지도 않다. 5연에서 이 시의 화자는 이미 그 사실을 깨달았으리라고 본다. 그를 가르쳐 준 것은 이번에도 역시 시간이었다. 그렇다면 그의 바다로의 이행은 허무를 알면서도 행위 하는 것에 지나지 않는다. 따라서 결론부터 미리 말하자면, 그로서는 굳이 '바다'에 이를 필요가 애당초 없었던 것이라 할 수 있다.16) 그는 바다를 가지 않아도 좋았다. 이 말은 곧 바다에 간들 그의 허무가 극복되었을 리 없다는 사실의 확인을 의미한다. 1연 이후 전개된 2~5연이 '청산'에서의 삶인 데 반해, 1연에 대응하는 6연 이후의 7연과 8연은 '바다'에서의 삶이 아니라는 사실에 유념할 필요가 있다.17)

(7) 7연 : 군중 속의 고독과 머뭇거림

7연과 8연은 공히 난해한 장으로 알려져 있다. 먼저 7연을 살펴보자. 1연에서 '청산'을 향할 때는 그나마 희망이 있었다. 하지만 7연에서 '바다'

---

16) 그런 점에서 <청산별곡>이 바다까지 가지도 못하고 도중에서 끝나버린 미완성품의 노래라고 지적한 견해는 타당하다. 이승명, 「青山別曲研究」, 『高麗時代의 言語와 文學』, 형설출판사, 1975.

17) 필자는 이 점에서 <청산별곡>의 대칭구조를 인정하는 데 인색해진다. 하지만 이 시의 화자가 보여주는 여로, 즉 산에서 바다로의 행로가 적어도 화자의 내면에서는 수직에서 수평으로, 혹은 폐쇄적 이미지에서 개방적 이미지로의 이행을 뜻한다는 데에는 동의한다. 아울러 일찍이 김병국 교수가 <關東別曲>을 두고 행한 비평적 접근은 이 경우에도 교육적으로 매우 의미 있게 적용될 수 있는 값진 성과가 되리라고 생각한다. 김병국, 「假面 혹은 眞實 : 關東別曲 評說」, 『국어교육』 18~20 합병호, 1972.

를 향할 때는 '청산'에서의 실망만큼의 크기가 희망의 크기에서 감소되어 있다. 거침없이 내닫는 것이 아니라 흔들리고 주저하는 발걸음일 수밖에 없었던 것, 그 극명한 표현이 바로 '가다가 가다가'인 것이다.

청산에서 바다로 이르는 도정(道程)은 직결된 것이 아니었다. 속세에서 청산으로는 바로 갈 수 있었으나 청산에서 바다로 가는 길은 다시 속세를 거쳐야만 했던 것, 거기서 그는 '가다가 가다가' 머뭇거려야만 했고, 그러면서도 속세의 모습을 외면하지도 않는다. 그러나 그 때 다시 보게 된 속세의 모습은 청산으로 떠나 갈 때의 그것과는 사뭇 다를 수밖에 없다. 청산조차 이상향이 못된다면 속세를 굳이 피해야 할 것도 아니기 때문이다. 하지만 그렇다고 해서 그것이 곧장 현실의 긍정을 의미하는 것은 아니다. 현실은 여전히 부정적일 따름이다. 다만 1연에서 6연에 이르기까지 인식의 변증법적 발전의 결과는 동일한 현실에 대해 다른 인식을 가져다주게 되었던 것이다. 말하자면 현실도피라는 단순한 허무주의로부터 청산조차 이상향이 못됨을 자각하게 된 도저(到底)한 허무주의로의 인식의 발전, 그에 따라 현실 긍정과 현실 부정의 모순은 새로운 차원을 개진한 것으로 보인다는 것이다.

거기서 그는 '사스미 짒대예 올아셔 奚琴을 혀'는 소리를 듣게 된다. 이 연이 산대잡희(山臺雜戲)와 연관이 있다면, 그에게는 이 소리 또한 처음이 아닐 것이다. 청산을 향해 떠나기 전 속세에서도 이미 들었음직하다. 그렇다면 새삼 그가 이 대목에서 귀를 기울인 이유는 무엇일까. 여기서 그는 과연 놀이판에 어울려, 혹은 흥에 겨워 놀이판을 바라보며 서 있는 것일까. 지금까지의 서술 흐름을 승인한다면, 우리로서는 아직 그가 그 같은 전환을 보일만한 아무런 근거를 찾을 수 없다. 시적 화자는 여전히 허무에서 벗어날 수가 없기 때문이다.

그러니 한 편의 서정시로서의 이 시가 갖는 각 연의 상호관련성과 발전적 전개방식에 기초하여 다시 한 번 상식적인 가설에 기대 보는 것이 좋겠다. 해금(奚琴) 소리란 소위 "심금(心琴)을 울린다."라는 표현 그대로의 의미가 아닐까. 그렇게 볼 수 있다면, 시적 화자는 산대잡희 놀이판에서 흥취를 맛보긴커녕, 군중 속의 고독을 느끼고 있는 것이 아니겠는가. 마치 자신만을 위한 소리인양, 그 소리에 그만이 홀로 서러워하고 있는 것이다. 그러나 그의 심금을 울려주는 소리가 이번에도 역시 처음은 아니다. 여기서 우리는 다시 '청산' 속의 '새'가 우는 소리와 만나게 된다. 그것은 현악기가 주로 '우는' 소리로 비유된다는 점에서 더욱 그러하다.

그럼에도 불구하고, 이 연을 해석하는 데 있어 많은 연구들이 단지 산대잡희 일반의 놀이성에만 주목하고서는 그것을 시적 화자의 정서 분석에 직결시킨 나머지, 절대고독에서 벗어나 마침내 유랑 생활 가운데 찾아드는 즐거움을 누린다는 식으로 설명하는 태도는 시 전체의 흐름에서 볼 때 이해하기 어렵다.

주목해야 할 것은 산대잡희의 놀이성 일반이 아니라, 산대잡희 가운데 이 사슴 대목이 시적 화자에게 갖는 의미이다. '새'가 그의 분신이라면 '사슴' 역시 그의 분신이다. 더구나 그 사슴은 인간이 탈을 쓴 사슴이다. 따라서 그가 주목하고 있는 것은 산대잡희의 놀이성과 유쾌함에 있는 것이 아니라, 슬피 울며 곡예를 하는 '사슴'의 비애라 할 수 있다. 인생은 곡예다. 산대잡희의 사슴 대목이 죽마 공연이건, 줄타기 공연이건 간에, 곡예란 점에선 한 치도 다를 바 없을 터, 관람하는 자에겐 즐거움일지언정 곡예사에게 있어 그 묘기란 일종의 운명에 해당한다. 아슬아슬하게 곡예를 해야 하는 인생, 거기선 다시 '믜리도 괴리도 업'는 상태, 그저 운명의 설움만이 존재한다. 다시 말하거니와, 그가 공감하는 것은 운명에의 승인에 따른, 바로 그 비애와 설움 이외에 다른 것이 아니며, 해금소리는 곧 그 정서의 한 표현이 된다. 그러므로 이 연 역시 비애미의 표출로 읽어야만 하는 것이다.

(8) 8연 : 어학과 문학의 만남과 갈등

7연의 난해함에 비추어 다소간 무난하게 보였던 8연의 해독 문제는 김완진 교수의 정밀한 연구 이후 가장 난항에 부딪게 된 것으로 보인다. 김완진 교수의 주장은 다음과 같이 요약될 수 있다. 즉 '습'이라는 형태소를 취한 타동사는 그 목적어로 '나'를 취할 수 없으므로, '잡스와니'의 목적어 역시 '나' 이외의 인물이 되어야 한다는 것, 따라서 "A('술')가 B('나'아 닌 '임')를 붙잡으니 낸들 어찌하랴"는 뜻으로 읽어야 하며, B가 남성이라면 '나'는 여성으로서 결국 "(술이 임을 붙잡아 임께서 아니 가시니) 내 탓이 아닙니다."라는 정도의 의미를 지닌다는 것이다. 나아가 그는 이렇듯 '나'가 여성이라면, '강수를 비조라'의 주체 역시 '나'일 수밖에 없고, 고로 "'임이 오실 날'을 期約하여 술을 빚어 넣은 女心의 細心한 思慮"가 드러나 있다고 주장한다.18)

이 같은 주장은 어학적 근거에 바탕을 두고 있고, 그 근거가 또한 상식적이라는 점에서 문학도에게는 커다란 반성을 제공한 것이 사실이다. 그 충격이야말로 어학이 지니고 있는 미덕 덕택이라고까지 말할 수 있을 것이다. 하지만 이러한 어석이 이제껏 연구되어 온 수많은 문학 연구의 기반을 흔들 정도라고 말할 수 있겠는가. 어학만이 확실성을 담지한 것이고 문학적 감수성은 제아무리 확실하게 다가오더라도 항상 비과학적이라는 멍에를 져야만 하는 것일까. 어학이 문학에 반성을 제공했듯이, 문학이 어학에 반성을 던져 줄 수는 없는 것일까. 그것이 진정한 어학과 문학의 주고받기가 아니겠는가.

그렇다면 문학 쪽에서는 어떤 반론이 제기될 수 있는지부터 살펴보도록 하겠다. 먼저 이제까지의 흐름을 감안한다면, 문학적 감수성에 따를 경우 남성의 호흡으로 여겨지는 것이 일반적이라 할진대, 김완진 교수의 가설대로 전연에 여성적 가락이 관류하는 것이라 보기엔 다소 무리가 뒤따른다는 점을 들 수 있다.19) 물론 감수성이란 것의 성격상, 그 실체를 입증하기란 매우 난감한 것이긴 하나, 입증되지 못한다 해서 존재 자체가 부정될 수는 없는 노릇이다. 둘째, 이제껏 부재 상태에 있던 '임'이 돌연 마지막 연에서 등장한다는 것 또한 어색하다. 여러 전제가 따르긴 하나, 김완진 교수의 연구 또한 각 연 사이의 흐름을 존중하는 입장에 서 있는 이상, 이 '임'의 등장을 설명할 만한 계기를 찾아내야 할 텐데, 그 역시 가설

---

18) 金完鎭, 「＜靑山別曲＞ 結聯에 對한 一考察」, 『文學과 言語』, 탑출판사, 1982.
19) 교체설과 대칭구조를 인정한다는 전제에서 전·후반부별로 남여 교환창의 가능성을 제기하는 것은 설득력 있게 들린다. 박진태, 앞의 글, p. 138.

수준 이상을 넘어서기란 어렵기 매한가지로 보인다. 셋째, '비조라'의 주체를 '나'로 보았던바, 이는 이제껏 화자가 그같이 적극적이고 능동적인 행위를 한 적이 없었다는 점에 비추어 볼 때 역시 예외적이다. 그 같은 행동의 전이를 설명할 만한 계기 또한 발견되지 않는다. 나아가 '가다니'와 '비조라'의 주체를 동일하게 파악하다 보니, 해석이 "아무래도 어설퍼 보이는 것이 사실"이며, 따라서 "차라리 '가다니'가 아래에 걸리는 미지의 부사이기라도 해 주었으면 싶은 문맥"으로 읽을 수밖에 없게 되는 것이다.[20]

그러나 이러한 반론은 소극성을 면치 못한다. 어쩌면 이 반론이 제기한 문제를 해결해야 하는 것은 여전히 문학 쪽의 문제라 할 수도 있기 때문이다. 하지만 또 다른 선행 연구에서[21] 김완진 교수 스스로, 고려가요에서 '自稱에도 「시」가 使用된' 듯한 예를 합리화하기 위해 그것이 '高麗歌謠 特有의 한 詩的 技法'일 수 있다는 가설을 제안한 바 있듯이, 다시 말해 '特定한 詩行에 있어서 辭說者가 自己 自身을 三人稱으로 擬化하여 貴人化시키는 手法' 내지는 '部分的으로 辭說者의 推移가 일어나는 것'이 "어느 特定 장르에 類型化되어 存在할 수 있는 것"이라 하였듯이, 아울러 이 가설의 성립 여부는 말하기 어려우나 "語學的인 觀點에서는 이러한 方向 또는 이에 類似한 方向에서밖에 解決의 길은 찾아지지 않는 것"이라 하였듯이, <청산별곡> 8연의 이 '습'이라는 존재 역시 '高麗歌謠 特有의 한 詩的 技法'으로서, '特定한 詩行에 있어서 辭說者가 自己 自身을 三人稱으로 擬化하여 貴人化시키는 手法'이라고 할 수는 없는 것일까. 비록 '시'의 경우와 달리, '습'의 경우는 그와 유사한 용례가 고려가요에서 발견되지 않지만, 만일 문학 쪽에서의 해석 외에 해결의 길이 찾아지지 않는다면, 그 문제는 오히려 고려가요가 갖는 자료상의 부족으로 탓을 돌림이 가하지 않겠는지 따져 볼 만한 문제라 생각한다.

만일 그 가설처럼 이 '습' 또한 "辭說者가 自己 自身을 三人稱으로 擬化하여 貴人化시키는 手法"으로 볼 수만 있다면, 이 귀인화의 방식은 8연

---

20) 金完鎭, 앞의 글, p. 45.
21) 金完鎭, 「文學作品의 解釋과 文法」, 앞의 책.

의 해석을 매우 유려하게 이끌 수도 있다. 먼저 우리는 8연 가운데 유독 이 연만이 '흐리잇고'라는 상대높임법으로 종결되고 있음에 주목한다. 그것은 곧 자기 자신을 귀인화한 데 따른 일종의 호응 관계로 풀이될 수 있다. 여기서 우리는 이제껏 독백체의 애상적 어조에서 탈피해 한껏 여유를 부리는 목소리를 듣게 된다. 즉 이제까지 왜소해져만 가던 시적 화자가 8연에 이르러 돌연 호방한 풍모를 드러내고 있는 것이다.

하지만 이러한 종결 양식이 이 시의 주제가 호연지기의 표출로 귀결됨을 뜻하지는 않는다. '내 엇디 흐리잇고'는 결코 체념도 아니며, 그렇다고 순수한 호방함도 아니다. 실상 이러한 너스레는 한갓 포즈에 지나지 않기 때문이다. 이미 청산에 실망했고, 7연에서 보듯 군중 속의 고독을 경험한 그로서는 자신의 비애와 고뇌가 단순한 공간 이동 내지 환경 변화로 인해 해소될 수 없음을 간파했던 셈이다. 그가 끝내 바다로 가지 않았음은 굳이 바다로 갈 필요가 없음을 깨닫게 된 데 따른 필연적인 결과라 할 수 있다. 7연에서 이미 보았듯이 운명을 승인한 자리에서, 청산을 가거나 바다로 가거나 하는 어떠한 노력도 결국은 허무한 것으로 비쳐질 따름이다. 이는 말 그대로 도저한 허무주의자의 모습이라 아니할 수 없다. 그러니 그가 '잡스와니 내 엇디 흐리잇고'라고 했을 때, 우리는 그의 눈물겨운 포즈를 보게 되는 것이며, 여전히 일관되게 다가오는 것은 비애일 뿐이다. 이때 우리가 느끼는 비애는 구성진 감상조의 어조보다 더욱 서럽게 마련이다. 따라서 이렇듯 느긋하게 끝맺는 솜씨는 정서의 추스름이란 면에서 볼 때 시의 종결 양식으로는 매우 고급에 속한다 할 수 있다.

아마도 그가 이러한 포즈를 취할 수 있었던 것 역시 술 때문인지도 모른다. 본디 허무와 술은 친화관계에 있기 때문이다. 그러나 그가 계속해서 술에 빠져 살아가고, 고로 이 시의 귀결이 퇴폐의 수위를 넘나든다고 추단하기엔 아직 이르다. 그는 여전히 정처가 없다. 이 곳 또한 '가다니' 마침 술이 익어 들른 곳일 뿐이며, 잠시 동안 붙잡힌 공간에 지나지 않는다. 시간이 지나 다시 술이 깨면 허무는 이내 다가들 것이고, 따라서 정처를 옮겨 설령 또 술에 취하게 되더라도, 중요한 것은 허무의 자각이지 퇴폐의 연출에 관심이 놓이는 것은 아니다. 그러므로 이 시가 술로 끝나더라도 그것만으로 이 시가 완결된 것으로 볼 수는 없다.

이 시는 술로의 정착을 의미하지 않는다. 전연에 걸쳐 지배적인 것은 다만 '길 떠남'의 이미지일 뿐이다. 그러고 보면 <청산별곡>은 참으로 박목월의 <나그네>를 닮았다. 청산과 '강나루 밀밭', 운명의 승인과 '길은 외길 남도 삼백리'의 이미지는 말할 것도 없고, 무엇보다도 두 시에 공히 나타나는 '술'로의 종결 처리란 점에서 그러하다. <나그네>의 술이 황홀한 고독과 비애를 가리키듯, 그 황홀함이 지나고 나면 또다시 길을 떠나야만 하는 것이 바로 나그네의 운명 같은 것이다. <나그네>가 퇴폐가 아니라면 <청산별곡> 또한 그렇다. 술에 주저앉듯 결국 기나긴 여로를 통해 현실로 되돌아온 것처럼 보이지만 그의 여로에도 역시 종착역은 없다. 현실은 여전히 부정적일 수밖에 없고, 그것을 번연히 알면서도 '청산'과 '바다'의 세계로부터 회귀하는 것, 그것은 슬픈 여로이다. 그 여로를 통해 그가 확인하는 것은 허무일 뿐이다. 따라서 허무의 누적과 강화로 인해 성장을 이미 멈추었기에, 운명의 탐색이나 발전이 아닌 운명의 승인에 귀착하고 만 여로이기에, 닫힌 회로 속에서 끊임없이 맴돌고 마는 그의 방황이 암시하는 것은 인생의 숙명적 비애와 허무 말고 달리 없으며 이것이야말로 이 시의 참주제를 구성하는 것이다.

3. 고전문학 비평의 교육적 의미망

이제까지 본고는 <청산별곡>을 작품 자체의 논리에서 재해석해 왔다. 그 과정에서 어떤 부분은 기존의 몇몇 학설을 강화하기도 했고, 때로는 수정하기도 하였다. 만일 거기서 얻어진 새로운 성과가 인정될 수 있다면, 그것은 비평의 논리 덕택이라고 말할 수 있다. 비평은 결코 자의적인 읽기가 아니다. 그것은 엄밀해야 하며 때로는 좁은 의미의 과학성을 넘어서기도 한다. 보편적 공감을 획득하게 될 때, 비평은 비로소 미덕을 드러내게 되고, 때로는 그로 인한 학문적 연구가 과학성을 담보해 주기도 한다.

　　그러나 본고에서 이루어진 이러저러한 해석이야말로 정설로 확립되어야 한다는 주장은 서론에서 밝힌 바와 같이 애당초 본고의 의도와는 거리가 멀다. 물론 교육적 문제에 관해서뿐만 아니라 본고가 고전문학 연구 자체로서의 의의도 기대했음이 사실이다. 기존의 <청산별곡> 연구사 중에는 작품의 의미를 설명함에 있어, 작품의 내재적 의미에 충실하기보다는 작품외적 근거에서 비롯된 예단으로부터, 심지어 어석의 문제를 간과하거나 혹은 지나치리만큼 비약한 경우가 적지 않았던가 하면, 이에 반해 어학만이 과학성의 자리를 차지하고 문학적 감수성은 불확실한 실체로 취급됨으로써 작품의 감상을 억압하는 경향도 없지 않았다고 판단하였기 때문이다. 어쩌면 본고는 어학과 문학, 고전문학과 현대문학의 주고받기를 암암리에 원했는지도 모른다. 하지만 그보다 더 본질적인 이유는, 학계의 담론에서 교육적 담론이 벗어나지 못하고 있는 현실에 비추어 볼 때, 문학을 교육적 효용이라는 관점에서 다룸으로써 얻는 이득이 다시 학계에 기여하게 되는 선순환 구조야말로22) 가장 소망스러운 바람이자 현실적 요청에 부응하는 길이라 여긴 데에서 찾아야 할 것이다.

　　그러기에 본고의 기술 과정에서 필자는 문학학과 문학교육학 사이의 긴장을 지속적으로 의식해야 했다. 하지만 그 다양한 스펙트럼을 포괄하여 기술한다는 것이 쉽지만은 않았다. 한 쪽으로는 부단히 해체를 시도하면서, 다른 한 편으로 새로운 읽기를 수립한다는 것은 때로는 모순 된 과제이기도 했으며, 적어도 체계적인 기술(記述) 상의 문제에 있어서는 상당한 손실을 감수해야만 했다. 거기에는 해체주의자의 고민 비슷한 것이 놓여 있었는지도 모른다. 따라서 본고는 상기(上記)한 요청에 부응하기 위한 하나의 시도로서 만족해야 했거니와, 기존의 지식체계를 전수하고 그로 인해 때로는 학생들의 창의성이 억압되기도 하는 현존 구도를 극복하기 위해서는, 더욱 정치한 논의들이 이어져야 하리라고 판단되었다.

　　그렇다면 본고에서 이루어진 해석이 문학교육 자체 내에서나마 의미를

---

22) 이는 본래 문학교육의 내용적 적합성과 방법상의 역동적 다양성 간의 일원론적 관점을 요청한다는 의미에서 朴寅基 교수가 사용한 용어다. 朴寅基, 「적합성과 다양성의 선순환 구조를 위하여」, 『현대비평과 이론』 3호, 1992 봄.

지니는 부분이 있다면 과연 어디에 있을까. 거듭 말하거니와, 기존 연구의 수많은 전제들을 선택적으로 수용할 수밖에 없었다는 점에서부터, 본고의 해석 역시 현재로서는 가능성의 하나에 지나지 않을 것이다. 하지만 중요한 것은 그 해석 작업이 적어도 필자 개인에게는 소중한 텍스트 체험으로 남게 될 것이라는 점이다. 요컨대 필자나 문학학자 혹은 교사 또한 학습자의 한 사람임은 분명할 터, 그렇다면 그 같은 체험을 학생들도 공유할 길은 없겠는가 하는 것이 본고의 한 문제의식이었던 것이다.

그런 의미에서, 본고의 문학교육적 의의는 본론에서 이루어진 결과적 산물보다, 거기에 도달하기까지의 발상법과 과정에서 찾는 것이 온당한 일일지도 모른다. 순차적으로 기술된 결과물이란 사실 그 결과에 도달하기까지 수많은 피드백을 통해 형성된 것이 아니겠는가. 학생들도 그런 탐구의 길을 주체적으로 걸을 때만이, 문학 작품을 자신의 진정한 소유로 삼을 수 있을 것이다. 물론 그 탐구의 길 속에는 기존의 지식체계는 물론이려니와, 비판적 사고와 창의성이 부단히 요구될 것이다.

본고에서 다루지 않은 전제들, 혹은 동일한 전제를 다른 방식으로 다룸으로써, 그 길이 또 얼마나 다양하게 될 수 있을 것인가에 대해서는 더 이상 언급할 필요조차 없을 것이다.[23] 그런 점에서 본다면, <청산별곡>은 연구사 전체가 교육적인 시사점을 던져주고 있다. 초창기의 연구자들은 교실의 학생들에 비견될 수 있다. 그들은 수많은 난해구를 돌파하기 위해, 얼마나 많은 과학적 접근과 상상력을 발휘해야 했던가. 그로부터 연구가 전개되고 축적되고 반성되어 온 결과, 오늘날엔 정리하기에도 벅찰 정도

---

23) 가령 본고는 김흥규 교수의 지적대로, 고전문학을 '타자(他者)'의 상태로 남겨 둔다거나, 혹은 그 반대로 '초시간적 객체'로 다루고 싶지 않은 소이에서, 이른바 현재화의 관점에 치중하여 작품의 해석과 감상을 이끌고자 하였지만, '역사적 원근법'이란 말의 의미에 전적으로 충실하지는 못하였다. 그것은 단순한 역사적 배경 설명으로서가 아니라 <청산별곡> 당대의 코드를 이해시키기 위한 설명들이 거의 생략되었다는 점에서 그러하다. 더욱이 본고는 형식적 문제라거나 구조적 문제는 거의 다루질 못했다. 이러한 점들은 모두 반드시 보완되어야 하며 또 보완될 수 있는 성격의 것이락 믿어 본다. 그때, 비로소 "고전 문학 속에 체현된 인간 경험과 그 표현의 동질(근접)성, 시대적 차이 그리고 과거로부터 현재에 이르는 변화 속에서의 역사적 연계성의 이해"가 가능하게 될 것이다. 김흥규, 앞의 글, p. 46.

의 다양한 해석 전략이 연구자 저마다에게 마련되어 있지 않은가. 그 중에는 진리에의 접근이 이루어진 것도 있을 것이고, 연구자 개인의 주관적 감상으로 남아 있는 것도 있을 것이다.

그러니 정설을 정하거나 어느 특정한 견해만을 정답으로 처리하지 말자. 혼란과 갈등을 학습자들에게 던져 주자. 그것이 교육, 특히 문학교육의 이름에 값하지 않을까. 이에 필자는 본고가 비평을 행하는 과정에서 제기된 문제들이 학습자에게 혼란과 탐구심을 불러일으킬 발문으로 개발될 수 있기를 기대해 본다.

앞서 언급한 바와 같이, 이른바 공인된 지식이란, 공인이란 말이 스스로 의미하듯, 어느 일정한 지적 패러다임을 전제로 하는 제한적 가치가 내포된 것이지, 진리 그 자체가 아니며, 그 담론 속에는 어쩔 수 없이 이데올로기와 권력의 작용이 들어 있게 된다고 할 수 있다. 물론 우리는 진리라고 간주된 지식을 가르친다. 하지만 이 말과, 그 지식을 진리로 가르친다는 말은 사뭇 다른 것이다. 따라서 교육 내용이 공인된 지식을 절대시하는 것이 되어서도 안 될 터이고, 반면 진리란 결국 알 수 없는 것이기에 가르칠 수 없는 것이라는 주장이 동시에 성립한다면, 이 딜레마야말로 소위 해체주의 이후 교육계가 처한 고민이라 할진대, 현재로서는 지식을 통해 진리의 가능성을 열어놓는 교수법 외에 달리 대안이 구해지지 않는 형편인 것이다.[24)]

물론 당면 현실에서의 그 즉각적인 실천 가능성을 따지는 것은 별개의 문제로 고려되어야 한다. 현재적 가능성만이 질문될 때, 우리는 현실추수적 경향 내지는 죽은 교육의 합리화와 연장이 벌어짐을 종종 목도하곤 하기 때문이다.

---

24) 도정일, 「고슴도치와 여우, 그리고 두더지 ─ 비평적 교육의 필요성에 대하여」, 『현대비평과 이론』 6호, 1993 가을·겨울, p. 68 및 졸고, 「文學敎育의 談論 分析 試考」, 『국어국문학』 111호, 1994. 5. 참조바람.

제2장 '상춘곡'의 담화 분석과 문학교육

1. 장르성과 작품성

(1) 문제의 제기

장르란 현실 인식의 태도에 따라 취해지는 선택의 유형이다. 그럼에도 불구하고 가사의 현실 인식에 관한 한, 연구 역시 본격적 궤도에 이른 것은 발견되지 않는 형편이다. 있다 하더라도, 다만 후기가사에 집중되는 경향을 보여 주고 있을 뿐이다. 이 같은 사실은 가사의 속성상, 현실 인식이 매우 문제적인 것이면서도, 가사라는 장르가 그 외연이 대단히 넓어 내포로서의 개념을 확정하기 어렵기 때문에 현실 인식의 문제를 전후기 가사 전반에 걸쳐 본격적으로 다루기란 꽤 까다로운 일임을 드러내는 것이라 하겠다. 그러나 그러한 점을 감안하더라도 기존 연구사의 이러한 사정은 현실 인식을 내용 또는 주제 층위와 혼동하고 현실의 개념을 지극히 사회적 현실의 개념으로만 이해한 소산임은 부인하기 어렵다.[1] 현실 인식을

---

[1] 가령, 유탁일은 「조선 후기 가사의 현실 인식」(『한국문학연구입문』,지식산업사, 1982, p. 431)에서 ① 모순에 찬 현실을 고발하는 저항 ② 기존 질서의 회복을 위한 복고적 의지 ③ 새로운 사회윤리 정립을 위한 철저한 자기반성 ④ 자가자족만의 낙원을 추구하는 소시민적 안정 추구 ⑤ 현실에 좌절당한 군상들의 육정적 자기환락에 몰입되는 경향 ⑥ 외국의 경물과 문물제도에 접함에 따라 자국이 직면한 현실에 대한 인식 등을 들고 있는바, 이러한 것은 내용 층위에서 벗어나지 못하여 인식

문제 삼는 것과 작품에 반영된 현실 내용을 유형화하는 것은 별개의 것이다.

현실이란 의식 바깥에 존재하는 객관적 실재이며, 인식은 주체와 객체의 상호작용의 결과로 발생한다. 따라서 어떠한 형태로든 전기가사에 있어서도 현실 인식은 존재하는 것이며, 설령 좁은 의미에서의 현실을 문제 삼는다 하더라도 만일 그 같은 현실 인식이 전기가사에 반영되어 있지 않다면, 그 또한 하나의 현실 인식을 보여주는 것이다. 다시 말해 사회적 현실을 외면하는 것도 사회적 현실에 대한 하나의 인식임을 의미하게 되는 셈이다. 따라서 가사문학에 나타난 '현실'과 그 현실에 대한 작가의 '인식 태도', 다시 말해 무엇이 반영되었는가 하는 문제보다도 그것이 어떻게 반영되었는가 하는 태도의 문제가 보다 중요하다. 이 태도의 문제는 세계관에서 벗어날 수 없으며 계층적 혹은 집단적 의식과 무관할 수 없다.

기존의 시각에서라면 가사의 현실 인식에 대한 연구가 후기가사에만 집중됨은 자연스럽기까지 하다. 하지만 그 결과 가사를 가르치는 교육현장에서도 가사의 내용을 유형화하여 현실 인식과 직결시키고 그에 따라 현실 인식은 후기가사에서만 문제 삼게 되며 전후기 가사는 무매개적으로 연결되고 말뿐이다. 이러한 현실 속에서 학생들로 하여금 가사라는 장르에 대한 문학적 고민을 요구한다는 것은 난센스에 가깝다. 고민 없이 지식을 습득하는 것이 교육에 값할 수는 없다. 더구나 그 지식이 자명하지조차 않을 때 그 지식의 전수는 무의미함을 넘어 유해하다. 가령, 가사란 산문정신의 발현으로서 후기가사에 이르러 그 본질을 드러내는 반면 문학성은 전기가사의 송강에게서 그 최고의 것이 성취되었다는 진술이 과연 우리가 마음놓고 가르칠 수 있는 진리치를 내포하고 있는 것일까. 본질의 성취와 문학성의 성취는 서로 배반되는 관계인가.

이러한 문제가 우리로 하여금 가사에 관한 기존의 연구 업적을 되돌아보게 만드는 요인이 된다. 하지만 학계가 올바른 연구 결과를 내놓을 때까지 교육은 그저 기다리고 있어야만 하는가. 교육이 꼭 결과적 지식을

의 태도나 방식을 설명하지 못한다.

가르쳐야 하는 것은 아니다. 해답이 마련되어 있지 않은 영역을 탐구해 들어가는 과정이야말로 교육적이라고 할 수도 있는 것이다. 그 과정에서 얻은 창의성과 고민이 문제의식을 키워감으로써 언젠가는 이들에 의해 해답이 주어질지도 모르기 때문이다. 그런 의미에서라면 역설적으로 가사의 성격이 복잡하고 그에 따라 정설이 주어지지 않았다는 이 사태는 교육적으로는 매우 유의미한 일면을 갖는다.

여기서 또 한 가지 고려해야 할 일은 교육에 있어 장르론이 취해야 할 귀결점이다. 장르론이라는 유형학이 안고 있는 문제점은 구체를 완전하게 포괄할 수 있는 추상의 설정이 매우 어렵다는 점에 있으며, 또한 그 관심이 곧잘 체계를 위한 체계론에 빠져들기 쉽다는 점에 있을 것이다. 특히 가사와 같은 경우, 전후기 가사를 동시에 포괄하는 어떤 법칙성을 찾아낸다는 것은, 그 어려움은 차치하고서라도, 그 결과가 갖는 의미의 실효성 자체가 의심스러운 일면을 내포한다 하겠다. 만일 그 결과로서의 추상성이 많은 다양성을 상실하는 방향으로 작용하게 된다면 말이다.

무릇 장르론은 작품의 체계적 이해를 도움이 그 목적이다. 학생들에게 가사의 장르적 성격을 이해시키는 것 역시 거기서 벗어나지 않는다. 흔히 교육현장에서는 문학상의 장르와 국문학상의 장르라는 구분이 편의적으로 주어지고 학생들은 단지 그 각각을 암기함으로써 학습이 완료되었다고 생각하는 경향이 일반적이다. 그 사이에 존재할 수 있는 보편과 개성, 일반성과 특수성에 대한 탐구는 곧잘 생략되고 마는 것이다. 한국문학과 세계문학, 현대문학과 고전문학의 낱낱을 가르치는 것에서 그치는 한, 교육의 본질은 발현되기 어렵다. 비유컨대, 문학교육의 본질적인 영역은 오히려 그 '사이'를 가르치는 데에 있을지도 모르는 것이다.

그 경우 가사는 매우 적합한 영역이라 할 수 있다. 이로부터 가사를 가르침에 있어 장르론이 가져야 할 미덕은 두 가지의 방향에서 동시에 발현되어야 함을 알 수 있다. 첫째는 '장르성'의 의미를 이해하는 측면이다. 이는 문학성 내지 문학의 본질에 대한 탐구에 해당된다. 둘째는 그러한 장르적 이해로부터 개별 작품의 '작품성'에 대한 이해를 돕는 측면이다. 여기에는 역사적 원근법도 작용되어야 할 것이다.

이에 필자는 <상춘곡>을 의 담화 분석을 통해, 작가의 현실 인식과 세계관이 구체적으로 어떻게 표출되고 있는지에 관해 알아보고자 하며, 그를 통해 가사의 장르성과 문학교육에 관한 시사를 얻고자 한다.

(2) 연구사 검토

가사의 장르적 성격에 대한 고찰은 "朝鮮의 歌辭文學은 詩歌.文筆의 兩性格을 同時에 具有한 特殊한 形態文學"으로 "韻文的 形式을 쓰면서 文筆的 內容을 表現 描寫하는 文學"2)이라고 규정하여 독립된 장르로 설정한 조윤제 교수 이후 크게 네 가지 견해로 나누어 볼 수 있는 업적이 축적되고 있다.

그 첫째가 시가(詩歌) 곧 서정양식(抒情樣式)으로 파악하려는 견해다. 정병욱 교수는 "가사는 시조의 경우와 마찬가지로 가창으로 불려졌다는 사실을 중요시하여, 그것은 어디까지나 시가문학에 속한다."3)고 본다. 한편 조선전기 가사에 한정된 연구이지만 김광조는 "조선전기 가사는 서정성을 구현하기 위해 작자와 작중인물의 이중적 시점의 교체와 작중인물들의 대화만으로 진술되는 것 같은 서사성이나 극성을 가미하고 있지만, 이 경우의 서사성이나 극성은 서사장르나 극적 장르에 내재하는 본질적 차원에서의 그것들이 아니"4)라고 보았다.

둘째는 가사를 교술(敎述)로 파악하는 견해다.5) 조동일 교수는 율문(律文)이 곧 시가(詩歌)라는 등식은 성립되어도 시가(詩歌)가 곧 서정(抒情)이라는 등식은 성립될 수 없다는 전제 하에 <상춘곡>을 분석하고 결과적으로 가사란 첫째, 있었던 일을, 둘째, 擴張的 문체로, 一回的으로, 平面的으로 敍述해 셋째, 알려주어서 主張"하는 성격을 지닌 교술이라고 파악

---

2) 趙潤濟, 「歌辭文學論」, 『韓國詩歌의 研究』, 을유문화사, 1984, p. 127.
3) 정병욱, 『한국고전시가론』, 신구문화사, 1984, p. 242.
4) 金光朝, 「조선전기 가사의 장르적 성격 연구」, 서울대 석사학위논문, 1987, pp. 91-92.
5) 趙東一, 「歌辭의 장르 規定」, 『語文學』 21, 한국어문학회, 1969.

하였다.

셋째는 가사를 장르 간에 복합적 성격으로 파악하려는 견해다. 張德順 교수는 "主觀的인 感情을 노래한 것은 詩歌로서의 歌辭요, 客觀的 敍事的인 事物을 敍述한 것은 隨筆로서의 歌辭"라고 하여 가사의 장르적 성격을 서정적 양식과 서사적 양식의 복합성으로 파악하였고,[6] 주종연 교수는 가사를 서정적인 것과 서사적인 것, 그리고 교시적인 것의 복합으로 이해하였다.[7] 송강의 가사 네 편을 각각 주제적, 서사적, 서정적, 극적 양식으로 구분한 김병국 교수의 견해도 이에 속한다.[8]

다음으로 작자가 독자에게 직접 공개적인 목소리로 말하는 주제적 양식으로 파악하려는 김학성 교수의 견해를 들 수 있다.[9] 그는 문학작품의 존재양태를, 창작자만이 일방적으로 실현하는 실재적 텍스트로서 존재하는 경우와, 창작자와 수용자의 만남에 의해 실현화되는 경우, 즉 텍스트의 반응에 관여하는 제반행위로서 존재하는 경우로 나누면서 이중 후자의 입장을 취하였다. 그 결과 <사미인곡>은 정철이라는 구체적 작자가 선조라는 구체적 독자에게 직접적으로 하소연하고 있어서 본질적으로는 주제적 양식에 장르적 기반을 두되 그 효과를 보다 절실하게 하기 위해 의사(擬似) 서정적 진술 양식을 취하고 있으며, 마찬가지 근거에서 <속미인곡>과 <관동별곡>은 각기 의사 극적 및 의사 서사적 진술을 보이는 주제적 양식으로 파악할 수 있다는 것이다.

이상의 논의들은 물론 각각의 장단점을 지니고 있다. 이때 서로에게 상대방이 들고 있는 작품과 다른 예를 들어 공박하거나 혹은 그 작품 내에서 상대방의 이론적 기반과 상치하는 예를 찾아 반증하려 함은 그다지 실효가 없는 결과를 낳기가 십상이다. 그것은 주지하는 바대로 가사가 갖는 개방성과, 또한 한 장르가 그래도 지녀야 하고 또 지니고 있을 규범성 사

---

6) 張德順, 『國文學通論』, 신구문화사, 1960, p. 182.
7) 朱鍾演, 「歌辭의 장르考」, <국어국문학> 62-63호, 국어국문학회, 1973, p. 279.
8) 金炳國, 「장르론的 관심과 가사의 文學性」, 『古典詩歌論』, 새문社, 1984.
9) 金學成, 「가사의 실현화 과정과 근대적 지향」, 『近代文學의 形成過程』, 문학과지성사, 1983.

이의 길항작용에서 빚어지는 사태라고 할 만한 것이다. 논의의 쟁점은 가사를 어느 특정한 하나의 단일한 장르에 귀속시킬 것인가 아닌가에 있다. 다시 말해 3분법이든 4분법이든 인간의 표현 형식은 이중 하나일 수밖에 없다는 연역 체계와 가사의 특수성을 강조하는 귀납 체계 사이의 논쟁인 것이다. 현재로서 그 둘 중 어느 하나도 필요충분하지는 않다. 거칠게 보아 전자의 시각에는 관념론의, 그리고 후자의 경우에는 경험론의 득과 실이 공존해 있기 때문이다.

그러나 이 둘 모두 가사가 여러 가지 장르의 성격이 복합되어 있다는 시각에는 일치하고 있는 것으로 보인다. 다만 그것이 다른 장르에서도 존재할 수 있는 일반적 현상이므로 어느 하나에 귀속될 수밖에 없다고 보느냐 혹은 그러한 체계화의 이득보다 그 대가로 지불해야 할 많은 부분의 상실이 더 크지 않느냐의 대립이 존재할 뿐인 것이다. 하지만 하나의 전략적 사고가 허용될 수 있다면 우리는 그 문제를 피하고서도 많은 논의가 가능함에 유의할 필요가 있다.

그렇다면 이러한 가설이 유효할 것이다. 가사의 장르적 성격은 복합적이다, 그리고 일반적으로 조선 전기에서 후기로 가면서 그 복합적 성격 중 서정으로부터 서사 혹은 교술로 그 지배적 성격이 변이된 것으로 보인다, 이 사이에는 이유가 있으며 그것을 가능케 한 가사 자체의 어떤 부분이야말로 가사의 특성이 될 것이다.

이 경우에도 역시 조선 전후기 가사를 통틀어 규정할 수 있는 장르적 성격이 무엇이냐는 질문에는 무력하게 될 것이다. 그러나 이러한 사정을 가사만 답답해 할 필요는 없다. 오늘날에도 현대시, 자유시라는 이름아래, 보다 다양하고 보다 복합적인 양식의 시가 엄연히 존재하고 있다. 그리고 우리는, 후세의 문학사가들이 골치 아플지는 몰라도 이 현상을 매우 자연스럽게 받아들이고 있다. 이것은 문학적 관습 자체만의 문제가 아니라 사회와 문화의 변화가 문학에 구체적이고도 직접적으로 작용하고 있기 때문인 것이다.

2. 〈상춘곡〉의 담화 분석

학생들에게 가사의 장르적 성격을 이해하도록 하는 데에 있어 부딪히는 어려움은 고전교육이 흔히 안고 있는 문제, 즉 역사적 시간의 거리가 멀다는 점에 우선적으로 기인한다. 그러나 시간적 거리란 텍스트와 수용자가 갖는 수많은 간극의 하나일 뿐이다. 그 간극의 극복은 수용자의 능동적 접근, 말하자면 코드의 변화에 의해 이루어지는 의사소통의 확립으로부터 이루어질 수 있다. 따라서 가사가 창작되고 향유되던 그 코드에 대한 이해가 무엇보다 우선해야 하는 것이다.

가사는 사대부 문학으로 발흥되었다. 이른바 사대부 문학은 공적인 것과 사적인 것으로 나누어져 있다. 공적인 문학은 왕조의 사업에서 긴요한 구실을 한다면 사적인 문학은 작가가 자기 생활을 표현하며 스스로 즐기는 데 소용된다. 이런 기준에서 살핀다면 악장은 공적이기만 한 문학이며 경기체가는 두 가지 측면이 다 있으며 시조와 가사는 사적이기만 한 문학이다.[10]

그런데 주지하다시피 사대부(士大夫)란 사(士)와 대부(大夫)를 합친 말로서, 물러나면 사(士)이고 나아가면 대부(大夫)인 것인바, 사대부라면 누구나 사(士)로서 능력을 기르고 대부(大夫)가 되어 경륜을 펴고자 하였으니 그것이 곧 치인(治人)과 수기(修己)의 양면이다. 사대부의 사적인 문학으로서의 시조와 가사는 이 점에서 영역을 달리 했다. 즉 공적인 문학인 악장과 경기체가와 함께 시조는 〈훈민가〉와 같은 치인의 영역을 담당한 반면, 전기가사는 시조를 방책으로 삼아 수기의 측면에 서게 되었던 것이다.[11] 이제 가사는 산수 사이에서 노니는 흥취를 서술하거나 마음에 맺힌 사연을 술회하면서 바른 도리를 찾는 데 이용되었다. 이러한 자연 완상과 심정 술회의 가사는 시조가 성리학적 규범에 매여 있는 동안 대상과 흥취를 중

---

10) 趙東一, 『한국문학통사』 2, 지식산업사, 1983, p. 283.
11) 조동일, 「19세기 가사에서 전개된 종교사상 논쟁」, 『古典詩歌의 理念과 表象』(林下 崔珍源 博士 停年紀念論叢), p. 614.

요시하는 성격을 취해 갔던 것이다. 그러나 가사가 자연의 경치와 아름다움에 충실했다는 것이 대상의 묘사에만 그쳤음을 의미하는 것은 아니고 서정적 흥취에 어우러진 것임에 유의할 필요가 있다.

서정이란 말은 대단히 그 폭이 넓은 말이다. 어떤 의미에서는 시조야말로 서정적이며 다른 의미에서는'가사가 서정적이다. 따라서 사대부의 현실 인식이라는 범주를 염두에 두고 서정이라는 말을 제한적으로 사용함이 필요하다. 진정한 모든 현실 인식은 명분과 실재, 당위로서의 현실과 존재로서의 현실 간에 놓이는 갈등을 바라보게 해준다. 이때 사대부의 입장에서라면 전자의 선택이 필수적이며 따라서 전자의 입장에서 후자의 교정을 노리거나 때로는 후자를 전자로 치환시키기도 한다. 안빈낙도가 그러한 경우이다. 중요한 것은 언제나 명분이며 이념이다. 이 점에 관한 한 조선 전기의 시조와 가사는 차이가 없는 것으로 보인다. 하지만 그것을 드러내는 방식에서 이들은 현저히 달라진다.

시조는 이념과 주관의 거리가 가까운 것을 전제로 명분과 실재의 거리에 따라 영탄 또는 포고적(布告的) 표현을 선택하는 서정문학이라고 본다. 따라서 가장 이념적인 것이 가장 주정적인 것이어서 이 관계는 무매개적 직접적이다. 그러므로 이념과 주관이 분화되지 않았으므로 이념이 승해 보이는 시조도 결국은 주관을 노래한 서정이 되지 않을 수가 없는 것이다. 이념이 주정적이라는 것, 그것이 감동을 유발한다는 것, 오늘날의 관점에서 볼 때 이 점은 낯설기만 할 것이다. 학생들에게 교훈적인 시조를 서정 장르로 포괄시켜 설명할 때, 이 점은 강조되지 않으면 안 된다.

사실 대상을 예술적으로 인식한다는 것, 소위 예술 작품에서 '본다'는 것의 의미는 '자아의 사물 내 몰입'으로 설명된다. 그러나 시조에서는 사물 속에다 보는 이를 끌어넣어 이 두 개가 혼합되는 것으로서의 인식이 아니고 객관화된 유교 이념을 사물에다 부여하여 사물을 유교적 이념물로 만들어버린 셈이 되는 것이다. 조선 전기 사대부의 입장에서 그것은 서정에 해당된다.

반면에 가사는 이념과 주관의 거리 자체가 문제될 수 있는 장르이다. <상춘곡>은 이렇게 시작한다.

紅塵에 뭇친 분네	이 내 生涯 엇더ᄒᆞ고
넷 사ᄅᆞᆷ 風流ᄅᆞᆯ	미출가 믓 미출가
天地間 男子몸이	날만ᄒᆞᆫ 이 하건마ᄂᆞᆫ
山林에 뭇쳐 이셔	至樂을 ᄆᆞ롤 것가
數間茅屋을	碧溪水 압픠 두고
松竹 鬱鬱裏예	風月主人 되여셔라

　서정시란 연속적이고 역사적인, 또는 서사적인 시간에 관심이 적은 것이 그 본질이다. 그러기에 아리스토텔레스의 모방론의 시학에서 서정시는 제외될 수밖에 없었다. 그의 모방의 대상은 성격과 행위인데 서정시는 이 순간의 파악을 본질로 하기 때문에 줄거리가 없고, 있을 필요도 없는 것이다. 즉 서정시는 외부 사건의 연속보다도 체험 의식, 내적 경험의 순간적 통일성에 의존하는 것이며, 여기에 서정 장르와 서사 장르의 본질적 차이가 놓이는 것이다.

> 　따라서 장르의 근저에는 인간 묘사의 一定의 型, 성격 묘사의 일정한 방법이 가로놓여 있다. 만일 인간이 발전에 있어 줄거리의 도움을 받아 완결된 성격으로서 묘출하는 경우엔 우리들 앞에 서사문학이 놓인다. 만일 그 인간이 자기 개개의 상태에 있어, 체험에 있어, 줄거리 없이 묘출하려 할 땐, 우리들 앞에는 서정시가 놓인다.12)

　이상을 전제로 할 때, <상춘곡>의 장르적 성격이 그리 단순치 않음을 우리는 간파할 수 있다. 최소한 서사는 아니다. 그렇다고 서정에 꼭 들어맞는 것도 아닌 것이다. 다시 <상춘곡>으로 돌아가 보자. 시적 화자는 단지 '數間茅屋을 碧溪水 압픠 두고' 느끼는 감정의 고조를 표현하고 있는 것인가? 그렇다면 서두에 굳이 타인들을 불러들일 필요가 있는 것일까? 여기서 우리는 화자의 궁극적 관심을 묻지 않을 수 없다.

　<상춘곡>은 실재 작자와 거리가 가까운 시적 화자(風月主人)에 의해 작품이 전개되면서, 이 현상적 화자가 자신과 대립적 위치에 있는 세상 사

---

12) 치모프예브, 『문학이론』(日譯, 靑木書店), p. 206. 여기서는 金允植, 『한국근대문학 양식논고』, 아세아문화사, 1980, p. 59에서 재인용함.

람들(紅塵에 뭇친 분네), 그리고 자신과 동류에 속하길 기대하는 사람들(니웃들)을 현상적 청자로 삼아 말을 건네는 담화 형식을 보여주고 있다. 이러한 형식은 단순하게 보아 전언(傳言)의 내용과 청자의 행동 변화에 대한 기대가 강조되는, 즉 교술적 요소가 내재해 있음을 암시한다 하겠다.13)

엄밀하게 보아 화자가 '紅塵에 뭇친 분네'를 의식 속에 상정하고 있는 것은 자아와 세계의 갈등을 표출하고 있는 것이라 할 수 있다. 그들에게 자신의 '生涯'가 어떻게 비쳐지고 있는 것인지가 관심거리인 것이다. 이 속에는 속세에서의 입신양명(立身揚名)이 일반적으로 높게 가치 평가되는 현실 사회의 인식이 반영되어 있다. 화자는 바로 그 세계에 대항하고 있는 것이다.

하지만 그는 지금 그 갈등의 심정을 표현하고 있는 것이 아니다. '風月主人'이 되었다는 선언에서 보듯, 그는 이미 자신의 승리를 확신하고 있는 듯하기 때문이다. 그리고 이제 그것을 보여 주고자 하는 것이다. 그의 승리의 근거는 '녯 사름'의 '風流'가 된다. 이제 승부의 관건은 그가 '녯 사름'의 '風流'에 미치는가 못 미치는가 하는 점에 달려 있게 되는 것이다. 이때 비록 그것이 사실상으로는 심리적 대치물에 불과할지라도, 그것이 이념적 가치만 지니게 된다면 하나의 훌륭한 이데올로기로 자리 잡을 수 있기 때문이다. 말하자면 '대부(大夫)'만 이념이 아니라 '사(士)'도 이념인 것이고, 공맹(孔孟)만 '녯 사름'인 것이 아니라 소식(蘇式) 같은 이도 '녯 사름'인 것이며, 입신양명(立身揚名)만 '生涯'가 아니라 안빈낙도(安貧樂道)도 '生涯'인 것이다. 적어도 이들은 이념상 등가(等價)인 셈이다.

그런데 만일 대부가 홍진에 묻힌 나머지 공맹(孔孟)에 값하지 못한다면, 반면에 '내'가 '녯 사름'들에 미칠 수 있다면, 승리는 확실한 것이 되며, 이로써 자아와 세계의 갈등은 저절로 해소되는 것이다. 그리고 그 해소의

---

13) 야콥슨에 따르면, 화자지향에서, 즉 표현기능에서 나타나는 어조는 감탄, 정조 등의 양상을 띠며, 청자지향, 즉 능동기능에서는 명령, 요청, 권고, 애원, 질문 등의 양상을 띠며, 메시지(전언)지향, 즉 텍스트 지향의 그것은 정보전달에 적합한 사건 등의 사실적 명시적 경향을 띤다고 한다. 『상춘곡』에서 이중 어느 것이 지배적 성향을 띠느냐 하는 것이 장르론의 관건이 될 것이다.

방향은 자아의 세계화 쪽이라 함이 더 타당하게 보인다. 따라서 이 속에는 홍진으로 표현되는, 왜곡된 현실세계의 가치관에 대한 비판의식과 자신의 이념적 우월성이 내재해 있다고 볼 수 있는 것이다.

　그렇다면 시조, 예컨대 강호가도의 시조와는 또 어떻게 구별될 것인가 하는 것이 문제로 남는다. 정확하게 말해 그것은 '무엇'이라는 점에서만 일치할 뿐이다. '어떻게'라는 점에서는 현저하게 달라지는 것이다. 앞서 필자는 시조의 경우, 가장 이념적인 것이 가장 주정적이라는 전제 하에 쓰는 것이라 하였거니와, 가사의 경우는 이념과 주관의 거리 자체가 문제시되는 장르라고 한 바가 있다. <상춘곡>에서 보듯, 이념과 주관이 아무리 거리가 가깝다 하더라도 그 이념의 우월성은 증명되어야 할 그 무엇이다. 다시 말해 <상춘곡>은 '紅塵'의 세계에 대한 비판적 인식, 즉 그것이 이념화되어 주관을 왜곡할 가능성이 의식 속에 상정되고, 그것을 극복함으로써 현실에 대한 이념의 우월성을 확인하는 것이 글쓰기의 원리로 자리 잡게 된 것이다.

　따라서 결과보다는 과정이 중요한 것이 되며, 그 글쓰기의 과정을 따라감으로써 자신은 물론이려니와 이념과 주관의 거리가 벌어질 수 있는 사람들, 예컨대 '니웃들'로 하여금 다시 한 번 이념의 우월성을 확인하고서 당위적으로 이념에 주관을 종속시킬 수 있도록 하는 것, 그 글쓰기의 과정을 통하여 자아로 하여금 새로운 세계, 가치로운 세계로 향하도록 하는 것이 글쓰기의 효용이 되는 것이다. 다만 실제적으로 글을 쓰는 주체가 시조의 경우와 마찬가지로 이미 이념의 우월성이 확보된 상태라면 글쓰기는 노래하기의 성격을 띤다. 이점이 전기가사로 하여금 서정성과 교술성을 함께 지니도록 해 준다.

　<상춘곡>의 경우, 자연의 아름다움은 속세에 대한 이념의 우월성을 입증해 주는 좋은 재료이다. 그래서 춘경(春景)은 작자의 이념을 드러내 주는 시적 상관물로 작용한다. 그러나 이때 시조에서처럼 규범화된 정서가 직접적으로 표출되지는 않는다. 다시 말해 가사에 있어 자연은 더 이상 보조관념만으로 존재하지는 않는 것이다. 아마도 작자는 이러한 미적 경험을 통해 대상과 인식 주체 사이의 거리를 극복하고 거기에서 오는 즐거

움으로 생활의 갈등을 정서적으로 해소시킨 것으로 확신하였을 것이다. 하지만 춘경을 묘사한 다음, 거기서 소요하는 서정적 주인공, 즉 작자 자신을 등장시키는 다음 대목은 주의를 요한다.

物我一體어니 興이익 다룰소냐
柴扉예 거러 보고 亭子애 안자 보니
逍遙吟詠ᄒ야 山日이 寂寂ᄒ디
閑中眞味를 알 니 업시 호재로다
이바 니웃드라 山水 구경 가쟈스라
踏靑으란 오늘 ᄒ고 浴沂란 來日ᄒ새
아ᄎᆞᆷ에 採山ᄒ고 나조히 釣水ᄒ새
ᄀᆞᆺ 괴여 닉은 술을 葛巾으로 밧타 노코
곳나모 가지 것거 수노코 먹으리라

서경만으로도 자신의 시적 등가물을 충분히 삼을 수 있음을 보여 주어 왔는데 굳이 서정적 자아가 등장해야 함은 무엇을 의미할까. 그것은 곧 이 작품이 단지 경치가 좋다는 것으로 끝날 수 없었음을 의미한다. 주제는 아름다움에 있는 것이 아니라 인간(人間)의 삶보다 내 삶이 좋다는 것에 있는 것이다. 즉 이곳에서의 삶이 치인(治人)은 못할지언정 한중진미(閑中眞味)를 맛봄으로써 수기(修己)에는 좋으니 이 또한 좋은 생애(生涯)일 수밖에 없다는 것이다.

여기서 화자는 단지 '物我一體'라는 한 마디로 장면 전환을 마친다. 이러한 상투어는 적어도 두 가지 역할을 한다. 그 하나는 상투어 자체가 갖는 권위이다. 이것은 개성의 상실 운운하는 것과는 거리가 먼 미학이다. 다른 하나는 사실을 돌려 말하는 기법적 의미이다. 화자는 기실 자기가 먼저 흥에 겨웠기에 춘경을 묘사하고 '수풀에 우는 새'에 감정을 이입하였으면서도, 그 새가 먼저 '春氣'를 이기지 못하여 소리마다 '嬌態'를 부린다는 것, 그런데 예부터 성인들이 '物我一體'라 하였으니 그 교태를 모른 척 할 수 없다는 것이다. 즉 이념이 감정을 지배하는 양상으로 변모하게 된 셈이다. 그 사상이 작품의 이념과 일관되는 것임은 말할 나위 없다.

하지만 정작 화자의 의도는 그 다음에 있다. 즉, 이러한 이념의 '眞味'를 알 사람 없이 혼자라는 사실의 발견이다. 이는 독점 아니면 고독의 갈림길이다. 전자를 취할 경우 그것은 홍진의 물욕과 한 점 다를 리 없다. 그래서 그는 다른 이를 구한다. 그들은 '物我一體'도 모르고 '閑中眞味'도 모른다. '니웃'들과 함께 하는 삶, 이것은 고독에서 벗어나는 길이기도 하며, 자연은 아무리 많은 사람이 함께 탐하더라도 결코 줄어들지 않는 세계임의 과시이기도 하며, 많은 사람들이 가치를 공유하는 또 하나의 이념적 세계가 있음을 드러내는 것이기도 하다. 그러므로 화자가 청유의 어조를 쓰는 것은 하등 이상할 리가 없는 세계이며 이 점에서 이 노래가 단순한 서정의 세계에 국한되지 않음이 드러난다. 이 같은 해석이 타당할 경우, 이 '니웃'들을 부르는 행위는 그저 시조의 '아희야' 류의 단순한 '돌려 말하기' 이상의 의미를 지닌다고 볼 수도 있을 것이다. 그리고 그 경우 '니웃'들은 '紅塵에 뭇친 분네'와는 대립적인 가치 지향의 인물군을 가리킬 수도 있고 혹은 그들 모두를 함의함으로써 일반 인간 모두에 대해 계도적 의의를 지향하는 표현으로 볼 수도 있을 것이다.

그러나 이것은 '수노코 먹으리라'에서 보듯, 실현된 현실은 아니다. 그는 다만 혼자 취하고 혼자 '微吟緩步'할 뿐이었던 것으로 보인다. 결국 그는 다시 '시냇ㄱ'에 '호자' 앉아서 '淸流'를 굽어본다. 그것이야말로 황홀한 고독에 다를 바가 없다. 그것은 감정이 고조된 서정의 세계다. 급기야 그는 도도한 취흥에서 무릉도원을 연상하게 된다. 하지만 그는 이번에도 서정의 세계를 펼쳐놓다 말고 무릉도원을 곁에 둔 채 훌쩍 산으로 올라가 버린다. 혼자 갈 수만은 없었는지도 모른다. 그러나 보다 더 적극적인 이유는 갈 필요가 없었기 때문이라고 해야 옳을 것이다. 그는 이미 '구름 속에' 앉을 정도로 신선의 경지를 구가할 수 있었던 것이다. 드디어 그는 '녯 사롬'의 경지, 최소한 도연명(陶淵明) 같은 이의 경지에는 오르게 된 것이다. '峰頭'는 그 경지의 메타포일 뿐이다. 승부는 끝났다. 결국 가장 서정적인 순간에서조차 서사(序詞)에서 제기된 주제적 국면과 긴밀한 연관을 유지하고 있는 것이다.

산 정상에서 도리어 그는 '千村萬落'을 굽어보고 있다. 이 '千村萬落'이 속세인가 아닌가는 이 글 전체의 의미를 파악하는 데에 중요한 관건이 될 수도 있다. 그저 단순한 자연 풍경일 수도 있다. 그 경우 화자는 승리자의 미소를 띠우며 ‘錦繡’를 펼쳐놓은 듯한 이 ‘煙霞日輝’가 있는 한, ‘富貴功名’이 다 소용없다고 생각하는 것으로 해석될 것이다. 정신적으로 풍요한 여유를 가지게 되었기 때문이다. 그 결과 ‘봄빗도 有餘’하게 보이는 것이다. 이때 ‘엇그제 검은 들’은 겨울 들판일 수도 있고, 자신이 이러한 정신적 여유를 획득하기 전의 궁핍한 현실로 이해될 수도 있다. 이것이 이념의 승리이다.

한편 그것이 속세를 의미하게 된다면 사정은 달리 해석될 수 있다. 그때 그것은 화자가 자신의 경륜을 드러내 보이는 대목으로 이해된다. 비록 속세에서 물러나 있지만 경륜은 이 정도라는 것, 기회가 주어지면 ‘검은 들’같은 속세, 즉 피폐한 현실을 ‘봄빗도 有餘’하게 할 수 있다는 것을 암시한다고 볼 수도 있는 것이다. 이것은 산 정상 모티프 해석에서 상투적으로 사용되는 것이란 점에서 설득력을 갖는다.

그 어느 쪽이건 간에 이 점에서만은 일치한다. 즉 겨울이 다 지나고 봄빛이 가득하게 되었다는 것은 세계를 열기 위한 잉태로부터 진통까지의 시간이 다 끝나고 새로운 세계가 출산되었음을 의미한다는 것, 다시 말해 갈등의 해소가 이루어졌다는 것을 의미한다는 것이다. ‘千村萬落’이 이미 존재해 있던 자연(혹은 속세)이라면 그 ‘검은 들’에 ‘봄빗’이 ‘有餘’하게 가미됨에 따라 그것은 새롭게 태어난 모습으로 그 청신함을 자랑하는 것으로 볼 수 있는 것이다. 이러한 해석상의 갈림길은 결사(結詞)의 해석에도 그대로 이어진다.

功名도 날 끠우고　　　　富貴도 날 끠우니
清風明月 外예　　　　　엇던 벗이 잇스올고
簞瓢陋港에　　　　　　홋튼 혜음 아니ᄒᆞ니
아모타 百年行樂이　　　이만ᄒᆞᆫᄃᆞᆯ 엇지ᄒᆞ리

‘功名도 날 끠우고 富貴도 날 끠우니’하는 대목은 흔히 주객(主客)의 전도(顛倒)된 표현으로 이해되고 있다. 즉 실상은 부귀공명을 바란 바 없으면서 그저 표현만, "'나'는 '부귀공명'을 바랐는데 '부귀공명'이 '나'를 꺼린다."라는 것이다. 그 경우 이 표현은 겸손한 표현이 된다. 그러나 사실상 그것은 자부심을 표현하는 고도의 방식이어서, 그럴 때 정작 '홋튼 혜음'은 타인들, 특히 '紅塵에 뭇친 분네'나 하는 것이 되고, 화자는 본래부터 '簞瓢陋巷' 속에서 안빈낙도를 으뜸으로 생각해 온 안회(顏回)가 되거나, '淸風明月'만을 벗 삼아 온 소식(蘇軾)이 되는 것이다. 그래서 그는 결정적으로 속세인들에게 이만하면 패배를 자인하지 않겠느냐고 느긋하게 말을 끝맺는 솜씨를 보인다.

반면 주객의 전도된 표현이 아니라 사실적 표현으로 본다면, 즉 정말 부귀공명이 '내'가 바라는 바이었다는 표현이라면, 이 부분은 자신의 처지를 인정하고 환상으로부터 깨어나는 대목으로 이해될 수 있다. 취흥에 휩싸여 산정에 올라 천촌만락을 굽어보며―이 경우 천촌만락은 물론 단순한 자연이 아니라 속세를 의미하는 것으로 해석된다―자신의 경륜에 감탄하였지만 술에서 깨어보니 자신의 처지에선 자연만이 벗이 될 뿐이라는 것, 그러므로 이러한 체험으로부터 앞으로는 '홋튼 혜음'을 아니하리라는 스스로의 의지의 표명으로 읽을 수 있는 것이다. 이 같은 해석 역시 <관동별곡> 등의 결미 부분과 비교해 보면 설득력을 갖게 된다. 그것은 곧 자연과 술과 벗과 신선에 의해 얻어진 삶의 쾌락은 이념이 없이는 한갓 슬픈 허무로 끝날 수도 있는 것이지만 그 이념이 있는 한 이러한 체험은 곧 생활의 에너지로 바뀌게 되는 것을 의미한다. 따라서 결과적으로는 취흥에 휩싸여 '홋튼 혜음'을 한 셈이 되더라도, 그것은 은근한 자기과시로 남겨 놓은 채, 자기가 처한 현실의 이념, 즉 안빈낙도마저 과시의 대상으로 삼는 심리적 치환이 이루어지고 있는 것이다.

그 어느 쪽이든 그 같은 의식의 획득 내지 유지 강화는 글의 전개 과정에서 일관된 글쓰기 체험의 소산임을 부인할 길이 없다. 어느 것이 옳은 독법이냐는 유보해 두기로 한다. 조선 전기가사에 서정과 교술이 어떻게 미분화 상태로 이루어져 있는지만 밝히기에도 매우 섬세한 작업이 뒤따라야 하기 때문이다. 가령 전자와 같은 해석의 경우, 서정 주체를 문제 삼을 때 이미 이념과 주관이 화해가 된 상태에서 노래한 점에서는 서정에 가깝지만, 표현의 의도가 자기 표현보다 자아와 세계의 갈등 해소에 보다 비중을 둔 것으로 이해한다면 자아의 세계화란 점에서 교술에 가까운 것이 된다. 다만 그것이 후기에 이르러 현실 인식의 변화와 장르간의 새로운 역학 관계 속에서 가사가 교술성 혹은 서사성을 담당하게 되었으리라는 것, 그것은 새로운 담화와 새로운 이데올로기에 의한, 규범적 관계로부터 창조적 관계로의 투쟁의 결과라는 것은 추단해 볼 수 있을 것이다. 그 가설을 지금 입증하기란 무척 어려운 일이다. 최소한 그것은 <상춘곡>에서 개화가사에 이르기까지의 통시적 접근을 요구한다.

3. 가사의 장르성 재고

<상춘곡>은 '홍진에 뭇친 분네'의 '훗튼 혜음' 즉 자신을 왜곡시킬 수 있는 사이비 객관과 실재로부터 '녯사람'들의 '簞瓢陋巷'이라는 객관적 이념과 명분으로의 귀환 과정이다. 그 과정에 자연의 아름다움이 놓인다. 작가는 자연에 몰입함으로써, 자연을 그려내고 거기에서 흥취를 맛봄으로써 '녯사람'의 세계, 그 이념과 명분의 세계에 동화되며 은근히 '홍진에 뭇친 분네'들에게 과시하거나 혹은 동참을 권유하게 되는 것이다. 안빈낙도의 경우, 이는 현실 반영인 동시에 일종의 가치추구적 입장인바, 모순된 현실에서 가치 있는 현실(이념)을 표방함으로써 객관의 주관화를 획득하는 것이다. 그러나 시조와는 달리 가사는 그 양적 안정감 덕택에 이념의 직접적 서술 없이도 서정화된 대상의 나열과정을 통해 이념이 스스로 드러나는 방식을 취할 수 있었다. 그래서 그 이념, 즉 교훈적 주장이 사실의 전달을 통해서 드러나고 있다는 점에서 교술에 가깝다면, 그 이념이 곧 작가의 주관적 감정의 고조와 통한다 할 때는 서정에 가깝게 되는 것이다.

하지만 이른바 순정한 서정시가의 본질적인 것으로 슈타이거는 시인이 동화(同化)하는 것, 즉 회감(回感)이라고 했다.[14] 이때 이 회감이란 주체와

객체의 간격 부재에 대한 명칭일 수 있으며 서정적인 상호 융화에 대한
명칭일 수도 있다. 다시 말해 서정적인 것 속에 세계와 자아가 자기표현
적 정조(情調)의 고조(高潮) 속에서 융합되고 상호 침투하는 것, 정조의 순
간적 고조에 따른 대상성의 내면화가 서정시의 본질이라 할 수 있는 것이
다. 그런 면에서 본다면 가사는 서정에서 슬쩍 비켜서 있다. 자아와 세계
가 상호 융화된 사대부가 단지 자기의 심정을 술회하였다면 서정에 해당
되겠으나 자아와 세계의 갈등을 해소하기 위한 행위 혹은 교화적 의도에
서 비롯되었다면 교술에 가깝게 되기 때문이다. 사대부의 얼굴과 우리의
맨얼굴 사이에는 커다란 이해의 간극이 있다. 과거와 현재의 대화, 일반문
학과 국문학의 대화 속에 놓여 있는 변증법을 발견하는 데에 가사만한 재
료도 드물 것이다. 그럼에도 불구하고 시가와 교술, 시가와 서술은 어울리
지 않는 짝처럼 여기는 인식의 뿌리가 우리 주변에는 너무도 깊이 박혀
있는 듯하다.

모든 시는 이야기를 하는 셈이다. 서술(narrative)이 시의 조건이어서가
아니라, 텍스트성 자체의 조건이란 점에서 그러하다.[15] 문학 텍스트를 생
산하건 소비하건 간에, 작가와 독자는 어쩔 수 없이 장르적 기대에 따라
의미 단위 간의 관계를 구조화하는 과정에 매달릴 수밖에 없다. 그 과정
동안 서술은 텍스트적 연쇄가 시종일관 차지할 특정한 질서를 규정해 준
다.

텍스트적 질서라는 이 문제는 서사론(narratology)이라 알려진 문학 연구
내에 그 자리를 차지하고 있다. 그러나 이들 연구의 초점은 시가 아니며
심지어 서술시(narrative-verse)조차 아니다. 오히려 서술은 허구적 산문의 고
유 영역으로 간주되어 있다. 이같이 서술과 소설 사이에만 그 연관을 한
정하게 된 데에는 역사적 이유가 있다. 19세기 말 서구에서 영문학이 고
등교육에서 합법적인 연구 대상이 되었을 때, 형식주의 비평의 매력을 끈
것은 바로 소설이었다. 그 이후, '서술 기법'과 '서술 구조'라는 문제는 전

---

14) E. Steiger(吳賢一, 李裕榮 共譯), 『詩學의 根本槪念』, 三中堂, 1976, p. 95.

15) Joseph Bristow, "Narrative Verse", *Encyclopedia of Literature and Criticism*, Routledge,
1990, p. 199.

통 문학 비평에 있어 하나의 중요한 선입견이 되고 말았다. 오늘날에 이르기까지 가장 지배적인 산문 문학 양식, 즉 소설을 논의할 때 비평가들은 서술 양상을 분석하지 않을 수 없는 것처럼 받아들이고 있다. 이와 대조적인 장르로서 시는 이야기를 전하는 것과는 다른 어떤 것과 관련된 것처럼 보인다. 텍스트라는 이유만으로 시란 어쩔 수 없이 서술을 할 수밖에 없음에도 불구하고 말이다. 또한 서사론에 의해 설립된 수많은 용어들조차 시 비평으로는 거의 번역조차 되지 않는다. 문학 비평은 그 대신에 시에다가는 이미져리와 같은 수사적 자질을 부여하였을 따름이다.

　서술시에 대한 서정시의 헤게모니, 운문에 대한 시의 헤게모니는 우리의 학문적 풍토에서도 유효하게 적용되는 것처럼 보인다. 가사의 장르적 성격에 대한 논의에 있어 혹시 우리도 모르게 오늘날의 헤게모니를 과거에 투사하고 있지는 않았는지 새삼 반성이 요구되는 대목인 것이다. 혹시 문학성을 곧 서정성으로 이해하고 또 서정성이 더 예술적이라고 학습되고 각인된 우리의 지배적 집단의식이 전기가사의 수사적 차원을 곧 서정성으로 이해하게 한 것은 아닐까? 또한 운문적 요소는 어떻게 이해해야 할 것인가? 운문이란 서정적 영탄에만 적합한 것이 아니라, 창가(唱歌)의 경우에서 보듯, 이데올로기의 전달에도 제격인 측면이 강한 것을 놓치고 있는 것은 아닌가? 또 만일 그러하다면 후기가사가 산문화된다는 것은 어떻게 설명해야 할 것인가? 그것은 부르고 듣는 문학에서 쓰고 읽는 문학으로의 제도적 측면에서 설명할 수는 없겠는가? 이런 문제는 더 이상 텍스트상의 문제가 아니다.

　장르는 담화의 층위에서 고구되어야 한다. 그 점을 가장 극명히 보여준 이가 바흐친이기도 하다. 담화는 사회적 영역에 속하고 또 그로부터 추출되는 범주이고 텍스트는 언어적 영역에 해당하는 범주라고 볼 수 있다. 그 둘의 관계는 실현화의 관계이다. 곧 담화는 텍스트에서 자신의 표현을 발견하게 되는 것이다.16) 하지만 이 관계는 직접적이지 않다. 어떤 텍스트에는 경쟁적이고 상호 모순되는 담화가 표현되거나 재현되어 있을 수도

---

16) Gunther Kress, "Ideological Structure in Discourse", in Teun a. Van Dijk ed., *Hand-book of Discourse Analysis* V.4, Academic Press, 1985, p. 28.

있는 것이다. 그러므로 <상춘곡>에서 서정적 담화와 서술적 담화가 섞여 있는 현상은 전혀 이상할 바가 없다. 다만 그것이 무엇을 의미하는지는 쉽지 않은 문제이다.

본질적으로 말하자면, 사회적 제도는 사회적 삶의 어떤 영역에 대해 이야기하는 특정한 방식이나 양태를 생산해낸다. 이런 의미에서 담화는 중립적이거나 자율체계적인 언어가 아니다. 심지어는 특정한 통사적 형식조차 특정한 담화와 필연적으로 상호결부된 것, 따라서 어떤 통사적 형식은 특정한 이데올로기적 선택의 현현의 신호일 뿐만 아니라 이데올로기적 선택의 의미 및 내용을 표현하는 것으로 보는 견해까지도 제출되고 있다.[17] 가사의 변모는 이런 각도에서 해명되지 않으면 안 된다. 전기가사에서는 비록 대립이나 갈등의 양상을 잘 보이지는 않지만 후기가사가 서사화되었다면 이는 담화와 이데올로기, 사회적 제도의 변이와의 관계에서 파악되어야 할 것이지, 문학 자체의 어떤 법칙이 따로 적용된 결과라고 말할 수는 없기 때문이다. 다시 말해 텍스트만을 시간적으로 나열하고서 그로부터 어떤 관계의 법칙을 추출하고자 하는 것은 비유적으로 말하자면 소쉬르 류의 주류언어학적 방법론과 그 모습을 같이할 뿐인 것이다.

텍스트의 형식을 결정하고 구성하는 주요 요인 중의 하나는 장르라는 범주에서 나온다. 일정 범위의 언어적 자질의 현현이 자동적으로 텍스트의 형식을 결정짓는 것이 아니라 특정 장르의 형식적 자질이 결정되는 것이다. 일정한 역사적 시기 혹은 사회적 그룹에 있어 어떤 장르들은 특정한 담화의 표현을 위해 이용될 수 있다. 각각의 장르적 형식은 그 나름의 가능성과 제한을 갖고 있다. 그러므로 특정 장르 내의 담화의 표현은 그 장르의 의미와 잠재적 가능성과 한계를 수반하는 것이다. 예를 들어, '편집적' 장르 형식은 19세기 중엽 신문이 발생하기 이전에는 존재하지 않았다. 하지만 일단 존재하게 되자 이 장르는 즉각적으로 그 텍스트의 언어적 자질에 의해 표현되는 것 이상의 의미를 담화로 하여금 나타내게 하였

---

17) Kress, G. & Hodge, R., *Language as ideology*, Routledge & Kegan Paul, 1978. 이에 대한 비판으로는 John Frow, "Language, Discourse, Ideology", *Language & Style* vol.17.4, 1984를 참고할 것.

다. 그것은 곧 그 텍스트를 읽는 방식에 영향을 끼친 효과를 의미한다. 즉 편집적 장르로 표현된 성차별주의적 담화는 소설에서의 그 같은 표현과는 다른 양태를 수반하게 되는 것이다.[18]

이와 같이 담화의 텍스트들은 유래를 가지고 있다. 그들은 역사적 연속에 속하며, 텍스트 상호적 콘텍스트의 해석은 텍스트가 속한 연속을 결정하는 문제이다. 그러기에 참여자에게는 일반적 배경으로서, 또는 전제된 것으로서 취급될 수 있는 것이다. 상황적 콘텍스트의 경우에서와 마찬가지로, 담화 참여자들은 같은 해석에 도달할 수도, 다른 해석에 도달할 수도 있으며, 더욱 강력한 참여자의 해석이 다른 사람들에게 강제될 수도 있다. 그러므로 권력을 갖는다는 것은 전제를 결정할 수 있다는 것을 의미한다. 전제는 텍스트의 자질이 아니라 텍스트 상호적 콘텍스트에 대한 텍스트 생산자가 가진 해석들의 양상이며 해석자의 단서가 된다.[19]

조선 전기 <상춘곡>의 작가와 독자는 과연 어떤 형태의 전제, 어떤 장르의식을 가지고 있었을까? 서정이니 서사니 하는 것은 우리의 장르의식일 뿐이고, 텍스트 상호적 콘텍스트 상, 그들은 가사는 가사로 시조는 시조로 이해하지 않았겠는가? 조선 전기 그 작가들은 모두 권위 있는 존재들이며 그 권위의 배경에는 성리학이라는 것이 있었고 사회 전체가 그에 대해 합의를 거두고 있었다는 점에서 이것은 모두 담화와 이데올로기 층위에 존재하는 것이라 할 수 있다. 그리고 이것은 곧 <상춘곡>이라는 텍스트를 듣거나 읽는 방식에 일정한 영향을 미쳤을 것이다. 하나의 장르로 존재하게 되면서 가사는 더욱 더 그러한 방식을 강화해 나갔을 법하다.

효과의 측면에서, 담화는 그 자신의 사회적 결정 요인과 지배적 집단의식을 재생산할 수 있다. 생산자(해석자)와 지배적 집단의식과의 관련성을 대비하는 측면에서 두 가지 가능성이 상정될 수 있다. 첫 번째의 경우, 생산자는 그의 지배적 집단의식에 관해 규범적 관계 속에 있을 수 있고, 두 번째의 경우는 창조적 관계 속에 있을 수 있다. 범박하게 말해 이 둘 가운데 하나를 선택한다는 것은 상황의 본성에 의존한다. 규범적 관계들은 참

---

18) Gunther Kress, Ibid, p. 29.
19) Norman Fairclough, *Language and Power*, Longman, 1989.

여자들에게 문제적이지 않은 상황에서 관여적이다. 이에 반해, 창조적 관계들은 문제적이지 않은 상황에서 관여적이다. 이제 반해, 창조적 관계들은 문제적인 상황에서 발생하는 특성이라 할 수 있다. 만일 참여자가 쉽게 그리고 조화롭게 친숙한 상황 유형의 실례로서 해석할 경우 이 상황은 비문제적이다. 그러한 경우 지배적 집단의식은 전유적인 기준을 구축한다. 반대로 이러한 것들이 더 이상 자명하지 않을 경우, 이는 참여자로 하여금 상황의 문제적 자질들에 대처할 목적으로 창조적 의식을 이끌어내야만 한다. 그러한 상황들은 참여자들에게는 위기의 순간들을 성립시키며 그것들은 사회적 투쟁이 공공연해질 때 전형적으로 나타난다. 이것은 미시적인 인지심리학의 읽기 전략(스키마 이론)과도 상통하는 바가 있겠지만, 그것은 역사적 변화를 설명하는 데에는 전혀 무력할 따름이다.

그렇다면 이제 남은 문제는 가사의 운명이 어떻게 하여 지배적 집단의식의 변화를 수용할 수 있었느냐 하는 문제이다. 규범적 관계가 창조적 관계로 전이되는 지점이 바로 조선이 전후기로 구분되는 지점과 일치하리라는 점에 대해서는 많은 논구가 있었거니와, 정작 문제 삼아야 할 것은, 설령 그렇다 하더라도 어떻게 가사라는 동일 장르의식 내에서 이른바 운문의 산문화라든가, 후기가사의 서사화라든가 하는 것이 가능했겠는가 하는 부분인 것이다.

시에서 이야기를 한다는 것은 무엇인가? 그것은 우리가 일상생활에서 하는 이야기와 어떻게 다른가? 혹은 같은가? 일찍이 Pratt는 Labov의 사회언어학적 성과를 문학담화 연구에 접맥시키면서 일상 생활 언어의 규칙과 문학 언어의 그것이 다를 바 없다는 점을 강조했다. 가령 Labov가 일상 대화의 서사물(natural narrative)에서 추출한 다음과 같은 서사단계의 구성원리—물론 이상적으로 완전한 경우의 서사물에 한해—가 소설에도 그대로 적용된다는 것이다.[20]

첫째, 추상화(abstract)의 단계다. 이는 이야기를 시작하기 전에 서술자가 제공하는 그 이야기의 간략한 개요를 말한다.

---

20) Mary Louis Pratt, *Toward a Speech Act Theory of Literary Discourse*, India Univ. Press, 1977, pp. 45-46.

둘째 단계는 정향화(orientation) 단계다. 여기서는 대개 이야기의 첫 구절을 시작하기 직전에 언제, 어디서, 누구와 같은 상황을 설정하게 된다.

셋째는 서술의 핵심부분이라 할 복잡다단한 이야기(complicating action)다.

넷째 단계는 그 이야기를 하는 존재 이유라 할 수 있는 평가(evaluation) 단계가 된다.

다섯째, 결론(result or resolution)에 해당하는 부분이다.

마지막으로, 종결부(coda)가 있다. 종결이 훌륭하면 청자는 만족감과 완성감을 가질 수가 있다.

굳이 하나하나 들지 않더라도『상춘곡』의 구성방식이 바로 이러한 일상회화에서의 서사물과 일치함은 쉽게 발견할 수가 있을 것이다. 그러고 보면 Pratt의 주장은 소설에만 적용되는 것이 아니었던 셈이다.

그런데 흔히 서사(narrative)라 하면 세 번째 단계만을 연상하게 된다. 사실 소설이라고 하는 것은 그 장르 의식 덕택에 이 세 번째 단계만으로도 훌륭한 서사를 이룩할 수 있었던 것이다. 그 나머지는 장르 덕택에 생략되어도 무방하다. 오히려 생략되는 것을 전제로 삼는다. 사람들은 소설에 대하기 전, 그 텍스트가 소설이라는 것을 이미 의식하고 따라서 그것이 어떤 이야기를 전달해 주리라는 기대를 전제로 하고 소설을 읽는다. 말하자면 장르의식이 추상화와 정향화의 단계를 대신하는 셈이 되는 것이다.

소설의 장르성을 이해함이 없이 소설을 곧 서사의 전범으로 이해하는 한, 가사와 같은 장르의 서사성을 이야기하는 것은 항상 미흡한 감을 주지 않을 수가 없었던 것이다. 더욱이 전기가사의 경우 바로 그 세 번째 단계가 소설에 비해 덜 복잡한 이상, 서사에 미달된다고 여겨지는 것은 당연한 귀결이다. 하지만 이 말을 바꾸면 곧 세 번째 내용만 풍부해진다면 훌륭한 서사가 될 수 있는 형식적 구성적 요건이 완비되어 있었다는 것을 의미한다. 이 점이 없이는 아무리 사회의 이데올로기가 변화한다 하더라도 가사의 서사화가 이루어질 수는 없는 일이었다. 이 점이 없었다면 서사화의 욕구는 차라리 가사를 벗어나 새로운 장르를 요구했으리라는 것이다. 말하자면, 후기가사는 새로운 사회상과 이데올로기의 요구에 따라 이왕이면 낯익은 형식의 여지를 이용하여 서사를 강화했다고 볼 수 있다는 것이다. 따라서 3분법으로 장르를 이해할 경우, 서사나 서정으로 귀착되지 않는다는 점에서는 가사를 장르미정상태라 할 수 있겠으나, 그 시대 그 사회의 담화 체계 내에서 일정한 발화 목적에 따른 언어 수행이란 측면에서는 각각 필연적인 선택행위였다는 점이 강조되어야만 하겠다.

4. 시와 시가의 세계

시가 서사론적 용어로 거의 기술되지 않는 것은 서술시보다 서정시가 시의 장르적 중심으로 간주는 데에 그 이유가 있다. 그리고 서정시의 가장 현저한 특질은 바로 서술을 꺼린다는 점에 있다. 서정시는 순간적이다. 따라서 그 자체로는 아무런 언술적 효과가 없는, 일견 저절로 소리가 터져 나오는 듯한 감탄사에 서정시가 곧잘 의존하는 것은 사실상 순간성의 환상을 부여해 주고 있는 것이다.[21]

더욱이 서정시가 시비평의 중심이 되는 사정에는 적어도 두 가지 더 깊은 이유가 있다. 첫째, 일반적으로 서정시는 학생들에게 가르치기에 훨씬 편리하다는 합의가 존재하고 있기 때문이다. 서정시의 형식적 자질들은 교실에서 매우 손쉽게 감지될 수 있으며 전통비평은 서정시가 어떤 특정한 비평적 필요에 잘 부합함을 발견하였었다. 그 대표적 예가 바로 미국의 신비평이다.[22] 둘째 이유는 20세기 시적 형식으로서의 헤게모니와 관계된다. 1차 대전 이후 자유시의 발전은 서정시의 주도권과 깊은 연관이 있다. 심지어 20세기 말에서조차, 여타의 문화물과 나란히 시를 출판하는 잡지들은 시가 서정시이어야 할 여백만을 남겨두고 있다. 거칠게 말해, 시는 십자 낱말 맞추기만큼의 의미를 갖고 있다. 서정시에 관한 제도적 관심이 저점 더 특수화되고 이론적으로 복잡해지면서 시는 점점 더 하찮은 문화적 위치를 갖게 되어서 오늘날은 시대정신(Zeitgeist)에 대해 아무런 말

---

21) Jonathan Culler, *The Pursuit of Signs*, Routledge & Kegan Paul, 1981, pp. 135-154.
22) 졸고, 「신비평과 시교육의 관련 양상」, 『선청어문』 20집, 1992. 참조.

도 하지도 않는 '고도의 예술양식'을 대표하고 있는 것이다.[23]

이러한 사정 하에서 장르적 성격에 관한 한, 가사와 마찬가지의 대접을 받는 예로 현대 문학사에서는 이른바 단편서사시를 들 수 있다.[24] 단편서사시는 서정시를 대중과의 의사소통 수단으로서 파악한 데서 비롯된다. 즉 시가의 대중화라는 발화계획이 선재하고, 이 발화계획이 서정시 내부의 발화 양식을 지배, 변화시킨 것이다.

단편서사시의 문체는 낯설다. 그러나 이 '낯설다'는 것 자체가 바로 상대적인 실체임을 지적해야만 하겠다. 또한 그 상대적 부분을 구성하는 타자적 존재가 꼭 소수라고만 치부할 수도 없다. 이외에도 운문화된 장문의 텍스트들 또는 시적 산문 형식의 긴 텍스트들이 우리 주변에 얼마든지 많다는 것은 두말할 나위 없다. 그러한 텍스트들은 일반적으로 서술적이고 이야기체인 경우가 많다. 그러한 텍스트들은 시적 기능의 역할에 동등하거나 우월한 것으로 받아들일 한 역할을 다른 기능들에다가 부여하고 있다.

무릇 시에서 표현되는 사상과 감정은 집단적인 것이다. 그것은 한 인간에 의해서가 아니라 주어진 순간에 동일한 경험을 통하여 직접적으로 관련되고, 하나의 보편적인 감정에 따라 결합된 전 집단에 의해서 경험된 것이다. 다만 인간적인 개성의 발달과 함께 집단적이거나 합창적인 서정시에서 떨어져 나온 개인적 서정시가 주도적 위치를 탈환하여 오늘날에까지 이르고 있을 뿐이다. 그러기에 '시'가 아닌 '시가'의 세계가 오늘날에는 오히려 낯설게 되고 말았다. 단편서사시란 무엇인가. 노래가 사라진 시대에 노래의 회복을 꿈꾸는, 노래의 소멸에 대한 형식적 대체를 노래의 집단적 의미로 시도한, '시가'가 아니겠는가. 거기에는 고답한 언어의 장식이 있을 수 없고, 폭력에 의한 형식의 인위성이 있을 수 없으며, 억압된 호흡의 전개가 있을 수 없었다. 그것은 발화의 주체가 자신의 세계에 대한 표현을, 독자와 공유하는 상황 및 시적 장르인식을 하나의 맥락으로

---

23) Joseph Bristow, 앞글, p. 200.
24) 단편서사시에 관해서는 졸고, 「1920-30년대 한국 경향시의 서사지향성 연구」, 서울대 석사학위논문, 1987. 참조바람.

기대하고 행한 필연의 결과들일 뿐이다. 따라서 그것은 시적 발화의 충실한 전형이 된다.

단편서사시가 다른 종류의 하위 서정시 장르와 구분이 되는 점은 단편서사시가 사적인 고백의 담론 영역에서 벗어나 있다는 점이다. 일반적으로 서정시는 주관과 객관, 주체와 세계 간의 상호 융화 작용을 통하여 주체의 내면을 고백하는 데 주력하며, 시인은 자신 이외의 타자의 시각과 언어를 고려하지 않는다. 더군다나 근대 이후의 서정시는, 진술한 바와 같이, 일반적으로 시인의 주관적인 심혼의 표현에 몰두함으로써 담론은 보다 사적인 단일음성의 성격을 지니게 된다. 단편서사시는 이 주관성의 원리, 서정시의 사적 담론화를 지양하고 현실의 영역과 접촉하려는 경향을 지니고 있다.

이 점에서 가사와 단편서사시는 해후를 한다. 시가로서의 가사의 세계가 낯설어지면서 단편서사시조차 낯설어지고 말았던 것이다. 정확하게 말해 가사나 단편서사시가 낯선 것이 아니라 시에 대한 담화가 우리로 하여금 그것들을 낯설게 대하게끔 하였을 뿐이다. 그럼에도 불구하고 시를 가르치는 모든 교육의 현장에서는 단지 다르다는 것이 우열의 관계로 변모하기 일쑤이며, 그러한 평가는 객관의 의장마저 걸치고 있다. 이 담화의 배후에는 이데올로기가 있다. 그 이데올로기를 밝히는 것이 이제는 학문적으로도 매우 요긴한 시대가 되었다.

제3장 '김수영' 다시 읽기

1. 시비 걸기

눈은 살아있다
떨어진 눈은 살아있다
마당 위에 떨어진 눈은 살아있다

기침을 하자
젊은 시인(詩人)이여 기침을 하자
눈 위에 대고 기침을 하자
눈더러 보라고 마음 놓고 마음 놓고
기침을 하자

눈은 살아있다
죽음을 잊어버린 영혼(靈魂)과 육체(肉體)를 위하여
눈은 새벽이 지나도록 살아있다

기침을 하자
젊은 시인(詩人)이여 기침을 하자
눈을 바라보며
밤새도록 고인 가슴의 가래라도
마음껏 뱉자

　　김수영의 <눈>이 난해하다고 하면 그야말로 난해하게 들릴지 모른다. 김수영의 시 가운데 이처럼 그 뜻이 평이하고 명징하게 보이는 경우도 드물기 때문이다. 그러기에 이 <눈>은 김수영의 시 작품 중 <풀>과 더불어 진작부터 중·고등학교 교과서에 즐겨 수록되지 않았던가 말이다.

　　하지만 난해하다는 것이 꼭 무슨 비의적(秘義的)인 표현만을 가리키는 것은 아니다. 시는 그 속에 시인이 모종의 심오한 뜻을 새겨놓고 그 해석의 열쇠를 어딘가에 감춰 놓은 상형 문자가 아니다. 오히려 우리가 어느 시를 가리켜 난해하다고 하는 경우, 그 가운데는 경쟁적이고 갈등적인 해석 텍스트가 복수로 존재함에 따라 어느 해석이 타당한지 공인하기 힘든 경우를 가리킬 때가 많다. 요컨대 김수영의 <눈>은 이질적인 해석 담론이 제공되지 않았기 때문에 해석의 갈등을 경험하지 못한 상태에 있다고 할 수 있다.

　　논의의 편의상, 먼저 시중의 고등학교 참고서 가운데 하나를 골라, 이 시에 대한 해설을 들어 보기로 하자. 참고서도 나름대로 참고하는 전거가 있게 마련이고, 그 같은 전거들은 주로 학계나 비평계의 공인된 담론에서 찾게 되는바, 그런고로 아래의 해설은 <눈>에 대한 보편적 해석으로 보아도 무방할 것이기 때문이다.

> 1연 : '눈'은 희고 순수한 것으로 이 시에서처럼 생동감의 의미가 더해지면 '눈'은 '살아 있는 순수'의 의미를 띠게 된다. 곧, 살아 있는 존재, 순수한 생명적 존재의 의미를 갖는다.
>
> 2연 : '눈'과 기침은 이 작품에서 선명한 대조를 보인다. '눈'의 순수함에 대하여 '기침'은 어떤 괴로움이나 질병을 암시한다. 그러므로 '젊은 시인이여 기침을 하자'라는 구절의 의미는 양심적인 시인의 마음 속에 고인 더러운 무엇을 버리자는 의미이다. '밤새도록 고인 가슴의 가래'라는 말에서 이 점이 더욱 분명해진다. 그리고 '가래'는 생활 속에서 갖게 된 소시민성, 불순한 일상성, 속물성 등의 의미이다.
>
> 3연 : 살아 있는 눈은 누구에게나 보이는 것은 아니다. '죽음을 잊어버린 육체와 영혼' 곧 죽음을 초월하여 오로지 순수하고 가치 있는 것에 대한 갈망을 지닌 자에게만 눈은 살아 있는 것으로 보인다는 것이다.
>
> 4연 : 기침을 하면 가래가 나온다. 이 가래는 젊은 시인을 괴롭히는 부패

한 현실과 비인간성으로, 가래를 버려서, 깨끗하고 순수한 삶을 지향하자는 것이다.

이러한 기존의 해석에 의거해 이 시의 내용을 단순하게 요약하자면, 눈은 순수한 데 반해 기침과 가래는 더럽다는 것, 고로 더러운 기침과 가래를 뱉어냄으로써 시적 화자가 깨끗해지길 지향하는 것이라 할 수 있다.

이에 대해, 희고 순수한 눈을 바라보며 자신도 그처럼 순수해지길 바란다는 것은 동시적(童詩的) 발상을 넘어서지 않는다는 점부터 먼저 지적해 두어야 하겠다. 물론 동시와 시의 발상이 반드시 달라야 한다고 할 수는 없지만, 순수해지는 방법론으로 기침과 가래처럼 더러운 것을 버리는 행위를 택한다는 것은, 설령 그 기침과 가래를 위의 인용문에서처럼 "소시민성, 불순한 일상성, 속물성" 혹은 "부패한 현실과 비인간성"이라는 엄청난 상징으로 읽는다 하더라도 김수영의 시세계에 비추어 볼 때 지나치게 상투적이다.

더 본격적으로 질문해 보자. 가장 단순하게 생각해 보더라도, 제 아무리 깨끗해지길 지향한다손, 스스로를 더럽게 생각하는 입장에서 어떻게 감히 깨끗한 눈 위에 "대고" 기침을 할 수가 있을까? 어떻게 "눈더러 보라고 마음 놓고 마음 놓고" 그 더러운 기침을 해댈 수 있겠는가? 눈처럼 순수를 지향한다는 이가 어찌 그 "눈 위에 대고" 기침을 하며, 그것도 혼잣말로 하는 것이 아니라 "젊은 시인"들에게 동참을 유도하는 청유형을 구사할 수 있다는 말인가? 이것이 과연 정화(淨化)의 의식(儀式)이 될 수 있겠는가? 이러한 시비 걸기가 그럴 듯하게 여겨진다면 일단 성공이다. 이제 우리는 기존과 다른 담론을 만들 준비가 된 셈이다.

2. 다르게 읽고 다르게 쓰기 : 기침과 가래의 정체

그럼 다시 이 시를 마주 대하도록 하자.

시인들은 제 각각 대상을 바라본다. 그래서 어느 시인은 눈의 흰색에

착목하기도 하고, 눈에서 순수(purity)를 보기도 하며, 인생세간을 하얗고 깨끗하게 덮어주는 눈의 순화력(purify)에 초점을 두는가 하면, 심지어는 눈 녹은 뒤의 질퍽함을 노래할 수도 있다. 김종길 같은 시인은 눈에서 옛날 아버지의 사랑을 떠올리기도 하고(<성탄제>), 김광균은 눈의 소리 없음에 주목하기도 하였다(<설야>).

그런데 지금 이 시인은 눈에서 "살아 있음"을 보고 있다. 삶은 원래 인간의 몫이지, 눈의 차지는 아니었다. 하지만 지금 이곳에선 차라리 눈에게서 진정한 생명력을 발견하게 되는 것이다. 그러고 보면 이런 시선이 낯설지만은 않다. 윤동주는 '지조 높은 개'(<또 다른 고향>)를 바라다 본 적이 있다. 지조 역시 원래 인간의 몫이다. 그런데 도리어 시인은 한갓 개 짓는 소리로부터 지조를 배운다. 이때 '개'와 '나'의 위치는 전도되어, '내'가 오히려 '개'의 경지에 도달해야만 하는 것이 된다. 이처럼 일련의 우의적(寓意的)인 요소가 들어있는 것으로 해석될 수 있다면 김수영의 '눈' 은 확실히 윤동주의 '개'에 비견될 수 있다. 시인은 '눈'으로부터 모종의 교훈을 스스로 끌어내고 있는 것이다. 하지만 김수영의 <눈>에서는 윤동주와 같은 자조적(自嘲的) 목소리는 들리지 않는다. 그것은 단지 '눈'과 '개'에 관한 통념적인 이미지의 차이에서 오는 것만은 아니다.

한 번 더 깊이 생각해 보자. 여기서의 눈은 그저 마당에 깔린 눈이 아니다. 마당 위에 '떨어진' 눈이다. 저 높은 하늘에서 마당 위에 떨어진 눈이 살아 있다는 것은 기적(奇蹟)이 아닌가. 마땅히 죽어야 할 목숨이 살아 있다. 그 엄청난 추락, 그런데도 죽음이 곧 삶으로 이어지는 기적의 주인공이 바로 눈이었던 것이다. 시인은 바로 이 점에 주목하고 있는 것이다. 이야말로 김수영의 개성적 인식이 돋보이는 대목이라 아니할 수 없다. 그는 눈에서 추락의 속성을 발견한 것이다. 따라서 이 작품의 눈을 관습적이고 통념적인 의미에서 이해해 '순수'니 '순결'이니 하는 의미로만 확정하려 드는 것은 우리의 고정관념을 스스로 폭로하는 것에 지나지 않는다.

당연히도 그 같은 인식, 그러한 발견은 시인의 호흡을 가쁘게 만든다. 눈이 살아 있다. 저 높은 곳에서 떨어진 그 여린 눈이 살아 있다. 그것도 깨끗하게 살아 있다. 점층적 고조를 염두에 두고 1연을 다시 읽어 보라.

우리는 이제 이 시의 1연을 더 이상 느긋하거나 차분한 어조로는 읽을 수 없게 되리라.

그렇다면 이 '눈'은 정말 굉장한 존재가 된다. 즉 이 시는 '눈'처럼 저열해 보이는 존재한테서도 교훈을 얻을 수 있다는 우의(寓意)를 넘어서서 '눈'과 같은 교훈적 존재를 닮아야 한다는 상징(象徵)을 노래하고 있는 것이다.

이제 이 눈이 바로 3연에 나오는 "죽음을 잊어버린 영혼과 육체"에 직결됨은 새삼 말할 것도 없다. 그 어떠한 가치와 정신이 죽음조차 잊어버리게 하고 저 높은 곳에서 떨어져 내리게 하였을까. 혹시 김수영의 <폭포>가 떠오르지는 않는가. '눈'은 곧 '폭포'가 아니었던가. 살아 있는 정신을 위해 거침없이 쏟아져 내리던 폭포처럼 눈 또한 죽음을 잊어버린 영혼과 육체를 위해, 죽어야 사는 진리처럼 마당 위에 떨어져서도 살아야 하지 않았겠는가. 바로 이 점이 이 시를 "눈은 깨끗하다"가 아닌 "눈은 살아 있다"로 출발하게 한 핵심이다.

물론 이 시인에게 눈의 순수함이 인식되지 않고 있다는 것은 아니다. 다만 순수함과 살아 있음 가운데 원근법이 행해져서 순수함은 배경으로 위치하고 눈의 살아 있음은 순수함을 배경으로 하여 뚜렷이 전면에 부각되고 있는 것이다. 달리 말해 눈이 시인을 충격한 것은 순수함보다는 살아 있음이요, 살아 있는 데다가 순수하기까지 하다는 사실이다. 혹은 살아 있어야 순수하고, 순수해야 살아 있을 수 있다는 것과 그것은 상통한다.

그러고 보니 '추락'과 관련하여 연상되는 TV 광고가 하나 있다. 그 광고는 침묵 속에 진행된다. 알피니스트 한 사람이 고독하게 빙벽을 오른다. 자칫하면 떨어져 목숨을 잃을 뻔 하는 찰나, 그 순간, 그의 입에서 급박한 숨소리가 토해져 나온다. 드디어 그가 정상에 올랐을 때, 광고로는 꽤 오랜 시간 동안 계속되어 왔던 침묵을 끊으며, 비로소 한 마디 멘트가 나온다. "스포츠는 살아 있다"라고. 이 광고를 두고 더 해설을 늘어놓는 것이 멋쩍은 일이긴 하지만, 사실에 맞게 진술하자면, "등산가는 살아 있다"가 먼저래야 옳다. 헌데 이 경우를 두고 그 등산가가 단순히 생존해 있다고 표현하는 것은 그에겐 아마도 결례가 될 것이다. 그가 살아 있는 것은 그의 정신이 살아 있기 때문이고, 그의 정신이 살아 있듯이 스포츠(정신)도 살아 있다는 것이 이 광고의 기본 컨셉이리라. 이런 유비를 한 번만 더 확장하자면, 그가 낮게 토해 낸 한숨이야말로 "기침"이고 "가래"고 시(詩)일는지 모른다. 그것은 곧 생명의 표상이다.

하지만 아직까지는 여전히, 어떻게 감히 그 깨끗한 눈 위에 대고 기침을 하고 가래를 뱉자고 했는지는 밝혀지지 않은 셈이다. 다시 말하거니와, 종전의 해설대로라면, "나도 기침하고 가래를 뱉었으니 이제 속이 다 깨끗해졌단다."라고 하면서 눈더러 나를 보라고 하는 꼴이다. 이런 상황은 아무래도 어색하다. 그것도 그 더러운 기침을 "마음 놓고 마음 놓고", 그 깨끗한 "눈 위에 대고" 하자는 표현은 상식적으로 도무지 조리에 닿지 않는 말이 된다. "마음 놓고 마음 놓고" "눈 위에 대고" 기침을 하며 가래를 뱉기 위해서는 그 기침하고 가래 뱉는 행위 자체가 눈만큼이나 당당하고 순수하지 않으면 안 된다. 즉 기침과 가래는 병적인 것의 표상이긴커녕, 그 자체로 순수하고 살아 있음의 증거가 되지 않으면 안 되는 것이다.

특히 우리는 '가래라도' 뱉자는 말에서 '-라도'의 쓰임에 주목해야 한다. 우리 말 '-라도'에는 두 가지의 품사와 의미가 있다. 첫째는 받침 없는 체언 등에 붙어 그것이 썩 좋은 것은 아니나 그런대로 괜찮음(¶국수라도 좀 먹으렴.)을 나타내는 보조사가 그것이다. 이렇게 볼 경우, '가래라도 뱉자.'라는 말은 깨끗해지기 위해서 더러운 뭔가는 뱉어야 하는데 더럽기로는 '기침'이 썩 좋은 것이지만 그것이 어려운 자는 그런대로 '가래'를 뱉어도 괜찮다는 말이 된다. 이것은 '기침'과 '가래'에 관한 우리의 상식에 전혀 닿지 아니한다. '기침'보다는 '가래'가 더 더럽게 느껴지는 법이요, 기침이 잦다가 가래가 나오는 법이지, 기침이 안 나오면 가래라도 뱉으라는 말은 상식적으로 성립이 안 되기 때문이다.

둘째는 다른 경우들과 마찬가지임(¶단돈 백 원이라도 남의 돈을 훔치면 안 된다.)을 나타내는 보조사 혹은 설사 그렇다고 가정하여도 다른 경우와 마찬가지로 상관없음(¶그것이 금덩이라도 나는 안 가진다.)을 나타내는 연결 어미가 있다. 이렇게 본다면 '가래'가 아무리 더럽다 하더라도 '기침'과 마찬가지이니 걱정 말고 뱉으라는 말이 된다. 상식적으로 볼 때 이것이 옳다.

따라서 시의 문맥상 '기침'과 '가래'는 등가로 해석해야 한다. 하지만 상식에 의존하는 것은 여기까지다. 상식은 고정관념이기도 하다. 시인은 지금 그 고정관념에 낯설게 하기를 시도하고 있다. '기침'과 '가래'는 더러운 것이 아니다. 그것은 '눈'과 같은 '물'의 변형체일 따름이다. 기침을 하는 것은 순수하고 당당한 일이다. 따라서 '가래라도' 더럽다고 생각하지 말고 기침과 마찬가지로 걱정 말고 뱉으라는 것이 된다.

하지만 어떻게 기침과 가래가 순수하고 살아 있음의 표상일 수 있다는 말인가? 나는 지금 내 해석에 유리한 대로 이리저리 상식을 갖다 붙이고 있는가?

그렇다면 이번에도 한 가지 유추를 들어 해설해 보기로 하겠다. 과연 목청을 다듬어 곱게 소리를 뽑아내는 가곡이나 발라드만 순수한 노래란 말인가? 혹시 록(Rock)정신이라고 들어 봤는가? 기성세대의 권위를 부정하고 그에 저항하면서 자신들이 처한 시대와 현실의 부조리함을 거의 울부짖는 소리로 내뱉듯 표현하는 록 음악을 들어 본 적이 있는가? 그들은 과연 타락한 존재이고 순수함과는 거리가 먼 군상들인가? 아마도 이 유비의 마지막 단계는 이른바 로커(Rocker)들의 샤우트(Shout) 창법과 이 시에 나오는 기침과 가래의 유사성에 주목해 봄으로써 완성될 것이다. 실제로 록 가수들이 고음을 내지를 때는 침이 튀고, 가래가 터져 나오는 듯한 현상이 벌어진다. 그런데 바로 그런 음악이야말로 그들은 순수와 생명력의 상징이라고 주장했으며 많은 젊은이들이 그에 공감했음을 우리는 기억할 필요가 있다.

이 대목에서 우리는 이 시의 내포 청자가 곧 '젊은 시인'이었음에 주목해야 마땅하다. 젊은 시인은 젊은 시인다워야 한다. 젊은 시인이 늙은 시인처럼 가곡을 노래하고 발라드를 흥얼거릴 수는 없는 처지이다. 록 음악의 입장에서 보자면, 그것은 순수라기보다 오히려 가식(假飾)에 지나지 않는다. 록 음악은 지배층의 입장에서 보자면 반사회적인 음악이지만, 신세대의 입장에서는 저항적이자 전위적이며, 새로운 사회를 꿈꾸는 하나의 문화적 코드가 된다. 그들이 자유를 목 놓아 노래 부르고 했던 것은 개인적 실존의 차원만이 아니었다. 그것은 분명히 사회적이고 집단적인 문제이다. 김수영이 청유형을 구사하며 '젊은 시인'들에게 기침과 가래를 뱉자고 하는 것 역시, 이 시가 마당 위에 떨어진 눈을 보고 단지 생명에 대한 개인적 실존적 체험을 노래한 것이 아님을 말해 준다.

3. 〈눈〉과 〈시여, 침을 뱉어라〉의 사이

왜 '기침'인가? 기침과 가래는 거침이 없다. 록 음악이 그러하며, '폭포'가 또 그러하다. 그것은 타협하지 않는 양심이며 내부 깊숙이 고인 시적 욕망을 정직하게 드러내고 토해내는, 아니 저절로 터져 나오는 시인의 살아 있는 목소리이다. 생리적인고로 그것은 오히려 생명력에 가깝다. 그것은 〈눈〉과 거의 비슷한 시기에 발표한 〈서시(序詩)〉를 통해 김수영이 소망하고 있었던 바로 그 '생기(生氣)' 있는 노래이다. 그 시에서 그는 생기 없는 노래를 일컬어 지지하고 더러운 노래라 하였다. 그렇다면 기침과 가래가 지지하고 더러운 것이 아니라, 사회와 현실로부터 멀리 떨어져 고아한 노래를 읊어대는 것이야말로 지지하고 더러운 것이 되는 셈이다. 그래서 기침과 가래는 순수하고 살아 있음의 징표가 되고, 그래야만이 "눈 위에 대고" "눈더러 보라고 마음 놓고 마음 놓고" 기침을 할 수가 있게 되는 것이다.

김수영은 여기서 그치지 않고 눈의 또 다른 모습에 주목한다. 눈은 새벽이 지나도록 살아 있다는 것이다. 정오가 되면 어차피 녹을 운명의 눈이지만, 새벽이 지나도록 생명력을 지켜 가는 존재가 바로 눈인 것이다. 여기서 또 한번 윤동주가 필요해진다. 지조 높은 개는 밤을 새워 어둠을 짖는다 했던가. 윤동주가 광복을 기다렸듯, 김수영도 더 이상 기침과 가래가 필요 없는 세상을 원했을 것이다. 어쩌면 김수영 그 자신도 언젠가는 록보다는 발라드나 가곡을 노래하고 싶었는지도 모른다. 하지만 해방이 되었다고 당장 기뻐 날뛰기만 할 때 정작 임화는 깃발을 내리자고 했던 것처럼, 고작 새벽이 왔다고 목청을 가다듬으며 고운 노래를 부를 수는 없는 노릇이다. 실제로, 이 시를 쓴 후 세월이 지나 4·19 혁명이 일어났을 때, 김수영은 거침없이 기침과 가래를 뱉어내게 된다.

이로써 우리는 김수영의 독보적인 시론 「시여, 침을 뱉어라」를 읽을 준비가 된 셈이다.

> 이 시론은 아직도 시로서의 충격을 못 주고 있는 것이다. 그 이유는 여직까지의 자유의 서술이 자유의 서술로 그치고, 자유의 이행을 하지 못한 데에 있다. 모험은, 자유의 서술도 자유의 주장도 아닌 자유의 이행이다. 자유의 이행에는 전후좌우의 설명이 필요 없다. 그것은 원군(援軍)이다. 원군은 비겁하다. 자유는 고독한 것이다. 그처럼, 시는 고독하고 장엄한 것이다. 내가 지금—바로 지금 이 순간에—해야 할 일은 이 지루한 횡설수설을 그치고 당신의, 당신의, 당신의 얼굴에 침을 뱉는 일이다. 당신이, 당신이, 당신이 내 얼굴에 침을 뱉기 전에……. 자아 보아라, 당신도, 당신도, 당신도, 나도 새로운 문학에의 용기가 없다. 이러고서도 정치적 금기에만 다치지 않는 한, 얼마든지 '새로운' 문학을 할 수 있다는 말을 할 수 있겠는가. 정치적 자유를 인정하지 않는 사회에서는 개인의 자유도 인정하지 않는다. (…) 이러한 자유와 사랑의 동의어로서의 '혼란'의 향수가 문화의 세계에서 싹트고 있다는 것은, 그것이 아무리 미미한 징조에 불과한 것이라 하더라도 지극히 중대한 일이다. 그리고 이러한 문화의 본질적 근원을 발효시키는 누룩의 역할을 하는 것이 진정한 시의 임무인 것이다.

이 중략 부분에는 로버트 그레이브스의 인용문이 들어 있다. 김수영은 그 인용문 속에서 '기인(奇人)이나 집시나 범죄자나 바보 얼간이'에 주목하며 그런 문인들이 사라진 세태를 개탄한다. 아울러 인습에 사로잡혀 있는 근대 시민의 모습으로부터 근대화의 해독을 논한다.

이처럼 진정한 의미의 자유를 위해서는, 진정한 문학을 위해서는, 시인은, 젊은 시인은, 기성문화에 저항한 록커들처럼, 근대화에 반기를 든 히피들처럼, 침을 뱉는 용기와 행위가 있어야 하는 것이다. 그 혼란은 혼란이 아니라 자유와 사랑의 동의어이자 문화의 근원이요, 그것을 발효시키는 누룩이 되어야 하는 것이 바로 진정한 시의 임무인 것이다.

그런 의미에서 <눈>은 「시여, 침을 뱉어라」를 시로 쓴 시론이라 해도 지나치지 않다. <눈>이 개인적 실존의 차원이 아니라 집단적 문화적 차원으로 해석되어야 한다고 했던 것은 바로 이런 이유에서였다.

제4장 '산업화 시대 시'를 어떻게 가르칠 것인가

1. 당대의 문학과 현재의 문학

일반적으로 1970년대는 유신 체제의 등장으로 시작하여 유신 체제의 종말과 함께 막을 내린 개발 독재 시대로 규정된다. 강력한 수출 드라이브 정책을 바탕으로 본격적인 자본주의적 근대화가 추진되었던 70년대 우리나라는 국가 주도의 무리한 정책, 자본 축적 및 기반 시설의 미비, 군사 정권에 대한 국민들의 저항 등으로 인해 심각한 체제 위기에 봉착하였으며, 이러한 위기 돌파책으로 고안된 것이 곧 정치적으로는 파시즘적 독재를 통해 안정적인 장기 집권을 도모하고, 경제적으로는 재벌 위주의 경제 성장을 추진하는 것으로 표현된, 이른바 유신 체제였던 것이다.[1]

하지만 70년대의 핵심은 산업화 시대라는 말로 규정하는 것이 우리의 논의를 위해서는 더 적합할 것이다. 물론 이에 대해 70년대만이 산업화 시기에 해당하느냐는 문제가 제기될 수도 있을 것이다. 70년대에 관한 시대 규정 문제가 그 시대만의 변별적 자질을 따지는 경우라면, 아마도 그 같은 지적은 옳을 것이다. 그러나 70년대 시를 가르치는 교육 현장의 국면에서 유신 체제에만 지나치게 집착하는 것은 오히려 그 시대의 문학을

---

1) 하정일, 「민중의 발견과 민족문학의 새로운 도약」, 민족문학사연구소 편, 『민족문학사 강좌 하』, 창작과 비평사, 1995.

자칫 지나간 과거의 것으로 변질시킬 우려가 크다. 유신 체제라는 말속에는 어쩔 수 없이 정치적 울림이 보다 크게 자리 잡고 있는 터이기에, 적어도 현상적으로는 결국 지나간 시대의 문학으로 비쳐지기가 십상이기 때문이다. 더욱이 교육 현장에서는, 일단 한 작품이 가르쳐지게 되면 그 역사적 원근법은 곧잘 실종된 채 과거의 유산으로만 전수되고 수용되는 경향마저 존재한다.

　따라서 70년대 시를 가르침에 있어 산업화 시대라는 관점에 주목하고자 하는 것은 단지 유신 체제라는 말보다 산업화 시대라는 용어가 더 많은 유연성을 내포하고 있고, 또한 그에 기초함으로써 이 시대 문학의 다양한 갈래를 더 포괄적으로 기술할 수 있다는 편이성 때문만은 아닌 것이다. 중요한 것은 현재적 관심이다. 70년대 시를 산업화 시대의 시라는 관점에서 가르치고자 하는 데에는, 물론 산업화에 따른 문제야말로 70년대의 핵심적 사실이라는 나름대로의 판단이 깔려 있는 것이기도 하지만, 그보다 더욱 중요한 것은 오히려 70년대만이 산업화 시대는 아니라는 바로 그 점에, 즉 그 시대의 문학은 2000년대라는 지금 여기와도 여전히 긴장 관계를 맺고 있는 '현재'의 문학이라는 점에 있는 것이다. 우리 시대를 새롭게 규정하려는 여러 의미 있는 시도들에도 불구하고 70년대라는 산업화 시대가 분비한 문제들로부터 우리가 여전히 자유로울 수 없다는 점은 사실로 들린다. 유신이라는 표층보다 그것을 가능케 한 저류에 대한 탐색이 더 요구된다 함 역시 그러한 소이에서이다. 이 점이 아니라면, 당대의 문학이 반영되지 않는 현 교육과정의 구도에서 70년대 문학 작품의 교과서 수록이 갖는 의의는 상당히 삭감될 수밖에 없을 것이다.

　이에 본고는 이제야 비로소 비록 일부의 작품이나마 교과서에 수록되기 시작한 70년대 시를 이른바 산업화 시대라는 관점에서 다루고자 할 때 고려되어야 할 사항에 대해서부터 점검해 나가기로 하겠다.

2. 산업화 시대 시 교육의 쟁점

(1) 산업화와 윤리의 문제

산업화는 우리 삶의 모든 구석에 미묘하면서도 거부할 수 없는 영향력을 행사해 왔다. 그것은 물질적 생활의 측면에서, 개인과 사회의 관계에서, 혹은 인간의 정신적 측면에 이르기까지 전면적인 변화를 불가피하게 불러 일으켜 왔던 것이다.

그런데 산업화에 정당성을 부여하는 것은 무엇보다도 그 생산력에 있다. 또한 그로 인해 산업 사회에서는 체제의 효율적 목적 달성을 위해 자율적 책임과 의무보다는 권력에 의한 통제가 합당한 윤리적 규범으로 곧잘 행사되기에 이른다. 특히 개발도상국가가 내세우는 산업화의 정책적인 합리성은 빈곤으로부터의 해방이라는 전제 아래 선경제 후인권이라는 구호를 사회 내에 통용하게 하는 경향마저 있다.[2]

70년대 우리 사회가 바로 그러하였음은 말할 것도 없다. 70년대를 대표하는 이른바 성장주의 이데올로기는 박정희 정권이 정권 장악 과정에서 표출된 합리성의 취약함을 보완하고 동시에 경제적 풍요를 창출하기 위한 의지의 표현이었다. 물론 산업화로 인한 생산력 곧 재화의 증대가 국민에게 물질 생활의 향상을 가져다준다는 점만은 사실일 것이다. 오랜 빈곤에 시달린 국민들에게 풍요로운 사회라는 약속은 대단히 설득력이 있는 것이었다. 결국 박정희 시대 전반에 걸쳐 국민적 지지를 동원하는 데 가장 큰 역할을 하였던 조국 근대화라는 기치는 바로 반공주의와 성장주의의 결합체였던 것이다.[3]

그러나 이로 인해 우리와 같은 개발도상국가들은 산업화 과정에 있어 서구 산업사회보다도 더 심각한 윤리의식의 위기에 직면하게 된다. 그러

---

2) 박순영, 『산업사회의 이데올로기』, 학문과사상사, 1980.
3) 임현진·송호근, 「박정희 체제의 지배이데올로기」, 역사문제연구소 편, 『한국정치의 지배이데올로기와 대항이데올로기』, 역사비평사, 1994.

기에 산업화의 길이 결코 중단될 수 없는 현대 사회의 운명이라고 인정한다 하더라도, 사람됨의 권리를 되찾고 바람직한 윤리를 회복하고자 열망하는 것 또한 필지의 사실인 것이다.

그런 점에서 김우창 교수가 산업화 시대의 문학에 있어 가장 증후적인 현상의 하나로 도덕적 감성의 예민화 경향을 가리키면서 "과연 도덕은 오늘날에 있어서 가장 초미한 주제"라 하였을 때, 그것은 실로 정확한 지적이라 할 것이다.4) 그에 따르면 도덕은 더 이상 생존과 일치해 주지 않는다. 삶을 포괄하고 통합해 주지 못한다는 점에선 기존의 도덕적 규범 자체에도 잘못은 있을 것이겠지만, 산업사회가 체계적으로 파괴하는 것은 이 인간 공동체이며, 또 그것의 연장선상에서 생각해 볼 수 있는 사물과 인간을 포함하는 공존 질서로서의 세계인 것이다.

그러므로 이에 대해, 특히 문학이 그 도덕적 감성을 발동하는 것은 당연한 사태에 해당한다. 이른바 현실참여 문학이 표현한, 시대의 문제에 대한 도덕적인 분노는 그 대표적인 예 가운데 하나라 할 수 있을 것이며, 산업화 시대에 처해 순수서정시의 회복을 주장하는 논리 또한 도덕 내지 윤리적 감성에 기초한다는 점에선 아마도 동일하다고까지 할 수 있을 것이다. 이러한 점에서 볼 때 윤리의 문제는 70년대 시를 가르치는 데 있어 피할 수 없는 쟁점으로 부각된다.

(2) 산업화 시대에 처한 문학의 위기 문제

한편, 70년대 시의 문화적 환경 가운데 이른바 상업주의와 관련한 문제도 유념해야만 할 사항이다. 일찍이 김현은 70년대 시를 개관하는 자리에서, 1970년대 시의 조건은 그 어느 때보다도 가혹한 것처럼 보인다고 지적한 바 있다.5) 그에 따르면 50년대만 하더라도 문학의 중심은 시였던 것이 60년대에 이르러 소설이 이를 서서히 앞지르기 시작하더니, 결국 70년

---

4) 김우창, 「산업시대의 문학」, 권영민 편, 『한국의 문학비평 2』, 민음사, 1995.
5) 김 현, 「산업화 시대의 시」, 권영민 편, 『한국의 문학비평 2』, 민음사, 1995.

대에 시는 완전히 문학의 주변으로 밀려가는 비참한 정황에 처하고 말았다는 것, 즉 상업주의의 위세 앞에서 소설은 그래도 그 세력을 유감없이 팽창시켜 문학의 중심 장르가 되었던 반면, 이에 비해 시는 문학의 변두리로 쫓겨나는 신세가 되고 말았다는 것이다. 그 결과 산업화 시대에 그나마 소설가는 소설만을 씀으로써 어느 정도 생계의 유지가 가능했던 반면, 시인은 더 이상 생계의 수단으로 시작에만 의존할 수는 없게 되고 말았다.

그러나 바로 이 같은 비극적 정황이 오히려 70년대 시인들에게는 커다란 활력으로 작용하였다는 점에 우리는 주목해야 한다. 염무웅은 억압이 강화되는 곳에 저항이 증대되듯이 상업주의의 위협이 가중될수록 이에 맞선 문학정신 또한 패기 찬 모습으로 고양되고 있음을 지적하였다.6) 그에 따르면 70년대의 우리 문학사는 진리와 양심에 대한 인위적 공격이 혹심해지는 환경에도 불구하고 문학이 인간정신의 심오한 깊이에까지 자기 영역을 확장해가고 있음을 보여주는 것이었다. 즉 상업주의 및 상업주의의 맹위를 가능케 하는 사회적 구조가 점차 그 본질을 노골화함에 따라 이제 문학은 단순한 재능의 문제가 아니라 분명한 인간적 및 도덕적인 선택의 문제로 되었던 것이다. 다시 말해 시의 쇠퇴는 더 이상 시인의 개인적 재능이나 성실성의 문제가 아니라는 점을 자각하게 되는 반성의 계기가 된 셈이었으며, 그런 의미에서 70년대 시동인지 운동이 당대의 주목을 끌었던 것이라 할 수 있을 것이다.

나아가 앞서 언급한 바 있는 김현은 장차 만화나 유행가 같은 것들이 완연히 자신의 독자성을 주장하고 나설 것이므로 시가 처한 이러한 상황은 더욱 비참해지리라 내다보기도 하였거니와, 오늘날 이 같은 그의 예견은 불행히도 사실로 드러나고 있다. 이 같은 점에서 70년대 시 교육의 또 다른 쟁점으로 우리는 오늘날의 문학적 환경, 특히 상업주의와 관련한 문제들을 꼽아야만 할 것이다.

---

6) 염무웅, 『민중시대의 문학』, 창작과비평사, 1979.

(3) 70년대 시의 문학사적 위상 문제

70년대 문학 역시 거시적 시각에서 보면 해방 이후의 문학에 포함된다. 거칠게 보아 분단 상황과 그에 대한 대응이 70년대 문학의 주된 과제가 되고 있음은 새삼 말할 것이 못된다. 그러나 해방 공간의 문학과 전후 문학, 그리고 전후 문학과 60년대 문학과의 연관성이 다소 느슨한 데 비해 볼 때, 70년대 문학의 경우, 60년대 문학을 직접적인 토양으로 하고 있다는 점은 문학사적으로 주목해야 할 현상에 속한다.7)

70년대 시단에 있어 김광섭, 김현승, 박목월의 죽음은 커다란 손실로 기록된다. 하지만 이는 김수영에 대한 시적 재평가가 이루어지면서 70년대에 김수영의 시적 영향력이 증대되고 확산되는 계기를 이룬다. 즉 김수영에 대한 재평가는 서정주, 박목월, 김춘수 등의 압도적인 압력 밑에서 시 활동을 하지 않을 수 없었던 50-60년대 시인들의 반발에서 이루어진 것이었다.8) 무엇보다도 냉전 체제와 반공 이데올로기의 지배로 거의 단절되다시피 한 민족문학과 리얼리즘의 전통을 되살렸다는 점에서 70년대 문학의 가장 커다란 의의를 찾고 있는 하정일은 이 같은 70년대 문학의 비약적 발전을 60년대의 산물로 규정하면서 김수영과 신동엽의 유산을 그 대표적인 예로 꼽고 있다.9) 고은, 신경림의 방향 전환 역시 이 같은 영향력의 증대와 무관하지 않다.

그러나 이 같은 김수영적 경향에로의 경사에 반비례하여 줄어들었던 김춘수의 영향이 완전히 사라진 것은 아니었다. 특히 60년대의 <현대시> 동인 출신들에게 상당하게 발휘되었던 김춘수의 영향은 70년대 후반 들어 되살아나기 시작했던 것이다. 이미 조남현은 70년대 우리 시가 토대로 하는 원형질로 김춘수, 김수영, 박목월, 서정주 등을 꼽으면서 그 가운데서도 김춘수와 김수영을 그 대표로 논했던 바 있다.10)

---

7) 이승훈, 「70년대의 한국시」, 김윤식 외, 『한국현대문학사』, 현대문학, 1989.
8) 김 현, 앞의 글 참조.
9) 하정일, 앞의 글 참조.
10) 조남현, 「70년대 시의 여러 경향」, 『문학과 정신사적 자취』, 이우출판사, 1984.

그러므로 70년대 시를 가르침에 있어 60년대 시와의 연속성 및 그 발전 과정에 대한 이해는 문학사를 이해하는 데 있어서나 현대시의 핵심적 과제를 이해함에 있어서나 매우 긴요한 관건이 된다. 사실 우리 시 교육을 지배해 왔던 이른바 문협정통파의 영향력에 비해 볼 때, 시 교육에서 차지하는 60년대 시의 위상은 상대적으로 극히 미미했다고 할 수 있다. 김수영의 시가 교과서에 등재된 것이 불과 5차 교육과정기의 일일진대 6차 교육과정에 이르러서는 이미 70년대의 시가 들어서기 시작하고 있는 것이다. 한 마디로 우리의 시 교육은 70년대를 반영하는 데 늦었고, 60년대를 반영하는 데에는 너무 늦었던 셈이다. 여기서 60년대와 70년대의 연결 고리마저 놓치게 된다면, 결과적으로 이는 이렇듯 굳건한 계보상의 시들을 시사의 주변부로 내몰고 소수(minority)의 문학으로 정위하는 셈이 되고 말 것이다. 나아가 70년대 시와 80년대 시의 관계까지 미리 상정해 본다면 이 같은 문학사적 의미망에 대한 주목은 바로 지금 이루어지지 않으면 안 될 것이다.

3. 산업화 시대 시의 양상과 그 교육

일반적으로 70년대 시를 논하는 논자들에 따르면, 70년대 시는 크게 민중지향의 시와 소시민적 삶을 노래한 시로 대별되며, 여기에 때로 전통적 서정시 경향이 추가되기도 한다.[11] 물론 이 같은 구분 또한 선명하지만은 않은 것이 사실이다. 특히 리얼리즘과 모더니즘을 두 축으로 볼 때, 70년대 시인들이 그 사이에서 보여준 다양한 스펙트럼은 일정한 도식적 구분에 상당한 저항을 나타낸다. 하지만 일반적으로 민중지향의 시에는 김지

---

11) 김재홍(「광복 40년의 한국시」, 『현대시와 역사의식』, 인하대출판부, 1988)은 70년대 시를 민중지향의 시, 도시적 감수성 계열의 시와 함께 전통적 감수성 계열을 설정하고 있으며, 앞에 인용한 바 있는 하정일은 민족문학과 보편적 휴머니즘 계열로 구분하고 있다.

하, 신경림, 정희성, 조태일, 이성부, 이시영, 고은, 양성우 등이, 소시민적
삶을 노래한 시에는 정호승, 김광규, 정현종, 황동규, 이성복, 최승호, 오
규원 등이 해당한다고 보아 크게 무리는 없을 듯하다. 그렇게 본다면 위
에서 보인 바처럼 오늘날 우리의 교과서가 70년대 시의 충분한 양도 필요
한 양도 갖추었다고 보기는 어렵게 된다.

이렇듯 절대량이 부족한 형편이지만, 그러한 여건 속에서도 70년대 시
를 가르치고자 할 때 우리가 택할 수 있는 최선의 방책은 무엇일까. 산업
화 시대의 문학적 대응이라는 견지에서 현재와의 긴장 관계를 유지하는
한편, 아울러 앞서 열거한 여러 쟁점들을 포괄하면서 70년대 시를 지도하
기 위해서는 과연 어떠한 과정이 요구될 것인가.

먼저 민중지향의 시 경우를 보면, 김지하와 신경림, 그리고 이성부의
대표작이 실려 있다는 점에서 별 불만은 없을 것처럼 보인다. 김지하의
<타는 목마름으로>가 유신 체제의 억압 속에서 민주주의 회복의 열망을
절규한, 70년대의 기념비적 작품이라는 데에 이의를 제기할 사람은 아마
도 없을 것이다. 하지만 만일 교육 현장에서 이것이 다만 70년대의 당대
적 의의만을 지니는 것처럼 가르쳐지고, 학생들에게 있어 민주주의의 회
복이란 오늘날엔 이미 실현된 것으로 기정사실화되어 있을 때, 이 작품이
던져 주었던 감동의 국면은 상당 정도 삭감될 가능성이 크다.

다시 말해 만일 학생들에게 민주주의란 것이 일반사회 시간에 배우는
한낱 정체적 의미만을 지닐 뿐, 왜 산업 사회에서 민중들에 대한 탄압이
일어나고 민주주의적 가치가 훼손당하기에 이르렀는지, 즉 급격한 산업화
에 따른 사회 경제적 모순과 부조리가 드러나면서 인간적인 평등과 소외
의 문제가 사회에 비등하게 되었을 때 시인이 행해야 할 책무는 무엇인지
에 대해 가르쳐지지 않는다면, 나아가 오늘날에도 여전히 '타는 목마름으
로' 불러 보아야 할 가치들의 회복과 관련하여 학생들에게 문제를 제기해
보지 않는다면, 김지하의 시가 갖는 의미는 그저 과거의 한 기억으로만
남게 되고 말 것이다. 민중시는 체제의 문제이기 이전에 윤리의 문제인
것이다.

한편 이른바 민중시인들의 앞에 70년대 초 한국 사회는 자본주의 경제

시장에로의 본격적 편입과 이에 따른 사회 구성체의 내적 모순의 심화라는 객관적 조건 및 4·19와 6·3을 통한 민중의식의 성장이라는 주체적 조건이 부여되어 있었으며, 문학사적으로는 김수영과 신동엽으로 대표되는 선배들의 목소리가 남아 있었다. 이같은 상황에서 김지하가 <황톳길> 등을 통해 보여준 비판적 감수성은 문단에 신선한 목소리를 던져 주는 것이었다. 그러나 그는 이미 1970년에 '풍자냐 자살이냐'는 화두를 던진 바 있거니와, 그 요체는 물신의 폭력 아래 여지없이 패배하고 있는 것처럼 보이는 시가 예술적 폭력에 의해 그 패배를 승리로 뒤바꿀 수 있다는 것이었다. 여기서 그는 김수영을 넘어서고자 한다. 그에 의하면 김수영의 시는 폭력 표현의 방향을 민중에만 집중하고 민중 위에 군림한 특수 집단의 악덕에 돌리지 않은 데 잘못이 있다고 한다. 결국 김지하는 비극적인 것과 희극적인 것의 결합에 대한 고찰을 통하여 저항적 풍자를 택해야 함을 드러내 보였던바, 이에 민요와 풍자 정신을 결합하던 그는 소위 담시라 불리는 일련의 작품을 통해 판소리의 형식을 빌려 우리 현실을 격렬하게 풍자해 내기에 이르렀던 것이다.

그러나 그의 담시는 현재 어느 교과서에서도, 어느 참고서에서도 발견할 수가 없다. 담시를 싣기엔 지면도 부족했을 것이다. 하지만 그에 대한 모든 현실적 배려가 반드시 교육적 배려였다고 믿기엔 다소 어렵다. 물론 오늘날 김지하의 담시에 대해서는 많은 비판이 있는 것 또한 사실이다. 재벌, 국회의원, 장성, 장차관, 고급공무원 등 당시의 군부 독재 세력과 독점 재벌을 풍자적으로 비판한 그의 담시(<오적>)들은 풍자의 통렬함과 상상력의 대담성에도 불구하고 대상을 지나치게 희화화함으로써 오히려 대상의 본질을 희석시켜 버리고 그로 인해 시적 현실성이 심하게 훼손되거나 냉소적 희화화로 빠지는 한계를 노정하고 말았던 것이다.12) 또한 그가 모르고 있었던 바는 아니지만, 그의 담시 속에서 민중은 '꾀수'나 '안도'의 경우에서 보듯, 자신의 무지를 벗어나 지식인의 이성 쪽으로 가야 하는, 여전히 무지하며 절망 속에 더구나 고립되어 있는 것으로 표현되고

---

12) 하정일, 앞의 글 참조.

있다는 점에서 문제점을 안고 있는 것이기도 하였다.[13] 그러나 바로 이러한 점들이야말로 교육상 매우 유의미한 문제를 제기해 주는 것으로 보인다. 그것은 곧 문학의 대중성에 관한 문제이다. 이에 관해 서준섭은 다음과 같이 지적한 바 있다.

> 민중문학을 민중의 이해관계 편에 서는 문학이라고 할 때 그 주체가 지식인이냐 민중이냐 하는 문제가 중요한 것은 아닐 것이다. 본질은 세계관에 있으리라. 그리고 여기서 중요한 것은 대중성의 문제이다. 지식인과 이성(보편성), 민중과 실천(대중성)을 대응관계에서 인식할 때 진정한 민중문학은 이성적인 것과 민중적인 것의 변증법적 일치를 지향한다고 볼 수 있다. 그러나 현실적으로 일치 가능한가. 이것은 민중지향적인 지식인 신분의 민중시인의 딜레마이다. 이성 범주를 강조하다 보면 대중성을 잃게 되고 이성이 대중성을 강조하다 보면 구체성을 결여한 추상적인 보편주의에 빠지게 된다. 더러 발견되는 시적 상투성은 곧 추상적 보편주의의 한 양상이 아닐까.[14]

나아가 서준섭은 이 추상적 보편주의가 구체성과 생생한 실감을 요구하는 시에서 작품의 예술성을 손상시키는 요인이 된다고 지적하는 한편, 나름대로의 의미는 있지만 본질적인 문제는 아니라면서 과연 김지하의 <오적>과 정희성의 <저문 강에 삽을 씻고>를 민중들이 읽었을까, <오적>과 <비어>에 나오는 어려운 한자말을 그들이 이해했었을까 하는 문제를 제기한다. 기실 이 문제야말로 문학교육에 관계하는 학자들과 교사들이, 그리고 학생들은 학생 나름대로, 고민해 보아야 할 문제가 아닐까. 대중문학에 압도당하고 있는 작금의 현실에서 대중성과 예술성은 어떠한 관계가 있는지, 문화적 혹은 교육적 당위와 교육의 현실 사이에서 어떤 접근을 행해야 하는지, 생산 주체와 향유 주체의 관련은 어떻게 정립되어야 하는지, 등등의 문제가 바로 이 대목에 도사리고 있는 것이다.

사실은 바로 그 점이 80년대 문단을 뒤끓게 했던 문제들이다. 70년대

---

13) 서준섭, 「현대시와 민중」, 문학사와비평연구회 편, 『1970년대 문학연구』, 예하, 1994.
14) 위의 글, p. 54.

민중시는 이성적인 것과 민중적인 것 사이의 간격을 인식하고 그것을 좁히려는 지식인 시인들의 문학적 실천, 계몽주의의 산물이었다. 그 시절엔 민중적 현실의 문학적 형상화라는 상당히 포괄적인 답이 통용되어 왔었다. 그러나 80년대에 이르러 민중을 위한 문학 개념은 노동자 주체 문제를 비롯하여 문학의 대중화 문제로 이행하고 기존 장르에 대한 불신과 함께 매체 통합 내지 장르 확산이 주장되고 시도되었던 것이다. 비록 그 중에는 낭만주의적 편향과 경직화 내지는 상투화의 경향이 자주 발견되는 것도 사실이지만, 문제의식의 심화에 기여한 많은 문학 유산들을 오늘날 우리는 갖고 있는 편인 것이다. 이러한 유산들과 90년대 들어 새로운 각도에서 제기되어 온 장르와 매체 문제, 패러디 및 혼성모방의 문제 등은 교육적으로 유의미한 방향에서 서로 만나야만 한다.

또한 같은 이야기시적 전통이란 점에서 신경림의 시에 주목하는 것도 필요한 일이다. 신경림의 시가 김지하의 시와 더불어 이야기에 크게 의존하고 있는 것은 시의 주관성을 극복하고 객관성과 사실성을 부여하려는 시도로 이해된다. 다만 김지하가 판소리의 이야기 형식을 현대적으로 재활성화한 것으로서 화자가 민중적인 이야기꾼의 목소리를 보이는 데 반해, 신경림은 임화와 이용악 시의 전통에 닿아 있는 서정적 이야기시로서 농민의 목소리를 취하고 있다는 점에서 구분될 수 있다.[15]

신경림은 50년대 중반에 등단했으나 본격적으로 활동한 것은 70년대에 오면서부터이다. 주지하는 바대로 심각한 사회적 문학적 문제의 차원에서 또다시 농촌이 관찰되기 시작한 것은 한일 협정의 타결을 기점으로 차관 및 직접 투자의 형태로 외국 자본이 쏟아져 들어오던 60년대 후반 무렵이었다. 이때 존재의 시, 사물의 내부에 직관적으로 도달하려고 하는 시에서 신경림이 이사한 곳이 바로 역사의 현장으로서의 농촌이었던 것이다. 이 시기에 들어 그는 김수영의 시에서 읽을 수 있었던 모더니즘의 요소가 말끔히 배제된 채, 특히 산업화가 야기하는 농촌 현실의 소외감을 절제된 언어로 형상화하게 되었다. 그 결과 그는 농민시의 새로운 경지를 개척하

---

15) 위의 글, p. 40.

게 되었고, 농촌의 구체적 현실과 농민들의 생활 감정을 탁월하게 재현해 낸 리얼리즘 시의 한 전범으로 평가되기에 이르렀던 것이다. 그는 농촌의 피폐하고 암울한 현실, 농민들의 좌절과 절망, 그리고 그러한 절망감 밑에 깔려 있는 민중의 근원적 건강성을 절제된 감정과 서사적 디테일을 바탕으로 노래하였다.

<농무>는 근대화 과정에서 변두리로 밀려난 농민들의 삶의 애환을 노래한 시이다. 여기서 이야기되는 농촌 생활의 답답함은 도시로 가지 못하고 농촌에 남아 있다는 의식의 표현으로, 이 농촌/도시의 갈등은 60년대 이래 근대화 도시화에 따른 농촌의 상대적 소외감의 한 반영이라 할 수 있다. 그래서 신경림의 시에서 보이는 농민들의 목소리에는 한과 비애의 정서가 깔려 있다. 하지만 이것은 민중의 현실에서 비켜서서 오히려 그 현실을 은폐하고 약화시키는 데 이바지하는 복고주의적 감상주의적 정한은 아니다. 즉 그들의 비애 속에는 열정이 숨어 있고 그 열정은 함성과 분노로 전화되는 힘을 갖고 있는 것이었으며, 시인은 그것을 단지 바라보는 것이 아니라 그들의 고난과 분노를 자기 것으로 삼고 있다는 바로 그 점에서 그의 시는 과거 농촌을 배경으로 삼던 전통적 서정시로부터 획을 긋는 위치에 설 수 있게 되었던 것이다.

그런 점에서 신경림의 시가 김지하의 시와 함께 교과서에 소개되고 있는 오늘의 현실은 과거에 비해 볼 때 매우 고무적인 것임에 틀림없다. 그러나 단지 정전의 추가나 대체에 의해 교육의 보수성이 변화될 수 있으리라는 기대는 잘못이라 할 수 있다. '무엇을 읽는가'의 문제는 항상 '어떻게 읽는가'에 의해 규정받기 때문이다.16)

사실 신경림의 시는 이미 5차 교육과정기 국정 교과서에 실린 바가 있다. 5차 교육과정기 중학교 국어(2-1) 교과서에는 신경림의 <가난한 사랑 노래>가 들어 있었던 것이다. 교사용 지도서는 이 작품을 두고 "인간적 진실의 따뜻함과 아름다움"이 주제라고 해설하고 있다.17) 이 작품이 노동

---

16) David H. Richter, *Falling into Theory : Conflicting Views on Reading Literature*, Boston : Bedford Books of St. Martin's Press, 1994.

17) 한국교육개발원, 『중학교 국어 교사용지도서 2-1』, 대한교과서주식회사, 1990.

자의 건강성에 대한 시인의 따뜻한 시각에서 이루어진 것은 사실이지만, 이 작품이 지시하고 또한 함축하고 있는 것은 시인(화자)의 긍정적 인생관이 아니라 그를 슬프게 만드는 현실 및 그에 대한 분노 쪽인 것이다.

그러나 이러한 견해는 은폐된다. 가령 교사용 지도서에 의할 경우 교사들의 발문은 "'가난하다고 해서 외로움을 모르겠는가'—①라는 구문을 '가난해도 외로움을 안다'—②로 고쳐 썼을 때, 그 느낌에 어떤 변화가 있는지 생각해 보자" 하는 내용으로 이어지게 되는데, 이는 작품의 유기적 완결성을 강조하게 되는 효과를 겨냥한 것인 동시에 기법의 문제를 부각하는 의도를 가진 경우라 할 것이거니와, 그에 대한 해답은 "①과 ②의 차이는 외로움의 정도에서 드러난다. ①의 구문은 부정과 반문을 통해서 호소하는 어조를 담고 있기 때문에 외로움의 정도가 더 깊게 우리에게 전달된다."로 되어 있다. 그러나 웬만한 비평적 감각이 있는 자라면, 그 같은 표현 의도가 외로움의 정서 전달에 있는 것이 아니라 분노와 저항의 그것에 있는 것임을 안다. 시인(화자)은 자신의 외로움을 드러내는 데 골몰해 있는 것이 아니라, 그래서 부정과 반문의 기법까지 이용하고 있는 것이 아니라, 외로움을 느낄 여유조차 허용되지 않는 각박한 삶을 고발하고 항변하는 것이기 때문이다.

생각이 여기에 미치면, 왜 교과서에는 김수영의 <풀>이 그의 다른 작품보다 더 선호되는지, 김지하의 경우 왜 담시는 배제되고 서정시는 선택되는지, 아울러 신경림의 경우에는 <목계장터>가, 이성부의 경우에는 <벽>가 왜 수록되는지에 대해 다시금 생각해 보게 된다. 물론 그 답은 그 작품들이 각 시인들의 소위 대표작이라는 데에서 쉽게 나올 수 있을 것이다. 그에 관해 별 이의가 있는 것은 아니다. 여기에는 교재란 것이 비록 도구적 존재에 불과하다 하더라도, 굳이 뛰어나지 않은 문학 작품을 도구로 삼아 문학 현실에 대한 훌륭한 지식에 이르도록 하는 방식을 택할 필요는 없다는 인식이 함께 작동하고 있는 것이다.

하지만 어쩌면 그 작품들을 대표작으로 꼽는 데 작동하고 있는 우리의 인식틀 자체부터 검토의 대상이 되어야 할지도 모른다. 거기에는 알게 모르게 관습의 질서가 갖는 힘, 곧 전통적인 서정시관이 작용하고 있는 것으로 보인다. 다시 말해 위의 작품들은 이른바 신비평적 심미안에서도 선호되는 작품들이라는 것, 그런 점에서 기존의 정전 체제에 가장 해를 덜 끼치면서도 정전의 확장에 기여할 수 있는 비교적 무난하고 온건한 작품들이라는 것에 주목할 필요가 있다.18)

물론 현실적인 측면에서 이러한 선택은 합리적이라 볼 수도 있을 것이고, 공동체의 이상을 제도화하는 데 따른 불가피한 선택이라고 할 수도 있을 것이다. 그러나 이로 인하여 기존의 정전 체제와 갈등을 유발하고 그 체제 자체에 대한 심문을 가능케 하며 그로부터 새로운 교육적 의미를 획득할 수 있었던 민중시의 교과서 내 편입은 자칫 그 의의가 사라질 우려 또한 크다 할 것이다. 즉 기존의 전통과 대립하는 점에서 존재 의의가 발견되던 작품들이 결과적으로는 오늘날 교과과정을 통해 공식화되고 있는 특정한 선호도 속으로, 기존의 전통적 질서 속으로 흡수 통합되거나, 그럼으로써 여전히 주변부의 위치에 정위되는 운명에 처해지고 말 가능성이 커지는 것이다.

현행의 시 교육은 해당 텍스트에 대한 섭렵 자체로 수업이 완결되는 경우가 많다. 이는 섭렵의 원칙이 텍스트 능력의 신장을 목적으로 삼는 하나의 수단으로 작용되기보다는 확정된 정전의 섭렵 그 자체를 목적으로 하는 경향이 농후하기 때문이다. 그 결과 교육 현장에서는 신경림의 <농무>나 <목계장터>, 그리고 이성부의 <벼>를 놓고서도 시 자체의 구성적 특질을 따지는 데 과도한 시간을 보내게 되기가 십상이다.

그러나 신비평적 실천에서 애용되는 몇 가지 도구, 텐션이라든지, 메타포라든지 하는 것을 기술 정보의 차원에서 강조하는 것은 1차적 텍스트에 묻혀 있다고 생각되는 삶의 가치를 도외시하고, 텍스트의 읽기를 흔히 일컫는 심볼 사냥, 메타포 사냥으로 바꿔 놓고, 따라서 텍스트의 진정한 의미를 외면하는 표피적 수용에 이르는 결과를 낳게 된다.19) 그러므로 교육

---

18) 이와는 별도로, <풀>이나 <벼>를 가르치는 데 있어 상징이 아닌 알레고리로만 지나치게 접근하는 태도도 지양되어야 한다는 점을 아울러 지적해 두고자 한다.
19) 석경징, 「문학 비평, 이론과 교육」, 『현대비평과 이론』 6호, 한신문화사, 1993 가을·겨울, p. 43.

에 있어 읽기의 방식이 변화하지 않은 채 단순히 텍스트의 변화를 통해 문학적 인식과 사유의 확대를 꾀하고자 하는 것은 그 노력에 비해 기대에 걸맞은 성과를 거두기가 힘들다 할 것이다.

이제는 소시민적 삶을 노래한 시편들에 대해 검토해 보도록 하자. 이 계열은 70년대 시를 이해하는 데 매우 긴요한 것임에도 불구하고, 교과서에서 상대적으로 빈약한 비중을 차지하고 있다. 그 이유는 아마도 각 시대를 대표하는 작품들만을 싣기에도 버거운 교과서 지면상의 사정과, 그렇다면 아무래도 70년대의 특성은 민중시에서 찾아야 하지 않겠냐는 이해가 결합한 데에서 찾아야 할 것이다.

그런데 앞서의 민중시 경향을 포함하여 70년대 시의 의의는 한 마디로 현실에 대응하는 시의 역할 내지 기능을 재정립하고자 한 노력에서 발견되는 것이라 볼 수 있는바, 그 같은 노력은 결국 시 형식의 개방을 모색하는 과제로 이어지게 되었다. 언어적인 해체와 일상적 경험의 획득이 중요하게 부각되면서 시에 이야기적 요소를 부여한다든가, 시어와 일상어의 경계를 해소하고자 한다든가 하는 여러 시도가 이루어졌던 것이다. 요컨대 시로서 현실에 대응하고자 하는 방향에서 시 형식 자체를 문제 삼았다는 점은 리얼리즘 시 쪽이나 모더니즘 시 쪽이나 공통된 과제였다 할 수 있다. 그 가운데서도 주로 소시민적 삶의 애환을 바탕으로 도시적 감수성을 노래한 시들이 보여 준 노력들은 민중시와는 또 다른 측면에서 주목을 요한다. 이들의 시는 대체로 대상이나 현실을 반어적 태도로 인식하고 시 속에 극적 상황을 설정하거나 산문의 논리를 개입하여 시의 산문화 경향을 보인다.

먼저 70년대 시의 또 다른 원형질을 이룬 것으로 지적된 바 있는 김춘수적 경향은 이승훈의 비대상시에서 그 영향이 검출된다.[20] 비대상시는 세계 상실의 시로서, 그의 시는 인식론적 회의를 바탕으로 한다. 그러나 김수영적 경향에 대비하고자 하는 측면에서라면 이승훈의 시가 가장 제격이겠지만, 그의 시는 일반적으로 가르치기가 매우 힘든 것이 사실이다.

---

20) 김준오, 「한국모더니즘의 현단계」, 『현대시사상 1』, 고려원, 1988.

이미 5차 교육과정기의 문학 교과서 가운데 하나에도 실린 바 있던 <위독>의 경우, 6차 이후에도 계속 실려 있긴 하지만, 문면의 의미조차 해독이 어려워 작품 감상으로 나아가기란 여간 곤혹스러운 일이 아니다. 이 시는 내면 세계의 처절하고 참담한 감정적 분위기를 순간순간 떠오르는 언어들의 상호충돌을 통해 제시하고 있다. 그래서 이 시에 사용된 시어들, 가령 램프, 난간, 장송의 바다, 차건 손, 흰 보자기, 파헤쳐진 새 등은 그 사이에 어떤 의미 연관을 찾기가 대단히 어렵게 되어 있다. 즉 이 시는 현실의 구체적 정황 속에서 살아가는 사회적 존재로서의 인간이 아니라 인간 실존의 내면에 자리 잡고 있는 무의식적 환상을 심상화한 것이다.

그런데 일반적으로 교사의 입장에서는 작품을 해설하고자 하는 욕망이 곧 시의 논리를 요구하는 것으로 이어지게 마련이기 때문에 이러한 시는 마치 교사를 무력하게 만드는 것처럼 비쳐지게 된다. 하지만 역설적으로 바로 그 같은 점이 중요한 교육적 의의를 지닌다. 다시 말해 단의성의 신화에 길들여진 시 교육 풍토에서 이 시가 충격할 모습을 상상하기란 어렵지 않다. 반드시 이해 과정을 통과해야만 감상에 도달하는 것은 아니다. 이런 시의 경우 오히려 감상에서 출발하여 이해를 구할 수도 있다. 그 경우 학생들은 수동적 읽기에서 벗어나 스스로 의미화 실천을 경험할 수도 있을 것이다.

정현종 역시 그와 유사한 예로 꼽을 수 있겠다. 60년대 중반에 시 활동을 시작한 정현종은 이성부, 이승훈과 함께 60년대 가장 주목받은 시인 중의 하나인데, 그는 시적 대상 파악에 부드러움을 보여준 특이한 시인이다.21) 시적 대상을 대상의 속성이라고 알려져 온 것에 의거하지 않고 그 대상의 신비를 찾아내려는 부드러운 노력에 의해 이해하고자 한 그의 독특한 위상은 이율배반적인 가치나 이미지들을 융합시키는 상상력으로부터 나온다. 고통과 축제, 절망과 희망, 무거움과 가벼움 등 대립적 가치 내지 화해 불가능해 보이는 가치들이 그의 시 속에서는 공존의 미학을 이룬다. 그러나 그것이 단순한 모순어법에 그치거나 세계에 대해 역설적 화

---

21) 김현, 앞의 글 참조.

해의 손을 내미는 것은 아니다. 오히려 그의 시에는 강한 비관주의적 분위기가 감지된다. 그것은 미학적 저항의 일종이다. 즉 정현종의 시적 상상력의 풍요성은 단선적인 대상 이해에 의해 우리가 기존의 세계 속에 편안히 자리 잡을 수 없도록 하는 데 있는 것이다.

그러므로 세계의 자명성과 상식에 안주하거나 섣부른 화해주의적 시에 익숙해진 학생들에게 정현종은 이승훈과 마찬가지로 또 하나의 윤리적 문제를 제공해 줄 수 있을 것이다. 사실 서정주의 <무등을 보며>와 같은 삶의 윤리가 학생들에겐 더 낯설고 어려운 과제로 보여야 하는 것이 정상이지 않을까.

이들에 비해 본다면 김광규의 시가 교사의 입장으로선 무척 반가울 것이다. 그는 도시적 삶의 원리에 시달리는 소시민의 갈등을 노래하면서 상실한 도덕성 회복에의 열망을 보인다. 그는 서정성에 지적 방법을 융해시켜 결코 서두르지 않을 뿐만 아니라 설득력 있게 인간과 삶의 문제를 다룬다. 현실의 여러 문제를 시화하면서도 격한 어조에 휩쓸리지 않는 것은 삶의 리얼리티를 확보하는 중요한 방법이 된다.22) 관념적이고 초월주의적인 초기시 세계에서 벗어나 특유의 산문적 문체를 통해 탁월한 시적 성취를 획득한 것으로 평가되는 그의 시는 그야말로 물신화된 삶의 전형을 아이러니의 태도로 비판하고 있는 점에서 눈길을 끈다.

특히 4·19세대의 자기성찰과 비판정신을 대표하는 <희미한 옛 사랑의 그림자> 같은 시는 주체를 상실하고 스스로의 삶으로부터 소외당하여 거짓 욕망에 이끌리는 우리들의 자아에 대해 통렬한 반성을 촉구하는 작품이다. 세월이 흘렀어도 이 시가 학생들에게 낯설지 않게 다가감은 알고 보면 익숙한 도덕적 주제이면서 여전히 해결되지 않은 채 남아있는 우리 시대의 문제이기 때문일 것이다.

한편 이렇듯 김광규가 인간과 사물의 왜곡된 관계를 중심으로 도덕적 타락을 비판한다면 이성복은 인간과 인간의 왜곡된 관계를 중심으로 도덕의 아이러니, 즉 우리들의 삶을 지탱하는 원리인 도덕이 무력하게 되어

---

22) 최동호, 「1970년대 시와 서정성의 전개 방향」, 권영민 편, 『한국의 문학비평 2』, 민음사, 1995.

그 비현실성을 드러내게 되는 현상을 고발하고 있으며, 최승호는 도덕과 생존의 갈등이 깊어지면서 산업사회의 모순이 더 이상 인간의 능력으로는 치유되기 어렵다는 인식을 노래하고 있다. 아울러 시에서 서정성과 사회성의 문제를 성공적으로 결합시키고 있는 정호승도 이 계열에서 같이 다루어질 수 있을 것이다.

또 다른 의미에서 우리의 주목을 끄는 시인은 바로 오규원이다. 그의 모더니즘은 김수영에 닿아 있다. 그가 보인 시적 반란은 김춘수나 이승훈의 고립주의적 모더니즘과 달리 외부세계로부터 도피하지 않고 오히려 정면으로 수용하면서 아이러니의 정신과 산문적인 해사체로 도전한다.[23] 그것은 말의 혹사에까지 이른다. 그가 보여준 시의 모습은 다분히 현재진행적이다. 당대의 문학이 배제되고 있는 현행 문학교육과정의 구도상 오규원의 시편은 그 대안 가운데 하나가 될 수도 있을 것이다. 특히 시 교육에서 말의 쓰임새에 무게를 두고자 할 때, 오규원의 시는 단순한 기교를 넘어 말과 사물의 관계, 말과 사유의 관계에 대한 새로운 개안을 학생들에게 가져다 줄 수 있는 좋은 자료가 될 것이다.

현재의 교과서에 직접적으로 반영되고 있는 황동규는 50년대 후반 고은과 함께 시활동을 시작하여 서정주와 김수영의 영향을 강하게 받았으면서도 그들 누구의 아류도 되지 않고 독특한 자신의 시 세계를 구축한 시인이다. 처음에 그는 연시와도 같은 섬세한 감성의 시를 보여주다가 민족의 역사와 시대의 아픔을 노래하는 한편, 도교적 초월주의라 할 만한 허무적 선시풍에 빠져드는가 싶더니, 『나는 바퀴를 보면 굴리고 싶어진다』와 『악어를 조심하라고?』에 이르러서는 삶 자체에 중점을 두는 것이 아니라 시 안에서 시인의 통찰력, 인생관 등이 극처럼 변화하는 데 중점을 두는 이른바 극서정시를 보여주고, 최근에는 여행시라 할 만큼 끝없는 여정에 몰두하고 있다. 이러한 그의 시적 역정 가운데 70년대에 이르러 그는 초기의 낭만주의적 성향을 그대로 유지하면서도 당대에 대한 날카로운 통찰을 보여 준 바 있다. <계엄령 속의 눈>, <정감록 주제에 의한 다섯 개

---

23) 이승훈, 앞의 글 참조.

의 변주> 등은 소시민적 삶에 대한 자기비판과 치밀한 시적 구성이 조화를 이룬 수작으로 꼽히고 있다. 그러나 교과서에 실린 그의 시들(<기항지 I >, <조그만 사랑 노래>, <풍장 I > 등)은 주로 70년대의 현실 상황과는 다소 비켜 선 자리의 것들뿐이다.

민중시 경향과 달리 사실 이상에서 언급한 계열의 문학들은 70년대 들어 민족 민중 문학 진영과의 생산적 경쟁 속에서 계급 문제나 분단 문제에까지 관심 분야를 확대하고, 소시민적 삶에 대한 섬세한 자기성찰을 통해 삶의 내적 복잡성을 치밀하게 그려낸 데 그 의의가 발견되는 것이다. 이들은 당대 민중들의 소외된 삶에 대한 휴머니즘적 공감을 표현하는 한편, 특히 민중과 지배층의 중간에서 올바른 삶의 행로를 찾아 방황하는 양심적 소시민들의 동요와 고뇌에 대한 세밀하고 진지한 형상화는 높은 예술적 성취를 획득하였던 것으로 평가받는다. 그리하여 소위 보편적 휴머니즘의 관점에서 당대 현실의 제반 모순을 비판적으로 그리거나 소시민들의 계급적 이중성과 동요성을 자기비판한 이 문학적 흐름들은 80년대 비판적 리얼리즘이나 모더니즘으로 계승되면서 뚜렷한 세를 형성하게 되었던 것이다. 그럼에도 불구하고 이들의 본격적 작품이 교과서에 반영되지 않음으로 인해, 현단계 우리 교육으로서는 70년대 시를 두고 벌일 수 있는 변증법적 인식의 폭을 현저히 줄여 놓고 만 셈이라 할 것이다.

4. 시 교육의 변증법

그렇다면 그 같은 변증법은 어떻게 이루어질 수 있을까. 그것은 시를 가르칠 때 있어서 목표를 어떻게 설정하느냐에 우선 달려 있다. 개별 작품들을 꼼꼼히 읽고 여러 작품들을 두루 섭렵하는 데서 시 교육이 할 일을 다 했다고 간주하는 한, 변증법은 기대되기 어렵다. 개별 작품들을 다양하게 나열하고, 그 각각을 섭렵하면 저절로 학생들의 문학적 인식이 확대되고 심화되리라 기대하는 것은 우리의 교육 현실상 그릇된 발상이다.

더구나 70년대 시의 경우 다양성을 기대하기엔 무엇보다도 교과서에 반영된 절대량이 부족하다는 점부터 지적해야 하겠다.

하지만 다양한 작품을 배열했다 해서 다양성의 미덕이 즉각적으로 발휘되는 것도 아니다. 그러기 위해서는 우선 주체적인 선택 행위를 학생들에게 허여해야 한다. 모든 개별 작품들을 학생들이 반드시 금과옥조처럼 다루어야 하는 것은 아니다. 문학교육의 목표는 일정한 정전 체제에 학생들을 순응하게 하여 정전의 자기화를 이루도록 하는 데에만 있는 것이 아니라 학생들 저마다 자기의 정전화를 성취하도록 하는 데에도 있을 것이다. 그 어느 쪽도 우리는 실패하고 있음에 틀림없다. 교실에서 가르쳐지는 시 텍스트들은 학생들에겐 단지 과업의 일종으로 남아 있을 따름이다.

다양성의 미덕은 그 다양한 전체를 이루는 개별자들 사이의 갈등을 인정하는 데 있다. 따라서 중요한 것은 오히려 작품 '사이'에 있다.

그러므로 우리는 같은 시대적 환경 속에서 다양하게 나타난 시들을 놓고 비교적 많은 질문들을 던질 수 있어야 한다. 산업화 시기에 왜 윤리와 도덕이 문제가 되며 같은 윤리적 문제를 다루면서도 시의 모습은 왜 달라지는가. 다시 말해 민중 지향의 시와 소시민의 삶을 노래한 시들은 어떻게 다르고 어떻게 같은가. 한편 김수영의 영향과 김춘수의 영향은 어떠한 모습으로 드러나며 그러한 대립이 갖는 의미는 무엇인지, 그리고 김수영과 김지하는 어떠한 관계이며 김수영과 황동규, 혹은 오규원은 또 어떠한 관계에 있는지, 또한 김지하의 서정시와 담시 사이에, 또는 김지하와 신경림 류의 이야기시와 정희성 류의 시 사이에 보이는 차이와 갈등은 무슨 의미를 지니는지 우리는 학생들에게 물어 볼 수 있고 또 물어 보아야 할 것이다. 나아가 70년대 민중시와 80년대의 민중시는 어떠한 공통점과 차이점을 보이며, 70년대 모더니즘시와 80년대, 그리고 90년대에 이르는 도시시 내지 해체시의 모습은 어떠한 연관성을 보이는지, 또는 대중문화에 압도된 오늘의 현실에서 70년대 시가 보여 주는 진지함과 무거움의 세계가 갖는 의미는 무엇이며 대중성의 문제는 과연 어떻게 이해되고 평가되어야 하는지, 아울러 눈을 과거로 돌릴 경우, 70년대 산업화 시기의 시와 그 이전의 소위 전통 서정시들이 보여 주는 관계는 과연 어떻게 이해하고

받아들여야 할지에 대해서도 의문을 제기해 볼 수가 있을 것이다.

그러나 이 모든 질문들은 그동안 학생들이 길들여져 왔던 (문학) 세계의 자명성에 대한 심문으로 이어지게 될 때, 그리하여 결과적으로는 학생 자신의 이해관계에 따른 주체적인 선택 행위가 가능하게 될 때만이 비로소 그 의의를 획득하게 될 것이다. 그 과정에서 얻어지는 공감과 이해의 확대, 혹은 갈등과 고뇌의 체험이야말로 교육적으로, 문학적으로, 나아가 사회적으로 유의미한 것이 될 터이기 때문이다.

그것이 분석주의적 주해보다 더 값진 결과를 가져다주는 것이라면, 현행의 주해 위주의 수업 방식은 포기될 수 있어야 하며, 그럴 경우 우리는 학생들에게 보다 많은 텍스트를 접할 기회를 제공해 줄 수 있게 될 것이다. 그리고 그 텍스트의 양은 사고의 질적 전화를 가져다주는 데 기여할 수 있을 것이다.

작품보다는 텍스트로, 텍스트 그 자체보다는 텍스트 능력, 나아가 상호 텍스트 능력으로, 즉 실체로서의 문학만이 아니라 문학적 사고와 활동으로 우리 문학교육이 중심 이동을 하기 위해서라면, 지금의 섭렵과 주해의 기제는 포기되어야 마땅할 것이다. 다만, 경화된 제도 앞에 개인의 실천은 과연 무력한 것인지 하는 문제만이 계속 남을 따름이다.

강내희, 「언어와 변혁」, 『문화과학』 2호, 문화과학사, 1992.

강두식·이성원 공저, 「문학연구의 새로운 방향」, 『인문과학의 새로운 방향』, 서울대출판부, 1984.

구인환 외, 『문학교육론』, 삼지원, 1988.

권오현, 『문학소통이론 연구』, 서울대 박사학위논문, 1992.

김 현, 「산업화 시대의 시」, 권영민 편, 『한국의 문학비평 2』, 민음사, 1995.

김 현, 「행복의 시학」, 곽광수·김현, 『바슐라르 연구』, 민음사, 1978.

김경동, 『현대의 사회학』, 박영사, 1997.

김광조, 「조선전기 가사의 장르적 성격 연구」, 서울대 석사학위논문, 1987.

김대행, 「21세기를 대비하는 국어과 교육의 지향과 과제」, 『제7차 국어과 교육과정 구성을 위한 세미나』, 1997.

김대행, 「국어과 교육과정 분석과 수준별 교육과정 개발」, 『교육과정연구』 14-2, 1996.

김대행, 「손가락과 달 ; 時調 形式을 통해서 본 文學敎育의 指標論」, 『선청어문』 23집, 서울대학교 사범대학 국어교육과, 1995.

김대행, 「영국의 문학교육」, 『국어교육연구』 제4집, 서울대국어교육연구소, 1997.

김대행, 『국어교과학의 지평』, 서울대출판부, 1995.

김대행, 『문학이란 무엇인가』, 문학사상사, 1992.

김대행, 『시가 시학 연구』, 이화여대출판부, 1991.

김대행, 『시조유형론』, 이화여대출판부, 1986.

김명호, 「<靑山別曲>의 俗樂的 二重性」, 『한국고전시가작품론 I 』, 집문당, 1992.

김병국, 「假面 혹은 眞實 : 關東別曲 評說」, 『국어교육』 18~20 합병호, 1972.

김병국, 「장르론적 관심과 가사의 문학성」, 『고전시가론』, 새문사, 1984.

김복희, 「청산별곡의 신화적 의미」, 『고려시가의 정서』, 개문사, 1986.

김상욱, 「소설담론의 이데올로기 분석 방법 연구」, 서울대 박사학위논문, 1995.

김완진, 「<靑山別曲> 結聯에 對한 一考察」, 『文學과 言語』, 탑출판사, 1982.

김완진, 「文學作品의 解釋과 文法」, 『文學과 言語』, 탑출판사, 1982.

김용선, 「바슐라르에 대하여」, 가스통 바슐라르(김용선 역), 『부정의 철학』, 인간사랑, 1993.

김용선, 『상상력을 위한 교육학』, 인간사랑, 1991.

김우창, 「산업시대의 문학」, 권영민 편, 『한국의 문학비평 2』, 민음사, 1995.

김윤식, 『문학비평용어사전』, 일지사, 1976.

김윤식, 『한국근대문학양식논고』, 아세아문화사, 1980.

김재홍, 「광복 40년의 한국시」, 『현대시와 역사의식』, 인하대출판부, 1988.

김준오, 「한국모더니즘의 현단계」, 『현대시사상1』, 고려원, 1988.

김중신, 「문학교육과정과 평가의 원리」, 『문학교육과정의 연구와 실천 방향』, 한국국교육연구회, 1996.

김중신, 『소설감상방법론연구』, 서울대출판부, 1995.

김진우, 『언어와 문화』, 중앙대출판부, 1996.

김창원, 「문학교육 목표의 변천 연구」, 『국어교육』 73·74집, 1991.

김창원, 「문학교육과 국가통제」, 민족문학교육회 편, 『문학교육의 방법』, 한길사, 1991.

김창원·정재찬·최지현, 「문학교육과 상상력」, 한국교원대학교교과교육공동연구소, 1999.

김택규, 「別曲의 構造」, 『高麗時代의 言語와 文學』, 형설출판사, 1981.

김학성, 「가사의 실현화 과정과 근대적 지향」, 『근대문학의 형성과정』, 문학과지성사, 1983.

김학성, 『韓國古典詩歌의 硏究』, 원광대출판국, 1980.

김형철·이미식·최용성, 「도덕적 상상력을 위한 서사교육 접근」, 『초등교육연구』 16집, 부산교육대학교초등교육연구소, 2001.

김흥규, 「고전문학 교육과 역사적 이해의 원근법」, 『현대비평과 이론』 3호, 1992.

남궁달화, 『도덕교육론』, 철학과현실사, 1996.

노명완, 「국어과 교육에서의 평가」, 『국어교육 개선 방안 연구』, 서울대 사범대학 국어교육과, 1990.

도정일, 「고슴도치와 여우, 그리고 두더쥐—비평적 교육의 필요성에 대하여」, 『현대비평과 이론』 6호, 한신문화사, 1993.

박노준, 「<靑山別曲>의 再照明」, 『高麗時代의 가요문학』, 새문사, 1982.

박병기·추병완, 『윤리학과 도덕교육』, 인간사랑, 1996.

박성희, 『상담실 밖의 상담 이야기』, 민지사, 1999.

박순영, 『산업사회의 이데올로기』, 학문과사상사, 1980.

박영목 외, 『교육의 본질 추구를 위한 국어교육 평가 체제 연구(2)』, 한국교육개발원, 1991.

박인기, 「교육과정의 기술 실제에 비추어 본 문학 지도와 평가—제6차 교육과정 고등학교 '문학'의 기술과 해설」, 『문학교육과정의 구조와 이론』, 서울대출판부, 1996.

박인기, 「문학교육과정의 평가」, 우한용 외, 『문학교육과정론』, 삼지원, 1997.

박인기, 「문학교육과정의 구조에 관한 연구」, 서울대 박사학위논문, 1994.

박인기, 「시교육과 평가」, 김은전 외, 『현대시교육론』, 시와시학사, 1996.

박인기, 「적합성과 다양성의 선순환 구조를 위하여」, 『현대비평과 이론』 3호, 1992 봄.

박재주, 『서양의 도덕교육 사상』, 청계, 2003.

박진태, 「靑山別曲과 西京別曲의 構造」, 『국어교육』 46·47호, 1983.

박진환, 「도덕윤리교육 방법의 문제점 및 개선 방향」, 『도덕·윤리과 7차 교육과정의 문제점과 개선 방향』, 한국윤리교육학회, 2001.

백낙청, 「세계시장의 논리와 인문교육의 이념」, 소광희 외, 『현대의 학문 체계』, 민음사, 1994.

백순근, 「학력평가를 위한 새로운 대안—수행평가를 중심으로」, 『교육개발』 통권97호, 1995.

서울대교육연구소 편, 『교육학대사전』, 하우동설, 1998.

서재극, 「麗謠註釋의 問題點 分析」, 『語文學』 19집, 1968.

서준섭, 「현대시와 민중」, 문학사와비평연구회 편, 『1970년대 문학연구』, 예하, 1994.

석경징, 「문학 비평, 이론과 교육」, 『현대비평과 이론』 6호, 한신문화사, 1993 가을·겨울.

석문주 외, 『학습을 위한 수행평가』, 교육과학사, 1997.

송 무, 「영문학 교육의 정당성과 정전의 문제」, 고려대 박사학위논문, 1994.

신동욱, 「<청산별곡>과 평민적 삶의식」, 『高麗時代의 가요문학』, 새문사, 1986.

여증동, 「<쌍화점> 노래 연구」, 『고려시대의 가요문학』, 새문사, 1982.

여홍상 편, 『바흐친과 문화 이론』, 문학과지성사, 1995.

염무웅, 『민중시대의 문학』, 창작과비평사, 1979.

오세영, 『문학연구방법론』, 이우출판, 1988.

우한용 외, 『문학교육과정론』, 삼지원, 1997.

우한용, 「문학교육의 윤리적 연관성에 대한 연구」, 『사대논총』 제55집, 서울대학교 사범대
학, 1997.

우한용, 「문학교육의 제도화와 탈제도화」, 『문학교육과 문화론』, 서울대출판부, 1997.

유탁일, 「조선후기 가사의 현실 인식」, 『한국문학연구입문』, 지식산업사, 1982.

윤건영, 「정보사회에 윤리교육 목적으로서의 도덕적 상상력」, 『동서철학연구』 20호, 한국동
서철학회, 2000.

이득재, 「바흐친의 유물론적 언어이론」, 『문화과학』 2호, 문화과학사, 1992.

이병혁, 「이데올로기와 말 : 바흐찐의 기호학적 견해를 중심으로」, 이병혁 편, 『언어사회학서
설』, 까치, 1993.

이선영, 『한국문학의 사회학』, 태학사, 1993.

이승명, 「靑山別曲硏究」, 『高麗時代의 言語와 文學』, 형설출판사, 1975.

이승훈, 「70년대의 한국시」, 김윤식 외, 『한국현대문학사』, 현대문학, 1989.

이승훈, 『시론』, 고려원, 1979.

이정민, 「언어의 본질과 제과학」, 이정민·이병근·이명현 편, 『언어과학이란 무엇인가』, 문
학과지성사, 1990.

이홍우, 『교육과정탐구』, 박영사, 1987.

임경순, 『국어교육학과 서사교육론』, 한국문화사, 2003b.

임경순, 『문학의 해석과 문학교육』, 역락, 2003a.

임현진·송호근, 「박정희 체제의 지배이데올로기」, 역사문제연구소 편, 『한국정치의 지배이
데올로기와 대항이데올로기』, 역사비평사, 1994.

장경렬, 「미국 비평의 현주소 : 이론에의 관심과 저항, 또는 반이론의 논리」, 『현대시사상』,
고려원, 1995 봄.

장경렬·진형준·정재서 편역, 『상상력이란 무엇인가』, 살림, 1997.

장덕순, 『국문학통론』, 신구문화사, 1960.

장상호, 「교육학 탐구 영역의 재개념화」, 『교육학연구』 91-2, 서울대교육연구소, 1991.

장상호, 「학문공동체의 지적 풍토에 관한 소고」, 『사대논총』 47, 서울대학교 사범대학, 1993.

정병욱, 「악기의 구음으로 본 별곡의 여음구」, 『高麗時代의 가요문학』, 새문사, 1982.

정병욱, 『한국고전시가론』, 신구문화사, 1984.

정병욱·이어령, 『고전의 바다』, 현암사, 1977.

정병헌, 「청산별곡의 이미지 연구 서설」, 『국어교육』 49·50호, 1984.

정유성, 「인간다운 생존을 위한 교육」, 강영혜 외, 『현대사회와 교육의 이해』, 교육과학사, 1994.

정재찬, 「1920-30년대 한국 경향시의 서사지향성 연구」, 서울대 석사학위논문, 1987.

정재찬, 「文學敎育의 談論 分析 試考」, 『국어국문학』 111호, 1994.

정재찬, 「사회문화적 맥락 중심의 문학교육 내용 체계화 연구」, 우한용 외, 『문학교육과정론』, 삼지원, 1997.

정재찬, 「신비평과 시교육의 관련 양상」, 『선청어문』 20집, 1992.

정재찬, 「현대시 교육의 지배적 담론에 관한 연구」, 서울대 박사학위논문, 1996.

조남현, 「70년대 시의 여러 경향」, 『문학과 정신사적 자취』, 이우출판사, 1984.

조동일, 「19세기 가사에서 전개된 종교사상 논쟁」, 『고전시가의 이념과 표상』, 임하최진원박사정년기념논총, 1991.

조동일, 「가사의 장르 규정」, 『어문학』 21, 한국어문학회, 1969.

조동일, 「한국문학통사 2」, 지식산업사, 1983.

조동일, 『한국소설의 이론』, 지식산업사, 1982.

조연주·조미헌·권형규 역, 『구성주의와 교육』, 학지사, 1997.

조윤제, 「가사문학론」, 『한국시가의 연구』, 을유문화사, 1984.

조화태, 「포스트모던 철학과 교육의 새로운 비젼」, 강영혜 외, 『현대사회와 교육의 이해』, 교육과학사, 1994.

주종연, 「가사의 장르고」, 『국어국문학』 62-3, 국어국문학회, 1973.

최동호, 「1970년대 시와 서정성의 전개 방향」, 권영민 편, 『한국의 문학비평2』, 민음사, 1995.

최미숙, 「제7차 교육과정 개정에 따른 문학 교재의 개발 방향」, 『문학과교육』 제 5호, 교육미디어, 1998, 가을.

추병완, 『도덕교육의 이해』, 백의, 1999.

하정일, 「민중의 발견과 민족문학의 새로운 도약」, 민족문학사연구소 편, 『민족문학사 강좌 하』, 창작과 비평사, 1995.

한국교육개발원교육 과정개정연구회, 『제7차 국어과 교육과정 개발 연구』, 한국교육개발원, 1997.

허 숙, 「교육과정 탐구 관점과 교육과정 평가」, 윤팔중 외, 『교육과정 이론의 쟁점』, 교육과학사, 1987.

허경철 외, 『고등학교 교과별 국가수준 평가 기준 개발 연구(Ⅰ)』, 한국교육개발원, 1992.

허경철 외, 『고등학교 국어, 중학교 수학 교육과정 상세화 및 평가기준 개발 연구』, 한국교육개발원, 1995.

황정규, 『학교 학습과 교육평가』, 교육과학사, 1984.

Abrams, M. H., *The Mirror and the Lamp*, Oxford Univ. Press, 1971.

Altieri, Charles, "An Idea and Ideal of Literary Canon", in Robert von Hallberg, ed., Canons, Chicago : The Univ. of Chicago Press, 1983.

Altieri, Charles, Canons and Consequences : Reflactions on the Ethical Force of Imaginative Ideals, Northwestern Univ. Press, 1990.

Arras, John D., "Narrative Ethics." in Lawrence C. Becker and Charlotte B. Becker. eds., Encyclopedia of Ethics(2nd Edition) vol. Ⅱ. NewYork and London : Routledge, 2001.

Barthes, Roland, S/Z, trans., Richard Miller, New York : Hill and Wang, 1974.

Barthes, Roland, "Réflexions sur un manuel", in S. Doubrovsky & T. Todorov eds., L'Enseignement de la Littérature, Pairs, 1971. 윤희원 옮김, 『문학의 교육』, 하우, 1996.

Becker, Lawrence, C., 'Introduction.' Lawrence C. Becker ed., "Symposium on Morality and Literature." Ethics98, 1988.

Benett, Tony, 임철규 옮김, 『형식주의와 마르크스주의』, 현상과 인식, 1983.

Benett, Tony, Outside Literature, Routledge, 1990.

Bourdieu, P. & Passeron, J. C., Reproduction in Education, Society and Culture, trans. Richard Nice, London : Sage, 1977.

Bourdieu, P., "Cultural Reproduction and Social Reproduction", in J. Karabel & A. H. Halsey, eds., Power and Ideology in Education, Oxford Univ. Press, 1977.

Bristow, Joseph, "Narrative Verse", in Encyclopedia of Literature and Criticism, Routledge, 1990.

Brooks, C., 이상섭 역, 『잘 빚은 항아리』, 종로서적, 1984.

Bruffe, K, A., Collaborative learning, Baltimore : Johns Hopkins University Press, 1993.

Bruner, J., Actual Minds, Possible Worlds. Cambridge, MA : Harvard University Press, 1986.

Burns, Gerald L., "Canons and Power", in Hallberg, Robert von, ed., Canons, Chicago : The Univ. of Chicago Press, 1983.

Bürger, Peter, 최성만 옮김, 『전위예술의 새로운 이해』, 심설당, 1986.

Coles, R., 정홍섭 역, 『도덕지능(MQ)』, 해냄, 1997.

Comley, Nancy R., "A Release from Weak Specification : Liberating the Student Reader", in G. Douglas Atkins & Michael L. Johnson, ed., Writing and Reading Differently : Deconstruction and the Teaching of Composition and Literature, Univ. Press of Kansas, 1985.

Culler, Jonathan, The Pursuit of Signs, Routledge & Kegan Paul, 1981.

Dasenbrock, Reed Way, "What to Teach When the Canon Closes Down : Toward a New Essentialism", in Bruce Henrickson & Thaïs E. Morgan, ed., Reorientations : Critical Theory & Pedagogies, Univ. of Illinois Press, 1990.

Doll, Jr., William E., 김복영 역, 『교육과정과 포스트모더니즘의 시각』, 교육과학사, 1997.

Eaglton, T., 김명환 외 역, 『문학이론입문』, 창작사, 1986.

Egan, K., "The Origin of Imagination." in K. Egan & D. Nadaner eds., Imagination and Education. Milton Keynes : Open University Press, 1988.

Eliot, T. S., "Tradition and the Individual Talent", *Selected Essays*, London, 1951.

Ewell, Barbara C., "Empowering Otherness : Feminist Criticism and the Academy", in Henrickson, Bruce & Morgan, Thaïs E., ed., *Reorientations : Critical Theory & Pedagogies*, Univ. of Illinois Press, 1990.

Fairclough, Norman, *Language and Power*, Longman, 1989.

Foley, Babara, "Subversion and Oppositionality in the Academy", in Maria-Regina Kecht, ed., *Pedagogy Is Politics : Literary Theory and Critical Teaching*, Urbana and Chicago : Univ. of Illinois Press, 1992.

Fowler, Alastair, "Genre and the Literary Canon", *New Literary History*, Spring 1979.

Freire, Paulo, *Pedagogy of the Oppressed*, New York : Continuum, 1989.

Frow. John, "Language, Discourse, Ideology", in *Language & Style*, vol.17.4, 1984.

Gibson, Rex, 이지헌 옮김, 『비판이론과 교육』, 성원사, 1989.

Giddens, Anthony, 윤병철·박병래 옮김, 『사회이론의 주요 쟁점』, 문예출판사, 1996.

Giroux, Henry A., 최명선 옮김, 『교육이론과 저항』, 성원사, 1990.

Gossman, Lionel, *Between History and Literature*, Harvard Univ. Press, 1990.

Graff, Gerald & Gibbons, Reginald, ed., *Criticism in the University*, Evanton : Northwestern Univ. Press, 1985.

Graff Gerald, "The Future of Theory in the Teaching of Literature", in Ralph Cohen ed., *The Future of Literary Theory*, Routledge, 1989.

Gress, G., & Hodge, R., *Language as Ideology*, Routledge & Kegan Paul, 1978.

Guillory, John, *Cultural Capital : The Problem of Literary Canon Formation*, Chicago : The Univ. of Chicago Press, 1993.

Guroian, Vigen., *Tending the Heart of Virtue : How Classic Stories Awaken a Child's Moral Imagination.* NewYork : Oxford University Press, 1988.

Hernadi, P., 김준오 역, 『장르론』, 문장사, 1982.

Jameson, F., 윤지관 역, 『언어의 감옥』, 까치, 1985.

Jean-François Lyotard, *The Postmodern Condition : A Report on Knowledge*, Univ. of Minnesota Press, 1984.

Johnson, M. L., 이기우 역, 『마음 속의 몸』, 한국문화사, 1992.

Johnson, M., *Moral Imagination : Implications of Cognitive Science for Ethics.* The University of Chicago Press, 1993.

Kekes, John, *Moral Wisdom and Good Lives.* Cornell University Press, 1995.

Kekes, John, "Moral Imagination." in Lawrence C. Becker and Charlotte B. Becker. eds., *Encyclopedia of Ethics*(2nd Edition) vol. Ⅱ. NewYork and London : Routledge, 2001.

Kress, G., "Ideological Structure in Discourse", in Teun A. Van Dijk ed., *Handbook of Discourse Analysis* V.4, Academic Press, 1985.

Lukács, G., *Realism in Our Time*, London : Harper, 1964.

Lyotard, Jean-Francois, *The Postmodern Condition : A Report on Knowledge.* University of

Minnesota Press, 1984.

MacIntyre, A., 이진우 역, 『덕의 상실』, 문예출판사, 1997.

McCormick, Kathleen, "Always Already Theorists : Literary Theory and Theorizing in the Undergraduate Curriculum" in Kecht, Maria-Regina, ed., *Pedagogy Is Politics : Literary Theory and Critical Teaching*, Urbana and Chicago : Univ. of Illinois Press, 1992.

Mitias, Michael H., ed., *Moral Education and the Liberal Arts*, Greenwood Press, 1992.

Morgan, Thaïs E., "Reorientations", in Henrickson, Bruce & Morgan, Thaïs E., ed., *Reorientations : Critical Theory & Pedagogies*, Univ. of Illinois Press, 1990.

Negroponte, Nicholas, *Being digital*, 백욱인 역, 『디지털이다』, 커뮤니케이션북스, 1995.

Norman Fairclough, *Language and Power*, Longman, 1989.

Nussbaum, Martha, C., *Poetic Justice : The Literary Imagination and Public Life*. Boston : Beacon Press, 1995.

Nussbaum, Martha, C., 'Narrative Emotions.' in Lawrence C. Becker ed., "Symposium on Morality and Literature." *Ethics98*, 1988.

Ornstein, Allan C. & Hunkins, Francis P.(김인식 역), 『교육과정 : 원리 · 과제 · 전망』, 교육과학사, 1990.

Palmer, Frank, *Literature and Moral Understanding : A Philosophical Essay on Ethics, Aesthetics, Education, and Culture*. Clarendon Press · Oxford, 1992.

Pratt, M.L., *Toward a Speech Act Theory of Literary Discourse*, Indiana Univ. press, 1977.

Purves, Alan C. & Beach, Richard, *Literature and the Reader*, Univ. of Illinois at Urbana-Champaign Press, 1972.

Radhakrishnan, R., "Canonicity and Theory : Toward a Post-structural Pedagogy", in Donald Morton and Mas'ud Zavarzadeh, eds., *Theory/Pedagogy/Politics : Texts for Change*, Univ. of Illinois Press, 1991.

Richter, David H., *Falling into Theory : Conflicting Views on Reading Literature*, Boston : Bedford Books of St. Martin's Press, 1994.

Robert J, Sternberg & Edward E, Smith, 이영애 역, 『인간사고의 심리학』, 교문사, 1992.

Sarup, Madan, 한준상 옮김, 『신교육사회학론』, 문음사, 1992.

Scholes, Robert, "Toward a Curriculum in Textual Studies", in Bruce Henricksen & Thaïs E. Morgan, eds., *Reorientations : Critical Theory & Pedagogies*, Univ. of Illinois Press, 1990.

Steiger, E., 오현일 · 이유영 공역, 『시학의 근본 개념』, 삼중당, 1976.

Turner, J. H., 김진균 외 옮김, 『사회학 이론의 구조(개정판)』, 한길사, 1997.

Ulmer, Gregory L., "Textshop for an Experimental Humanities", in Henrickson, Bruce & Morgan, Thaïs E., ed., *Reorientations : Critical Theory & Pedagogies*, Univ. of Illinois Press, 1990.

Ulmer, Gregory L., "Textshop for Post(e)pedagogy", in Atkins, G. Douglas & Johnson,

Michael L., ed., *Writing and Reading Differently : Deconstruction and the Teaching of Composition and Literature*, Univ. Press of Kansas, 1985.

Waller, Gary, "Polylogue", in Diane F. Sadoff & William E. Cain, ed., *Teaching Contemporary Theory to Undergraduates*, MLA, 1994.

Wellek, R. & Warren, A., *Theory of Literature*, Penguin Books, 1966.

Wiliams, Oliver, F., *The Moral Imagination : How Literature and Films Can Stimulate Ethical Reflection in the Business World*. The University of Notre Dame Press, 1997.

Williams, Raymond, 설준규·송승철 옮김, 『문화사회학』, 까치, 1984.

Wilson, John, 남궁달화 역, 『교사를 위한 도덕교육 입문서』, 문음사, 2002.

Wimsatt, W. K. Jr. & Beardsley, M., *The Verbal Icon*, Kentucky Univ. Press, 1954.

다이안 맥도넬, 임상훈 역, 『담론이란 무엇인가』, 한울, 1992.

라인홀드 니버, 이한우 역, 『도덕적 인간과 비도덕적 사회』, 문예출판사, 1992.

레이먼 셀던, 현대문학이론연구회 역, 『현대문학이론』, 문학과지성사, 1987.

로이 윌킨스, 『루돌프 슈타이너의 교육론』, 고려대교육사철학연구회, 1997.

로잘린드 코워드·죤 엘리스, 이만우 역, 『언어와 유물론』, 백의, 1992.

마단 사럽, 임헌규 편역, 『데리다와 푸코, 그리고 포스트모더니즘』, 인간사랑, 1991.

마크 에드먼드슨, 윤호병 역, 『문학과 철학의 논쟁』, 문예출판사, 2000.

브루노 베텔하임, 김옥순·주옥 역, 『옛이야기의 매력』, 시공사, 1998.

아놀드 하우저(한석종 역), 『예술과 사회』, 홍성사, 1985.

앙리 지루(한준상 외 공역), 『교육과정논쟁』, 집문당, 1988.

올리비에 르불, 홍재성·권오룡 역, 『언어와 이데올로기』, 역사비평사, 1994.

이링 페처, 이진우 역, 『누가 잠자는 숲속의 공주를 깨웠는가』, 철학과현실사, 1995.

제프리 리이취, 이정민 역, 「언어 의미의 기능과 사회」, 이정민 외 편, 『언어과학이란 무엇인가』, 문학과지성사, 1990.

존 길로리(박찬부 역), 「정전」, 프랭크 렌트리키아·토마스 맥로린 공편, 정정호 외 공역, 『문학연구를 위한 비평 용어』, 한신문화사, 1994.

카스토리아디스, C. 양운덕 옮김, 『사회의 상상적 제도』 ①, 문예출판사, 1994.

테리 이글튼, 김명환 외 역, 문학이론입문, 창작사, 1986.

토니 트리우, 「대중정보의 왜곡과 이데올로기」, 이병혁 편, 언어사회학 서설, 까치, 1993.

폴 드 만, 장경렬 역, 「문헌학으로의 복귀」, 현대비평과 이론 6호, 한신문화사, 1993.

폴 드 만, 장경렬 역, 「이론에의 저항」, 『현대비평과 이론』 6호, 한신문화사, 1993.

피에르 마슈레(배영달 역), 『문학생산이론을 위하여』, 백의, 1994.

http : //www.literarystudy.net/nussbaum.htm

● ● ● 찾아보기

저자 정 재 찬

1962년 서울에서 출생하여 서울대학교 사범대학 국어교육과 및 동
대학원 국어국문학과(문학석사)와 국어교육과(교육학박사)를 나와 현
재 청주교육대학교 교수로 재직 중이다.
초·중등학교 국어교육 현상에 관한 연구와 즐거운 문학교실을 만들
기 위한 실천적 연구에 관심을 갖고 있다.
주요 저서로는 『문학교육의 사회학을 위하여』를 비롯하여, 『국어교
육학』(공저), 『문학교육원론』(공저) 등이 있다.

문학교육의 현상과 인식

인 쇄 2004년 9월 14일
발 행 2004년 9월 21일

저 자 정 재 찬
펴낸이 이 대 현
편 집 권 분 옥
펴낸곳 도서출판 역락
　　　　서울 성동구 성수2가 3동 301-80 (주)지시코 별관 3층
　　　　전 화 : 3409-2058, 3409-2060 FAX : 3409-2059
　　　　이메일 : youkrack@hanmail.net
　　　　등 록 1999년 4월 19일 제2-2803호

정 가　　20,000원
ISBN　　89-5556-341-8-93800

■ 잘못된 책은 교환해 드립니다.